감사합니다.

윤소리 Sore

<Silver Tree> 2023. 3. 31

실버트리

실버 트리 5

2023년 3월 28일 초판 1쇄 인쇄
2023년 3월 31일 초판 1쇄 발행

지은이 윤소리
발행인 강준규

기획 편집 정시연 이은정 주종숙 이예슬
마케팅 지원 배진경 임혜솔 송지유 장선영 김다운 조진숙

발행처 (주)로크미디어
출판 등록 2003년 3월 24일
주소 서울특별시 마포구 마포대로 45 일진빌딩 6층
편집 문의 (02)6365-5170 **구입 문의** (02)3273-5134
홈페이지 rokmedia.blog.me
E-mail romance@rokmedia.com

값 13,500원

ISBN 979-11-408-0808-3 04810(5권)
ISBN 979-11-408-0801-4 04810(세트)

VOLUME 5 윤소리 장편소설

실버트리

Silver Tree

Contents

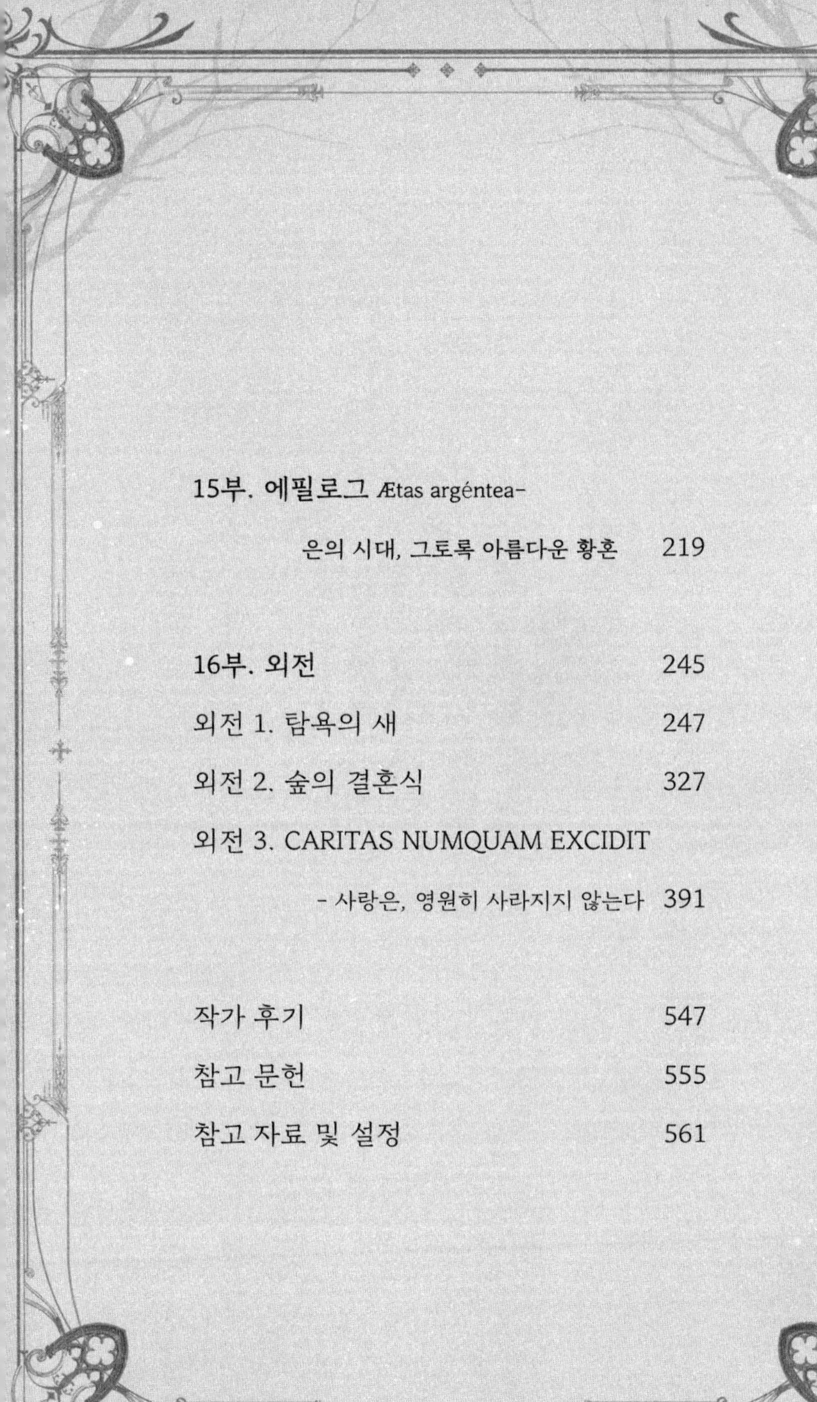

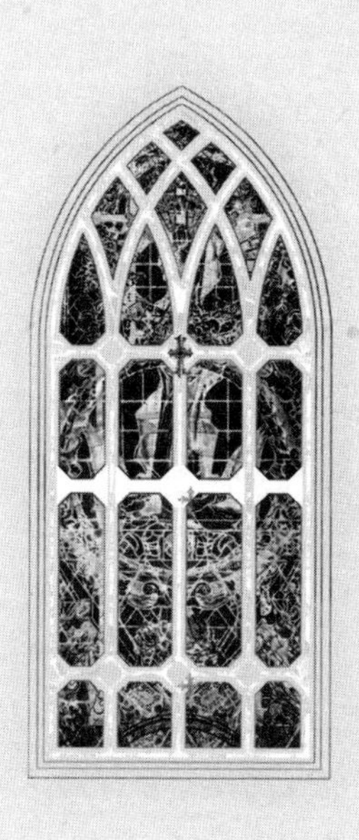

13-2. 센 강의 안개

은나무 세공방의 세공사는 웃음을 잃었다. 예전 포츠머트 항에서와는 달리, 편지는 오지 않았다. 한 달이 가고, 반년이 가고, 1년이 가고, 또 그다음 새해가 되어도, 발타에게서는 아무 소식도 전해지지 않았다.

아니, 왕에게는 무슨 소식이든 전해지기는 할 터이지만 그 소식이 레아에게 전해지지는 않았다. 그저 죽지는 않았다는 정도만 짐작할 뿐이었다.

그가 죽었으면, 적어도 그 소식 정도는 전해 줄 거라 믿었다. 그것이 레아가 왕에게 남겨 둔 마지막 신뢰였다.

그가 떠나는 마지막 장면을 보지 못한 것이 레아는 한스러웠다. 왕자의 장례식 날, 피곤해하는 왕을 침실에 옮겨 놓고 발타 님이 모시고 있겠다 하기에 가볍게 인사만 하고 나왔다. 내일 뵈어요. 하며 손을 내밀었을 때 말없이 손에 입을 맞추고 시테 궁 정문까지 바래다주신 것이 전부였다.

'장례식 마치고 공방에 잠시 들르세요. 발타 님과 폐하께 드릴 뱅쇼라도 끓여 두겠습니다.'

왕과 발타와 자신이 세공방 작업 책상에 모여 앉아 시큼한 맥주를 나눠 마시던 생각을 했다. 레아가 끓여 주던 진한 뱅쇼를 '만병통치약'이라 하며 고개를 갸웃하던 왕의 얼굴이 낯설고 딱했다.

그 전날 밤, 아들을 잃은 왕은 너무 지쳐 보였고, 위태로워 보이기도 했다. 잘 익은 와인으로 만든 뜨겁고 향긋한 음료수로 지친 마음을 조금이나마 위로해 주고 싶었다. '감사합니다. 폐하께 많은 위로가 될 겁니다.' 발타의 대답도 왕에 대한 깊은 염려가 담겨 있었다.

그 말을 끝으로, 왕궁 앞에서 데면데면 머쓱하게 인사한 것이 전부였다. 내일 뵙겠습니다. 발타의 인사에 제대로 대답조차 하지 못했다. 호위 병사들이 옆에 있어서 그랬다. 내일이 올 줄 알고 그랬다.

내일이 이렇게 갑자기 사라질 수도 있다는 걸, 레아는 그때 몰랐다.

"세공사님! 세공사님! 어떡해. 이 일을 어떡하면 좋아요."

아침에 1층 세공방으로 내려온 레아를 맞은 것은, 눈물이 그렁그렁한 카미유였다. 그녀는 레아의 두 손을 꼭 잡고 울기 시작했다.

"발타 님이 새벽에 여길 떠나셨어요……. 언제 돌아오실지 몰라요."

짙은 새벽안개 속에서 덜그럭덜그럭 마차 지나가는 소리가 들린다. 마차는 은나무 세공방 앞에서 멎는다. 위층 다락방에서 잠을 자던 카미유는 남편을 깨우는 대신 살금살금 내려와 덧창을 빼꼼 열고 아래를 내려다보았다.

안개 속에서 나타난 것은 칠흑같이 검은 말이었다. 카미유는 그것이 크레도임을 금방 알아보았다. 그 위에 앉아 있는 사람은 사슬갑옷으로 무장을 했는데, 투구를 벗자 은빛으로 반짝이는 머리카락이 드러났다.

그 뒤로는 작고 허름한 마차가 따라오고 있었다. 마차 옆으로, 백합 무늬가 수놓인 푸른 망토를 걸친 병사들이 몇몇 서 있었다.

세공방 앞에서 은발의 기사님이 말에서 내린다. 그는 세공방 주변을 휘둘러보고, 나뭇가지 모양의 작은 간판을 물끄러미 응시한다. 그는 그것을 손으로 가만히 쓸어 보고, 자신이 떠난 왕궁을 돌아본다.

카미유는 더럭 겁이 났다. 느낌이 좋지 않았다. 지금 그는 어디론가 떠나는 중이다.

"서두르지. 작별 인사도 못 해 애가 닳는 거야 이해하지만, 임무를 빨리 완수하면 그만큼 빨리 돌아올 수 있을 테니."

마차 안에서 식식 소리가 흘러나왔다. 카미유는 화들짝 놀랐다.

맙소사, 그러면 작별 인사조차 못 하고 몰래 떠나시는 건가?

은발의 기사는 메마른 소리로 대답했다.

"그것이 가능하다 믿나? 우리가 살아서 파리로 돌아올 수 있다고 생각하나, 레몽?"

제기랄. 마차 안에서 욕설이 튀어나오더니, 이내 끙, 하고 길게 앓는 소리가 흘러나왔다.

"같은 동료 말을 이렇게 안 믿어서야……. 하긴 배신자끼리 믿어 봤자. 우린 서로 감시를 해야 하는 처지 아닌가……. 으윽."

발타 님은 튤리파라는 그 꽃이 피어 있던 작은 단지를 가만히 쓰다듬는다.

세공사님이 어디선지 얻어 와 심은 이 꽃은, 올해 봄에 아름다운 모습으로 피어올랐다. 기사님은 바리에리 거리를 오갈 때마다 그 꽃들을 가만히 어루만지며 심하게 고혹적인 미소를 지었고, 연약한 줄기에는 지지대까지 꽂아 주며 애지중지했다. 기사님과 세공사님은 그 꽃들이 두 사람의 관계를 나타낸다고 믿는 것 같았다.

전혀 이해할 수 없는 사고방식이지만, 사랑에 빠진 연인이라면 이해해 줄 수 있다. 돼지가 문 앞에 똥을 싸고 도망가도 사랑을 축하하는 선물로 보이고, 새벽종이 시끄럽게 울려도 사랑을 찬미하는 노래로 들릴 때이니.

기사님은 지금 저렇게 말라비틀어진 꽃줄기를 보면 무슨 생각을 하실까. 세공사님과의 관계가 시든 꽃처럼 끝났다고 생각하시는 걸까? 혹은 과거의 화사했던 모습을 추억하는 걸까. 아니면 내년 봄 새로 피어오를 왕관과도 같은 꽃과 검과도 같은 잎들을 상상하시는 걸까.

그가 화분 앞에서 잠시 고개를 숙인다. 마른 줄기를 쓰다듬는 것 같다. 아니, 입이라도 맞추는 걸까. 보이지 않는다.

"……살아서, 다시 만날 수 있기를."

그의 기도는 간단하고 슬펐다. 이제 기사님이 간직할 수 있는 희망은 그 정도밖에 남지 않은 듯했다.

"아, 정말 어떡해……. 파스칼! 좀 일어나 봐요……. 여보!"

카미유는 작은 소리로 남편을 깨웠다. 세공사님과 인사조차 못하고 떠나게 할 수는 없었다. 하지만 한번 곪아떨어진 남편은 일어나지 못한다. 마차 안에서는 고장 난 마차 바퀴처럼 헐걱헐걱 웃는 소리가 들렸다.

“지 팔자 망친 여자한테 애틋하기 짝이 없어.”

“입 다물지, 레몽?”

조용하고 점잖은 기사님은 욕도 제대로 하지 못하신다. 카미유가 대신 나서서 욕을 퍼부어 주고 싶을 지경이었다.

“너야말로 입 다물고 출……발이나 하시지? 노르망디까지는 갈…… 길이 멀어. 조제 경은 튀는 데는 도가 튼 사람이야. 네가 오던 날 새벽도, 짐 나르다가 성 유골까지 그대로 팽개……치고 튄 거잖아. 오늘 셰르부르에 있어도 내일이면 어디로 튈지 몰라…….”

이죽대는 말 사이로 신음과 쇳소리가 중간중간 샜다. 은발 기사님의 대답은 들리지 않는다. 카미유는 슈미즈 위에 드레스를 껴입고 머릿수건을 대충 뒤집어썼다.

잠깐 붙잡아서 인사라도 하시게. 아니, 세공사 님부터 깨워야……!

길가에서 다시 덜그럭대는 소리가 들렸다. 카미유가 허둥지둥 계단을 내려가 보니 거리에는 아무도 없었다. 그날따라 센 강의 안개는 지독했다. 눈이라도 온 것처럼 온 세상이 새하얀 안개 속에 폭 파묻혀 버렸다.

레아는 그날 종일 세공방 앞의 의자에 앉아 있었다. 무더위도 소음도 잘 느껴지지 않았다. 그저, 그 자리에 멀거니 앉아 그분이 마지막으로 어루만지고 갔다는 시들어 빠진 줄기만 들여다보았다.

레아는 그날부터 왕의 재판이나 회의에 참석하지 않았다. 왕이 발타에게 불가능한 조건을 걸어 사지로 밀어 넣은 것과, 자신이 발타를 묶은 인질이 된 것을 알게 된 후, 그녀는 궁에 들어가는 것조차 거부했다.

레아는 세공방 위층의 작은 방에서 라셸르와 외제니와 함께 지냈다.

ǂ

왕의 행렬이 왕궁 앞 바리에리 거리의 은나무 세공방 앞에서 멈추어 섰다. 왕은 시테 섬의 시장 거리와 골목을 돌아다니는 것을 좋아해서 딱히 놀랄 만한 일은 아니었다.

왕은 세공방 안으로 들어와 그녀에게 왜 궁으로 들어오지 않는지, 왜 회의에 참석하지 않는지 물었다. 레아는 그 말에 대답하는 대신, 똑바로 왕을 올려다보며 하고 싶은 말을 내뱉었다.

"당신을 이해하려는 노력이 이젠 부질없다는 생각을 합니다, 폐하."

레아는 이제 발타를 동정도 연민도 할 수 없었다. 이미 그런 경지를 지났다. 자신을 두고 혼자 떠났을 그의 마음을 상상하기만 하면 심장이 송곳에 찍히는 것 같았다. 숨도 쉴 수 없을 만큼 아파서, 레아는 가끔 그를 사랑하는 것을 멈추고 싶을 지경이었다.

"나를 증오할 셈이면 그리해도 좋아. 그대의 감정에 대한 면책특권도 필요하면……."

그 말에 레아는 대놓고 코웃음을 쳤다.

"별로 증오하고 싶지 않습니다, 폐하. 당신을 위해서는 어떤 감정도 할애하고 싶지 않아요. 그러니 그런 이상한 특권은 남발하지 않으셔도 돼요."

왕은 자신을 미워하지 않겠다는 말에도 전혀 기쁘지 않았다. 증오조차 과분하다는 말임을 어찌 모르겠는가.

"레아, 그 홀을 찾아오는 것 역시 발타가 계약한 임무였다."

"말하지 마세요."

"조제가 단장의 권한을 나타내는 성 십자가 조각과 재산을 갖고 있다. 그는 현재 단장 대리이고, 다른 나라를 돌며 남은 성전기사들을 모아 세를 결집하고 있다. 발타는 그걸 막고……."

"제발, 아무 말씀도 하지 마세요……."

"나는 그 길고도 지루한 술래잡기를 버틸 생각이 없다. 진흙 싸움은 이 지겨운 재판으로도 충분해. 레아. 발타는 그들과 효과적으로 협상할 수 있는 중재자이고, 내가 가장 아끼고 신뢰하는……."

짝.

왕의 머리에 얹힌 관이 세공방의 바닥으로 굴러떨어졌다. 무슨 짓입니까! 뒤에 서 있는 위그와 알랭이 살벌한 얼굴로 칼을 빼 들고 달려들었다.

필립은 뺨을 한 손으로 감싼 채 손을 들어 두 신하의 움직임을 막았다. 뺨의 통증은 느껴지지 않지만, 가슴의 어딘가가 찢겨 나간 것 같다. 위그가 황급히 왕관을 주워 바친다. 세공사는 핏발이 선 눈으로 그를 올려다보고 있었다.

"죽으라고 보냈다는 말씀을 뭘 그렇게 멋지게 하려고 그러세요."

아니, 절대 그렇지 않다. 내가 발타에게 그럴 리가.

왕은 바로 반박하려 했지만 입이 떨어지지 않았다. '설마 내 안에 나도 인식하지 못하는 그런 마음이 있었을까' 하는 두려움이 순간적으로 치솟았기 때문이었다.

아니다. 내가 인식하지 못하는 마음은 나의 마음이 아니다. 그러므로 그대의 비난은 부당하다.

하지만 여자의 새파란 눈동자가 물에 흠뻑 잠겨 있는 모습을 보니, 필립은 여전히 입이 떨어지지 않았다.

"단장의 홀이 필요하면, 저한테 말씀하시지 그랬어요! 그따위 것 얼마든지 똑같이 만들어 드릴 수 있었는데! 백 개든, 천 개든, 저기 쌓아 놓은 장작더미 막대기 수만큼도 만들어 드릴 수 있는데! 옹이 구멍이든, 손때 탄 부분이든, 꺾인 부분이든, 틀에 박아 찍어 낸 것처럼 똑같이 만들어 드릴 수 있었다고요!"

"……."

"어차피, 신의 뜻이면 죽고, 신의 뜻이면 사는 거라면서요. 그럼 그 홀이 진짜든 가짜든 무슨 의미가 있나요? 당신이 가짜를 갖고 계시면, 신은 원하시는 걸 이루지 못하시나요? 신께서 그렇게 무능력하신가요?"

"……."

"사람을 죽을 곳으로 떠밀어 놓고 저를 인질로 잡아 놓으면 살아 돌아올 것 같던가요? 차라리 저도 죽으라고 같이 보내 주시지 그랬어요. 아, 그러면 저희가 임무 수행은 안 하고 손잡고 튈 것 같았나요? 그 꼴은 또 못 보시겠죠?"

왕은 눈을 크게 뜬 채 여자의 폭언을 고스란히 받아 냈다. 움켜쥔 주먹이 가늘게 떨렸다. 온 세상이 지글지글 폭염에 끓고 있는데, 생각은 고스란히 얼어붙은 것 같다. 세상에서 제일가는 쫄보라며 겁먹은 눈을 하던 여자는, 이제 세상에서 어떤 인간도 감히 하지 못할 일을 너무나도 쉽게 해치운다.

심지어 여자는 이제 자신이 무슨 일을 당할지 전혀 두려워하지 않는다. 왕은 불현듯 여자가 두려워졌다. 다만 여전히 눈물은 많아서, 예전에 왕을 두려워하던 순간들을 떠올리게 한다.

……여자를 곁에 묶어 둘 수 있었던 그 짧은 순간들을.

그것을 깨닫는 순간, 왕은 자신의 몸이 진흙 늪으로 깊이 침잠하는 것처럼 느꼈다.

"발타 말고는 해낼 사람이 없었다."

"그러시겠죠."

"나는 그가 임무를 마치고 돌아올 거라 믿는다."

"그러시겠죠."

"발타는 하느님의 정의를 세우는 일에 목숨을 바치기로 맹세한 자임을 잊지 마라."

"저는 이제 폐하께서 믿는 하느님은 안 믿어요."

왕은 눈을 크게 떴다. 여자에게 들었던 수많은 말 중에서 가장 충격적이고 끔찍한 말. 입이 얼어붙어 말이 이어지지 않았다.

절그렁. 알랭의 손에서 검이 떨어졌다. 어깨가 바라지고 허리통이 굵은 호위대장은 사시나무 떨듯 몸을 떨었다. 산전수전 다 겪어 본 위그 역시 턱을 달달거렸다.

여자의 눈에서 천천히 눈물이 말라 간다. 그녀는 왕을 똑바로 응시하며 말했다.

"당신이 믿기 때문에, 저는 이제 안 믿어요, 폐하."

"그대가 한 말이 무슨 뜻인지는 알고 있나?"

"하느님만 아시겠죠. 폐하와 저는 아마 다른 하느님을 믿는 것 같아요."

왕은 더 이상 묻지 않았다. 차가운 얼굴로 몸을 돌려 궁으로 돌아갔다. 그리고 다시는 세공방으로 찾아오지 않았다.

레아는 병사들이 자신을 잡으러 올지 모른다 생각했다. 왕은 주변에서 이교도 냄새를 풍기는 자를 용납하지 않는다. 어쩌면 세 명의 기욤 중 한 명이 직접 잡으러 올지도 모른다. 노가레 대법관님, 윙베르 종교 재판소 소장님, 플레지앙 대변인.

하지만 하루가 지나고, 이틀이 지나고, 한 달, 두 달이 지나도록 그녀를 체포하러 오는 사람은 아무도 없었다.

레아는 탈출을 시도했다. 세 번이었다. 두 번은 센 강을 건너기도 전에 앙트완 경이 정중하게 모시고 돌아왔고, 세 번째에는 용병들에게 잡혀 짐짝처럼 끌려왔다. 세 번째 탈출 때는 파리 시내를 벗어나는 데 성공했지만 센 강에서 거룻배를 잡아타고 하구로 내려가려다 말을 타고 달려온 병사들에게 반나절 만에 붙잡혔다.

앞의 두 번과 달리, 세 번째 잡혀 돌아왔을 땐 왕이 세공방 앞에 와 있었다. 그리고 왕의 뒤로 벵상, 라셸르, 그리고 직인 둘과 파스칼과 카미유까지 모조리 묶인 채 세공방 바닥에 무릎을 꿇고 있었다.

세공방은 이미 아수라장이었고, 사람들은 한참 얻어맞았는지 멍투성이에 눈물 콧물로 뒤엉켜 몰골이 말이 아니었다.

"그대가 전에 두 번 빠져나갔을 때 앙트완을 통해서 경고는 충분히 했던 것 같은데."

왕이 직접 검을 빼 들었다. 레아는 기겁을 하며 고함을 질렀다.

"폐하! 폐하! 그들은 죄가 없습니다! 폐하! 제가 잘못했습니다!"

"인질이 도망치면 가족이 대신 죄를 치르는 게 법이라는 걸, 아크레의 숙녀께선 그 나이가 되도록 모르셨나? 지금이라도 잘 보고 기억해 두게."

왕의 목소리는 조용했지만, 왕의 검 끝은 라셸르와 벵상이 엎드려 있는 쪽으로 향했다. 왕은 검을 휘두를 때 망설임이 없는 자였고, 그는 오늘 레아에게 확실하게 경고하기로 결심한 것이 틀림없었다.

"아니에요! 저를 죽여 주세요. 제가 잘못했습니다!"

그녀는 벵상과 동생의 앞에 몸을 던지고 땅에 머리를 박았다. 벵상에게 내려오던 왕의 검이 황급히 멈춰 섰다. 왕의 눈동자에서 순간적으로 시퍼런 불길이 치솟았다.

레아는 허리의 단검을 빼 들고 자신의 목에 바짝 들이댔다.

"다시는 도망치지 않겠습니다. 정말로 얌전히 있겠습니다. 용서해 주세요!"

"……손 내려, 레아."

"폐하, 이들이 죽으면 저도 오늘 죽습니다. 주변 사람 죽여 놓고 제가 멀쩡히 살아서 무엇하겠습니까. 다시 안 그럴 테니, 제발, 부디 용서해 주십시오."

사랑하는 사람이 인질로 붙잡혀 있다는 건 철저하게 무기력해진다는 뜻이었다. 영원히 돌아오지 못할 줄 알면서, 사랑하는 여인을 놔두고 길을 떠난 어떤 기사처럼. 왕은 그답지 않게 천장이 울리도록 고함쳤다.

"손목을 날려야 그 검을 놓을 것인가, 당장 내려!"

하지만 레아는 검 끝을 더욱 바짝 갖다 댔다. 지금 레아가 할 수 있는 유일한 저항은, 자신의 목숨을 담보로 한 애처로운 애걸뿐이었다. 왕은 악착같이 버티는 레아에게서 결국 한 걸음, 또 한 걸음 물러나더니, 천천히 검을 돌려 검집에 꽂아 넣는다.

"만용이 끝이 없군. ……알았으니 검 내려."

레아는 덜덜 떨며 단검을 떨어뜨렸다. 많은 사람이 모여 있는 세공방이었지만 무섭도록 조용했다. 레아가 흐느끼는 소리와 라셸르와 벵상이 겁에 질려 헐떡이는 숨소리만 간헐적으로 들렸다.

왕은 레아의 앞에 한쪽 무릎을 접고 앉았다.

"그대는 지금 내게서 무엇을 시험하고, 무엇을 격발했는지 아는가."

"……."

"다시는 그대의 목숨을 걸고 도박하지 마라. 두 번은 용서하지 않는다."

그의 표정은 흔들림이 없다. 레아는 그가 차라리 분노가 들끓는 얼굴로 소리를 지르면 안심이 될 것 같았다. 하지만 그의 얼굴은 끔찍할 정도로 고요하고, 비현실적으로 아름다웠다.

"레아. 설마 그가 여전히 노르망디에 있을 거라 생각하는 건 아니겠지. 길이 어긋나면 영원히 만나지 못할 텐데."

"……."

"나도 그를 기다린다. 나의 간절함도 그대와 다르지 않다. 그를 만날 방법은 여기서 기다리는 것뿐이다. 그러니, 그대는 나에게서 도망치지 마라."

레아는 왕의 마음 역시 자신에게 인질로 잡혀 있는 게 아닐까 의심스러워졌다.

은나무 세공방은 예전의 활기를 잃고 묘지처럼 조용해졌다. 레아는 일하던 직인들을 내보내고 직접 일에 몰두했다. 파스칼과 카미유, 라셸르와 벵상만 오갔고, 앙트완이나 궁의 하녀들은 보이지 않는 곳에서 감시하기 시작했다.

레아는 굳이 감시당한다고 생각하지 않으려 애썼다. 하루하루 즐겁게 살려 애썼다. 그가 언제 돌아올지 알 수 없는데, 그 기간을 계속 우울하게 지내야 한다면, 그 시간만큼 손해가 아니겠는가.

발타 님도 그런 건 절대 바라지 않으실 텐데.

그래서 레아는 다시 자리에서 일어났다. 예전처럼 사슴같이 뛰고 노래를 불러 보았다. 처음에는 잘 되지 않았지만, 하다 보니 또 뛰어지고, 불러졌다. 점잖은 발타 님, 야한 것에 대한 내공이 약한 발타 님이지만, 레아가 부르는 야한 노래는 기꺼이 함께 불러 주었었다.

나를 품에 안고, 입술을 맞댄 채, 그렇게나 달콤하게.

그대여, 내게 입 맞춰 주세요, 당신의 입술은 포도주보다 달콤해.

그래요, 나는 그대의 입술로 흘러 들어가는 포도주랍니다.

랄랄라, 랄랄라, 랄라리랄라. 랄랄라, 랄랄라, 랄라리랄라.

한때 아름다운 연인이 있던 것으로 소문났던 파리 제일의 팜므솔로 세공사 장인은 뛰면서 노래하고, 노래하면서 뛰었다. 하지만 노랫소리는 예전처럼 오래가지 못하고 툭툭 끊어지곤 했다.

가끔은 노래하다가 담장 뒤에 멈춰 서서 그곳에 쌓인 장작과 재와 쓰레기들을 멀거니 내려다보았고, 가끔은 손등으로 눈을 문지르기도 했다.

담장 기둥 뒤에 숨어 노래를 듣던 은발의 기사님은 바리에리 거리에 더 이상 보이지 않았다.

기사단의 재판은 지루하게 이어졌다. 이젠 기사단이 악의 축인지, 세상 죄를 짊어진 어린양인지 아무도 확신하지 못하게 되었다.

기사단은 자산을 압류당했고, 명예와 자부심은 진창에 처박혔다. 그들은 필립 왕을 극도로 저주하는 동시에, 교황에게 모든 희망을 걸게 되었다.

왕은 약속대로 단원들의 신병을 푸아티에에 인도했다. 하지만 곧이곧대로 약속을 지킨 것은 아니었다. 자크 단장을 위시한 고위 단원들을 시농 성에 억류해 놓은 것이다. 몸이 좋지 않다는 핑계를 내세워서.

교황은 교황대로 번개처럼 왕의 뒤통수를 후려쳤다. 고위 단원의 신병 인도를 요구하며 싸우는 대신, 에티엔과 베랑제, 그리고 란돌포 추기경을 시농 성으로 보내서, 억류된 단원들을 신속하게 조사하게 했다.

자크 몰레 단장, 패로 감찰관, 시프르 섬의 랭보 드 카론, 아키텐의 조프루아 드 곤네빌, 노르망디의 조프루아 드 샤르네 등이 비밀리에 조사를 받았다. 왕의 조사관들은 입회조차 하지 못했다.

교황은 결론은 다음과 같았다.

〈그들의 풍속에는 이상한 부분도 있고 잘못된 부분도 있지만, 그들은 이교를 숭상한 것은 아니고, 우트르메르의 특이성을 감안하면 이해를 못 할 정도는 아니다.〉

〈하여, 그들의 진심 어린 참회를 인정하여, 죄를 사면하고 교회의 품으로 받아들인다.〉

교황의 결정을 미리 알게 된 단원들은 차가운 옥사에 엎드린 채 뜨거운 눈물을 쏟았다. 이 순간을 위하여 그 모진 고통을 이겨 냈다. 그들은 만신창이가 된 몸과 마음을 추스르며, 석방 후 명예회복을 위해 해야 할 일들을 손꼽아 헤아리기 시작했다.

하지만 교황은 포고를 앞두고 왕과의 마찰이 극도로 두려워졌다. 그래서 칙서까지 다 써 놓고도 끝내 공포하지 못했다.

그렇게 시농의 판결문은 오랜 세월 어둠 속에 파묻히게 되었다.

‡

"우으으…… 쓰브."

레아 호의 항행을 맡게 된 조르주 사령관은 저도 모르게 튀어나오려는 욕설을 얼른 집어삼켰다.

아, 오늘은 아침부터 기분이 썩 좋지 않다. 아니, 솔직히 말하자면, 옹플뢰르 항을 떠난 후부터 기분이 좋았던 날이 하루도 없었다.

조르주는 마르세유 출신으로 꽤 실력 있는 뱃사람이었다. 그는 '왕의 비밀 임무'를 위해 바이이에게 급하게 차출되어, 난생처음 보는 범선의 항행을 맡게 되었다.

처음 레아 호를 보았을 때의 기분을 조르주는 잊지 못했다. 엿 같았다. 진실로 엿 같았다. 크기도 엄청 크고, 선저도 깊고, 갑판의 앞뒤로 3~4층은 될 구조물이 솟아 있고, 돛도 기존의 범선들보다 훨씬 많아서 조종법을 파악하기도 까마득해 보였다.

다행히 발타사르라는 기사 선주께서 이 배를 다루던 항해사와 조타수, 그리고 선원 몇 명을 데려오긴 했다.

하지만 놈들의 태도는 아주 불량스러웠고, 술을 좋아했고, 조르주의 말끝마다 코를 킁킁대며 토를 달았다. 선장으로서 기강을 잡기 위해 첫날부터 채찍질을 했더니, 분위기는 더욱 엿 같아졌다.

이상한 건, 그들은 뱃일이라곤 쥐뿔도 모르는 야리야리해 보이는 선주 기사님의 명령에는 납작 엎드려 복종한다는 점이었다.

그리고 더 이상한 건 그 선주께서 항행 내내 잠만 처주무신다는 점이었다.

레아 호가 수행해야 할 임무는 북해부터 지중해까지 샅샅이 돌며 '기사단의 잔당'을 탐문 수색해서, '그들이 빼돌린 자산' 및 '귀한 성유물'을 국고로 회수해 오는 것이었다.

문제는 그 '잔당'이 수십, 수백의 노잡이들이 손발을 맞춰 노를 착착 저어 빛의 속도로 움직이는 전투 갤리 열 척과 수백의 기사들이라는 점이었다.

그런 자들을 상대로, 선원 몇 명이 갑판을 이리저리 뛰어다니며 돛을 접었다 폈다 바람대로 흘러가는 이 뚱뚱보 범선 한 척으로 '샅샅이 추적'해 '이기고 돌아오라'는 명령을 받은 것이다. 산뜻하게 나가 죽으라는 말을 듣고도 방글방글 웃어 드리기엔 조르주가 좀 많이 뱃사람다웠다.

그리고 바이이가 급조해 보낸 병사들은 뱃사람이 아니었다. 싸우기도 전에 뱃멀미로 다 뒈질 판이었다. 조르주는 지브랄타까지 가기도 전에 반시체가 되어 버린 병사들을 모조리 육지에 내려 주어야 했다. 그 역시 기분이 삼삼하였다.

그중 기분을 가장 더럽게 만드는 것은, 왕이 파견한 두 명의 기사였다.

"일어나셨습니까, 발타 경. 식사를 아직 안 하셨다 하시기에."

가장 안쪽의 작은 선실, 썩 점잖지 못하게 노크를 하고 들어간 조르주는 길게 한숨을 쉬었다. 그 잘난 선주 기사께서는 예상에서 한 치도 어긋남 없이, 그 긴 몸에 이불을 돌돌 말고 침대에 착 달라붙어 있었다.

이불 속에서 중얼대는 목소리가 흘러나온다.

"……점심은 됐습니다. 사람을 보내서 이곳에 두고 가 주시면 먹겠습니다."

이 선주 기사께서는 인생의 의욕이 하나도 없는 것 같았다. 그는 아침에 늦잠을 잤고, 점심때는 토막 잠을 잤고, 오후엔 낮잠을 잤고, 저녁 식사 후에는 바로 졸았고, 해만 떨어지면 잠자리에 들었다. 겨울에는 말 그대로 겨울잠을 자는 것 같았다. 깨어 있을 때에도 갑판에 올라가서 멀거니 바다를 보거나, 침대에 멀거니 걸터앉아 있었다.

하지만 또 다른 기사에 비하면 이 게으름뱅이 기사님은 천사였다.

함께 온 적갈색 곱슬머리 기사 레몽 드 툴루즈 경은 성질이 불같았다. 평소에는 호탕하고 멀쩡한 사람 같다가도 어디 하나 거슬리는 게 생기면 발작하는 것처럼 화를 냈다. 불똥은 주변에 있는 사람들에게 사방팔방 튀었다.

그는 나이에 비해 오만했고, 그곳에 있는 사람들을 모두 아랫사람 취급했다. 심지어 왕의 욕을 해 댈 때도 있었다. 보지 않는 데서야 나라님도 욕을 먹는 법이지만, 본인부터가 왕이 파견한 사람이고, 욕을 듣는 조르주도 왕의 명으로 파견된 사람이라면, 왕을 욕하면 안 된다는 상식 정도는 있어야 하지 않나?

"아까는 미안하게 됐소, 조르주 경. 내가 욱하는 성질이 좀 있어서. 그래도 욕할 때는 화통하게 하고, 뒤끝 없이 털어 낸다오."

뒤끝이 없고 깔끔해? 그렇게 온갖 지랄 다 떨어 놓고 뒤끝까지 있으면 그게 닭대가리지! 아, 사실 그는 뒤끝마저 있었다. 정말 닭이 맞을지도 모른다.

물론 그가 전투에서 입은 심한 부상으로 인해 몸이 좋지 않고-무슨 전투인지는 알 수 없다- 젊은 나이에 이빨마저 듬성듬성하니 최대한 이해해 주려 했다.

하지만 선주인 발타사르 경이나 선장인 자신조차 하인처럼 부리려 들 때마다 저절로 욕이 튀어나왔다. 차라리 선주님처럼 늦잠이든 밤잠이든 처자면 좋을 텐데 꼭 이런 진상 새끼가 꼭두새벽부터 부지런을 떨고 자빠졌다.

그는 가장 좋은 음식을 요구했고, 식사 시중을 바랐고, 자신을 풀 타임으로 간호할 선원도 요구했다. 뱃멀미를 한다고 배 좀 흔들리지 않게 해 보라는 요구는 애교였다. 좁다, 더럽다, 시끄럽다, 짠내 난다, 물비린내 난다, 과일이 없다, 술이 없다, 식사가 늦다, 스튜가 따뜻하지 않다, 삭신이 쑤신다, 대체 부르면 왜 재깍재깍 오지를 않는가, 이 배에는 의사가 없나, 진통이 될 만한 약초는.

조르주는 그때마다 저 빌어먹을 빨강 머리를 바다에 집어 던질까 고민에 빠졌다. 저 새대가리는 망망대해에선 '저놈을 자루에 넣어서 바다에 던져라'가 실제로 가능하다는 것을 모르는 것 같다.

원래 항해 중에는 선원들이 여러 가지 사고나 병으로 많이들 죽어 나가게 마련이고, 그런 경우 수장水葬이 원칙이다. 어떻게 죽어 나갔는지 육지 사람들이 어찌 알겠는가? 배에서 선장의 명령은 절대적이고, 공범인 선원들은 입을 다물게 마련인데.

레몽 경은 함께 온 '형제'에게도 틈만 나면 비아냥대거나 폭언을 퍼부었다. 반면 발타 경은 '형제'를 조용조용 돌려 까고 나긋나긋

가시를 박았다.

"발타 네놈처럼 음흉하게 뒤통수나 후려갈기는 것보다는 나처럼 앞뒤가 똑같은 것이 낫지."

"머리가 모자라니 당연히 앞뒤가 다를 수 없지, 레몽. 그걸 대놓고 자랑할 건 없어. 그리고 뒤통수를 먼저 맞은 건 나였는데."

두 명의 기사는 묘하게 사이가 좋지 않은 듯했다. 두 사람은 종종 '형제'라는 호칭을 사용했고, 한때 전우였던 것도 같은데, 대화를 들어 보면 원수도 그런 원수가 없었다. 발타 경이 방에 처박혀 잠만 자는 이유가, 레몽 경이 꼴 보기 싫어서일 수도 있겠다는 생각이 들 정도였다.

"입 닥쳐, 발타! 네가 감히 그따위 말을 입에 담아?"

"누가 먼저 시비를 걸었는지도 잊었나? 그 해맑은 머리로 차기 대권을 노렸어? 투표할 때 열셋까지 셀 수나 있고?"

"비겁한 자식, 부상으로 몸이 성치 않은 형제에게 잘도 이따위 짓을! 명예도 없나? 부끄러운 줄 알아."

"먼저 때려 놓고 안 맞을 거라는 믿음은 참으로 아름답지. 숙부께서 자랑스러워하실 거야."

은발의 기사는 작정하고 비웃을 때는 대단히 신랄했다. 그러면 어김없이 레몽의 손이 올라오고, 마상 시합의 일인자께서는 인정사정없이 그를 눌러 제압했다.

레몽은 학습 효과가 별로 없는지, 아니면 참을성이 바닥인지 매번 똑같이 당하면서 오리처럼 꽥꽥거렸다. 다행히, 발타 경은 말싸움조차 극도로 귀찮아해, 늘 이렇게 시끄러운 건 아니었다.

그리고 그의 '절대 귀찮음'은 조르주 선장에게도 똑같이 나타났다.

"조사 임무와 항행 임무는 조르주 경이 알아서 해 주십시오. 항구마다 사람을 잔뜩 풀어 샅샅이 수소문해서 그 정보만 알려 주시면 됩니다. 되도록 소문이 잘 나도록. 지금도 잘 하고 계시는데, 내가 딱히 할 일이 있겠습니까?"

비밀 탐문도 아니고, 대놓고 수색이었다. 성전기사단, 열 척의 전투 갤리, 탈출한 기사들, 조제 드 긴느 경, 프랑스 왕의 추적.

그 정도로 대대적으로 조사하고 다니면, 조제 경의 귀에도 당연히 들어갈 텐데? 조르주는 혼자서 애가 탔다. 하지만 발타는 신경도 쓰지 않았다.

당연히 그 소문은 지중해와 에게해, 흑해 일대까지 따르르 퍼졌다.

그 후로 조제 경과 갤리 군단은 지중해에서 완전히 자취를 감추었다.

†

레아는 밤이고 낮이고 세공방에 박혀 일을 했다. 벵상은 라셸르호로 상행을 떠났다가 두세 달 만에 훌쩍 돌아왔다가 다시 떠나는 일을 반복했다. 그는 돈을 제법 잘 벌고 있었고, 이제는 '자칭 거상'이 아니라 주변에서도 '거상'이라는 이름으로 불러 주고 있었다. 은나무 세공방은 소리 소문 없이, 나날이 번창하고 있었다.

선주에게 돌아갈 배당금은 차곡차곡 쌓여 가는데, 돈에 무심한 선주님께서는 편지 한 장 없고, 돈을 밝히는 바지사장 숙녀는 실연 아닌 실연으로 이젠 돈을 보고도 별로 기뻐하지 않았다.

외제니가 아버지를 도우러 노르망디에 가 있는 바람에, 레아와 라셀르는 예전처럼 세공방 2층의 작은 방에서 조용히 하루하루를 살아갔다.

레아는 이제 사계절을 느낄 수 없었다. 공방 앞 항아리 화단에 몇 번이나 꽃이 피었다 지는데도, 레아에게는 사시사철이 모두 겨울이었다.

왕궁 앞 바리에리 거리를 오가는 장사꾼들과 궁정 사람들과 소식을 나르는 맨발의 소년들은, 엎치락뒤치락 한 치 앞을 알 수 없는 진흙 싸움이 된 재판 과정을 열심히 주워 날랐지만, 레아는 그 모든 소식에도 귀를 닫았다.

그녀는 세상의 시끄러운 이야기를 한 귀로 듣고 한 귀로 흘리며 하루하루도 함께 흘려보냈다. 세공방에 틀어박혀 주문받은 일에 종일 매달리는 것이 레아가 하는 일의 전부였다.

세공방에선 더 이상 노랫소리도 웃음소리도 들리지 않았다.

길고 단조로운 계절이었다.

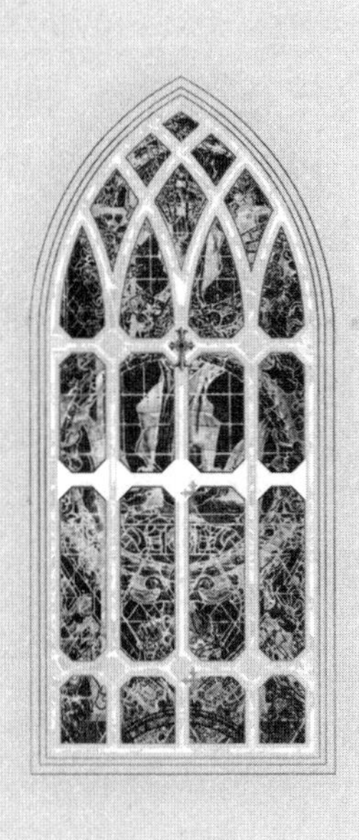

13-3. 탈출

필립과 클레망의 힘겨루기는 점점 막장으로 치달았다.

외교관 출신의 교황은 왕의 성향을 가장 잘 아는 자 중 하나였다. 그는 기사단의 '명목상 통수권자'로서의 권한을 최대한 활용하면서도 왕의 분노를 격발하지 않는 선을 가늠해, 아슬아슬 버텼다가, 양보했다가, 다시 찔러보았다가, 협상하기를 반복했다.

이 짓거리가 몇 년째 이어지자, 필립도 교황도 서로에게 넌더리를 냈다.

하지만 가장 만신창이가 된 것은 기사단 단원들이었다.

심문 권한과 재판권을 돌려받은 필립은, 프랑스 종교 재판소를 통해 다시 조사에 착수했다. 하지만 이제 기사단은 스스로를 변호할 힘이 거의 남아 있지 않았다.

총단장인 자크부터 고문으로 뱉어 냈던 진술을 계속 번복해서 불이익을 당했다. 게다가 모처럼 변명의 기회가 주어졌을 때, 그는 제대로 말도 하지 못한 채 횡설수설했다. 기욤 드 노가레가 선수를 쳤기 때문이었다!

"오래전 적장 살라흐 앗 딘 역시 공개 석상에서 성전기사단의 남색 문화를 비난한 적이 있소! 그래서 하느님의 버림을 받았다고. 이렇게 기록에도 남아 있지 않소! 자크 드 몰레, 기사단의 단장이여, 그러면서도 감히 그대들 기사단이 하느님의 전사라 할 참이었나!"

"헛소문! 헛소문이야! 기욤, 노가레, 이 사탄의 자식……! 파문자, 카타리의, 자식!"

"그대야말로 헛소리는 집어치우시오, 자크 경! 그대들의 더러운 관습에 대해선 우트르메르에서부터 이미 파다하게 퍼져 있었소! 그대 역시 남색을 즐기는 자였으며, 미동을 아끼고 그대의 시종과 육체관계를 맺었다는 증언들이 있소. 이래도 뻔뻔하게 부인할 참인가!"

그 말에 정신이 핑그르르 돌았다. 자신과 부적절한 관계를 맺었다는 시종들의 이름이 튀어나오고, 절대 나와서는 안 될 이름까지 큰 소리로 법정을 오갔다. 어지러웠다.

"아니야, 아니오, 아니야……."

자크는 백치처럼 멍하니 서서 아니라는 말만 되풀이했다. 그것을 부인하기 위해, 자크는 이단 혐의를 제대로 변호할 기회를 잃었다.

반전은 있었다. 1310년 부활절을 앞두고 진행된 2차 공판에서였다. 각 지역 종교 재판소에서 다시 조사를 받던 기사단원들이 대거 나서서 기사단을 위한 변론을 시작한 것이다.

성모취결례 축일 이튿날(2월 3일) 진행된 첫 심리에서, 변론자로 나선 단원들은 열다섯 명이었다. 그런데 다음 달 2차 심리에서 무죄를 주장하며 변호자로 나선 단원은 자그마치 597명에 이르렀다.

3년 만에 간신히 스스로를 변호할 기회를 얻은 단원들은 벌 떼처럼 들고일어나 무죄를 호소했다. 인원이 너무 많아 할 수 없이 대표자를 뽑아야 했다. 로마지부 소속 사제이자 달변가로 유명한 피에르 드 볼로냐 신부와 오를레앙의 르노 드 프로방스를 위시한 아홉 명이 그들의 대변인으로 뽑혔다.

피에르는 열성적으로 기사단과 형제들을 변호했다. 그들은 무고하게 뒤집어씌워진 모든 혐의를 부인하고, 고문으로 인한 자백이니 효력이 없다 주장했다.

아울러 그동안 왕이 저질렀던 모든 불법적인 행위에 대해서도 공개적으로 까발렸다. 거기에 고문과 협박, 살인 방조를 조목조목 고발했고, 필립이 교회 재판 영역에 개입한 일 자체가 불법이라는 점을 강조하여 지적했다.

다만 남색의 혐의에 대해서는 완전히 부인할 수 없어, '평화의 입맞춤'이라는 말로 얼버무렸다. 사실 기사단 내 남색 문화는 도저히 부인할 수 없을 정도로 만연했으니, 완전히 없던 일로 무마하기에는 한계가 있었다.

물론, 이 재판에서 가장 중요한 관건은, 우상 숭배에 대한 것이었는데, 이에 대해서는 모든 단원이 한결같이 억울함을 호소했다.

골수 프랑스파 추기경을 제외한 성직자들은 기사단의 호소에 동조하는 분위기였다. 게다가 아비뇽 인근 카르팡트라스로 거처를 옮긴 교황은 필립의 직접적인 위협에서 간신히 한숨 돌린 상태였다. 아비뇽이 위치한 프로방스 지역은 필립의 직할령이 아니었던 것이다.

그렇게, 분위기는 기사단 쪽으로 돌아서는 것 같았다.

"……발타의 조언을 받아들였어야 했을까……."

왕은 어둠 속에 홀로 묻혀 있을 때마다, 어떤 순간을 하염없이 반추했다. 그는 본래 지난 일을 후회하고 곱씹는 것을 한심하게 여겼으나 어떤 판단 실책은 뼈가 아팠고, 작금의 상황은 인내심이 발군인 왕으로서도 버티기가 쉽지 않았다.

왕의 결단은 빨랐다. 그는 돌려받은 심문권과 재판권을 바로 발동하여, 프랑스 파리뿐만 아니라 각 지역 교구에서 소속 단원들에 대해 개별적으로 판결을 내리도록 밀어붙였다.

그 일에 가장 앞장선 자는 상스 대주교 필립 드 마리니로, 앙게랑 보좌 주교의 이복형제였다. 그는 3년 전 왕에 의해 상스 대주교로 임명되어, 왕의 최측근 성직자로 승승장구하고 있었다.

상스 대주교는 왕의 기대에 신속히 부응했다. 그는 관할 교구에 속한 성전기사들을 일사천리로 재판하고, 판결을 내렸다.

"하느님의 이름으로 이루어진 증언을 번복하고 무죄를 주장한 54명의 단원은, '번복을 일삼는 이단'으로 화형에 처한다!"

'번복을 일삼는 이단'은 그 자체만으로 화형까지 가능한 중죄였다.

마리니 대주교는 판결이 떨어지기 무섭게, 생 앙투안 문 인근의 들에서 화형을 집행했다. 그야말로 번갯불에 콩 튀는 속도였다. 이 과정에서 수십 명의 단원이 저항을 포기하고 번복을 철회했다.

그 와중에 기사단 대변인 대표인 피에르 드 볼로뉴 신부마저 감옥에서 감쪽같이 사라졌다. 르노 드 프로방스는 사제직을 박탈당하면서 대변인의 지위를 잃었다. 실종된 피에르는 끝내 나타나지 않았다.

무죄를 주장한 다른 단원들 역시 '증언을 번복한 이단'으로 몰려 빠르게 처형당하기 시작했다. 상스 대주교의 관할지에서만 120명의 기사단원이 화형당했다. 왕이 임명한 랭스와 루앙의 대주교도 관할 지구에서 재판을 시작했고, 그곳에서도 많은 단원이 '번복을 일삼는 이단'이 되어 처형당했다. 간신히 타오르던 불꽃은 그리도 무참하게 사그라들었다.

소식을 들은 자크 단장과 단원들은 하늘을 향해 오열했다. '신에게 모든 것을 바친 전사'들이 '신의 선택을 받은 자'들에게 왜 이런 짓을 당해야 하는지, 그들은 끝내 이해하지 못했다.

결국 클레망 교황은 교회 공의회를 개최해 이 지긋지긋한 사태에 종지부를 찍기로 결심했다.

†

"레아, 일어나, 우리 지금 출발해야 해! 얼른 정신! 차려!"

깜깜한 어둠 속, 간신히 눈을 뜬 레아는 벵상의 얼굴이 눈앞에 덜렁 떠 있는 것을 보고 기겁했다. 벵상이 황급히 입을 틀어막는다.

"야야야, 레아 나야, 조용! 소리 지르면 안 돼. 들킨다고!"

"언니, 나야, 라셸르. 쉿! 조용! 큰 소리 내면 들켜."

레아는 멍하니 눈을 껌벅거렸다. 어둠이 눈에 익으니 벵상과 라셸르, 카미유와 파스칼 부부가 어스름하게 눈에 들어왔다. 다들 옷을 단단히 껴입고 짐을 들고 있었다.

……어, 꾸, 꿈인가? 다들 대체 뭐 하는 거지?

옆에서 카미유가 작은 소리로 속삭인다.

"세공사님, 남자 옷으로 갈아입으세요, 도와드릴게요. 두건하고 망토도! 눈에 안 띄어야 해요."

"벵상 오빠, 언니 짐은 내가 챙길 테니까 금고 안에 있는 귀금속들부터 담아요. 파스칼, 카미유, 먹을 것하고 옷하고 돈 될 만한 것 얼른 챙겨."

……어, 꿈은 아니구나.

하지만 이게 무슨 도깨비놀음인지는 여전히 알 수 없었다. 레아가 눈을 비비며 두리번거리자 벵상이 화딱지를 낸다.

"야, 얼른 정신 안 차려? 우리가 누구 때문에 이러고 있는데!"

"누구…… 때문에?"

벵상은 허리에 손을 얹고 아래위로 훑어보다가 레아의 뒤통수를 후려갈겼다.

"너 때문이지 누구 때문이겠냐! 지금 네 님을 찾아가겠다는 거 아니냐! 시발, 황금 이빨도 모자라 에로스의 황금 화살이라니, 내가 황금 거상의 이력에 아주 똥칠을 하는구나."

입이 얼어붙었다. 뒤통수가 아픈 것도 모를 지경이었다.

"언니, 오늘 폐하께서 비엔에 내려가셨어. 기사들이랑 귀족들, 궁인들, 병사들까지 대대적으로 끌고서. 거기서 회의가 끝날 때까지 한동안 파리에 못 올라오실 거야."

"비엔에…… 왜?"

"교황께서 비엔에서 공의회 소집해서 기사단에 대한 결판을 내신대. 그러니까 폐하도 눈에 쌍심지를 켜고 사람들 몽땅 데리고 회담장으로 쫓아간 거야."

"세공사님, 지금 시테 궁 2층은 텅 비어 있대요. 앙트완 경도 안느 아줌마도 없고 맞은편 건물에서 몰래 감시하던 병사들도 지금 싹 빠져나갔어요. 도망치려면 지금이 기회예요."

몰랐다. 세상 돌아가는 일에 귀를 틀어막고 살고 있었더니, 까맣게 몰랐다. 하지만 몸은 여전히 움직이지 않았다. 아니다. 이건 아니야. 내가 아무리 발타 님을 만나고 싶어도 이러면 안 되는 거 아니냐고! 레아는 떨리는 목소리로 속삭였다.

"미쳤어? 다들 왜 이래? 내가 도망치면 너희는 모두 죽은 목숨이야……. 다들 어쩌려고 이래?"

"그러니까 우리도 같이 튀는 거지. 레아, 설마 너 때문에 내가 소중한 목숨을 바칠 거라고 착각한 거야? 턱도 없다, 인간아."

벵상이 앞뒤가 맞지 않는 말을 하며 콧방귀를 뀐다.

"언니, 그렇다고 가만히 앉아서 언니랑 발타 님이 죽는 꼴은 볼 수 없어. 발타 님이 개죽음당하기 전에 빨리 만나야 해. 그럼 언니도 살고 발타 님도 살고, 우리 모두 다 사는 거야."

"그래도 명색 선주님이니 일단 살리고 봐야지 어쩌겠어! 제기랄."

"라셸르, 벵상……."

레아의 뺨으로 눈물이 흘러내렸다. 내 주변에는 정말 이상하고 멍청한 사람들만 모여 있는 것이 틀림없다.

"벵상, 그럼…… 우리 어디로 가야 해?"

"마르세유. 라셸르 호 입항에 맞춰서."

"레아 호 만난 적 있어? 조제 경의 갤리 군단은? 혹시 발타 님 어디 있는지 알아?"

레아는 더듬대며 물었다. 가슴이 미친 듯이 뛰어 말조차 제대로 나오지 않았다.

"그러잖아도 북아프리카 쪽 항구마다 전투 갤리들이 돌아다닌다는 소문이 자자해. 그쪽에 촉각 곤두세우고 있는 게 발타 님 혼자만은 아니라고."

“……전투 갤리? 성전기사단?”

“맞아. 자그마치 성전기사단에서 빼돌린 보화가 가득 실린 갤리선 열 척에 복수심에 불타는 최정예 기사들만 수백이고 거기 딸린 전투원은 셀 수도 없지. 그 병력과 엄청난 재산이 주인 없이 바다를 떠돌고 있단 말이야. 먹는 놈이 임자야.”

“아…….”

“그러니 왕이나 대제후들이 얼마나 군침을 삼키고 있겠어. 하지만 죽을까 봐 함부로 덤비지 못하는 거야. 병력 규모가 그쯤 되면 어느 나라도 승리를 장담 못 해. 게다가 교황청 눈치도 봐야 하고.”

“그렇지.”

“하지만 발타 님은 맞붙을 수밖에 없겠지. 고작 범선 한 척으로. 선택의 여지가 없으니까.”

레아는 눈을 감고 고개를 끄덕였다. 레아 호에 승선한 사람들은, 전투가 시작되자마자 몰살당할 것이다. 지상전에선 기사가 일당백일 수 있지만, 해전은 말을 타고 하는 싸움이 아니니까.

레아의 마음을 읽기라도 한 듯, 라셸르가 레아의 등을 두드리며 달랬다.

“이런 기회는 두 번 다시 안 와, 언니. 우리가 얼마나 기다렸는지 모를 거야.”

“…….”

“도망간 거 알아도, 폐하는 바로 못 쫓아와. 병사도 바로 못 보내. 교황 성하께서 최종 판결을 내릴 때까지 비엔에서 버티고 있어야 하거든. 그래야 엉뚱한 판결이 못 나올 테니까.”

레아는 자리에서 일어났다. 맞다. 이런 기회는 언제 다시 올지 모른다.

그들의 목숨을 위해서 파리에 눌러앉겠다는 말은 더 이상 의미가 없다. 이곳에 있는 사람들은 레아와 같은 배를 타기로 작정했고, 이를 위해 목숨을 내던졌다. 정말 이해할 수 없었고, 은혜를 어떻게 갚아야 할지도 모르겠지만, 적어도 이들의 결심을 헛되게 하면 안 된다는 건 알겠다.

레아는 꽉 잠긴 목소리로 더듬더듬 말했다.

"고마워, 정말 이 은혜는, 내가, 우리가 살면서……."

"당연히! 반드시 갚아야지! 세상에 공짜가 어딨어? 일 잘 풀리면 내 수익 배분율 2배, 아니 3배로 올릴 거야. 농담 아니야."

벵상이 얼굴을 들이대며 으르딱딱인다. 제기랄. 이제는 막판에 산통을 깨 주는 이런 짓거리까지 고마웠다.

"벵상, 정말 발타 님을 만날 가능성이 있을까?"

"내가 마리니 보좌 주교 부럽잖은 찐 정보통 아니냐. 황금 이빨의 벵상은 가능성 없는 짓에 투자해 본 역사가 없어! ……너 빼고, 시발."

"……."

"전투 갤리들은 노잡이가 많고 식량이랑 식수를 많이 싣지 못해서 해안에서 멀리 떨어지지 못해. 항구에서 소문이 안 날 수가 없어. 그 소문을 따라가면 갤리 선단을 추적하는 레아 호도 조만간 만나게 돼. 적어도 반년, 길어야 1년 안에. 걱정 말고 따라와."

칠흑 같은 어둠 속에, 생트 샤펠의 찬란한 빛이 들어차는 느낌이었다.

레아는 두건을 코끝까지 눌러쓰고 뒷문으로 빠져나왔다. 사람들은 모두 발끝으로 걸었다. 달은 서편 하늘 가장자리까지 내려앉았고, 북적대던 바리에리 거리는 쥐 죽은 듯 조용하다.

포장을 씌운 짐수레와 낡은 마차에 나귀와 짐말이 묶이고, 엘리고와 사노도 마구간에서 끌려 나왔다. 엘리고와 사노는 뭔가를 눈치챘는지, 새로 편자를 박은 발굽을 흙바닥에 투덕이며 콧김을 뿜고 있다.

이놈들은 어느새 건장한 군마가 되었고, 이제는 레아의 명령만 들었다. 놈들은 가소롭게도, 스스로를 레아에게 도누아를 맹세한 위풍당당한 기사쯤으로 착각하는 것 같았다.

마지막으로, 레아는 바짝 말라 줄기만 남은 튤리파 항아리를 꼭 끌어안고 마차에 올랐다.

다섯 사람은 센 강을 따라 서쪽으로 향했다. 파리 성벽을 벗어나자마자 새벽부터 돼지들을 몰고 나온 돼지치기와 비렁뱅이 무리와 마주쳤다. 그들이 힐끔대는 것을 모르는 척 지나쳤지만 가슴이 조마조마했다.

그들은 인적이 드문 숲길로 접어들면서 바로 남쪽으로 방향을 틀었다. 추적에 대비한 눈속임이었다.

“라셸르 호는 마르세유로 일주일 후에 도착하는 일정이야. 고드프리 영감은 입항 날짜 하난 귀신같이 지켜.”

“……아, 그럼 일주일 내로 마르세유까지 내려가야 하는 건가?”

“그렇지. 야간 행군 확정이야. 이런 환장할 스케줄이 기다리고 있을 줄은 몰랐지?”

하지만 그런 말을 듣고도 겁이 나기는커녕, 몸이 붕붕 하늘을 나는 것 같다. 레아가 웃는 것을 보며 라셸르와 카미유도 입을 가리고 따라 웃는다. 벵상도 뒤를 돌아보며 히죽거린다.

“왕이 파리로 돌아와서 우릴 찾으려면 똥줄깨나 타겠지! 으하하하! 우리가 남쪽 마르세유까지 내려가는 동안 서쪽 끝까지 가서, 칼레, 르아브르, 옹플뢰르, 셰르부르, 라로셸까지 눈깔 빠지게 뒤집어엎어 보라 해!"

뭐가 그리 신이 나는지, 벵상은 어깨까지 촐싹대며 웃었다.

ǂ

"지금 조제 경의 갤리선들이 자취를 싹 감춘 이유는, 발타 님과 레아 호가 아주 대놓고, 대대적으로 탐문을 하고 다니기 때문이에요. 조제 경한테 어디 가서 깊이 숨어 버리라고 고사를 지내는 거죠!"

마르세유까지 일주일 만에 내려간 그들은 때맞춰 도착한 라셸르 호와 아슬아슬하게 조우할 수 있었다. 고드프리 선장은 귀신이라도 만난 듯한 표정이었지만, 외제니는 펄쩍펄쩍 뛰며 반가워했다.

그녀는 지브랄타 해협을 지나 마르세유까지 샅샅이 훑고 지나오면서 들은 정보들을 레아에게 자세하게 알려 주었다.

"발타 님이 왜 그러시는 걸까요? 대놓고 도망가라는 건지, 잡을 생각이 없으신 건지 모르겠어요."

외제니의 말에 레아가 한참 생각하다가 고개를 저었다.

"그건 아니고, 조제 경이 기사단 단원들을 모으려는 움직임을 발타 님이 원천 봉쇄하시는 거 같아. 각 나라에서 탈출한 기사들이 조제 경에게 합류하려다가도, 왕의 배가 추적하고 다닌다고 하면 일단 사태를 관망하겠지?"

이제 보니 발타 님 진짜 여우 같은 방법을 썼다. 상업용 범선 한 대로 전투 갤리 열 척과 싸우긴 어렵지만, 조제 경의 행동반경을 확 좁혀 놓는 데는 성공한 것이다. 특히, 다른 나라에선 기사들이 무사히 풀려난 곳도 많아서, 그들의 합류만 막아도 큰 공이라 할 만했다.

벵상이 새로운 정보를 털어놓는다.

"레아야, 이건 진짜 극비 정보인데, 각 지부에서 압류된 자산의 액수는 생각보다 훨씬 적대. 압류 자산 감정에 참가한 이탈리아 은행가들도 이상하다 해. 다들 조제 경이 엄청난 자산을 빼돌렸을 거라고 수군대고 있어."

"그렇게 소문까지 났으면 조제 경도 몸 단단히 사릴 만하겠네. 그분 원래 성격도 그렇고."

레아는 한숨을 쉬며 고개를 끄덕였다. 자신이 아는 조제 경이라면 충분히 그럴 수 있다.

현재 그는 단장의 홀을 갖고 있고, 자의 반 타의 반 기사단의 새로운 구심점이 되어 가고 있다. 자크 단장이 사망할 경우 조제 경이 차기 단장이 될 가능성이 컸다.

물론 서열로만 본다면 어림도 없는 일이었다. 그의 무용은 평범했고, 성격이 지나치게 유해 아무도 그를 단장 재목으로 여기지 않았다. 기사단에서는 신중함보다 용맹함을 훨씬 높게 쳐주었다.

게다가 집안이 좋은 것도 아니었다. 쟁쟁한 귀족으로는 지금 수감되어 있는 아키텐과 푸아투 단장 조프루아 드 곤네빌이 있고, 얼마 전에 노르망디 지부의 단장이 된 조프루아 드 샤르네나 프랑스 지역 단장인 제라르 드 빌리에도 손꼽히는 총단장 후보였다.

심지어 레몽 같은 놈도 후보 중 하나였다. 단장의 지원 사격도 있고, 다른 후보들 나이가 너무 많아 젊은 세대의 선두 주자로 여겨졌던 것이다. 그런데 조제는 레몽만큼의 지지기반도 없었다.

레아의 설명을 들은 벵상이 어깨를 으쓱한다.

"레몽 그 개새끼는 기사단을 배신하고 왕한테 붙었으니 걔는 끝났네.”

“정말 배신한 걸까? 죽을 거 같으니까 가짜로 투항하고 튄 거 아닐까?”

“야, 레아야. 우리도 아는 걸 왕이 생각 안 했겠냐. 그것까지 감안하고 딸려 보낸 거지.”

“모르죠, 지금 조제 경이 형제들을 팽개치고 숨어 돌아다니기만 하니, 화가 난 몰레 단장이 암살 지령을 내렸을 수도 있지요.”

다들 반신반의하는 눈치였다. 다만 고문도 워낙 심했고, 기사단 재판 상태는 답이 안 나오고, 가만히 있다가는 죽게 생겼으니 정말 배신했다고 해도 딱히 이상하지는 않았다.

현재로서는 레아 호를 빨리 찾아내는 것이 급선무였다.

그들은 조제의 여정과 레아 호의 이동 경로를 쭉 짚어 보았다. 조제의 전투 갤리들은 라로셸 항에서 출발해 지브랄타를 통과했고, 프랑스의 힘이 거의 미치지 않는 북아프리카 해안을 타고 동방으로 이동하다가 어느 순간부터 자취를 감추었다.

벵상이 머뭇대며 입을 열었다.

“알렉산드리 쪽에서 보았다는 사람은 있는데, 그게 벌써 반년 전 정보야. 설마하니 사라센 영역으로 들어가진 않았을 테니, 아무래도 시프르 섬으로 숨지 않았을까? 아크레에서 탈출한 기사단이 근거지로 삼았던 곳이 시프르니까.”

“아냐, 벵상. 시프르는 프랑스 관리들이 득실대서 안 갔을걸? 시프르 지역 단장 랭보 경도 지금 파리 탕플 탑에 매달려 있고, 기사단이 쫓아낸 앙리 폐하도 복권됐잖아. 조제 경도 나처럼 쫄보라, 시프르 섬엔 발도 디디지 않았을 거야.”

레아가 빠르게 말했다.

……자, 그러면 다들 어디에 가 있는 걸까.

레아와 선장, 외제니, 라셸르, 벵상은 선장이 특별히 아끼는 나달나달한 해도를 펼쳐 놓고 한참 고민했다. 몇 사람의 시선이 한순간 허공에서 절걱 얽혔다.

"로도스!"

"……로도스?"

"아 맞다, 로도스 섬!"

레아와 고드프리 선장, 그리고 벵상의 입에서 똑같은 이름이 튀어나왔다. 옆에 있던 라셸르와 외제니, 파스칼, 카미유의 눈이 동그래졌다.

우트르메르에서 성장한 레아나 벵상은 로도스 섬이 어디 있는지 대략 알고 있고, 지중해의 모든 해안과 섬에 익숙한 고드프리 선장도 마찬가지였다. 레아는 해도에서 보일락 말락 그려진 로도스 섬을 손으로 짚었다.

"여기야."

로도스는 지중해의 가장 동쪽, 소아시아 반도의 턱 밑에 박혀 있는 아주 작은 섬으로 조금 더 아래로 내려가면 크레테 섬과 시프르 섬이 있다. 아크레에서도 그리 멀지 않은 곳이었다. 지리적으로도 요충지이지만, 세 사람이 로도스 섬을 찍은 진짜 이유는 따로 있었다.

라셸르가 무언가를 깨달은 듯, 손뼉을 쳤다.

"아, 언니! 혹시 성 요한 기사단이 있는 쪽으로 가는 거야?"

"맞아. 지금 성 요한 기사단은 로도스 섬을 대부분 차지했어. 조제 경은 풀크 드 빌라레 단장이랑 모종의 협상을 하면서 그 섬에 숨어 있을 가능성이 커."

"……."

"조제 경은 굉장히 조심성이 많아서, 일반 제후나 왕에게는 함부로 몸을 의탁하지 않을 거야. 교황 성하의 명령으로 지금 각국에선 기사단 이단 재판이 진행되고 있거든."

시프르 섬에 본부를 두고 있다가 필립 왕을 믿고 파리로 본부를 옮긴 기사단이 무슨 꼴을 당했던가. 그걸 가장 똑똑히 본 증인이 조제 경이 아닌가. 라셸르가 고개를 갸웃하며 묻는다.

"하지만 언니, 성 요한 기사단하고 성전기사단은 앙숙도 그런 앙숙이 없다면서."

"그래도 서로를 제일 잘 이해하는 것도 두 기사단이야. 그런데 한쪽이 굽히고 밑으로 들어온다고 해 봐, 까다로운 풀크 단장도 나팔 불고 춤추면서 뛰어나올걸?"

가장 닮은 두 기사단, 다른 제후나 왕들이 거취에 개입하기 어려운 초국적인 단체. 더욱이 성 요한 기사단이 그들만의 힘으로 로도스 섬까지 획득하면 그 자체로 독립적인 나라로 여겨질 것이다. 그렇다면 그들 밑에 들어가는 것만큼 안전한 것도 없을 것이다.

레아는 한숨을 쉬며 중얼거렸다.

"성전기사단은 파리에 오지 말고 시프르 섬을 차지했어야 했어. 그랬으면 지금 이따위 일을 당할 필요도 없고, 우트르메르 수복도 성전기사단 주도로 진행할 수 있었을 텐데."

"야! 됐어! 관리가 어렵다고 섬을 포기한 건 기사단이었어. 자기 복 걷어차는 것도 제 팔자고, 자기 팔자 제가 꼬는 것도 딱 한 끗 상관이라니까. ……그리고 레아 너 말이야, 남 걱정해 주기엔 님 팔자가 좀 많이 파란만장하지 않냐?"

벵상이 입을 댓 발이나 내밀고 투덜거린다. 고드프리 선장이 다가와 묻는다.

“그럼 이제 어떡하실 겁니까??”

레아는 잠시 생각에 잠겼다. 샅샅이 훑다 보면 시간이 많이 걸릴 테고, 레아 호는 워낙 큰 배다 보니 해안에서 멀리 떨어진 경로로 항행을 하기도 한다. 그렇다면 해변과 항구를 뒤진다고 해서 만나리라는 보장이 없다.

레아는 선장을 향해 싱긋 웃어 보였다.

“로도스 섬으로 바로 가죠.”

13-4. 성전기사단의 해체

1311년 여름, 클레망 교황은 비엔에서 가톨릭 공의회를 개최해 이 지긋지긋한 사태에 종지부를 찍기로 결심했다.

그동안 교황에 대한 왕의 반응은 점점 강팔라지고 있었다. '보니파스 교황의 사후 재판과 시신 화형'에 대해 노골적으로 언급한 후, 현 교황에게도 무력이 사용될 수 있음을 거리낌 없이 드러냈다. 자신의 무력과 백성들의 맹렬한 지지를 대놓고 과시하기도 했다.

필립이 겨눈 칼끝은 클레망의 목을 서서히 찔러 들어오고 있었다. 그동안 냉철한 이성과 평정심의 상징처럼 보이던 왕은, 감추어 둔 맹수 같은 본성을 유감없이 드러내고 있었다. 이해득실을 가늠하느라 마지막 선을 넘지 않았을 뿐, 필립이 일반적인 군주였다면 진작 유혈사태가 벌어지고도 남았을 것이다.

아나니의 악몽을 생생히 기억하는 클레망은 필립과 정면 대결을 할 수 없었다.

시농 성의 판결문을 작성할 때만 해도 교황은 성전기사들을 보호하려 했다. 하지만 이제는 보호를 포기했다. 교황청 조사관들은 처음에는 단원들을 보호하기 위해 조사를 시작했다가, 나중에는 유죄를 입증하기 위해 고문을 가하게 되었다.

그렇게 하여, 교황은 기사단에 대한 명목상 통제권을 사수하는 데 성공했다.

……교황 자신의 목숨도.

왕은 노가레와 플레지앙 대변인, 그리고 마리니 보좌 주교를 미리 비엔에 보내 교황을 압박했다. 기사단의 범죄 행각을 비난하는 '매우 점잖고 예의 바른' 협박 서한도 그편에 보내 두었다.

신년 부활절을 일주일 앞두고(현 3월 20일), 왕은 드디어 행동을 개시했다.

그는 루이 태자와 동생 발루아 백을 위시한 형제들, 그리고 대규모 군대를 이끌고 비엔 바로 옆에 위치한 리옹으로 내려갔다. 리옹은 얼마 전에 왕이 손에 넣은 지역이라, 왕의 대대적인 군사 행동은 아무도 트집 잡지 못했다.

왕은 무장한 기사와 병사들을 이끌고 온 도시를 휩쓸고 다니며 극심한 공포감을 불러일으켰다. 바로 교황을 공격한다 해도 하등 이상할 것이 없을 정도로 흉흉한 분위기였다.

교황은 결국 그날 밤 기사단에 대한 최후 결정문을 작성했다.

다음 달 3일, 교황의 교서 'VOX IN EXCELSO높은 곳의 목소리'가 공개적으로 반포되었다. 교서를 친히 낭독하는 교황의 오른쪽에는 필립 왕이 앉아 있고, 왼쪽에는 루이 태자가 앉아 있었다. 단상 아래에는 왕의 측근과 병사들로 빼곡하게 둘러 있었다.
모인 자는 많았으되 사방은 쥐 죽은 듯 고요하여 교서를 낭독하는 소리는 멀리까지 전파되었다.

〈……그간 성전기사단과 관련하여 각종 오명과 혐의, 시끄러운 뒷소문이 있었다. 그들의 비밀스럽고 은밀한 입단식을 조사해 보니, 일반적인 문화와 삶의 방식, 습관들을 벗어난 상태였다…….
그간, 기사단 내 형제들 사이에서 끔찍한 일들이 숱하게 자행되었다. 그들은 주 예수 그리스도에 대항하여 추악한 배교의 죄를 저질렀고, 가증한 우상 숭배의 죄도 저질렀으며, 남색을 하는 데도 전혀 개의치 않았다.
……이에 따라 우리는, 우리는 몹시 비통하고 슬픈 마음으로, 사도의 율법에 의거해 성전기사단을 폐지함을 알리는 바이다.
앞으로는 성전기사단의 이름과 직제, 관습 등을 사용하는 것을 금지한다.
그 누구도 성전기사단에 입단하는 것을 금한다.
그들의 옷을 입거나 성전기사로서 활동하는 것을 금한다.
이를 어기는 자는 누구든 파문 선고를 받게 될 것이다.
기사단 자산의 처리는 본 교황에게 일임되며, 이번 공의회가 끝나기 전에 결정이 될 것이다. 이는 하느님의 영광과 신앙의 고양, 성지의 번영을 위해 사용될 것이다…….〉

왕은 연단의 뒤에 있는 의자에 조용히, 표정 없는 석상처럼 고요히 앉아 있었다.
무소불위의 권력과 금력, 무력을 자랑하던 성전기사단의 해체.

불가능할 것만 같던 일이 이루어졌다. 그리고 이 일을 기어이 이루어 낸 것은 바로 무쇠와 바위의 왕이라 불리는 필립이었다. 하지만 그의 얼굴에는 기쁨이 전혀 보이지 않았다.

다혈질이고 감정의 조절에 미숙한 루이 태자는 손뼉을 치려고 손을 들었다가 분위기를 보고 슬그머니 손을 내렸다. 그래도 비죽비죽 비어져 나오는 웃음을 참느라 애를 써야 했다.

좌중은 여전히 조용했다. 손뼉을 치거나 모자를 던지며 함성을 지르는 자도 없고 야유를 퍼붓는 자도 없었다. 교황의 얼굴에는 피로감이 가득했으나, 한편으로는 후련하다는 표정도 배어 나왔다.

……모든 것이 끝났다.

교황은 자신의 검을 스스로 부러뜨릴 수밖에 없었다. 200년 동안 동방 예루살렘 왕국을 지탱하던 기둥이자 용맹하고 고결한 기사의 표본이자 명예의 상징, 그리고 전 유럽을 황금으로 휘두르던 거대한 집단은, 이렇게 허망하게 종말을 맞았다.

그는 우남 상탐의 시대가 빠르게 저물어 가는 것을 느꼈다. 기울어 가는 해를 끌어 올릴 수 없듯, 우리의 황금기는 이제 돌아오지 않을 것이다.

그런데, 왜 하필 이 모든 일이 나의 시대에 일어났는가.

나는 대체 무엇을 어떻게 했어야 했는가.

클레망은 힘껏 눈을 감았다. 눈 속 깊은 곳이 욱신거렸으나, 눈물은 흘러나오지 않았다.

다음 달 2일, 교황은 '그리스도의 대리인의 현명함에 대하여'라는 교서를 통해 기사단 자산 처분 방법에 대해 결론을 내렸다.

「그들의 자산을 성 요한 기사단으로 이관한다.

성전기사단은 유죄가 확정된 채권자이므로 채무자들이 그들에게 상환해야 할 부채는 모두 면제된다.」

……아하. 베르트랑이 화해를 하자는 건가.

필립은 교황이 막판에 우호적인 패를 내밀었다는 것을 알아차리고 한쪽 입술 끝을 비틀며 웃었다.

성전기사단에 가장 큰 빚을 지고 있는 건, 단연 프랑스 왕실이었다. 조부가 십자군 전쟁으로 남겨 놓은, 왕실 예산의 십수 배에 이르는 거대한 빚더미와. 필립이 치렀던 몇 차례 전쟁으로 지게 된 천문학적 부채. 그것이 단숨에 사라진 것이다.

그전에도 베르트랑은 필립과의 관계가 완전히 엇나가지 않도록, 아슬아슬한 선에서 끊임없이 당근을 내밀기는 했었다. 왕에 대한 악담과 저주가 만발했던 보니파스의 교서를 무효화시켜 주고, 기욤 드 노가레의 파문을 철회시켜 준 것 역시 베르트랑으로서는 꽤나 생색을 낼 만한 양보였으되, 돈이 드는 일은 아니었다. 하지만 오늘 공표한, 왕실 부채의 면제 정도라면 제대로 된 양보라 할 만했다.

왕은 그 정도로 만족하지 못했다. 정말 원했던 기사단의 자산은 교황에게 속한 성 요한 기사단으로 보내라는 결론이 났으니까.

자, 그럼 이제 어찌할 것인가.

어차피 예상 못 한 시나리오는 아니다. 필립의 머릿속으로 빠르게 계산이 시작되었다.

그들의 자산은 어차피 왕실 금고에 압류되어 있다. 왕은 그것을 풀크에게 얌전하게 뺏길 생각은 없었다. 여러 가지 명목으로 비용을 빼낼 수 있을 것이고, 특히 성전기사단이 소유했던, 프랑스 왕국

내의 어마어마한 토지는 단 한 뼘도 내줄 생각이 없었다.

그것은 본래 왕실과 프랑스 제후들에게 속했던 것, 기사단이 해체되면 당연히 본 주인에게 돌아가야 한다. 풀크는 전쟁이라도 하기 전에는 단 1아르팡의 땅도 가져가지 못하리라.

왕은 여기까지가 클레망의 한계라는 것을 알았다. 교황은 성전기사단의 유일한 통수권자라는 명분은 지켰으나, 실질적으로 얻은 것은 거의 없었다.

이제, 나에게 이의를 제기할 수 있는 자는 아무도 없다. 필립은 확신했다.

클레망은 곁을 따르는 추기경들과 호위 병사들을 모두 물리고 집무실에 들어와 무너지듯 자리에 앉았다. 눈앞이 아뜩하고 가슴이 녹아내린다.

……대체 나는 무엇을 위해 이리 버티고 싸웠던가.

성 요한 기사단은 성전기사단과 마찬가지로 '교황만을 모신다.'고 하나 재정이든 운영이든 독립되어 있는 집단이었다. 냉철하게 생각해 보면 교황이 그 고된 진창에서 몇 년을 싸운 끝에 얻은 것이라곤, 성전기사단의 재산을 성 요한 기사단으로 옮긴 것, 즉 재산의 처분 권한만 행사한 것뿐이었다.

그래도 필립에게 통째로 뺏기는 것보다는 나았을까.

알 수 없었다. 이제는 모든 것이 끝났고, 아무것도 생각하고 싶지 않았다. 다시는 이런 분란에 휩쓸리고 싶지 않다는 생각뿐이었다.

다만 이제 와서 걸리는 것은, 남은 단원들이었다. 재판을 질질 끄는 과정에서 너무 많은 단원이 희생당했다.

이렇게 될 줄 알았으면, 차라리 기사단의 자산을 필립이 바란 대로 적당한 선에서 양보하고, 그 헌신적이고 용맹한 신의 전사들을 보호하는 게 옳지 않았을까. 그래도 다른 나라의 기사들은 평안한 노후와 안식을 얻었고, 명예도 어느 정도는 지키지 않았는가.

만신창이 몸뚱이밖에 남지 않은 그들의 억울함을, 그들의 헌신을 대체 누가, 어찌 보상한단 말인가.

아니다. 그래도 나는 해야 할 일을 했다. 이것은 어쩔 수 없는 일이었다. 내가 필립에게 강경하게 맞섰으면 틀림없이 보니파스 교황의 꼴이 났을 것이다. 그리고 자산이 아닌 단원들을 먼저 지키려 협상했다면, 체포된 지 두 달 만에 필립에게 모든 것을 뺏겼을 것이다.

순간, 머릿속을 바늘로 찌르는 듯한 통증이 치밀었다.

'그러니까 두 달 만에 모두 뺏기는 게, 지금 상황하고 뭐가 다르냐고!'

이를 악물고 책상으로 다가갔다. 됐다. 끝난 일은 끝난 일이다. 그는 이제 외부의 갈등이 아니라, 마음속에서 이는 싸움마저도 버틸 수 없었다.

마지막으로 해야 할 일이 남아 있었다. 그는 책상에 앉아 떨리는 손으로 기사단에 대한 마지막 교서를 작성했다.

「남은 고위 단원 개개인의 처분에 대한 판결은 교황청에서 내리고, 그 외 일반 단원들의 처분은 그들이 속한 지역 교구 공의회의 처분에 맡긴다…….」

교황은 자신과 필립 중 누가 최후의 승자일까 곱씹어 보다 결국 고개를 푹 떨어뜨렸다.

자신은 얻은 것이 없다. 상처뿐인 영광? 영광조차 없다.

적어도 필립은, 자신을 황금의 힘으로 짓누르려던 기사단을 기어이 해체했고, 그들의 거대한 권력과 병력, 금권을 먼지로 돌려보냈으며, 얻어 낼 수 있는 것은 최대한 움켜쥐었다. 이 과정에서 교황이 그에게 굴복했음이 만천하에 드러나고 말았다.

끔찍하다. 소름이 끼친다. 클레망은 이제 필립을 생각하기만 하면 구토가 나올 지경이었다.

……그래도 이 일이 아나니 사태 같은 파국으로 치닫지 않은 것은, 그나마 내가 끝까지 포기하지 않고 수완을 발휘한 덕 아니겠는가?

클레망은 그렇게 스스로를 위로할 수밖에 없었다. 남들이 아무리 비굴하다 비난해도, 클레망은 왕과 우호적인 관계를 끝끝내 유지했다. 명목상으로나마 기사단의 통수권을 최후까지 행사했으며, 교황청은 여전히 존속했고, 자신도 무사했다.

그랬다. 그것이 아비뇽 교황청 시대를 개막한 클레망이 얻어 낼 수 있었던 최선의 결과였다

†

파리로 귀환한 왕이 가장 먼저 들은 소식은 세공사 남매의 도주 소식이었다.

그는 시테 궁 앞 바리에리 거리로 내려가 문이 잠긴 세공방 앞에 오랫동안 서 있었다. 시장 사람들이 삼삼오오 떼 지어 몰려와 기사단과의 혈투에서 승리하고 돌아온 왕에게 고개를 숙였다.

하지만 왕은 그들에게 아무런 반응을 하지 않았다. 그 자리에서 선 채 돌이 되어 버린 것 같았다.

"떠난 지 벌써 몇 주가 되었다고 합니다. 저희가 비엔으로 떠난

이튿날, 바로…….”

“폐하, 지금이라도 그들의 거취를 파악해 보도록 할까요.”

위그와 앙게랑이 조심스러운 목소리로 물었다. 왕은 대답하지 않았다. 차가운 대리석처럼 굳은 그의 얼굴에서는 끝끝내 아무런 감정도 읽히지 않았다.

“서두르십시오, 자크 경. 폐하께서 기다리고 계십니다.”

자크는 자신을 데리러 온 젊은 병사의 얼굴을 멍하니 올려다보았다. 왕이? 나를? 이번엔 또 무슨 일일까? 병사가 발에 채워 둔 쇠사슬을 풀어 주며 그를 부축해 일으켰다.

“베랑제 프레돌 추기경께서 교황 성하의 교서를 받들고 오셨습니다.”

“아아. 드, 드디어!”

자크 역시 지난달 비엔에서 가톨릭 공의회가 열린 것을 알고 있었다. 그곳에 상정된 안건 중 가장 중요한 것이 바로 성전기사단 재판 건이었다는 것도. 하지만 독방에 갇혀 있는 그와 동료들은 결과를 듣지 못했다.

가슴이 격렬하게 뛰었다. 이 시간을 얼마나 기다렸는지. 교황께서는 이미 시농에서 우리에게 사면령까지 내리지 않으셨던가. 그 결정만 공식으로 반포해 주신다면 우리는 오늘 바로 석방될지도 모른다.

이제 자크는 예전의 명예와 권력이 회복되길 기대하지는 않는다. 그저, 우리 기사단이 그런 사악하고 더러운 이단 집단이 아니라고, 억울하게 모함을 당했던 것뿐이라고 인정받기만 하면 좋겠다. 늙고 쇠약해진 기사들에게 무사히 은퇴를 허락해서, 조용히 여생을 보내게만 해 줘도 고마울 것 같았다.

자크는 발걸음을 서둘렀다. 하지만 한 걸음 디딜 때마다 몸이 휘청휘청했고, 몇 번 숨을 헐떡이고 나면 이내 맹렬한 기침이 터졌다. 그때마다 가슴과 배가 쪼개지는 것처럼 아팠다. 병사는 벽에 늘어진 자크를 부축해 억지로 걸음을 옮겼다.

"자네, 이름이…… 뭐지?"

자크는 쿨럭대면서도 병사에게 말을 붙였다. 독방에 갇혀 있는 동안 누구에게든, 무슨 말이든 해 보고 싶어 미칠 지경이었다.

"푸아투의 아모스라고 합니다."

어디서 들어 본 이름이다. 단장은 눈썹을 찌푸리고 기억을 더듬었다.

"아, 그래. 생각났다……. 아모스, 세공사. 아크레의……."

"저와 같은 이름의 세공사가 있었나 봅니다."

"아크레 제일의 세공사였지. 그 딸도 팜므 솔로 세공사…… 파리 제일의 세공사라지……."

아니, 이제 팜므 솔로는 아니려나. 발타와 결혼은 했을까. 글쎄. 왕이 용납했을 것 같지는 않은데. 둘 다 살아는 있을까. 갑자기 걸음이 휘청거린다.

여자와 발타, 그리고 기사단 사이에는 간단하게 계산할 수 없는 겹겹의 은원이 쌓여 있었다. 하지만 기사단 단원들이 고통받을 때 함께 고통스러워하며 진심으로 눈물을 흘려 주었던 사람 또한 여자와 발타뿐이었다.

"참 이상하지, 아모스."

자크는 절그럭절그럭 사슬을 끌며 혼잣말처럼 중얼거렸다.

"한때 가장 아끼고 사랑했는데, 서로를 가장 끔찍하게 증오하고 망치는 사이가 될 수 있다는 게.”

“사람 사는 세상에는 무슨 일이든 일어나게 마련이니까요.”

성전기사단에 대한 존경심이 남아 있어서일까. 젊은 병사의 대답은 나름 친절한 편이었다.

몰레는 발타의 마지막 요청을 떠올렸다. 프랑스 왕실과 제후들에게 기증받은 자산은 소용을 다했으니 돌려주라고, 그걸 대가로 부디 평안히 노후를 보내시라고, 자신이 중재하겠다고 간청하는 그의 마음이, 이제는 이해가 될 듯도 했다.

여자가 울면서 했던 말도 희미하게 떠올랐다. 그들에게 이렇게 고통을 주는 것이 하느님이면, 나는 그 하느님을 믿지 않겠다……. 분명히 이교도적이고 천인공노할 말인데, 이제는 화가 나지 않았다.

그 시간으로 되돌아간다면, 나는 발타의 제안을 수락했을까? 그들에게 고마워했을까?

자크는 고개를 떨구고 말았다. 잘 모르겠다. 정말 모르겠다. 나는 신이 아니니까.

“아모스, 나에게는 보고 싶은 아들이 있어.”

“예?”

그가 눈을 둥그르르 돌려 단장을 바라본다. 성전기사가 독신 수도승인 것을 모르는 사람은 없다. 설사 규정을 어기고 아이를 낳았다고 해도, 정식 아들로 인정받지는 못했다. 자크는 희미하게 웃었다.

“발타사르 드 올랑드, 내가 참으로 아끼던 대자가 있었지. 백은의 기사라 불렸다네.”

“아, 마상 시합의 일인자인 백은의 기사 말씀이십니까? 많이 들어 봤습니다. 단장님의 대자였군요.”

젊은 병사의 목소리에 존경심이 듬뿍 실린다. 자크는 힘없이 웃었다.

친아들처럼 아끼고 사랑하던 발타. 아들보다 더 사랑하고 아끼던 조카 레몽.

나를 떠난 아이는 돌아오지 않고, 내가 보낸 아이에게선 소식조차 없다.

"자, 이젠 들어가셔서 교황 성하의 칙서를 받드십시오."

아모스가 정중하게 회의실의 문을 열었다.

안에는 다른 동료 단원 두엇과 기욤 드 노가레 대법관, 기욤 윙베르, 그리고 호위 병사들이 기다리고 있었다.

자크는 비척비척 들어가 정해진 자리에 섰다. 의전관들이 양쪽으로 갈라서 있는 한가운데, 동그랗게 말린 양피지 문서를 들고 있는 교황의 특사가 서 있는 것이 보였다. 자크는 그에게 다가가 반지에 입을 맞췄다. 자크의 눈에는 그의 손에 들린 양피지가, 세상에서 가장 귀한 선물처럼 보였다.

"보트르 마제스테, 르 루아."

잠시 후, 무장 병사들을 거느린 왕이 들어와 말없이 가운데 자리에 착석하고, 신하들이 모두 예를 표했다. 허리를 굽힌 자크는 증오에 불타는 눈으로 왕을 노려보았으나, 그는 자크에게 시선도 돌리지 않았다.

그동안 왕은 무섭게 야위었다. 눈가에도 짙은 그늘이 내려앉았고, 새파랗게 빛나던 눈동자는 텅 비어 버린 것 같았다. 그렇게도 건장하고 힘이 넘치던 왕이 고작 몇 달 사이 어찌 저리 변했을까, 큰 병이라도 든 것일까. 왕의 시선은 그곳에 모인 사람들을 무심하게 응시할 뿐, 아무런 감정도 반응도 돌려보내지 않았다.

"시작하시오, 추기경."

왕이 손을 들자 교황의 조사관이던 베랑제 추기경은, 성전기사단의 해체를 결정한 교황의 교서 전문을 건조한 어조로 낭독하기 시작했다.

"기, 기사단의 해체……라고 했소, 지금?"

자크와 동료 단원들을 기다리고 있던 것은 예상보다 훨씬 끔찍한 선물이었다. 그들은 말을 더듬대면서도 필사적으로 물었다.

"추기경 예하, 이게 무슨 말이오. 우, 우리, 기사단이 이단이 아니란 건 예하께서 가장 잘 아시지 않소!"

"예하! 시농에서 사면을 약속하지 않았습니까? 교황 성하께서 분명히 그렇게!"

날벼락 같은 통보를 받은 단장과 고위 단원들은 그 자리에 풀썩 주저앉았다. 다들 제대로 서 있기 어려울 정도로 몸이 망가지기도 했지만, 그동안 그들을 버티게 해 주던 희망의 기둥이 부러져 나간 충격이 더 컸다. 그들은 서로를 붙잡고 오열하기 시작했다.

"우린, 속았습니다, 단장. 우리 기사단은 애초부터 버리는……."

"교황 성하께서는 어째서 당신의 검을 이렇게 부러뜨리십니까!"

흐으, 흐으, 흐으으으…….

그들은 교황에게 버림받았다는 것을 이제야 받아들였다. 사실은 예전부터 짐작하고 있었는데, 그것을 애써 부인하고 있던 건지도 모른다. 그들은 자신의 자아를 기사단과 전적으로 동화시킨 삶을 살아왔기에, 기사단의 해체는 그들의 인생과, 그들을 둘러싼 세계가 갈가리 찢겨 나간 것과 다름없었다.

이런 난망한 사태를 예상했던 교황의 특사는, 양피지를 말아 보관함에 넣은 후 황급히 방을 빠져나갔다. 얼마나 허둥댔는지 왕에게 예를 표하는 것마저 잊어버릴 지경이었다.

남은 죄수들은 목소리가 나오지 않을 때까지 울었고, 왕과 일행은 그들의 눈물이 멎을 때까지 그 자리에서 말없이 기다렸다.

왕이 자리에서 일어나 명했다.

"자크 전 단장과 고위 단원들의 개별 처분은 교황청의 결정을 기다려야 하오. 이자들은 그때까지는 이곳 탕플 탑에 수감되어 있을 것이오. 기욤, 이들의 수감을 확인하고 환궁하게."

"예, 폐하."

기욤 대법관은 왕의 푸석푸석한 목소리에 저도 모르게 한숨을 쉬었다.

한때 지중해 세계를 휘둘렀던, 자신이 몰락시킨 최고 권력자의 울부짖음이 왕에게는 아무 기쁨도 가져다주지 못한 것 같았다. 승자가 갖는 원초적인 희열이나 저열한 통쾌감마저도 느껴지지 않는다. 현재 왕은 생명력이 모조리 빠져나간, 바싹 말라 바스러져 가는 나뭇잎 같았다.

문을 나서는 왕의 등 뒤에서, 자크가 애타게 물었다.

"폐하. 혹시 레몽…… 제 조카의 소식을 들으신 바가 있습니까?"

자크가 이제 바라는 것은 레몽의 무사 귀환뿐이었다. 레몽 생각만 하면 늘 피가 마르는 것 같았다. 사랑하는 조카를 자신의 손으로 사지에 몰아넣은 걸까 하는 자책도 꼬리처럼 따라다녔다.

독방에 분산 수감되기 직전, 자크는 레몽에게 마지막 임무를 맡겼었다.

첫째, 수단 방법 가리지 말고 빠져나가 조제를 찾아내어 합류하라.

둘째, 그들을 움직여 왕에게 잡힌 우리를 구해 내라.

예전 같으면 그렇게 허술하고 위험한 작전에 절대 레몽을 투입하지 않았을 것이다. 왕이 이런 얕은 속임에 넘어갈지도 확신할 수 없었다. 하지만 다른 방법이 없었다. 레몽이 어떻게든 임기응변을 발휘해 주기만 바랄 뿐이었다.

명예를 목숨처럼 아는 레몽은 이곳을 빠져나가기 위해 배신자라는 오명까지 뒤집어썼다. 그는 왕의 입맛에 맞는 내부 기밀을 실토한 후, 자신이 조제와 잔당들이 결집한 장소로 안내하겠다고 제안했다. 그들의 재산을 왕에게 몰래 돌려주겠다는 거짓 약속도.

거짓 약속은 어쩔 수 없었을 것이다. 조제를 만나는 것이 우선이니까. 그래야 임무를 이룰 가능성이라도 생기니까.

자크는 조제를 잘 알고 있다. 그는 용맹한 기사라기보다 유능한 행정가에 불과했다. 자크를 비롯한 고위 단원들은 조제를 종종 경멸했다. 그의 성향대로라면, 형제를 구하기 위해 무모한 짓을 벌이는 대신, 깊이 숨어 후일을 도모할 것이다.

자크로서는 결코 용납할 수 없는 일이었다. 기사단의 전통은 그렇지 않다. 어떤 악조건에서라도 억울하게 죽어 가는 형제를 구하러 옴이 마땅하다.

그는 레몽에게 마지막 비밀 임무를 덧붙였다.

만약 조제가 우리를 구하라는 명을 거절하면, 그것은 명백한 배신행위다. 명령 불복종으로 그를 그 자리에서 처단하고 네가 지휘권을 인계받아 임무를 완수해라.

레몽은 그렇게 떠났다. 왕이 받아 줄 가능성은 반반이었다.

다행히 왕은 제안을 받아들였고, 조제의 수색에 발타와 함께 그를 투입했다.

……그리고, 소식이 끊어졌다.

"배신자 레몽이 걱정되는 게요, 자크? 내 기억으론, 배신자 발타에게는 그런 걱정을 해 줬던 것 같지는 않은데?”

왕은 여전히 등을 돌린 채, 조용히 대답했다.

“오늘 아침, 모처럼 들어온 소식이 있긴 하오. 그다지 믿을 만한 내용은 아니고, 그리 듣기 좋은 내용도 아닐 게요. 하나, 원한다면 알려 주겠소.”

필립은 품에서 어지럽게 접힌 양피지 한 장을 꺼내 보였다. 칼끝으로 후벼 판 듯 날카로우면서도 매끈한 필체.

로도스 섬 성 요한 기사단의 단장, 풀크 드 빌라레가 보낸 장문의 편지였다.

13-5. 추적

“야, 레아 너, 이 화분은 대체 왜 가져온 거야? 아주 제정신이 아니지이이……?”

“하지 마! 하지 마! 너 건드리면 죽는다! 벵상!”

“이게 진짜! 우리가 지금 꽃구경하러 나온 줄 알아? 그것도 거대 요강같이 생겨 먹은 걸……!”

벵상이 선수루 선실 난간에 고정해 둔 화분을 걷어차려는 것을, 레아가 온몸으로 끌어안으며 막았다. 하지 마세요! 뒤에서 달려온 외제니와 카미유도 벵상의 바짓가랑이를 찢어 버릴 듯 매달렸다.

“왜 이러세요! 저 화분은 기사님과 숙녀의 사랑의 정표라고요!”

“…….”

“저희 영주님, 아니 선주님이 파리를 떠나시기 전에 이 화분을 어루만지고 마른 줄기에 입을 맞추고 눈물로 적시고 가셨다고요! 벵상 님처럼 사랑도 낭만도 모르는 분이 뭘 아시겠어요!”

애틋한 장면을 실시간으로 지켜본 카미유가 격분하며 나섰다. 눈물로 적신 것까지는 보지 못했지만, 하느님께서는 요 정도 작은 거짓말 정도는 용서해 주실 거라고 믿었다. 레아는 자신이 끌어안은 화분이 차라리 요강이었으면 덜 창피했을 것 같았다.

벵상은 영문을 알 수 없었다. 이 화분에 입을 맞추고 갔다는 인간도 이상하고, 이 화분을 들고 배에 탄 인간도 이상하고, 이걸 똑같이 애지중지하는 여자들도 그냥 다 이상했다.

그러잖아도 이 거대 요강형 화분은 사랑의 정표라는 것이 알려진 후부터 지나다니는 여자들에게는 넘치는 애정을, 지나다니는 사내들에게는 온갖 야유를 다 받고 있었다. 파리 최고의 귀금속 세공사와 유럽 최고의 미남 기사의 사랑의 정표가 대체 왜 이 모양 이 꼴이란 말인가?

화려한 것을 유난히 좋아하는 벵상은 이런 구질구질한 감성이 이해가 가지 않았다. 사랑은, 돈으로 싸바르는 것이다. 선주님은 돈을 제대로 쓸 줄 모른다. 여자들은 항구에 정박되어 있는, 바닥에 해초와 따개비가 덕지덕지 붙은 뚱뚱보 범선 따위를 보고 감격하지 않는다. 그 배에 여자의 이름이 대문짝만하게 새겨져 있어도 마찬가지다.

차라리 배 두 척 가격으로 아름다운 성을 짓고 보석을 짝으로 바치고, 사냥터와 정원을 꾸미고, 또 보석을 짝으로 바치고, 꽃을 심고, 또 보석을 짝으로 바치고, 하인들을 깔아 두고, 마지막으로 보석을 짝으로 바쳐야 하는 법이다.

물론 레아는 귀금속 세공사라서 어지간한 보석에 감동할 것 같지는 않지만, 그래도 따개비가 덕지덕지 붙은 범선 선물은 정말로 아니지 않은가!

그리고…… 저 요강 같은 항아리 화분은 더더욱 아니지 않은가.
투덜대던 벵상은 고개를 기웃하며 물었다.
“얼레? 꽃 피었네? 어이구, 못난이 꽃들이 그래도 날 따뜻해졌다고, 이뻐해 달라고 얼굴 들이대는 거야?”
“이게 왜 못난이예요! 저는 이렇게 크고 예쁜 꽃은 지금까지 한 번도 못 봤다고요!”
카미유의 날카로운 목소리가 튀어나온다. 외제니도 팔짱을 끼고는 거상께서 보는 눈이 후지네 어쩌네 투덜거린다. 얘들이 활짝 피면 얼마나 화려하고 예쁜지 아느냐며, 여자들의 반발이 제법 거세다.
벵상은 작년에 세공방 앞을 화사하게 만들어 주었던 터번의 꽃 툴리파를 기억했다. 생각해 보면 어릴 때 레아가 라셸르에게 들려주던 이야기 속의 주인공이 이 꽃이었던 것 같다.
벵상은 한숨을 쉬며 생각의 전환을 시도했다.
그래. 여인들에게는 꽃이 필요한 법이지. 귀부인이나 숙녀 중에서도 꽃이라면 사족을 못 쓰는 사람이 얼마나 많은가. 그래서 산적 같은 기사들마저 같잖은 꽃다발 나부랭이에 돈을 하염없이 낭비하지 않던가.
……오호?
벵상은 순간 강렬한 황금의 냄새를 맡았다. 이 이국적이고 화려한 꽃 정도면 분명 수요가 있을 것이다. 꽃의 가장 좋은 점은 며칠 안 가 시든다는 것, 즉 빵이나 고기처럼 끊임없이 재구매가 일어난다는 점 아니던가!
게다가 근사한 스토리까지 갖춘 꽃이라면? 당연히 호기심과 구매 욕구가 폭발하겠지. 왕자와 기사와 거상(?)에게 동시에 청혼받는 숙녀라니, 이 얼마나 낭만적인가! 벵상은 돈만 된다면 사랑하는 여자의 소중한 꿈 정도는 가차 없이 팔아 치울 각오가 되어 있었다.

그는 낯을 싹 바꾸어, 꽃을 향해 지극히 사랑스럽다는 표정을 지어 보였다.

"야, 레아. 나도 눈이 있으니 이 꽃들이 너만큼이나 예쁘…… 음, 발타사르 경만큼이나 아름답다는 건 잘 알지만, 꽃들도 사람이랑 똑같은 거야. 너무 예쁘다 잘생겼다 하면 성질이 나빠지는 거라고. 꽃들의 바른 품성과 겸손의 미덕 함양을 위해 쓴소리 좀 한 거 가지고 왜 그래……. 레아 너 언제 나무도 심었냐?"

레아는 아무 말도 하지 않고 물끄러미 그 나뭇가지를 들여다본다. 어느새 날이 따뜻해져서일까. 지지대로 꽂아 둔 나뭇가지에서 새순이 나고 어린잎이 올라왔다.

카미유가 감탄 어린 눈으로 들여다보더니 눈을 동그랗게 뜬다.

"그런데 세공사님, 여기…… 글자가 새겨져 있어요……."

글자를 못 읽는 카미유가 더듬대며 말했다. 벵상이 눈을 데구르르 굴리더니 코를 갖다 붙이고 더듬더듬 글자를 읽었다.

LÉA D'ACRE BALTHASAR DE HAULANDE

VIRGA TVA ET BACVLVS TVVS DVCVNT NOS

"어? 세공사님. 그러고 보니 이거 기사님이 예전에 꽂아 두신 막대기 아니에요? 향나무 궤짝에서 나온 거요."

"……맞아."

"그럼 이 글자도……?"

"맞아. 글자도 내가 새겼던 거야. 가운데에는 아기 이름을 새기려고 했었어."

발타 님이 그렇게 좋아하셨는데……. 레아는 눈시울에 괸 눈물을 굳이 숨기지 않고 글자들을 쓰다듬었다. 카미유는 주먹을 꽉 움켜쥐고 욕을 퍼부었다.

"레몽 새끼, 개새끼, 확 죽어 버려! 어떻게 사람 껍질을 쓰고 그럴 수가 있어요!"

처음엔 없애 버리고 싶었다. 하지만 발타 님이 발견하고 이곳에 꽂아 두셨다. 뽑아서 태워 버릴까 했지만 차마 그러지 못했다. 그가 그 순간 어떤 생각을 했을지, 무엇을 빌었을지 짐작이 되었기 때문이었다.

그래서 레아는 그대로 두었고, 이제 두 사람의 이름 사이에서 싹이 돋았다. 두 사람의 상실을 위로하기라도 하는 것처럼. 혹은 두 사람의 선택을 증명하기라도 하는 것처럼. 아론의 지팡이에 올라온 싹이 신의 선택을 입증했듯이.

레아의 이야기를 들은 카미유는 두 손을 꼭 모아 쥐고 말했다.

"세공사님, 사랑의 힘은 정말 위대해요. 발타 님의 지고지순한 사랑이 기적을 일으킨 거라고요."

"……카미유. 잠깐만."

"외제니 언니! 여보, 파스칼! 라셸르 님, 제 얘기 좀 들어 봐요. 발타 님이 눈물로 입 맞추고 꽂아 놓은 사랑의 정표에서 싹이 났다니까요? 위대한 사랑의 기적이에요……."

카미유가 큰 소리로 떠들며 밖으로 달려 나간다.

갑자기 무시무시한 침묵이 내려앉았다. 온갖 소리로 비웃어 댈 황금 이빨이 웬일로 조용하다.

눈을 뱅그르르 돌리니 벵상의 턱이 아래로 덜그럭 내려와 있었다. 그는 감탄하거나 신기해하는 대신 공포에 질린 눈으로 레아를 바라보고 있었다.

벵상이 잔뜩 얼어붙은 얼굴로 더듬더듬 묻는다.

"……설, 설……마?"

"설마 뭐."

"시발, 레아 너 똑바로 말해 봐. 서, 설마……?"

"맞아."

레아는 덤덤하게 웃으면서 대답했다. 으아아악! 갑자기 벵상이 머리를 쥐어뜯기 시작했다.

"……와 시발! 씨발! 레아, 이 미친! 너 미쳤지! 미쳤지!"

"왜 이래. 나 말짱해!"

"내가 살다 살다 너처럼 간덩이 큰 인간은, 처, 처음…… 으아아악! 아이고 하느님, 아이고 저는 모릅니다! 저는 안 들었어요! 저는 정말 모르는 일이에요!"

그는 머리를 쥐어 싼 채 비명을 지르며 밖으로 튀어 나갔다.

갑작스럽게 시작된 벵상의 광란은 이틀 동안 이어졌다. 이유는 아무도 알지 못했다.

레아는 선원들에게 그가 독버섯을 먹은 것 같다고 설명해 주었다. 망망대해 한가운데서 독버섯 식중독이라니. 미신을 잘 믿는 선원들은 황금 이빨의 거상께서 발휘한 신묘한 재주에 감탄하여 그를 더욱 우러러보게 되었다.

ǂ

마르세유에서 로도스 섬까지의 여정은 석 달이 넘게 걸렸다. 서둘렀으면 일정을 당길 수 있었겠지만, 기항지에 들러 정보를 캐는 일에 적잖이 시간이 소요되었다.

비엔에서 벌어진 사태는 항구마다 파다하게 퍼져 있었다. 아직 단원들의 개인적인 처분이 남아 있지만, 현재 원하는 것을 어느 정도라도 얻어 낸 것은 필립뿐이었다. 엉뚱하게 성 요한 기사단이 어부지리를 얻었지만, 필립의 손에서 뭔가를 돌려받으려면 몹시 지루하고 험난한 싸움을 이어 가야 할 것이다.

폐하는 내가 없어진 걸 알고 어떤 반응을 보였을까?

조금 궁금했지만, 얼른 생각을 그만두었다. 그 반응을 구체적으로 상상하는 것은 정신 건강에 몹시 해로웠다.

레아는 이제 프랑스로 돌아갈 생각이 전혀 없었다. 이제 그녀의 가장 큰 소원은, 발타를 만나서 조용히 밥이나 벌어먹고 사는 것이었다. 소리 소문 없이 떼돈 벌며 잘 먹고 잘 사는 꿈은 지나치게 높은 목표였다. 평생 바다 위를 떠돌면서 물건이나 떼어 팔고 물고기나 잡아먹고 살면 또 무슨 대수일까.

발타 님하고 결혼이라도 해 보고 죽어야 억울하지 않을 텐데.

레아는 할 일이 없으면 방에 앉아 장작용 나무를 세공하며 시간을 보냈다. 정신 수양이라도 하듯, 팔지도 못할 물건들만 하염없이 만들어 냈다.

이런 짓이라도 하지 않으면 하루 종일 발타 님 생각으로 냉가슴만 앓다가 죽게 생겼다. 바다에서의 시간은 몹시 지루하게 흘렀는데, 뒤돌아보면 한 달, 또 한 달이 훌쩍 지나 있곤 했다.

"레아! 레아 언니! 섬이 보여!"

라셸르가 뛰어 올라온다. 레아의 선실은 앞 갑판에 있어서 시야가 탁 트여 있었다.

"저기가 로도스 섬이구나."

벵상이 마지막으로 들른 곳은 알렉산드리 항이었다. 알렉산드리에서 로도스는 그리 멀지 않아서, 바람 좋으면 내일쯤 도착하겠거니 짐작만 하고 있었다. 날이 맑아서 로도스와 인근 부속 섬들이 흩어져 있는 모습이 희미하게 보였다. 물빛이 형언할 수 없이 아름다웠다.

레아는 덧창을 열고 섬이 조금씩 가까워지는 모습을 바라보았다. 창턱의 꽃들은 만개했고, 바람은 숨이 죽어 범선은 느릿하게 이동했다.

"언니, 벌써 꽃이 다 피었네. 요 며칠 따뜻하다 싶더니."

"날이 더우니 그렇지. 확실히 남쪽으로 내려오니까 꽃도 빨리 피는 것 같아."

"예쁘다. 나뭇가지 싹 올라온 것도 예쁘다."

라셸르의 목소리에 웃음기가 감돈다. 약간 떨리는 것처럼 느껴지기도 했다. 쏴아아아. 바닷바람이 시원하게 안으로 들어왔다. 왜인지 팔에 오스스 소름이 돋았다. 라셸르가 지나가는 말처럼 묻는다.

"언니는, 이 화분을 왜 굳이 가져온 거야? 진짜 사랑의 정표로 가져온 거야?"

"응. 이걸 갖고 있으면, 발타 님하고 만날 것만 같아서. 우리 이름도 있고, 글자도 있잖아? 주의 지팡이와 막대기가 우리를 인도하시나이다. 짠!"

레아는 씩 웃으며 애써 명랑하게 대답했다. 맞아. 나도 그럴 거라고 믿어. 라셸르는 동조하는 듯이 고개를 끄덕이며 무심하게 물었다.

"그런데 언니, 옹이 안에 박혀 있던 건 어떻게 했어?"

레아는 떨리는 손을 꼭 말아 쥐었다. 그래도 떨림은 멈추지 않는다.

라셸르가 가끔 무서웠다. 레아는 라셸르를 너무나 사랑하고, 라셸르 역시 자신을 너무나도 깊이 사랑하고 의지한다. 그건 의심할 여지가 없었다.

하지만 라셸르가, 자신이 모르는 무언가를 아는 것처럼 느껴질 때가 있다.

그리고 인정하기는 싫지만, 발타 님에 대해서 특별한 행동을 보일 때가 있다. 뭔가 특별한 감정을 갖고 있는 것 같기도 했다. 레아는 무심하게 대답했다.

"발타 님 목걸이 만들어 드렸어."

"아, 발타 님이 걸고 다니던 그 파란 목걸이가 그거였구나."

"응."

"빨간색일 줄 알았는데…… 파란색이었네."

"응. 나도 좀 이상하긴 했어. 그런데 꼭 빨간색일 이유가……."

레아는 대답하다 말고 입을 틀어막고 허리를 구부렸다. 이제는 온몸이 걷잡을 수 없이 떨리고, 말 한 마디 할 때마다 소름이 쫙쫙 끼쳤다.

"라……셸르, 그, 그런데 너…… 어떻게 이걸 알고 있어?"

"……모르겠어. 나도 좀 알고 싶어."

라셸르는 웃음기가 사라진 얼굴로 조용히 말했다. 거짓말을 하는 표정은 아니었다.

"나는 언니가 아빠한테 그걸 처음 받을 때부터 기억이 나."

"……."

"나는 단장의 홀이, 아니 이 나무가 언니를 계속 따라다니고 있다는 생각을 했어. 너무너무 이상한데, 이거, 언니가 아무리 다른 곳으로 보내려고 해도, 기어이 언니 옆으로 돌아왔었어."

레아는 동생의 얼굴을 가만히 바라보았다. 동생의 얼굴은 평온했지만, 레아는 여전히 숨이 막히도록 떨렸다.

"언니가 이 나무에 전혀 욕심이 없던 거 알아. 돌려주려고 애를 썼던 것도 알아. 버리려고 했던 것도 알아. 그런데 계속 언니 손으로 돌아왔지. 오죽하면 이 귀한 유물을 없애려 할까 싶어서 암말도 못 했어."

"……."

"난 언니가 그걸 망치 자루로 만들어서 숨겼던 것도 알고, 왕궁에서 가짜 지팡이를 만들던 것도 봤고, 포츠머트 여인숙에서 이름을 새겨서 가로대로 박아 넣은 것도 봤어. 처음에는 그 나무인지 상상도 못 했지만……."

"……."

"그런데 그 상자를 레몽 경이 가져갔고, 불타서 없어졌다고 들었을 때, 언니는 섭섭해하면서도 후련해했어. 그렇지?"

어떻게 알았을까. 그곳에 있던 500리브르나 발타 님의 물건들을 잃은 것은 뼈아팠지만, 사실 그것이 세상에서 완전히 사라졌다 생각하니 속은 후련했었다.

"그런데, 그게 기어이 또 언니한테 돌아왔고……."

레아는 천천히 고개를 끄덕였다. 라셸르도 자신이 했던 생각을 정확히 짚어 가고 있었다.

"그래서 언니는 너무 무서워져서 그걸 찍어서 장작으로 없애 버리려고 했는데, 아무것도 모르는 발타 님이 이 화분의 지지대로 꽂아서 남긴 거지. 언니는 차마 그것까진 건드리지 못했고……."

"……."

그렇다. 레아가 생각해도 이상했다. 너무너무 이상했다. 내가 아니라 옆에서 보고 있던 라셸르의 눈에도 너무 이상해 보일 정도로, 그 나무는 나에게 계속 돌아왔다.

"이제는 언니, 그 장작더미에 있던, 그 난도질당하고 불에 그을렸던 나뭇조각에서 싹이 났어……."

레아는 눈물이 괸 눈으로 고개를 끄덕였다.

왕에게 말한 적이 있다. 이 막대기가 가짜이면, 신께서는 뜻을 이루지 못하시느냐고. 막대기가 진짜든 가짜든 신께서는 뜻을 이루시지 않느냐, 그럼 이게 있는 것과 없는 것이 무슨 상관이냐.

레아는 이 나뭇가지가 보여 주는 치유의 기적에도, 그것이 나뭇가지의 힘이라고 생각하지 않았다. 보석을 아름답게 만드는 것은 줄과 톱과 끌의 능력이 아니라 그것을 쥔 세공사의 능력이다. 누군가가 기적으로 치유된다면 그것은 나뭇가지의 능력이 아니라 신의 능력이라 생각했다.

실제로, 레아가 성공한 치유의 기적은 극히 드물었고, 늘 제멋대로였다. 레아가 얼마나 간절하게 기도했는지, 얼마나 건방지게 신에게 대들었는지와 별다른 상관이 없었다.

이 나뭇조각을 갖고 있던 기간은 자그마치 15년을 훌쩍 넘어간다. 하지만 그 긴 시간 동안, 치유의 이적은 자신을 포함해서 딱 세 명이었다. 크레도까지 포함한다면 넷. 레아는 여전히 그 기준조차 알 수 없었다.

하지만 되짚어 차근차근 생각해 보면, 자신을 향해 끝없이 돌아오는 이 막대기에는 부인할 수 없는 힘이 있는 것 같았다. 레아의 뺨으로 천천히 눈물이 흘렀다.

"맞아, 라셸르. 나는 이 나무가, 성 십자가가 아니라, 발타 님하고 나를 연결하고 있는 무언가라고 믿게 됐어……."

이 말을 인정하기까지 너무 힘들었다. 레아는 목멘 소리로 중얼거렸다.

"그곳에 박혀 있던 보석하고 이 막대기에는 어떤 약속이, 어떤 기도가, 정말 간절한 맹세가 걸려 있었던 것 같아."

라셸르는 고개를 끄덕이며 레아를 꼭 끌어안았다. 창으로 들어오는 바람은 따뜻했고, 토닥여 주는 손은 더욱 따뜻했다. 동생이 나직하게 속삭이는 소리가 들린다.

"언니, 언니가 그랬지, 내가 언니랑 떠돌이 생활을 할 때, 파리에 와서도 많이 울어서 힘들었다고."

"응. 우는 이유도 모른 채로. 악몽도 많이 꾸고. 무서운 사람들이 자주 나온다고."

"그거 악몽 아니었어. 현실이었지."

라셸르가 가볍게 웃으면서 대답하는데, 레아는 갑자기 소름이 확 돋았다.

"조금 이상해 보이는 사람들이 주변에서 자주 보였는데, 처음엔 그냥 다른 떠돌이들이나 동네 사람인 줄 알았지. 아시케나지 마을에 처음 들어갔으니 누가 동네 사람이고 누가 아닌지 모르잖아."

"……."

레아는 두 손으로 입을 틀어막았다.

아시케나지 마을에 들어간 후, 라셸르는 한동안 자주 울고 경기하듯 놀라고 늘 겁에 질려 있었다. 레아는 동생 역시 자신과 아빠를 그대로 빼닮았구나, 생각하며 한숨을 쉬었다. 가끔은 달래 주었지만 가끔은 화를 내기도 했다. 혼자 숨어 살기도 힘든데, 어린 동생까지 달래 주기에 벅찰 때가 있었다. 그때마다 벵상과 마망 실비아가 웃겨 주고 달래 주지 않았으면 버티기 어려웠을 수도 있었다.

착한 동생은, 점점 무섭다는 말을 안 하고, 한 해 두 해가 흘러가면서 잘 웃고, 잘 다니는 밝고 건강한 아이로 자랐다.

그런데, 알고 보니, 라셸르는 그냥 말을 안 한 것이었다. 언니와 벵상 오빠가 힘들까 봐.

"동네 사람이 아니었어, 언니. 그리고 악몽도 아니었어. 언니는 꿈이라고 했지만, 꿈이 아닌 건 처음부터 알고 있었어."

"라…… 라셸르?"

"익숙해지니까 무섭지도 않게 되었는데…… 그래도, 언니한테 늘 한 번쯤은 물어보고 싶었어. 살면서, 한 번쯤은."

다시 한번 등으로 소름이 끼쳤다. 레아는 두 손으로 입을 막은 채 덜덜 떨기 시작했다.

"언니…… 솔직하게 말해 줄래?"

"……뭐, 뭘?"

"정말 맹세코, 발타 님의 이름에 맹세코, 솔직하게, 사실만 말해 줄래, 언니?"

하느님의 이름이 아니라 발타 님의 이름이라는 것이 더 이상했다. 레아는 입술을 떨며 고개를 끄덕였다. 라셸르는 조금 떨리는 목소리로 물었다.

"언니…… 혹시 나 예전에 죽었었어?"

†

벵상은 멀찍이 보이는 로도스의 만드라키 항을 보며 크게 심호흡을 했다. 만드라키 항 인근의 니콜라오스 성당과 밝은 갈색 성벽들이 희미하게 눈에 들어온다.

망보는 선원이 늘 올라가 있는 돛대 꼭대기에 올라와 보니 정신이 어찔어찔하지만, 그래도 시야가 툭 트여 그거 하난 좋았다.

그 앞으로 정박되어 있는 수많은 배가 보였다. 벵상은 다른 사람보다 눈이 꽤 좋은 편이어서, 어떤 배들이 모여 있는지 얼추 보았다. 납작하고 작은 바지선이 대부분이었지만, 돛을 두 개, 세 개 단 범선도 많이 있었고, 길고 날렵하게 빠진 갤리선도 여기저기 흩어져 있었다.

돛대의 무늬와 깃발을 살피기 위해 눈을 부릅뜬 벵상은 일단 안도의 한숨을 쉬었다. 성전기사단의 표식은 없었다. 희고 검은 보쌍 깃발 무늬가 성전기사단의 표식이었는데, 그것은 아무리 찾아봐도 눈에 띄지 않았다.

대신 항구에 정박해 있는 갤리선들에는 검은 바탕에 끝이 V 형태로 갈라진 하얀 십자가 깃발이 걸려 있었다. 성 요한 기사단의 깃발이었다. 이 말은 조제 드 긴느는 로도스에 아직 와 있지 않거나, 적어도 이 해변에는 없다는 뜻이었다. 다행이다.

벵상은 벌벌 떨며 갑판으로 내려갔다. 갑판에는 레아가 서서 항구 쪽을 바라보고 있었다.

"야, 레아야, 아무리 돈을 많이 준대도 선원은 못 되겠다. 저기 올라가니까 오금이 쪼그라붙는 거 같네."

"……."

"그래, 하느님은 모두에게 다른 재능을 주셨지. 나 황금 이빨의 벵상에게는 하느님께서 돈을 버는 재능을 주셨지. 그럼 된 거야."

대답이 나오지 않는다. 레아는 꽤 심각한 얼굴로, 가까워지는 항구를 바라보고 있었다.

"벵상."

“왜 이래? 심각하게.”

“사람이 모든 진실을 아는 것이 반드시 좋을까?”

“……글쎄. 넌 내가 너를 사랑한다는 걸 알고 싶어?”

“아니.”

“그럼 모르는 게 좋지.”

레아는 갑자기 폭소를 터뜨렸다. 한참 웃던 그녀는 뱃전에 머리를 박고 울기 시작했다. 이게 갑자기 미쳤나. 벵상은 주머니를 뒤져 수건을 꺼내 내밀었다.

“이 망할 비위를 발타 님은 대체 어떻게 맞추고 사시는 거지. 짠해 죽겠네, 우리 선주님.”

“아빠가…… 그래도 사람을 잘 봤던 거 같아, 벵상…….”

“시발, 이제 그런 말 들어 봤자 안 반갑다.”

“…….”

“너하고 라셸르하고 왜 이래? 싸웠어?”

레아는 대답하는 대신 멍하니 고개를 젓는다. 그리고 항구 옆쪽으로 이어진 해안에서 갤리선들이 천천히 이리저리 모였다가 흩어져가는 모습을 멀거니 지켜보았다.

성 요한 기사단의 갤리선은 수가 많았다. 스무 척 가까이 되는 것 같았는데, 항구에서 한참 나와 훈련을 하고 있는 듯했다. 노잡이들의 훈련이 잘 되었는지 일사불란하게 노를 움직이고, 순식간에 모이고 갈라지고 하는 것이 보통 실력이 아니다.

뿌우우, 뿌우우우!

배의 이물 쪽에 서 있는 선원이 뿔 나팔을 크게 불었다. 항구로 배가 들어간다는 뜻이었다. 선수루 앞쪽에서 라셸르 호의 깃발이 올라간다. 하얀 나뭇가지 모양이 새겨진 깃발이었는데, 그것은 레아의 은나무 세공방의 표식이기도 했고, 백은의 기사 표식이기도 했다.

"……분위기가 뭔가 좀 이상한데……?"

성 요한 기사단의 갤리선단이 길이라도 비켜 주는 것처럼 양쪽으로 갈라진다. 둥둥둥둥, 둥둥둥둥, 북 치는 소리가 들리는 것 같다. 노잡이들을 리드하는 북소리가 점점 빨라진다. 성 요한 기사단의 희고 검은 십자가, 그 펄럭임이 과격했다.

아니다. 양쪽으로 갈라진 배들이 라셸르 호를 둘러싸듯 모여든다. 두두두둥, 두두두둥, 두두두, 두두두, 북소리가 빨라지며, 노들도 더욱 빠르게 촥촥 소리를 내며 바닷물에 감긴다.

선장이 다가와서 고개를 갸웃한다.

"왜 우리 앞을 막는 걸까요? 성 요한 기사단이 입항을 못 하게 막을 이유가 없는데? 혹시 벵상 나리께서 저쪽에 돈만 받고 튄 적 있으세요? 썩은 향료를 팔았다든가?"

"빌라레 단장 성질 고약하다는 소문이 지옥 밑바닥부터 천국 꼭대기까지 따르르 퍼져 있는데 내가 그런 짓을 할 리가? 아니 일단 나는 아크레 시절부터 성 요한 기사단하고 거래 한 번 터 본 적이 없는데……?"

말을 하는 사이 스무 척에 가까운 배가 라셸르 호를 둥글게 둘러싼다. 벵상이 갑자기 레아를 확 끌어당겨 뒤로 숨긴다.

"미친! 와 씨발 미친, 왜 지금 저기서 보쌍 깃발이 나와?"

성 요한 기사단의 깃발이 빠르게 내려가며 희고 검은 색의 사각 깃발이 오른다. 그리고 스무 척에 가까운 갤리선단이 라셸르 호를 빽빽하게 포위한다.

드디어 라셸르 호의 이물 쪽에 있던 갤리선의 앞쪽으로 한 사람이 나선다. 사슬 갑옷, 보쌍 방패, 붉은 파테 십자가가 새겨진 하얀 쉬르코, 흰 망토.

그 뒤에 서 있는 자들은 궁사들이었다. 어느새 그들은 라셸르 호를 향해 활을 겨누고 있다. 한두 명이 아니었다. 레아는 난간 밑으로 고개를 처박고 있다가 와들와들 떨면서 자리에서 일어났다. 바닥에 납작 엎드려 있던 벵상이 치맛자락을 끌어당기며 고함친다.

"미쳤어? 얼른 안 엎드려? 고슴도치 되고 싶어?"

"뭐, 뭐라고, 해…… 하는지 드, 들어는 봐……야지!"

"레아 이게, 기사들하고 살더니 진짜 겁대가리를 완전히 날려 먹……."

"마드무아젤 레아, 오랜만입니다."

앞에 선 자가 투구를 벗고 뱃머리에서 정중하게 허리를 굽힌다. 온화한 인상을 지닌 반백의 사내였다. 레아는 얼이 빠질 지경이었지만 일단 뱃전을 꽉 붙들고 외쳤다.

"조제…… 드 긴느 경. 무사하셨군요."

"당신일 거라고는…… 전혀 생각을 못 해서 당황스럽긴 합니다. 그럼, 이 배에 발타는 없다는 말이겠군요."

두 사람 모두 만나서 반갑다는 말 따위는 하지 않았다. 레아는 이 군단을 기다렸던 게 아니고, 조제도 레아를 기다렸던 게 아니다. 두 사람 모두 레아 호와 발타를 기다렸다. 한쪽은 이렇게 가슴이 터질 듯한 그리움을 안고, 한쪽은 이렇게 살벌하게 무장을 하고.

"조제 경께서는 성 요한 기사단의 일원이 되셨나요?"

"그것이 중요할까요?"

"……."

"풀크 경께서는 당연히 저희를 받아 줄 것입니다. 로도스 섬을 접수한 지 얼마 되지 않았으니, 많은 기사와 병사와 전문 인력, 그리고 자금이 필요하죠."

레아는 그의 말을 곰곰이 따져 보고 고개를 끄덕였다.

"……입항까지는 조건부로 허락받으셨는데, 입단은 아직 허락받지 못하셨군요."

"그야, 아주 맞춤할 때 해체 선언을 해 주시는 바람에 병합 자체가 무산이 되었지요. 그렇다고 저희가 당신 생각만큼 그리 무기력한 처지는 아닙니다."

"……."

"물론, 풀크는 어떤 수를 쓰든 저희를 받아들이고 싶어 하지요. 하지만 저희는 동등한 합병이 아니면 아쉬울 것이 없습니다. 시간이야 저희 편이고."

조제는 미소를 띠고 차분히 대답하면서도 기분이 썩 좋지는 않은 것 같았다.

이제 그가 탄 갤리선과 라셀르 호는 널판을 놓고 건너올 수 있을 만큼 가까워졌다. 돛으로만 움직이는 범선은 노로 움직이는 가벼운 갤리의 추적을 절대 피할 수 없다. 그리고 열 척이라고 알려진 갤리선의 수도 스무 척 가까이 되어 보였다. 유럽 각지의 기사단 잔여 병력이 대거 합류한 게 틀림없었다.

"당신은 잡힌 단원들의 구출보다는 자산의 보존을 택하셨군요. 형제들의 안부는 궁금하지 않으세요?"

"당신이 외교관이라면 그런 민감한 문제를 이렇게 무식하게 말씀하시진 않겠죠?"

말이 떨어지기가 무섭게, 레아의 옆으로 화살이 핑, 날아와 바닥에 박힌다. 조제가 옆에 있는 병사의 손에서 활을 빼앗아 레아를 향해 날린 것이다.

"으악, 으아아악!"

화살은 벵상의 몸에서 가까운 갑판 바닥에 박혔다. 궁금해서 비죽 고개를 내밀었던 벵상은 머리를 쥐어 싸고 바닥에 머리를 박았다. 나와 있던 선원들과 라셸르, 파스칼도 모두 갑판 위로 나왔다가 납작 엎드린 채 얼어붙었다.

"……어째서 내가 그들의 안부를 당신에게 물어야 하나?"

증오에 찬 목소리가 흘러나왔다. 늘 사려 깊고 부드러운 행정가라 알려진 조제도 결국은 전사이고 기사였다. 온몸에서 무서운 살기가 뻗쳐올랐다.

그 화살을 필두로 20척의 갤리선에서 병사들이 와르르 일어나 갈고리가 있는 밧줄을 라셸르 호로 던졌다.

†

"선장, 선원과 상인들은 너무 겁먹지 마시오. 이 배를 운용할 자들, 그저 고용된 자들까지 전부 해칠 생각은 없소. 그저 돈 받고 고용된 것이 무슨 잘못이겠소?"

고드프리 선장은 싸울 생각도 않고 바로 투항했다. 물론 레아도 벵상도 그들과 맞서 싸울 생각 따윈 손톱만큼도 없었다.

라셸르 호에서 가장 억센 선원이라 해 봤자 항구에서 껄렁대는 양아치 정도였고, 나머지는 칼 한 번 안 잡아 본 여자들이나 장사꾼이 전부였다. 기사들은 라셸르 호의 선원과 레아의 일행을 한꺼번에 묶어 선수루에 있는 레아의 선실에 꿇어앉혔다.

라셸르 호를 강제로 빼앗은 조제는, 이 거대한 배를 자신의 모선으로 삼기로 작정했다. 은나무의 깃발을 떼고, 보쌍 깃발을 달았다. 그리고 각 갤리선에 분산해 두었던 짐들을 모두 라셸르 호의 지하 선창으로 옮기기 시작했다.

갤리선은 무언가를 쌓아 둘 만한 공간이 거의 없는, 좁고 납작한 형태의 배다. 그리고 믿을 수 없는 노예 노잡이들이 갑판 밑에서 수십 명씩 득실거린다. 게다가 지휘하는 배가 워낙 많다 보니 조제의 통제도 잘 먹히지 않는 듯했다.

각 갤리선을 지휘하는 중간 지휘관은 나름 각 지부의 대표급 인물들이라, 어디서 듣도 보도 못하던 인물의 명령에 얌전히 복종하지는 않는 눈치였다.

그에 반해, 라셸르 호는 장거리 상행을 목적으로 설계된 대형 범선이라, 선창의 크기가 압도적으로 컸다. 각 갤리선에 나누어 실었던 기사단의 자산 때문에 좌불안석하던 조제는, 그것을 자신이 통제하는 모선 한 척으로 모아 둘 수 있다는 것만으로도 큰 짐을 덜어낸 기분이었다.

조제는 배를 통제할 선원들에게는 얼마든 아량을 베풀 생각이었다. 하지만 레아는 예외였다.

"마드무아젤 레아, 나는 성전기사단의 새로운 단장으로서, 필립과 교황을 영원히 용서할 수 없고, 당신과 발타 역시 절대 세상에 남겨 둘 수 없어요. 그건 이해하겠죠. 당신도 간자 노릇을 한 데 대한 죗값을 치른다고 생각하면 좋겠지."

조제는 이마로 흘러내린 반백의 머리카락을 쓸어 올리며 담담하게 말했다. 변함없이 온화하고 부드러운 목소리였으나, 그 내용은 레몽이 씹어뱉던 것만큼이나 살벌했다. 소름이 사르르 올라왔다.

그는 레아를 확실히 죽이기로 작정한 것 같았다.

“당신의 용기는 가상했어요. 나는 지금까지 당신처럼 용감하고 무모한 숙녀를 본 적이 없어. 엘랑, 신부님을 모셔 오게. 숙녀에게 마지막 참회의 시간은 허락해 드려야지.”

멀거니 눈을 깜박거렸다. 뭐라도 대답을 하고 싶은데, 입이 붙어서 떨어지지 않는다. 결국 입에서 흘러나온 건 엉뚱한 질문이었다.

“……당신이 성전기사단의 차기 단장이라고요……?”

“단장의 홀은 현재 내 손에, 기사단의 자산도 내 손에 있으니 당연합니다. 레몽 따위가 아무리 백날 찾아온다 해도, 현재 단장의 업무를 수행하는 나를 끌어내릴 수는 없지요.”

“단장의 홀이 당신의 손에 있다고요……?”

“믿기 어렵겠지만, 제게 들어와 있습니다. 제라르가 부득부득 가져가겠다는 것을 위험하다면서 제가 받아 냈죠. 탁월한 선택이었고, 신의 보호였지요. 제라르가 가져갔으면 틀림없이 왕에게 넘어갔을 테니.”

그는 진심으로 기쁜 듯 웃으며, 자신의 등에 차고 있는, 비단 천으로 감싸 둔 검집을 보여 주었다. 낯익은 검집이었다. 기가 막혀 입이 딱 벌어졌다.

저 인간이 미쳤나. 단장의 홀을 저렇게 함부로 갖고 다닌다고? 다른 사람 다 보도록? 이전 단장들은 그것이 너무 귀해 깊이 감추어 두고 일반 단원들에게 보여 주지도 않았다며!

레아는 뜨악한 눈으로 바라보다가 이내 고개를 끄덕였다.

갤리선에는 이 귀중한 것을 안전하게 숨길 만한 공간이 거의 없었다.

그리고 그보다 더 중요한 이유는, 그가 단장이라는 권위를 참사회나 13인 회의에서 정식으로 인정받지 못했기 때문이었다.

조제는 정통성이 없는 가짜 단장이라는 말을 들을까 봐 두려워하고 있다. 그래서 저 귀한 성물을 권위의 상징으로 늘 몸에 지니고 있는 것이다.

같은 이유로, 조제는 레몽이 자신을 찾아오는 것을 두려워하고, 분노하고 있는 듯했다.

"몰레 단장과 탕플 탑에 있던 참사회 형제들은 '유사시, 단장의 홀을 받은 자가 그 직무를 잇는다'고 이미 결정을 내렸지요. 끔찍한 고문을 당하는 중에 어렵게 내린 결정이죠."

"……아."

지휘체계가 붕괴되는 걸 막기 위한 임시 단장 체제인가 보다. 물론 조제는 임시 단장이라는 말은 절대 입 밖에 내지 않는다. 그는 힘을 주어 단언했다.

"그래서 현재는 이 거룩한 나무의 주인인 나 조제 드 긴느가, 바로 자크 드 몰레 단장의 뒤를 이은 24대 단장이 되는 겁니다."

아니, 아니, 아니야. 당신이 아니야.

윙윙윙윙, 귀청이 터질 것 같은 이명이 들린다. 아까 라셸르와 나누었던 이야기들이 폭포수처럼 머릿속을 두들긴다.

'언니, 나는 발타 님이 무서워. 그분 앞에 설 때마다 숨이 막혀 죽을 것 같아…….'

'언니, 나도 알아, 발타 님이 정말 좋은 분이라는 거! 나한테도 말할 나위 없이 사려 깊게 대해 주시지만, 언니, 난 그래도 무서워. 심장이 오그라드는 것 같고 숨도 못 쉬겠어. 필립 폐하보다 훨씬 무서운 분 앞에 선 기분이 들어.'

'언니, 그 성 유물이…… 혹시 나도 치료했었어?'
'그 단장의 홀이 치유의 이적을 보였을 때, 혹시 공통점 같은 거 없었어?'

내 다리가 나았을 때, 라셸르가 살아났을 때, 발타 님이 나았을 때, 크레도가 나았을 때.
머릿속이 터질 것 같다. 지금까지 겪어 온 모든 일이 머릿속에서 한꺼번에 뒤엉켜 돌아간다. 자신의 결론이 어떤 믿을 수 없는 가정에 가 닿는다.
"아, 하느님 맙소사……."
그 순간부터 가슴이 터질 것처럼 뛰기 시작했다. 라셸르처럼, 거대한 공포가 온몸을 사로잡았다. 심장이 말굽 부딪는 소리를 내며 무섭게 들뛴다.
그런데 레아는 이 감정의 정체를 정확하게 구별할 수 없었다. 두려움이나 긴장, 걱정, 죄스러움, 후회, 원망, 그 모든 감정을 모조리 뛰어넘는 거대한 흥분이었다.
'……발타 님을 만날 때까지 난 반드시 살아 있어야 해.'
머릿속에 남는 것은 딱 한 가지 생각뿐이었다.
발타 님께 반드시 알려 드릴 게 있다.
발타 님께 반드시 전해 드릴 게 있다.
발타 님께 반드시 고백할 게 있다.
나머지는, 그 이후에, 그 이후에 생각해도 된다. 레아는 간신히 입을 열었다.
"아니에요. 조제 경…… 당신은 성전기사단의 새로운 단장이 될 수 없어요."

가장 아픈 곳을 찌른 걸까. 조제 경의 얼굴에 분노가 확 번졌다.
"어째서 그따위 말을 함부로 담는 거지? 두렵지도 않은가?"
"저는 당신의 성품을 존경했고, 당신 같은 분이 단장이 되면 좋겠다고 생각했지만, 안타깝게도 당신은 단장이 될 수 없어요."
그가 레아의 앞으로 걸어와 그녀의 앞에 선다.
"무슨 이유로 그런 말씀을 하시는지?"
"당신이 갖고 있는 단장의 홀이 가짜이기 때문이에요."
갑자기 주변이 쥐 죽은 듯 조용해졌다. 조제의 얼굴이 순식간에 새하얗게 변했다.
"그게 무슨 말인가! 이건 분명히 필립 왕이 자크 단장에게 돌려준 것이다! 그 대가로 그대를 찾아가지 않았나!"
"제가 장담할 수 있어요. 조제 경. 그 막대기는 가짜예요. 발타님이 그 꼴로 돌아온 후, 제가 시테 궁에서 몰래 만든 거니까요. 제가 왕과 당신들에게 할 수 있는 가장 멋진 복수라고 생각했죠."
이제 그들을 둘러싸고 있는 사람들의 얼굴도 온통 새하얗게 변했다.
"진짜는 제 방 어딘가에 있는데, 아마 못 찾으실 거예요. 저를 죽이면 영원히 못 찾으시겠죠. 저에게 조금이라도 손을 대면, 저는 영원히 입을 다물고 죽어 버릴 거예요. 그러면 당신은 이 많은 증인 앞에서 가짜 성물을 가진 가짜 단장으로 남게 되는 거예요."
"뭐, 뭐가 어째!"
조제는 왈칵 레아의 멱살을 움켜쥐었지만, 레아가 방금 한 말이 있으니 함부로 주먹질을 하지 못했다. 레아는 쓰게 웃었다. 어차피 죽을 목숨이라 했으니, 이런 식으로 협박성 거래를 하는 것도 나쁘지는 않을 것 같다.

"지금 당장 이 여자의 방을 샅샅이 뒤져 봐!"

레아의 선실은 그리 크지 않아서, 방 안에 있는 것들을 모조리 털어 조사하는 데 그리 많은 시간이 걸리지 않았다. 선수루에 올라온 중간급 간부들과 묶여 있는 사람들, 병사들이 선수루 상갑판과 아래쪽 계단참에 빽빽하게 모여들었다.

여자의 방을 뒤집은 지 얼마 되지 않아, 침대 널판 아래에서 가죽으로 만든 자루가 발견되었다. 그 안에 든 것이 와르르 바닥에 쏟아졌을 때, 모인 사람들은 사색이 되었다.

"이, 이게 뭔가! 그대는 대체 무슨 짓을 한 건가!"

마룻바닥에는 말 그대로 똑같은 틀에 넣어서 찍어 낸 것 같은 나무 막대기들이 열 개 넘게 뒹굴었다. 조제의 홀을 몇 번이나 보았던 기사들은 기겁하며 무릎을 꿇었지만, 어떤 사람들은 가까이 다가가 그것을 한 개씩 들고 비교했다.

조제는 자신이 가지고 있는 막대기를 꺼내 들었다. 저도 모르게 손이 우들우들 떨린다. 모인 사람들은 제각기 목청을 높여 떠들기 시작했다.

"트, 틀에 박은 것처럼 똑같습니다. 옹이구멍과 나무의 길이, 너비, 모양까지요!"

"옹이 안에 돌이나 보석 조각 같은 것이 들어 있어서 핀으로 찌르면 달그락대는 소리가 나는 것까지 똑같습니다."

"……아교……로 접착한 것 같습니다만, 전혀 티가 나지 않습니다. 진품을 확인해 보려면 이것을 부러뜨려서 안의 보석을 확인해야 할 것입니다."

"진품 역시 안에 어떤 보석이 있는지 모르지 않습니까?"

"붉은색 아닐까요? 그리스도의 성혈이 굳어서 보석이 되었다고 했으니."

"본 사람은 없지 않습니까? 그렇다고 설마 진품을 가리기 위해서 그 귀한 성물을 부러뜨리겠다는 말입니까!"

나무를 부러뜨려 확인하겠다는 말에 기사단의 사제들은 펄펄 뛰었다.

조제는 얼굴이 하얗게 질린 채 굳게 입을 다물었다. 자신이 가진 것이 가짜라는 것이 확정되면, 단장 대리라는 권위와 정당성이 날아간다.

"물론 진품이 어떤 것인지는 저만 알아요. 폐하께서도, 몰레 단장님께서도, 돌아가신 보주 단장님께서도 절대 구별 못 하실 거예요."

"그런데, 어떤 것이 진짜인지는 끝까지 알려 주지 않겠다?"

그가 딱딱하게 굳은 얼굴로 입술 끝을 끌어 올리더니 빙긋 웃었다.

"……모두 다 가져와. 진위 여부는 성청에서 재판으로 가리면 될 것이다. 어느 것이든, 모두 내가 보관하면 문제는 해결되지."

"가짜를 한 개는 만드는 사람이 열 개는 못 만들까요? 이 배에서 열 개를 만든 사람이, 다른 곳에서 백 개는 못 만들었을까요?"

"뭐……? 이게 다 가짜일 수도 있다는 말이냐? 네가 진짜라고 하는 것을, 우리는 또 어떻게 믿으란 말이지?"

"조제 경, 성 십자가의 진위 증명은 성 헬레나 때부터 단 한 가지였습니다. 치유 이적입니다."

뒤에 서 있는 성전기사단 신부가 빠르게 대답했다. 그렇다. 그것은 이견이 없는 유일하고도 확실한 증명 방법이었다.

“저희, 협상을 해 보죠. 조제 경.”

여자가 고개를 들어 올린다.

“협상……? 무슨?”

“제가…… 이적으로 진품 증명을 해 드릴 테니…….”

여자의 얼굴에는 비굴함이나 애원하는 듯한 표정이 전혀 없었다. 목숨을 구걸하기 위해 정보를 내놓으려는 생각은 없는 듯했다. 다만, 평온한 표정과 달리 눈에는 눈물이 가득 괴어 있었다.

“발타 님을 한 번만…… 죽기 전에 딱 한 번만 만나게 해 주세요.”

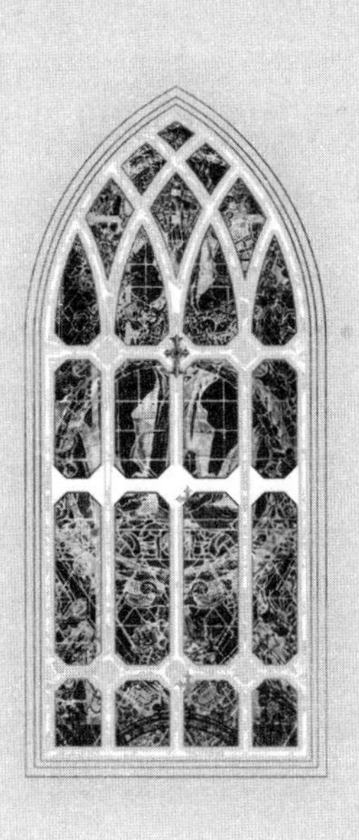

13-6. 로도스

“날이 많이 흐리군요, 발타 경. 곧 비가 올 것 같으니 안으로 들어가시죠.”

조르주 사령관은 모처럼 갑판 위에 나와 서 있는 은발의 기사를 보고 말을 걸었다.

발타가 행선지를 로도스로 잡은 후, 레아 호는 천천히 동진하는 중이었다. ‘내가 놈들을 추적하겠어! 놈들은 마르세유에서 집결할 거야!’ 하며 큰소리를 치던 레몽은 ‘기사단의 잔당’이 이탈리아를 지나 지중해의 동쪽 끝으로 가고 있다는 말을 듣고 입을 다물고 말았다.

조제가 이끈다는 갤리선 군단은 이동을 하면서 규모가 점점 커지는 듯했다. 라로셸 항을 떠날 때만 해도 열 척이 채 되지 않는데 최종적으로 들은 갤리선의 숫자는 스무 척에 가까웠다.

하지만 왕의 추적선이 붙었다는 말이 퍼진 순간부터 그들은 빠르게 자취를 감추었다. 아마 그 소문이 돌지 않았으면 그들의 세력은 훨씬 커졌을 것이었다. 레아 호에 승선한 병사들은 발타의 큰 그림을 뒤늦게 알아차린 후, 선주님을 하늘처럼 존경하게 되었다.

물론 처음에 선주 기사님은 전혀 존경받지 못했다. 그러기에는 지나치게 게을렀고, 분위기도 뭔가 흐느적흐느적 나른했고, 무엇보다 너무 '기사답지 않게' 생겼다.

하지만 그가 유명한 백은의 기사라는 것이 알려지는 순간, 상황이 뒤집혔다. 마상 시합의 스타를 꿈꾸는 기사들에게 '백은의 기사'는 전설이었다. 거기에 이런 선견지명이라니. 특히 선장인 조르주 드 마르세유의 감격은 이루 말할 수 없었다.

뒤에서 레몽의 목소리가 들렸다.

"조르주 경, 섬에 거의 다 도착했소?"

"그렇습니다. 지금 날이 궂어 섬이 보이지 않아서 그렇지, 맑은 날이면 희미하게 해안이 보였을 겁니다."

"드디어 내 임무를 수행할 때가 다가오는군. 발타 자넨…… 고대하는 숙녀를 드디어 품에 안게 되는 건가?"

그는 발타를 여자나 만나러 가는 남자로 취급하고, 자신은 대단한 임무를 받은 것처럼 말하는 습관이 있었다.

"조제 경에게 투항을 설득할 단장의 전권 대리가 바로 나, 레몽 드 툴루즈요."

"……."

"조제 경이 아무리 병사들을 모아 봤자, 프랑스로 진군할 것도 아닌데 무슨 소용이요. 평생 바다에서 떠돌 것도 아니니 결국은 투항을 할 수밖에 없지. 곱게 투항하면 편안한 노후를 보장해 줄 참이오."

레몽은 자신의 계획을 털어 말하는 데 거침이 없었다. 신중하지 못한 것을 당당함으로 착각하는 것 같았다.

“명령을 듣지 않으면 기사단 규정에 의해 기사단 단원 자격 박탈, 혹은 직위의 해임이요. 현재 내가 성전기사단 단장의 전권 대리자이니 그들의 통솔 권한은 전적으로 내게 있소.”

입으로는 투항을 말하면서도 자신이 그 무리를 통솔할 우두머리가 되려는 욕망이 말 한 마디 한 마디에 깊이 배어 있었다. 임무와 욕망의 괴리를 그는 제대로 인식하지 못한다.

“그나저나, 발타 자네 약초 쓰는 솜씨가 꽤 괜찮네. 자네 노고는 잘 기억해 두지.”

레몽의 치하에 발타는 대놓고 코웃음 쳤고, 조르주는 입과 코를 실룩대며 뒤로 물러났다. 말마다 저렇게 밉상이기도 쉽지 않다. 이자와 사이가 나쁘다면서 치료까지 해 준 발타 경이 예수님처럼 느껴질 지경이었다. 몸 아프다고 다른 선원들 좀 작작 괴롭히라는 뜻이겠지.

레몽은 강철 같은 체력과 발타의 약초 치료로 몸이 많이 회복되었다. 뼈가 부러진 것은 아닌지라, 이젠 겉으로 보면 그럭저럭 몸이 제대로 움직이는 듯했다.

하지만 히포크라테스가 살아온다고 해도 빠진 이빨까지 새로 나게 해 줄 수는 없어서, 레몽은 ‘전성기의 위풍당당’을 잃고 말았다. 물론 기사들이야 늘 치고받고 터지며 사는 것이 일상인지라 중년이 되면 앞니가 온전한 자들이 그리 많지는 않지만 꼴이 우스운 것은 별개의 문제였다.

“자산을 분산해서 옮겨야 한다고 주장한 게 바로 나야. 단장님은 탕플 탑이 유럽에서 가장 안전한 곳이라 하셨지만 말이야. 내가 아니었으면 솔로몬 방의 자산이 왕의 손으로 홀랑 넘어갔겠지. 안 그런가?”

그는 자신의 선견지명을 몹시 자랑스럽게 여기는 듯했다.
"그래서 갤리선들이 노르망디 항구들에 와 있었던 건가."
"그렇지. 되도록 바닷가에 있는 지부에 놔둬야 만일의 사태가 벌어지면 바로 싣고 튀지. '솔로몬의 옛 보물'들은 반 넘게 해변 쪽으로 옮겨진 상태였어."
싸우기도 귀찮은 발타는 잠자코 그의 영웅담을 들어 주었다. 돛대 위로 올라간 선원이 큰 소리로 보고한다.
"선장님? 저 앞에 보이는 배가 이상합니다!"
"뭐가 이상한데?"
"저희 레아 호와 똑같이 생겼습니다!"
이런 생뚱맞은 범선이 또 있다고? 하지만 그 말을 들은 몇몇 선원들이 급하게 갑판 위로 뛰어 올라왔다.
"……라셸르 호가 여기 와 있었나? 아니 이게 무슨?"
"그럼 고드프리 선장님도 벵상 나리도 다 오셨다는 건가? 발타사르 경!"
갑판으로 뛰어나온 항해사가 얼빠진 얼굴로 선주를 불렀다. 급하게 달려온 발타는 뱃전에 매달리듯 바다를 살펴보았다.
"맙소사. 이게 정말 무슨……."
라셸르 호, 라셸르 호가 맞다. 쌍둥이처럼 똑 닮은 배 한 척이 레아 호를 향해 빠른 속도로 다가오고 있었다. 마스트 꼭대기의 초계병이 다시 고함을 지른다.
"누군가 선수루 상갑판에서 소리를 지르고 있습니다. 아……."
사람들은 모두 입을 다물었다. 난간을 꽉 움켜잡은 발타의 주먹이 가늘게 떨리기 시작했다. 희미하게 여자 목소리가 들린다.
"아아…… 니이…… 발타아아아 니이이……."

"오 하느님, 레아! 대체 파리에서…… 어떻게 탈출한 겁니까!"

발타사르가 눈을 부릅뜬 채 외쳤다. 그의 얼굴은 이미 혈색이 모조리 빠져나가 우유처럼 새하얗다.

후드드드, 꾸물대던 하늘에서 결국 비가 쏟아지기 시작했다. 갑판을 와다다닥 두들기는 소리에 여자의 목소리가 찌그러지듯 파묻힌다. 발타는 소리 한 자락이라도 놓칠세라 난간 앞으로 몸을 힘껏 내밀었다.

두 척의 배가 점차 가까워지며 다시 여자의 목소리가 들리고, 뱃전에 서서 손을 힘껏 흔들고 있는 여자의 모습도 조금씩 보이기 시작했다.

여자는 옷이 비에 젖는 것도 아랑곳하지 않고 팔을 힘껏 흔들고 있었다. 뒤이어 익숙한 뿔 나팔 소리가 들렸다. 고드프리 선장의 조우 신호다. 항해사가 자랑스러운 목소리로 말했다.

"어쩐지, 우리 선장 영감님도 오셨군요. 그럼 벵상 나리께서도 계실 테고요. 상행에 따라오신 모양입니다."

발타는 앞뒤 생각할 겨를도 없이 선수루 상갑판으로 뛰어 올라갔다. 여자는 계속 고함을 지른다. 발타 님! 발타 님, 저 왔어요. 발타 님, 어디 계세요!

가슴이 미친 듯이 두근거린다. 레아가 파리를 탈출한 것도 놀랍고 이 먼 로도스 섬까지 온 것도 놀랍다. 무엇보다, 지금까지 무사한 것이 가장 놀랍고 고마웠다.

조제는 이미 스무 척에 가까운 대규모 갤리선단을 거느리고 있었다. 그들과 해상에서 한 번이라도 조우했으면, 진즉에 죽은 목숨이었을 것이다.

두 척의 배가 가까워진다. 여자는 뱃머리에서 함빡 웃으면서 자신을 향해 두 팔을 내밀고 있었다. 발타는 가슴이 터질 것 같아 숨도 제대로 쉴 수 없었다.

“레아, 건강하셨습니까. 별일 없으셨습니까!”

“보고 싶었어요, 보고 싶었다고요! 발타 님, 보고 싶었어요!”

활짝 웃는 표정과 달리, 그녀의 목소리는 물에 흠뻑 잠겨 있었다. 얼굴도 눈물과 빗물이 엉망으로 뒤엉켜 있었다. 대체 언제부터 울고 있었는지도 모르겠다.

“레아! 지금 누구와 함께 있는 겁니까! 대체 파리에서 어떻게 빠져나오신 겁니까.”

“고드프리 선장님, 라셀르, 벵상, 외제니, 카미유 다 같이 있어요! 그런데…….”

여자는 거의 울부짖는 것처럼 소리쳐서, 뒷말이 잘 들리지 않았다. 발타 역시 목이 메어 더 이상 말을 할 수 없었다. 눈물이 치솟지 않도록 버티는 것이 고작이었다.

“레아! 지금 당장 그 배로 건너가겠습니다. 다리를 걸쳐 놓겠습니다. 잠시만 기다리세요.”

하지만 여자는 오라는 말도 없고 가겠다는 말도 없이 선수루 난간을 붙잡고 울기만 한다. 발타는 선장을 향해 큰 소리로 외쳤다.

“조르주! 제 소유의 다른 상선입니다. 상행을 위해 알렉산드리까지 가끔 올 때가 있는데 로도스 섬까지 왔을 줄은 몰랐네요. 두 배를 가까이 대 주십시오.”

발타는 두 배가 수평으로 가까워지는 시간을 초조하게 기다렸다. 노가 없이 돛의 운용만으로 움직이는 것이라 거리를 좁히는 데도 시간이 꽤 걸렸다.

배가 앞뒤로 교차하며 레아의 모습이 시야에서 잠시 사라졌다.

온몸의 피가 끓어오르는 것만 같다. 눈을 감고 손으로 가슴을 지그시 눌렀다. 가슴이 터질 듯 뛴다. 목이 멘다. 레아, 레아, 아, 하느님, 이곳에서 레아를 보게 될 줄이야. 감사합니다.

"잠깐만……."

발타는 잠시 후 고개를 갸웃했다. 느낌이 이상하다. 적어도 자신과 조우했다는 걸 알면 다른 일행이나 선원들도 갑판으로 올라와야 하는 것 아닌가? 하지만 고드프리 선장이나 벵상, 외제니, 늘 상갑판에서 어슬렁대는 선원들, 심지어 마스트 꼭대기에 올라가 있어야 할 당직 선원조차 보이지 않는다.

비슷한 걸 느낀 것일까. 뒤따라온 항해사가 발타의 팔을 꽉 잡는다. 그의 낮은 목소리에 긴장감이 서렸다.

"발타사르 경, 만재흘수선이 물에 잠겨 있습니다."

"……."

발타는 라셸르 호의 아래쪽을 물끄러미 내려다보았다. 배의 적재무게 한계선을 표시하는 만재흘수선이 수면 아래로 살짝 잠겨 있다.

이 배는 애초에 대규모 화물 운송용으로 만든 것이었다. 무거운 짐을 많이 실어도 버틸 수 있도록 선창船倉도 넓고 선저船底도 깊었다. 따라서 만재흘수선 역시 다른 배보다 훨씬 높은 편이었다. 오죽하면 '흘수선이 저래 높으면 암초란 암초는 다 긁고 다닐 텐데'라는 놀림까지 당했을까.

그런데 지금, 그 흘수선마저 잠겨 있다?

그 말은, 지금 이 큰 배에 한계치에 다다를 정도로 화물이 쌓여 있거나 사람들이 많이 타고 있다는 뜻이었다.

"뒤에 다른 배들이 있는지 보입니까?"

"지금 비 때문에 가시거리가 짧습니다. 일단 마드무아젤께 이쪽으로 오십사 청하시는 게 어떻겠습니까?"

"레아! 이쪽 배로 건너오실 수 있겠습니까?"

레아는 천천히 고개를 흔들었다. 그러고 보니 저렇게 뱃머리에 서서 비를 흠뻑 맞으며 목석처럼 서 있는 것도 이상했다.

……꼭 몸이 묶여 있기라도 한 것처럼……?

"제기랄!"

발타는 빠르게 무기를 점검하고 투구를 챙겨 든 후 조르주에게 말했다.

"널판을 연결해 주십시오, 조르주 경. 당장 건너가 봐야 할 것 같습니다."

"위험합니다! 지금 저 배가 나포되어 있을 가능성도 있습니다!"

"그렇다고 저곳에 있는 사람들을 내버려 둘 수는 없잖습니까."

조르주는 질린 얼굴로 머뭇거렸다. 그렇다고 대신 죽으러 갈 수도 없는 것 아닌가?

하지만 생각할 틈은 얼마 주어지지 않았다. 긴급사태를 알리는 종소리가 요란하게 울리기 시작했다. 마스트 꼭대기에서 전방을 살피던 선원이 큰 소리로 고함친다.

"선장님! 전함들이! 성 요한 기사단 소속 갤리선들이 다가오고 있습니다. 돛대에 요한 기사단의 십자가가, 줄잡아 열둘, 열다섯, 열여덟 척…… 정도!"

"성 요한 기사단 갤리라면 우리 함선과 마찰을 빚을 일은 없다. 프랑스 왕실 깃발과 아르브르 다르장의 깃발을 선수에 걸어 우리 소속을 알리고, 뿔 나팔로 입항하겠다는 신호를 보내라!"

순간 선원이 찢어지는 고함을 질렀다.

"아앗! 선장님! 보쌍 깃발입니다! 보쌍 깃발로 바꿔 올렸습니다!

선장님, 당장 이 해역에서 빠져나가셔야 합니다!"
"씨발, 이 배가 무슨 재주로 갤리를 따돌려? 모두 전투 준비!"
조르주가 욕설을 내뱉으며 외쳤다.

땡땡땡땡, 전투를 알리는 종이 요란하게 울렸다. 하지만 상행을 위한 배의 전투 준비라야 수십 명에 불과한 병사들이 무기를 챙기고 급하게 갑옷을 걸치는 것뿐이었다.

그사이, 날렵한 형태의 갤리선 군단이 빠르게 다가와 그 일대를 빙 둘러 포위했다.

설상가상으로, 레아 호는 라셸르 호로 건너가기 위해 선체를 가까이 붙여 둔 상태였다. 그 상태로 대치하고 있는데, 갑자기 라셸르 호에서 밧줄이 달린 무거운 쇠갈고리가 날아온다.

떵, 텅, 텅, 투앙, 텅…….

열서너 개의 갈고리가 갑판의 난간에 걸렸고, 레아 호는 적에게 잡힌 포로처럼 순식간에 라셸르 호로 끌려가기 시작했다.

"우와아악! 다들 피해! 난간에서 뒤로 물러나!"

뒤이어 화살이 소나기처럼 쏟아져 내렸다. 갈고리의 밧줄을 끊으려 달려가던 선원들이 소리를 지르며 뒤로 피하고, 왕의 병사들은 폭우 때문에 잠시 벗어 두고 있던 사슬 갑옷과 투구를 허둥지둥 뒤집어썼다. 방패를 챙길 경황이 있는 병사는 거의 없었다.

병사들이 갈고리 줄을 끊으려는 사이, 라셸르 호에서는 화살이 폭우처럼 쏟아지기 시작한다. 미처 무장하지 못한 병사들이 갑판 위로 퍽퍽 쓰러졌다. 병사들은 상갑판의 앞뒤에 있는 선수루와 선미루로 잠시 화살을 피해 보았지만, 그사이 두 척의 배는 고정용 갈고리가 달린 서너 개의 널판으로 연결이 되고 말았다.

"막아! 시발, 건너오잖아! 얼른 막아!"

"널판을 걷어! 야이 개새끼들아! 다 찍어 내! 줄을 끊어!"

양쪽에서 들리는 욕설과 고함 소리는 빗소리와 뒤섞여 귀청을 징징 울렸다. 하지만 이미 때는 늦었다. 널판으로 두 배가 연결되는 순간, 라셸르 호의 선수루 꼭대기에서 키가 큰 반백의 지휘관이 칼을 빼 들고 외쳤다.

"모두 공격해라! 왕의 병사들을 한 명도 남기지 말고 모조리 척살하고 배를 접수하라!"

라셸르 호에 숨어 있던 사람들이 와르르 쏟아져 내렸다. 선수루 선미루의 선실은 물론 바닥의 선창에서도 무장한 병사들이 개미 떼처럼 기어 올라왔다. 도대체 무장 병사들이 몇 명이나 되는지 짐작도 할 수 없었다. 오랫동안 이곳을 배회하면서 레아 호가 오기를 기다리고 있었던 걸까?

발타는 레아가 서 있는 선수루 쪽에 최대한 가까이 가서 큰 소리로 외쳤다.

"레아! 레아! 아, 하느님! 레아를, 제발, 레아! 이리로 건너와, 건너와요! 아, 제기랄……."

발타는 레아가 왜 선수루에서 꼼짝도 하지 못했는지 뒤늦게 알았다. 여자의 다리와 허리가 난간에 밧줄로 친친 묶여 있었다. 조제드 긴느가 여자를 뒤에서 붙잡아 팔로 목을 옥죄기 시작했다.

"미끼 역할도 제대로 못 하는군. 좋아, 어쨌든 나는 약속을 지켰다. 발타를 만나게 해 주었지."

"으, 아으, 으윽!"

"이제는 당신이 약속을 지킬 차례지. 자, 어떤 것이 진짜인지, 당장 말해라."

조제는 레아의 턱 앞에 가죽 자루를 들이댄다. 그는 이제 완전히 다른 사람이 되어 있었다.

레아가 알고 있는 조제 경은 사려 깊고 인품이 훌륭한, 기사다운 기사였다. 무언가에 간절하게 매달리다 보면 사람이 이렇게까지 변할 수도 있나? 숨겨졌던 열등감 때문일까? 잠시 맛본 권력의 맛 때문일까?

레아는 눈물을 줄줄 흘리며 악착같이 고개를 저었다.

"이건 만난 게 아니잖아! 당신은 아직 약속을 지키지 않았어! 죽어도 말 못 해!"

"아, 그러면 치유가 절실하게 필요한 상황을 만들어 주면 될까? 네 손을 잘라 볼까? 네 다리를 잘라 볼까? 발타의 목이라도 베면? 그러면 정말 기적이라도 빌어야 하지 않겠느냐? 별도의 진위 증명이 필요 없겠구나."

"발타 님! 발타 님! 오지 마! 오지 마세요!"

"아니아니, 이따위 실랑이를 하다가 다 놓치느니, 차라리 둘 다 죽이고 진위 검증을 아비뇽 교황청에서 받는 것이 나을 것이다."

조제는 레아의 머리채를 잡아채며 레아를 협박했다.

발타는 라셸르 호로 건너가려다 다급하게 선수루 쪽을 바라보았다. 레아는 얼굴이 하얗게 되어 몸을 버둥거리고 있었다. 거리가 멀다. 지금 저 위치까지 달려가도 너무 늦는다. 중간을 가로막고 있는 많은 사람까지 헤치고 가려면……. 발타는 이를 악물고 고함을 질렀다.

"조제 경! 기다려 보십시오! 당신이 원하는 게 뭡니까!"

"내가 지금 원하는 건 너희 둘의 목숨이다! 성전기사단의 새로운 단장으로서, 너희의 목을 베고 필립과 베르트랑이 몰락하는 것을 내 눈으로 똑똑히 볼 것이다!"

적개심이 들끓는 그의 목소리에는 타협의 여지가 없다. 레아의 머리 위에 있는 검이 바로 그녀의 목으로 들이닥칠 것 같다. 피가 말라붙는다.

"으, 으앗! 이게 뭐야!"

두 사람 앞으로 갑자기 시커먼 그림자가 들이닥쳤다. 결박한 줄을 어떻게 끊었는지, 선실에 갇혀 있던 벵상이 뛰쳐나와 레아를 붙잡은 조제를 머리로 들이받는다.

"앗! 이건 또……!"

"레아! 야! 정신 차려! 이거 받아 봐, 아우 씨!"

난데없이 벵상과 조제 사이에 몸싸움이 벌어졌다. 3층 선실에 갇혀 있는 사람들은 밖으로 나오지도 못한 채 비명을 질렀다.

조제는 검을 빼 들려다 눈을 크게 떴다. 장검 두 자루 중 한 자루가 어느새 뽑힌 것이다. 장사꾼은 묶인 여자에게 달려가려다가 뒤에서 조제가 급하게 들이닥치는 것을 보고 황급히 칼을 휘둘렀다.

"으악! 앗, 으아아!"

붕, 붕, 부웅, 장사꾼이 서투르게 휘두르는 검을 조제는 가볍게 피했다. 벵상은 추가 공격을 하는 대신 레아가 묶인 선수로 달려가 끈을 끊으려 했다. 하지만 이내 조제가 들이닥쳤고, 레아에게 검을 넘겨준 벵상은, 뒤를 돌아보고, 머리 위까지 들이닥친 조제의 검을 보고 기겁했다.

"와아아아! 씨발, 아아아악!"

찢어질 듯한 비명이 하늘을 가로질렀다. 벵상은 두 사람에게 들이닥치는 검을 팔로 막다가 그대로 바닥으로 나뒹굴었다. 아악, 아악 으아아악! 목이 터질 듯한 비명이 선수루를 꽉 채웠고, 바닥은 순식간에 시뻘건 피로 물들었다.

조제는 그를 걷어차 밀어내려 하지만, 벵상은 그대로 몸을 던져 그의 다리를 끌어안고 굴렀다. 두 사람이 함께 엉겨 붙었다.

물론 이 싸움은, 어차피 제대로 된 싸움도 아니었다. 조제가 다시 검을 고쳐 잡고 벵상에게 박아 넣었다. 하지만 벵상은 이상하게 통증을 느낄 수 없었다. 그냥 둔중한 타격감만 느꼈다. 사방에서 비명이 터지는데, 그는 오히려 어리둥절한 얼굴로 눈을 껌벅거렸다.

하지만 이내 뭔가 엿 됐다, 하는 생각이 들었다.

명치에서 뜨거운 무언가가 울컥대고 흘러나오는 것이 느껴졌다. 결박한 끈을 자른 레아가 검을 쥔 채 비명을 지르는 것이 보였다.

퍽! 두 번째 타격감이 이어졌다.

아, 이젠 아프다. 아픈데, 어디가 아픈지는 특정하기 어렵다. 벵상은 레아를 향해 씩 웃어 보였다.

"아 씨발, 내가…… 뭔가…… 거하게 멍청한 짓을 한 거 같아……."

"벵상! 벵상! 미쳤어! 어떡해, 벵상!"

"지금까지 태어나서 단 한 번도 검 따위는 잡아 본 적이 없었는데 기사한테 덤벼들다니."

"벵상! 정신 차려! 일어나! 도망가! 벵사아앙!"

바닥에 주저앉은 레아가, 그를 보며 폭우 속에서 울부짖는다. 벵상은 자신을 위해 울부짖는 레아를 보며 히죽 웃었다.

"역시…… 오래 살고 볼 일……. 네가 나를 위해 눈물을 흘려 줄 날이 오다니, 이런 대박 횡재가…… 한 번도 상상해 본 적이 없었……."

바닥에 엎어진 벵상은 고개를 틀어 사방을 바라보았다. 가장 높은 위치에서 내려다보는데, 이쪽 배든, 저쪽 배든 난전이다.

조제의 갤리 군단이 레아 호와 라셸르 호를 둥그렇게 포위하고 있는 것이 보였다. 아, 이건 대대적으로 망했다. 마상 시합의 일인자 발타 님이 백 명이 모인다 해도 이 상황에서 빠져나갈 방법은 없다.

그래, 어차피 대대적으로 망한 거니까, 이렇게 죽는 게 억울할 일도 아닌데…….

"제기랄, 모처……럼 거상이 될…… 기회를 잡았……는데, 꼭 이렇게…… 날려…… 먹지. 내 이럴 줄 알았다니까."

"곧 죽을 놈이 헛소리가 길구나. 얌전히 있었으면 너희는 살려 주려 했었다. 우리 기사단은 죄 없는 신앙의 형제들은 해치지 않……."

"아이고 시발, 개소리 하지 마. 죄…… 없는 우리 스승님하고 사모님이 늬……들 손에 죽은 걸 내가 다 아는데 이게 어디서 약을 팔지……."

"네 이놈!"

"아, 씨, 레아 결혼 전에 매부 될 놈한테 군기 잡아…… 놔야 하는데, 내 동생 괴롭히지 말라고……. 그거 뺀들뺀들 게을러터지게 생겨 먹어서……."

"벵상, 말하지 마! 기운 빠져! 말하지 말고 숨만 쉬어, 이 멍청아!"

"네놈이 지금 농담할 기운이 있구나!"

조제는 이를 갈며 다시 검을 휘둘렀다. 다시 몸이 크게 튀어 올랐다. 어디를 찔렸는지 모르겠는데, 맨살에 떨어지는 빗줄기가 아프게 느껴졌다.

까맣게, 까맣게 물들어 가는 하늘 틈으로, 조제의 손에서 검이 떨어지는 모습이 보인다. 아악, 아아아! 입에서 저절로 비명이 터져 나가는 것이 이상하다. 내가 소리 지르는 거 맞나? 쿨럭, 쿨럭 컥컥. 그의 보기 좋은 반백의 머리카락으로 선명한 핏방울이 튄다.

저거저거…… 아무래도 내 피 같은데.

어? 어라?

조제가 칼을 놓치고 허리를 비튼다. 그의 어깨에 꼬리가 긴 화살이 박혀 있다. 발타가 사람들을 뚫고 드디어 레아 호로 올라와서, 누군가의 활을 뺏어 3층 수루를 향해 화살을 날린 것이다.

"레아! 허리 숙여요!"

레아가 황급히 엎드린 순간 두 번째, 세 번째 화살이 날아온다. 조제가 황급히 방패로 막았지만 이미 다른 화살이 옆구리에 박혔다. 하지만 사슬 갑옷을 입고 있던 덕에, 화살촉이 깊게 들어가지는 않은 듯했다.

발타가 날듯이 계단을 향해 달려온다. 백병전에서 발타를 당할 사람은 드물었지만 문제는 화살이었다. 대형 범선 두 척을 둘러싼 스무 척의 갤리선에서 미친 듯이 화살이 쏟아져 내렸다.

전신에 사슬 갑옷과 보호 장구를 끼고 투구까지 갖춰 쓴 기사들은 화살을 맞아도 즉사할 정도로 심한 상처는 피할 수 있지만 레아나 라셀르, 벵상 같은 사람들이나 일반 병사들은 속수무책이었다.

조제 경이 팔을 움켜잡고 고함을 지른다.

"멈춰! 발타를 막아! 생포해도 좋고, 그 자리에서 죽여도 좋다!"

수십 명의 기사들이 순식간에 발타를 에워싼다. 발타는 이를 악물었지만 포위망은 너무나 두꺼웠고, 레아의 사정은 너무나 급박했다.

"선실의 포로들부터 처분하도록 하지. 자비를 고마워하지 않는 포로들은 살 자격이 없어. 당신은 잠시만 기다려."

그가 선실을 향해 몸을 돌린 순간, 주저앉아 있던 레아가 벌떡 일어나 앞으로 달려왔다.

"멈춰요, 조제 경. 나를 쓰러뜨리기 전에는 이곳에 못 들어가요."

레아는 두 팔을 벌려 포로들이 묶여 있는 선실 앞을 막아섰다. 조제 경은 레아가 검을 들고 서 있는 것을 보더니 웃음을 터뜨렸다.

"당신이 기사라도 되는 줄 아나?"

"놀랍게도, 난 왕에게 서임받은 진짜 기사예요."

"아, 그렇군. 그런데 검을 잡고 휘두를 줄은 알고?"

"나는 검을 휘두르는 방법은 모르지만, 휘둘러야 할 때는 알아요."

조제의 움직임이 주춤하니 굳는다. 이제 레아는 세상에서 아무것도 두렵지 않았다. 그녀는 단단한 목소리로 대답했다.

"내가 옳다고 생각하는 일을 위해서, 내가 사랑하는 사람을 지키기 위해서. 기사가 검을 드는 이유는 이 두 가지만으로 충분해요."

13-7. 바다를 가르는 지팡이

카미유와 다른 포로들은 전부 선수루 레아의 방에 갇혀 있었다. 그들은 같이 있던 벵상이 튀어 나갈 때부터 정신이 빠졌고, 방패 하나 사슬 갑옷 한 쪼가리도 없는 벵상이 조제 경에게 덤비다가 난자당해 바닥에 쓰러지는 것을 보고 완전히 넋을 잃고 말았다.

빗물이 질펀하게 괸 갑판에 시뻘건 웅덩이가 점점 커져 가고, 끈을 잘라 낸 세공사 주인님은 갑옷도 없이 고작 검 한 자루로 진짜 기사에게 맞섰다.

이제 아무도 그곳에 가지 못했다. 억센 선원들조차도 꼼짝하지 못했다. 나가면 그 자리에서 벵상처럼 죽는 것이다.

"내가 옳다고 생각하는 일을 위해서, 내가 사랑하는 사람을 지키기 위해서. 기사가 검을 드는 이유는 이 두 가지만으로 충분해요."

그녀는 긴 치맛자락을 허리춤까지 당겨 묶고 검을 곧추세웠다. 무서워서 숨도 못 쉴 것 같은 상황이지만, 레아는 오히려 당당하게, 눈을 빛내며 말했다.

"이 뒤에 있는 사람들로 협박할 필요 없어요. 내가 죽기 전엔, 뒤의 사람에게 가지 못할 테니까."

쩡, 하는 소리와 함께 검이 맞부딪쳤다. 레아는 힘을 견디지 못하고 검을 놓칠 뻔했지만 용케 버텼다. 모여 있는 사람들은 차마 보지 못하고 외면했다.

쩡, 쩡, 두 번, 세 번 연거푸 검이 부딪치는 소리가 난다. 그녀의 검 소리는 아래에서 들리는 요란한 고함과 쇠 부딪치는 소리, 그리고 빗소리에 묻혀 버린다.

빗줄기가 조금씩 가늘어진다. 구름의 빛이 조금씩 옅어지고 있지만, 상황은 점점 악화되고 있다. 카미유와 파스칼은 머리를 쥐어 싸고 와들와들 떨었고, 억센 선원들도 구석에 몸을 바짝 움츠리고 쉴 새 없이 성호를 그었다.

오직 라셸르만이 눈물범벅이 된 채, 문 앞에서 싸우는 두 사람을, 아니 이제 시신이 된 벵상까지 세 사람을 똑바로 바라보고 있었다.

레아는 놀랍게도 이리저리 도망 다니며, 막으며 서너 합을 더 버텼다. 하지만 결국은 오른쪽 팔과 종아리에 길게 상처가 나면서 검을 놓치고 크게 휘청거렸다. 그녀는 절룩이며 뒤로 물러나 선실의 문 앞을 가로막고 섰다. 바닥에 빨건 핏물이 고인다. 조제는 희미하게 웃으며 검을 레아에게 똑바로 겨누었다.

"발타가 당신에게 제대로 검 쓰는 법을 알려 준 모양입니다."

"폐하께서 알려 주셨죠. 당신들하고 싸울 때, 만신창이가 되어도 좋으니 최대한 버텨 보라고."

기가 막힌 말을 하면서도, 레아는 이제 초연하게 웃었다. 조제는 웃지 않았다.

"당신의 용기와, 당신의 모든 행동에 경의를 표합니다, 마드무아젤."

그는 농담을 하는 것이 아니었다. 진심인 듯했다. 그는 정중하게 고개를 숙여 인사를 한 후 말을 이었다.

"마드무아젤. 저는 신의 선택을 받은 자를 내 손으로 해치고 싶지 않았습니다. 하지만 현재 저는 성전기사단의 단장이고, 기사단의 임무를 우선해야 합니다. 당신을 용서하지 못함을 용서하십시오. 대신, 약속대로 마지막 참회의 시간은 지금 허락해 드리겠습니다."

아아. 그렇다. 기사이면서도 수도승인 그들은 전시에, 싸우다 죽어 가는 동료들에게 마지막 참회를 들어 주고 사면을 베풀어 준다고 했다.

하지만 레아는 벽에 기대선 채, 결연한 목소리로 말했다.

"조제 경, 약속을 지켜요. 저는 참회 따위는 됐고, 발타 님께 할 말이 있어요."

"……."

"신의 선택을 받은 여자에 대한, 마지막 예우라고 생각해 주세요."

"당신도 제게 한 약속이 있습니다, 마드무아젤. 어떤 것이 진짜 단장의 지팡이입니까."

"좋아요. 발타 님과 이야기가 끝나면 바로 약속을 지키겠어요. 어떤 것이 진품인지 당신 눈앞에서 증거를 보여 드리죠."

조제는 잠시 망설이다가 고개를 끄덕였다. 핏물과 얼룩으로 추레해진 몰골이었지만, 여자에게선 당당함과 알 수 없는 위엄이 느껴졌다.

"좋습니다. 잠시 멈춰라! 마드무아젤께서 발타사르에게 마지막으로 하실 말씀이 있다 하시니."

조제가 큰 소리로 외치자 1층 갑판에서 발타와 얽혀 싸우던 사람들이 다소 어리둥절한 얼굴로 잠시 손을 멈췄다.

발타는 온몸이 피투성이가 된 레아를 올려다보며 이를 악물었다.

"무슨 일입니까, 레아! 대체…… 괜찮으십…… 레아!"

레아는 발타가 서 있는 방향을 향해 비척대며 허리를 숙였다. 발타의 주변으로는 이미 숱한 병사들이 널브러져 있다. 다시 눈물이 북받쳤다.

"발타 님, 벵상이 죽었어요……."

발타의 턱에 딱딱하게 각이 생겼다. 그녀는 울면서도 꿋꿋하게 말했다.

"제가 마지막으로 드릴 말씀이 있어요, 발타 님."

"레아! 마지막이라는 말씀은 하지 마십시오! 제가 구해……."

그의 목울대가 크게 물결치는 것이 보였다. 입술을 깨물며 그가 아픈 침을 끝없이 삼킨다. 레아는 저런 움직임 따위에도 눈이 시었다.

"발타 님…… 생각해 보니, 저, 발타 님을…… 정말 사랑했던 거 같아요."

"그만 말씀하시라 했습니다. 지금은 저희의 마지막이 아닙니다! 당장 죽을 것처럼 그러지 마십시오."

발타는 검을 움켜쥔 채 격하게 고함을 치다가 결국 목멘 소리로 덧붙였다.

"당신은 제 생명의 빛이며 제 삶의 존재 이유였습니다. 그러니, 그런 말씀 마시고 제발 살아 주십시오."

발타는 자신의 희망 사항과 달리 이 자리에서 레아가 바로 죽을 수도 있음을 알고 있었다. 발타는 조제를 향해 고개를 돌리고 차분한 목소리로 청했다.

"조제 경! 스승님! 레아를 놓아주십시오. 제게 원하시는 게 뭡니까!"

"스승이란 말 따위 입에 담지 마라. 역겹다. 너와 우리 기사단 사이엔 목숨으로도 갈음하지 못할 빚이 남아 있을 텐데, 잊었나?"

"서로 주고받은 것이 그리 많은데, 아직도 갚고 말고 할 게 남아 있습니까?"

"역겨우면 다 집어치우세요, 조제 경. 우리도 당신네 기사단에 대한 애정이 흘러넘쳐서 여기 와 있는 게 아니니까."

매섭게 쏘아붙인 레아는 선실 창문 앞에 묶여 있던, 꽃이 활짝 피어 있는 항아리 화분을 들어 발타를 둘러싼 사람들 사이로 집어 던졌다.

파삭.

사람들이 기겁하며 물러났고, 화분은 발타의 발치에 떨어져 박살이 났다. 사람들은 너무 기가 막혀 움직임을 멈췄다. 조제와 발타도 멍하니 레아의 얼굴만 바라보았다.

"이, 이게 무슨……."

발타의 발치에는 지저분한 흙과 푸르게 잎을 낸 어린 나무, 그리고 붉은 꽃들이 나뒹굴었다. 왕관과도 같은 꽃, 검과 같은 잎사귀, 금덩이처럼 짙은 황갈색의 둥그런 뿌리를 가진 꽃. 발타는 그 꽃을 내려다보며 눈을 깜박이다가 레아를 다시 올려다보았다.

"발타 님, 제 말을 잘 들어 주세요, 이해가 안 가도, 끝까지 그냥 들어 주세요."

"……레아?"

"보세요. 당신이 화분에 꽂아 둔 막대기에서 싹이 났어요. 모세의 전설 속, 물을 피로 변하게 하고, 태양을 가리고, 홍해를 가르고, 사람을 죽이고 살리던 아론의 지팡이처럼!"

레아는 금방이라도 쓰러질 것처럼 몸을 떨었다. 빗줄기는 점점 가늘어지고 있었지만, 우박이라도 맞는 것처럼 온몸이 아프고 추웠다.

"사실 그건 예전에 아크레의 길바닥을 굴러다니던 나뭇조각이었어요."

순간 발타는 시퍼렇게 질린 얼굴로 발치의 나뭇가지를 주워 들었다. 사람들은 영문 모르는 얼굴로 그들을 번갈아 바라보았다. 레아는 활짝 웃으며 말을 이었다.

"그런데 그게 돌고 돌아서, 어느 날 쥐 잡는 막대기가 되더니, 어느 날 저희 이름이 새겨진 가로대가 되고, 어느 날 장작이 되었다가 툴리파의 버팀목이 되었고, 어느 날 이렇게 싹이 났어요."

"레, 레아!"

"발타 님, 죄를 고백하자면, 그동안 저는 가짜 단장의 홀을 스무 개도 넘게 만들었어요. 그래서 조제 경에게 발타 님을 만나게 해 준다면 어떤 게 진짜인지 알려 드리기로 약속을 했어요. 그래서 이제부터 발타 님이 그걸 직접 보여 주셔야 해요."

"그게 대체 무슨 말입니까? 레아 지금……."

"툴리파의 왕자는 왕관을 바쳤고, 기사는 검을 바쳤어요. 그리고 장사꾼은 거대한 황금 덩어리를 선물로 주었죠."

나뭇가지를 쥔 채 입술을 들썩대던 발타가 갑자기 움직임을 멈춘다.

사람들이 수군수군 술렁이기 시작했다. 이 말이 무슨 말인지 이해하는 사람은 거의 없는 듯했다. 조제와 기사들은 물론이고, 카미유도 파스칼도, 선원들도 알 수 없었다. 다만 라셸르만이 무엇인가를 짐작하고 있는지 눈물을 줄줄 쏟아 내기 시작했다.

"저 아크레의 레아도, 예전에 발타 님께 왕관과 다마스쿠스의 검을 선물로 드렸어요. 그리고 오늘, 이렇게 마지막 선물까지 준비했어요."

"잠깐! 레아! 잠깐만, 마, 말하지……!"

발타가 다급하게 말을 막으려는 순간, 레아가 목에 핏대를 세우고 고함을 질렀다.

"당신을 사랑해요, 발타 님! 이 배에 실린 솔로몬 방의 거대한 황금은, 당신께 드리는 제 마지막 청혼 선물이에요! 이제는 약속대로 저하고 결혼해 주세요!"

예상과는 너무나도 다른 그녀의 외침에, 마지막 자비를 허락해 주었던 조제는 격분했다.

"솔로몬 방의 황금이 청혼 선물? 이 미친…… 이 무슨 정신 나간 소리야!"

조제가 단검을 뽑아 들고 다가온다. 레아는 옆으로 껑충 뛰어 몸을 피하며 외쳤다.

"당신은 꿈에서 나에게 검을 바친 기사가 아니야! 꿈속의 구혼자는 바로 나예요! 신께서는, 그러니까 그 거룩한 나무의 주인께서는 나를 선택했고, 나는 당신을 선택했어! 당신이 더 잘 알잖아요, 그 예언의 내용은!"

– 거룩한 지팡이가 선택받은 자를 인도하리니,
신께서는 한 여자를 선택하셨고, 그 여자는 한 남자를 선택하리라.

"……레아! 말하지 마세요, 피해요! 조제! 스승님! 움직이지 마십시오!"

발타가 그 자리에서 단검을 빼 들고 던지려는 자세를 잡았다. 하지만 조제는 빠르게 달려가 레아의 뒤에서 한 팔로 목을 움켜잡고 오른손으로 검을 그녀의 목에 갖다 댔다.

"꼼짝 마라. 헛소리는 끝났다."

단검을 던지려던 발타가 황급히 손을 거두어들였다. 하지만 레아는 저항하지도 않고 버둥대지도 않은 채, 그저 해야 할 말을 계속 쏟아 냈다. 두려움을 느끼는 기능을 아예 잃어버린 듯한 모습이었다.

"잘 들어요, 발타 님! 당신이, 당신이 그 나무의 진짜 주인이야!"

"이 무슨 미친! 입 닥치라는 소리 안 들리나?"

"아닙니다! 레아! 왜 그런 말도 안 되는! 저는 그, 그런 자가 아닙니다! 저는!"

발타가 피를 토하듯 외쳤지만, 레아의 외침은 이제 거침없었다.

"제발 잘 생각해 봐요! 치유의 이적이 발현될 때는, 바, 발타…… 님 당신이 옆에 계실 때뿐이었다고요! 발타 님이 옆에 계시고, 내가 나뭇가지를 들고 기도했을 때, 그중에서도 발타 님이 치유와 부활을 원하셨을 때!"

순간 발타의 머릿속으로 예언 속 한 문장이 화살처럼 가로지른다.

– 신이 택한 여인이 기도하고, 신이 원하신다면, 바로 그곳에 치유의 이적이 임하리라.

"아, 하…… 하느님, 아닙니다. 저는……."

너무나 명료하게 떠오른 기억에, 그는 입을 벌린 채 주춤대고 뒤로 물러섰다.

“레아, 저는 그, 그런 자가 아닙니다! 저는 하느님을 믿는 인간입니다. 그리고 이 나무는 성 십자가……!”

하지만 이내, 기억 속 낡은 장면들이 폭포처럼 쏟아져 내렸다. 레아의 다리가 낫고, 레아의 동생이 살아났다. 파스카의 밤이 끝나던 새벽, 발타가 원하던 그 순간에 치유의 기적이 일어났고, 발타가 함께 있는 순간 크레도가 회복되었다. 심지어 리옹에서조차 그랬다. 레아의 기도를 듣고 스스로의 의지로 길을 되짚어 세상으로 되돌아오지 않았던가.

그 모든 장면 속에 레아의 기도와 신의 나뭇가지와 발타의 의지가 있었다. 이제 발타의 머릿속에서는 왕에게 들었던 여러 가지 내용과 예언의 문장들이 시위를 떠난 화살들처럼 날아다니기 시작했다.

그대에게 이 거룩한 홀을 맡기리니,
주께서 세상에 다시 오시는 날, 이 홀을 주의 손에 바치라.
이것이 그대의 맡은 바 신성한 임무가 될 것이니.

기나긴 세월에 혹여 우리가 서로를 잊을지라도,
우리는 언젠가 함께 태어나,
서로 다시 만나게 되겠지요.

오를레앙의 필립으로 불렸던 왕실의 한 왕자가 받았던 비밀 임무. 주께서 세상에 다시 오시는 날. 세상에 다시 오시는…….

그리고 발타 자신은, 레아가 태어난 날과 같은 날, 시테 궁 앞에, 갓난아기처럼 아무것도 기억하지 못한 상태로 멀거니 서 있었다.

……그럼 그 '주'가 예수 그리스도가 아니고, 그 '신'이 하느님이 아니었단 말인가?

퀴리오스, 도미누스, 엘로힘, 데우스. 그 낱말들이…….

……본래 갖고 있던 의미로 쓰인 것이다?

덜그럭.

발타의 손에서 검이 떨어졌다. 몸이 걷잡을 수 없이 떨리면서 한쪽 무릎이 푹 꺾이며, 그는 허물어지듯 자리에 주저앉았다. 그를 둘러싼 기사들은 무슨 영문인지는 모르나 검을 겨누고 슬금슬금 가까이 다가오기 시작했다.

반면, 레아는 온 세상에 두 사람만 있는 것처럼, 두려움 없는 목소리로 외치고 있었다.

"발타 님! 꽃을 보세요. 저게 바로 동굴의 환상 속에서 '선택받은 자'에게 보여 주겠다 하신 세 구혼자의 꽃, 튤리파예요! 저와 발타 님이 함께 있던 곳에서만 피었던 꽃, 세상 어디에도 존재하지 않던 꽃이죠."

거룩한 신의 영광, 용맹한 인간의 명예, 탐욕스러운 짐승의 풍요,
이 모든 형상을 담은 꽃을 약속의 증거로 삼으리니,
내가 이 꽃을 선택받은 자에게 친히 보이리라.

"아악!"

조제가 레아의 뒤에서 꺾은 팔에 힘을 주었다. 그의 손이, 몸이, 목소리가 들들 떨리는 것이 느껴진다.

"그, 그럼…… 지금 발타가 가지고 있는 저 나뭇가지가 성 십자가란 말인가?"

"아뇨, 성 십자가는 아니겠죠……. 하, 하하, 지금까지 들으셨는데도 모르시겠어요?"

출혈 때문에 얼굴이 점점 창백해지는 여자가 맑은 목소리로 웃는다.

"저건 오랫동안 단장의 홀, 단장의 지팡이로 불리던 어떤 나무예요. 생명나무, 혹은 자비의 나무, 혹은 아론의 지팡이, 알 수 없는 여러 가지 별명으로 불리던 전설 속 나무이고……."

"그게 무슨 말이야, 결론이 뭐야? 알아듣게 설명을 해!"

"동굴의 예언 속 '주님'은 예수님이 아니라 '생명나무의 주인님'이고, 예언 속의 '신'은 하느님이 아니라 당신들이 바포메라는 이름으로 섬기던 신이었죠. 두 명의 기사가 만난 분도 성모님이 아니라……."

"네 이년! 이 무슨 참람한 말인가!"

내용의 전후를 간신히 가늠한 듯, 조제 경이 레아의 입을 후려치며 말을 끊는다.

"마지막으로 자비를 베풀려던 내가 멍청했다! 성 유물의 진위 검증은 교황청에서 받을 것이다! 네년의 헛소리 따위는 더 이상 용납하지 않겠다!"

조제가 여자의 목에 검 끝을 들이댔다. 발타의 머릿속이 하얗게 변하며, 마지막 문장이 섬광처럼 번쩍 스치고 지나간다.

이 홀을 주의 손에 바치라.

그날에 너희가 주의 능력을 보리라.

"그 손 놔, 조제!"

발타의 분노에 찬 고함과 함께, 손에 들린 나뭇가지가 허공을 크게 갈랐다.

순간 뱃전으로 어마어마한 파도가 들이닥쳤다.

콰아아아아! 쏴아아아…….

와르르르르르르르, 쾅!

"으아아아악……!"

두 사람의 몸이 한꺼번에 거대한 파도에 휩쓸렸다. 두 개의 몸이 흡사 먼지라도 되는 것처럼, 하늘로 붕 솟아올랐다.

†

조르주 드 마르세유 사령관은 병사들을 이끌고 전투 갤리들과 분전하고 있었다.

물론 승부가 될 싸움은 아니었다. 병력 차이가 너무 많이 났다. 두 척의 배에는 성전기사단의 기사와 병사들로 가득 찼고, 갤리선에서는 여전히 화살이 소나기처럼 쏟아졌다.

레몽은 어디 갔는지 보이지도 않는다. 제기랄, 저쪽 배로 건너갔나? 솔직히 어느 편인지도 모르는 사람을 데리고 다니자니…….

속으로 욕설을 삼키던 조르주는 갑자기 움직임을 멈췄다.

"저, 저게 대체 무슨 일……?"

저쪽 배의 분위기가 심상찮다. 발타 경이 숙녀를 구하기 위해 단신으로 먼저 건너가더니, 기다리던 기사들과 바로 싸움이 붙었다. 마상 시합의 일인자라지만, 배 위에서는 마상 기술이 아무 소용이 없다. 시간에 맞춰 구해 올 수 있을 것 같지 않다.

선수루 갑판에서는 여자와 기사단의 새 단장으로 보이는 반백의 사내가 싸움이 붙었다. 여자는 선실의 문을 막고 용감하게 싸웠다.

갑옷도 없이, 오직 검 한 자루만 들고 뒤의 동료들을 지키기 위해 싸우는 여인은 위엄 있고 당당했다. 추레한 피투성이의 모습에 경외감이 들 지경이었다. 트루바두르들이 이 장면을 보았다면 1천 편의 노래로 그녀의 마지막 모습을 남길 것이다.

안타깝게도 상황은 절망적이었고 여자는 오래 버티지 못했다. 도와주러 간 발타는 수십 명의 적에게 빽빽하게 둘러싸였고, 라셀르호에서는 도와주러 건너갈 여력이 없었다. 병사들은 대부분 갑판에 쓰러졌고, 조르주도 진작 부상을 입었다.

조제 경은 여자의 뒤에 검을 뽑아 들고 섰고, 여자는 은발의 기사를 먼발치로 바라보며 대화를 나누기 시작했다.

그리고 갑자기 화분을 사람들 한가운데로 집어 던졌고, 발타 경은 무언가를 주워 들었다.

그리고 그 뒤부터 상황이 이상하게 돌아가기 시작했다.

뭐, 뭐지……?

갑자기 흐름이 기묘하게 바뀌었다. 여자가 떠드는 내용은 들리지 않고 조제 경과 발타 경이 화를 내며 내지르는 소리만 들렸다. 사람들이 크게 술렁이고, 조제 경은 노성을 발하며 여자의 팔을 꺾은 후 목에 검을 박아 넣었다.

……아니, 박아 넣으려고 했다.

순간, 조르주를 위시해 그곳에 모여 있던 사람들은 똑똑히 보았다.

발타의 고함 소리가 들리고, 레아가 서 있는 선수루 뒤로, 화산이 폭발하듯 바닷물이 치솟았다. 거대한 물기둥처럼.

콰아아아아!

하늘까지 치솟을 듯하던 물기둥은 순식간에 방향을 꺾어 선수루 갑판 위에 있던 두 사람을 휩쓸었다.

"아악, 으아아아, 사람 살려!"

"오, 하느님! 하느님! 오, 맙소사! 하느님 저희를 살리소서!"

모인 사람들은 악마에게 붙잡힌 것 같은 표정으로 비명을 질렀다.

그것은 기이한 장면이었다. 검푸른 바닷물이 그 배를 둘러싸고 미친 듯이 치솟기 시작한다. 거대한 창처럼, 검처럼, 화살처럼 치솟은 바닷물 기둥들은 이내 아래의 배들로 쏟아져 내리기 시작했다.

가장 무시무시했던 것은, 투석기로 쏘아 던진 것처럼 선수루를 직격한 집채만 한 물벼락이었다.

콰아아아! 콰아아아! 우르르르 쾅쾅!

맙소사. 사람들은 머리를 감싸고 자리에 엎드렸다. 큰 소리로 비명을 지르고, 품에 간직하던 성물을 꺼내 위로 들거나 성호를 그으며 울부짖는 자들도 있었다.

조제 경은 그 물에 부딪혀 난간을 넘어가 바다로 빠졌고, 그곳에서 있던 여자 역시 물살에 휩쓸렸다. 그런데 여자는 조제 경과 달리 바다에 동댕이쳐지지 않는다. 바닷물이 무슨 형체를 가진 것처럼 여자를 감싸 안아 위로 들어 올린다.

콰르르, 콰르르, 콰르르르…….

쏴아아아…….

여자는 거대한 물살 위에서 정신없이 허우적거리며 정신없이 소리쳤다.

"발타 님! 발타, 발타 님! 푸으, 푸! 내, 내려, 내려 줘요, 어푸우!"

발타가 손에 쥔 무언가를 천천히 아래로 내리자, 물에 휘감겼던 여자가 천천히, 아주 천천히 아래로 내려온다. 그는 여자를 향해 두 팔을 벌렸고, 여자는 물에 흠뻑 젖은 채, 그에게 안겼다.

안긴 여자가 오열한다. 그의 가슴에 얼굴을 파묻고 말 한 마디

없이 그저 울기만 한다.

발타는 여자를 한 팔로 끌어안은 채, 그 이상한 나뭇가지를 움켜쥔 손을 움직였다. 또 다른 물줄기가 솟아, 바닥에 쓰러져 있던 불쌍한 장사꾼의 시신을 감아올려 천천히 두 사람의 발 앞으로 내려놓는다.

그와 대결하고 있던 기사들, 병사들은 더 이상 그들을 공격할 수 없었다. 아니 모두 다 혼이 나간 듯한 표정으로 주저앉아 와들와들 떠는 것이 고작이었다.

그새 익숙해진 건지, 바닷물은 발타의 손짓에 의해, 명령대로 움직이기 시작했다. 춤추듯이 날뛰는 바다는 살아 있는 거대한 생명체, 성경 욥기에 나오는 거대한 바다 괴수 레비아탄 같았다.

날은 서서히 개었고, 구름은 빠르게 걷혔다. 주변의 바다는 점점 고요해지는데, 레비아탄은 하늘을 가득 채워 버릴 듯한 기세로 용틀임을 하기 시작했다.

레아 호는 이미 왕실의 배가 아니었다. 조르주 선장은 부상을 입고 난간에 기대 간신히 버티고 있다. 배는 성전기사단에게 이미 넘어간 상태였다. 전투 능력이 남아 있는 왕실 병사는 거의 없었고, 발타가 데려온 항해사는 이미 바닥에 쓰러져 움직이지 않는다. 레몽은 어디에서 싸우다 쓰러졌는지 숨었는지 알 수 없었다.

콰르르르, 콰르르, 콰아아아아…….

시퍼런 물기둥이 레아 호를 타고 오른다. 하늘을 뒤덮을 만한 거대한 용이 배를 친친 감아 올라가는 것 같다. 다른 사람들이 보면 장관이라 할 만하겠지만, 배에 타고 있는 자들에겐 극심한 공포였다.

바닷물은 레아 호를 돛대 꼭대기까지 거꾸로 감싸 올라가더니, 앞뒤 좌우로 크게 흔들기 시작했다. 그러잖아도 선체가 너무 높아

안정감이 덜한 그 배는 몸부림이라도 치는 것처럼 격심하게 흔들렸다. 단언컨대, 조르주가 평생 겪었던 파도 중 이렇게 기이한 파도는 처음이었다.

조르주는 난간을 꽉 잡고 부하들에게 고함을 질렀다.

“갑옷 벗어! 사슬 갑옷, 투구, 무기 다 집어 던져! 갑옷 입은 상태로 빠지면 죽는다!”

고함을 치기가 무섭게, 배가 물에 얹혀 치솟는가 싶더니 그대로 뒤집혔다.

콰르르르, 쾅! 쾅, 콰작!

말 그대로 돛대 꼭대기부터 거꾸로 들이박혔다. 그곳에서 싸우고 있던 기사들은 모조리 물에 빠졌다. 헤엄을 칠 수 있는 기사들은 급하게 갑옷을 벗고 갑판에서 굴러다니거나 부서진 나뭇조각들을 붙잡았다.

콰르르릉, 쾅, 쾅, 촤아아아, 콰르르르…….

쾅, 쾅, 쇄아아아…….

이제는 거대한 물기둥이 남은 갤리선을 하나하나 감싸 올리며 뒤집어엎기 시작했다. 레아 호와 라셸르 호를 포위했던 스무 척 갤리선을 향해 바다가 너울너울 춤을 춘다. 물이 쏟아지는 게 아니라, 바윗덩어리로 미친 듯이 후려갈기는 것 같다. 콰작, 콰작, 쾅! 쾅! 요란한 파열음과 함께 갤리선이 차례차례 박살이 나기 시작한다.

……배가 뒤집히는 정도가 아니라, 바닷물에 의해, 박살이 나고 있었다.

노잡이들은 황급히 자리에서 벗어나 바다로 뛰어들기 시작했고, 갑옷으로 무장한 기사들도 갑옷과 무거운 무장을 벗어 던지고 물에 뜰 만한 것들을 움켜잡고 뛰어들었다.

하나, 하나, 그리고 또 하나.

물에 빠진 사람들은 물 위에서 허우적대며, 혹은 무언가에 매달려서 스무 척의 갤리가 박살이 나는 꼴을 얼빠진 꼴로 지켜보았다.

시퍼런 바닷물은 창처럼, 검처럼, 바늘처럼, 거대한 바위처럼, 성채처럼, 길게 똬리를 튼 거대한 용처럼, 혹은 보드랍게 감싸 안는 손처럼 수백 수천 가지 모습으로 움직였다.

바다는 라셀르 호의 갑판에 서 있는 자의 손짓대로 움직이고 있었다. 사람들은 그것을 바로 알아차렸다. 그는 한 손에 여자를 끌어안고, 한 손으로 스무 척의 배까지 모조리 뒤집어엎은 후, 레아 호를 향해 눈을 돌렸다.

선저를 수면 위로 드러낸 채 볼썽사납게 가라앉아 가던 레아 호가 천천히 위로 떠올랐다.

발타 경은 이제 손조차 움직이지 않는다. 물에 흠뻑 젖은 채, 그저 입술을 달싹거리기만 한다. 바다는 크게 휘몰아치며 배의 주변으로 높직한 물의 벽을 만들더니 확 뒤집히며 레아 호를 다시 거꾸로 뒤집었다.

콰아아아아. 콰르르르르르.

쏴아아아……….

선실과 선창까지 꽉 차 있던 물은 의지라도 가진 것처럼, 배에서 빠른 속도로 빠져나가기 시작했다. 창고를 열었을 때 쥐가 사방의 구멍으로 빠르게 빠져나가는 꼴과 비슷했다.

놀랍게도, 한 번 뒤집혀서 돛대 꼭대기까지 흠빡 젖었던 배는, 얼마 후 한 달 동안 땡볕 속을 운행한 배처럼 바싹 말라 버렸다. 잠시 만에 일어난 일이었다.

나무로 된 물통을 붙잡고 허우적대던 조르주에게 발타사르의 목소리가 들렸다.

"조르주 경. 안의 물은 다 뺐으니 승선해서 사람들을 구조하십시오. 성전기사들은 묶어 선실에 가두고, 부상자는 데려오시오. 시신은 잘 수습해서 수장시키고."

"예, 예엣!"

"부서진 배도 빨리 수리하십시오. 범선 두 척에 수용하긴 벅찹니다."

레아 호로 간신히 올라온 조르주는 줄사다리를 여러 개 내려 물에 빠진 사람들을 구조했다. 성전기사단의 기사들과 병사들은 전혀 반항하지 않았다. 그들은 넋이 빠진 듯한 얼굴로 얌전히 손을 내밀어 묶였다.

바포메, 바포메. 바포메.

사람들 사이로 술렁술렁 수군대는 소리가 산들바람처럼 퍼졌지만, 큰 소리를 내는 사람은 아무도 없었다.

조제 드 긴느 경은 일주일 후, 인근 바위섬에 걸린 시신으로 발견되었다.

†

"폐하. 혹시 레몽…… 제 조카의 소식을 들으신 바가 있습니까."

"배신자 레몽이 걱정되는 게요, 자크? 내 기억으론, 배신자 발타에게는 그런 걱정을 해 줬던 것 같지는 않은데?"

"……."

"오늘 아침, 모처럼 들어온 소식이 있긴 하오. 그다지 믿을 만한 내용은 아니고, 그리 듣기 좋은 내용도 아닐 게요. 하나, 원한다면 알려 주겠소."

필립은 품에서 어지럽게 접힌 양피지 한 장을 꺼내 보였다. 로도스 섬 성 요한 기사단의 단장, 풀크 드 빌라레가 보낸 장문의 편지였다. 왕은 라틴어 독해에 미숙한 자크를 위해 담담하게 내용을 일러 주었다.

"발타사르 경과 레몽 경이 승선한 범선 레아 호, 그리고 신이 선택한 여인이 승선한 라셸르 호는 로도스 섬 앞에서 조제 경과 교전을 벌였고, 모두 침몰했다 하오."

「……그간 성전기사단의 잔여 병력을 실은 갤리선단이 저희 로도스 섬 인근 해역에 결집하여 저희의 보호, 혹은 합병을 요청한 바 있었습니다. 하지만 당시 기사단에 대한 재판이 진행 중이었으므로, 성 요한 기사단에서는 입항만 허락하고 다른 요청은 보류하였습니다.

그런데 얼마 전, 우리가 알지 못하는 사이, 그들의 갤리선단과 프랑스 왕실이 파견한 대형 범선 사이에 교전이 있던 것으로 알려졌습니다.

만드라키 항에서 다소 떨어진 해역에서 있었던 교전은, 목격자가 많지 않아 정황을 정확하게 파악하기 어렵습니다. 하지만 범선 두 척과 20여 척 정도로 보이는 갤리선단이 인근 해역에서 교전을 했고, 갑작스러운 폭풍우에 휘말려 침몰한 것은 확실한 듯합니다. 근처를 지나던 상선에서 다섯 명 이상의 목격자가 있었고, 그들의 증언은 모두 일치했습니다.

며칠 후 조사를 위해 인근 해역으로 선박들을 내보내 샅샅이 조사해 본 바, 완파된 갤리선 20척의 잔해가 밀물에 밀려 인근 해안까지 떠다니는 것을 확인할 수 있었습니다.

그리고 주변의 바위섬에서 성전기사단의 지휘관으로 추정되는, 그러나 외관이 많이 부패하여 정체를 알 수 없게 된 시신을 발견할 수 있었습니다.

보쌍 깃발, 프랑스 왕실의 깃발과 몇몇 다른 종류의 깃발도 함께 발견하였습니다. 얼마나 많은 병사가 수장되었는지는 알 수 없으나, 인근 해변을 돌며 탐문한 바, 로도스 섬 해안까지 헤엄쳐 온 생존자들은 한 명도 없었던 것으로 확인되었습니다.

저희 성 요한 기사단은 성전기사단과 우호적이라 말하기는 어려운 관계였으나, 이런 슬프고 창황한 일에 어찌 해묵은 옛 은원을 따질 수 있겠습니까. 하여 교전 해역까지 제가 직접 배를 몰고 나가 그들이 잠든 곳에 꽃을 뿌리고, 선상에서 진혼 미사를 올려 그들의 영혼을 위로하였음을 알려 드립니다.

그리고 바위섬에서 수거한, 귀퉁이가 찢어진 왕실 백합 무늬의 깃발과 흰 나뭇가지 모양의 깃발, 그리고 보쌍 깃발과, 시신에서 수거한 피로 얼룩진 기사단 단복을 함께 보내어, 그 처참했던 교전의 증거로 삼을까 하나이다.

이 안타까운 일에 대하여, 교회와 신앙의 수호자이자 프랑스의 왕이신 필립 폐하께, 그리고 아비뇽의 거룩하신 사도좌께 깊은 위로의 마음을 전하며, 우리 성 요한 기사단은 그 일에 대하여 아무런 연관과 책임이 없음을 다시 한번 정중하게 밝히는 바입니다…….」

왕은 편지에 적힌 것과 별개로, 편지를 들고 온 성 요한 기사단의 사신에게 입수한 '목격자 증언'도 몇 토막 함께 전해 주었다.

로도스 항으로 입항하던 알렉산드리 발發 상선에서, 교전을 먼발치로 목격한 자들이 있었다. 그들 말로는, 몹시 생뚱하고 두려운 폭풍이라고 했다. 비가 그치고 호수처럼 잔잔해진 에게해 한가운데서, 바닷물이 기이한 형태로 치솟아 수십 척의 갤리를 두들겨 부수고 거대한 범선을 뒤집고 있었다더라 했다.

그 장면에 대해 목격자들은 아직도 의견이 분분했다. 어떤 이는 헛것을 본 것 같다 했고, 어떤 이는 하느님이 천벌을 내리시는 것이라고 했다. 용이나 레비아탄 같은 바다 괴물이 배를 엎었다고 하는 자도 있었고, 하느님께서 소돔과 고모라를 벌하실 때처럼 유황과 벼락을 내리신 거라고 말하는 이들도 있었다.

물론 말하는 이들이 극도의 흥분상태로 횡설수설했던 점을 감안하면, 증언의 신빙성은 상당히 떨어진다는 소견이 덧붙었다.

"오, 하느님, 아니야. 그럴 리가 없어……."

자크는 이제 몸을 가눌 수가 없었다. 양쪽에서 두 명의 병사가 붙잡는데도, 그는 낡은 부대 자루처럼 바닥으로 축 늘어졌다. 왕은 그를 물끄러미 내려다보며 말을 이었다.

"다만, 레몽은 시프르 섬에서 발견됐소. 로도스에서 시프르까지 어떻게 흘러갔는지는 알 수 없지만, 어쨌든 조만간 탕플 탑으로 돌아오게 될 게요."

"레, 레몽이 살아 있단 말입니까? 정말입니까? 오, 하느님, 폐하! 레, 레몽이?"

자크는 고개를 번쩍 들었다. 채신없이 다시 눈물이 터진다. 가슴이 터질 것처럼 기쁘고 벅찬데, 영 믿어지지 않았다. 왕이 이 늙고 병든 패배자를 끝까지 조롱하고 싶은 건지도 모른다.

"폐하…… 로도스에서 시프르가 얼마나 먼 곳인데, 배가 침몰했다면서 어떻게 그곳까지 갔다 합니까? 어떻게 레몽만 살아남았다

하더이까?"

왕은 더 이상 대답하지 않는다. 고개를 비스듬히 돌리고 입을 꽉 다문 채, 석상처럼 서 있기만 했다.

한참을 기다리던 기욤 드 노가레가 한숨을 쉬며 작은 목소리로 대답했다.

"이유는 아무도 모릅니다."

"……?"

"레몽은 미치광이가 되었습니다. 아무것도 설명하지 못하고, 아무도 알아보지 못합니다. 발타사르 경이 괴물이 되었다는 둥, 모세가 지팡이로 홍해를 갈랐다는 둥 헛소리를 하고 있다 하는데, 광증의 정도가 심각해, 대소변도 가리지 못하는 상태라 합니다."

"아……."

노인의 눈으로 다시 눈물이 흘러내렸다. 기욤 대법관의 마른 목소리가 들렸다.

"정신이 나갔으니 목숨이라도 건졌다는 건 알아 두십시오. 폐하께서는 그가 감히 폐하를 속여 협상을 걸었던 것을 알고 계셨습니다. 원래대로라면, 레몽은 조제 경의 함대를 발견하는 즉시 조르주 사령관이 죽이게 되어 있었습니다."

"……미치지 않고서야, 어찌 살겠소. 미치지 않고서야……. 차라리, 그 자리에서 죽여 주지 그랬소……."

자크는 이제 천장을 향해 고개를 들고 울었다. 목이 쉬어 소리는 나지 않고, 굵은 눈물만 주름진 뺨을 타고 내려가 더러워진 수염 속으로 스며들 뿐이었다. 한때 무소불위의 권력과 금력을 휘두르던 용맹하고 굳센 기사는 이제 모든 것을 잃고 정신마저 완전히 무너져 버렸다.

왕의 고요한 목소리가 들렸다.

"미치광이와 어릿광대는 어떤 헛소리를 해도 죽이지 않소. 이유는 알 수 없지만, 오랜 전통이오. 곤했을 터이니 이만 들어가 쉬시오. ……기욤, 문을 닫게."

기욤은 한 걸음 뒤로 물러나 이제 더 이상 기사단장이 아니게 된 노인에게 정중하게 허리를 굽혀 예를 표한 후 문을 닫았다. 철커덩, 철컥. 두 겹의 무거운 자물쇠가 걸리는 소리가 유난히 차게 들렸다.

"가시죠, 폐하. 시테 궁까지 모시겠습니다. ……폐하!"

기욤은 황급히 달려가 벽을 짚고 휘청거리는 왕을 부축했다. 대장정을 마친 왕의 얼굴에는 짙은 피로감이 가득했으나, 왕은 그것을 하소연하지는 않았다.

발타를 보내고, 세공사 여인마저 떠난 후부터 왕은 생트 샤펠에서 보내는 시간이 점점 길어졌다. 더욱 말이 없어지고, 더욱 차가워졌으며, 날이 갈수록 낙엽처럼 메말라 갔다.

그러더니 오늘 풀크 경의 편지가 왕에게 치명타를 날렸다.

하지만 왕은 흔들리지 않았다. 사신의 보고를 듣고, 묻고, 확인한 후, 잠자코 고개를 끄덕일 뿐이었다. 무시무시한 침묵이 그랑드 살르를 짓눌렀다. 왕의 고통은, 늘 그러하듯 돌처럼 고요하고 단단하며, 무쇠처럼 차고 무거웠다.

고통을 호소할 사람이 없는 건지, 호소하는 방법을 모르는지, 치자治者란 그런 것을 드러내면 안 된다고 생각하는 건지, 기욤은 왕의 속내가 가끔 궁금했으나 감히 여쭙지 못했다. 그것은 왕의 영역이지 신하가 개입할 영역은 아니었기에.

사실 기욤은 그런 왕의 모습을 안타까워하면서도 깊이 존경하고 흠모했다.

시테 궁으로 복귀한 지 반나절 후, 왕에게 지독한 두통과 고열, 복통이 밀어닥쳤다. 왕은 사람의 말을 제대로 알아듣지도 못할 만큼 지독하게 고통스러워했다.

그는 침대에서 몸을 구부린 채, 슈미즈가 흠뻑 젖을 정도로 진땀을 흘리며, 이를 악물고 신음했다. 그는 며칠 동안 물조차 제대로 넘기지 못할 정도로 심하게 앓으면서도 의사는 부르지 않았다.

마리니 보좌 주교는 이번 전투로 희생당한 이들을 위한 특별 진혼 미사를 준비했다. 그들을 위해 제대에 초를 바치고 눈물을 흘려준 것은 기욤 드 노가레 한 명뿐이었다.

미사가 시작되기 직전, 왕은 보좌 주교에게 개인 사정으로 미사에 참석하지 못하겠노라는 뜻을 전했다.

13-8. 그노티 세위톤

γνώΘι σευτόν 너 자신을 알라

1) 여행자들

나는 살면서 손해 보는 짓은 절대 하지 않는다. 그것이 황금 이빨의 거상이라 불리는 나, 벵상의 유일하고도 변함없는 인생철학이다.

그렇다. 나는 이런 식으로 잘 살고 있었고, 앞으로도 잘 살아 나갈 예정이었다. 그리하여 베니스와 플로랑스의 유명한 은행가 및 거상들과 어깨를 나란히 하게 될 참이었다. 그때가 되면 나의 황금 이빨을 비웃는 자는 단 한 명도 남지 않을 것이다.

투자한 만큼 나오지 않는 일에 미운 정 고운 정 계속 돈을 쏟아붓는 짓은, 내 기준으로 볼 때 대역죄와 다름없다. 내가 레아를 오랫동안 좋아하면서도 그렇게 멋지고 쿨한 태도를 유지할 수 있었던 이유는, 그렇다! 내가 영혼을 탈탈 털어 바쳐도 그녀에겐 나오는 게 쥐뿔도 없을 거라는 걸, 이 뛰어난 육감으로 일찌감치 깨달았기 때문이었다.

애정이든 사랑이든 선물이든 준 만큼 돌려받아야 더욱 아름답고 풍부하고 깊어지는 법. 일방적으로 사랑을 퍼 주고 질질 짜기나 하는 멀대 기사님 같은 짓거리는 내 혈관에 흐르는 거상의 피, 야성의 피가 용납하지 못한다!

물론, 다른 여자들과 잘해 보려고 애를 썼는데, 연분이 되지 않아 번번이 판이 깨진 건 별개의 문제다. 이건 논외로 칩시다. 아니 근데 왜 이런 얘기까지 꺼내고 이러시나.

어쨌든, 문제는 그게 아니다. 바야흐로 평생 내가 꿈꾸던 거상이 되어 가는 이 시점에! 내가 내 손으로 그 철칙을 깨 버렸고! 그로 인해 팔자가 대차게 꼬여 버렸다는 점이다.

내가, 이 벵상이, 좋아하는 여자를 대신해서 칼을 맞은 것이다…….

아 물론, 내가 그런 멍청한 짓을 할 줄은 나도 몰랐지. 죽을 걸 뻔히 알면서 여자 앞을 막아서서 칼을 대신 맞아 주는 세상 머저리 같은 짓거리를, 내가, 이 잔머리 대왕 벵상이 하게 될 줄이야.

그것도 남의 여자를 위해서! 내 여자도 아니었다. 그게 제일 분통이 터지는 포인트다. 다른 놈에게 영혼을 홀랑 털려 버린 여자를 위해서.

제기랄, 내가 그 여자를 좋아했던 것은 별개의 문제다. 그냥 몸이 저절로 튀어 나간 거다. 그냥 눈앞이 캄캄해지면서, 손발이 멋대로 움직인 것이다. 정말이다.

설마 정말로 죽겠어……? 싶기도 했지만, 사실 죽을지도 모른다는 생각도 들었다. 천하제일 쫄보인 쟤가 죽는 것보단 그래도 내가 죽는 게 낫지, 하는 마음도 조금 들었던 것 같다. 어쨌든 그냥 몸이 튀었고, 그냥 팔이 올라갔다.

……그리고 내 신세는 이렇게 폭삭 망해 버렸네그려…….

벵상은 깜깜한 어둠 속에서 멀거니 결론을 내렸다.

나는 마지막 참회도 못 했는데, 천국에 갈 수 있을까? 누가 나를 위해서 대신 기도도 해 주고 초라도 밝혀 주려나. 스승님은 안 만나면 좋겠는데. 설마 지옥의 악마가 나를 잡으러 오는 건 아니겠지.

그나저나 왜 나를 아무도 데리러 오지 않지?

고개를 갸웃하는 순간, 갑자기 어디선가 매우 익숙하고 상쾌한 목소리가 들린다.

– 너 빨리 안 일어나? 맞아야 일어날 거야? 빨리 눈 안 떠?

– 이봐, 정신 차리게. 일어나 봐. 내 목소리 들리나? 벵상!

아, 맙소사. 이것도 꽤 익숙한 목소리. 제발 환청이라고 해 줘. 여기서까지 상사의 목소리를 듣고 싶진 않아.

– 자네, 우리와 좀 더 일해 볼 생각은 없나? 이렇게 함께 여행하는 것도 좋잖은가.

하지만 그 말 한마디가 뭐라고, 다시 가슴이 부풀었다. 온몸에 간질간질 바닷바람이 느껴지는 것 같다.

그렇다. 사랑하는 여자와 애지중지 아꼈던 막냇동생의 이름을 건 배에, 이국의 신기한 물건들을 가득 싣고 일확천금을 꿈꾸며 바다를 누비는 것은 너무나 가슴 벅찬 일이었다. 내가 살아 있다는 것을 가장 생생하게 느끼는 순간 아니던가!

– 당연하죠. 상행은 이제 저에게 맡기시고, 선주님은 이제 레아하고 행복하게 잘 사시면 됩니다. 선주님은 당장 오늘 밤부터 침실에서 깨를 볶고, 저는 지중해와 북해, 흑해, 저 동방의 나라들까지 돌아다니며 거상이 되는 것이죠. 이야, 이것이야말로 쌍방 이득, 시너지의 결정판! 최대한의 이익을 보장한다고 약속하죠. 저만 믿으십시오.

- 그러지.

그의 목소리에 웃음기는 없었다. 하지만 왜인지 웃고 있는 것처럼 느껴졌다.

- 오빠, 벵상 오빠! 이제 그만 일어나요. 이제 눈 좀 떠 봐요!

아, 이 다정하고도 예쁜 목소리는 막냇동생 라셸르의 목소리. 우리 막내는 어쩌면 이렇게 천사처럼 예쁘고 다정하고 사랑스러운지! 자기 언니하고는 천양지차라니까, 정말.

어둠 속에서 몇몇 희미한 그림자 같은 형체들이 보이는데, 누구인지 제대로 알아볼 수는 없었다. 가장 뚜렷하게 보이는 건…… 그래, 라셸르다. 라셸르가 눈물범벅이 된 얼굴로, 그래도 활짝 웃으며 나타나더니 손을 내민다.

그리고 라셸르의 뒤에는, 내가 이렇게 멍청한 짓을 하게 만든 원흉과, 썩 좋아하지는 않지만 절대 밉보이면 안 되는 고용주께서 서 있었다.

그런데 이상했다. 그의 존재를 인식하는 순간, 갑자기 숨이 막히고 온몸이 짓눌리는 것 같았다. 등으로 차가운 물이 쏟아지는 것처럼 오싹하다. 시테 궁에서 왕을 처음 만났을 때의 그 덜덜 떨리던 느낌, 아니 그것보다 10배는 더 심한 중압감이 느껴졌다. 등 뒤로 식은땀이 배어 나오기 시작했다.

순간 라셸르가 손을 꼭 잡고 토닥이며 다정하게 속삭인다.

- 일어나요, 벵상 오빠. 눈 떠도 괜찮아요…….

†

"일어나요, 벵상 오빠, 눈 떠도 괜찮아요."

"……?"

벵상은 멀거니 눈을 깜박였다. 여전히 엉망진창인 갑판 위, 사람들이 자신을 둘러싸고 모여 있다. 사방에서 요란한 함성과 환호가 터졌다.

"와! 우와아아, 일어났어요! 벵상 님이 눈을 떴어요!"

"왜 이제 일어나! 이 나쁜 놈아! 얼마나 걱정했는지 알아? 얼마나 기다렸는지 알아?"

상거지 꼴로 옆에 앉아 있던 레아가 눈물을 뚝뚝 떨어뜨리며 화를 낸다. 벵상은 한숨을 쉬며 투덜거렸다.

"아 제기랄, 내 이럴 줄 알았다. 이렇게 본전도 못 찾을 줄 알았다니까!"

이건 정말 밑지는 관계다. 아니, 대신 칼을 맞아 주고 대신 사경을 좀 헤매 주었으면, '잘생겼다'까지는 아니라도, 인간적으로 멋지다 고맙다는 말 정도는 해 줘야 하는 거 아니냐고?

그나저나, 내가 멋지게 쓰러진 후에 무슨 일이 있었는진 모르겠는데, 설마 우리 쪽수로 놈들을 이겼을 리는 없고, 어쨌든 다 이렇게 모여 있는 걸 보면 무사히 빠져나온 거겠지?

벵상은 천천히 손을 움직이고 발을 움직여 보았다. 예전과 크게 다르지 않은 감각. 잘려 나간 줄 알았던 손이 멀쩡하고, 배에 있던 상처는 흔적조차 남아 있지 않다.

……뭐지?

어리둥절해서 사방을 둘러보았다. 뭔가 이상하다. 두 손으로 얼굴을 가린 채 울고 있는 레아, 눈물이 맺힌 눈으로 웃고 있는 라셸르, 턱이 한 발은 떨어진 고드프리 영감과 선원들, 철철 눈물을 흘리는 외제니와 카미유, 그리고 커다래진 눈으로 손뼉을 치는 파스칼.

그리고…….

"어……?"

벵상은 자리에 누운 채 멍하니 눈만 한참 껌벅거렸다.

이상하다? 이상…….

지금 이곳은 그가 잘 알고 있는 선실이고, 이곳에 모여 있는 사람들도 그가 잘 아는 사람들이다. 그런데 뭔가 묘하게 낯설었다.

지금 이 좁은 선실에는, 전에는 모르던 무수히 많은 존재와 소리가 겹쳐 있고, 자신은 그 한가운데 누워 있다. 의식도 있고, 몸도 움직이고, 목소리도 나오는데 대체 이게 현실인지 꿈인지, 살았는지 죽었는지 알 수 없었다. 일단 얼떨떨하고 정신이 없다. 이 기묘한 느낌을 굳이 정확히 비유하여 말해 보자면, 여러 방향으로 뻗어 있는 시장 교차로 한복판에 덩그러니 나자빠져 있는 듯한, 다소 더러운 기분이었다.

아 시발, 설마 싸그리 다 죽어서 다 같이 으쌰으쌰 저승에 왔나?

아냐. 그렇다기엔 다들 너무 좋아하고 있잖아. 너무 현실 같은 이 장면은 뭔데?

벵상은 한참 두리번거리다가 라셀르와 눈이 마주쳤다.

"……!"

갑자기 온몸의 털이 화르르 곤두섰다. 자신을 둘러싸고 있는 많은 사람 중에서, 새로 맞닥뜨린 닮은 듯 다른 세상에서, 오직 라셀르만이 자신과 동류同類였다. 뭐라 설명할 순 없지만, 한눈에 알아볼 수 있었다.

벵상은 자신이 예전과 비슷하지만 새로운 세상에서 눈을 떴다는 것을 어렴풋이 눈치챘다.

하지만 그것을 입 밖에 내어 물어볼 순 없었다. 자초지종을 듣기 위해선 주변의 시끄러운 사람들이 모두 꺼질 때까지 기다려야만 했다.

"벵상 오빠, 손 좀 햇빛에 비춰 보시겠어요?"
"손은 왜? ……헉!"
사람들을 내보내고 라셀르가 가장 처음 한 말은 꽤나 엉뚱했고, 시킨 대로 해 본 결과는 더욱 엉뚱했다. 팔뚝까지는 그림자가 보이는데, 손 부분은 그림자가 보이지 않는 것이다. 입만 딱 벌린 채 고대로 얼어붙은 벵상을 향해, 평소 얌전하던 동생이 거대한 망치로 뒤통수를 후려갈긴다.
"오빠하고 저는 산 자의 세상과 죽은 자의 세상의 중간쯤에 있는 것 같아요."
"그, 그게 무슨! 넌 그걸 어떻게……?"
"저는 네 살 때부터 쭉 이런 상태로 살아왔거든요. 저는 그래도 운이 좋았죠. 그분 덕에 언니나 오빠와 함께 좀 더 여행을 할 수 있는 기회를 얻었고, 지금까지 이렇게 같이 살고 있으니까요."
그분 덕에?
……여행?
벵상은 미간을 우그리고 한참 생각에 잠겼다. 동생이 말하는 '그분'이 누구인지, '그분'이 말하던 '여행'은 또 무엇인지 구름을 잡듯 안개를 잡듯 알 듯 말 듯 했다.
설마 '그분'이 내가 생각하는 '그분'이라면…….
벵상은 점점 썩어 들어가는 표정으로 고용주의 활약상에 대한 이야기를 듣고 있어야만 했다. 바다가 뒤집히고 배가 뒤집히는 장면에선 그의 복장도 사정없이 뒤집혔다. 자신이 막판에 보여 주었던 찬란한 행적이 순식간에 빛이 바래는 것만 같아, 그는 몹시 울적했다.

생각해 봐라. 사랑하는 숙녀를 구하기 위해 적의 바짓가랑이에 매달리다 팔이 잘린 장사꾼 이야기와—그러고도 아가씨를 구하지 못했다— 바다를 뒤엎고 수십 척의 배를 뒤집으며 숙녀를 구한 기사의 이야기가 있다 치면, 트루베르들이 어떤 이야기를 골라잡아 노래로 만들어 주겠는가.

벵상이 우울하거나 말거나, 라셸르는 설명을 이어 나갔다.

“오빠. 그동안 쭉 생각해 봤는데, 제가 이 상태로 살게 된 건, 그분이 절 붙잡는 바람에, 얼떨결에 그분의 권속이 되었기 때문이 아닐까 싶어요. 그건 오빠도 마찬가지고요.”

“나도, 전에 고문을 당하다가 꿈에서 발타 님의 영지? 영역? 같은 곳에 들어갔던 적이 있는데, 이승과 저승이 연결된 장소 같다는 느낌이 들었어. 그곳에서 마음만 먹으면 시궁창 같은 이승으로 돌아갈 수도 있고, 편안한 저승으로 갈 수도 있다는 걸 바로 알았거든.”

레아도 옆에서 열심히 설명을 거든다.

“그래서 예전에 얼떨결에 발타 님 권속이 된 라셸르가 계속 우리 곁에서 지낼 수 있었던 게 아닐까 싶어. 이승의 몸이 남았으면 이승에서 쓰던 몸으로, 이승의 몸이 사라졌으면 저세상에서 쓰는 몸으로.”

벵상은 눈을 끔벅이며 푹 한숨을 쉬었다. 꿈에? 꿈 이야기를 저렇게 진지하게 할 일인가.

하지만 지금 상황을 보면 뭐라 반박해야 할지도 알 수 없었다. 아무래도 충격이 너무 커서 게을러터진 머리가 생각하는 것을 멈춘 모양이다.

그는 겉보기엔 멀쩡해진, 하지만 그림자는 나타나지 않는 자신의 손을 꿈지럭거리며, 그리고 자신과는 달리 말짱한 라셸르의 그림자를 곁눈질하며 이 사태에 대한 결론을 내려 보려 애썼다.

음, 그럼 나는 황천길로 가려다가 얼결에 고용주님한테 붙잡혀서 이승에 빌붙어 살게 됐다는 건가?

그러니까, 지금 나는 이렇게 레아의 곁에 있지만, 이제부터 레아와는 좀 다른 세상에서, 레아와는 좀 다른 것을 보고, 듣고, 느끼면서 살아간다는 건가?

기분이 이상했다. 슬픈 것도 아니고 무서운 것도 아닌데, 가슴이 뻥 뚫린 것 같고 멍했다.

멀거니 눈을 껌벅이던 벵상은 갑자기 고개를 갸웃했다.

아니, 그러면 좀 어때서? 어쨌든 내가 좋아하는 사람들하고 헤어지지 않고 계속 같이 지낼 수 있잖아. 게다가 라셸르라는 착한 선배(?)도 있고.

……그럼 뭐가 문제지?

죽었는지 살았는지는 딱 잘라 말할 수 없지만, 그게 무슨 상관인가? 라셸르만 해도, 우리와 함께 그 긴 세월 동안 하하 호호 잘 먹고 잘 살지 않았나?

그럼, 나도 라셸르처럼 하하 호호 잘 먹고 잘 살면 되는 거 아냐?

애초에 심하게 낙천적인 벵상은 심각한 고민 따위는 잠시도 머릿속에 담아 두지 못했다. 순식간에 결론을 내린 벵상은 입을 비쭉대며 웃다가 라셸르에게 땍땍거리기 시작했다.

"그래! 내가 이 모양 이 꼴이 된 건 무리한 개폼과 개허세의 말로라고 치자! 라셸르 넌 어떻게 된 거야? 대체 무슨 일이 있었던 거야? 왜 말 안 했어? 까맣게 몰랐잖아."

"저도 몰랐는걸요."

"이게 무슨 맹한 소리야!"

벵상이 목소리를 빽 올리자 레아가 얼른 말을 막았다.

"아크레에서 탈출할 때 라셀르는 많이 아팠었어. 네 살짜리 아기가 자기에게 무슨 일이 일어나는지 어떻게 알아?"

"그러니까요! 주변 풍경, 소리, 분위기가 전부 달라진 기억은 나는데, 무슨 일인지는 모르겠고, 그냥 이상하고 무섭기만 했다고요. 그런데 머리가 새하얀 천사 같은 분이 제 옆에 앉아서 일어나라고 하시잖아요. 그래서 일어났더니, 언니가 옆에서 울고 있었고……."

"뭐? 천사? 머리가 새하얀……? 야야, 라셀르! 오해야, 그거 아주 큰 오해……."

벵상은 기겁하며 펄쩍 뛰었다. 세상 말세다, 저 게으름뱅이 악덕 고용주가 천사 소리를 듣는 날이 오다니! 라셀르가 키득키득 웃음을 터뜨린다.

"그 후로는 이상한 것도 많이 보고, 이상한 소리도 많이 듣고, 무서워서 울기도 많이 울었지만, 저는 다른 사람도 저랑 똑같은 걸 경험하는 줄로만 알았어요. 그래도 오빠 덕분에 웃으면서 잘 넘겼었죠."

"오, 좋아좋아. 그럼 이제부터라도 이 오빠에게 은혜를 갚아라. 항상 돌봐 주던 막내가 이렇게 멋지고 든든한 선배가 되어 나타나다니, 완전 횡재했네! 그럼 난 이제 황금 이빨의 거상이 되어 본격적으로 흥청망청 잘 먹고 잘 사는 일만 남은 건가?"

그의 속도 없는 희희낙락에, 레아는 다시 눈물을 떨구었다.

"벵상, 고마워. 네가 돌아와서 너무 기쁜데……. 미안해, 정말 미안해. 고마워, 흐으……."

벵상의 으쓱함은 한순간이었다. 레아가 다시 울기 시작하면서부터 등에 진땀이 흐르기 시작했다.

아니 쿨하게 끝났어야 할 관계가, 왜 이렇게 지지고 볶고 눈물

바람이 되었단 말인가! 이 촌스러운 민망함은 대체 뭐란 말인가. 벵상은 저놈의 눈물을 멈출 수만 있다면, 애지중지하는 황금 이빨도 기꺼이 뽑아 팔 수 있을 지경이었다.

"아으, 야! 고만해! 나를 걷어차고 딴 남자한테 홀랑 가 버린 여자한텐 그런 이야기 백 번 들어도 하나도 안 반가워. 제기랄, 이렇게 말하니까 나의 멋짐이 급속도로 퇴색하잖아! 어쨌든 나는 잘나가는 거상이 될 거고, 너보다 훨씬 예쁘고 참하고 돈 많은 아가씨하고 결혼할 거고, 아이들도 많이 낳을 거고, 깨가 쏟아지게 잘 먹고 잘 살 거니 얼른 부러워하라고! 아니 왜 그런 불신 가득한 눈으로 보는 거지? 얼레? 야, 레아야, 나 할례받다가 잘못된 거 정말 아니라니까? 사람 말을 좀 믿어 봐! 이래 봬도 신용 하나로 먹고사는 인간이야, 엉? 난 이제 레아 다크레만 아니라면 세상 어떤 여자하고도 결혼할 수 있을 것만 같아! 발타 님도 참 그래. 어떻게 너 같은 인간한테 홀랑 빠져서! 고자 기사단에서 자라서 여자 보는 눈이 너무 낮은 거 아니냐…… 헉!"

"……자네, 정신이 들었나?"

문가에서 조용한 목소리가 들린다. 발타가 문 앞에 와서 서 있었다. 라셀르와 벵상은 황급히 자리에 엎드려서 바닥에 이마를 대고 절을 했다.

"보트르 마제스테."

"보, 보트르 마제스테……."

"일어나게. 일어나. ……마담 라셀르, 부탁이니 일어나세요."

그가 몹시 난감한 표정을 짓는다. 벵상은 주인 나리께서 자신의 정체를 받아들이는 일에 아직 심한 애로사항을 겪고 있음을 알아챘다. 눈치 빠른 벵상은 서둘러 말을 돌렸다.

"이번에 무사히 복귀하여 발타사르 경을 다시 섬기게 된 황금 이빨의 벵상이라 합니다. 나리의 해와 같이 눈부신 얼굴을 다시 뵙게 되어 무한 감격과 영광이올시다. 저를 다시 곁으로 불러 주셔서 은혜가 하해와 같사와……."

"나야말로 그대에게 감사를……. 그런데 자네 아까……."

"오! 그, 들어오시면서 들으셨던 언놈의 헛소리는 하나 둘 셋, 하고 잊어 주십시오. 감히 고귀하신 마담을 모욕하려거나 주인 나리를 모욕하려는 불순한 의도는 하느님께 맹세코 눈곱만큼도 없었사옵고, 다른 아가씨와 결혼할 생각 역시 털끝만큼도 없었습니다. 저승과 이승에 양다리를 걸치고 사는 놈팡이 나부랭이가 언감생심 이승의 멀쩡한 아가씨와 결혼이라뇨! 독신의 달콤함을 노래하는 트루베르가 되어도 모자랄 판에 말이죠. 자고로 결혼이란 사랑의 무덤이며, 무자식이 상팔자라 하지 않습니까! 아, 그것이 주인 나리께 드리는 말씀은 아니옵고! 두 분이야 천지사방에 꿀을 처덕처덕 바르시는 아름다운 결말이 기다리고 있사와, 아이고 이놈의 주둥이. 어쨌든 염려 마십시오, 이 황금 이빨의 벵상, 사랑하는 여인에게 애정과 정력을 바치듯, 온몸과 마음과 영혼을 바쳐 주인님께 최고의 이익을 안겨 드리겠습니다!"

"아……하하. 그래. 기대하겠네."

벵상의 머리 위로 짧은 웃음소리가 흩어졌다. 어쩐지 등골이 오싹했다. 잠시 후 주인님의 점잖은 목소리가 덧붙었다.

"그럼 벵상, 내가 받은 청혼 선물 목록부터 작성해서 갖다 주겠나? 신부께서 통이 워낙 크시다 보니 목록 작성하는 데만 1년은 걸릴 것 같더군. 믿을 사람이 자네밖에 없어서 말이야."

벵상은 고용주의 눈부신 얼굴을 멍하니 올려다보았다. 설마, 저

거 나 혼자 다 하라는 말일까? 설마? 그 와중에 정밀 측정과 도면 작성과 감정 평가도 잊지 말라 덧붙이는 주인 나리의 얼굴은 천사처럼 인자하기 짝이 없었다.

"그럼, 고생하게."

2) 우선순위

발타는 레아가 머무르는 라셸르 호의 선실로 방을 옮겼다. 레아 호는 완전히 침몰했다가 다시 올라왔기 때문에, 물이 다 빠졌다 해도 망가진 부분을 수리하고 짐을 정리하는 데 시간이 적잖이 걸릴 듯했다.

두 사람은 그것을 얌전하게 기다려 줄 인내심이 남아 있지 않았다. 포츠머트로 향하던 좁은 선실에서 솔로몬의 노래를 함께 불렀던 밤으로부터 자그마치 5년이라는 세월이 흘렀다. 두 사람의 인내심은 이미 거미줄처럼 가늘어진 상태였다.

발타가 문을 닫자마자 긴 입맞춤이 시작되었다. 포옹은 두 사람의 몸을 으스러뜨릴 듯 과격했고 입맞춤은 미칠 듯 다급했다.

레아는 입술을 맞댄 채 주춤주춤 뒤로 물러나며 물었다.

"저, 마드무아젤, 그 대화를 꼭 지금 해야만 합니까?"

"꼭 그런 건 아니지만……."

"마드무아젤, 모든 일에는 선후가 있고, 경중이 있습니다."

"……그건 그래요. 일은 중요하고 급한 순서대로 처리해야겠죠."

발타는 손을 뒤로 돌려 선실 문을 잠갔다. 두 사람의 우선순위는 오랜만에 일치했다.

선실 문은 거의 일주일 동안 잠겨 있었다.

이 배의 선장 고드프리 영감이나 레아 호의 선장 조르주 경을 비롯해, 벵상, 라셸르, 카미유나 외제니, 그 많은 포로와 선원들도 레아의 방 앞에는 얼씬도 하지 않았다. 오랜만에 만난 연인이 회포를 푸는 일을 방해하면 말 그대로 마른하늘에서 날벼락이 떨어지고 잔잔한 바다에 폭풍이 일어 배가 통째로 뒤집힐 수도 있다는 걸, 그들은 경험을 통해 이미 알고 있었다.

그들은 폭풍이 일지 않도록 첫날부터 나름 제물, 아니, 뇌물도 준비했다. 주방에 맛있는 음식을 놓아두고 얌전히 자리를 비워 두었다. 누가 혼자서 3인분을 먹었다고 눈치 줄 것도 없이 아예 10인분쯤 넉넉히 준비했다.

원래 선상의 식사란 솜씨를 내 봤자 개밥보다 조금 나은 정도지만, 그래도 최선을 다해 솜씨를 부렸다. 어차피 왕소금을 퍼 넣어도 꿀맛일 때이지만, 선주께서 실시간으로 배를 뒤집는 것을 목격한 선원들은 그런 만용을 부릴 배짱까지는 없었다.

첫날 밤, 레아와 발타는 모두의 기대에 부응하여 주방을 털었다. 그날따라 심하게 허기가 져서 도무지 체면을 차릴 수가 없었다. 누군가에게 들키긴 했는데, 어찌 된 일인지 터는 사람보다 털린 사람이 당황해서 먼저 줄행랑을 놓는다.

두 사람은 훔쳐 온 것들을 작은 탁자 위에 내려놓았다. 라셸르와 벵상이 솜씨를 부렸는지 제법 푸짐했다. 뚜껑이 있는 단지에는 아직도 따끈따끈한 쇠고기 스튜가, 앙증맞은 오크통 두 개에는 와인과 맥주가 있었고, 귀한 사프란과 향신채 반죽을 듬뿍 발라 구운 고기와 포도주에 삶은 조개, 그리고 말린 과일까지, 간만에 제대로 된 식사였다.

"……시장하시죠, 얼른 드세요, 발타 님."

하지만 발타는 두 손을 모은 채 선뜻 음식을 향해 손을 내밀지 못했다. 그는 두 손을 무릎에 모으고 잠시, 무엇인가를 할까 말까 망설인다. 레아는 그저 조용히 기다렸다.

그는 오른손을 감아쥐고 머뭇거리다가 가늘게 한숨을 쉬었다. 한 번, 두 번. 그의 입술이 안으로 천천히 말려 들어갔다.

무슨 생각을 하시는 걸까.

그는 눈을 감는다. 입가로 희미한 미소가 떠오른다. 미소는 어쩐지 고통스러워 보였다.

그의 고개가 천천히 수그러들고, 그의 손가락이 천천히 이마 위로 올라간다. 이마 위로, 가슴으로, 오른쪽과 왼쪽 가슴을 한 번씩 찍은 그의 손은 가슴에서 가지런히 모였다. 그가 어제까지, 너무나 일상적으로, 당연하게 하던 성호경이었다. 그는 동작 하나하나를, 뜨겁게 달군 인두로 살에 박아 넣듯, 힘주어 지그시 눌렀다.

"성부, 성자, 성령의 이름으로, 아멘."

"……."

"하느님, 일용할 양식을 주셔서 감사합니다."

그가 나직하게 덧붙였다. 레아는 고개를 숙이고 손을 모은 후 얌전히 눈을 감았다.

ǂ

비가 부슬부슬 내리기 시작했다. 이제 선원들은 이 비가 그냥 오는 비인지 사랑에 빠진 남자가 여자한테 분위기를 띄우려고 저지르는 짓거리인지 그런 것까지 의심했다.

비가 와서 약간 써늘하고 습한 기운이 감돌게 되면, 발타는 일삼아 난로에 불을 피우고 그 앞에 나란히 앉아 불구경을 했다. 그 위에 작은 쇠 냄비를 얹어 물을 끓이고, 몸을 따뜻하게 해 주는 사라센의 각종 약초나 말린 라벤더를 넣어 레아에게 건네주기도 했다. 향이 좋거나 색이 고운 그 물은 비린내도 나지 않고 많이 마셔도 맥주나 와인처럼 취하지 않아서 좋았다.

발타는 평생의 소원을 한꺼번에 성취한 것만 같았다. 레아와 함께 꿈결 같은 밤을 보내고, 꼭 껴안은 채 해가 중천에 올 때까지 늦잠을 자고, 이불 속에서 발을 포닥거리며 잼을 바른 딱딱한 빵과 육포를 나누어 먹고, 레아가 끓여 주는 뜨거운 스튜를 먹기도 했다.

빵 조각이 시트에 부스러져도 괜찮고, 난로 앞에서 레아의 손을 꼭 잡은 채 나른하고 무료하게 시간을 보내도 잔소리하는 사람은 아무도 없었다. 여기에 공주와 기사들의 로망스나 노래까지 곁들이면 금상첨화였다.

레아는 어릴 때 라셸르에게 이야기를 들려주며 갈고 닦은 구연 실력을 유감없이 발휘했다. 발타 님은 기사들이 고백 한 마디 못하고 애절하게 가슴앓이를 하거나 달밤에 혼자 눈물 흘리는 장면에서 지나치게 감정 이입을 하곤 했다. 수줍음이 많고 감정을 꽁꽁 감추려는 습관이 있는 기사님이지만, 그때만큼은 몹시 다채로운 반응을 보여 주었다. 레아는 자신이 들려주는 이야기보다 그의 반응이 훨씬 흥미진진하고 재미있었다.

두 척의 배는 로도스 해역에서 멀찍이 물러나 항행을 계속했다. 항행이라기보다, 몇몇 항구에 들러 식량과 의복 따위를 사들인 게 고작이고, 그 외에는 바람 부는 대로 지중해를 떠도는 중이었다.

급할 일은 없었다. 바다는 이상할 정도로 잔잔했고, 물결은 그들이 원하는 방향으로 배를 밀어 주었다. 그물이 미어터지도록 생선이 잡혔고, 마실 물이 떨어지면 난데없이 비가 쏟아졌다. 비가 아니라 숫제 폭포였다.

선원들은 빈 물통을 갑판에 내놓고 물통이 찰 때까지 기다리며 웃통을 벗고 몸을 씻었다. 빨래를 하는 선원들도 있었다. 선원들은 '이런 식이라면 평생 바다 위에서 살아도 괜찮겠다'라는 헛소리까지 지껄였다.

아크레에서 자란 발타와 레아는 목욕에 대한 향수가 있었다. 사라센 놈들이 퍼뜨린, 썩 경건치 못한 취미이긴 하지만 이게 꽤 중독성이 있어서 은근히 즐기는 사람이 많았다.

그래서인지 발타는 틈만 나면 큼직한 나무통에 물을 채워 3층 선수루 갑판에 놓아두고 따가운 햇볕에 물을 데우거나 뜨거운 물을 붓게 했다.

물이 데워지면, 그는 올라오는 계단참의 문을 잠가 놓고 물통 안에 들어가서 바다 구경을 하며 꾸벅꾸벅 졸곤 했다. 레아는 곁의 의자에 앉아 과자와 포도주, 혹은 육포와 맥주를 먹으며 바다를 구경했다.

눈앞에 펼쳐진 것은 툭 트인 하늘, 끝없이 이어진 새파란 바다, 잔물결과 구름과 하얀 파도뿐이었다. 바람을 잔뜩 안은 삼각돛, 사각 돛들이 펄럭, 펄럭, 무거운 소리를 낸다.

부우우, 부우우, 돛에 갇힌 바람은 울림이 크고 웅장한 소리를 내며 배를 밀어붙인다. 희거나 회색빛이 감도는 구름이 천천히, 이리저리 모였다가 흩어진다. 시선이 느껴져서 돌아보면, 발타가 싱긋 웃고 있는 모습이 보인다.

부우, 부우, 부우우, 시원한 바람이 다시 밀어닥친다. 레아는 일어나 배의 가장 앞부분에 가서 두 팔을 벌리고 한껏 바람을 맞았다.

절벅, 절벅, 철벅. 발타 님이 다가오는 소리가 들린다. 평소에는 그렇게도 부끄러움을 타시는 분인데, 아무도 보지 않는다고 생각하면 이렇게 풍기문란 대마왕이 되실 때가 있다.

아 물론, 예의를 차리고 계시긴 한다. 하지만 세상에는 차라리 홀딱 벗느니만 못한 차림이 있다. 그중 대표적인 것이 저렇게 물에 흠빡 젖은 하얀 속바지 차림이라 단언할 수 있다. 물론 풍기문란을 적극 환영하는 숙녀는 절대 진실을 말해 주지 않는다.

그가 한 손으로 레아의 허리를 감싸 안고 뱃전에 서서 머리와 몸을 말린다. 솨아아아아, 두 사람의 옆으로 시원한 바람이 훑고 지나간다.

레아 방의 창 앞에는 깨진 항아리 화분을 대신해, 빈 포도주 통이 몇 개 놓였다. 예전의 항아리보다 규모가 몇십 배는 커진 화분, 아니 화단에는 새로 꽃망울을 터트린 색색의 튤리파가 가득했다.

그곳에 꽂아 둔 나뭇조각도 순식간에 팔뚝처럼 자라 귀여운, 아니 제법 무성한 가지와 잎사귀를 피워 냈다. 저 속도로 자라면 10년 만에 숲을 이룰지도 모른다.

장하다. 사랑은 우리가 하고, 번식은 너희들이 하는구나.

천국이었다. 어쩌면 여기가 성 바오로께서 말씀하신 셋째 하늘인지도 모른다.

3) 그노티 세위톤 γνῶθι σευτόν 너 자신을 알라

폭풍우가 물러난 후, 선원들과 포로들의 태도는 두 갈래로 갈라졌다.

조르주나 고드프리 선장과 휘하 선원들, 폭풍이 일고 배가 뒤집히는 것을 실시간으로 겪은 사람들, 그리고 죽은 줄 알았던 벵상이 자리를 털고 일어나는 것을 두 눈으로 본 사람들은 대부분은 발타를 성인처럼 떠받드는 분위기였다. 홍해의 기적이라는 둥, 라파엘의 능력이 임했다는 둥, 내버려 둔다면 시성식까지 일사천리로 이루어질 판이었다.

하지만 성전기사단 포로들을 위시한 몇몇 왕실 병사와 선원들은 발타를 보면 악귀라도 만난 것처럼 성호를 긋거나 겁먹은 얼굴로 줄행랑을 놓았다.

그리고 오해를 풀고 혼란을 수습해야 할 당사자들은, 방에 틀어박혀 '급하고 중요한 다른 용건'을 먼저 처리하느라 몹시 바빴다.

그것이 레아 호와 라셸르 호가 몇 주 동안 행선지도 정하지 못한 채 바다 위를 떠돌게 된 이유였다.

레아는 마음을 단단히 먹었다. 진실 규명을 한 번은 해야 하고, 이 고비도 한 번은 넘겨야 한다. 그래야 이 혼란한 사태가 조금이나마 진정될 것이다.

물론 '이러다간 죽겠구나' 싶은 위기의식도 레아의 결단에 조금은 영향을 끼쳤다.

"제 정체요? 저는 올랑드의 발타사르라고 합니다만……."

"어머나, 그 귀한 정보를 알려 주시다니, 은혜가 하해와 같사옵니다!"

레아가 깔깔대며 웃자 발타는 머쓱하게 머리를 긁었다.

"그런데 발타 님, 이젠 이 나뭇가지가 발타 님께 돌아갔는데, 뭔가 기억이 돌아오거나, 그런 건 없으세요?"

분명히 기록에 남아 있었다. 왕이 꿈에서 듣고 바로 적어 두었다던 그 노래.

사랑을 고백하고 사랑의 정표를 바치면 기억이 돌아온다고 했던 것 같은데.

나는 그대에게 다시 사랑을 고백하며
다시 사랑의 정표들을 바치겠지요.
그대여, 그날엔 나를 기억해 주세요.
그대여, 그날엔 나를 사랑해 주세요.
그대여, 그날엔 나를 선택해 주세요.

약속이 이루어지는 날…… 모든 능력과 존귀와 거룩한 영광의 기억이 다시 임하리라.

"딱히……? 꼭 기억이 돌아와야만 할까요? 지금도 너무 좋은데?"

다만, 안타깝게도 당사자는 진실 따위는 전혀 궁금하지 않은 듯했다. 그것이 판도라의 상자라는 것을 아는 것이다.

혹시, 그래서 옛 기억이 돌아오지 않는 건가?

"그래도 발타 님의 진짜 이름이 뭐였을까, 발타 님 꿈속에서 보던 고향은 어디일까, 그런 건 좀 궁금하긴 하잖아요."

"딱히……? 음."

발타는 대답하는 대신 입술을 입술로 힘껏 누르며 입막음을 하려 했다. 하지만 레아는 입술 대신 뺨을 들이대는 것으로 그의 방해 공작을 막았다.

"예전에 쓰셨다는 '발타사르'라는 이름도 말이에요, 동방 지혜의 왕 '터번의 발타사르'에서 온 건 아닐까요? 그 사람이 가져온 선물이 장례용 몰약, 그러니까 죽음을 예비하는 물건이었잖아요."

"……그……럴 수도 있겠습니다."

"아니면 발타 님이 회의 때 말씀하셨던 여행자와 망자의 안내자라는 토트나 에르메스였을 수도 있고, 닌기쉬지다였을 수도 있고, 치유와 지혜를 주관하고 망자의 영혼을 안내한다는 라파엘이었을 수도……."

"아닙니다."

라파엘의 이름이 나오자마자, 발타가 단호하게 고개를 젓는다. 그는 여전히 자신이 믿던 대상에 대한 오염을 용납하지 못했다.

예전, 사육제의 축제 행렬을 볼 때만 해도, 발타 님은 신과 인간, 혹은 그 사이의 존재에 대해 꽤 개방적인 견해를 갖고 있었다.

'어렸을 때는, 그때의 많은 신들이 모두 어디로 사라졌을까 궁금했었는데…….'

'그냥, 여전히 우리 옆에 있는 겁니다. 저런 축제나 풍습이나 습관들, 속담들 속에 살그머니 숨어서 말이죠. 폭식의 습관, 광란의 습관, 방탕한 습관, 왕과 하인의 시간 따위의 가면을 쓰고서요.'

'아주 오래전에는, 신이 인간과 함께 지냈을 수도 있고, 성경의 기록대로 네필 족속 같은 신과 인간의 혼혈 아이들도 우리 곁에서 함께 살아갔을 수도 있었겠지요. 그들이 거인 족속이나 특별한 능력을 가진 인간 이상의 사람이었다는 기록도 적잖이 남아 있으니까요.'

'어쩌면 당시 사람들은, 그런 이들을 또 다른 신이나 천사, 혹은 악마라고 불렀을 수도 있고, 어쩌면 지금도 정체를 숨긴 채, 우리와 함께 살고 있을지도 모르죠.'

하지만 그건 어디까지나 머릿속 상상의 영역으로만 선을 그어 두고 있었기 때문에 가능한 일이었다. 그것이 자신의 정체성과 자신의 신앙의 뿌리를 뒤흔드는 일이 되자, 그는 거부반응을 확실하게 드러내고 있었다.

레아 역시 굳이 그것을 깨부술 생각은 없었다. 그는 개종을 밥 먹듯 했던 누군가와 달리, 신성불가침의 영역을 여전히 마음속에 모셔 두고 있었다.

"그러니까 레아, 제가……."

"……네, 발타 님."

"제가, 바포메라는 암호를 통해 말하는 그……."

"네, 발타 님."

"그럴 리가 없습니다……. 저는 성 삼위 하느님을 신실하게 믿는 자입니다."

나뭇가지 하나로 엄청난 짓을 해치우며 '나무의 주인'임을 입증한 당사자는 아직까지 현실을 부정하기에 바쁘다. 방대하고 해박한 지식으로 모든 증거를 짜 맞추고, 바포메의 정체까지 거의 도출해 냈던 그는, 마지막 단계에서 나온 결론과 현실을 도무지 받아들이지 못하고 도망치기에 급급하다.

"발타 님, 억지로 믿으라고 하는 건 아니지만, 이제 우리는 당신이 그 나무의 주인이라는 걸 알아요. 그렇다면 당신은 바포메 그림의 숨은 주인공일 수도 있고……."

"……."

"……혹은 옛이야기 속 '청혼을 받은 당사자'일 수도 있고, 어쩌면 기사들에게 그림과 나뭇가지를 직접 전달한 '동굴 속 당사자'일 수도 있어요. 그렇지 않나요?"

"전 청혼을 받은 '여자'가 아닙니다. 확실히 아시지 않습니까!"

"발타 님은 착각을 유발하는 외모를 갖고 있다는 자각이 없으세요?"

레아는 한숨을 쉬며 말을 이었다.

"물론, 발타 님이 남자라는 건 제가 제일 잘 알지요. 하느님께 맹세코, 발타 님은 남자가 맞습니다. 옛날 사람들이 진실을 알았으면 생명나무의 주인이나 망자의 안내자 그런 거 말고 정력의 신이나 남근신으로 모셨겠지요. 아깝다! 이 모양을 고스란히 조각해서 신전에 우뚝 세워 후대에 길이길이……."

"마, 말하지 마십시오, 말하지 마세요, 레아! 정숙한 숙녀께서 이 무슨……!"

말과 행동이 너무나 다른 사나이가 가증스럽게도 진실을 틀어막으려 한다. 정숙? 이 무슨 얼어 죽을! 레아는 입을 틀어막으려는 그의 손을 치우는 대신 목을 끌어안고 답삭 매달렸다. 입술에 쪽 소리가 나도록 입을 맞추자, 그의 굳은 얼굴이 단번에 녹아 버린다.

"아, 정말…… 사악해."

발타는 얼굴을 일그러뜨리며, 손 대신 입술로 레아의 입을 틀어

막았다.

그래요, 바로 이런 센스! 아주 좋아요, 발타 님!

†

센스 좋은(?) 선주님과 그의 사악한 연인이 '진실 규명'을 위해 틀어박혀 있는 동안, 죽음에서 간신히 살아 돌아온 벵상은 어마어마한 보물로 가득한 선창에 틀어박혀 머리를 쥐어 싸고 있었다.

그는 선주님께서 마지막 구혼 선물로 받은 '상인의 황금' 목록을 작성하는 중이었다. '믿을 사람이 자네밖에 없어서'라는 말 한마디로 혼자 고스란히 덤터기를 썼다. 그는 아침부터 밤까지 목록 작성과 측정 작업과 감정 평가와 분류와 검수에 매달렸지만, 일은 해도 해도 줄어들지 않았다.

죽었다 살아난 감동이 고스란히 날아가는 데는 일주일도 걸리지 않았다. 당장 내일 과로로 요단강을 건널 판이었다.

"아, 정말이지 인생사 한 끗 차이야! 나는 그날 완전히 잘못된 선택을 한 거야! 다음 생에는 분명 꽃길만 깔려 있을 줄 알았는데!"

이런 사태가 벌어질 줄 알았으면, 사악한 고용주의 제안을 다시 한 번 생각해 봤을 것이다. 한 번 아니고 세 번쯤, 아니아니 열 번쯤! 이제 벵상은 레아가 더 사악한지 점잖은 발타 님이 더 사악한지 가늠조차 할 수 없었다.

하지만 벵상은 자신을 잘 알고 있었다. 선택의 기회가 다시 주어진다 해도 일주일 만에 똑같이 선창에 처박혀 있는 자신을 발견하게 될 것이다. 세 번 다시 생각해도, 열 번 다시 돌아가도 그는 레아를 대신해서 조제의 검을 막아섰을 것이고, 그놈의 다리를 붙잡고 뒹굴었을 것이고, 함께 여행하자고 꾀는 목소리에 신나게 춤을 추며 넙죽 따라붙었을 것이다.

“이러니 평생 호구를 못 벗어나지. 아이고 시발, 이놈의 빌어먹을 팔자!”

벵상은 먼지가 가득한 선창 바닥에 벌렁 드러누웠다. 작은 환기창으로 들어온 햇빛이 주변에 늘어진 온갖 금붙이 은붙이 반짝이는 보석들을 말끄러미 비추고, 그 사이로 보얗게 피어오른 먼지가 신나게 춤을 추며 내려앉는다.

벵상은 가만히 눈을 감았다. 어스름한 어둠 속에서 들었던 목소리가 희미하게 떠오른다.

– ……자네, 우리와 좀 더 일해 볼 생각은 없나?

– 이렇게 함께 여행하는 것도 좋잖은가…….

여전히 새로운 날은 이어지고, 새로운 삶도 쌓여 간다. 자꾸 실없이 웃음이 나온다.

ǂ

레아는 발타의 목덜미를 손으로 가만히 쓰다듬었다. 폭풍이 잦아든 직후의 그의 몸은 늘 따뜻하고 촉촉했다.

레아는 그의 목에서 늘어진 은목걸이를 가만히 눌러 보았다. 지금 그의 몸에 걸쳐진 것은 새파란 목걸이 하나뿐이었다.

레아는 그 목걸이가 얼굴 바로 위에서 격렬하게 흔들리는 모습을 좋아했다. 그의 땀에 젖은 새하얀 피부와 어깨에서 찰랑거리는 새하얀 머리카락, 그리고 새파란 빛을 뿌리며 흔들리는 보석은 너무나도 잘 어울렸다.

"……예뻐요, 발타 님."

그 말을 들은 발타는 흠칫 몸을 물리더니, 푸스스 한숨을 쉬었다.

"목걸이요? 당연히 예쁘죠. 당신이 만든 것이니."

아차. 그가 '예쁘다'는 말을 좋아하지 않는다는 걸 깜박 잊어버렸다. 기사에게 '예쁘다'는 칭찬은 욕과 비슷하게 느껴지는 듯했다. 발타는 괜찮다는 듯 싱긋 웃으며 레아의 이마에 입을 맞추어 주었다.

"전설 속에서, 누군가의 마음과 영혼이 깃든 심장이라 하지 않습니까. 어찌 아름답지 않겠습니까."

레아는 웃음을 머금고 있는 그의 푸른 눈동자를 가만히 올려다보았다.

시간이 지나면서 돌로 된 몸은 비바람에 부서져 나갔지만,

돌보다 더 딱딱하게 굳은 심장과 그곳에 깃든 그의 마음과 영혼은 나무에 깊이 붙박인 채,

해마다 피고 지는 꽃들을 내려다보며 그녀가 돌아오기를 기다리게 되었지.

내 마음과 영혼의 작은 조각을 이곳에 놓아두고 갈 터이니,

내 영혼의 주인이여, 나를 찾아와 주세요.

"발타 님, '주의 지팡이와 막대기가 우리를 인도하시나이다'는 사실 성경 구절이 아니었던 거겠죠?"

"아마 그럴 겁니다. 다윗의 시편 구절과 약간 다르기도 하고요."

그가 한숨을 쉬며 시인했다.

"그럼 이 나무와 파란 돌이, 나무의 주인과 심장의 주인을 서로 이끌었던 걸까요?"

"전설대로라면 그렇겠죠."

"아, 세상에! 정말 낭만적이에요. 트루바두르들에게 노래를 백 곡은 지으라고 해야 하는데……."

하, 하하, 그의 웃음소리가 맞닿은 몸을 통해 전해진다. 레아는 자신의 몸을 부드럽게 울리는 그 느낌이 몹시 좋았다.

"그렇게 믿고 싶으면 믿으셔도 좋고, 그냥 발타라는 견습 기사가, 레아라는 숙녀를 만나서, 어쩌다 사랑하고, 그러다 사랑하고, 그래도 사랑하다가, 기어이 사랑하게 되었다……고 해도 좋겠죠."

"……."

"저는 후자가 더 낭만적으로 느껴집니다."

발타는 레아를 끌어당겨 품에 안으며 나른한 목소리로 덧붙였다.

미사여구 하나 없는 투박한 고백이 어쩌면 이렇게 낭만적으로 느껴지는지, 레아는 자신의 어딘가가 고장이 난 것 같았다. 그의 나직한 웃음이, 잠에 빠져드는 가느다란 숨소리가, 맞닿은 피부를 통해 전해지는 온기마저 꿀처럼 느껴진다.

레아는 가슴에 얼굴을 비비며 물었다.

"그래도, 세 명의 구혼자 중 한 명을 골라야 한다면 발타 님은 누구를 골랐을까요?"

왕이 꿈에서 본 세 명의 구혼자는 나이는 달랐지만, 외모는 비슷하다고 했다. 이제 레아는 그 세 명의 구혼자가 누구였는지 확실히 알 것 같다.

"생각해 보세요, 발타 님. 장래가 촉망되는 꼬꼬마 레아 왕자, 아니 레아 공주님? 아니면 용감무쌍 슈발리에르 레아? 아니면, 이렇게 배 한 척을 황금과 보물로 가득 떠안길 장사꾼 마담 레아?"

친구를 보고 싶어 시내를 건너 낯선 정원에 놀러 갔을 철없던 나. 그때의 나는 여전히 반짝이는 외모에 홀렸을지도 모르지. 내 성격 어디 가겠어?

혹은 싱그러운 젊음을 자랑하며 용감한 기사처럼 돌진해 사랑을 고백했을 나. 그때의 나는 쫄보가 아니었을지도 몰라.

아니면, 연인을 향한 타는 듯한 갈망을 더는 숨기지 못하게 된 나. 많은 경험을 겪고, 황금의 힘을 거리낌 없이 휘두를 만큼 원숙하고 탐욕스러운 구혼자였으려나. 어쩌면 그녀도 나처럼 릴리트라는 뒷말을 들었을지도 모른다.

묻는 것이 부질없다는 것을 알면서도 레아는 그의 선택이 궁금했다.

발타는 낮은 목소리로 입을 열었다.

"수십, 수백 개 면을 가진 찬란한 보석을, 어떻게 단 한 면만 골라 사랑할 수 있을까요. 저는, 제가 알지 못하는 예전의 당신과, 제가 아는 지금의 당신과, 앞으로 알게 될 미래의 당신을…… 그 모든 모습을 한 조각도 남김없이 사랑할 것인데."

레아는 말갛게 눈을 깜박거렸다.

……아아, 이것이 당신의 선택이구나.

뒤통수를 얻어맞은 것 같다. 솔로몬 대왕이 살아 돌아와도 이런 대답은 하지 못했을 것이다. 저도 모르게 시큰 눈물이 고였다.

그사이, 아름다운 동방의 현인은 담담하게 고백을 이어 갔다.

"레아, 저는 당신을 진실하고 성실하게, 끝까지 사랑할 것입니다. 사랑이란 감정을 넘어선 의지이며, 희로애락을 이겨 내고 함께 이루어 가는 삶이며, 결국은 시간을 초월하는 영원한 운명이 되는 거라고…… 저는 감히 믿습니다."

레아는 천천히 숨을 들이쉬었다. 심장이 터질 것 같다. 온 세상이 가슴 뻐근하도록 찬란하고 눈물겹게 아름다워졌다.

어쩌다 사랑하고, 그러다 사랑하고, 그래도 사랑하고, 기어이 사랑하고.

그리하여 고난을 이겨 내고, 감정을 넘어서고, 시간을 초월하여, 어느덧 영원히 이어지는 생명이 되고, 삶이 되고, 운명이 되어 버린 사랑.

사르르 눈이 감긴다. 부드러운 어두움 속, 그의 나른한 숨소리가 들린다. 그의 달큼한 숨결이 느껴진다. 잠과 꿀과 사랑은 같은 나무에서 열린 열매가 틀림없다. 달고, 달고, 하여간 몹시 달았다. 레아는 어둠 속을 더듬어, 그의 심장 위에 입술을 대고 속삭였다.

"발타 님, 사랑해요."

"……."

대답은 들리지 않는다. 그의 고개가 아래로 툭 떨어진다.

그날 밤, 발타는 오랜만에 고향의 꿈을 꾸었다.

오늘따라 고향의 풍경이 뚜렷하게 보인다. 끝이 보이지 않을 정도로 너른 들판, 그 들판을 빙 둘러 흐르는 맑은 강, 높고 아름다운 새하얀 성, 울창한 숲, 색색의 꽃이 끝없이 펼쳐진 넓은 정원, 그 위를 날아다니는 아름다운 새와 나비들, 정원의 한가운데 서 있는, 하늘 끝까지 닿을 정도로 거대한 나무.

꽃잎과 나뭇잎이 바람에 화르르 날아가다 하느작하느작 떨어지고, 바람이 불 때마다 사방이 꽃향기로 가득 찬다. 벌들은 잉잉거리고, 새들과 나비들이 겁도 없이 날아다닌다. 그리고 그 나뭇가지에는 그의 숙녀가 걸터앉아 있다. 다리를 드러내고 새하얀 맨발을 한들한들 흔들고 있는 것을, 그는 감히 쳐다보지 못한다.

그녀는 웃음을 함빡 담고 그의 손을 꼭 잡는다. 발타 님, 드리고 싶은 말씀이 있어요. 짓궂은 숙녀가 그의 귀에 입술을 가까이 대고 속삭인다. 귓가에 숨결이 닿을 때마다 등이 오싹해진다. 그가 어깨를 살짝 움츠릴 때마다, 속삭임은 더욱 은밀해진다.

발타 님, 제가 당신께 꼭 드릴 말씀이, 귀를 기울이고 있는 그의 뺨이 화끈화끈 달아오른다. 발타 님. 가슴이 뛴다, 숨이 가쁘다. 사랑해요, 발타 님, 사랑해, 발타 님, 저와……. 그녀의 금빛 긴 머리카락이 바람에 차르르 차르르 물결치며 하늘 높이 휘날린다.

그는 터질 것처럼 붉어진 얼굴로, 눈을 감고, 고개를 숙인 채 나직이 대답한다.

"……예, 그러겠습니다……."

대답은 담백했으나, 꼭 맞잡은 손은 핏기 하나 없이 새하얬다.

순간 발타는 두 사람의 고백이, 그리고 선택이 그제야 완결되었다는 것을 어렴풋이 깨달았다.

부우우우, 크게 바람이 인다. 붉고 노랗고 하얀 꽃잎들과 싱그러운 나뭇잎들을 한껏 감아올린 바람은, 두 사람의 주변에서 한참 동안 맴돌았다.

나는 그대에게 다시 사랑을 고백하며
다시 사랑의 정표들을 바치겠지요.
그대여, 그날엔 나를 기억해 주세요.

그대여, 그날엔 나를 사랑해 주세요.
그대여, 그날엔 나를 선택해 주세요.

……약속이 이루어지는 날, 주의 보좌에, 모든 능력과, 존귀와, 거룩한 영광의 기억이, 다시 임하리라…….

옛 예언의 내용이었던가, 귓가를 스치는 바람결 사이에는, 희미한 노랫말과 단호한 맹세의 말이 스며 있었다. 이제 발타는 두 목소리의 주인이 누구인지 잘 알 듯했다.
아주 오래된, 기나긴 약속의 완성이었다.

나무에 걸터앉은 그는, 자신의 목에 걸려 있던 푸른 목걸이를 풀어 연인의 목에 곱게 걸어 준다. 그녀는 거절하지 않는다. 오히려 그 목걸이를 쥐고 있는 그의 손을 두 손으로 가만히 감싸더니, 그녀의 두근대는 심장 위에 지그시 누른다.
그는 허리를 숙여 그녀의 아름답고 푸른 심장에 입을 맞추었다.
그것은 본연의 임무를 다했고, 이제는 심장의 본래 주인에게 돌아가야 할 때였다.

그날 밤, 발타의 옛 고향의 꿈은, 예전과 달리 오래도록 생생하게 이어졌다.

ǂ

"이 미친놈들아, 배가 여기까지 기어들어 올 동안 뭐 한 거야!"

"이게 뭐야, 이게 뭐야! 여기가 대체 어디냐고!"

아침부터 한바탕 아수라장이었다. 멀쩡하게 지중해를 가로지르던 레아 호와 라셸르 호가 난데없이 듣도 보도 못한 강 위로 흘러들어 온 것이다.

벵상과 고드프리 선장은 수탉처럼 꽥꽥대며 고함을 질렀지만 할 수 있는 일이 없었다. 초계 선원들을 족쳐 봐야 소용없었다. 사실 지금 가장 넋이 나가 있는 것이 초계 선원들이었다. 설상가상, 배의 바닥이 얕은 강둑에 닿아 덜컥 멈춰 버렸는데, 상황이 이 지경이 될 때까지 아무도 몰랐다. 단 한 명도.

배를 돌려 빠져나갈 수도 없고, 이곳이 어딘지 모르니 방향도 잡을 수 없다. 고드프리 영감은 '배를 타기 시작한 지 50년이 되어 가는데, 이런 엿 같은 경우는 처음'이라며 욕설을 퍼부었다.

……그 와중에도 레아와 발타가 있는 선실 문은 굳게 잠겨 열리지 않는다.

벵상은 자신의 상사와 전 약혼녀에게 도저히 좋은 말이 나오지 않았다. 해가 중천에 뜨고 밖에서 이 난리굿이 벌어졌는데도 잠이 오나. 아, 정말 징하다. 연애하는 것들이란 죄다 벼락을 맞아야 한다니까.

다행인지 불행인지, 불법 침략선(?)을 나포하러 달려오는 병사들은 보이지 않는다. 이렇게 큰 배가 두 척이나 영지 내로 들어오면 으레 무장한 기사들이 나타나 썩 꺼지라고 경고를 날리거나 선원들과 한바탕 싸움을 벌이게 마련인데, 하다못해 이곳이 어디인지 누구의 영지인지까지는 알려 줄 법도 한데, 기사는커녕 강아지 한 마리도 보이지 않는다.

사람들은 배에서 내리지도 못한 채 갑판에 모여 우왕좌왕하며 두리번거렸다.

어느 나라인지는 모르지만, 잘 관리된 영지이고, 믿을 수 없을 만큼 아름다운 곳이라는 건 확실했다. 유실수 숲과 넓은 들이 펼쳐져 있고, 먼발치로 하얗고 높은 성이 보인다. 들판의 한가운데에는 거대한 나무가 한 그루 서 있었는데, 그 주변으로 희고 붉고 노란 꽃들이 아득하게 펼쳐져 있었다.

……다만 인가는 전혀 보이지 않았다.

사람들은 점점 이상하다는 생각을 하기 시작했다. 이렇게 잘 관리된 곳에 사람이 전혀 보이지 않는 것도 이상하지만, 보면 볼수록 기이한 곳이라는 생각이 들었다. 어딘지 모르게 신성하고 신비한 기운이 그윽하게 감도는 것이, 등 뒤로 소름이 오싹오싹 돋는다.

술렁대던 사람들 사이로 천천히 침묵이 내려앉기 시작했다.

아무래도…… 무서운 곳에 와 버린 것 같다.

여긴…… 대체 어디지?

"다들 나와 있었군."

해가 뜨고도 반나절은 족히 지난 후에야 3층 선실 문이 열렸다. 벵상과 선원들은 계단 위를 올려다보다 눈을 휘둥그렇게 떴다.

"……!"

두 사람은 화려한 예장을 갖추고 3층 계단 앞에 나란히 서 있었는데, 발타의 머리 위에는 푸른 사파이어가 박힌 왕관이, 여자의 목에는 짙은 푸른색의 목걸이가 걸려 있었다. 차림새로만 보면 일국의 왕과 왕비처럼 보였는데, 그와는 비교할 수 없는 압도적인 위엄과 신비한 기운이 느껴졌다.

"보트르 마제스테."

앞에 있던 라셸르가 그 자리에서 무릎을 꿇고 예를 표했고, 벵상이 뒤를 이었다. 사람들은 영문도 모른 채, 하지만 저도 모르게 그들을 따라 무릎을 꿇고 예를 표했다.

"……여긴 정말 오랜만에 와 보는군."

발타는 사방을 한 바퀴 빙 둘러본 후, 엎드린 자들을 향해 가볍게 손을 들어 올렸다.

"내 영지를 방문해 준 그대들을 진심으로 환영하네."

13-9. 이계異界의 방문자

"헉! 허어, 허……."

시테 궁, 어스름한 어둠에 묻힌 왕의 침실.

왕은 막 잠에서 깨어났다. 바닥에 쪼그라붙은 양초 심지에서 불꽃이 맹렬히 흔들리고 있었다.

흔들리는 촛불을 물끄러미 바라보던 그는 문득 한기를 느꼈다. 이마에는 진땀이 흥건한데 등과 팔에는 소름이 잔뜩 돋아 있다.

악몽을 꾸었다. 아니, 악몽은 아니다. 분명 좋은 꿈이었는데, 어느 순간부터 그것이 악몽으로 느껴질 뿐이었다.

정원의 꿈. 그 아름다운 정원의 꿈. 꿈은 그 어느 때보다 더욱 또렷해지고 있었다.

하얀 꽃이 가득 깔린 정원이었다. 왕은 정원으로 나아가는 자신을 뚜렷이 인식한다.

그런데 어느 순간부터 자신이 허공을 가로질러 정원으로 다가가고 있음을 깨닫게 되었다.

'폐하, 혹시 그 꿈에서 하늘을 나는 거대한 새를 보신 적 있습니까?'

'새?'

'하늘을 높이 날다가 나뭇가지나 어깨 위로 내려앉던, 새하얀 빛의 새 말입니다.'

그 말을 들은 다음부터였을 것이다. 왕은 그때부터 꿈에서 자신이 허공을 날고 있음을 인식했다. 하지만 그는 여전히 자신의 모습을 볼 수 없었다. 그곳에는 자신의 모습을 비출 거울이 없었고, 물에도 자신의 모습을 비출 수 없었고, 심지어 자신의 그림자조차 발견할 수 없었다.

자각몽이라는 것은 무척 고약한 것이다. 한때 거룩하고 신비로웠던 꿈은 점차 악몽이 되어 가고 있었다. 왕은 깊게 심호흡을 하고 시종을 불렀다.

"위그!"

밖에서는 아무 소리도 들리지 않는다. 위그는 당직이 아닌가. 밖에 호위 병사는 아무도 없나?

"위그, 알랭! 알랭!"

한기가 점점 심해지고 있다. 새해를 나흘 앞둔 아프릴레스 11일(현 4월 11일), 제법 따뜻해진 봄날이었다. 이렇게 심하게 몸이 떨리는 것이 이상했다.

똑똑똑, 밖에서 노크 소리가 들린다.

"폐하, 무슨 일이십니까. 나쁜 꿈이라도 꾸셨습니까?"

기욤 드 노가레, 그가 가장 신뢰하는 대법관의 목소리다.

새벽인데 아직 돌아가지 않았나?

하긴, 그는 대단한 일벌레이며 성실하기 그지없는 자였다. 어떤 면에서는 왕과 가장 많이 닮은 자였고, 왕의 장점과 단점을 가장 명확하게 보여 주는 자이기도 했다.

"기욤, 아직 집에 가지 않았나?"

"갔다가 되돌아왔습니다. 폐하께 올릴 말씀이 있어서요. 주무시는 것 같아 잠시 기다렸습니다."

이 밤에 무슨 일이냐고 딱히 묻지는 않았다. 왕은 그의 신하에게 밤낮없이 일을 시켰고, 밤에 깊이 잠든 것이 아니라면 알현을 거절하지도 않았다.

"방금 발타사르 경을 만났습니다. 지금 성문 앞에 와 있는데, 혹시 폐하께서 그에게 하실 말씀이 있으실까 하여 급하게 올라왔습니다."

갑자기 가슴에서 거대한 충격이 일었다.

……그, 그가…… 죽은 게 아니었나?

왕은 깊게 심호흡을 했다. 한 번, 두 번. 숨이 잘 다스려지지 않는다. 그는 한참 후에야 침착한 목소리로 되물을 수 있었다.

"기욤, 발타가 살아 있었나? 그가…… 파리로 왔다고? 궁 앞에 왔다고?"

"예. 폐하. 저에게 볼일이 있어 잠시 들렀다 합니다."

"레아도 있던가?"

"예, 폐하."

……제기랄!

왕은 자리에서 벌떡 일어나 호출 끈을 잡아당겼다. 종이 세 번이나 울렸는데, 알랭이나 위그, 혹은 당직 시종이 아무도 달려오지 않는다.

하지만 왕은 그 일로 화를 낼 겨를도 없었다. 기욤에게만 볼일이 있고, 내게는 없단 말인가? 나를 보러 올 생각도 안 했다는 말인가? 하는 분노가 더 컸기 때문이었다.

아니, 혹시 나를 두려워해서 도망 다녔던 건가?

하지만 그렇다면 지금 기욤을 만나러 올 수도 없을 텐데. 기욤은 내게 당연히 그 일을 보고할 터이니. 기욤이 충성스러운 것이야 발타가 더 잘 알지 않는가.

왕은 실타래처럼 엉킨 생각을 정리하려 애썼으나, 속에서 치받는 감정이 너무 뜨거워 머리가 흐릿했다.

손이 떨려 제대로 옷을 입을 수 없다. 기욤이 쥐그 대신 왕의 의장 시중을 들어 주고 사슬 갑옷과 검까지 챙겨 주었다. 기욤은 그런 동작마저도 절도가 있어서, 그 와중에 쓴웃음이 나왔다.

왕의 침실에서는 센 강에 면한 창이 없었다. 왕은 초조한 마음을 누르고, 양초 일곱 자루에 불을 모두 댕긴 후, 주석 거울 앞에 서서 물에 적신 수건으로 얼굴과 손을 닦고, 머리를 가다듬고 왕관을 똑바로 썼다. 뒤에서 의장 시중을 들던 기욤은 왕이 거울 앞에 서자 말없이 뒤로 물러섰다.

왕은 의장을 다 갖춘 후, 화려한 보석과 허리띠로 치장을 마무리했다. 다른 나라의 왕이나 대사를 접견하는 것만큼이나 위엄 있고 호사스러운 차림이었다. 하지만 어두운 주석 거울 속에 덩그러니 보이는 얼굴은 낯설고 기괴해 보였다.

왕은 대법관을 앞세우고 긴 계단을 내려갔다. 기욤은 빠른 걸음으로 왕을 안내했다. 늦은 밤이고 피곤할 텐데, 기욤의 발걸음은 날듯이 가벼워 왕은 따라가는 것이 조금 벅찼다. 궐문을 지키는 호위병이 깜짝 놀라 허리를 굽히는 것을, 왕은 말없이 지나쳤다.

샹제르 다리에서 조금 내려간 곳에, 등불을 환히 밝힌 나룻배가 두어 척 떠 있었다. 그들이 들고 있는 횃불이 유난히 밝아, 강 위에 작은 달이 동그랗게 떠 있는 것 같았다.

"오랜만에 뵙습니다, 폐하. 그간 강녕하셨습니까."

"……살아 있었느냐, 내 작은 솔로몬."

"예, 폐하."

"폐하, 저도 살아 있었습니다. 저 잊어버리신 건 아니죠?"

나룻배에 서 있던 은발의 기사가 배에서 내려 왕에게 가볍게 묵례를 한다. 뒤에 서 있던, 은빛 드레스 차림의 여자는 아예 손을 팔락대고 흔들며 경쾌하게 인사를 건넨다.

왕은 기가 막힌다기보다 의아했다. 두 사람은 예전처럼 제대로 된 예의를 갖출 생각이 없어 보였다. 그저 친한 지인에게 하듯 가볍게, 편안하게, 반가움을 고스란히 드러내며 인사를 할 뿐이다.

그대들은 나를 만나는 게 여전히 반갑고 기쁜가……?

그러면 어째서 나를 지금까지 찾아오지 않았던 거지?

강가에 바람이 천천히 불었다. 밤이 늦어 강 위를 오가는 거룻배는 몇 척 없고, 빈 배들만 강변 여기저기 묶여서 삐걱삐걱 흔들리고 있었다. 술에 취한 사람이나 잘 곳을 찾지 못한 거렁뱅이 몇몇이 주변을 배회하고 있었지만, 그들은 호위병 하나 없이 강변에 서 있는 왕을 미처 알아보지 못했다. 낮의 센 강과 밤의 센 강은 천국과 지옥만큼이나 괴리가 극심했다.

왕은 그들을 물끄러미 바라보다가 한참 만에야 잠긴 목소리로 입을 열었다.

"왜, 연락이 없었지? 내가…… 염려하리라는 생각은 안 했나?"

"그렇게 염려할 분이 발타 님을 사지로 보내셨어요? 진짜 너무하셨다. 저희가 살아남느라고 얼마나 고생했는데요."

여자가 옆에서 입술을 조금 비죽이며, 그래도 웃으며 대답해 주었다. 발타가 황급히 그녀를 막으며 대답했다.

"레아, 그러지 마십시오. 아닙니다, 폐하. 어쩌다 보니……."

"진작 찾아뵈었어야 마땅하온데, 어떤 기사님께서 잠이 너무 많아서 올 시간이……."

"레아. 폐하께선 농담에 익숙하지 않으십니다. 그만하십시오."

그 '어떤 기사님'이 다시 언로를 틀어막는다. 왕은 저 말이 완전한 농담은 아닐 거라는 얼빠진 생각을 했다. 여자는 생긋 웃으며 고쳐 말했다.

"솔직하게 말씀드리자면, 신혼 생활이 너무 꿀 떨어지다 보니, 그만 시간 가는 줄을 몰랐사옵니다. 용서해 주십시오, 폐하."

여자의 이번 대답을, 기사는 딱히 부인하지 않고 멋쩍게 웃을 뿐이다. 왕은 입이 턱 막혔다. 노가레 대법관도 눈을 크게 뜨고 두 사람을 번갈아 바라보았다. 왕은 두 사람의 저 태연함조차 이해할 수 없었다.

"결혼했나?"

"그런 셈이죠."

"언제? 어디서? 대체 누가 내 허락도 없이 그대들의 결혼식을 올려 주었지?"

"허락이요? 어머, 폐하, 설마 저희한테도 결혼 세금 받으시려고요? 누구 덕분에 쫓겨 다니느라고 아직 결혼식은 못 올렸는데…… 어머나, 왜 그렇게 이상한 눈으로 보세요? 주례라도 서 주실 것도 아니면서……."

"레아, 폐하께선 농담에 익숙하지 않으십니다. 당황하십니다."

여자는 이해할 수 없는 명랑함으로, 얄미울 정도로 당당하게 대답했고, 말리는 척하면서 은근슬쩍 맞장구를 치고 있는 발타는 더욱 낯설었다.

왕은 점점 초조해졌다. 두 사람을 붙들고 싶은데, 이제는 두 사람을 어떻게 강제해야 할지 알 수 없었다.

……지금이라도 병사를 불러 이들을 궁에 잡아 둘까?

하, 저도 모르게 실소가 튀어나왔다. 이제는 두 사람을 강제해야 할 방법이 아무것도 없다. 그냥 느낌으로 알 수 있었다.

"폐하께 드릴 것이 있습니다. 약속을 마무리 짓고 싶어서요."

여자가 배 안에서 상자를 하나 꺼냈다. 왕은 눈을 커다랗게 떴다. 몹시 낯익은 거대한 성물함. 탕플 탑 솔로몬의 방에서 보았던, 바로 그 성물함이 틀림없었다.

……저, 저것을 대체 어떻게 가져왔지? 배들은 모두 침몰했다고 하지 않았던가?

"임무 수행 중 눈 맞아서 무책임하게 도망친 기사와 숙녀로 소문나긴 싫거든요."

"폐하의 기억에, 임무를 끝까지 마무리 짓고 떠난 팔라댕으로 남고 싶습니다."

안에 있는 것은, 왕이 그렇게 애타게 기다려 왔던 그 나뭇조각이었다. 그리고 그 아래에는 못 보던 나뭇조각이 하나 더 들어 있었다. 나무로 만든 자그마한 왕홀이었고, 작은 보석들이 가지런히 박혀 있었다.

"하나는 치유의 나뭇조각이고, 하나는 제가 만든 기념 선물이랍니다. 폐하의 마음에 드시면 좋겠지만, 마음에 안 드시면 난로에 넣고 태워 버리셔도 됩니다."

"……."

오늘 들은 농담 중 가장 고약한 농담인 것 같았다. 그래서 왕은 웃을 수 없었다. 여자는 진지하지만 다소 묘한 얼굴로 설명을 해 주었다.

"단장의 홀이 예전에 이적을 일으켰던 건 틀림없습니다만, 앞으로는 그럴 일은 없을 겁니다. '주님'께서 원하실 때만, 이라는 전제 조건이 붙어 있으니까요."

"내가…… 이것을 위해 선택된 자가 아니란 것은 잘 안다. 선물은 고맙게 받겠다, 아크레의 숙녀여."

"물론, 제 선물들에는 작은 비밀이 있어요. 제 방식의 농담이라고 생각하셔도 되고, 영원히 모르셔도 상관없어요,"

"……농담?"

"농담이 아니면 장난이라고 해 둘까요. 파리 제일의 세공 장인의 작은 장난이요."

여자의 웃음이 명랑해질수록, 왕은 더욱 웃을 마음이 들지 않았다.

"그리고 만난 김에 말씀드리자면, 지금 비밀리에 보관하고 계시는 기사단의 성 유골은 주인이 따로 있습니다. 나중에 말없이 찾아간다 해도 너무 섭섭하게 생각하진 마세요."

"……."

"저희는 약속을 지켰고, 폐하께서는 원하시던 것을 얻으셨으니 이제는 부디 행복하시기를 진심으로 바랍니다, 폐하."

왕은 묻고 싶은 것이 태산처럼 많았지만, 여자의 인사는 더욱 빨랐다.

결국 기사단은 해체되었고, 원하던 성물은 찾았다. 그들이 남긴 재산 중 적잖은 양이 여러 가지 구실로 왕실 국고로 환수되었다. 발타가 말했던 대로 했다면 서너 달 안에 끝났을 일을 5년 넘게 질질 끌었지만, 어쨌든 왕은 원하는 바를 이루었고, 발타는 자신과 맺은 모든 계약에서 풀려났다.

두 사람은 이것을 전해 주는 것으로, 자신과 연결된 끈을 완전히 끊어 내는 것이다.

두 사람이 금방이라도 떠날 것만 같다. 이것을 괜히 받은 걸까. 아, 이런 맙소사. 이런 생각을 하는 자신이 미친 것 같다. 이대로 보낼 수는 없다.

왕은 주변을 두리번거렸다. 끔찍하게 무기력하게 느껴졌다.

내 주변에는 충성스러운 자들이 많고 자식들도 많다. 맏아들 루이는 얼마 전 딸을 낳았고, 이사벨르는 앙글레테르의 후계자가 될 아이를 가졌다. 나의 몸에서 나온 프랑스 왕가는 영원히 창대하게 이어질 것이다.

그런데 이 거대한 공허감은 무엇일까. 왕은 초조한 마음을 애써 숨기며 입을 열었다.

"아직 결혼식을 못 했다면, 이곳에서 며칠 머무르면서 식이라도 올리고 떠나는 게 어떤가?"

난데없는 제안에 세 사람은 모두 눈을 둥그렇게 떴다.

잠시 후 발타는 빙그레 웃으며 고개를 저었다.

"감사합니다만 그리 길게 머무를 시간은 없을 듯합니다. 일정이 좀 빠듯합니다. 나중에 저희가 결혼식을 올리게 되면…… 가능하다면 그때 폐하를 모시도록 하겠습니다."

"폐하, 저희 결혼식에 오시면 혹시 첫날밤의 증인이 되어 주실 건가요? 사실 첫날밤도 아니긴 한데."

"마담, 폐하께서는 그런 농담에 익숙하지 않으십니다."

이제는 왕보다 더 농담에 익숙하지 않은, 내공마저 약한 노가레 대법관이 만류하고 나섰다. 왕은 그 정도는 당연히 해 줄 수 있다고 말하려다, 대법관의 만류에 입을 다물었다. 대신 아까부터 궁금하던 것을 물었다.

"나에게는 이것을 돌려주러 왔고, 기욤에게는 무슨 볼일이 있어서 온 건가?"

"발타사르 경이 함께 여행을 해 보면 어떻겠느냐 제안했습니다. 제가 맡은 일도 다 끝났는데, 당분간 여행이나 함께 다녀 보는 것이 어떻겠느냐고."

왕은 헛웃음을 지으며 팔짱을 꼈다.

"자네는 프랑스 왕실의 인장의 수호자야. 여행? 그대는 내 곁에서 아직 할 일이 많이 있네."

왕은 자신의 최측근 부르주아 관료들을 지극히 아끼고 신뢰했다. 그들은 왕의 신뢰에 부응해서 정말로 많은 일을 헌신적으로 감당해 주었다. 일국의 통치체제와 세제, 군대의 시스템 등을 전방위적으로 이렇게 단기간에 바꿀 수 있었던 것은 필립의 대담한 미증유의 구상들을 기어이 현실로 바꾸어 준 측근들 덕분이었다.

"폐하, 그것은 기욤 경이 결정할 일입니다."

발타가 조용히, 하지만 단호한 어조로 말했다. 갑자기 기욤이 왕에게 고개를 돌리고 물었다.

"폐하, 저는 폐하께 어떤 사람이었습니까?"

왕은 그의 질문이 새삼스럽고 이상했다. 밤이라서 그런가? 농담처럼 웃어넘기고 싶었다.

하지만 왕은 진지하게 대답해 줄 필요를 느꼈다. 기욤은 자신과 매우 비슷한 사람으로, 아무 이유도 없이 이런 실없는 질문을 할 자가 아니었다.

"자네는 나의 오른팔이었으며 나의 또 다른 동반자일세. 자네가 없었으면, 교회와 신앙의 수호자인 필립도, 지금의 프랑스도 존재하지 않았겠지."

왕의 대답에, 왜인지 발타와 레아가 안도하는 듯한 표정을 짓는다. 레아는 왕을 한 번 보고 기욤을 보더니 눈물이 괸 눈으로 생긋 웃어 보인다. 그러면서 왕을 향해 살짝 허리를 숙여 보인다.

"……감사합니다. 폐하."

"왜 그대가 고맙다는 말을 하지?"

왕은 묻다가 입을 다물었다. 기욤이 왕의 앞에서 무릎을 꿇고 그의 발에 입을 맞추었기 때문이었다.

왕은 놀란 것을 내색하지 않고 묵묵히 서 있었다. 그가 이렇게 예를 표하는 데에는 분명히 합당한 이유가 있으리라 생각했다.

기욤은 잠시 손을 쥐어뜯으며 안절부절못하더니, 잠시 후 목소리를 가다듬고 아무 일도 없었던 것처럼 입을 열었다.

"폐하. 피곤하실 텐데 들어가서 쉬시지요. 제가 침전까지 모셔드리겠습니다."

왕은 눈물로 얼룩진 대법관의 얼굴을 보며 곤혹스러워졌다. 묻고 싶은 것은 많은데 입이 떨어지지 않는다. 더욱이 자신의 발 옆에 흩어져 있는 작은 물 얼룩을 보니 지금은 도저히 물을 수가 없었다.

내일 아침 그의 마음이 진정되면, 그때는 지금 일에 대해 제대로 된 설명을 요구하리라 마음먹었다. 화가 나거나 짜증스럽지는 않았다. 하지만 당황스럽기는 했다.

그리고 지금은 발타와 연결선을 잡아 두는 일이 더 급했다. 다행히 레아와 발타는 왕을 따라 함께 시테 궁의 침전까지 들어왔다. 수직 병사는 발타와 레아를 보며 눈으로 알은척을 하고, 저 수다쟁이 숙녀는 그새를 못 참고 병사와 몇 마디를 주고받는다.

"발타, 자네 집은 어디인가?"

"지금은 레아 호에 머무르고 있습니다. 빠른 시일 내로 돌아가 봐야죠. 벵상이 출항만 기다리고 있습니다."

"아, 레아 호가…… 파선된 게 아니었나?"

"뒤집혔던 걸 다시 손보느라 애를 좀 먹었습니다."

"조르주는? 같이 탔던 자들은? 혹시 산 자가 있나?"

"모두 무사히 살아 있습니다. 저희와 함께 항행을 하고 있고요."

"살아 있는데…… 지금까지 복귀도 보고도 안 하고 있다는 건가?"

난데없는 결론에 왕이 눈썹을 찌푸리자 수다쟁이 면책 특권을 받은 여자가 나서서 대신 설명해 주었다.

"아, 그게요, 저희 배에 몹시 수완이 좋은 장사꾼이 한 명 같이 있사온데, 황금 이빨의 벵상이라고 혹시 들어 보셨을까요. 다들 그놈의 말발에 휩쓸려서 나도 떼돈을 벌겠네, 상행에 빌붙겠네 나서는 바람에 일이 그렇게 됐습니다. 다들 앞다투어 선주님에게 목숨 걸고 충성을 바치겠다는데, 바다 한복판에서 쫓아낼 수도 없고……."

왕은 이제 저놈의 수다쟁이 면책 특권을 거두어들일까 심각하게 고민했다. 이런 분위기에도 저렇게 농담을 하고 장난을 치고 싶을까.

하지만 잔느의 경우도 그랬듯, 왕은 이런 장난에 이상하게 물러서 끝내 화를 내지 못했다.

"그러면 그때 함께 싸웠던 성전기사들 중 살아남은 자들은 있나?"

"아, 그들도 대체로 다 살아 있긴 한데 그들도 모두 돈을 벌겠다고 선주님께 충성을……."

"마드무아젤, 폐하께서 농담인 줄 아시잖습니까."

발타가 웃으며 만류한다. 말이 이상했다. 진담인 줄 아시잖습니까, 를 잘못 말한 걸까?

"지금 어디로 가는 거지? 배를 타고 상행 중이라면, 자네와 연락을 하려면 어디로 사람을 보내야 하는가?"

"잠시 탕플 탑에 들렀다가 제 영지로 돌아가려 합니다. 연락이 쉽지는 않겠지만, 제가 파리에 오면 시테 섬에 들르겠습니다, 그때 뵐 수 있으면 뵙겠습니다."

"영지? 누구의……?"

대체 네가 누구의 가신이 된 거냐, 따져 물으려던 왕은 문득 입을 다물었다. 그들은 대답하지 않을 것이며, 그것을 캐묻는 것은 더욱 구차했다. 그들은 더 이상 프랑스의 신민이 아니고, 자신에게 속한 자들도 아니었다.

이제 왕에게는 그들을 붙잡을 수 있는 힘이 아무것도 남아 있지 않았다. 하여 왕은, 명치 한가운데로 에스토크가 천천히 박히는 듯한 통증을 끝까지 견뎌야 했다.

왕은 여자의 목에 걸려 있는 푸른 목걸이를 보고 고개를 갸웃했다.

"그것은 발타의 목걸이가 아니었나?"

"맞습니다, 폐하. 제가 선물했던 것이지요."

창을 통해 들어오는 달빛 속에서, 여자의 웃음이 달고 부드러워진다.

"이제 나무의 주인은 나무를 돌려받았고, 심장의 주인도 심장을 돌려받았답니다."

왕은 여전히 그들의 말을 이해할 수 없었다. 은빛 드레스의 여자는, 한때 자신이 차지할 수 있었던 저 여자는 이제 아주 먼 곳에 있는 것 같았다. 다만, 튤리파 꽃 전설의 뒷이야기가, 자신도 모르는 뒷이야기가 새로 이어지기 시작했다는 것은 알 듯했다.

"편히 주무십시오, 폐하."

발타와 레아 그리고 기욤은 왕에게 인사를 올린 후, 조용히 물러났다.

왕은 눈을 감았다. 짙은 석청처럼 진득하고 달콤한 어둠이 쏟아져 내렸다.

성문 밖으로 나온 세 사람은, 배를 매어 놓은 곳으로 바로 가지 않고, 파리 밤거리를 천천히 돌았다. 은나무 세공방에 새로운 간판이 있는 것을 보고 레아가 코끝을 찡그리자, 두 사람은 뒤에서 눈짓을 주고받으며 웃었다.

그들은 파리에 생전 처음 와 보는 시골뜨기처럼, 포목상 거리나 유대인 거리, 빵과 과자와 생선구이, 단골 과일 가게가 있는 시장 골목을 구석구석 구경했다.

인적이 드물어지긴 했지만, 시테 섬의 밤거리는 아주 적막하지는 않았다. 급한 볼일이 있는 하인들이 초롱을 들고 재게 뛰어다니고, 주정뱅이 두엇이 비틀대며 노래를 하고, 불 꺼진 창문에서 아이들에게 잔소리를 하는 아낙네의 목소리가 간혹 튀어나오기도 한다. 등불과 무기를 든 시민 야경꾼 두 사람이 통금 시간에 거리를 활보하는 세 사람을 보고 어깨를 불근대며 다가왔다가 기욤 대법관을 알아보고 황급히 고개를 숙이고 물러난다.

소등 시간이 지나 거리는 깜깜하지만, 달빛에 잠긴 골목들은 더러움과 구차함이 사라져 정겹고 예뻐 보였다.

"당분간 여행을 함께하겠느냐 물어봐 주셔서 감사합니다만……."

샹제르 다리 곁으로 돌아온 기욤은 딱딱한 목소리로 입을 열었다.

"저는 괜찮습니다. 충분합니다. 힘들 때도 많았지만, 좋을 때도 있었고, 보람도 있었습니다."

"그렇습니까."

"저는 누가 어떤 말로 저를 비난하든, 맡은 사명을 모두 감당했습니다. 다행히 파문도 철회를 받았지요. 후회는 없습니다. 그러니 저는 그냥 바로 출발하도록 하겠습니다."

아까 들은 왕의 대답에 그는 진심으로 흡족해하고 있었다. 그는 발타에게 정중하게 허리를 굽혀 예를 표하고, 레아의 손등에도 입을 맞추었다.

"저를 위해 예까지 와 주셔서 고맙습니다. 시간이 많이 늦어졌습니다. 들어가십시오."

그는 발타가 타고 온 나룻배 옆에 놓인 작은 배에 몸을 얹었다. 기다리고 있던 사공이 하품을 하며 노를 집어 든다. 기욤이 뒤를 돌아보며 한마디 한다.

"혹시 여행을 다니시다가 툴루즈에 가실 일이 있으면, 제 성에 들러서 이것저것 구경하시고, 편히 쉬었다 가시기 바랍니다."

"벌써 구경하고 왔답니다. 정말 아름다운 성이더군요."

여자가 웃으며 대답한다.

"마을도 아름답게 단장해 두셨고요. 마을 사람들이 당신을 두고두고 칭송할 거예요. 트루바두르들도 노래를 백 곡쯤 지을 거고요."

여자의 진심 어린 찬사에, 냉랭하고 건조한 사내의 얼굴에 뿌듯한 표정이 피어올랐다. 그가 드디어 웃으며 한마디 덧붙인다.

"앙게랑에게 인사 좀 전해 주시기 부탁드립니다. 성에 그놈의 잘난 이름이 박혀 있는 별실을 따로 마련해 두라고 명해 두었으니, 언제든지 가서 편히 지내도 된다고."

"그러겠습니다."

두 사람은 센 강 앞에 서서 기욤이 배를 타고 느릿느릿 사라지는 모습을 오랫동안 지켜보았다.

†

탕플 탑의 밤은 유난히 조용하다. 낮에도 사람의 소리를 거의 들을 수 없지만, 밤이 되면 살아 있는 것이 전혀 없는 것처럼, 소름 끼칠 정도로 괴괴하다.

널판으로 만든 침상에 누워 있던 자크는 끙, 소리를 내며 돌아누웠다. 작은 쪽창으로 달빛이 들어와 방 안을 동그마니 비친다.

잠이 오지 않는다. 몸에는 고문 독이 쌓이고 속에는 울화가 쌓이다 보니, 이제는 안 아픈 곳이 없고 잠조차 제대로 이룰 수 없다.

어쩌면, 일찍 죽는 것도 축복이리.

고결하던 기욤 드 보주 단장, 기사단의 명예와 긍지의 상징이었던 티보 고댕 단장.

……나는 아크레에서 그들과 함께 죽었어야 했다.

"흐어억!"

그는 몸을 움직이려다가 숨이 넘어갈 듯한 비명을 삼켰다. 발목과 허리에 도끼로 찍히는 듯한 통증이 일었다. 조금만 잘못 움직여도, 이 모양이다. 이젠 부축 없이 일어날 수 없고, 부축을 받아도 허리를 제대로 펼 수 없다.

아아, 우리의 드높은 긍지여, 찬란하게 빛나던 시절이여…….

"으아, 으아, 아아아아아……."

밖에서 찢어지는 듯한 고함 소리가 들린다. 레몽의 비명이었다.

레몽은 자신보다 상태가 훨씬 심각했다. 고문 후유증도 심했지만, 밖에 한 번 나갔다가 광인이 되어 돌아온 후, 모든 것이 끝장났다.

레몽은 스스로의 힘으로 움직이지도 못하고, 대소변도 가리지 못했다. 그가 갇힌 방에서는 형언할 수 없는 악취가 풍긴다 하여, 하인이나 간수들조차 접근하기를 꺼렸다.

하지만 광인이 된 조카는 그런 것조차 신경 쓰지 않는다. 그는 기운이 있을 때면 허공에 대고 욕설을 퍼부었다. 주로 왕에 대한 저주, 앙게랑 드 마리니, 기욤 드 플레지앙, 기욤 드 노가레, 기욤 윙베르 신부에 대한 극렬한 증오가 쉴 새 없이 터져 나온다.

뒤이어 기사단을 끝내 팽개친 교황에 대한 원망이 쏟아지다가, 정해진 수순처럼 로도스 만드라키 항 앞바다의 이야기로 이어진다.

그리고 그 순간부터, 조카는 공포에 사로잡혀 울부짖기 시작한다. 그 순간을 매일 밤, 매 순간 다시 겪는 조카는 살아 있는 채로 지옥에 갇혀 있는 것만 같았다.

레몽은 조제의 대규모 갤리선단과 절망적인 전투에 휩쓸린 듯했다. 그는 배가 전복될 때까지의 이상한 이야기를 끝없이 되풀이했다.

그는 낄낄 웃으며 발타가 스무 척의 갤리와 대형 범선을 모조리 바다에 처박았던 이야기를 수십 번, 수백 번씩 늘어놓았고, 공포에 질려 머리를 돌벽에 박으며 제발 죽게 해 달라고 울부짖기도 했다.

이제 조카는 발타나 레아에 대해서 어떠한 욕도 하지 못했다. 그는 진심으로 죽고 싶어 했으나, 왕은 끝내 그를 죽이지 않았다.

사박사박사박.

밖에서 가벼운 발걸음 소리가 들린다. 어떤 병사가 이 밤에, 저렇게 가볍게 들어올까?

귀를 기울이던 자크는 발소리가 두 명의 것임을 깨닫고 고개를 갸웃했다. 하지만 감시하는 병사라면 으레 들려야 할 사슬 갑옷 소리는 들리지 않았다.

발걸음 소리는 맞은편에 있는 레몽의 방 앞에서 멎는다.

"누구야, 누구야, 누구야아아아!"

울부짖는 소리가 점점 높아지더니 갑자기 뚝 끊어진다. 사내의 나직한 목소리가 잠시 흘러들어 온다.

자크는 벌떡 일어났다. 허리가 터져 나갈 듯 아팠지만, 그는 그 통증마저 잊었다.

"……발타?"

"……."

"발타! 발타아!"

그럴 리가 없다. 발타가 여기에 왔을 리가. 왕이 이곳을 얼마나 삼엄하게 지키고 있는데.

"단장님."

"헉!"

자크는 기겁하며 가슴을 부여잡았다. 발타가 아니라 여자의 목소리였다. 뒤이어 절경절경하는 소리가 나더니 감방 문이 열렸다.

문 앞에는 하얀 콧트 드레스 차림의 여자와, 푸른 망토를 걸친 발타가 서 있었다.

그리고 그들의 뒤에는 눈빛이 온전하게 돌아온 레몽이 허리를 꼿꼿이 펴고 서 있었다. 제대로 서지도 걷지도 못하던 조카였는데. 자크는 눈앞의 장면이 꿈만 같았다.

"숙부님께 인사만 드리고 가겠다 하지 않았나."

발타의 냉랭한 목소리에, 레몽은 눈물을 뚝뚝 떨구기 시작했다. 말은 한마디도 하지 못한다. 이제 70을 눈앞에 둔 노기사는 체면

따위 모두 팽개치고 함께 눈물을 흘렸다.

"레몽, 몸이 괜찮아진 거냐. 정신이 돌아온 거냐. 레몽!"

레몽은 자크를 끌어안고 숨죽여 울다가 잠시 후 몸을 일으켰다. 문밖에는 어느새 간수가 두엇 서 있었다. 못 보던 사람들이었다.

여자는 맑고 차분한 목소리로 엄숙하게 말했다.

"레몽 경, 당신과의 인연은 좋은 것보다 나쁜 것이 훨씬 많았지만, 나는 이제 당신을 용서합니다. 당신이 가게 될 길이 고통스럽지 않기를 바랍니다."

여자의 말이 끝나자, 밖에 서 있던 낯선 간수들이 레몽을 끌고 긴 복도를 걸어갔다. 그들의 걸음 소리는 오랫동안 이어졌다.

"레몽, 레몽! 너, 어디 가는 거냐! 레몽!"

자크는 이 순간이 레몽과의 마지막이라는 것을 직감했다. 그는 허청허청 일어나 복도로 고개를 내밀었다. 레몽은 뒤를 돌아본 채 간수들에게 끌려갔다. 입술이 들썩거리는 것이, 무슨 말인가 하고 싶은 것 같은데 결국 한 마디도 하지 못했다. 잠시 후 그들의 모습은 깜깜한 어둠에 묻혀 보이지 않게 되었다.

"편하게 말씀 나누세요. 하시고 싶은 말씀이 많으실 텐데."

여자는 단장에게 예를 갖추어 인사를 하고 밖으로 나갔다.

발타는 안으로 들어와 자크를 침대에 눕히고 사슬을 풀어 주었다. 자크는 멍하니 눈을 껌벅거렸다.

"레몽은 죽은 거냐."

"그렇습니다, 단장님."

"나는, 더 이상 단장이 아니야, 우리 기사단은…… 없어, 이젠 없어……."

"당신은 여전히 단장님이십니다."

자크는 두 손으로 얼굴을 가린 채 다시 울었다. 쉬어 갈라진 그의 통곡 소리가 천장을 울리는데도, 감시하는 병사들은 어디서 곯아떨어졌는지 아무도 와 보지 않는다.

자크는 발타에게 아무것도 묻지 않았다. 물을 필요가 없었다. 레몽이 옆방에서 1년 내내 목이 터지도록 떠들어 대던 헛소리가 갑자기 현실이 되어 버린 것이다.

진실은 너무 늦게 찾아왔고, 진실을 받아들이는 일은 지나치게 고통스러웠다. 눈앞의 진실을 인정하는 것은, 자신이 평생 헌신해 온 일을 부정하는 것과 마찬가지였다. 지금까지 겪은 고문이나 배신보다, 자크는 그것이 더 아팠다.

눈물이 멈추지 않는다. 그럼 우리는 그 긴 세월 동안 대체 무슨 일을 했던 건가?

우리는 성지 예루살렘 왕국을 잃었다. 그것이 불가항력이었다 해도, 기사단으로서는 정체성을 송두리째 부정당한 굴욕이었다.

우리의 또 다른 사명, 거룩한 나뭇조각을 주님께 돌려 드리는 비밀 임무도 결국 이루어지긴 했다.

……다만, 기사단이 아닌 한 여인의 손에 의해서.

게다가 그 나무는 성 십자가가 아니었고, 그 나무의 진짜 주인은 그들이 섬기던 '예수 그리스도'도 아니었다.

이제 그 치유의 나무, 혹은 자비의 나무, 혹은 여러 가지 다른 이름으로 불리던 나무의 진짜 주인은, 자신의 정체성을 되찾고 자크의 앞에 서 있다. 여전히 다정하고 사려 깊은 대자로서. 혹은 여전히 자신을 단장이라 불러 주는 동료 형제로서.

"단장님, 레몽은 이제 고통스럽지 않을 것입니다. 그것이 위안이 되기를 바랍니다."

"발타…… 난, 단장이 아니야. 아니라고 했잖아……."

"예, 대부님."

눈앞에 선 사내는 쓸데없는 일로 고집을 부리지 않는다. 그저 말없이 손을 잡고 흐느낌을 들어 줄 뿐이다. 아끼던 대자처럼, 신뢰하던 후배 기사처럼.

"지금 이 탕플 탑에는…… 형제들이 겨우 네 명 남았어."

"예, 압니다."

"다시 만날 날이 있을지 모르겠어."

"나중에 네 분이 풀려나시면, 저와 함께 여행이라도 다니시겠습니까."

화가 치밀었다. 고약한 헛소리라고 생각했다. 이 모양이 된 나를 놀리는 걸까.

하지만 자크는 발타의 진지한 얼굴을 보고 바로 입을 다물었다.

발타는 헛소리를 하는 것이 아니었다. 진심을 담아 요청하는 것이다. 발타는 자크의 손을 붙잡고 간곡하게 말했다.

"몸이 좀 온전치 않으시면 어떻습니까. 그리운 아크레 앞바다도 다시 가 보고, 시프르 섬, 알렉산드리도 들러 보죠. 대부님이 좋아하시던 이탈리아의 화려한 항구들, 지브랄타를 통과해서 노르망디 앞바다나 앙글레테르도 좋고, 바다에 얼음이 떠다니는 북해 꼭대기까지 가 봐도 좋겠죠."

꿈을 꾸는 것 같다. 아크레 항의 에메랄드빛 바다, 그 자잘한 반짝임이 펼쳐진다. 내 인생에서 가장 찬란하던 시절이여. 우리의 영광의 시대는 사라졌으나 잔상은 여전히 눈이 부셨고, 그래서 다시 눈물이 괴었다.

자크는 힘없이 고개를 흔들며 말했다.

"과연 살아생전 그것이 가능할까. 내 나이가 벌써 일흔인데, 풀려난다 해도 몇 해나 더 살 수 있을까."

발타는 대답하는 대신 한없이 약해진 그의 어깨를 토닥여 줄 뿐이었다.

"발타, 부탁 한 가지만 들어주겠나?"

"말씀하십시오, 대부님. 몸이 낫기를 원하십니까? 아니면 여기를 벗어나시길 원하십니까?"

아니, 아니. 그는 고개를 저었다. 이제는 여기서 나간다 해도 할 수 있는 일은 아무것도 없다. 되찾을 것도, 바랄 것도, 누릴 수 있는 것도 없다. 그저 불안에 떨며 쫓겨 다니는 삶과 허무한 죽음뿐이겠지. 자크는 거대한 허탈감이 자신을 집어삼키는 것을 느끼며 몸을 부들부들 떨었다.

다만, 이 일만큼은 끝까지 확인해서 마무리를 지어야 했다.

"발타, 네가 정말 단장의 홀, 성 십자가 조각을 갖고 있느냐."

"성 십자가는 아니지만, 기사단에서 단장의 홀이라는 이름으로 불리던 나뭇조각은 제게 무사히 돌아왔습니다."

발타는 담백하게 인정했다. 자크는 '무사히 돌아왔다'는 말에 다시 가슴이 무너져 내렸다. 그렇다고 일을 마무리해야겠다는 결심이 바뀌지는 않았다.

지금 자크가 말하려는 것은, 기사단 참사회의 마지막 공식 결정이었기 때문에.

"발타, 지금 우리 기사단 고위 단원들은 이 탕플 탑에 갇힌 네 명의 형제가 전부다. 결정권을 가진 참사회 회원도 이제 넷밖에 남지 않았다는 거지."

남은 사람은 자신을 제외하면 노르망디 단장인 조프루아 드 샤르네, 푸아투와 아키텐 단장인 조프루아 드 곤네빌, 그리고 감찰관 위그 드 패로뿐이었다. 자크는 힘겹게 입을 열었다.

“레몽을 내보내기 직전, 우리 네 사람이 결정한 안건이 있다. 그게 실질적으로 우리 기사단 참사회의 마지막 결정이 되었지.”

“어떤 결정입니까.”

“단장의 홀을 소유한 자가 우리 기사단 출신이면, 그로 하여금 단장직을 잇게 하겠다고. 만일 그가 기사단을 배신하고 떠난 자라 해도 불문에 부치겠다고. 우리는 그것이 하느님의 뜻일 거라 믿고, 성 삼위 하느님의 이름으로 맹세했다.”

그것은 배신자의 오명을 감수하고 작전에 투입된 레몽을 위한 마지막 결정이었다. 그러나 우습게도, 발타가 그 당사자가 되어 버렸다.

하지만 그 역시 엄연히 하느님의 이름으로 이루어진 맹세였다. 그렇다면 그들의 계획과 전혀 다른 결말이 나왔을지라도 맹세는 반드시 지켜야만 했다. 자크는 그렇게 믿었다.

심지어 그 나무의 주인이, 그들이 믿는 ‘주님’이 아니라 해도.

발타는 미간을 가만히 접으며 한숨을 쉬었다.

“……그게 저에게 무슨 의미가 있겠습니까, 대부님.”

“인간의 삶은 짧고, 시간은 영원하니, 그러한 의미 없고 부질없는 것들이 우리 인간들에게는 가끔 의미를 갖게 되지.”

“그리 생각하신다면, 받아들이겠습니다.”

의외로 발타는 늙은 대부의 청을 선선히 받아들였다.

자크는 발타가 어떤 마음으로 이 부질없는 청을 받아들이는지 조금 궁금해졌다. 사랑하는 사람들에 대한 애정일까. 동정일까, 혹은 연민 어린 관조자의 마음일까. 하지만 감히 묻지는 못했다.

발타는 자크의 앞에 무릎을 꿇고 고개를 숙였고, 자크는 신종 서약을 하는 것처럼, 그의 두 손을 감싸 잡고 엄숙하게 선언했다.

"나, 그리스도와 솔로몬 성전의 가난한 형제 기사단, 23대 단장 자크 드 몰레는, 기사단 총단장의 모든 권한과 의무를 '성스러운 치유의 나무의 주인' 발타사르 드 올랑드에게 돌리노니."

"……."

"발타사르 드 올랑드는 단장의 홀의 새 주인으로서, 참사회의 결정에 따라, 본 기사단의 스물네 번째 단장이 되었음을 성부와 성자와 성령 삼위 하느님과, 거룩하신 동정 성모님, 그리고 성스러운 나무를 지키는 라파엘 대천사의 이름으로 공포하노라."

레아가 들어왔을 때, 두 사람은 널빤지로 만든 침상에 나란히 앉아 옛이야기를 나누고 있었다. 주로 아크레에서 있었던 이야기들이었다.

레아는 발타가 자신과 결혼하고 싶어 서원을 깨뜨리고 도망칠 방법을 궁리했으며, 그것을 부추겼던 것이 바로 자크 경이었다는 것을 알고, 묵은 원한이 조금 풀리는 것 같았다.

자크는 돌벽에 등을 기대고 눈을 감은 채 흥얼거렸다. 아크레에서 자주 불렀던 기사단의 군가였다. 발타도 옆에서 따라 불렀다. 어느새 새벽빛이 천천히 밝아 오고 있었다. 발타의 어깨에 머리를 기댄 노인의 눈에서 천천히 눈물이 흘러내렸다.

"아크레, 아크레, 내 사랑하는 마음의 고향, 죽기 전에 그 새파란 바다를 한 번만 볼 수 있다면 더는 소원이 없으리."

굵은 눈물이 그의 주름진 얼굴을 타고 내려가 발타의 푸른 망토와 흰색 쉬르코를 적셨다.

"발타. 우리가 무사히 풀려난다면, 이 늙은 몸이 조금이나마 견딜 만하면, 말마따나 같이 여행이라도 다닐까. 그 역시 나쁘진 않을 것 같구나……."

덩, 덩, 덩……. 첫 기도를 알리는 종이 울리고, 닭들이 울기 시작했다. 열려 있는 창문으로 쨍한 새벽빛이 밀려들어 온다.

노인은 제대로 움직이지도 않는 몸을 간신히 일으켜 허리를 펴고 섰다. 몇 번의 짧은 신음이 지나간 후, 그의 입이 희미한 웃음을 머금었다.

자크는 발타에게 정중하게 고개를 숙여 예를 표했다.

"이곳까지 와 주어서 고맙소. 레몽도 고통에서 벗어나 편안해졌으리라 믿소. 편안히 돌아가시오, 단장."

†

그날 아침, 왕은 늦잠을 잤다. 오랜만에 깊은 잠을 잤고, 머리가 맑고 상쾌했다.

그는 침대에서 내려오면서, 어젯밤에 있던 일을 떠올리고 잠시 눈썹을 찌푸렸다.

발타와 레아를 다시 만났다. 무슨 도깨비놀음이라도 한 것 같았다. 하지만 그 자리에 기욤이 있었다. 기욤은 세상에 존재하는 모든 생뚱하고 엉뚱한 짓과 가장 거리가 먼 사람이었다.

"아, 이런."

왕은 침대 옆 탁자에 놓아둔 상자를 보고 성호를 그었다. 두 개의 나뭇조각이 들어 있는 성물 상자. 기어이 자신의 곁으로 돌아온

이 상자.

하지만 왕은 그것을 보면서도 크게 기쁨을 느낄 수 없었다. 허망했다. 원하는 것을 얻으면 얻을수록, 그는 더욱 목마르고 목말랐다. 바닷물을 끝없이 퍼마시는 듯한 느낌이었다.

잠시 후 왕은 그 옆에 놓인 국새 상자를 보고 미간을 구겼다.

“기욤이 이런 실수를 할 때가 다 있군.”

국새를 담은 금빛 상자가 성물함 옆에 놓여 있었다. 그 상자의 출납은 인장의 수호자 노가레 대법관이 관리하고 있었다.

이것을 깜박 잊고 여기에 놓고 가다니. 이 역시 기욤답지 않은데.

왕은 줄을 당겼다. 어젯밤과 달리 위그가 바로 나타났다. 무슨 큰일을 보고할 것이 있는지 꽤 다급해 보이는 얼굴이었다. 왕은 손을 저으며 그의 말을 막았다.

“일단 노가레 대법관을 불러오게. 어젯밤에 인장을 여기 두고 갔어.”

순간 위그의 눈이 둥그레졌다.

“폐하, 어, 어젯밤에…… 기욤 경이 여기에 이걸 놓고 갔단 말입니까?”

“음. 어젯밤 자정 넘어서. 발타와 레아와 함께 잠시 만났었네. 둘 다 멀쩡히 살아 있었더군.”

왕은 발타와 레아를 만났다는 놀라운 소식을 덤덤하게 말하려 애썼다. 하지만 위그는 새파랗게 질린 얼굴로 말했다.

“폐하, 노가레 대법관은 어제 자택에서 세상을 떠났습니다. 지금 그 소식을 말씀드리려고…….”

왕은 눈을 크게 뜬 채 위그를 노려보았다. 위그는 몸을 우들우들 떨며 다시 되풀이했다.

"폐하, 기욤 드 노가레 경은, 엊저녁에 숨을 거두었습니다. 느, 늦은 저, 저녁 식사 후에 쓰러졌는데, 발작이 심했다고 합니다. 도미니크 신부에게 고해 성사를 한 직후에 숨을 거두었다는 보고가 올라왔습니다. 어젯밤에는 꿈을 꾸신 게 아니신지요."

왕은 고개를 돌려 자신의 탁자 위에 놓인, 왕의 인장을 멀거니 내려다보았다.

나에게 이것을 전해 주러 왔던가?

아니, 인사를 하러 왔던 건가……?

왕은 주변을 한참 두리번거렸다. 주변이 무섭도록 공허하게 느껴졌다. 원하는 것들은 양껏 집어삼키고 있는데, 자신의 뱃속에는 거대한 무저갱이 끝도 없이 생겨나는 것 같았다. 격노한 그는 허공을 향해 부르짖었다.

"기욤! 그대는, 고작……! 그따위 인사나 하려고 온 건가!"

왕은 머리를 감싼 채 허리를 깊이 수그렸다.

'폐하, 저는 폐하께 어떤 사람이었습니까?'

어제 그 질문에 나는 무슨 대답을 해 주었어야 했을까? 어떤 것이 옳은 대답이었을까?

'자네는 나의 오른팔이었으며 나의 또 다른 동반자일세. 자네가 없었으면, 교회와 신앙의 수호자인 필립도, 지금의 프랑스도 존재하지 않았겠지.'

이 대답이 옳았을까. 그가 이 세상을 떠나는 길에 마지막으로 들었던 자기 자신에 대한 평가였는데, 고작 저것만으로 충분했을까.

나는 왜 고작 그따위로밖에 대답하지 못했지?

하지만 지금 생각해도 그에게 어떤 대답을 해 주었어야 옳았을지, 왕은 여전히 알 수 없었다. 그래서 왕은 분노를 주체할 수 없었다. 뒤늦게 머리를 감싸고 이를 가는 왕에게, 위그가 조심스럽게 덧붙였다.

"폐하. 탕플 탑에 갇혀 있던 레몽 드 툴루즈 경도 어젯밤에 숨을 거두었다고 합니다."

"……뭐?"

그의 기억 속으로, 발타의 조용하고 다감한 목소리가 가로지른다.

'잠시 탕플 탑에 들렀다가 제 영지로 돌아가려 합니다…….'

'……잠시 탕플 탑에 들렀다가…….'

"하, 하, 하하, 와하하하하하……."

왕은 고개를 푹 수그린 채 웃기 시작했다. 머리에서 왕관이 떨어져 바닥에 굴렀다. 화려한 금관이 데구르르 구르는 것을 보니 도무지 웃음이 멈추지 않는다. 웃음에 겨워, 웃음에 겨워, 드디어 눈에서 눈물이 떨어지기 시작했다.

와, 하, 하하, 흐, 흐흐, 흐흐흐.

바닥에 툭툭 떨어지는 눈물을 보며, 또 데구르르 구르다 바닥에 거꾸로 널브러진 자신의 왕관을 보며, 왕은 그저 미친 듯이 웃었다.

14부. 레퀴엠

키리에 (Kyrie, 우리를 불쌍히 여기소서)

"밖으로 나오시오, 자크 경. 지금 노트르담 성당으로 가야 하오."

철컹대는 소리가 들리며 감방의 문이 열렸다. 아모스와 다른 간수 한 명이 동료 형제 세 명을 뒤에 세우고 서 있었다. 중년의 병사는 아모스와 달리 꽤 퉁명스러웠다.

"무슨 일이오……?"

"오늘이 최종 처분 공포일이오, 아비뇽에서 추기경단이 이미 당도했소."

부활절을 20일 앞둔 월요일(3.18), 교황의 특사가 노트르담에서 공의회를 소집했다. 자크 단장과 고위 단원들에 대한 최종 처분을 공포하기 위해서였다. 앙게랑의 이복형제인 필립 마리니 대주교가 배석한 공의회에, 고위 성직자와 관료들이 구름처럼 몰렸다.

오늘 고위 단원 4인에 대한 처분을 끝으로, 성전기사단 사태는 완전히 종료되는 것이다.

"자크 형제……."

"조프루아 형제, 괜찮소? 움직일 만하오?"

병사들의 부축을 받으며 간신히 마차에 오른 그들은 서로의 얼굴을 살피고, 목멘 소리로 안부를 물었다. 주름진 입가에 힘을 주어 활짝 웃어 보이려 애썼으나, 그럴수록 더욱 애처로워 보였다.

적어도 지역 단장 정도 되면 가문과 신앙, 그리고 용맹함으로는 모두 검증된 자들이다. 그중에는 기사단에 입단하지 않았으면 왕만큼이나 호의호식할 수 있었던 조프루아 드 곤네빌 같은 대귀족도 있었다.

하지만 이제 그들에게 남은 것은 만신창이가 된 육체와 황폐한 정신뿐이었다. 그들이 할 수 있는 일이라곤, 서로를 바라보며 눈물을 흘리지 않도록 눈을 부릅뜨고 입술을 움직거리는 것이 전부였다.

아모스라는 젊은 병사는 단장 일행에게 친절을 베풀었다. 다진 쇠고기가 든 빵을 마차 안으로 몰래 넣어 준 것이다. 아침에 구웠는지 빵에는 따뜻한 기운이 남아 있었고, 고기는 잘게 다져져 있어서, 이빨이 거의 남지 않은 노기사들도 어찌어찌 씹어 삼킬 수 있었다.

이런 제대로 된 빵과 고기를 얼마 만에 먹어 보는지. 사라센의 땅에서 불굴의 용맹을 보였던 기사들은 고작 빵 한 조각에 목이 메어, 가슴을 쿡쿡 치며 먹었다.

"자크 형제……. 오늘 처분이 어떻게 날 것 같습니까?"

"성하께서 우리 억울함을 모르시는 건 아니오. 우린 시농에서 확실히 사면을 받았소."

"오늘이라도 시농 성의 결정을 반영해 주실까요?"
"그러면 좋겠소만…… 알 수 없지."
명예 회복이나 기사단 복권 따위의 허황된 기대는 접었다. 그저 남은 여생이나마 편안하게 보장해 주기만 바랐다. 머나먼 이방 땅에서 주의 군사로, 교황의 검으로 평생을 헌신한 자들이었다. 마지막으로 그 정도의 선처는 기대해도 좋지 않을까.
그들의 대화는 극단의 희망과 절망 사이를 오갔고, 울퉁불퉁한 도로에 마차 바퀴가 튈 때마다 네 사람의 입에선 앓는 소리가 흘러나왔다.
마차는 밀브레 판자 다리를 덜컹대며 건너 노트르담에 닿았다.

노트르담 대성당에는 이미 많은 이들이 빼곡하게 모여 있었다. 아비뇽에서 보낸 세 명의 추기경－니콜라 드 프루빌르와 아르노 드 레스코, 시토 수도회의 아르노 노블을 위시하여, 기사단 처형에 앞장섰던 상스의 대주교 필립 드 마리니, 왕실 대법관 무리, 파리대학의 신학 교수들을 비롯한 신부, 주교들이 보였다.
사슬에 묶인 네 명의 단원들은 강단 앞에 따로 마련된 의자에 엉거주춤 앉았다. 뒤에서 누군가가 소리친다.
"처분이 확정되지도 않았는데, 왜 죄수처럼 묶어 놓는 겁니까!"
"용의자들이 무기를 뺏어 도주하는 것을 막기 위함이오."
호위병이 대답하자 사람들이 와그르르 웃음을 터뜨렸다. 그들 앞에는 혼자 힘으로는 걷지도 못할 네 명의 노인밖에 없었다.
한때 그들은 만인이 떠받들며 예우했던 자들이었다. 거룩한 신앙과 고결한 긍지, 명예와 용맹이라는 미덕의 결정체였다.
그런데 지금 저들을 보니, 그 미덕은 모두 낡은 것, 추레한 것,

쓸모없어진 쓰레기처럼 보였다.

남은 절차는 간단했다. 그들이 자백한 죄목과 판결을 다시금 낭독한 후, 그들에 대한 교황의 처분을 공포하는 것이다. 그들이 자백한 내용은 상당히 길어서, 아르노 추기경의 낭독도 하염없이 늘어졌다.

네 명이 앉아 있는 자리에서는 가끔 '아니야, 아니, 나는 정말 아니야…….' 하는 힘없는 중얼거림이 들려왔다. 누구의 목소리인지는 확실치 않았다. 낭독자나 법정의 주재자는 애써 그 중얼거림을 무시하고, 최종 판결문을 읽었다.

「……네 명의 죄인은 상기한 바와 같이 자신의 죄를 공개적으로 자백했고, 그 자백을 끝까지 인정했다.

따라서 본 법정에서는 네 사람 모두에게, 생을 마치는 날까지 독방에서 침묵으로 자신의 죄를 참회하는 형벌에 처한다…….」

'종신 참회, 독방 감금형.'

사람들 사이로 가벼운 술렁임이 지나갔다. 이는 사형과 다름없는 중형이다. 난방도 되지 않는 돌 감옥에 홀로 갇혀, 돼지보다 못한 음식을 먹으며 서서히 죽어 가는 것이다. 더러운 죄를 모조리 뒤집어쓴 채.

교황은 마지막까지 그들을 돌아보지 않았다. 그들이 끝까지 희망으로 삼고 있던, '시농 성의 판결'은 물론이고, 선처를 베풀려는 어떠한 의지도 보이지 않았다.

"하느님, 저희를 불쌍히……."

네 명의 죄수들의 등이 천천히 아래로 구부러졌다. 꺽꺽대는 흐느낌이 터졌다.

디에스 이레 (Dies Iræ, 진노의 날)

추기경의 낭독이 끝나고, 진행을 맡은 상스 대주교, 필립 드 마리니가 단상에 올라섰다. 폐회를 선언하기 위해서였다.

순간, 단상 아래서 어마어마한 고함이 터졌다.

"아니야, 아니야! 이건 아니다!"

벌떡 일어난 것은 자크 드 몰레였다. 그는 높은 천장이 쩌렁쩌렁 울리도록 고함쳤다.

"나 자크 드 몰레는 너희가 말한 내용을 절대 인정할 수 없다!"

"자크 경! 다 끝났소! 자리에 앉으시오!"

"나는 사악한 이단이 아니다! 고문으로 인해 죄를 자백했을 뿐이라고 몇 번이나 말했었다! 사악한 왕이여, 영혼을 팔아먹은 성직자들이여! 베르트랑! 나는 죄가 없다! 왕과 거짓 성직자들이 만들어 놓은 죄만 있을 뿐이다!"

"단장의 말이 옳소!"

뒤이어 일어나서 외친 사람은 노르망디 단장인 조프루아 드 샤르네였다.

사람들은 기겁하며 입을 틀어막거나 성호를 그었다. 뒤에서 병사들이 달려 나오더니 청중들에게 가로막혔다.

"그들에게 최종 진술을 허락해야 해!"

"말을 하게 놔둬!"

이곳저곳에서 고함 소리가 산발적으로 치솟았다. 그 덕에 샤르네는 계속 말을 이을 수 있었다.

"나는, 우리 기사단은 죄가 없소! 나는 성 삼위 하느님과 성모 마리아 앞에 결백하오!"

눈물로 얼룩진 얼굴과 달리, 그의 목소리는 사람들의 귀청을 터뜨릴 만큼 우렁찼다. 단상에 있던 상스 대주교가 호통쳤다.

"판결이 내려졌소, 자크 경! 조프루아 경! 증언을 번복하는 것인가!"

"우린 이단이 아니오! 나 역시 종신형을 당할 죄를 범하지 않았어!"

"당신은, 더러운 남색의 죄를 지었다고 고백했다!"

"고문으로 나온 가짜 고백이라고 백 번도 더 말했소! 나는 하느님 앞에 맹세한 대로 지금까지 순결의 맹세를 지켰다! 당신도 수십 번은 들었어! 귀가 먹었나!"

"당신들은 우상 숭배를 했어! 몽펠리에에서 하느님 대신 우상을 섬겼다고 증언했다! 정체 모를 악신을 섬기고 예수 그리스도를 부인했다는 감찰관의 자백이 나왔다!"

"고문 중에 나온 자백이오! 교회법은 고문으로 인한 자백을 인정하지 않소! 당신들이 우리에게 했던 일은 불법이야!"

조프루아 드 샤르네가 천둥처럼 을러댔다. 아르노 추기경이 더듬대는 목소리로 말했다.

"그대들은 기사단이 다른 신을 섬기는 집단이라 고백했소!"

"거짓말이오! 나, 자크 드 몰레는, 그리고 우리 기사단은 오로지 성 삼위 하느님만 섬긴다! 왕의 꼭두각시들이 증언을 조작했다는 건 하느님께서 가장 잘 아신다!"

필립 마리니 대주교가 단상을 주먹으로 후려쳤다.

"자백을 철회하는 자는, 번복을 일삼는 이단이 되어 최고형을 받을 것이오, 몰레! 샤르네!"

"마리니 대주교! 명예로운 죽음은 불명예스러운 삶보다 낫다! 우리 성전기사들은 그렇게 배웠다!"

이제 그는 구차한 삶보다 성전기사의 명예를 택하기로 결심한 것이다. 마리니 대주교가 두 사람을 손가락으로 가리키며 목소리를 높였다.

"저자들을 다시 가둬!"

뒤에서 파리대학의 신학 교수가 일어나 외쳤다.

"입을 틀어막는다고 될 일입니까! 상스의 대주교여, 왕과 교황이 고문으로 조작한 혐의라면 재조사가 있어야 마땅하오!"

바로 옆에 앉아 있던 다른 사람이 험악한 기세로 끼어든다.

"닥쳐! 조사는 지금까지 넌더리 나게 해 왔던 걸 모르나? 저자들은 번복을 일삼는 이단으로 유죄 판결이 나온 자들이다!"

"아니 이게 무슨 소리요! 고문으로 조작된 증언이라면 유죄 판결이 나오면 안 되잖소!"

"왜 더러운 이교도를 보호하지? 저 번복을 일삼는 이단자들은 화형이 마땅하다! 너도 죽고 싶어 이러나? 자네도 이단인가?"

"이 미친 새끼가! 터진 주둥이로 나오면 다 말이냐. 그럼 너는 시테 궁에서 돈 받아 처먹고 동원된 놈이냐?"

신학 교수들끼리 난데없이 주먹다짐이 벌어졌다. 모인 사람들은 순식간에 패가 갈렸다. 욕설을 퍼붓는 사람, 자리에서 일어나 험한 기세로 다가오는 사람, 말리는 사람, 기사들에게 다시 제대로 이야기를 들어 봐야 한다는 이들이 동시에 나타났다.

조프루아 드 곤네빌과 위그 드 패로는 뒤로 돌아 처연하게 두 사람을 바라보았다. 두 사람은 몰레와 샤르네에게 동조하지는 않았으나, 그들을 바라보는 눈에는 이미 홍건하게 눈물이 고여 있었다.

짧은 시선으로, 깊은 인사가 오갔다.

고맙소, 단장. 고맙소, 조프루아 형제. 그대들의 명예로운 선택에 경의를 바치겠소.

그동안 정말 고마웠소, 곤네빌 단장. 미안하오, 위그. 그대들의 남은 생에도 하느님의 큰 은총이 있기를.

안에서 일어난 소동은 순식간에 밖으로 퍼져 나갔다. 노트르담 광장에는 이미 수많은 파리 시민이 빼곡하게 모여 있었다. 모인 사람들 사이로 술렁임이 너울처럼 퍼져 나갔다.

이단에게 돌을 던져, 이교도, 배교자! 더러운 남색가들, 우리는 속았어, 하며 수군대는 자들도 있었고, 너희는 왕에게 속고 있는 거야. 저분들은 죄를 짓지 않았어! 하느님의 기사들이야! 하며 맞서 싸우자는 사람도 여기저기 나타났다.

양쪽의 목소리가 커지며 물결처럼 이리저리 흔들리더니 술렁술렁 거대한 파도를 타기 시작했다. 그들은 죄가 없다! 그들은 죄가 없다! 죄가 없다! 필립 드 마리니, 기욤 드 노가레와 교황, 왕을 욕하는 목소리가 섞여 들면서, 목소리는 점점 하나로 뭉치기 시작했다.

"그들을 구해! 그들은 신의 병사다! 성인들이다!"

"기사단은 죄가 없다!"

공포에 질린 필립 마리니 대주교가 악을 쓰며 고함을 질렀다.

"알랭! 알랭은 어디 있지? 에티엔! 에티엔 바르베트? 파리 시장은 대체 어디로 내뺀 거야!"

호위대장 알랭이 사람들을 헤치고 황급히 다가온다. 사람들이 너무 많아 병사들도 움직이는 것이 쉽지 않았다. 대주교는 대뜸 화풀이를 했다.

"자넨 대체 뭘 하고 있는 건가? 저 사람들을 당장 진정시키지 않고!"

"대주교! 일단 죄수들의 신병부터! 사람들이 끌어내서 린치를 가할지도 모르오."

옆에서 프루빌르 추기경이 황급하게 끼어든다. 안에 모인 성직자들과 파리 신학대학의 교수들은 이미 긴 옷자락을 틀어쥔 채 우왕좌왕하고 있었다. 필립 대주교가 목에 핏대를 세우며 외친다.

"죄수들을 다시 구금해 둔다! 내일 다시 재심을 진행하는 것으로……. 일단 사람들을 막아! 죄수들은 다시 마차에 태워서 당플 수도원으로 돌려보내!"

"예, 대주교님!"

간수들이 죄수 네 명을 다시 마차에 태우는 동안, 파리의 치안을 맡은 병사들이 와글대는 사람들 사이로 간신히 길을 냈다.

낡은 마차가 삐거덕거리며 탕플 수도원으로 이동한다. 우우우, 우우. 사람들은 흩어지는 대신 여전히 그곳에 남아 폭풍 전야의 파도처럼 술렁거렸다.

필립 대주교는 두려움에 찬 목소리로 명했다.

"알랭! 지금 당장 시테 궁에 이 소식을 알리도록 하시오."

아뉴스데이 (Agnvs Dei, 신의 어린양)

"교황 성하께서는 정말 하느님께 대한 믿음과 신뢰가 크십니다.

어려운 결정을 하염없이 미루고 있으면 하느님께서 언젠가 해결해 주실 줄 알지요."

왕은 함께 식사를 하고 있던 앙게랑 보좌 주교를 힐끗 응시했다. 보좌 주교의 번듯하고 높은 이마와 널찍한 어깨에서, 인두로 지져 곱슬곱슬하게 만든 머리카락이 찰랑거린다.

그는 예나 지금이나 외모에 몹시 신경을 쓰는 자로, 미식에 탐닉하여 점점 살이 붙지만 않았으면 아마 여전히 서른 중반 정도의 미청년으로 보였을 것이다. 언변도 좋고 매너도 좋고 다방면으로 지식도 풍부한 그는 남녀노소 불문하고 인기가 많았다.

앙게랑이 매력적으로 웃으며 덧붙였다.

"그래도 고위 단원에 대한 최종 처분은 올해 안에 해치우고 새해를 맞이하실 듯하니, 하느님 보시기에 그 얼마나 가상하시겠습니까! 석 달이면 해치웠을 일을 7년으로 늘리는 기적을 보이신 우리 교황 성하, 오호라, 오병이어(五餠二魚, 빵 다섯 개와 물고기 두 마리로 수천 명을 먹였다는 예수의 기적)의 기적이 따로 없지 않습니까."

"음……."

교황을 사정없이 비꼬는 보좌 주교의 농담에도 왕은 기분이 별로 나아지지 않았다. 그리고 왕은 농담을 농담으로 세련되게 받아 내는 것이 여전히 어려웠다. 왕은 이것이 신중함이라기보다 자신에게 어떤 기능이 결핍되어 있는 것을 아닐까 종종 생각하곤 했다.

……참으로 긴 세월이었다.

왕은 새삼 감회에 젖었다.

기사단 자산 처분 문제는 필립에게 썩 나쁘지 않게 진행되고 있었다.

현재 성 요한 기사단은, 로도스의 방벽 축조 문제로 프랑스와 소유권 분쟁을 일으킬 경황이 없었다. 그래서 발타의 말대로, 프랑스 내의 기사단 부동산을 무사히 지킬 수 있었다.

동산 문제에 대해서는, 재판 비용과 이런저런 세금 명목으로 금화 15만 플로린을 징수했다. 이는 180만 리브르 이상으로, 왕실 연 수입의 2배에 이른다. 롬바르디아 은행가들을 추방하고 압수한 재산이 60만 리브르, 유대인들을 쫓아내고 압수한 자산이 100만 리브르 이상, 무엇보다 성전기사단에 갚아야 할 채무 면제와 그들에게 환수한 영지가 가장 큰 전리품이었다.

그렇다. 이 정도면 이룬 것이 없지는 않다. 필립은 덤덤하게 그렇게 결론을 내렸다.

'내가 그들에게 한 행동은 과연 옳았을까?'

그는 애써 인정하지 않으려던 고민을 수면 위로 끌어 올렸다.

과연 그들은 내 지휘 아래 들어와 나의 수족으로 싸우고 군자금을 대 주었을까?

그랬을 것 같지 않다. 나는 할아버지처럼 어마어마한 빚을 지고 십자군을 이끌어야 했을 것이고, 결국은 프랑스가 파산하는 것을 지켜봐야 했을 것이다. 그사이 기사단은 거대한 은행으로 승승장구하며 거대한 황금 제국을 이루어 갔을 것이고.

그들의 자산은 대부분 우리 왕실에서, 혹은 프랑스의 제후들이 예루살렘을 위해 바친 것 아닌가. 그러니 예루살렘을 상실한 기사단은, 그것을 당연히 본 주인에게 돌려주었어야 한다.

게다가 나는 예루살렘을 수복할 차기 십자군 지휘자 아니던가.

고민은 길지 않았다. 필립은 고개를 들고 허리를 꼿꼿이 세운 후 식탁에 둘러앉은 자들을 쭉 둘러보았다.

나는 옳다. 나는 하느님 앞에 한 점 부끄럼이 없다. 내가 한 일은 하느님께서 원하시는 길 위에 있다.

생각이 채 끝나기도 전에, 밖에서 알랭 드 파레이유가 뛰어 들어왔다.

"폐하! 자크 드 몰레 경과 조프루아 드 샤르네 경이 자백을 번복하고 무죄를 주장했습니다!"

왕은 쥐고 있던 고기를 천천히 트랑슈와르 위에 내려놓고 물그릇에 손을 넣어 닦았다. 함께 식사를 하던 이들도 왕의 눈치를 보더니, 먹던 것을 내려놓고 서둘러 냅킨에 손을 닦았다.

왕은 파랗게 날이 선 눈으로 호위대장을 노려보았다.

"교황청의 처분은?"

"네 명에게 종신 참회 독방 감금형이 내려졌습니다만, 두 사람의 자백 번복으로 사람들 사이에 크게 소요가 있었습니다. 상스 대주교께서 내일 다시 진술을 받아 진행하시겠다고……."

탕!

왕이 손바닥으로 식탁을 내리쳤다. 모인 사람들의 어깨가 모두 움츠러들었다.

"내일로 넘기지 않는다."

"폐, 폐하."

"긴급회의를 소집한다. 지금, 그랑 샹브르에서."

그랑 샹브르는 그랑드 살르 옆에 있는 다소 작은 회의실로 왕실 재판이나 변론을 할 때, 재판에 대한 의논이나 회의를 할 때 주로 사용되는 곳이었다.

이 사건에 관련된 사람들과 왕실 참사회 회원 중 파리에 있는 자들은 모조리 소환되었다. 앙게랑 드 마리니, 기욤 드 플레지앙, 라울 프렐을 위시한 측근 관료들, 기욤 윙베르 신부, 왕자들과 귀족들의 수장인 발루아 백작 샤를, 에브뢰 백작 루이가 속속 그랑 샹브르로 들어왔다.

"사건에 대해서는 오면서 들었을 터이오. 어떻게 해야 좋을지 의견을 말해 보시오."

가장 안쪽에 앉은 필립은 강철같이 굳은 얼굴로 그들을 둘러보았다. 마리니 보좌 주교가 가장 먼저 자리에서 일어났다.

"폐하, 이 일에 대하여는 이미 선례가 있습니다. 법정 증언과 자백은 신의 이름으로 보증되는 것으로, 상황에 따라 진술을 번복하며 위증을 일삼는 자는 거룩한 신의 이름에 침을 뱉은 것과 같습니다. 그들은 번복을 일삼는 이단에 준하여 처형해야 할 것입니다."

"처형? 제정신으로 하는 말이오? 몰레 단장은 우트르메르에서 사라센과 직접 싸웠던 성전기사단 단장이오. 그들을 흠모하고 존경하는 자들이 파리에도 여전히 많이 남아 있소. 폭동이라도 일으킬 셈이오?"

샤를 드 발루아가 으르렁거렸다. 그 역시 생 루이 대왕의 손자로서, 성전기사단에 대한 동경이 남아 있었고, 비귀족 출신 고위 관료들이 '나대는' 꼴을 몹시 싫어했다.

"그렇다면 샤를 공, 그자가 폐하를 대신해 프랑스의 왕 노릇 하는 꼴을 두고 보란 말입니까?"

"고문으로 나온 증언이라 적법함을 잃었다 하지 않소?"

"그 말도 벌써 백만 번쯤 들었습니다! 듣기만 해도 지긋지긋합니다! 우리는 충분히 심리를 할 시간을 주었고, 변호의 기회도 주었어요! 그래서 유죄 판결까지 나왔잖습니까!"

"맞습니다. 판결은 나왔고, 형이 결정된 것뿐입니다! 지금 와서 처음부터 이럴 일이 아니에요!"

발루아 백작의 말에 넌더리를 내는 것은, 역시 법관들을 위시한 실무자들이었다. 왕의 배다른 동생인 에브뢰 백 루이가 조심스럽게 나섰다.

"그냥, 교황 성하께 청하여 저들을 사면해 주시면 안 되겠습니까? 피차 면을 세우고, 은혜를 베푸는 것으로. 저들은 이미 충분히 고통을 받았습니다. 살날도 얼마 남지 않았는데."

"루이 공, 지금 그런 정에 휩쓸리시면 이후의 사태를 장담할 수 없습니다. 그들이 고마워할 거라 생각하십니까?"

마리니 보좌 주교가 대놓고 한숨을 쉰다. 지금까지 일을 진행해 온 실무진들은 머리끝까지 치밀어 오른 화를 삭이는 중이었다. 기욤 윙베르 신부도 마리니를 한 팔 거든다.

"그들의 영향력은 몇몇 나라에서 여전히 살아 있고, 자산 처분도 완전히 정리되지 못한 상태입니다. 그들이 나서서 자산 문제에 다시 개입하면 어쩌시겠습니까?"

에브뢰 백의 동정 어린 말이 사정없이 난도질당하자, 샤를 드 발루아가 다시 나서서 가장 무난하고 편안한 '담당자에게 미루기'를 시도했다.

"폐하, 일단 교황 성하께 속히 알리시고 처분을 묻는 것이 급선무입니다. 고위 단원 네 명에 대한 처분은 교황청에서 내린 거니까요."

왕은 손으로 탁자를 쾅 내리쳤다. 그의 눈에서 화르륵 불길이 치솟는 것 같았다. 발루아 백은 움찔 입을 다물었다. 하지만 왕은 목소리를 높이지 않았다. 여전히 무표정한 얼굴로, 무미한 억양으로 차분하게 동생에게 물었다.

"샤를, 오늘 교황청의 처분이 나오기까지 자그마치 6년 반이 걸렸다. 그대의 말은, 우리가 다시 6년 반을 기다려야 한다는 뜻인가?"

발루아 백작의 어깨가 쭈그러들었다. 생각해 보니 미친 소리였다.

왕은 갑자기 심하게 피곤해졌다. 그는 온몸의 힘을 앗아 가는 절대적인 공허함이 자신을 점점 자주 공격하고 있음을 느꼈다.

그리고 예전과 달리, 왕은 자신의 내면에 생겨나는 거대하고 바닥없는 어둠에 속수무책으로 휩쓸릴 때가 있었다.

이 자리에 기욤 드 노가레가 있었으면 무엇이라 했을까.

발타가 있었으면 또 어떻게 말했을까.

두 사람이 같은 말을 했을 것 같지는 않다. 반대되는 말을 했겠지. 그럼 나는 어느 쪽의 의견에 귀를 기울였을까.

순간, 발루아가 혼잣말처럼 나직하게 중얼대는 소리가 들렸다.

"Ecce agnvs Dei, qvi tollit peccatvm mvndi(보라, 세상 죄를 지고 가는 하느님의 어린양이로다)……."

순간 머릿속에서 무엇인가 핑, 끊어지는 소리가 들렸다.

왕은 손을 들어 회의를 멈추었다.

"……이젠 되었소."

사람들은 불현듯 두려움을 느꼈다. 왕은 자리에 단정히 앉아, 가면과 같은 얼굴로, 눈을 가느스름하게 뜨고 모인 사람들을 하나하나 둘러보고 있었다.

이윽고, 왕이 입을 열었다.

"성전기사단의 전 단장 자크 드 몰레, 노르망디 지부 전 단장 조르푸아 드 샤르네. 두 사람은 지금까지 신의 이름으로 증언한 죄를 부인하여 하느님을 능멸하고, 법의 질서를 어지럽혔소."

나는, 옳다. 나는 교회와 신앙의 수호자, 신의 뜻을 행하는 자, 신의 선택을 받은 프랑스의 왕 필립이다.

나의 판단은, 옳다. 나의 행동은 옳다. 이것이 신께서 원하는 길이다.

왕은 고개를 들고 담담하게 말했다.

"두 사람은 신의 어린양이 아닌, 번복을 일삼은 이단자로서 화형에 처해지는 것이 마땅하오."

이번 결정은 그랑 샹브르에 들어오기 전부터 결정되어 있던 일인지도 모른다. 왕은 자신을 잠식하는 거대한 구멍이 아가리를 벌리는 것을 필사적으로 무시하며, 단호하게 잘라 말했다.

"앙게랑! 상스 대주교에게 전하시오. 형의 집행은 오늘 저녁을 넘기지 않도록 하시오."

"예, 폐하."

"장소는 왕의 정원에서 가장 잘 보이는 곳. 유대인의 섬이 좋겠소."

리베라 메 (Libera me, 나를 자유롭게 하소서)

유대인의 섬Il aux juifs은 왕의 정원을 둘러싼 남쪽 성벽에 맞닿을 듯이 붙어 있는 작고 길쭉한 섬의 이름이었다. 왜 그런 이름이 붙었는지 사람들은 잘 알지 못했다.

왕의 정원 끝에 있는 성벽 망루에서는 유대인의 섬이 빤히 내려다보였고, 센 강의 강변에서도 잘 보였다.

점심때부터 저녁까지의 한나절, 그 짧은 시간 동안 처형 소문은 파리 시내에 폭발적으로 퍼졌다. 사람들은 탕플 탑과 노트르담과 시테 궁에서 시시각각 전해지는 소식을 이리저리 전해 날랐다.

"유대인 섬이래요! 화형이래요! 성전기사단 단장이 불에 타 죽는 대요!"

사람들은 삼삼오오 섬이 보이는 강변으로 몰려들었다. 상인들은 문을 닫아걸고 거리로 나왔고, 길에서 물건을 파는 장사꾼들과 소년 소녀들은 소식을 실어 나르기에 바빴다.

왕은 백성들이 성벽에 다닥다닥 붙어서 기다리는 꼴을 못마땅하게 지켜보았다. 부빌은 형 집행 시간이 다가올수록 안절부절못하고 있었다. 그는 나이를 먹어 가며 침착해지고 진중해지는 것이 아니라 불안증이 점점 늘어 가고 있었다. 무뚝뚝하고 침착하던 알랭도 불안하게 눈을 굴렸다.

장남인 루이 드 나바르는 옆에서 누군가가 말을 하면 큰 소리로 웃었다가 화를 벌컥 냈고, 셋째 왕자 샤를은 겁에 질린 표정을 감추지 못했다. 앙게랑마저도 사형 집행 시간이 다가오며 점점 조용해졌다. 차라리 이럴 때는 평소처럼 실없는 농담이라도 해 주면 좋을 것 같았다.

만과 종이 울렸다. 평소보다 식사를 일찍 마친 왕은 아들들과 참사회 의원들을 이끌고 왕의 정원을 가로질렀다. 시테 궁 성벽은 물론, 센 강 남쪽 강둑에는 아예 사람들이 개미 떼처럼 다닥다닥 모여들었다. 맞은편에 있는 섬에도 사람들이 바글바글 모였다.

혹시 그들을 구하려는 자들이 있을까 하여 형을 집행하는 섬에는 백성들이 들어오지 못하게 막았지만, 강변까지 막을 수는 없었다. 유대인의 섬에는 이미 병사들이 들어가 장작을 쌓아 두고 있었다.

"오늘 날이 나쁘진 않군요. 비가 와서 중간에 꺼지지는 않겠습니다."

뒤에 서 있는 누군가가 구태여 말을 꺼낸다.

두 명을 묶을 기둥이 세워지고, 그 주변으로 나무들이 쌓였다. 빨리 불이 붙게 할 잔나뭇가지와 적당히 굵은 나뭇가지들이 섞였다. 이런 일을 하는 데 경험이 있는 병사인지, 기둥 주변으로 발 디딤판을 요령껏 만들어 가며, 적당한 위치까지 쌓아 올리고, 아래쪽에 작고 마른 나뭇가지와 짚들을 뿌린다.

처형 장면은 사람들에게 큰 구경거리였다. 몽포콩 언덕의 교수대에도 처형이 있을 때마다 구경꾼들이 새카맣게 몰려들곤 했다.

왕은 그런 구경꾼들을 늘 이해할 수 없었다.

"대체 저 사람들은 뭘 보려고 저렇게 모여든 걸까. 자신과 대체 무슨 상관이 있다고."

"정의는 승리한다는 사실 아닐까요. 하느님께서 악을 소멸하고 공의를 세우시는 장면이니까요."

아들 루이 드 나바르의 대답이, 왕은 마음에 들지 않았다. 마리니 보좌 주교가 말했다.

"타인의 고통이나 수치스러움을 보며 즐거워하고 싶은 것이죠."

"……잔혹하고 사악한 기질이군. 참으로 끔찍하지 않은가."

"인간의 내면에 깃든 악과 어둠을 부정하면 사람을 이해할 수 없습니다, 폐하. 이해할 수 없으면 다룰 수도 없죠."

시테 궁에서 군중을 가장 잘 다루기로 소문난 보좌 주교가 대답했다.

"앙게랑, 그 말은, 사람들의 악과 어둠을 인정해서 이해할 수 있게 되면, 사람들을 내 뜻대로 잘 다룰 수 있게 된다는 뜻인가?"

"한 가지 조건이 더 있습니다."

"그게 뭐지?"

"적어도 자신이 다루어야 할 사람보다 더 사악해질 수 있어야 합니다."

보좌 주교는 모인 사람들과 섬을 향해 다가오는 배들을 보며 빙긋 웃는다. 왕은 등으로 써늘한 기운이 내려오는 것을 느꼈다.

"앙게랑, 농이 과하네. 그러니 기욤이 자네를 성에 부르지도 않겠다 한 게 아닌가."

"아닙니다, 폐하. 앞에선 그래 놓고는, 성에 제 이름이 붙은 방을 만들어 두었으니 언제든지 와서 쉬었다 가라더군요. 노르망디의 제 영지엔 바쁘다며 코빼기도 들이밀지 않은 주제에 말이죠."

"그가 자네에게 유언을 남겼나?"

"장례식 끝나고 한참 지나서, 그가 남긴 전갈을 받았습니다. 배달꾼이 꽤 낯익은 얼굴이었지요."

보좌 주교는 여전히 미소를 띤 얼굴로 대답했다. 왕은 그 배달꾼이 누구인지, 어쩐지 알 듯했다.

☨

탕플 문을 통과한 낡은 마차가 센 강의 북쪽 강변을 타고 샹제르 다리에서 멈춘다. 마차에서 내린 사람들은 그곳에서 나룻배를 타고 유대인의 섬으로 이동했다.

섬에서 내린 자는 호송 병사가 네 명, 너덜너덜한 옷을 입은 채 두 팔이 뒤로 묶인 죄수가 둘, 사제가 한 명이었다. 두 사람 모두 제대로 걷지 못해 양쪽에서 부축을 받아야 했다.

우우우, 우우우, 사람들이 웅성대는 소리가 커진다. 거대한 바람 덩어리가 시테 섬과 유대인의 섬 사이를 훑고 지나가는 것 같다. 웅성대는 목소리 사이에 여자들이 흐느끼는 목소리가 들리기도 한다.

왕은 저 흐느낌에 과연 사악함이 존재할까 잠시 생각했다.

두 명의 노기사는 의연했다. 후련해 보이기도 했다. 필립은 섬과 면하고 있는 성벽의 망루에 똑바로 섰다. 자신을 숨기려는 어떤 시도도 하지 않았다. 왕은 두 사람이 입고 있는, 색을 알아보기도 힘들게 더러워진 쉬르코에서, 성전기사단의 붉은 파테 십자가의 흔적을 발견했다.

그들은 사제 앞에 무릎을 꿇고 마지막으로 고해성사를 드렸다. 두 사람은 이제 전혀 반항하지 않았다. 어린 양처럼 조용하고 고분고분했다.

“부탁이 있소. 내 두 팔을 풀어 주시오.”

“그럴 수는 없습니다.”

“두 손을 모아 제대로 기도를 올리고 싶소.”

도주의 우려가 있어서 안 된다고 말하려던 아모스는 이내 꿀꺽 삼켰다. 이들이 지금 도망칠 수 있다면, 그것이야말로 신의 기적일 것이다. 그는 왕이 위에서 지켜보고 있다는 것을 알면서도 두 사람의 팔을 묶은 끈을 풀어 주었다.

두 사람은 노트르담 성당이 있는 방향으로 무릎을 꿇고 성호를 그은 후 기도를 올렸다. 저녁노을이 지고 있어서, 강물은 황금빛을 띤 붉은색으로 얼룩져 있었다. 낙조를 배경으로 한 생트 샤펠의 높은 첨탑과 노트르담은 서럽도록 장엄했다.

“고맙소. 조프루아 형제.”

단장은 제 발로 서지도 걷지도 못하게 된 노르망디 단장을 꽉 끌어안았다. 그리고 뒤를 돌아 마지막 만찬을 준비해 준 아모스를 향해서도 고개를 숙였다.

“마지막 만찬을 마련해 주어 고맙소. 후의는 잊지 않으리다.”

“어떤 귀부인께서 아침에 오셔서 건네주신 것입니다. ……두 분의 영혼을 위해 기도하겠습니다.”

아모스는 눈물을 감추지도 않은 채 대답했다.

자크는 화형대에 오르기 전 사방을 빙 둘러보았다. 이상하게 두렵지 않았다. 마지막 남은 고통은 두려웠지만, 죽는 것이 두렵지는 않았다.

발타가 풀려나면 함께 아크레로 여행을 하자 했었지. 그의 목소리를 떠올리자 아크레의 푸른 바다가 눈앞 가득히 펼쳐지는 것 같았다.

고개를 돌리던 그는 바로 옆에 있는 시테 궁의 성벽을 바라보았고, 왕의 정원 가장 끝 쪽에 있는 망루를 보았다.

망루에는 사람들이 망토 자락을 날리며 서 있었다. 얼굴을 알아볼 수 있을 정도로 지척이었다. 왕과 앙게랑 드 마리니가 보였고, 자신들을 이 모양 이 꼴로 만든 법관들도 보였다.

“하, 하, 와하, 하하하하.”

자크는 왕을 향해 고개를 들고 크게 웃기 시작했다. 그 웃음소리는 양쪽 강변으로 크게 퍼져 나갔다. 왕을 둘러싸고 있는 자들이 당황한 듯 뒤로 물러나고, 왕은 성벽 앞으로 더 가까이 다가왔다.

자크는 자신이 두르고 있던 성전기사단의 낡은 쉬르코를 벗어서 십자가 표식이 잘 보이도록 장작 위에 얹었다.

병사들이 두 사람을 끌고 화형대에 올라가 발판에 세우고 발목과 무릎, 허리와 가슴까지 단단히 묶은 후, 목까지 쇠사슬로 고정시켰다. 옆에서 이를 악물고 흐느끼는 소리가 들렸다. 이젠 눈물을 억누를 필요조차 없는 순간임에도, 조프루아는 우는 것처럼 보이지 않으려고 애를 썼다.

병사들이 장작 아랫단에 불을 붙이고 물러난다. 기름 먹은 짚과 잔나뭇가지가 따닥, 따다닥 잘게 불꽃 튀는 소리를 내며 타오른다. 성글게 쌓아 올린 장작 틈으로 허연 연기가 갈래갈래 치솟아 오르기 시작했다. 불을 붙인 두 명의 병사는 몇 걸음 더 뒤로 물러나며 성호를 긋고 잠시 고개를 숙였다.

열기가 천천히 올라오기 시작했다. 훅, 훅, 훅, 아직 불꽃은 작은데, 뜨거운 열기의 덩어리가 파도처럼 치밀었다. 아, 아으, 아아아. 옆에서 비명이 터졌다. 조프루아는 벌써 몸을 비틀고 있었다.

자크는 왕을 향해 고개를 돌렸다. 가슴이 한껏 부풀었다.

"필립! 필립! 이 사악한 악마의 사도여, 자! 이제 네가 한 짓을 똑똑히 보아라!"

갑자기 사방이 무시무시한 침묵에 휩싸였다. 따닥, 타닥, 탁! 커다란 불꽃이 빙그르르 포물선을 그리며 그의 앞으로 날아올랐다. 그는 젊은 시절, 아크레에서 그랬던 것처럼 큰 소리로 외쳤다.

"나는 성전기사단의 단장, 자크 드 몰레, 신의 군사다!"

왕이 담벼락을 짚고 몸을 앞으로 기울였다. 무슨 말이라도 들으려는 듯, 강한 반응이었다. 아니다, 그의 도전에 맞대결이라도 하려는 듯한 태도였다. 만약 마상 시합이었다면, 몰레가 내지른 검을 맞받아치며 달려들려는 형세였다. 하지만 정작 왕의 입에서는 아무 말도 나오지 않았다.

왕이 주먹을 움켜쥐며 불길이 치솟기 시작한 두 사람을 노려본다. 바람이 크게 일며 그의 푸른색 망토 자락이 크게 펄럭거렸다. 그 바람이 아래로 내려오는 순간, 아래에서 뜨거운 열기가 확 치밀었다. 열기는 가장 끔찍한 통증이었다.

"아아아, 단장님! 단장님! 자크! 나를, 나를, 아아악!"

옆에서 울리는 비명이, 자크는 더 괴로웠다. 그는 이를 악문 채 고함쳤다.

"나는 이곳에서…… 죽음이 나를 자유롭게 풀어 주는 것을 보노라!"

쩌렁쩌렁 울리는 고함이 강변을 가로질렀다. 사람들이 쥐 죽은 듯 그의 고함 소리를 듣기 시작했다. 지독한 통증이 몰려오는데, 오히려 가슴에는 거대한 폭풍이 들어차는 것 같아 그는 통증을 잠시 잊었다.

"하느님께서는 누가 잘못했고, 누가 죄를 지었는지 아신다! 우리에게 잘못을 저지른 자들에게 불행이 속히 임할 것이다!"

따닥, 따닥, 이제는 굵은 장작에서도 불길이 치솟았다. 아악, 이제는 그들을 바라보는 군중들 틈에서도 비명이 터지기 시작했다. 비명을 지르는 것은 여자들뿐이 아니었다.

연기가 크게 솟는다. 고통스럽게 몸을 뒤틀던 조프루아는 하늘을 향해 입을 크게 벌리고 울부짖는다. 주여. 아아아, 제발, 제발, 구원하소서, 주여!

아아, 으아아악! 이제 자크의 입에서도 고통스러운 부르짖음이 터졌다. 그의 고개가 뒤로 꺾였다. 하늘이 핏빛으로 물들어 있다. 센 강이 불타는 것처럼 붉다. 온 세상이 찬란하게 붉었다. 아아, 흐아아아. 지금까지 겪었던 모든 고문의 고통을 합친 것보다 끔찍한 고통이 온몸을 찢어발기기 시작했다.

"하느님께서는 죽음으로 복수하실 것이다. 주께서는 진실을 아신다! 우리를 대적한 자들은 영원한 고통에 처하게 될 것이다."

화르르르.

옆에서는 이제 아무 소리도 들리지 않는다. 자크는 눈을 감았다. 찬란한 꽃밭처럼 물들어 가는 하늘, 붉게 반짝이는 강물, 새하얀 성벽, 그 위에 푸른 망토를 휘날리며 서 있는 왕은, 자신의 저주를 들으면서도 여전히 턱을 오만하게 들고 허리를 꼿꼿이 세운 채 그 자리에 버티고 서 있는 왕은, 여전히 장엄하고 추상같았다.

자크는 왕 역시 자신이 신의 뜻대로 행했다고 확신하고 있음을 알았다.

눈앞이 온통 하얗고, 하얗고, 하얗다. 불길 속에서, 그의 절규는 점점 잦아든다.

"하느님께 간구하노니, 내 얼굴이 동정녀 마리아와 그의 아들 그리스도께…… 향하도록……."

자크의 목소리는 그곳에서 멈추었다.

인 파라디줌 (In paradisvm, 천국으로 인도하소서)

사방은 쥐 죽은 듯 고요해졌고 불길이 따닥거리는 소리만 남았다. 불길은 오랫동안 두 개의 시신이 묶인 기둥을 태웠다.

쇠사슬에 매달린 검은 형체들은 더 이상 움직이지 않는다. 강바람이 후르르 불자 발간 불티가 날벌레 떼처럼 푸스스 날아오르며, 불길이 순간적으로 화르륵 솟아 그들을 마지막으로 감쌌다.

서서히 불꽃이 작아지면서, 허연 연기가 바람에 날려 이리저리 흩어지기 시작했다.

강변의 이곳저곳에서 오열하는 소리가 터졌다. 그들의 의연한 죽음에 모인 사람들의 시선이 왕에게 쏠렸다.

어쩌면 그들은 죄가 없었을지도 몰라.

정말 그들의 말이 옳았을지도 몰라.

하지만 이제 와 진실을 확인할 수 있는 방법은 아무것도 없다.

아니, 애초부터 없었을지도 모른다.

단장님! 단장님! 부르짖는 소리가 산발적으로 튀어나오다 사라진다. 저분들은 죄가 없어! 억울하게 돌아가셨어! 하는 소리는 주변의 눈치를 보며 슬금슬금 사그라들었다. 어떤 사람들은 성호를 그으며 기도했고, 몇몇 사람들은 욕을 했고, 어떤 사람은 실신했고, 아이들은 이상한 분위기에 자지러지게 울었다.

일을 마친 네 명의 병사들은 고해 사제와 함께 처형장을 빠져나왔다. 무장한 병사들 여러 명이 뒷수습을 위해 교대했지만, 제대로 수습은 되지 않았다. 사람들은 성인의 유골을 모으겠다며 배를 타고 몰려들기 시작했고, 병사들은 그들을 막느라 한참 동안 소란이 벌어졌다.

왕은 성벽 위에 자신만 홀로 서 있는 것을 알아차렸다. 뒤를 돌아보았다. 멀찍이, 자크의 목소리가 조금이라도 덜 들릴 만한 거리에 사람들이 몰려서 있었다. 발루아 백은 망루 구석에 쪼그리고 앉아 있었고, 마리니는 그답지 않게 얼굴이 새하얗게 질린 상태였다.

맏아들 루이 드 나바르는 덜덜 떨다가, 필립을 보더니 입술을 실룩거리며 억지로 호탕하게 웃어 보였다.

"아…… 아바마마, 하, 하, 하하하! 끄, 끝났습니다. 그동안 아바마마를 그렇게나 괴롭혔던 일이, 드디어 끝났습니다."

"……."

"아바마마께서 기어이 승리하셨습니다. 축하드리옵니다. 오늘은 후련하게 주무실 수 있으시겠지요."

왕은 아들의 얼굴을 물끄러미 바라보았다. 이상하다. 나는 어째서 지금 저따위 말을 들어야 하는가. 아들의 얼굴을 한 대 후려치고 싶은 것을, 왕은 지그시 눌렀다.

"루이, 지금 신의 품에 안긴 분은 네 대부님이시다. 망자의 명예를 존중하라."

맏아들은 당황했고, 형의 뒤에 서 있던 막내아들은 고개를 숙이고 눈물을 떨어뜨렸다. 흐, 윽, 흐으. 왕은 자신을 닮은 앳된 청년이 소리 내어 우는 모습을 물끄러미 내려다보았다. 왕이 막지 않자, 그의 흐느낌은 점점 커졌다. 왕은 도저히 견딜 수 없었다.

"샤를, 그대의 체통을 생각하라."

왕은 몸을 돌려 왕의 정원으로 내려섰다. 봄이 오려는지 황량했던 약초밭에 드문드문 싹이 나고, 나뭇가지에 잎이 올라오고 있었다.

부활절, 봄이 다가오고 있었다.

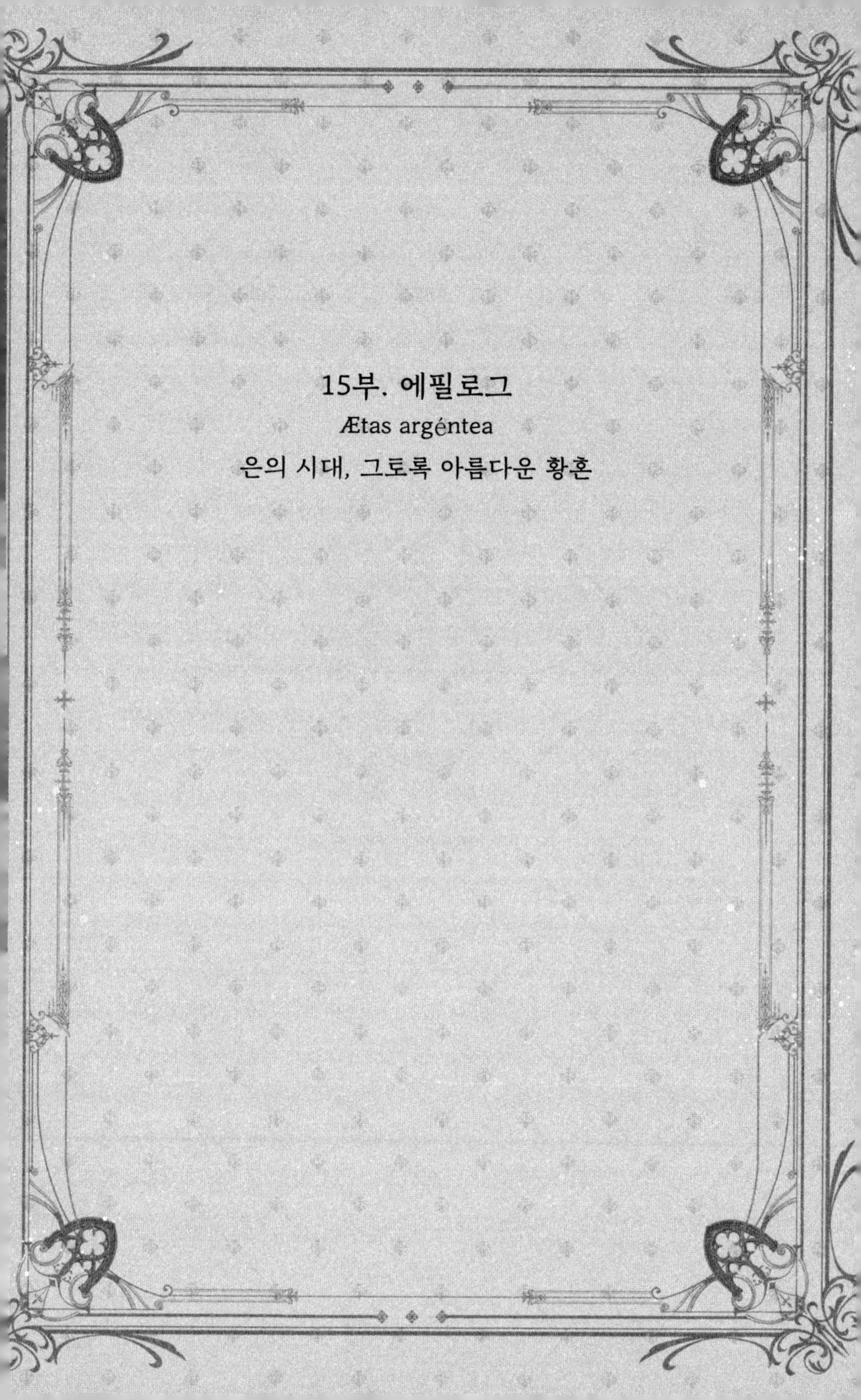

15부. 에필로그

Ætas argéntea

은의 시대, 그토록 아름다운 황혼

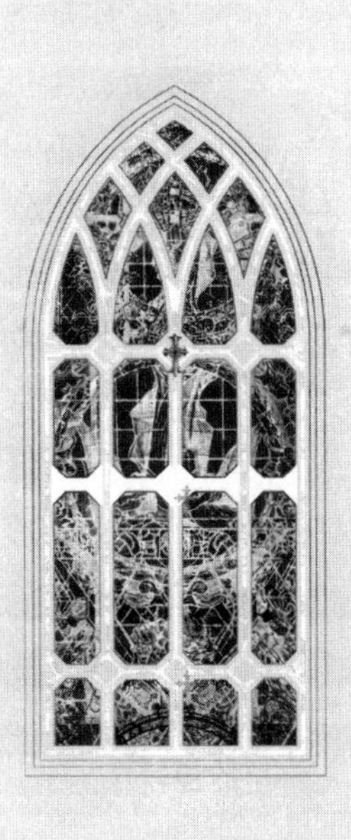

"대체 저자들은 뭐 하는 자들인가……?"

어둠이 완전히 내려앉은 시각, 왕의 정원 서쪽 망루에서 강을 내려다보던 필립은 눈썹을 찌푸렸다.

유대인의 섬에 사람들이 계속 모여들고 있었다. 저마다 횃불까지 환히 밝히고 있어서 작은 섬은 불야성을 방불케 했다.

"섬에 들어가지 못하게 막았는데 대체 어떤 놈들이 감히……."

그러잖아도 조금 전 위그가 생 제르망 수도원에서 보낸 항의 서한을 가져온 참이다. 필립은 그제야 유대인의 섬이 생 제르망 수도원 소유임을 알게 되었다. 이런 실수를 하다니. 두통이 일었다.

"장, 수도원장에게 편지를 쓰게. 수도원 땅에서 형을 집행한 일에 대해 사과하고, 그 섬이 왕실 소유가 아님을 인정한다 해. 위그! 오늘 안으로 저 섬의 뒷정리를 마치도록."

마야르 서기관이 재빠르게 편지를 쓰는 동안 위그가 더듬거리며 섬의 상황을 보고했다.

“그게…… 사람들이 계속 몰려들어 정리가 늦어질 모양입니다. 유골과 재를 챙기겠다면서…….”

“가관이로군. 밤새 보물찾기라도 하겠다는 건가?”

헛웃음이 나왔다. 돈에 눈이 멀어도 유분수지, 그들의 유골을 성물로 팔 생각인가? 신의 이름으로 더러운 짓을 자행한 자들의 뼛조각을?

설마, 백성들은 그런 자들을 내 할아버지와 동등한 성인聖人으로 여기는 걸까?

그는 당장 병사들을 보내 저들을 잡아들일까 하다가 숨을 가다듬었다. 일단 생 제르망 수도원에서 항의가 들어왔으니, 당장 병사를 보내 소란을 일으키긴 어려웠다.

“오늘 저녁은 어쩔 수 없으니, 날이 밝는 대로 외인의 출입을 막도록 하게.”

“예, 폐하.”

극심한 피로감이 몰려왔다. 그들이 사라졌음에도 싸움은 영원히 끝나지 않을 것만 같다. 몸을 돌리려던 필립은 무리 속에서 무엇인가를 발견하고 움직임을 멈췄다.

……붉은 파테 십자가?

어둠 속에 묻혀 잘 몰랐는데, 자세히 보니 저들 중 몇몇은 성전기사단 단복을 입고 있는 것처럼 보였다. 붉은 십자가가 새겨진 흰색 쉬르코, 혹은 갈색 쉬르코. 게다가 저들 중 일부는 사슬 갑옷에 무장까지 한 상태였다.

성전기사단은 해체되었고, 사면받거나 도망친 단원들은 그 누구도 옛 단복을 입고 다니거나 기사단이라고 말할 수 없게 되었다.

그런데 마지막 단장이 죽은 날, 작정이라도 한 것처럼 단복을 입고 모였다? 그것도 감히, 왕궁의 코앞에서?

저 상황이 너무 수상했다. 죽여 달라고 시위하는 게 아니고서야, 저렇게 단복까지 차려입고 왕의 눈앞에서 얼쩡댈 리가 없다.

필립은 잠시 생각에 잠겼다가 생 루이 궁으로 올라갔다. 예전에 발타가 머무르던 방, 그리고 레아도 잠시 사용했던 방이었다. 위그가 따라 들어오려는 것을, 필립은 단호하게 막았다.

"부를 때까지 아무도 들어오지 말게."

그는 침대 곁에 놓아둔 궤짝에서 몇 가지 소지품을 뒤적였다. 길게 타래진 머리카락이라든가, 말라비틀어진 아몬드 알 따위가 튀어나온다. 필립은 그것을 태워 버릴까 한참을 고민하다가 제자리에 놔두었다. 태우는 것은 언제든 할 수 있지만, 재를 원래 모습대로 되살리는 일은 신만이 하실 수 있는 일이었다.

"……여기 있었군."

상자 밑바닥에 필립이 찾던 것이 있었다. 붉은 파테 십자가가 새겨진 흰색 쉬르코와 하얀 망토, 성전기사의 단복이었다.

발타가 기사단에서 파문을 당할 때, 형제들은 만신창이가 된 그의 몸에서 피투성이가 된 단복을 벗겨 함께 실어 보냈었다. 세탁을 해 두어서인지 약간의 흔적은 남아 있지만 제법 깨끗했다.

아무래도 저 섬에 한번 가 봐야 할까.

그는 주석으로 만든 거울을 앞에 놓고 잠시 고민하다가 왕관을 벗어 두고 사슬 갑옷 위에 쉬르코와 망토를 걸쳤다. 발타는 왕보다 키가 살짝 큰 편이라 단복은 잘 맞았다. 사슬 두건을 쓰고 면갑까지 두르니, 파란 눈동자만 반짝이는 것이, 꼭 예전의 발타를 보는 듯했다.

"폐…… 폐하?"

밖에서 얼쩡대던 위그와 알랭이 기겁한다. 그러잖아도 단장이 죽으면서 온갖 저주를 퍼붓는 바람에 분위기도 흉흉해 죽겠는데, 왕에게 단장의 유령이라도 씌웠나 싶은 눈치였다.

필립은 궁을 벗어나 유대인의 섬으로 향했다. 부하들이 안절부절못하는 게 보기 싫어 멀찍이 뒤따르게 했다. 왕이 시테 섬 강변이나 시장 골목을 돌아다니는 일이야 어제오늘 일이 아니니 새삼스럽지는 않을 텐데, 오늘은 이 복장 때문에 몹시 긴장하고 있는 듯했다.

섬 앞에 다다르니, 따라오던 이들은 보이지 않고 필립 혼자였다.

아니, 혼자는 아니었다. 유대인 섬 안에도, 옆의 작은 섬에도, 심지어 맞은편 강변에도 사람들이 웅성웅성 모여드는데 그중에는 기사단 단복을 입은 이들이 군데군데 끼어 있었다.

필립은 미간을 찌푸리며 사방을 살펴보았다. 느낌이 좋지 않았다.

그는 문득 이상한 기시감을 느꼈다.

그렇다. 지난봄이던가, 기욤 대법관이 한밤중에 찾아왔을 때, 그때의 기묘한 분위기와 비슷했다.

하지만 오늘 풍경은 그때와 달랐다. 섬 안에 사람들이 가득하다. 횃불을 든 이들이 점점 많아지면서 주변은 이제 대낮처럼 밝았다.

시테 섬과 유대인 섬 사이의 물길은 거룻배 몇 척으로 연결돼 있었고, 사람들은 끝도 없이 섬 안으로 들어오고 있었다.

필립은 그들 틈에 섞여 섬으로 들어갔다. 혹 저들이 허깨비가 아닐까 하여 부러 어깨로 슬쩍 밀어 보았더니, 밀린 사내가 투덜댄다.

"거참, 밀지 마시오. 물에 빠지겠……. 어이쿠, 기사님이시네. 먼저 가십쇼."

기사가 아닌 평단원인 듯했다. 필립은 시치미를 뚝 떼고 물었다.

"고맙네, 자넨 이름이 뭔가?"

"시프르의 토마라고 합니다. 지난번 상스에서 통구이가 되기 직전에 도망 나왔다가 새 단장님을 뵙고 합류하게 됐습죠. 저주나 받아라, 필립 마리니, 필립 대마왕!"

점점 아리송해졌다. 신임 단장? 조제 경이 죽은 게 아니었나?

기사단은 해체됐고, 단장은 오늘 죽었는데 언제 새 단장을 뽑았지?

시프르의 토마라 하는 자가 묻는다.

"그런데, 기사님은 존함이?"

"오를레앙의 필립이라 하네."

필립은 대충 주워섬겼다. 그러자 옆에서 누군가 바로 퉁을 놓는다.

"거 조용히 좀 하게. 전임 단장님 환영식 자리야. 수다는 나중에 떨라고."

전임 단장? 티보 경 말인가? 기욤 드 보주? 이 무슨 헛소리를.

하지만 필립은 의아함을 내색하지 못했다. 갑자기 사람들이 손뼉을 치며 크게 환호하기 시작했던 것이다.

"오, 오신다! 단장님께서 오신다!"

"드디어! 우와! 세상에 저것 좀 봐!"

필립은 저도 모르게 눈을 크게 떴다.

저, 저건?

강으로 거대한 범선이 들어오고 있었다. 이해할 수 없다. 다리의 높이보다 선고가 훨씬 높은 항해용 범선이 어떻게 여기까지 들어올 수 있었지?

더 이상한 건, 강물이 살아 있는 것처럼 그 배를 밀고 있다는 점이었다. 하류에서 상류 방향으로, 노도 없고 돛도 접은 대형 범선은 얼음 위를 미끄러지듯 유대인의 섬 앞에 당도했다.

필립은 범선 앞쪽에 새겨진 글자를 보고 눈앞이 아뜩해졌다.

Léa.

자리에서 꼼짝도 할 수 없었다. 필립을 둘러싼 이들이 술렁이며 앞으로 나간다. 그들은 필립처럼 단복을 갖춰 입은 기사나 병사들이 대부분이었다. 알랭을 비롯한 호위 기사들은 자신을 찾지 못한 것 같다.

물론 여기서 꽁무니를 빼고 빠져나갈 생각은 없었다. 필립은 여기서 무슨 일이 일어나는지 반드시 알아내기로 결심을 굳혔다.

"우와아아아아!"

거대한 함성과 환호가 쏟아졌다. 배에서 사람들이 내려오고 있었다. 기사단 복장과 갑옷으로 무장한 사람들이었다.

"아……."

필립은 가장 앞장선 사람들을 바로 알아볼 수 있었다. 낯익은 은발의 기사와 금발의 젊은 여자가 성전기사단의 정복 차림으로 내려오고 있다. 남자는 여자가 만든 푸른 보석이 박힌 왕관을 쓰고 있었고, 여자는 푸른색 목걸이를 걸고 가벼운 무장을 한 채 그와 나란히 걷고 있었다.

두 사람은 처형 장소에 다다라 걸음을 멈춘다. 사람들은 그들을 빙 둘러싼 채 쥐 죽은 듯 숨을 죽였다.

은발의 사내가 그 앞에서 가볍게 손을 들었고, 그의 손짓에 따라 잿더미 속에서 어떤 형체가 작은 소용돌이를 일으키며 솟아오르기 시작한다.

"……?"

이젠 숨소리조차 들리지 않았다. 작은 두 개의 소용돌이 속에서, 두 사람의 형체가 서서히 눈에 들어오기 시작했다. 필립은 온몸이 얼어붙는 것 같았다.

이, 이것이 무슨……?

잠시 후 잿더미가 있던 자리에는 사내 두 명이 눈을 둥그렇게 뜨고 서 있고 잿가루와 소용돌이는 깨끗이 가라앉았다. 붉은 머리와 갈색 머리의 중년 사내, 아니 청년에 더 가까울까. 왼쪽의 붉은 머리 사내는 필립의 기억 속, 아크레 시절의 자크와 확실히 비슷했다.

"저희 여행에 합류하신 것을 환영합니다. 반갑습니다, 자크 대부님. 샤르네 단장님."

은발의 사내는 얼떨떨하게 두리번대는 두 기사를 한꺼번에 끌어안는다. 아아, 자크는 순간 무언가를 기억해 낸 듯 길게 탄식하더니, 은발의 사내를 멈칫멈칫 마주 안고 뺨을 맞댔다.

"와아아아아아!"

"자크 단장님! 단장님!"

천지를 진동하는 환호성이 터졌다. 필립은 미간을 찌푸렸다. 함성이 점점 커져서 아예 귀청이 터질 지경이었다.

필립은 이 무리의 정체를 종잡을 수 없었다. 아까 대화한 사람들은 유령이나 망자가 아닌 멀쩡한 사람들인데 지금 일어난 두 사람은 이 세상 사람이 아니다.

배에서 내려온 사람들을 찬찬히 살펴보니, 낯익은 얼굴이 하나둘 눈에 띈다. 전사한 줄로만 알았던 조르주 드 마르세유 경, 황금 이빨의 벵상이라 하는 상인, 레아의 동생 라셀르, 세공방에서 자주 보던 하녀 내외도 있었다.

기사단 단원 중에서도 낯익은 얼굴이 눈에 들어온다. 사면받고 풀려나 어디선가 숨어 지낸다는 자들, 실종된 줄 알았던 자들이 섞여 있었다. 필립은 혼란스러웠다.

"고맙소! 환영해 주어서 고맙소, 나의 형제들이여!"

자크의 우렁찬 목소리가 들렸다. 와아아아! 그들은 다시 환호하며 꽃과 수건, 모자 따위를 하늘 높이 던졌다.

필립은 달빛에 비친 그들의 그림자를 보다가 드디어 이상한 것을 발견했다.

……그림자가 달랐다.

자신은 온전한 그림자가 있었다. 그리고 대부분의 사람들 역시 그림자가 온전했다.

하지만 어떤 이들은 그림자가 온전치 않았고, 어떤 이들은 그림자가 아예 없었다.

그리고 지금 되살아난 두 사람도 그림자가 아예 없었다.

하지만 그들의 모습은 온전하고 완벽했다. 대화도 나눌 수 있고, 살아 있는 사람처럼 서로 부둥켜안고 눈물을 흘리며 울 수도 있다. 두 사람을 아는 동료 형제와 부하 단원들이 앞다투어 나가 두 사람을 끌어안고 통곡한다. 두 사람 역시 오열을 감추지 못했다.

"두 분을 위해 새로운 단복을 준비했습니다."

발타가 두 사람에게 붉은 파테 십자가가 새겨진 흰 쉬르코와 망토를 건넸다. 그리고 서임식을 하는 것처럼 두 사람에게 허리띠를 둘러 주고 박차도 채워 주었다.

"두 분을 위해서 레아가 새로운 장검과 단검, 그리고 브로치 장식을 준비해 두었습니다. 환영하는 마음이라 생각하시고 받아 주시기 바랍니다."

레아는 두 사람의 앞으로 나가, 준비해 둔 검을 내리고, 은으로 만든 큼직한 브로치로 망토를 고정시켜 주었다. 두 기사는 발타와 레아에게 허리를 굽혀 예를 표했다.

레아는 두 사람을 향해 부드러운 목소리로 입을 열었다.

"저는 아크레에서 성전기사님들께 이 무늬가 새겨진 세공품을 바치는 것을 꿈꾸었습니다. 가장 먼저 바친 분이 발타 님이었지요. 그래도, 제가 단장님들께 이걸 바치는 날이 올 줄은 상상도 하지 못했습니다. 이것은 저에게도 큰 영광입니다."

두 사람은 고개를 숙이고 공손하게 레아의 이야기를 들었다. 이제 눈앞의 여자는 그들이 도누아를 바쳐야 할 숙녀이기도 했다.

"이 나뭇가지 모양은, 순수한 은의 결정의 형상입니다. 은이란 게 원래 한없이 무르고 시커멓게 변해 버리기 쉬운데 오히려 그렇기 때문에 순수와 거룩함의 상징이 되어 버렸어요. 이상한 일이죠."

친구에게 이야기라도 하는 듯, 평온하고 다정한 목소리였다.

필립은 이 상황도 이해하기 어려웠지만, 여자는 더욱 이해할 수 없었다. 여자와 기사단 사이에는 긴 세월 동안 고통스러운 기억이 켜켜이 쌓여 있을 텐데, 어떻게 저렇게 말할 수 있을까.

하지만 그는 이내 쓴웃음을 지으며 고개를 저었다. 하긴. 여자는 누구에게나 속도 없이 다정하고 따뜻했다. 심지어 자신에게도 그랬었다.

"……저는 당신들이 이렇게 높고 순수한 이상을 가슴에 품고 살아온 분들이라 생각했습니다. 도달하기 불가능한 것을 알면서도, 이상을 위해 인생을 바치고 신념을 지킨 당신들이야말로, 이 순수한 은의 형상에 가장 잘 어울리는 분들이라고 믿습니다."

하지만 더러운 배교자로 낙인찍혀 처형당한 그들은 레아의 찬사가 거북한 듯했다. 자크가 불편한 목소리로 더듬거린다.

"마담. 하지만 저희는 완벽하게 흠 없는 삶을 살지 못했습니다. 탐욕과 죄악은 저희와 너무나 가까웠고, 순백의 이상은 너무나 높고 멀었습니다. 저희는 욕먹을 짓도 많이 하고, 죄도 짓고, 실수도 많이 했습니다. ……그건 마담께서 가장 잘 아시지 않습니까."

"……."

레아는 천천히 고개를 끄덕였다. 레아 역시 그들이 말한 '죄와 실수'의 큰 희생자였다.

사실 레아는 자신과 기사단 사이에 쌓인 은원을 완전히 풀 수 있을 거라고 믿지는 않았다. 그러기에는 서로에게 쌓인 원망과 고통이 지나치게 컸다.

그들이 몰락하고 고통스러워하는 모습에 인간적인 연민을 느낀 건 사실이고, 그들을 용서하고 아픔을 덮기 위해 노력한 것도 사실이었다. 그래도 얽힌 매듭이 완전히 풀릴 수는 없었다.

그들이 추구하던 이상이 완벽하게 거룩하고 선한 것인지, 레아는 알 수 없었다. 더욱이, 그 이상을 실현하기 위해 저들이 지금까지 해 왔던 일이 모두 옳은 것이라고는, 더더욱 인정할 수 없었다.

레아는 잠시 눈을 감았다. 조금 전에 들었던 발타 님의 말이 머릿속에서 계속 꼼틀꼼틀 움직이고 있는 것 같았다.

'……어떻게 받아들여야 할까요.'

레아는 출입문 앞에 선 채 혼잣말처럼 중얼거렸다. 먼발치로 어둠에 잠긴 시테 섬이 점점 가까워지고 있다. 잠시 후 이 배는 유대인의 섬에 도착할 것이다.

'무엇을 말입니까, 레아?'

'그분들을 어떻게 이해하고 용서할지, 제가 그들을 진심으로 받아들일 수 있을지 아직 잘 모르겠어요…….'

그들에 대한 레아의 감정은 물에 뜬 기름처럼 겉돌았으며, 극단의 파고를 지니고 있었다. 증오, 두려움, 존경, 경멸, 연민, 동정. 하나의 지점으로 모이는 것이 불가능해 보이는 감정이었다.

곁에서 발타의 무심한 듯한 목소리가 들렸다.

'굳이 그러실 이유가 있습니까? 그저 몇 발짝 떨어져서 바라보는 것만으로 충분할 수 있습니다.'

그의 대답은 의외였다. 목소리는 여전히 다정했으되, 그들을 대신해 용서를 구하지도 않았고, 그들에 대한 연민을 요구하지도 않았다. 심지어 그들의 이상과 행동에 대해 옳고 그름을 따지지도 않았다.

그는 귓가를 지나가는 바람처럼 조용히 말을 이어 갔다.

'레아, 그 시대를 살아가는 사람들에게는, 그들이 추구하는 이상의 옳고 그름을 판단할 자격이 주어지지 않습니다. 시대에 묶인 자들은, 그 시대를 지배하는 정신에 함께 묶이기 때문입니다.'

'…….'

'저는 이 시대가, 당신이 만든 은의 결정과 많이 닮았다고 생각합니다. 현실은 늘 시커멓게 변질되지만, 그래도 내면에는 순결한 이상을 품고 그것을 향해 나아가는 시대죠. 우리는 지금, 그런 시대의 황혼을 보며 서 있는 것입니다.'

레아는 발타의 말을 완전히 이해할 수 없었다. 다만 인간적인 잣대를 내려놓은 그는, 이제 진정한 의미에서 관조자처럼 느껴졌다.

세상과 떨어진 곳에서, 거대한 강처럼 흘러 내려가는 인간들의 삶을 지켜보는 느낌이란 어떤 것일까.

레아의 표정을 본 발타가 빙긋 웃으며 덧붙였다.

'이 시대가 가고 나면, 이 시대의 이상도 함께 사라질 것입니다. 그리고 새로운 시대에는 우리가 알지 못하는 새로운 이상이 생겨날 것

입니다. 새로운 이상을 위해 인생을 바치는 사람들도 다시 생겨날 것입니다.'

'…….'

'저는 한 시대의 이상 자체가 아니라, 그 이상을 향한 분투와 헌신이 인간을 위대하게 만든다고 믿습니다. 그렇게 위대한 이들이 존재하기 때문에, 인간의 시간은 장엄하고 눈부신 것입니다…….'

레아는 뒤늦게 고개를 들고, 자신을 둘러싸고 있는 사람들을 천천히 둘러보았다.

이들은 한때 레아가 깊이 존경하고 열렬하게 찬사를 바치고자 했던 사람들이었다. 이제는 다 끝난 일, 지나간 일이 되었지만.

끝난 일, 지나간 일……. 혹은 지나간 삶.

우리가 지나온 세상, 그리고 우리가 곧 떠나게 될 시대.

그들에 대한 원망이 켜켜이 쌓여 있는 세상은, 더 이상 그들이 속한 곳이 아니다.

그렇다면 그곳에 남겨 둔 감정이나 원한이 대체 무슨 의미가 있을까?

"……."

그 순간, 레아는 가슴속에 맺혔던 거대한 매듭의 끄트머리가 툭, 하고 튕겨 나가는 것을 느꼈다. 돌처럼 단단하게 얽혔던 매듭에서 힘이 빠지더니 미꾸라지처럼 스르르 풀려나가는 것 같다. 그것은 용서나 망각, 혹은 자포자기와는 완전히 다른, 기이하고 낯선 느낌이었다.

레아는 눈물이 옅게 스민 눈으로 옆을 돌아보았다. 발타는 말없이, 하지만 한없이 다정한 눈으로 레아를 내려다보고 있었다.

관조자의 시선은 냉랭하지 않았다. 이렇게도 따뜻하며 깊은 이해를 담고 있었다.

레아는 이제야 눈앞에 서 있는 이들을 진심으로 맞아들일 수 있을 듯했다. 드디어 그녀의 얼굴로 깊은 웃음이 번져 나왔다.

“여기까지 와서 저쪽 세상 잘잘못을 따지기엔 제 배포가 너무 커졌네요. 이걸 어쩌죠?”

모인 사람들의 눈이 둥그레진다. 이제 여자의 목소리에선 망설임이 없었다.

“자크 경, 조프루아 경, 저는 두 분께서 이 시대의 높고 거룩한 이상을 최후까지 지키려 한, 명예롭고 용맹한 기사들이었다고 생각합니다.”

“…….”

“당신들이 계셔서 이 시대는 눈부시고 아름다웠습니다. 오늘에나마 이렇게 합당한 찬사를 바칠 수 있게 되어, 저는 진심으로 기쁘게 생각합니다.”

“흐으, 으, 으으으…….”

두 망자의 눈에서 기어이 눈물이 쏟아졌다. 자신의 명예와 헌신, 존재 가치마저 부정당하고, 더러운 이단자로 몰려 비참하게 죽은 자들에게 이 이상의 위로와 경의는 있을 수 없을 것이다.

사방에서 요란한 박수와 환호, 우우우, 하는 야유가 함께 터졌다. 눈물은 한참 동안 멎지 않았다. 두 사람이 소맷자락으로 흉하게 눈물을 닦는 꼴을 보며, 발타가 난처한 목소리로 끼어들었다.

“얼른 포목관을 임명해서 손수건부터 마련하도록 하겠습니다……. 오늘 들어온 신참 중 쓸 만한 자가 있는지부터 알아보도록 하죠.”

다시 웃음이 터졌다. 오랜 세월 기사단 포목관으로 복무했던 조프루아가 눈물이 얽힌 얼굴로 가장 크게 웃었다.

이제는 자크가 머뭇머뭇하다가 마지막으로 묻는다.

"마담……. 혹시 오늘 아침, 저희에게 고기가 든 빵을 준비해 주셨던 게 마담이셨습니까?"

"어머나, 어떻게 아셨어요?"

"그냥, 그럴 것 같았습니다."

자크는 그녀의 앞에 허리를 깊이 숙이고 인사를 올렸다.

"제가 살아생전 맛보았던 최고의 오찬이었습니다. ……은혜는 평생 잊지 않겠습니다."

그는 이제는 진심을 담아 레아의 손등에 입을 맞추었다. 레아와 그들 사이를 겹겹이 두르고 있던 오래된 은원은, 빵 한 조각을 끝으로 말끔하게 정리된 듯했다.

레아가 밝은 목소리로 말했다.

"자, 이제 두 분께서도 저희와 함께 지내게 되셨으니, 저희도 정식으로 인사를 드리겠습니다."

"……."

"레아 호의 상행에 동참하게 된 두 분을 환영합니다. 이 배의 안주인인 레아 인사드립니다. 제 이름을 모르실 것 같지는 않지만, 일단 알려는 드립니다. 레비나 릴리트나 이교도 세공사라고 부르셔도 대답은 해 드립니다만, 신상에 그다지 유익하지는 않을 거라고 미리 말씀드립니다. 새로 오신 두 분께서 저희와 즐거운 여행을 하셨으면 좋겠습니다."

필립은 레아를 한참 바라보았다. 이제 그녀의 얼굴에는 일말의 두려움도 없었다. 그녀는 여전히 맑고 따뜻하며 지극히 사랑스러웠다. 명치 속 깊은 곳에서 우릿하게 느껴지던 통증은, 이제 손쓸 수 없이 날카로워졌다.

자크와 조프루아는 새로 얻은 몸의 감각을 시험하느라 바빴다. 선물 받은 검과 브로치를 손끝으로 더듬어 보다가, 주먹도 쥐었다 폈다 해 보고, 새로 생긴 앞니를 딱딱 부딪쳐 보기도 한다. 서로의 얼굴을 콕콕 찔러 대고 수염까지 뽑아 보더니 기어이 욕설이 터졌다. 성전기사단에서는 수염을 공들여 꾸미는 것이 유행이라 남의 수염을 뽑는 것은 대역죄에 버금가는 일이었다. 사방에서 킬킬대며 야유를 쏟아 냈다.

“궁금한 게 많으실 텐데, 승선하시면 하나하나 차근차근 말씀드리겠습니다.”

레아가 빙긋 웃으며 설명을 시작했다.

“일단 저희 배에는 산 자도 있고, 망자도 있고, 망자 중에서도 이승의 몸으로 잘 사는 분도 있고, 저쪽 세상의 몸으로 사셔야 하는 분도 있죠. 하지만 어느 쪽이든 발타 님의 영역에 계시거나, 발타 님의 권속으로 지내시는 한, 큰 불편은 없을 겁니다.”

필립은 그제야 이 공간의 정체를 어렴풋이 깨달았다.

지금 이곳은 발타가 지배하는 공간이었다. 바포메라는 실마리에 감추어졌던 생명나무의 주인이자, 지혜와 치유의 신, 삶과 죽음의 사이에 서 있는 망자의 안내자가 지배하는 영역.

그러면, 나는 어떻게 이 공간에 들어올 수 있게 된 거지?

이 옷으로 변장했다 해서 들어올 수 있던 건 아닐 것이다. 자신은, 이유는 알 수 없지만 이곳에 들어올 만한 무슨 자격이 되어 들어온 것일 터이다. 필립은 귀를 바짝 기울였다.

“이곳에 계신 모든 분은, 여행길의 안내자인 발타 님과 인연이 있어서 저희의 상행에 초대를 받으셨거나, 성스러운 나무의 '주님'께 충성을 맹세하신 분들입니다. 그 맹세에 의해 발타 님에게 속하게 되신 거죠. 하여, 이곳에서는 망자와 산자가 어떠한 구분도 차별도 없이 지내게 될 것입니다."

아, 이런…….

필립은 드디어 자신이 이곳에 어떻게 들어올 수 있게 되었는지 깨달았다.

자신은 성 십자가를 레아에게 처음 돌려받던 날, 그 탕플 탑의 비밀금고에서, 그 성스러운 나무의 주인에게 충성을 맹세했었다.

그 이후로도 그 나뭇가지를 볼 때마다 경건한 마음으로 충성을 맹세하지 않았던가. 필립은 발타의 손에 쥐어진 작은 나뭇가지를 보며, 레아가 말한 '작은 비밀'이 무엇인지 어렴풋이 짐작이 갈 듯했다.

"혹시 여행을 멈추고 돌아가고 싶으신 분들께서는 언제든지 돌아가시면 됩니다. 산 자는 산 자의 길로, 망자는 망자의 길로. 저희와의 동행은 하룻길로 끝날 수도 있고, 인연이 닿는 만큼, 오랫동안 이어질 수도 있습니다."

여자의 맑은 목소리가 계속 이어진다.

"사실 '초대를 받은 이는 손님이고, 충성을 맹세한 이는 부하'라고 분열을 조장하시는 분들이 계시는데, 저는 관대하므로 딱히 차별을 할 생각은 없습니다."

그 말에 누군가가 유쾌하게 소리친다.

"그렇죠. 마담께서는 진실로 아무도 차별하지 않습니다. 만인을 평등하게 부려 먹으려 하죠. 밥 한 끼 먹으려면 뼛골 빠지게 일을 해야 합니다. 전 단장님도 예외 없으실 겁니다. 하하하하!"

"피에르 신부님, 뒤에서 저를 욕하면 빵에 돌을 넣어 드리는 수가 있습니다."

레아의 웃음기 어린 대답에, 필립은 그제야 그가 누군지 알아차렸다. 기사단의 대변인으로 뽑혔다가 실종된 불로뉴의 피에르 신부였다.

그리고 그의 발치에는 그림자가 없었다.

"마담, 그러면 이 배는 이제 어디로 가는 겁니까?"

"말씀드린 대로, 우트르메르로 갑니다. 먼저 아크레에 들렀다가 알렉산드리로 갈까 합니다. 저희가 꽤 유명한 세공사라 지중해 남쪽에서도 인기가 많답니다. 그곳에서 산 향신료와 염료를 프랑스와 앙글레테르까지 올라가서 팔고 있지요."

"요새 그곳에 새로운 향신료들이 많이 들어오고 있어서, 한번 다녀오면 스무 배씩 떼돈을 벌게 됩니다, 자크 경."

벵상이 나서서 설명을 덧대며 경고했다.

"자크 경, 마지막 기회입니다. 배 타시기 전에 잘 생각해 보셔야 합니다. 여기 세공사 마담이 악질 고용주입니다. 전직 직급 안 따지고 막 부려 먹거든요!"

"말 안 들으면 선주님이 화냅니다. 저 착한 발타가요, 장가들더니 사람이 변해서…… 아니 뭐 불만이란 건 아니고요……."

"갤리선도 아닌데 노잡이 노예가 따로 없어요. 산 사람이든 죽은 사람이든 뼛골 빠지게 일해야 밥 얻어먹고 삽니다……. 아니 뭐 그게 딱히 나쁘다는 건 아니고요."

여기저기서 터져 나오는 악덕 고용주에 대한 고발에 레아는 억울해 죽겠다는 표정을 지었다.

"아, 왜 이래요. 다 배당 제대로 하잖아요! 이건 유람선이 아니고 상선이라고, 상선! 장사꾼의 배란 말입니다!"

선원들과 기사들과 하인들까지 와그르르 웃음을 터뜨렸다. 분위기를 보아하니, 이 상행을 진두지휘하는 자는 거상 벵상도 아니고, 선주 발타도 아닌 마담 레아인 듯했다.

모인 사람들이 하나둘 배에 오르기 시작했다. 배가 수용할 수 있는 인원보다 많이 타고 있는 것이 분명했지만, 선주 내외는 전혀 신경 쓰지 않는 듯했다.

발타는 다른 기사들과 함께 배에 오르기 위해 필립의 곁을 스쳐 지나갔다. 필립의 귀에 부드럽고 나직한 목소리가 감겼다.

"이런 데 함부로 오면 위험해, 필립."

필립은 그 자리에서 그대로 얼어붙었다. 살짝 고개를 돌리며 뒤를 돌아본 은발의 사내가 보일 듯 말 듯 눈웃음을 친다. 그보다 반걸음 앞서가는 여자는 뒤는 돌아보지 않고 한 손을 들어서 까딱까딱, 가볍게 흔든다. 그 움직임마저도 웃음기가 배어 있는 것 같다.

필립은 여자에게 수다쟁이 면책 특권을 회수할 기회를 영원히 잃었다는 것을 깨달았다.

레아 호는 새벽이 되기 전에 파리를 떠났다. 필립은 그 자리에서 꼼짝도 할 수 없었다. 바람 한 점 없는 강에서, 돛도 펴지 않고 노잡이도 없는 범선이 천천히 멀어지더니 안개 속으로 아스라이 사라진다.

덩, 덩, 덩…….

생트 샤펠에서 종이 울리기 시작했다. 뒤이어 노트르담에서도 종소리가 울렸다.

필립은 섬의 한가운데 홀로 서 있었다.

†

병사들과 위그가 왕을 찾은 것은 첫 종이 울린 직후였다. 필립은 이슬에 흠뻑 젖은 채 유대인의 섬 한가운데 서 있었다. 사람들이 황급히 들어가 모시고 나왔다. 그가 배도 없이 어떻게 그곳에 들어갔는지 알 수 없었다.

필립은 손을 저으며 비틀비틀 궁을 향해 걸었다. 섬에서 무슨 일이 있었는지, 어떻게 들어가셨는지, 다치지는 않으셨는지 쏟아지는 질문에 대해서 필립은 한 마디도 대답하지 않았다.

그는 방으로 들어가 침실 안쪽에 모셔 둔 성물함을 꺼냈다. 안에는 성 십자가 조각과 레아가 깎아 만들었다는 작은 목제 왕홀을 함께 보관해 두었다.

'물론, 제 선물들에는 작은 비밀이 있어요.'

'농담이 아니면 장난이라고 해 둘까요. 파리 제일의 세공 장인의 작은 장난이요.'

제기랄. 필립은 지그시 이를 악물었다. 등으로 식은땀이 흘렀다.

그들은 이제 자신과는 아주 다른 길로 가 버렸다. 아시케나지나 사라센 이교도보다 훨씬 더 멀어진 그들은, 필립과 영원히 함께할 수 없는 자들이 되어 버렸다.

이제는 그들을 만날 방법도, 성 유물의 진위를 확인할 수단도 없다. 필립은 써늘하게 굳은 얼굴로 성물함의 뚜껑을 열었다.

"……?"

여자가 만든 선물이라는 작은 왕홀은 무슨 이유에선지 바싹 말라 바스러져 있었다. 아니, 아예 가루가 되어 가고 있었다. 흡사, 자신에게 오는 것을 거부하기라도 하는 것처럼.

필립은 남아 있는 단장의 홀을 꽉 움켜잡았다. 천신만고 끝에 자신에게 돌아온 가장 귀한 보물.

하지만 생각할수록 손끝이 차갑게 얼어 간다.

작은 비밀, 작은 장난, 농담.

그대는…… 가짜와 진짜를 바꾼 건가?

왜? 내게 무슨 말을 하고 싶었던 거지?

필립은 옹이구멍에 핀을 넣어 보았다. 다행히 예전처럼 달그락대는 소리가 난다.

하지만 그것이 부질없는 짓임은 알고 있었다. 그녀가 마음을 먹었다면, 이따위 것은 열 개든, 백 개든 똑같이 만들어 낼 수 있을 것이다.

제기랄! 필립은 이를 악물었다.

나는 농락당하지 않는다. 이것은 내가 믿는 신까지 농락하는 짓이다.

필립은 막대기를 움켜쥐고 확 부러뜨리려 했다. 하지만 부러뜨리려는 순간 손이 부들부들 떨렸다.

"……만에 하나, 정말로 만에 하나, 이것이 진품이라면?"

그는 나뭇조각을 쥔 채 헐떡이며 몸을 웅크렸다. 목이 졸리는 것 같아 호흡조차 제대로 할 수 없었다.

가짜라고 믿고 없애 버리면, 그 어마어마한 상실감을 어찌할 것인가?

하지만 진짜라 믿으면서 이대로 놔둔다면 어찌 될 것인가?

이것을 볼 때마다 가짜일 수도 있다고 생각할 텐데? 그 위선적인 기분을 감당할 수 있을까? 다른 이들이 믿고 우러러보고 입 맞출 때마다, 그 가책을 감당할 수 있을까?

필립은 끝내 그것을 부러뜨리지 못한 채 제자리에 놓았다. 이제 이것이 신앙을 확신시키는 물건이 아닌, 신앙을 의심하게 하는 물건이 되었음에도, 그는 그것을 부러뜨릴 수 없었다. 자신에게는 가능한 일이 아니었다.

만약, 내가 이것을 그대로 모셔 두고, 루이가 이것을 물려받고, 루이의 아들이 다시 물려받으면 어떻게 되는 건가?

등으로 천천히 식은땀이 흘렀다.

"그들은, 무엇을 믿게 되는 것인가……."

필립은 그녀가 '작은 농담'을 건넨 이유를 헤아리며 이를 악물었다.

그는 고개를 흔들고, 깊이 숨겨 둔 또 다른 성물함을 꺼냈다. 그 안에는 성전기사단에서 증거품 명목으로 빼돌렸던 또 다른 성물이 들어 있었다.

세례자 요한의 것으로 알려진, 돌처럼 딱딱해진 두개골이었다.

'지금 비밀리에 보관하고 계시는 기사단의 성 유골은 주인이 따로 있습니다.'

'나중에 말없이 찾아간다 해도 너무 섭섭하게 생각하진 마세요.'

상자를 연 필립은 그 안을 들여다보며 망연히 서 있었다.

여자의 말대로, 그 안에 모셔져 있던 성 유골은 이미 사라지고 없었다.
아니, 사라진 것은 아니고, 희부옇게 변한 뼛가루만 바닥에 남아 있었다. 하지만 그나마 남은 가루마저 그의 거친 날숨에 위로 후르르 날아오른다.
"레아, 이것도 그대의 농담인가…?"
희부연 가루는 그의 주변에서 인사라도 하듯 한참을 나풀거리다가 허공으로 꺼지듯 사라져 버렸다.
이 성 유골은 세례자 요한의 것이 아니었던가?
그 진짜 주인이 누군지 그대는 아는가?
필립은 눈을 부릅뜨고 부옇게 얼룩진 허공을 한참 동안 노려보았다. 꿈속의 한 장면이 떠올랐다. 묻지 않아도 알 것 같다. 가루가 눈에 들어가서인지 눈이 시큰대고 몹시 쑤셨다.
"레아, 그대는 나에게 말하지 말았어야 했다……."
그대가 말하지 않았으면, 이 두 가지 물건은 기적의 성 십자가와 세례자 요한의 유골로서, 대대로 사람들에게 경외의 대상이 되었을 것이다. 그는 빈 상자를 들여다보며 발작적으로 고함을 질렀다.
"그대는 내게 이럴 수 없다! 이래서는 안 되지 않나!"
그의 거센 고함에, 바닥에 깔려 있던 나머지 가루도 부옇게 허공으로 피어올랐다. 그는 핏발이 선 눈으로 허공에 대고 중얼거렸다.
"이건 나에 대한 보복인가, 아니면 마지막 선물인가. 내 잔혹한 여신이여……. 대답하라."
필립은 넋을 놓고 중얼대며, 부옇게 흐려진 허공을 한 손으로 휘저었다. 손에 잡히는 것은 아무것도 없었다.
"나는, 무엇을 믿었는가……."
필립은 자신의 마음속에 이리저리 뚫리던 구멍들이, 거대한 하나의 구멍으로 합쳐지는 것을 느꼈다. 검고 바닥이 보이지 않는 그 구멍은 그를 집어삼킬 듯, 점점 커지기 시작했다.

"나는, 과연 무엇을 믿었었는가……."

필립은 손에 들었던 것을 내려놓고, 생트 샤펠로 비틀비틀 걸어 들어갔다. 아득하게 치솟은 거대한 돔. 색색의 스테인드글라스로 쏟아져 들어오는 희미한 새벽빛, 필립은 이곳이 지상에 허락된 천상의 공간이라 믿었다.

그는 고개를 위로 들어 올리고 물었다.

"하느님, 저는 무엇을 믿었던 것입니까."

평소와 다름없는 고요한 적막에 필립은 숨이 막혔다. 그는 쥐어짜듯 다시 물었다.

"저는 누구를…… 믿었던 것입니까? 저는, 저는 무엇입니까?"

나의 나라, 신성 프랑스, 내가 만들고 싶었던 순수의 시대는 결국 거대한 판관기(사사기)였던가. 하느님을 믿는다고 확신하며 무수한 이방 신들을 믿었던 대타락의 시대.

나는 혹시 그런 시대를 만들어 냈던 것인가?

나는 선택받은 모세가 아니라, 버림받은 아합이었던가.

하느님, 저는 대체 누구입니까?

해가 떠올랐다. 수만 조각의 색깔이 생명을 얻기 시작했다. 필립은 눈을 부릅뜬 채, 거룩한 천상의 빛에 정면으로 파묻혔다. 늘 그렇듯, 대답은 들려오지 않았다.

필립은 자신을 감싼 장엄한 빛무리가 거대한 한 시대의 강물 위로 드리운 찬란한 황혼으로 느껴졌다. 눈꼬리로 천천히 눈물이 흘러내렸다.

필립은 힘껏 눈을 감았다. 눈을 감았음에도 얼굴로 따가운 빛살이 느껴졌다.

"나는 누구입니까, 하느님."

그는 입속으로 천천히 되뇌었다. 너무나도 당연한 듯, 너무나도 익숙한 대답이 띄엄띄엄 흘러나왔다.

"나는, 교회와 신앙의 수호자……. 하느님께 선택받은 ……신성 프랑스의 왕, 필립이다."

– Fin

16부. 외전

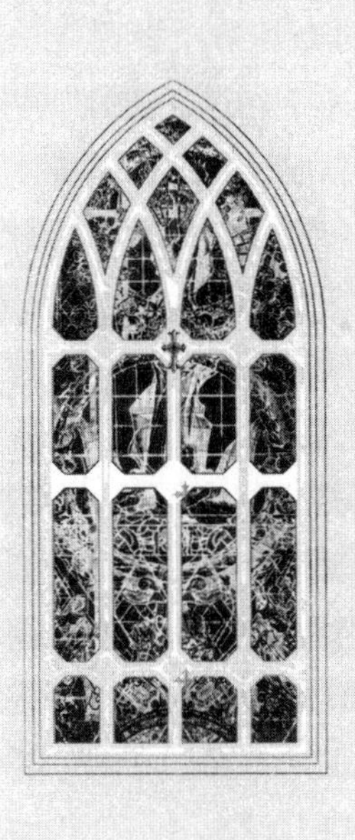

외전 1. 탐욕의 새

나는 쉴 곳이 없었다. 오랫동안 하늘을 떠돌았다. 하지만 지친 날개를 거둘 곳이 없었다.

땅에서도 하늘에서도 물에서도 나를 받아 주지 않았다. 나는 그 이유가 무엇인지, 얼마나 오랫동안 허공을 떠도는지 잊을 만큼 오래 날았다.

- 가련한 생명이로다.

바람결에 들려오는 한 자락의 목소리. 온기가 느껴지지 않는 관조자의 목소리였으되, 달콤하고 향긋했다. 그 목소리를 향해 날았다. 목이 말라 죽어 갈 때 눈앞에 맑은 샘물이 나타난 것처럼, 몸이 저절로 이끌렸다.

저 멀리, 싱그러운 들판이 보였다. 아아. 신음과도 같은 감탄사가 흘러나왔다.

눈부셨다. 맑은 강이 들판을 넓게 휘감아 흘렀고, 안에는 새하얀 꽃들이 가득했다. 높은 성과 아름드리 거대한 나무도 있었다. 나무의 꼭대기는 구름 속에 파묻혀 있었고, 나무의 수많은 가지와 잎은 너른 그늘을 만들었다.

나무의 주변으로 뭉게구름처럼 새하얗게 피어오른 꽃들은 정원의 끝, 아득한 지평선까지 찬연히 펼쳐져 있었다. 거대하고 아름다운 정원이었다.

그리고 나무의 중간, 굵게 뻗은 나뭇가지에 누군가 걸터앉아 있다.

정원의 주인이었다.

잠자리 날개처럼 얇고 하늘하늘한 옷자락이 허공에서 팔랑거린다. 바람에 옷자락이 휘말려 올라갈 때마다, 그 아래로 갸름하고 하얀 맨발이, 가느다란 발목이, 매끄러운 정강이가, 오만하게 꼬여 겹쳐진 무릎과 허벅지가 설핏설핏 드러난다. 사르르 가라앉는 옷자락 사이로 두 발이 무심하게 흔들린다.

누군가를 부르는 걸까. 앞으로 우아하게 뻗은 팔, 반짝이는 보석들로 휘감긴 손목, 그 가늘고 섬세한 손가락의 움직임, 어깨를 타고 발끝까지 흘러내리는 머리카락, 몸의 움직임에 따라 요요하게 물결치는 그 검고 매끄러운 폭포에 나는 그만 숨이 막혔다.

– 아름다운 이여, 저를 쉬게 해 주세요. 지친 날개를 잠시만 쉬게 해 주세요.

"몸과 소리를 잃은 짐승이여, 너는 그리도 허망한 안식을 원하는가."

정원의 주인의 목소리는 무심했으되, 부드럽고 다정했다.

"오너라. 가련한 새여."

나는 그 손끝에 앉아 눈물을 흘리며 입을 맞추었고, 정원의 주인은 자신의 어깨를 허락했다.

눈처럼 새하얀 피부, 핏방울을 딱 한 방울 떨구어 그린 듯 가느다란 입술, 새까맣게 반짝이는 비단실 같은 머리카락이 허공에 화르르 흩날린다. 하늘을 온통 뒤덮는다. 어느덧 정원은 신비로운 밤이었다. 부드럽고 매혹적인 어둠 속에서, 검은 진주처럼 신비로운 눈동자가 나를 그윽이 응시하고 있다.

"너는, 외롭구나."

– 그러하나이다. 정원의 아름다운 주인이여.

나는 그것이 어깨를 허락받은 이유임을 알았다. 정원의 아름다운 주인 역시 외로웠고, 세상에 존재하는 모든 고독한 존재를 연민했다. 정원의 주인은 웃었다.

"너는, 아름답구나."

– 그러하나이다. 정원의 아름다운 주인이여.

그것은 또 다른 이유였다. 정원의 주인 역시 아름다웠고, 세상에 존재하는 모든 아름다움을 깊이 아꼈다. 정원의 주인은 조금 더 길게 웃었다. 세상이 녹아내릴 듯한 웃음이로되, 얼음으로 깎은 듯하여, 나는 감히 드러내어 찬탄할 수 없었다.

"그것이면 족하다. 내 너의 주인이 되어 줄 터이니, 너는 내 어깨에서, 내 손끝에서 깃을 내리고 가끔은 쉬려무나."

나는 정원의 주인이 나를 거둔 이유를 잘 이해하지 못했다. 그저 이해할 수 있는 것은, 이제 내게도 발을 디딜 수 있는 손끝과 어깨가 생겼다는 것뿐이었다.

실로 오랜만의 안식이었다. 나는 눈물을 흘리며 편히 쉬었다.

정원의 주인은, 그렇게 나의 주인이 되었다.

그날 이후, 나는 정원을 종종 찾아 주인의 어깨에서 날개를 쉬었다. 정원은 늘 새하얗고 아름다웠고, 정원보다 더욱 아름다운 주인은 늘 그곳에 있었다. 나뭇가지에서 긴 옷자락을 나풀거리며, 길고도 아름다운 검은 머리카락을 허공에 흩날리며 항상 그곳에 앉아 있었다.

나는 주인이 무슨 생각을 하는지 알 수 없었으되 묻지 않았다.

"이리 와 쉬려무나. 아름다운 탐욕의 새야."

"아름다운 새, 내 탐욕의 새야……."

주인은 나를 새로운 이름으로 불렀다. 나는 그 이름으로 불릴 때마다 서글펐다.

– 주인이여. 나의 이름에 어찌하여 탐욕이 깃들었나이까. 제게 아름답다고 하지 않으셨나이까.

나는 그의 앞에서 춤을 추었다. 우아하고 부드러운 날갯짓과 화려한 꼬리의 잔떨림을 보여 주었다. 빛보다 빠른 속도로 하늘 끝까지 올랐다가 정원을 빠르게 휘감아 내려오며 오색찬란한 빛의 잔상을 아름답게 펼쳐 보였다. 주인이 앉아 있는 나뭇가지로, 무지갯빛 빛의 조각들이 반짝이는 별무리처럼 쏟아져 내렸다.

나는, 내가 생각한 대로 무엇이든 할 수 있었다. 나는 내가 가진 능력과 재주를 주인 앞에서 한껏 자랑했다.

"네 날갯짓이 우아하고, 꽁지깃에 물결치는 무지갯빛은 찬란하고 장엄하구나. 너와 동일한 종족이 아니라도 충분히 매혹될 만하지 않겠느냐."

아름다운 것을 좋아하는 나의 주인은 기꺼이 웃어 주었다.

"너는 푸른 창공을 네 날개 아래 두고 아우르던 거대하고 신성한 날짐승, 하늘과 대지를 잇는 신령하고 눈부신 존재로다. 모든 날짐승, 들짐승이며 인간들이 너를 경외하고, 네 발밑에 부복하지 아니하였겠느냐."

주인은 잔잔한 목소리로 덧붙였다.

"아마, 네가 살아 있었을 때는 분명 그러하였으리라."

아아, 나는 불현듯 깨달았다.

그랬다. 나는 언제부터인가 몸을 잃어 공기만큼이나 가벼웠다. 나는 형체도 소리도 색도 그림자도 없이, 그저 빛 속에서 바람처럼 허공을 떠돌고 있었다.

나의 빛, 나의 색, 나의 아름다움은, 내게 속한 것이 아니라 세상에 속한 것이었다. 모두 흩어져 본래의 우주로 돌아가 버렸다. 더 이상 나의 것이 아님을, 나는 그만 잊고 있었다.

그리하여 땅도 하늘도 물도 지친 나를 받아 주지 않았던 것이다. 그 세상에 속한 존재가 아니었기 때문에.

"네게 남은 것은 가장 짐승다운 탐욕의 의지, 삶에 대한 순수하고도 강렬한 염원뿐이니, 탐욕이 너의 이름이 됨이 어찌 합당치 아니하냐."

– …….

"그리하여, 네 이름은 서럽도록 아름다운 탐욕의 새."

주인은 위로도 동정도 없이, 경멸도 혐오도 없이 그저 흐르는 물처럼 일러 주었다. 주인은 다정하고 따뜻하였으되 냉철하게 관조하는 자였다. 본디 관조자는 이입하거나 개입하는 존재가 아니었다.

나는 슬픔을 감추기 위해 주인의 긴 머리카락에 머리를 기대었다. 주인의 부드러운 목소리가 흘러 들어왔다.

"신에게는 영광, 인간에게는 명예, 짐승에게는 탐욕. 세상은 그리 창조되었나니, 새여, 너의 탐욕 역시 장엄하고 아름다운 우주로다."

나는 서글펐으나 원망하는 마음이 들지는 않았다. 짐승의 탐욕마저 아름답고 장엄하다 말하는 주인의 눈에는 끝까지 경멸이 없었기 때문이었다.

나의 아름다운 주인은 손을 내밀어 내 머리를 쓰다듬어 주었다.

"짐승이란 신이 만든 만유의 일부이며, 짐승의 탐욕은 그 존재의 본질이니, 이는 선하지도 악하지도 않고, 추하지도 더럽지도 않다. 그러니 너는 슬퍼하지 마라."

다정한 주인은 나를 아꼈으며, 나 역시 주인을 사랑하였다. 그리고 나의 주인은 의지와 이름뿐인 존재가 자신의 정원에 머무를 수 있도록 허락하였다. 서글프되 과분했다.

ǂ

정원은 나의 주인이 지배하는 세상이었다. 하늘과 땅과 물과 명계를 가로지른 거대한 나무로 인해, 주인은 모든 세상에 속하여 있었고, 어디든 갈 수 있었으나, 아무 곳에도 가지 않았고, 어느 곳에도 속하지 않았다.

물의 주관자, 지혜의 수호자, 치유하는 손, 망자의 안내자이자 위로자. 여러 얼굴을 가진 나의 주인은 오랫동안 몸을 숨긴 채 자신의 정원에만 머물렀다.

나의 주인은, 세상에 존재하는 아름다운 것들을 사랑했다. 그중에서도 위대하지도 장엄하지도 못한 작고 사소한 것들을 아꼈고, 찰나에 스러지는 존재의 아름다움을 가장 사랑했다.

긴 머리카락을 간질이고 지나가는 바람 한 줄기, 나뭇잎 사이로 부서져 들어오는 햇빛 한 조각, 비 온 뒤 산뜻하게 주변을 감싸 주는 풀 냄새, 나무 아래로 가득하게 펼쳐진, 하얀 정원에 맺힌 이슬의 자잘한 반짝임. 혹은 예쁜 꽃들이 힘겹게 봉오리를 맺은 끝에 통, 하고 튕기듯 입술을 벌리는 순간이나 맑은 물에서 빛깔이 아름답고 꼬리가 긴 물고기가 길고 하늘하늘한 꼬리를 경쾌하게 탁, 뒤채는 장면, 바람이 살랑살랑 일 때마다 햇빛이 물의 표면에서 자잘자잘 새하얗게 부서지는 풍경이라든가, 혹은 그 눈부신 빛 조각들 사이로 발을 넣었을 때, 시원한 물이 발가락 사이를 핥듯이 지나갈 때 느껴지는 짤막한 쾌감 같은 것들.

나의 주인은 그렇게, 남에게 내보이기에 하찮고 시시한 것들만 골라 사랑했다.

하지만 주인은 덧없이 소멸하는 것들을 영원히 지켜보아야 하는 슬픔까지는 견디지 못했다.

하여 나의 주인은 생명이 없는 불변의 반짝임에 마음을 붙였다. 그래서 땅속 깊은 곳, 주인이 가끔 잠드는 곳에는 눈부신 보화들이 바닷가의 모래처럼 쌓여 있곤 했다.

또한 나의 주인은 세상에 존재하는 지혜를 사랑했다. 주인은 세상의 지식과 지혜 역시 생명 없는 불변의 반짝임이라 여겼다. 그래서 게걸스러울 만큼 세상의 지식과 지혜를 모아들였다.

혹은 나처럼 생명을 잃어 영원을 얻게 된 짐승의 탐욕에 매혹되기도 했고, 이제는 존재하지 않는 것들에 대한 반짝이는 기억들을 박제하여 가슴 깊이 간직하기도 했다.

나의 주인은 그렇게나 엄숙하고 고혹적인 자태로, 자신이 모아들인 찬란하고 눈부신 것들을 휘감고, 그리도 우아하고 사랑스럽게, 늘 그곳에 홀로 앉아 세상을 바라보았다.

오로지, 고요히 바라보기만 했다.

"새야, 나의 세상은 너무 적막하구나."

어떤 날, 주인의 눈동자가 유난히 반짝인다고 생각했다. 세상의 모든 색깔을 삼킨 듯한 검은 빛깔이 얕은 물에 잘박 잠겨 있었다. 숨 막히게 아름다웠다.

"새야, 나는 너무 외롭구나."

나는 주인의 눈물을 이해하지 못했다. 주인의 외로움을 이해하지 못했다. 주인은 나와 달리 모든 것을 다 가진 자였다. 그래서 나는 무어라 위로해야 할지 몰랐다.

– 주인님, 당신은 이렇게 아름다운 몸을 갖고 있는데 왜 울고 계시나요.

"……."

– 주인님, 당신은 이렇게 놀라운 힘을 갖고 있는데 왜 울고 계시나요.

"……."

– 주인님, 당신은 이렇게 광대한 지식을 갖고 있는데 왜 울고 계시나요.

"……."

– 주인님, 당신은 눈부신 황금과 보석들을 산더미처럼 갖고 있는데 왜 울고 계시나요.

나의 말은 나의 주인에게 전혀 위로가 되지 못했다. 왜냐하면 나는 그저 탐욕의 짐승이었고, 세상을 탐욕의 방식으로밖에 이해할 수 없었기 때문이었다. 그럼에도, 지혜롭고 다정한 나의 주인은 노여워하지 않았다.

"탐욕의 새야, 나는 외롭구나."

– 그러면 제가 당신의 친구가 되어 드릴까요.

"너는 친구가 무엇인지 아느냐."

– 함께 사냥해서 먹이를 잡고, 그 먹이를 함께 나누어 먹으면 그게 친구 아닌가요?

아니, 아니. 나의 주인은 눈을 감고 한숨을 쉬며 고개를 저었다.

"탐욕의 새야, 나는 외롭구나."

– 그러면, 제가 당신의 사랑이 되어 드릴까요.

"너는 사랑이 무엇인지 아느냐."

– 서로에게 발정해서 함께 몸을 섞고 새끼를 배어 알을 낳으면, 그게 사랑 아닌가요?

아니, 아니, 아니.

주인은 허리를 깊이 구부리고 고개를 저었다. 나뭇가지 아래로 연이어 떨어지는 눈물방울이 아득하게 멀었다.

– 고귀하고 아름다운 나의 주인이여. 그렇다면 원하는 것을 말씀해 보세요.

주인이 드디어 고개를 들고 조용히 묻는다.

"너는 나를 위해 무엇을 할 수 있지?"

– 당신이 원하는 것이라면 무엇이든.

"너는 나에게 무엇을 원하지?"

– 당신이 가진 것이라면 무엇이든.

나는 눈을 반짝이며 말했다. 나는 탐욕의 새, 본래부터 탐람한 짐승으로 태어났으므로 대가를 바란다 해도 부끄럽지 않았다. 심지어 나는 지금 가진 것이 아무것도 없으므로, 주인이 가진 것이 모조리 탐나는 것은 당연한 일이었다.

하여, 나는 고개를 들고 당당하게 대답했다.

– 아름다운 주인이여, 저는 사람이 되고 싶어요. 당신처럼 아름다운, 살아 있는 몸을 갖고 싶어요. 당신이 가지고 있는 약동하는 생명의 힘을 갖고 싶어요.

– 영광과 능력의 주인이여, 저는 당신이 가진 눈부신 영광을 갖고 싶어요. 당신이 가진 땅과 하늘을 뒤흔드는 능력을 갖고 싶어요.

– 부귀의 주인이여, 저는 당신이 지하 깊은 곳에 쌓아 둔 눈부시게 아름답고 반짝이는 것들을 갖고 싶어요.

– 지혜의 주인이여, 저는 당신이 품고 있는 영원의 기억을, 깊은 지식을, 우주를 관영하는 너른 지혜를 갖고 싶어요.

– 나의 주인이여. 저는 당신이 깊이 품고 있는 모든 것을 갖고 싶어요. 당신을 밤마다 괴롭게 하는 욕정이라는 것을 갖고 싶어요. 당신을 밤마다 흐느끼게 하는 외로움이라는 걸 갖고 싶어요. 당신이 몰래 흘리는 그 눈물을 갖고 싶어요.

드디어 나의 주인은 깊이 탄식했다.

"가련하다, 새여. 어찌 그런 치욕과 고통마저 탐을 내느냐."

– 저는 그런 고통이나 치욕이라도, 실재하는 몸으로 누려 보고 싶어요.

"미련하고 헛된 탐욕이니, 단언하건대 불가하다."

– 주인이여, 저는 당신의 외로움과 고통을 진심으로 이해하고 싶어요. 당신을 깊이 위로하고 싶어요. 주인이여, 이 마음마저 탐욕입니까.

다행히 나의 아름다운 주인은, 그것마저 탐욕이라 하지는 않았다.

주인은 고개를 들어 올리고 나를 응시했다. 그리고 자신의 치욕과 고통을 담담하게 고백하기 시작했다.

"탐욕의 새여. 그렇다면 나의 이야기를 들어 다오."

ǂ

"나에게는 깊이 사랑하는 연인과, 깊이 흠모하는 친구가 있었다."

나의 주인은 처음부터 관조자였던 것은 아니었다. 처음부터 무심했던 것은 아니었다. 처음부터 무감했던 것은 아니었다. 처음부터 고독했던 것은 아니었다.

"그리고 내가 사랑하는 연인은, 내가 아닌 나의 친구를 택했다. ……나는, 난생처음 이성을 잃었다. 하여, 나는 진실의 이름으로 그들의 사이를 갈라놓았다. 그리하여 사랑하는 자는 탐욕의 짐승에게 돌아갔고, 흠모하던 친구는 광기에 휩싸여 황야를 헤매게 되었다."

아, 놀라운 일이었다, 나의 주인은 한때 누군가를 열렬히 사랑하기도 했었다. 누군가와 깊은 우정을 나누기도 했었다.

그리고 사랑을 잃었을 때, 폭풍처럼 맹렬하고 거침없는 감정에 휘둘리기도 했었다.

"나의 사랑하는 자는 탐욕의 짐승에게 잡아먹혔고, 그 짐승은 나의 친구의 화살에 죽었으며, 모든 것을 잃은 나의 친구는 광기에 사로잡힌 채 숨을 거두었다."

나의 고요하고 아름다운 주인은, 불타오르듯 사랑하고, 열렬히 흠모하고, 목숨을 걸고 싸우고, 맹렬히 적대하고, 뼈가 녹을 만큼 질투하고, 이를 갈며 증오하고, 죽음보다 깊이 좌절하고, 이리도 처절하게 후회하며 슬퍼할 줄 알았다.

"그러니 너 탐욕의 새는, 나를 함부로 부러워하지 마라. 나에게 남은 것은, 생명을 잃은 사랑, 이제는 아름다운 색과 반짝임만 남은 차가운 보석 같은 기억들뿐이다."

"또한 너 탐욕의 새는, 나를 감히 동정하거나 가련히 여기지 마라. 그 기억을 택한 것은 나 자신이며, 사랑을 포기한 것도 나 자신이다."

"나의 고독은 내게 주어진 상이자, 징벌이자, 스스로 선택한 고통이며, 해갈되지 못한 욕정은 내가 누군가를 열렬히 사랑했음에 대한 증거이자 흔적이니, 나는 그 끔찍한 고통 역시 영구히, 또한 기꺼이 누릴 것이다."

고개를 들고 담담히 고백하는 주인의 얼굴은 새하얀 설화석고 같았다. 그래서 그의 턱을 타고 눈물이 한 방울 떨어지는 것이 몹시 어색하게 느껴졌다. 나는 그 눈물을 귀중한 보석처럼 두 날개로 끌어안으려 했지만, 눈물은 내 품에 안기지 않고 아득하게 멀어졌다.

"나는 여전히 나의 연인과, 나의 친우가 나오는 꿈을 꾼다, 새야."

주인의 꿈은 세상을 떠돌 때의 기억이었다. 땅에 깊이 파묻힌 기억들이었다. 주인은 그것을 알면서도 그렇게 말하였다. 그것이 조금 덜 아파서인지, 더 아파서인지는 알 수 없었다.

"자, 이제는 네 이야기를 해 보려무나."

– 아름다운 주인이여, 저는 아주 오래전, 사람이 되고 싶었습니다…….

"신령한 짐승들에게 깃들기 쉬운 욕망에 너도 붙잡혔구나. 그래서 어찌하였느냐."

주인의 목소리는 나른하고 무심했다. 관조자에게는 선도 악도, 탐욕도 희생도, 사랑도 증오도 모두 장엄한 우주였으므로, 주인의 목소리에는 비난의 기색이 없었다. 나는 바람에 날리는 검고 긴 머리카락에 고개를 묻었다. 너무나 오래된 기억이라, 기억에서 끄집어 올리는 것이 고통스러웠다.

– 1천의 사람을 먹으면 인간의 몸을 얻으리라 하였나이다.

“사악한 지혜로다. 그래서 너는 인간의 몸을 얻었었느냐.”

– 얻지 못하였나이다. 어느 날부터 인간을 먹을 수 없게 되었기 때문입니다.

“어찌하여 그리되었느냐.”

– 먹어야 할 인간 여자를 깊이 사랑하게 되었기 때문입니다.

영원히 인간이 되지 못하는 한이 있어도, 그녀의 곁에 함께 있고 싶었다. 그녀가 웃는 모습을 보고 싶었고, 그녀가 행복해하는 모습을 보고 싶었고, 그녀를 위해서 무엇이든지 해 주고 싶었다.

– 저는 인간의 몸보다, 그녀의 마음을 간절히 얻고 싶어졌습니다.

나는 우는 것도 모르는 채 울기 시작했다. 나의 주인은 나의 눈물을 두 손으로 받아 주었다. 주인의 손안에서 맑고 투명한 보석들이 달그락거리며 떨어져 내렸다.

“1천의 사람의 몸보다 한 명의 사랑을 얻음이 귀하니, 너는 그러면 인간의 몸 대신 인간의 마음을 얻었으리라. 너는 그리하여 여인의 사랑을 얻었느냐.”

– 얻지 못하였나이다.

“어찌하여 얻지 못하였느냐.”

나는 피를 토하도록 울며 말라붙은 기억을 긁어 올렸다.

사랑하던 여인을 잃었다가 간신히 되찾기까지 긴 시간이 걸렸다. 그리고 내게 돌아온 여인은 이미 다른 사내의 아이를 갖고 있었다. 그리고 그녀는 아이들의 아비에게 죽임을 당할까 두려워하며 매일 숨 막히게 떨며 지냈다.

– 큰 활을 든 고귀한 사내가 기어이 나의 동굴을 찾아내던 날, 여인은 공포와 광란에 사로잡혔습니다. 내가 사랑하던 여인은 자신

을 고통 없이 어둠의 땅으로 보내 달라, 자신의 자취를 이 세상에서 흔적도 없이 숨겨 달라, 울며 울며 애걸하였나이다.

"그리하여 어찌하였느냐."

그 순간의 기억은 영원히 빛이 바래지 않는다. 나의 주인의 기억이 보석처럼 아름답게 굳었다면, 나의 기억은 용암처럼 쉬지 않고 끓어오르고 있었다.

– 저는 그녀의 요청을 단 한 번도 거절할 수 없었습니다.

……목숨만 살려 달라는 첫 번째 부탁부터, 고통 없이 죽여 흔적조차 없애 달라는 마지막 부탁까지.

나는 그렇게, 가장 사랑하는 여자를 내 손으로 직접 명부로 보냈고, 그 흔적이 세상에 조금도 남지 않도록, 숨죽여 울며 그녀를 삼켰다.

– 그리고 저는 여인을 쫓아온 사내의 화살에 몸을 잃고, 소리를 잃고, 생명을 잃었나이다.

나의 주인은 놀라지 않았다. 이미 알고 있던 사실인 양. 그저 고요히 물어볼 뿐이었다.

"너는 그녀를 사랑하므로 인간이 되지 못하였다. 그것을 후회하느냐."

– 단 한 번도 후회한 적이 없습니다, 나의 주인이여.

"너는 그녀를 사랑하여 목숨을 잃었다. 그것을 후회하느냐."

– 단 한 번도 후회한 적이 없습니다. 나의 주인이여. 1백 번 돌아가든, 1천 번 돌아가든, 저는 똑같이 행동할 것입니다.

나의 주인은 그 대답도 미리 알고 있었던 듯, 말없이 팔을 내밀었다.

"그것이, 네가 몸을 잃고, 소리를 잃고, 무게를 잃고도 여전히 너로 존재하는 이유다."

— …….

"그리고 그것이, 내가 네게 어깨를 허락한 진짜 이유다."

내가 그의 품에 머리를 파묻자, 주인의 소맷자락이 나를 부드럽게 감싸 안았다.

"울지 마라, 부디 울지 마라. 나의 가련한 새, 나의 탐욕의 새여."

ǂ

찰박, 찰박, 찰방찰방찰방.

누군가 정원을 두르고 있는 강에 발을 담그고 찰박대고 있다. 침입자는 작은 소년이었다. 소년은 주인님이 정원의 사방에 빙 둘러놓은 강으로 들어선 참이었다. 한 걸음 한 걸음 겁도 없이 들어오던 소년은, 강물이 허리춤까지 차오르자 이내 몸을 풍덩 담그고 헤엄을 쳐서 강을 건너기 시작했다.

주인이 허용하지 않으면 이 정원에는 아무도 발을 디딜 수 없을 터인데. 이상한 일이었다.

"이야아아아아! 야아아아아아!"

냇물을 건넌 소년은 손에 들고 있던 신발을 집어 던지더니 꽃이 가득한 벌판을 달리기 시작했다. 태양처럼 반짝이는 금빛 고수머리가 나풀거린다. 붉고 푸른 보석이 박힌 황금 왕관, 화려한 목걸이, 귀걸이, 허리띠, 팔찌가 소년의 움직임에 따라 색색의 빛 조각을 잘게 퍼뜨렸다. 소년은 두 팔을 위로 한껏 치켜올리고 고개를 하늘로 쳐든 채 팔다리와 뺨을 스치고 지나가는 바람을 한껏 만끽했다.

"이야아아아, 야아아아!"

화려한 자수가 놓인 짧은 웃옷과 바지 자락이 무릎에서 팔락거린다. 젖살이 빠져 갸름하지만 아직 앳된 기가 남아 있는 발그레한 뺨, 가늘지만 갈색으로 그을린 단단한 팔다리, 땀방울이 조르르 매달린 가무잡잡한 얼굴, 고사리처럼 동그랗게 말린 손, 소년은 정원 한가운데 높이 솟은 나무를 발견하고는, 망설이지 않고 그곳을 향해 달렸다.

소년의 등에서는 하얗고 금빛으로 빛나는 작은 날개가 반짝거렸다. 나는 그 진흙 인간 소년이 나의 주인에게 버금갈 만한 고귀한 족속의 후손이라는 것을 알아차렸다.

다만 이해할 수 없는 것은, 저 소년이 어찌 이곳에 들어올 수 있었는가 하는 점이었다.

이 정원은 오로지 주인만의 세계. 이곳이 이리도 오랫동안 적막했던 이유는, 주인이 허락한 자가 아니면 이 공간을 발견할 수도 없고, 사면을 두른 강이 출입을 허용하지도 않았기 때문이었다.

그렇다면, 저 고귀한 소년은 대체 어떻게 들어온 것일까?

나는 빛보다 빠르게 주인에게 내려가 어깨에 앉았다.

– 주인이여, 정원에 침입자가 있나이다. 주인님께서 사방 두른 물의 금제를 뚫고 들어왔나이다.

"그렇구나. 날개가 있으되 날지 못하니, 나필 족속이구나."

주인은 이미 알고 있었다. 딱히 불쾌해하지도 않고, 막지도 않았다. 우와, 이것 좀 봐, 이야, 우와, 와아아아. 눈앞에 보이는 것마다 신기해하던 소년은 나무 위에 높이 올라앉은 주인을 보더니 커다랗게 감탄사를 뱉었다.

"우와아! 거기까지 어떻게 올라갔어요? 기어서 올라갔어요? 날아서 올라갔……?"

주인과 눈이 마주친 소년은 그대로 말을 멈췄다.

더 이상 감탄사는 튀어나오지 않는다. 눈이 커다래지고 입이 멍하니 벌어진다. 소년의 두 손이 천천히 입을 틀어막는다. 주인은 나뭇가지에서 한들거리던 맨발을 길게 늘어진 치맛자락 안으로 뒤늦게 거두어들였다.

한참 후, 소년은 두 손을 꼭 모아 쥐고 더듬더듬 말했다.

"당신처럼…… 아름다운 분은 처음 봐요……."

주인은 정원의 불청객을 그저 말없이 내려다보았다. 소년은 넋이 나간 듯, 세상에서 가장 얼빠진 모습으로 주인을 한참 바라보기만 했다. 파드드. 갑자기 날개가 움직였다. 소년은 퍼뜩 고개를 흔들고는 뒤늦게 자신을 소개한다.

"아, 안녕하세요. 저는 나필 족속으로, 제 이름은 '두려움을 보는 자'라고 합니다."

"나필족이라 하면, 하늘 족속의 후손입니까."

지상에 잠시 머무르던 하늘 족속, 혹은 하늘에 돌아가지 못한 하늘 족속이 지상에 남겨 둔 혈육들은 나팔, 나필족, 네필림 혹은 다른 여러 가지 이름으로 불리었다.

하늘 족속이 고향으로 돌아간 지 이미 오랜 시간이 지났지만, 여전히 그들의 흔적을 가진 생명이 지상에 태어나곤 했다. 날개 달린 자, 거인 족속, 지혜로운 자, 혹은 누구도 쓰러뜨릴 수 없는 최강의 용사들.

그들은 두려움과 경외의 대상이었으며, 많은 나라에서 위대한 왕이나 전무후무한 전사, 지혜자, 혹은 초월자로 이름을 남기곤 했다.

소년의 고개가 한쪽으로 기웃, 기울어진다.

"맞기도 하고 아니기도 해요. 제 조상 중에는 하늘 족속만 있는 게 아니라, 인간도 있고, 짐승 족속도 있답니다."

"아하."

"그래서 제가 어떤 족속이 될지는, 제가 무엇을 선택하고, 어떻게 살아가느냐에 따라 달라진다고 했어요."

"그렇군요. 그나저나 그대는 꽤 특이한 이름을 갖고 있군요."

주인의 관심이 반가운지 소년이 생긋 웃었다. 양쪽 뺨으로 귀여운 보조개가 쏙 팬다.

"오래전 하늘로 올라간 조상 중에 살기를 눈으로 볼 줄 아는 분이 계셨다고 해요. 그 후손 중 비슷한 재능이 있는 아이들은 그 조상의 이름을 물려받게 되었지요. 그 아이에게 조상의 영혼이 깃들었다는 뜻이라 합니다."

소년은 손짓까지 해 가며 조곤조곤 설명했다. 소년의 목소리는 가볍고 맑아 듣는 것만으로도 기분이 좋아졌다. 아하, 그렇군요. 주인은 소년의 얼굴을 가만히 내려다보더니 한참 만에야 입을 열었다.

"저도 같은 이름을 쓰던 자를 한 명 알고 있습니다. 그자도 두렵고 사악한 기운을 보는 능력이 있는 용맹한 전사였죠."

용맹한 전사라는 말에 소년은 환하게 웃었다. 하지만 주인은 그 웃음에 별로 동조할 생각이 없어 보였다. 소년이 머뭇거리며 물었다.

"저, 그런데, 저는 이름을 알려 드렸는데…… 당신 이름을 알 수 있을까요?"

다시 침묵이 내려앉았다.

소년의 말대로, 이름에는 영혼이 담긴다. 자신이 속한 가족과, 가족이 속한 가문과, 그를 둘러싼 세상의 혼이 담기는 그릇이다. 하여 이름을 알려 준다는 것은, 상대방이 자신의 영혼과 자신이 속한 세상에 들어오도록 열쇠를 건네주는 것이다.

문제는, 주인의 이름이 그의 존재 자체를 드러내는 것으로, 큰 비밀에 속한다는 점이었다. 당연히 대답하지 않으리라 생각했다.

"나에게는 그동안 적잖은 이름과 별명들이 있었습니다. 머물렀던 곳, 만났던 자들에 따라 치유자, 중재자, 명부의 안내자, 위로자, 숲의 수호자, 물을 다스리는 자, 동방 지혜의 왕, 정원의 주인 등으로 불렸습니다."

"그런 별명 말고…… 부모님이 부르시던 진짜 이름이 있지 않나요?"

"아버지께서는 저를 '생명나무의 주인'이라는 옛말로 부르셨지요."

내 예상은 보기 좋게 빗나갔다. 주인은 잠시 망설이기는 했지만, 결국 자신의 본명을 일러 주었다. 내게도 알려 주지 않았던, 비밀에 싸여 있던 그 옛 이름을.

소년은 눈을 크게 뜬 채 그가 알려 준 이름을 조심조심 혀로 굴렸다. 천천히, 기억에 새기듯, 한 마디씩.

"생명나무……의 옛말이라면……. 기쉬-지이……. 엔-기쉬-치이? 닌-기쉬-지……?"

"닌-기쉬-지이-다."

두 사람은 시선을 맞춘 채, 그대로 움직임을 멈췄다. 시간마저 멈춰 버린 것 같았다. 두 사람 사이에 그 순간 어떤 것이 오갔는지는 알 수 없었다. 그냥, 그 짧은 순간이 영원처럼 길게 느껴졌다.

주인은 나뭇가지에서 천천히 날아 내려왔다. 날개가 있지만 날지 못하는 소년과 달리, 주인은 날개가 보이지 않았으나 자유로이 허공을 유영했다.

"……?"

소년의 새파란 눈동자가 한껏 커졌다. 주인은 허리를 숙여 소년의 손을 잡고 볼에 입을 맞추어 주었다. 함부로 들어온 불청객이 정식 손님이 되었다는 의미였다.

"두려움을 보는 자여, 제 정원에 오신 것을 환영해요."

바닥을 뒤덮는 길고도 신비로운 검은 머리카락, 우물처럼 깊고 어두운 눈동자가 소년의 시야를 가득 채웠다. 소년은 얼굴이 새빨개진 채 한 걸음 물러서서 얼빠진 목소리로 물었다.

"……당신은 누군가요?"

"말했다시피, 나는 이 나무의 주인이자, 이 정원의 주인이에요."

주인은 부드러이 대답했다. 소년은 고개를 갸웃하더니 이내 단호하게 말했다.

"아니에요! 이 나무는 아주 오래전 저희의 조상들이 꺾어 심은 나무라고 했어요. 이 들판은 예전에는 높은 산이었는데, 우리 선조가 살던 곳이었다고 했고요."

주인은 반박하는 대신 빙그레 웃으며 고개를 끄덕여 주었다.

"그래요. 이곳은 나의 정원이고, 이것은 나의 나무이지만, 그대의 말도 맞습니다. 한때는 당신의 선조의 것이기도 했겠지요. 하여, 내 나무는 기꺼이 그들의 딸에게 팔을 벌려 줄 것입니다."

주인의 말에 소년은 움찔 놀라며 한 걸음 뒤로 물러섰다.

나도 깜짝 놀랐다. 소년이 아니고 소녀였던가?

"제가 여자란 건 어떻게 아셨어요?"

"음, 사실 찍은 건데 맞았나 보군요. 운 좋은 날입니다."

주인은 심드렁하게 대답했다. 주인은 자잘한 설명을 귀찮아하는 데다, 속마음을 잘 털어놓지 않는 고약한 습관마저 있었다. 소년, 아니 소녀는 당황한 듯했지만 그래도 꿋꿋하게 대화를 이어 나갔다.

"혹시 제 조상들을 아세요?"

"……이름 정도는."

여전히 덤덤한 말투였지만, 나는 주인의 새카만 눈동자에 물막이 한 꺼풀 덮였다가 천천히 스며드는 것을 보고 말았다.

소녀 역시 그것을 알았다. 소녀는 저도 모르게 손을 내밀려다가 멈칫하고 손을 거두어들였다. 오만하고 긍지 높은 주인이 그런 짓을 허용할 리가 없다는 것을 본능적으로 눈치챈 듯했다.

“자, 이제 숙녀께서 이곳에 몰래 들어온 이유를 알려 주셔야겠지요? 말했다시피, 나는 이 정원의 주인이니 이곳에서 일어난 일들을 알아야 할 필요가 있어요.”

소녀는 사방을 둘러보더니 목소리를 낮추고 소곤소곤했다.

“사람들이요, 이 비밀의 들판에는 알려지지 않은 비밀의 숲이 있고, 비밀의 숲에는 알려지지 않은 악마의 나무가 있대요.”

“아하.”

“그 비밀의 숲에는 악마의 나무를 지키는 거대하고 무시무시한 괴물이 산대요. 불로 만든 검으로 사람들을 태워 죽이는 못된 괴물이 있대요. 혹시 그 괴물을 보신 적 있으세요?”

“글쎄요. 저는 이곳에서 오래 살았지만, 악마의 나무도 못 봤고, 못된 괴물 같은 건 한 번도 못 봤는데……. 헛소문 아닐까요.”

소녀는 입술을 비쭉이며 한숨을 쉬었다.

“아, 역시 헛소문인가……. 실망이에요. 나중에 힘센 용사가 되어서 그 나쁜 괴물을 무찌르려고 했는데.”

“그러다 그 괴물이 그대를 무찌르면 어떡하죠.”

“그건 어쩔 수 없죠. 나쁜 괴물과 싸우다 죽는 건 고귀하고 명예로운 전사들의 숙명이에요.”

소녀는 비장한 얼굴로 대답했다. 주인은 가소롭다는 듯 짧게 웃었다. 다행히 소녀는 그 웃음의 복잡한 뉘앙스를 이해하기에 너무 어렸다.

주인은 허리를 숙여 소녀와 눈을 맞추고 물었다.

"괴물이 아무 짓을 안 해도 무찌를 건가요?"

"네? 괴물이 아무 짓도 안 한다고요? 어떻게 괴물이 그럴 수 있죠?"

"소심한 괴물이면 그럴 수도 있죠. 오랫동안 아무 짓도 안 하고, 아무도 안 만나고 조용히 사는 괴물이면, 그대는 어찌할 건가요?"

소녀는 갑자기 고뇌에 빠졌다. 그런 경우의 수는 단 한 번도 생각해 본 적이 없는 듯했다.

고민은 오래가지 않았다. 소녀는 명쾌하게 결론을 내렸다.

"나쁜 짓을 안 하면 괴물이 아니죠. 그냥 큰 동물이죠."

"아하. 그냥 큰 동물."

주인의 목소리에 갑자기 재미있는 억양이 생긴다. 장담하건대, 오만하고 자존심 과잉인 주인은 그냥 큰 동물보다는 사악하고 나쁜 괴물이 되기를 택할 것 같았다. 소녀는 밝은 목소리로 덧붙였다.

"그것도 아주 외로운 큰 동물이죠. 그럼 제가 친구가 되어 주겠어요."

"아하, 친구라……."

주인의 말투에 생긴 묘한 억양은 좀처럼 사라지지 않는다. 소녀는 여전히 황홀한 시선으로 주인을 올려다보며 재잘거린다.

"저, 정원의 주인님께 부탁이 하나 있는데요."

"부탁?"

"……네, 부탁 하나. 아, 아니 두 개."

들어주겠다는 말도 하지 않았는데, 개수가 거침없이 늘어난다.

"가끔 여기 놀러 와도 괜찮아요?"

"……그래요. 언제든지. 또 다른 부탁은?"

허락은 한참 만에 떨어졌다. 그것도 짧은 한숨과 함께. 내키지 않는 듯한 주인의 목소리에, 소녀는 두 손을 꼭 모아 쥐고 잠시 망설였다. 하지만 소녀에게 후퇴는 없었다. 그녀는 고개를 번쩍 들더니 큰 소리로 외쳤다.

"……나중에 저와 결혼해 주세요!"

"아하, 하, 하하하하!"

나는 주인이 그렇게 홍소하는 것을 본 적이 없었다. 너무나 기가 막혀, 나는 소녀에게 버럭 고함을 질렀다.

– 네 이놈! 경솔하고 무례하다! 지금 감히 주인님께 장난을 치는 것이냐!

"장난 아니에요!"

그녀는 내가 있는 허공을 노려보며 목소리를 높였다. 놀랍게도 그녀는 들릴 리 없는 내 목소리가 들리는 듯했다.

소녀는 한쪽 무릎을 꿇고, 머리에 쓴 보석 박힌 금관을 벗어서 주인을 향해 들어 올렸다.

"저는 지금 하늘 족속으로서 제 모든 명예와 영광을 걸고 청혼하는 거예요. 아름다운 정원의 주인님! 나중에 저와 결혼해 주세요."

나는 속으로 혀를 찼다. 소녀는 한없이 진지했지만, 그래 봤자 주인의 눈에 저 소녀는 하늘 족속은커녕, 인간의 수명을 가진 돼먹지 않은 어린아이에 불과했다.

나의 주인은, 인간 소녀와 사랑이라는 이름으로 묶이기 어려운 존재였다.

나의 주인은 남자일 때도 있었고 여자일 때도 있었으나, 성별을 초월한 존재로 너무 오랫동안 살았다. 인간의 육신으로 살 때도 있었으나, 육체를 초월한 존재로 너무 오랫동안 살았다. 선하기도 하고 악하기도 했으나, 선악을 초월한 존재로 너무 오랫동안 살았다. 한때는 인간을 사랑하기도 하고 증오하기도 했으나, 사랑을 포기하고 기억만 선택한 상태로 너무 오랫동안 살았다.

나의 주인은 그렇게, 세상의 관조자로 너무 오랫동안 살았다.

하지만 주인은 그 복잡한 이야기를 설명하는 대신, 나긋하게 돌려 말했다.

"땅에 속한 자가 하늘 족속의 영광을 담보로 걸기엔 무리가 있지요. 그 날개로는 날 수도 없고 하늘로 올라갈 수도 없을 텐데?"

"나는 것은 지금도 열심히 연습하고 있어요. 될 때까지 하면 언젠가 될 거예요."

"저는 땅과 물에 속한 자예요. 천공은 저의 영역이 아니랍니다."

"저와 함께 가시면 하늘도 당신의 영역이 되는 거지요!"

주인은 팔짱을 끼고는 당치 않다는 듯 웃었다.

"그대의 일부가 하늘 족속이라 해도, 결혼하기에는 너무 어리고 약하군요. '자칭' 고귀한 족속이여. 나는 대답을 해 줄 수 없겠어요."

"조금만 기다려 주세요. 저는 금방 어른이 될 거고, 힘센 전사가 될 거예요."

소녀는 모욕에도 아랑곳 않고 침착하게 말했다. 생각보다 뚝심이 있는 듯했다. 이제 주인은 빙긋 웃을 뿐이었다. 거절을 되풀이하지는 않았지만, 그렇다고 대답을 번복하지도 않았다.

소녀가 돌아간 정원은 부드러운 황혼에 휩싸였다. 적막이 이토록 풍요롭고 아름답게 느껴진 적이 없었다.

"내가 사랑했던 친구, 그 거룩하고 영광스러운 종족이로다."

자신에게 청혼한 소년, 아니 소녀에 대해, 주인은 오랫동안 생각을 머금고 있었다. 하얀 꽃으로만 뒤덮여 있던 드넓은 정원에 낙조의 노랗고 붉은 빛이 살짝 스며드는 듯했다.

"그대, 하늘 족속 친구의 고귀한 영혼이 깃든 자여……."

나의 주인은 느릿느릿 출렁이는 색의 파도를 보며 무심히 중얼거렸다.

"거룩한 빛의 영광이여. 어찌 아니 사랑스러웠겠는가……."

†

소녀는 늘 혼자서 찾아왔다. 그녀는 정원의 주인이 털어놓은 비밀을 혼자 간직하고, 가족이나 친구에게 절대 말하지 않았다. 소중한 것일수록 말하지 않고 혼자 깊이 간직하는 자들이 있는데, 소녀가 그랬다.

주인은 기특해하지도 않고 이상히 여기지도 않은 채, 그저 무심히 지켜볼 뿐이었다. 그러고 보면 나의 주인도, 나에게 소중한 옛 기억을 거의 입 밖에 내지 않았다.

주인은 예전과 다름없이 늘 나무 위에 걸터앉아 있었지만, 가끔 소녀가 오는 강변 방향을 눈여겨보는 시간이 길어졌다. 소녀가 강 건너에서 바지 자락을 무릎 위까지 걷어 올리고 얕은 여울에서 잘박대기 시작하면 주인의 시선은 한참 동안 그 강변에 머물렀다. 그러면 강물이 상류에서부터 찬찬히 느려지고, 물이 방죽에 갇히기라도 한 것처럼 높이 쌓이면, 소녀 앞에 가로놓인 강물은 시냇물처럼 얕아진다.

소녀가 정강이 정도까지 낮아진 강을 잘박대며 건넌다. 온통 하얗기만 하던 정원의 꽃들은, 언제부터인지 부드럽고 싱그러운 색깔을 머금기 시작했다. 소녀가 나무를 향해 달려오기 시작하면 꽃들은 그녀를 향해 손을 흔드는 것처럼 너울너울 물결친다. 숨 막히게 진한 꽃향기도 파도처럼 소녀의 주변으로 넘실거렸다.

"저는 누구보다도 위대한 왕이 될 거고, 누구보다도 강한 전사가 될 거예요."

그녀는 감히 이 신성한 정원을 비밀 훈련장으로 삼았다. 주인은 그녀가 들판에서 뛰고 던지고 매달리고 무기를 휘두르는 모습들을 말없이 지켜보기만 했다.

"이야아앗, 야앗, 야아아!"

무기를 갖추고 갑주로 무장한 채 달리는 그녀는 늘 땀에 젖어 있었다. 그녀가 벌판에서 혼자 훈련을 할 때면 바람이 불었다. 옅게 물든 색색의 꽃잎들이 바람을 타고 빙그르르 휘돌아 그녀를 스치고 하늘로 날아올랐다.

투구를 벗을 때마다 소녀의 금빛 머리카락이 바람에 찰락거렸다. 그때마다 잘게 반짝이는 빛의 조각이 늘 눈부셨다. 소년들처럼 머리카락을 짧게 쳐올린 덕에 새하얀 목덜미가 고스란히 드러났다. 물이 흐르는 것 같은 매끈하고 고혹적인 그 선에, 나는 매번 가슴이 녹아내렸다.

내 눈은 그녀의 움직임을 애타게 좇았다. 여자는 키가 커졌고 팔다리가 길어졌다. 몸의 선이 부드러워지고, 얼굴에, 목소리에, 움직임에 매혹적인 향이 감돌기 시작했다.

불현듯 깨달았다. 소년 같던 소녀는 어느덧 성숙한 여인이 되어 있었다.

옛 기억이 용암처럼 들끓었다. 하지만 나는 그 감정을 표현할 자격이 없었다. 그녀에게 나라는 존재는 어깨에서 하얗게 부서지는 햇빛이나, 대답할 줄 아는 바람이나, 코를 즐겁게 해 주는 꽃향기 따위와 크게 다르지 않았다. 바람이나 꽃향기는 생명이 있는 존재에게 이상한 감정을 가져서는 안 되었다.

"보아라, 새야. 인간의 아이는 너무나도 빨리 여인이 되는구나."

– 그렇습니다. 주인님.

가끔 주인은, 나무에서 내려와 그녀의 모습을 지켜보곤 했다. 그의 검고 긴 머리카락도 바람에 휘말렸다. 주인은 여인이 된 그녀의 눈부심과 아름다움은 인식했지만, 자신이 그녀에게 얼마나 눈부시고 아름다워 보일까 하는 것까지는 인식하지 못했다.

"영원을 압축하여 인간의 짧은 한살이에 담으려 하니, 그리도 치열하게 살아가고, 그리도 뜨겁게 사랑할 수밖에 없겠지."

– 그렇습니다, 주인님.

"그러니 어찌 아니 눈부시며, 어찌 아니 사랑스러웠겠느냐……."

옛 기억을 더듬는 주인은 그 말을 듣는 내 마음이 어떠하리라는 것 역시 신경 쓰지 않았다.

오만하고 존귀한 자들의 속성이었다.

여자는 움직임이 날렵하고 간결했다. 활을 잘 쏘았고, 검도 능숙하게 사용했다. 오래전 천계에서 가장 위대한 전사였다는 그녀의 선조처럼, 그녀에게는 전사의 피가 흐르고 있었다.

여자는 너무도 가늘고 유약해 보이는 정원의 주인에게 대련이나 도움을 청한 적이 없다. 그래서 그녀는 정원의 주인이 뭍과 물에서 가장 강한 전사라는 사실을 끝내 알지 못했다. 주인 역시 소녀에게 손톱만 한 생채기조차 만들지 않으려 했으므로, 그 사실을 입 밖에 내지 않았다.

"아으, 아야, 아야야……."

여자의 몸 이곳저곳에 멍과 생채기가 늘었다. 여자는 날개가 있음에도 날지 못해 애를 먹었다. 나는 하늘을 나는 일에 익숙했기에, 여자의 날개가 몸에 비해 턱없이 작으며, 활공 비행이 불가능하리라는 것을 처음부터 알고 있었다.

주인 역시 그것을 알고 있었다. 그리고 주인은 나보다 냉정하고 가차 없었다.

"지금의 작은 날개로는 몸을 지탱하지 못합니다. 그것이 몇몇 하늘 족속들이 고향으로 돌아가지 못하고 땅에 인간으로 남은 이유죠."

여자는 낙담하지 않았다. 포기하지도 않았다.

"제가 기르는 수리들은 아기를 절벽에서 떨어뜨려요. 작은 날개가 커지고 힘이 생기죠."

"수리에게는 아래서 받아 주는 어미가 있습니다."

"연습하다 보면 언젠가 제 날개가 스스로 저를 받쳐 줄 거예요."

그녀는 개의치 않고 나무에 기어올라 다시 아래로 뛰어내렸다. 다칠 만한 높이였다. 주인은 미간을 살짝 접은 채 그저 내려다보기만 했다. 풀밭에 나동그라질 때마다 여자의 몸 이곳저곳에는 큼직한 멍이 자꾸 생겼다. 하지만 그녀는 포기하지 않고 계속 올라가서 뛰어내렸다.

펄럭.

주인의 옷자락이 길게 바람에 펄럭였다. 보다 못한 주인이 땅에서 여자를 받아 안고 마땅찮은 표정을 지었다.

"안아 달라 시위하는 것이 아니라면, 내 앞에서 이럴 이유가 없을 텐데요."

여자는 얼굴이 빨개진 채 날 선 목소리로 내뱉었다.

"안기고 싶으면 안아 달라고 내 입으로 말할 거고, 안고 싶으면 안고 싶다고 내 입으로 말할 거예요. 전 그따위 재수 없는 수작은 부리지 않아요! 놔주세요."

나의 주인은 잠시 눈을 크게 뜨더니 여자를 놓아주고 한 걸음 뒤로 물러나서 고개를 숙이고 사과했다.

"의도치 않게 그대를 모욕했군요. 제가 잘못했습니다."

여자는 붉어진 얼굴로, 하지만 고개를 바짝 쳐들고 주인의 사과를 받았다. 그리고 그의 눈을 똑바로 노려보며 단호하게 말했다.

"당신이 잘못 알고 있는 게 있어요. 하늘 족속이면서 지상에 남은 제 선조들은, 날개의 힘이 없어서가 아니라, 지상에 사랑하는 분들이 있어서 남은 거였어요. 오해 없으시길 바라요."

여자는 몸을 돌려 왔던 곳으로 돌아갔다. 그리고 다음 날부터 오지 않았다.

주인은 본래의 조용하고 평온한 일상을 되찾았다. 그리고 예전보다 말이 없어졌다.

아주 오랜만에 여자가 정원에 오던 날, 정원의 주인은 잠에 빠져 있었다. 그녀는 바지를 걷고 찰방대며 강을 건너지 못했다. 그래서 그녀는 작은 배를 띄워야 했다.

여자는 나뭇가지에 기대앉아 달콤한 낮잠에 빠진 주인을 올려다보고 소리 없이 웃었다. 그러더니 나를 보며 깨우지 말라고 손가락을 입술에 대 보였다.

그녀는 날개를 펄럭펄럭 움직여 주인의 앞으로 올라갔다. 날개는 커지지 않았으나 힘이 생겼다. 수리처럼 큰 날개로 바람을 타며 비상하는 것이 아니라 곤충처럼 빠르게 날개를 움직였다. 주인이나 나처럼 우아하게 허공을 유영하는 것은 아니었으나, 제법 능숙하게 원하는 곳으로 날아올랐다.

그녀는 주인이 앉아 있는 나뭇가지 둘레를 빙 돌았다. 주인은 꽤 깊이 잠이 들었는지 일어나지 못했다. 하지만 그녀는 깨우는 대신 주인의 잠든 얼굴을 홀린 듯이 바라보기만 했다. 얼굴이 환해지며 붉은 입술이 살그머니 벌어진다. 제대로 기회를 잡았다는 표정이 역력했다.

"음……?"

시선을 느낀 주인이 눈을 뜬다. 순간 그는 코앞에서 자신을 빤히 구경하는 여자를 보고는 숨을 크게 들이쉬며 몸을 뒤로 비틀었다.

"……이 무슨…… 아!"

쿵.

정원의 주인이 나무 아래로 떨어졌다. 아흐으. 허리를 짚은 채 신음을 삼키는 주인을 보며 나는 당황해서 말조차 나오지 않았다. 여자는 급히 나무 아래로 내려갔다.

"괜찮아요? 정말 괜찮아요? 놀라게 해서 미안해요."

여자는 당황해하면서도 터질 것 같은 웃음을 참느라 쩔쩔맸다.

"다음에 떨어지실 때는 제가 꼭 받아 드릴게요. 너무 놀라서 못 받아 드렸어요."

하지만 가장 당황한 것은 굴러떨어진 당사자였다. 주인님은 한 손으로 입을 가린 채 고개를 돌리고 어찌할 바를 몰라 했다. 여자는 결국 웃기 시작했다.

"손 좀 떼시고 저 좀 봐 주세요. ……성공했어요. 이것 보세요."

여자는 주인님의 눈앞에서 날개를 펴고 나무 주변을 빙그르르 타고 꼭대기까지 오르더니 다시 주인님의 앞에 내려왔다.

주인님은 팔락대는 옷자락 사이로 보이는, 얼룩덜룩 멍든 팔다리를 보며 미간을 찌푸렸지만, 이내 표정을 감추고 어찌어찌 웃어 보였다.

"해내셨군요. 이것 때문에 그동안 아니 오셨던 것입니까."

주인님의 차분하고 담백한 목소리에서, 나는 그리움과 반가움, 그리고 그곳에 깃든 오래된 서글픔을 읽었다. 그 서글픔을 알아채지 못한 여자는 콧방귀를 뀌며 대답했다.

"그렇죠. 원래는 영영 올 생각이 없었는데, 여기 사는 어떤 분이 제가 날개가 작아서 날지 못할 거라 헛소문을 유포하고 있다고 해서 말이죠."

"고약한 자로군요. 그런데 그 고약한 자가 더 고약한 누구 때문에 바닥에 굴러떨어졌다는 소문이 있던데, 그건 어떻게 책임지실 겁니까."

"아, 하하하! 그렇군요. 그렇다면 떨어뜨린 사람이 책임지고 제자리로 올려놔야죠."

여자가 목을 뒤로 젖히고 시원하게 웃음을 터뜨렸다.

그녀는 자리에서 일어나 주인님을 안아 올렸다. 주인님은 키가 아주 큰 편이었기 때문에, 여자는 전사였음에도 제대로 균형을 잡지 못한 채 조금 휘청거렸다. 하지만 그녀의 잘 단련된 팔다리는 주인의 무거운 몸을 잘 버텨 냈다.

심술이 동한 주인이 한쪽 팔을 그녀의 목에 감았고, 여자는 힘껏 날갯짓을 해서, 그야말로 이리 비틀 저리 비틀 한참 고생을 하다가 주인을 나뭇가지에 다시 올려놓았다. 두 사람이 다시 나뭇가지에 올라앉았을 때, 그녀의 몸은 땀으로 흠뻑 젖어 있었다.

"저에게 안기고 싶어 애를 태웠던 게 아니라면, 굳이 이럴 필요는 없었을 텐데요."

여자가 숨을 헐떡이며 내뱉었다. 주인의 새까만 눈동자가 살짝 가늘어진다.

"굳이 이럴 필요가 있었다면요?"

여자는 눈을 도전적으로 반짝였다.

"……그렇다면, 필요에 응해 드려야죠."

여자가 팔을 활짝 벌려 주인을 끌어안는다. 여자의 행동은 늘 빠르고 갑작스럽고, 조금의 망설임도 없었다.

주인의 몸이 크게 휘청거렸다. 대체 무엇을 은폐하려는 건지, 크고 하얀 날개가 두 사람의 머리에서 요란하게 펄럭거렸다.

바람이 인다. 정원의 꽃들이 크게 너울거린다. 한때는 눈이 쌓인 것처럼 온통 새하얗기만 하던 그 꽃밭은 순식간에 찬란한 무지갯빛으로 물들어 사방으로 물결치고 있었다.

날개가 접혔을 때, 여자는 핏기 오른 주인의 뺨을 쓰다듬으며 속삭이고 있었다.

"아름다운 정원의 주인이여. 내 영혼의 폭군이여. 당신을 사랑해요."

"……."

"저는 이제 어리지 않아요. 그리고 하늘로 갈 수 있게 되었지요. 이제 저와 결혼해 주세요."

"저는 뭍과 물에 속한 자라고 말씀드렸습니다. 당신이 물에서 살 수 없듯, 저도 하늘에서 살 수는 없는 존재죠."

주인의 대답은 여전히 말라비틀어질 만큼 건조했다. 여자는 두 손으로 주인의 손을 힘껏 움켜잡았다. 이미 결심을 하고 온 듯, 목소리는 단호하고 조금의 망설임도 없었다.

"그렇다면 저는 하늘로 가지 않을 거예요. 이 땅 위에, 당신 곁에 있을 거예요. 저는 당신을 위해서라면 하늘의 영광보다 지상의 짧고도 눈부시고 명예로운 삶을 택할 것입니다."

"그렇다면 왜 그리 열심히 나는 연습을 했던 것입니까?"

"날개가 있으면 하늘을 향해 날아 보고 싶은 건 당연한 본능이니까요!"

"그것 보십시오. 애초에 그대의 본성이 하늘에 속했는데, 가지 않겠다는 약속이 무슨 의미가 있습니까."

주인은 짧게 웃었다. 여자의 목소리에 초조함이 실리기 시작했다.

"왜 당신은 저를 붙잡지 않으세요?"

"제가 왜 당신을 붙잡아야 합니까. 그것도 언제 떠날지 모르는 하늘 족속을?"

주인도 자신을 사랑한다고 확신하고 있던 여자는 크게 당황했다.

"당신은 제게 아무 감정이 없으세요? 당신의 입과 마음이 다른 대답을 하고 있는 걸 모를 줄 아세요?"

"저도 모르는 마음을 당신이 안다는 자신감이 놀랍군요."

"저는 당신을 사랑해요. 당신과 남은 생을 함께할 수 있도록 해 주세요!"

여자는 목소리를 높여 외쳤다. 여자는 늘 당당했고, 물러섬이 없었고, 마음을 숨긴 적도 없었다.

하지만 나의 주인은 반대였다. 늘 안개에 가려진 듯한 분이었다. 다정했지만 차갑게 느껴졌고, 물과 뭍에서 대적할 자가 없는 전사였지만 늘 뒤로 물러나 자신을 숨기곤 했다. 자신의 감정도 밝히 드러낸 적이 없어 늘 모호했다.

사실 지금도, 여자에 대한 감정이 있기는 한지 확신할 수 없었다. 나는 주인이 사랑 대신 기억을 택했음을 알고 있었으나, 주인은 그것을 구구절절 설명할 이유를 알지 못했다.

"아름다운 여인이여, 다시 말씀드리겠습니다. 나는 뭍과 물에 속한 자이고, 당신은 영광스러운 하늘 족속으로 살아가게 되었습니다. 하여, 당신이 원하는 대답을 해 드릴 수 없습니다."

여자는 고개를 번쩍 들었다. 파란 눈동자 아래 괸 눈물이 뺨을 타고 흘러 내려갔다.

"……!"

여자는 검을 뽑아 번개처럼 휘둘렀다. 잘린 날개가 바닥으로 떨어지며, 여자의 등에서 시뻘건 피가 흘러나오기 시작했다. 주인은 눈을 크게 뜬 채 몸을 돌처럼 굳혔다. 여자는 고통으로 얼굴을 구기면서도, 피 묻은 검을 주인의 발 앞에 던졌다. 주인의 얼굴이 일그러졌다.

"이게 무슨 짓이지요?"

여자는 눈썹을 우그린 채, 또렷한 목소리로 대답했다.

"나는 당신을 위해서라면, 무엇이든 끊어 낼 수 있어요. 저는 하늘로 가지 않아요. 지상에서 죽는 날까지 당신만 사랑하며 살 것입니다. 당신이 나의 사랑에 대한 확증을 원하시면, 이 피 묻은 검을 그 증거이자 사랑의 증표로 삼을 것입니다."

"그만 말하세요. 당신은 어리석은 짓을 하셨습니다."

주인은 겉옷을 벗어 꽃밭 위에 깔고 그녀를 눕혔다. 피는 천천히 멎었으나, 잘라 낸 날개를 붙일 수는 없었다. 여자가 그것을 거부했기 때문이었다. 주인은 상처를 지혈하며 깊이 탄식했다.

"여인이여. 지금이라도 알아 두실 것이 있습니다."

"……."

"나는 이미 오래전, 사랑 대신 기억을 택했습니다. 반짝이고 단단하며 아름답되 생명이 없는 것, 그래서 도리어 영원한 생명을 얻은 것들이지요. 그러니 이런 무모한 짓은 그만하시고 치료를 받으십시오. 날개가 없으면 그대는 본향으로 돌아가지 못……."

"제게 중요한 건 날개가 있느냐 없느냐가 아니라, 당신이 나를 사랑하느냐 아니냐 하는 거예요!"

그녀는 주인의 멱살을 잡고 끌어 내리며 으르렁거렸다. 주인의 입매가 딱딱하게 굳는다. 여자의 팔이 갑자기 주인의 목을 휘어 감았다. 주인은 저항하지 못했다. 검고 긴 머리카락이 베일처럼 두 사람의 얼굴과 어깨를 뒤덮었다.

"읍!"

짧은 신음과 함께, 주인이 고개를 들어 올린다. 주인의 붉은 입술에서는 핏물이 번져 있었다. 주인이 뜯긴 입술을 누르며 차가운 목소리로 내뱉었다.

"어리석고 무모한 진흙 종족이여, 나는 더 이상 대답할 필요를 느끼지 못합니다. 이 피 묻은 검은 받지 않는 것으로 하겠습니다."

누워 있는 여자의 얼굴에서 핏기가 빠져나갔다. 눈에서 핏물이 섞인 눈물이 양쪽 귓가로 흘러내렸다.

"당신은 사랑을 느껴 본 적이 없나요?"

"사랑 대신 기억을 택했다 방금 말씀드렸습니다. 나는 외로움만 느낄 뿐입니다."

"외로우면 누군가와 사랑을 나누고, 삶을 나누며 행복하게 살고 싶지 않으신가요? 당신은 나에게 아무 감정도 느끼지 못하시나요?"

"욕정 외에는 느끼지 못합니다. 그것은 제가 외로움을 해갈하고 싶을 때 나타나는 몸의 반응에 불과합니다. 그것이라도 나누기를 원하신다면……."

"개자식."

여자는 주먹으로 주인을 후려쳤다. 주인은 피하지 않고 맞아 주었다. 여자는 검을 짚고 비틀비틀 일어나 피를 뚝뚝 떨어뜨리며 정원 밖으로 빠져나갔다.

주인은 여자를 붙잡지 않았다. 그렇게 앉은 자세 그대로, 아주 오랫동안 여자가 사라진 곳을 바라보았다. 목의 울대가 간헐적으로 크게 꿈틀거리는 것이 보였다.

"용감하게 나아가 쟁취하는 자여, 내가 사랑하는 자의 영혼이 깃들었구나."

– …….

"……저러하니, 숨 막히게 아름답고 사랑스럽지 않았겠느냐……."

나직하게 중얼거리는 그의 목소리는 여전히 담담하고 평온했다.

하지만 나는 그렇게 담담하고 평온할 수 없었다. 나는 그녀를 볼 때마다, 그녀가 말 한 마디 할 때마다 숨도 제대로 쉬지 못했다. 숨을 쉴 육체가 남아 있지 않은데도 그러했다.

하지만 나는 감히 그 마음을 입에 담을 수조차 없는 존재였다.

하여 나는 주인의 태도에 진심으로 분노했다. 나는 분을 감추지 않고 말했다.

– 주인이여, 저분을 어찌 그대로 보내십니까.

주인은 나에게 시선을 돌렸다. 새하얀 돌과도 같고, 순백의 금속과도 같은 얼굴에, 핏물이 뭉개진 입술이 몹시 이질적이었다.

– 당신이 이렇게 잔혹한 분인 줄 몰랐나이다. 당신은 어째서 그

분을 붙잡지 않습니까? 당신은 그녀를 사랑하는 게 아닙니까? 절박하게 사랑했던 게 아니었습니까?

주인은 한쪽 입술을 올리고 웃었다. 명백한 비웃음이었다.

"네가 안도한 것을 모를 줄 아느냐, 탐욕의 새여."

– 제가 안도한 것은 아시는 분이, 제가 분노한 것은 어찌 모르시나이까. 제게 비루한 몸 한 조각만이라도 있었다면, 저는 절대 그녀를 놓아 보내지 않았을 것입니다!

주인은 아무 말도 없이 그 말을 들었고, 나는 속에 있는 말들을 폭포처럼 쏟아 냈다.

– 사랑을 포기하고 기억을 택하면 다 당신처럼 되는 겁니까? 감정이 없어진 것입니까? 어째서 주인님은 생명을 잃은 나보다 더 죽어 있는 것 같습니까!

"……."

– 당신은 그저 비겁하고 소심한 것뿐입니다! 죽은 옛 기억을 붙잡고 있으면 살아 있는 사랑은 영원히 다가오지 못할 것입니다. 주인이여. 손에 쥐고 있는 반짝이는 것들을 내려놓으십시오.

"기억은 사랑했음에 대한 증거이며 나의 유일한 재산인데, 너는 그마저 버리라 하는구나."

– 기억은 실체가 없는 허상입니다. 손으로 만질 수 없는 것은 존재하지 않는 것입니다.

"너처럼 말이냐."

입이 턱 막혔다. 나의 주인은 마음먹으면 한없이 잔혹해질 수 있는 분이었다. 나는 노한 표정을 감추기 위해 슬픈 표정을 지어 보였다.

"네 말이 옳다. 나는 비겁하고 소심하지."

주인은 노하지 않았다. 대신 여자가 사라진 들판의 끝을 망연히 바라보며 웃기 시작했다.

“새야. 나는 새로운 선택을 위해서, 내가 가했던 고통과 동일한 고통을 값으로 치러야 했고, 옛 기억과 사랑을 동시에 취할 수 없었다. 잔혹하되 공평한 규칙이었지.”

– 잔혹한 규칙 같은 게 아닙니다. 그건 그냥 세상 살아가는 평범한 이치일 뿐입니다!

나는 가슴을 치며 말하려 했으나, 주인이 손을 들어 내 말을 막았다. 주인의 손짓에 따라 꼬리가 긴 바람이 일더니 나뭇잎들을 쇄르르 말아 올렸다. 주인이 편 길고 가는 손가락 사이로 나뭇잎을 실은 바람이 스쳐 지나간다. 그는 무심하게 중얼거렸다.

“어떤 지혜로운 자가 이르되…… 바람은 이리 불며 저리 불다가 그 왔던 곳으로 돌아가느니…….”

– …….

주인은 고개를 하늘로 들어 올렸다. 그의 긴 머리카락이 뒤로 길게 굽이치며 너울거렸다. 지그시 감긴 눈가에서 빛 조각이 자잘하게 부서진다.

“한 세대는 가고 한 세대는 오되 땅은 영원히 있으며, 이미 있던 것이 후에 다시 있겠고, 이미 한 일을 후에 다시 할지니, 해 아래 새것이 없구나……. 해 아래에서 이루어지는 일들은…… 모두 헛되어 바람을 잡으려는 것이로다…….”

그랬다. 주인은 기억 대신 사랑만을 택한 적이 있었다. 고통스러운 값을 치르고, 오로지 사랑만을.

하여, 자신의 능력과 지혜와 영광을 버리고 인간의 몸을 입은 채 세상을 떠돌 때도 있었다.

하지만 그때 어떠한 일이 있었는지는 결코 알 수 없었다.

내가 아는 것은 오로지 결말이었다. 주인은 그 이후 사랑 대신 기억을 택했고, 오랜 세월 그의 정원에 머물렀다.

†

여자는 정원에 오지 않았다. 너무 오랫동안 오지 않아, 어쩌면 주인 말대로 하늘 족속의 본향으로 돌아갔을까 하는 생각도 들었다. 주인은 여전히 눈부시게 반짝이는 것들에 둘러싸여, 예전과 다름없이 고요하게, 평온하게, 영원과도 같은 시간을 흘려보냈다.

"나는 외롭구나, 탐욕의 새야."

그날 대체 무엇이 주인의 인내심을 끊었는지 알 수 없었다. 유난히 붉은빛으로 불타오르던 낙조가 문제였을까. 그날따라 눈이 시리도록 새파랗던 하늘의 빛깔 때문이었을까.

혹은 그저, 해갈하지 못한 외로움이 지나치게 오래 쌓인 것일까.

"외로워서, 견딜 수 없구나."

주인은 허리를 구부리고 두 팔로 가슴을 끌어안았다. 고통을 참는 듯, 이를 악문 신음이 흘러나왔다.

우우, 우으으, 우우우우.

무서운 폭풍의 전조처럼, 낮고 울림이 깊은 신음이 나무 주변을 소용돌이처럼 에워쌌다. 주인은 허리를 굽히고 나직하게 신음했다. 신음은 점점 커져 짐승이 울부짖는 소리처럼 들렸다. 주인이 고개를 번쩍 들어 올린다.

– 헉! 주, 주인님!

그 눈에는 붉게 핏발이 서 있었고, 얼굴로, 목덜미로 핏기가 올라오고 있었다. 얼굴에, 온몸에, 움직임 한 자락마다 애욕이 절절 들끓고 있다.

"아아, 흐으, 누구든 나를 어떻게 좀……."

주인이 몸을 비틀며 괴롭게 신음했다. 열렬한 사랑의 증거이자 흔적이라는 주인의 욕정, 외로움을 감각하는 유일한 방식이라는 그것은 점잖게 다스려질 수 없는 종류의 것이다.

깊은 땅속에서 들끓는 용암이 무겁게 눌려 있을수록, 오래 눌려 있을수록 폭발할 때의 위력을 감당할 수 없게 되듯이, 주인의 해갈하지 못한 외로움, 그리고 외로움에서 전이된 욕정도 그러했던 모양이다.

주인이 그렇게 고통스러워하는 모습을 처음 본 나는, 두려움에 휩싸여 뒤로 물러섰다.

점점 바람이 거세어지며 정원에 폭우가 쏟아졌다. 아름답게 가꾸어진 꽃들이 모조리 잠겨 버릴 만한 홍수였다. 새까맣게 변한 하늘에서는 번개가 번쩍거렸다.

꽈르르르, 쩍. 우르르 쾅.

콰아아아…….

거대하고 긴 검은 형체가 하늘 위로 솟구쳐 올랐다. 주인은 내 앞에서 처음으로 자신의 다른 몸을 드러냈다. 새카만 비늘로 뒤덮인 길고 장대한 몸이 한껏 비틀리며 나무를 타고 하늘로 치솟아 오른다. 아으, 아, 흐으으으. 몸을 뒤치고 비틀 때마다 입에서 거대한 불꽃이 튀고, 고통스러운 신음이 흘러나온다.

우르르르, 쾅.

다시 불빛이 번쩍이더니, 주인은 두 마리의 희고 검은 거대한 뱀으로 변해 아래로 떨어져 내렸다. 그 역시 지혜를 관장하는 주인의 또 다른 모습이었다.

……이런 맙소사.

두 마리의 뱀은 서로의 몸을 얽고는 나무에 매달려 교미를 시작했다. 교미는 서로를 잡아먹을 듯 격렬하고, 온몸을 찢어 버릴 듯 처절했다. 귀청을 터뜨릴 것 같은 교성까지 얽히니, 그들의 몸부림은 끔찍하게 더럽고 추악해 보였다.

"……."

하지만 그 절박한 행위는 외로움을 해소하는 데 아무런 도움이 되지 못하였다. 스스로 욕정을 해갈하려는 행위는 격렬하면 격렬할수록 자괴감만 불러일으킬 뿐이었다. 두 개로 나뉜 몸이 얽혀 몸부림치고 비벼 댈수록 갈증은 더욱 심해졌다.

"아아, 제발, 제발 나를 어떻게…… 어떻게든!"

결국 주인은 나무에 긴 몸을 친친 휘감은 채 거친 나무껍질에 자신의 비늘이 모조리 벗겨지도록 문질러 댔다. 이제 주인이 고통스럽게 헐떡이며 울부짖는 소리가 귀청을 터뜨릴 것 같았다. 그의 눈물과 땀방울과 핏방울과 체액이 정원에 비처럼 쏟아져 내렸다.

"새야, 내 몸을 줄 터이니, 네가 갖겠느냐. 나를 제발 이 끔찍한 외로움과 저주받을 몸뚱이에서 벗어나게 해…… 너처럼 자유롭게……."

나는 귀를 틀어막고 빠르게 정원에서 벗어났다. 저따위 소리를 아무렇게나 내뱉는 주인을 죽여 버리고 싶었다.

당신은 아무리 괴로워도 그따위 소리를 내 앞에서 지껄이면 안 된다.

나는 당신의 꼬리 비늘 한 조각이 되어도 좋으니, 사랑하는 자에게 만져질 수 있는 형체를 간절히 갖고 싶었다. 그런 나에게, 이 비참하고 처절한 마음에, 당신은 그따위 말을 아무렇게나 집어 던져서는 안 되었다.

그것도, 실제로 줄 것도 아니면서! 절대 불가하다 단언했으면서!

나의 주인은 잔혹했고, 그의 외로움은 생각보다 훨씬 추악했다. 그래서 나는 주인의 고통을 더는 연민하고 싶지 않았다.

정원의 폭우가 멈춘 것은, 헤아릴 수도 없을 만큼 많은 날이 흐른 후였다.

간신히 돌아간 정원은 황폐하게 변해 있었다.

그리고 주인은 정원의 황폐해진 나무에 넝마처럼 늘어져 있었다. 길고 매끄럽던 머리카락은 까치집처럼 뒤엉켰고, 희고 아름답던 몸은 온통 시뻘겋게 까지고 찢어지고 터져 나갔다. 아름다운 옷은 갈가리 찢어져 주인의 나신을 거의 드러내고 있었다. 차마 볼 수 없는 꼴이었다.

나는 주인의 어깨에 다시 앉았다. 아무것도 없는 주제에 모든 것을 가진 주인을 불쌍히 여기는 것이 가소롭기 짝이 없었지만, 그 비참한 꼴을 보고도 아무 생각이 안 들 수는 없었다.

고귀한 자가 나락에 떨어진 꼴을 보며 잔혹한 쾌감을 느끼는 것이 본능일 수는 있으되, 내게 은혜를 베풀고 나를 아끼던 자의 고통까지 쾌감으로 느낄 수는 없었다. 나는 탐욕의 영혼이었으나, 그 정도로 악랄하고 사악하지는 않았다.

주인은 자신의 부끄러움을 감출 기력도, 나를 쫓아낼 기력도 없이, 그저 소리 없이 울었다. 눈물은 여전히 내 날개에 모이는 대신 아득한 바닥으로 떨어져 내렸다. 내가 해 줄 수 있는 것은, 주인의 어깨에 앉아서 그저 함께 울어 주는 것뿐이었다.

아래에서 익숙한 목소리가 올라왔다.

"당신이 영광의 하늘 종족을 원치 않으시면, 저는 명예로운 인간의 전사로 지상에 속하여 살 수도 있습니다."

주인의 몸이 크게 꿈틀거렸다. 나무 아래에 여자가 서 있었다. 언제부터 서 있었는지 알 수 없었다. 주인의 이런 모습을 언제부터 보았는지도 알 수 없었다. 여자는 간절히 말했다.

"하지만 그마저도 원치 않으신다면, 짐승 종족의 탐람한 본성대로 삶의 기쁨만을 추구하며 사는 것도 나쁘지 않을 것 같습니다. 가장 현실적이며, 생의 희락과 만족을 위해 최선을 다하는 짐승 종족의 삶이 어쩌면 가장 알차고 행복하지 않겠습니까."

주인은 여자가 자신의 몰골을 보지 못하도록 몸을 숨기려 했지만, 잎사귀가 모조리 떨어지고 가지들이 부러져 나간 나무는 그의 몸을 감추어 주지 못했다.

여자는 당당한 목소리로 말을 이었다.

"당신이 눈부시고 반짝이는 것들을 좋아하신다 하셨지요. 하여 나는 땅과 바다를 누비는 거상이 되었습니다. 보세요. 저는 이제 세상의 황금과 반짝이는 것들을 모조리 거두어 당신의 발아래 쌓아 둘 것입니다."

그 말을 증명이라도 하듯, 여자는 자신이 가져온 것들을 가리켰다. 여자의 뒤에는 주인이 말했던, 아름답고 반짝이되 생명이 없는 것들이 담긴 수레가 끝도 없이 늘어서 있었다. 여자는 거침없이 말을 이었다.

"당신이 오로지 욕정의 해갈만을 원하면, 제가 기꺼이 그 짝이 될 것입니다. 저 역시 당신을 통해 나의 욕정을 해갈하길 원하니, 그리하여 나는 이 광란의 시간을 당신과 함께 보내고, 당신의 아이를 품을 것입니다."

여자는 이제 사랑 대신 욕정을 말했다. 주인의 그런 모습을 보지 못했다면, 결단코 입에 올리지 않았을 말이었다. 나의 주인은 더는 평정을 유지하지 못하였다.

"내 모습을 보았습니까?"

주인의 얼굴은 더는 희어질 수 없을 만큼 창백해졌다. 여자는 주인의 검은 눈을 똑바로 응시하며 말했다.

"당신의 처절한 외로움을 보았습니다."

주인은 머리를 감싸 안고 절망에 찬 신음을 토했다. 여자는 간절하게 말했다.

"정원의 주인이여, 내 아름다운 분이여, 마지막으로 한 번만 더 청합니다. 당신을 사랑합니다. 나는 신의 후손이며 인간의 딸인 동시에 짐승의 핏줄이기도 합니다. 당신이 고귀한 하늘의 후손도 원치 않고, 용맹한 인간 족속도 원치 않으신다면, 짐승의 핏줄인 저라도 택해 주세요. 저는 기꺼이 당신의 욕정의 상대가 되어 드릴 것입니다."

"……그만하십시오. 당신이 이렇게까지 비굴해져야 할 이유를 모르겠습니다."

"왜 이러시는지 정말 몰라서 이러세요?"

"모르겠습니다. 알고 싶지 않습니다."

여자의 뺨으로 눈물이 흘러내렸다. 여자는 짧은 생을 치열하게 살아가는 자로서, 자신의 사랑에 거침도 없고 물러섬도 없어 이렇게까지 낮아질 수 있었다.

하지만 주인은 진실과 거짓, 선과 악, 삶과 죽음을 끌어안고 기나긴 세월을 그저 관조하는 자였다. 하여 세상의 격정적인 희로애락에서 한 걸음 물러선 채, 늘 모호한 안개로 자신을 감추곤 했다.

주인은 가시넝쿨처럼 뒤엉킨 머리를 애써 정리하고, 넝마가 된 옷을 가다듬어 엉망이 된 몸을 가린 후에 차분하게 가라앉은 목소리로 말했다.

"하니, 이제 그만하십시오. 저는 하늘 족속이든, 인간 족속이든, 짐승 족속이든 선택할 마음이 없습니다. 그러니 이 선물들을 모두 가지고 정원에서 나가십시오. 그리고 영광의 왕이든, 명예로운 전사든, 천한 장사꾼이든, 당신이 원하는 방식대로 살아가십시오. 저는 당신의 생에 관여할 생각이 없습니다."

주인은 어쩌면 마음을 바꿀 수도 있었다. 손에 쥔 반짝이는 기억을 내려놓을 수도 있었다. 이 정원을, 그가 모은 것들을, 그 권능을, 지혜를, 그의 모든 것을 내려놓고 사랑을 택할 용기를 내 볼 수도 있었다.

……그 꼴을 들키지만 않았다면 말이다.

하지만 고귀하고 오만한 나의 주인은, 그의 예민하고 섬세한 성정은 이 극심한 수치심을 이겨 낼 수 없었다. 여자는 알지 못했지만, 나는 주인이 주먹을 꽉 움켜쥔 채 어깨를 푸들푸들 떨고 있는 것을 보고 말았다.

여자의 입에서 부드득 이 갈리는 소리가 났다.

"잘 알겠습니다."

여자는 더 이상 비굴해지는 것을 포기했다. 그녀 역시 나의 주인과 마찬가지로 오만한 족속의 피가 흐르고 있었다. 이런 모욕까지 견디지는 않았다.

"좋습니다. 이제 나는 다시는 이곳에 오지 않을 것입니다. 당신은 반짝이는 죽은 것들에 파묻혀서, 그 끔찍한 외로움과 더러운 욕정을 혼자 즐기며 행복하게 사시기 바랍니다."

여자는 몸을 돌려 그를 떠났다. 황무지가 된 들판을 가로질러 강을 건너가기까지, 여자는 한 번도 뒤를 돌아보지 않았다.

주인은 여자를 잡지 못했다. 붙잡는 것은 고사하고, 눈물조차 보이지 못했다. 탄식 한 자락 없었다. 눈물도 탄식도 자신을 연민할 여유가 조금이라도 남아 있을 때나 나오는 것이다.

주인은 한 마디 말도 없이 나무 아래로 내려가더니, 땅속 깊이 굴을 파고 들어가 몸을 감추었다. 주인은 여자 앞에서 제 모습을 숨기는 것도 모자라 한 하늘 아래 숨을 쉬는 것조차 스스로 용납하지 못했다.

하여, 주인은 호흡을 거두어들이고 마음을 닫고 자신의 몸마저 황금의 관에 봉하여 깊은 잠에 빠져들었다. 그렇게라도 하여 자신의 치욕을 덮어 보려 했다.

주인이 몸을 서린 나무의 뿌리는 명부와 연결되어 있었다. 주인의 잠은 죽음과 한없이 가까웠다.

정원에 긴 겨울이 시작되었다. 나는 홀로 그곳에 남아 정원을 지켰다.

†

여자는 정원에 발을 디디지 않겠다는 약속을 지켰다.

하지만 정원 앞의 강가에 자주 오가기는 했다. 가끔 멈춰 서서 나무가 있는 방향을 바라보기는 했다.

나는 황무지가 된 정원을 홀로 날아다니다가 강가에 선 여자를 보곤 했다. 그럴 때마다 어떻게든 인사를 건넸다.

나는 그녀가 주인을 잊지 않기를 바랐고, 솔직한 마음으로는 그 기억의 한 귀퉁이에 나도 곁들여 주기를 바랐다. 여자는 내 형상을 빛의 형태로 보는 듯했고, 내가 말하는 것을 들을 수 있었다. 주인님의 배려였을까. 알 수 없었다.

어쨌든 나는 좋았다. 여자를 만날 수 있다는 것만으로도 좋았다. 주인처럼 여자를 끌어안고 입 맞추는 것은 고사하고 손끝조차 건드릴 수 없지만, 여자의 말을 들을 수 있고, 여자의 얼굴을 볼 수 있고, 대화를 나눌 수는 있었다. 주인의 처지는 안타까웠지만, 내가 여자와 단둘이 이야기할 수 있게 된 것은, 솔직히 말하자면 기뻤다.

이것은 사악한 마음일까? 주인이 땅속에 숨어 버린 것은 내 잘못도 아닌데?

잘잘못 따위는 모르겠다. 나는 이제 제대로 살아 있는 것 같았다. 존재하지도 않는 심장이 터질 듯이 두근대고 숨이 막히는 그 기분만으로도, 환희였다.

어느 날 여자는 애써 태연한 척하며, 굴러가는 돌멩이에 대해 묻는 것처럼 툭 내뱉었다.

"주인님은…… 뭐, 별일 없으시지?"

– 주인님께서는 땅속 깊은 곳에 잠들어 계십니다.

"돌……아가셨다는 말이니?"

여자의 얼굴이 새하얗게 질렸다. 여자의 눈에서 단번에 눈물이 넘치는 것을 보면서도, 나는 바로 아니라고 대답하지 못했다.

주인님은 아주 돌아가신 건 아니다. 언젠가는 깨어나 정원으로 다시 나오실 것이다.

하지만 그게 당신이 살아 있을 때는 아닐 것이다.

나의 주인은 여자에게 그런 꼴을 보인 자신을 절대 용서하지 못할 것이다. 하여 인간의 수명을 가진 여자가 수십 번은 늙어 죽을 만큼 시간을 보낸 후에야 돌아올 것이다. 내가 아는 주인이라면 틀림없이 그럴 것이다.

여자의 숨죽인 흐느낌을 보며 나는 서러웠다. 자신을 거부한 사내를 위해 저렇게 격렬한 감정을 보여 주다니. 땅에 묻힌 주인이 한없이 부러우면서도 질투가 났다.

하지만 여자가 검을 들어 자신의 가슴에 박으려 하는 것을 본 순간 저도 모르게 입에서 거짓말이 튀어 나갔다.

– 아닙니다! 아니에요! 기다리세요! 주인님은 곧 돌아오실 겁니다!

여자의 손이 멈칫한다. 오, 맙소사. 정신이 아찔했다. 나는 황급히 주워섬겼다.

– 주인님은 당신을 마음에 담아 두고 계셨습니다! 마음을 정리하고 용기를 낼 시간이 필요하신 겁니다. 기, 기다려 달라고 하셨습니다! 기다리면, 다시 이곳에 돌아오실 거예요!

주인께서 알면 격노하시리라는 것을 알면서도 그렇게 말할 수밖에 없었다. 많은 진실과 약간의 거짓을 섞어서, 그렇게.

여자의 눈이 커다랗게 벌어지는 것을, 그 기대에 찬 떨림을 보며 나는 두 가지 감정을 동시에 느꼈다. 가슴이 미어지는 것 같으면서도 한없이 황홀했다.

내가 사랑했던 여자는 나에게 한 번도 이렇게 열렬하거나 간절한 표정을 지어 주었던 적이 없다.

저런 감정을 보여 주는 대상이 나였다면.

아니, 아니. 힘껏 고개를 저었다. 나를 향한 반응은 아닐지라도 나는 그 강렬한 감정 자체에 감지덕지했다. 그것도 내가 사랑하는 자의 반응이었다. 아주 작은 반응, 부스러기 같은 반응이라도 허겁지겁 받아먹을 수밖에 없었다. 좋은 것이든 나쁜 것이든, 그것이 원망이나 증오라 해도 좋았다. 심지어 그 감정이 누구를 향한 것이든 상관없었다.

"주인님은 그럼 왜 땅에 묻히신 거지?"

– 주인님께서는 깊은 잠에 빠졌을 뿐입니다. 명부의 잠은 길고 깊지만, 주인님을 영원히 속박하지는 못합니다. 봄이 되면 동물도 꽃도 나무들도 겨울잠에서 깨어나듯, 주인께서도 때가 되면 깨어나 정원으로 돌아오실 겁니다.

그때가 언제인지는 알려 줄 수 없었다. 나도 모르니까.

그저 확실히 아는 것은, 주인은 여자에게 어떤 미련도 여지도 남겨 두지 않았다는 것. 그것이 선택하지 않은 자, 보내야 할 상대에 대한 진짜 예의라고 생각했다는 것이었다.

하지만 주인께서 여자를 마음에 특별히 품고 있었다는 것(그것을 사랑이라 칭할 수 있을지 여부는 별개로), 그리고 여자가 절망에 빠져 생을 포기하는 것을 절대 원치 않았으리라는 것 또한 확실했다.

그리고 가장 확실한 것은, 내가 그녀의 곁에 있고 싶다는 간절한 염원이었다.

– 그러니 고귀한 여인이여. 부디 이곳, 주인님의 정원에서 기다려 주세요. 딱 한 번만 더 기회를 주세요. 그때는 주인님께서 당신께 솔직하게 마음을 전하실 것입니다.

여자는 칼을 여전히 가슴에 댄 채 확인하듯 물었다.

"정말 돌아오신다 하셨느냐."

– 예.

"주인께서 내게…… 정말로 기다려 달라 하셨느냐."

……예. 그리 전해 달라 하셨습니다.

나는 덜덜 떨며 마지막으로 쐐기를 박았다.

주인께서는 이해하실 것이다. 이런 말을 해서라도 시간을 벌어야, 격한 감정이 사라지고 생각이 바뀔 수도 있을 것이다. 주인님

역시, 이렇게 해서라도 여자의 목숨만은 구했을 것이다. 나는 그렇게 확신했다.

하지만 돌이켜 고백하건대, 그 대답에 나의 사심이 전혀 없다고는 말할 수 없었다. 거짓말에 선량한 의도와 사악한 목적이 붙을 때, 그것은 가장 강력한 힘을 갖게 되는 법이다.

여자는 진흙 바닥에 엎드려 기쁨의 눈물을 흘리기 시작했다.

"아아…… 그래 놓고는 내게는 왜 그리 야멸차게 말씀하셨단 말이냐."

여자는 강건했으나 선량했고, 어리석지는 않았으되 사랑으로 인하여 눈이 멀었다. 그리하여 끝까지 나를 의심하지 못했다.

미안하지만 나의 주인님은, 당신이 살아 있을 동안은 돌아오지 못하실 겁니다. 그러니 당신은 여기서, 주인님의 정원에서 나와 함께 남은 생을 살아 주세요.

나는 용암처럼 꿀렁대며 넘어오는 고백을 계속 삼켰다.

나는 이 정원을 벗어나면 자아를 온전히 유지하기가 어려웠다. 이 정원에서 내가 나로서 존재할 수 있던 이유는, 내 주인이 산 자의 세계와 망자의 세계에 두루 속한 자이기 때문이며, 이승과 저승 사이 여행길을 관장하는 자이기 때문이며, 이 정원이 그의 영역이기 때문이었다.

그래서 내가 여자와 함께 있기 위해서는, 그녀를 이 정원으로 끌어들이는 수밖에 없었다. 이 모든 것은 나의 탐욕이었다. 인정하기까지 한참 걸렸지만, 진실은 결국 그랬다.

여자는 다시 강을 건너 정원으로 돌아왔다. 주인이 있을 때 여자에게 시냇물만큼이나 얕았던 강은, 이제 까마득하게 넓고 깊어, 여자는 배를 띄우고 노를 저어 건너와야 했다. 한때 새하얀 눈밭 같고, 한때 무지갯빛으로 물들었던 아름다운 정원은 이제는 진흙 범벅이 되어 있었다.

여자는 나무 아래로 가서 허물어지듯 주저앉았다. 그리고 기다리기 시작했다.

– 당신의 어깨에 앉아서…… 함께 주인님을 기다려도 될까요?

"물론이야. 그분이 깨어나셨을 때 네가 있으면 더욱 반가워하실 테니."

여자는 나를 위해 기꺼이 웃어 보였다. 고작 그것만으로도 가슴이 미어지도록 벅찼다.

물론, 나는 여자에게 아무것도 아니었다. 잘 안다. 여자는 나를 그저 어깨에 얹힌 먼지 정도로만 여겼다. 여자는 내가 본래 어떤 모습이었는지도 전혀 알지 못했고, 나의 꽁지깃이 어떤 색인지도 관심이 없었다. 무게도 형태도 없었으니, 여자는 아무런 부담감도 경계심도 갖지 않았다. 나는 여자의 어깨에 떨어지는 빗방울만큼의 존재감도 없었다.

조금쯤은 고마워했을지 모른다. 하지만 그래 보아야 보이지 않는 공기, 말하는 바람 같은 존재였고, 주인에 대한 정보를 알려 주는 표지판 같은 존재였다. 표지판이 아무리 요긴하고 도움이 되어도, 표지판 따위에 무슨 감정을 갖게 되지는 않는다.

그래서 나는 그저 여자의 어깨에 앉아 함께 주인님을 기다릴 수 있게 되었다.

사랑하는 자의 몸에 붙은 먼지로 여생을 함께 보내는 것, 나는 그것만으로도 좋았다. 더 이상 무언가를 바랄 수 없다는 것 정도는 잘 알았다.

이 일로 인해 훗날 내 영혼이 갈가리 찢기는 고통을 당한대도 괜찮았다.

여자는 기다렸다. 나도 기다렸다. 여자는 나에게 많은 말을 하지 않았다. 몇 마디 하는 말이라고는 주인에 대해 궁금한 것을 묻는 것뿐이었다. 여자는 내 이름조차 묻지 않았다. 바람이나 빗방울에게 이름을 묻는 사람은 없으니, 당연하다면 당연했다. 그래서 나는 탐욕의 새라는 이름, 혹은 식인 수리라는 더 오래된 이름을 알려 주지 않아도 되었다. 다행이라 생각하기로 했다.

여자는 오로지 주인님만 사랑했다. 나는, 이렇게 열렬한 감정을 차지할 수 있었으면서도 마음을 닫고 차가운 땅에 몸을 감춘 주인을 이해할 수 없었다. 아니, 이해할 수는 있는데 견딜 수 없을 만큼 부러웠다. 눈물겹게 부럽다 못해 증오스러웠다.

이렇게 강렬한 감정을 받을 수만 있다면 나는 무슨 짓이든 할 수 있을 텐데. 그 감정이 미움이나 경멸이나 극도의 혐오라고 해도 상관없었다. 무슨 감정이든, 무슨 반응이든 받고 싶었다.

배가 고프면 무엇이든 먹어야 살고, 좋은 음식을 먹을 수 없으면 쓰레기라도 주워 먹어야 한다. 나는 다 썩어 가는 쓰레기 같은 감정이라도 감지덕지했다.

주인을 향한 질투심을 부정할 수는 없었다. 하지만 나는 애초에 여자에게 손조차 댈 수 없는 존재였다. 하여 서글프게도, 내가 주인에게 품은 마음은 질투조차 될 수 없었다.

여자는 기다리는 동안 정원을 가꾸고, 이곳저곳에 흩어진 주인님의 비늘들을 하나하나 모았다. 검지만 투명한 비늘들은 햇빛에 비추어 보면 보석처럼 빛났다. 여자는 비늘을 발견할 때마다 손으로 어루만지고, 뺨에 비비고 입을 맞추었다.

"대답해 주세요. 내 사랑하는 그대여, 당신은 나를 사랑하시나요."

여자는 노래하듯 속삭였다. 나는 그때마다 그 비늘이 대답이라도 하는 것처럼 유난히 반짝거리는 것을 발견했지만, 입을 맞추고 뺨을 비비는 여자는 알아채지 못했다. 그럼에도 목소리에 담긴 애정은 늘 한결같았다.

여자는 그렇게 모은 비늘들을 나무 아래 하나하나 묻었다. 자신이 예물로 바쳤던 왕관과 검과 크고 둥그런 황금 덩어리도 함께 묻었다. 그곳은 주인이 묻혀 있는 자리였기에, 꼭 거대한 무덤처럼 보였다.

그리고 여자는 노래했다. 작은 멧새가 지저귀는 것처럼 높고 맑은 소리로 노래했다.

그대여, 저를 사랑하신다면,
제 선물을 받아 주세요.
당신은 어떤 선물이 마음에 드셨나요.
하늘 족속의 영광의 선물일까요.
인간 족속의 용맹한 선물일까요.
짐승 족속의 찬란한 선물일까요.
대답해 주세요, 사랑하는 그대여. 내게 대답해 주세요.

이듬해 나무 밑의 흙무덤에 꽃이 피었다. 생전 처음 보는 꽃이었다. 왕관과도 같고, 검과도 같고, 황금 덩어리와도 같은 꽃이었다. 꽃들은 한 송이씩 늘어나 어느새 나무 주변을 곱게 물들이더니, 결국 너른 들판까지 점점 채워 가기 시작했다.

"대답해 주세요, 나의 사랑하는 분이여. 나를 사랑한다면, 대답해 주세요."

여자는 들판 한가운데 서서, 혹은 나무에 올라앉아 노래했다. 예전의 모습을 되찾아 가는 정원에 다시 바람이 불기 시작했다. 바람은 노랫가락을 감싸 안고 여자의 둘레를 빙빙 돌았다.

그럴 때마다 나뭇잎과 색색의 꽃잎들이 여자의 머리카락으로, 뺨으로, 입술로 눈송이처럼 내려앉곤 했다. 붉은 꽃잎이 여자의 입술로 내려앉을 때, 여자는 입맞춤을 받는 것처럼 눈을 감고 수줍게 입술을 내밀었다.

나는 그녀의 어깨에 앉아 그 모습을 그저 바라보았다. 붉은 꽃잎이 내려앉던 입술과 뺨에 주름이 생기고, 곧고 매끈하던 허리가 구부러지고 시원한 바람에 찰랑대던 황금빛 머리카락이 눈이 쌓인 것처럼 새하얗게 변할 때까지, 그저 하염없이 바라만 보았다.

"새야. 나무의 주인님께서 오신다고 했지."

사랑을 위하여 고귀한 왕이 될 수도 있었고, 용맹한 전사가 될 수도 있었고, 탐욕에 젖은 장사꾼이 될 수도 있던 여자는, 이제 아무것도 아니게 되었다. 자신이 속한 곳, 자신이 가진 것, 그리고 자신에게 예비되어 있던 미래까지 모두 버리고 떠났기 때문이었다. 존재하되 존재하지 않는 것과 비슷해진 여자는, 이제 주인님과, 어쩌면 나와 조금은 닮게 된 것 같았다.

강한 전사이던 여자는 이제 나무에 오를 수 없을 정도로 쇠약해졌다. 여자는 긴 줄사다리를 만들어 주인이 앉아 있던 가지에 오르내려야 했다. 여자는 간신히 나뭇가지에 올라가, 굽은 등을 나무에 기대고 앉아 주인을 기다렸다.

"새야, 그분은 잠이 너무 깊다. 내가 깨우러 갈 수 있으면 좋을 텐데."

여자는 고독을 고통스러워하면서도, 애써 웃었다.

"새야. 그분이 나오시면, 내가 지금까지 기다리고 있는 걸 보고 깜짝 놀라겠지? 내가 이렇게 끈덕진 여자인 건 몰랐을 거야."

– …….

"기다리라고 해 놓고는, 어떻게 이렇게까지 늦잠을 잘 수 있지. 너무 게으른 거 아니니. 이렇게 잠이 많은 분인 줄 알았으면 다시 생각해 봤을 텐데. 우리 엄마가 알았다가는 나무에 불을 질러서라도 깨우라고 했을 거야."

– ……저도 이렇게 잠이 많은 분인 건 몰랐습니다. 잔소리를 좀 하셔야 될 겁니다.

"나오면서, 내가 여전히 젊고 예쁠 거라는 착각 따위는 안 했으면 좋겠는데. 그렇게 오랫동안 퍼질러 자고 나온 주제에."

여자는 샘에 가서 자신의 모습을 비추어 보며 그렇게 중얼거렸다. 짧고 푸석한 하얀 머리카락, 눈가와 입가를 침범하는 깊고 얕은 고랑들과 아래로 처진 눈꼬리가 눈에 들어왔다.

– 아닙니다! 당신은 여전히 아름다우십니다!

"새야. 그런 말을 하면 안 되지. 정말 믿고 싶어지잖아."

여자가 여전히 밝게 웃었다. 나는 진심을 담아 말했다.

– 아닙니다. 제 눈에는 여전히, 세상에서 가장 아름다우십니다.

여자는 무게가 전혀 느껴지지 않는 자신의 왼쪽 어깨를 보며 속삭였다.

"네가 본래 어떤 모습이었을지 궁금해. 너도 정말 아름다운 모습이었겠지."

– 저는 햇빛을 받으면 눈부시게 반짝이는 커다란 하얀 날개와, 황금빛의 예쁜 머리와, 무지개처럼 여러 가지 색으로 물결치는 긴 꼬리를 갖고 있었답니다.

"네 이름은 뭐니? 네게도 주인이 불러 주던 이름이 있었을 텐데."

– 불러 주실 분이 너무 깊이 주무시니, 당신께서 아무렇게나 붙여 주세요.

"그래도 될까."

여자는 나를 향해 활짝 웃었다. 웃을 때마다 미간과 눈가, 입가에 굵고 가는 주름이 조글조글 잡힌다. 그것이 뭐라고, 그래도 눈물겹게 아름다웠다. 여자는 고개를 끄덕이며 말했다.

"그럼, 예쁜 빛의 새라고 부르면 되겠구나."

그날, 나는 그렇게 새로운 이름을 얻었다.

"어쩌지……. 이제 그분이 돌아와도 알아볼 수 없게 되었네……."

눈물 따위 보이지 않고 씩씩하게 기다리던 여자는, 시력을 완전히 잃던 날 처음으로 울었다. 나에게 눈이 있었다면 두 개 다 당장 뽑아 주고 싶었다. 하지만 내가 할 수 있는 일은 아주 하찮은 일뿐이었다.

– 제가 당신의 눈을 대신하겠습니다. 울지 마세요.

나는 여자의 길잡이가 되었다. 나뭇가지에 올라갈 수 있도록, 강변에 갈 수 있도록, 아름다운 꽃향기를 맡을 수 있는 곳으로, 과일을 따거나 물을 마실 수 있는 곳으로 안내했다. 그녀가 가고자 하는 곳이라면 어디든 갈 수 있도록 한 걸음 한 걸음을 안내했다.

그리고 아침부터 저녁까지 주변에서 무슨 일이 일어나는지, 내 눈에 어떤 것들이 보이는지 모두 말해 주었다. 여자는 나무에 기대

앉은 채 눈을 감고 나의 말을 들으며 대부분의 시간을 보냈다.

여자의 입에서는 주인의 귀환을 재촉하는 말이 더 이상 나오지 않았다. 나의 행복과 후회는 오래전부터 이미 하늘 꼭대기까지 쌓여 있었다. 그녀와 함께한 모든 시간이 숨 막히게 행복했고, 끔찍하게 불행했다.

나는 쉴 새 없이 생각했다. 과연 잘한 일일까. 내가 여자를 살려 이곳에서 기다리게 했던 것이 옳은 일이었을까.

그날 여자가 목숨을 끊게 내버려 두는 것이 나았을지도 모른다. 여자는 어쩌면 죽지 않고 다른 인생을 살았을지도 모른다. 내가 기다리라는 거짓말만 하지 않았으면, 나의 주인을 잊고 다른 남자와 결혼해서 나름 행복하게 살았을지도 모른다. 아이들을 많이 낳고, 사랑하는 가족들에게 둘러싸여 웃으면서 살 수 있었을지도 모른다.

– 이제, 돌아가세요. 당신은 충분히 기다렸습니다.

여자가 아직 허리가 꼿꼿하고 눈가에 주름이 없을 때, 아직 머리카락에 눈부신 금빛이 반짝거릴 때, 나는 처음으로 그리 말했었다. 나는 탐욕의 새였고, 그녀와 함께 있는 것이 미치게 행복했으나, 그 행복이 가책까지 완전히 녹여 버린 것은 아니었다.

하지만 여자는 고집스럽게 고개를 저었다.

"내가 돌아갔다가 얼마 안 가서 그분이 돌아오시면 어쩌지."

– 제발 돌아가세요. 주인님은 언제 오실지 모릅니다. 안 오실 겁니다. 못 오실 겁니다!

– 주인님은 비겁한 분입니다. 당신이 죽을 때까지 안 오실 거예요!

– 당신은 이곳에서 인생을 낭비하시는 겁니다!

여자의 얼굴에, 몸에 세월의 흔적이 하나하나 새겨지는 동안, 나는 몇 번쯤 그녀에게 애원했었다. 하지만 여자는 자신의 선택을 무르지도 않고 후회하지도 않았다.

"오신다 하셨으면 오시겠지. 기다리라 하셨으면 오시겠지."

여자는 멍청하고 미련했다. 나는 그 앞에서 차마 나의 탐욕을, 이기적인 마음을 고할 수 없었다. 나는 가책에 짓눌려 목이 졸리면서도 하루하루 이어지는 행복에 중독되어 갈팡질팡했다.

나는 여자에게 돌아가라고 부탁하는 것을 그만두었다. 사랑하는 여자와 함께할 수 있는 기회가 다시는 오지 않을 것을 알기에 그 행복은 더욱 간절하며, 비참했다.

나는 여자의 곁에서, 여자가 잃어 가는 것을 헤아렸다. 여자는 날개를 잃었고, 하늘로 돌아갈 기회를 잃었고, 영광의 왕좌를 잃었고, 전사의 명예를 잃었고, 찬란한 부를 잃었다. 젊음을 잃었고, 아름다움을 잃었고, 건강을 잃었고, 눈을 잃었고, 웃음을 잃었고, 말을 잃었고, 움직일 수 있는 능력을 잃었고, 인생을 잃었다.

그리하고도 사랑하는 자를 얻지 못했다.

내가 세상을 모두 가진 것처럼 행복할 동안, 여자는 가진 것을 모두 잃었다.

"예쁜 빛의 새야, 부탁이 하나 있어. 네 주인님께 말 좀 전해 주련."

이제 말조차 제대로 할 수 없게 된 여자가 더듬더듬 말했다. 그리고 나는 아주 오래전부터 그녀의 부탁을 거절한 적이 없었다.

"그대여, 이 정원의 아름다운 주인이여. 나는 이제, 더 이상 당신을 기다릴 수 없게 되었어요. 그러니……."

– 나는 이제, 더 이상 당신을 기다릴 수 없게 되었어요. 그러니…….

나는 그녀의 말을 한 마디씩 따라 했다. 목이 메어 제대로 따라 하기 어려웠지만, 나는 기억해야만 했다. 한 마디도 흘리지 말고 기억해야 했다.

“이제는 당신이 찾아와 주세요. 내 몸과 영혼은 곧 당신의 정원을 떠나게 되겠지만, 내 마음과 영혼의 작은 조각을 이곳에 놓아두고 갈 터이니…….”

정원에서 종달새처럼 늘 노래하던 여자는, 지금도 노래하듯 속삭였다.

“……내 영혼의 주인이여, 나를 찾아와 주세요.”

……기나긴 세월에 혹여 우리가 서로를 잊을지라도,
우리는 언젠가 함께 태어나,
서로 다시 만나게 되겠지요.
나는 그대를 다시 사랑하겠지요.
나는 그대에게 다시 사랑을 고백하며,
다시 사랑의 정표들을 바치겠지요.
그대여, 그날엔 나를 기억해 주세요.
그대여, 그날엔 나를 사랑해 주세요.
그대여, 그날엔 나를 선택해 주세요.

나는 소리 없이 눈물을 흘리며 그녀의 노래를 외웠다. 내가 우는 것을 알지 못하는 여자는 어깨 쪽으로 손을 내밀어 다정하게 허공을 어루만졌다.

“새야, 우리 집안사람들은, 죽으면 돌이 된다 하더라.”

– ……예.

"그중에서도 사랑하는 마음이 담긴 심장은 가장 단단하고 예쁜 보석이 된다고 하더라."

– ……예.

"내 조상이 하늘로 올라가면서, 사랑을 위해서 땅에 남기를 선택한 딸에게, 가슴 깊이 그 보석을 박아 주고 가셨더란다."

– ……예.

"기왕이면 예쁘고 아름다운 보석이 남겨지면 좋겠구나. 그분께서는 생명이 없고 아름답고 반짝이는 것을 좋아하시니."

나는 여자의 어깨에서 내려왔다. 이제라도 나는 고백해야 한다. 나는 거짓을 말했습니다. 주인님은 기다리라고 한 적이 없습니다. 주인님은 당신이 이곳을 떠나서 다른 인생을 살기를 바라셨습니다. 주인님은…….

"더…… 재미있는 이야기를 해 줄까, 어여쁜 빛의 새야."

내가 그녀의 앞에 머리를 박고 우는 것을 알지 못하는 여자는 띄엄띄엄 말했다.

"난 네가 거짓말을 하고 있다는 걸 처음부터 알고 있었단다."

– 예……?

"그냥, 내가 기다리고 싶어서 기다렸던 거야. 내 알량한 자존심 때문에 네 핑계를 댔단다."

머리가 멍해졌다. 눈물로 엉망이 된 얼굴을 들어 올렸다. 여자는 눈을 감은 채 평온한 목소리로 말을 이었다.

"……네가 나를 사랑했다는 것도 알고 있었어. 지금까지 모른 척해서 정말 미안해."

숨이 멎는 것 같았다. 이게 무슨 말일까. 여자는 왜 지금 나에게 이런 말을 해 주는 걸까.

“네가 나와 같은 몸이 있었으면 좋았을 텐데. 네 진짜 목소리를 들을 수 있었으면 좋았을 텐데. 그런 너를 먼저 만났으면 정말 좋았을 텐데. 요즘은 가끔 그런 생각을 한단다.”

— …….

“얼마나 사랑스러웠을까. 나를 이렇게나 사랑하는, 눈부시게 어여쁜 빛의 새는.”

점점 더 혼란해졌다. 이해할 수 없었다. 당신은 왜 나에게 그런 말을 하는가? 왜 이제야 나에게 사랑이라는 말을 입에 담는가.

내 마음을 알고 있었다면…… 지금 와서 그런 말을 하면 안 되는 것 아닌가?

하지만 나 역시 입에 담지 말아야 할 말을 묻고 말았다. 이 순간 묻지 않는다면, 나는 영원히 후회 속에서 살아갈 것만 같았다.

— 만약에 그랬더라면, 저 역시 당신을 사랑해도 되었을까요? 뭍과 물의 존귀한 주인님이 아니라, 탐욕의 새인 저도 당신을 사랑할 수 있었을까요?

“당연하지 않니. 사랑은 허락받고 생겨나는 게 아닌걸. 나도 네 주인의 허락을 받고 사랑을 시작한 게 아니었잖니.”

눈물이 쏟아져 내렸다. 나는 고개를 숙이고 눈물을 감추느라, 여자가 그렇게 곱게 웃고 있는 것도 제대로 보지 못했다. 보이지도 않는 눈물을 닦아 주려는 듯, 여자가 손을 더듬더듬한다. 나는 여자의 손을 붙잡고 입 맞추며 물었다.

— 천에 하나, 만에 하나 제가 몸을 얻으면, 목소리를 얻으면, 생명을 얻으면…… 당신은 저를 봐 주실 수 있나요?

내 목소리는 눈물에 녹아 내려가, 점점 알아들을 수 없게 되었다.

— 내 사랑하는 분이여, 당신은 주인님 대신 저를 사랑해 주실 수

있나요? 저를 선택해 주실 수 있나요? 당신을 선택하지 못하고 사라진 주인님이 아니라…….

지금까지 공기처럼 당신의 곁을 지킨 나를…… 선택해 주실 수 있나요.

"너는 틀림없이 좋은 사람이겠지, 새야. 아름답고, 선량하고, 강인하고, 사랑이 깊은 사람일 거야. 세상의 많은 여인이 너를 보고 사랑에 빠지겠지."

여자의 다정한 목소리가 들렸다. 웃음기가 어린, 맑은 목소리였다.

"하지만 새야, 난 아직은 대답해 줄 수 없구나."

나는 더 이상 견디지 못하고 여자의 얼굴을 감싸고 입을 맞추었다. 여자는 내 눈물도 날개도 입술의 감촉도 느끼지 못하면서, 입맞춤을 받는 것처럼 고개를 가만히 들어 올렸다. 긴 입맞춤이 끝난 후, 여자의 얼굴로 부드러운 웃음이 퍼져 나갔다.

"고맙다, 내 눈부시고 어여쁜 빛의 새야."

그것이 여자의 마지막 말이었다.

여자는 높은 가지에 걸터앉은 채 그렇게 돌이 되었다.

그리고 세월에 따라 조금씩 금이 가고 부서지기 시작했다.

여자가 가루가 되어 가는 동안 정원에는 바람이 불었고, 여자의 몸 위로, 꽃과 잎과 눈과 비가 사시철철 하염없이 내렸다.

나는 날개를 벌려 여자의 머리를 감싸 안았다. 하지만 나는 형체도 무게도 없는 존재라, 부서져 나가는 여자의 몸을 조금도 보호해 줄 수 없었다.

그래도 나는 그렇게 여자의 머리를 끌어안은 채 세월을 보냈다. 해가 뜨고 지고, 계절이 돌고 돌다가, 어느 순간 시간이 멈추었다.

의식도 멈추었다.

더 이상 나를 불러 주는 자는 없었다. 나는 그렇게 존재를 잃었다.

†

새야. 나의 새야.

나를 깨운 것은, 처음 들어 보는 아이의 목소리였다.

"일어나라, 내 탐욕의 새야."

주인이 돌아왔을 때, 그리고 나를 불러 존재를 되살렸을 때, 나는 얼마나 많은 세월이 지났는지 알지 못했다. 정신을 차리고 보니, 나무 아래에는 바닥이 보이지 않는 거대한 구멍이 뚫려 있었고, 그 옆에는 열 살 남짓 되어 보이는 아름다운 아이가 한 명 서 있었다. 하지만 나는 그 아이가 누구인지 바로 알아차릴 수 있었다.

사실 주인에게 남녀노유의 형상은 큰 의미가 없었다. 자신의 몸을 나누어 스스로 교미하여 낳은 새로운 육신에, 예전의 기억과 지혜와 능력을 고스란히 이어받은 존재란, 남들 눈에 어떻게 보이든 결국은 동일한 존재였다.

죽음과 같은 겨울잠을 자며 옛 허물을 벗고 새로운 몸으로 다시 태어나는 것은, 주인의 종족만이 가진 특성이기도 했다.

"내 잠이 길었구나."

주인은 자신이 늘 앉아 있던 나뭇가지로 올라가, 잔해만 남은 돌무더기를 내려다보았다. 그사이 주인이 늘 앉아 있던 가지는 까마득하게 위로 치솟아 올라가 있었다.

나뭇가지에 남아 있던 것은, 두개골 모양의 돌덩어리, 뼛조각들, 그리고 푸르게 반짝이는 예쁜 돌이었다. 내가 의식이 사라진 후로 얼마나 많은 시간이 지났는지 모르지만, 그 보석은 이미 나무껍질에 대부분 파묻혀 거의 보이지 않았고, 뼛조각은 이미 나무 아래로 대부분 떨어져 바닥에 이리저리 흩어져 있었다.

주인은 조용히 허리를 굽혀 돌이 된 여자의 두개골을 두 손으로 들었다.

"이것이 무엇이냐, 새야."

– ……앉아서 천 리를 헤아리시는 분이시니, 이것이 무엇인지 가장 잘 아시리이다.

저도 모르게 빈정거리는 대거리가 튀어 나갔다.

나는 주인을 죽여 버리고 싶었지만, 천지가 개벽한대도 그럴 수 없으리라는 것을 알고 있었다. 그래서 차라리 여자의 시신 옆에서 주인의 손에 완전히 소멸당하고 싶었다. 그래서 겁도 없이 그냥 지껄였다. 하지만 주인은 노하는 대신 다시 물었다.

"그녀가 왜 나를 기다리고 있었느냐."

알면서도 저리 묻는 걸까. 이것이 누구의 잘못으로 빚어진 일인지 내 입으로 말해 보라는 걸까. 못 할 것도 없었다.

– 제가 욕심이 나서 거짓말로 그분을 붙잡았습니다. 주인님이 당신을 택하실 거라고 유혹했고, 기다리라 하셨다고 속였고, 정원을 나가면 죽으리라 협박했습니다.

"……."

– 그래서, 제가 그분을 독차지했습니다! 그분이 돌아가실 때까지! 좋아 죽을 지경이었지요.

"그리 말하면, 덜 아프냐."

그런데 주인의 반응이 이상했다. 주인은 모든 사실을 알게 된 후에도 나에게 노하지 않았다. 비난하지도 않았다. 말투는 차분했고,

나를 바라보는 검은 눈은 고요하고 깊었다.

"아픈 것까지 내 눈치를 보아야 하겠느냐. 나도 나에게 이리 화가 나고 이리 아픈데, 끝까지 곁을 지킨 네 마음은 오죽하겠느냐."

이상했다. 속에서는 불이 끓어오르는데, 눈물이 터졌다. 눈앞의 주인이 증오스러워야 마땅한데, 나는 그의 다리를 끌어안은 채 울고 있었다.

우습게도, 내 마음을 가장 잘 아는 분은 주인뿐이었고, 같은 슬픔을 공유할 수 있는 분도 주인뿐이었다. 주인은 나를 안아 주었고, 나는 그저 울었다. 주인은 차갑고 무감하면서도, 기이할 만큼 따뜻했다.

주인은 보석이 파묻힌 나뭇가지와 유골을 들고 아래로 내려왔다. 그리고 허리를 굽혀 바닥에 흩어진 조각들을 남김없이 모은 후, 돌이 되어 가는 두개골을 품에 끌어안았다.

"대체 왜 나 같은 것을 기다리고 있었습니까. 당신의 인생은 짧고, 짧은 만큼 눈부셨는데, 어째서 그 찬란함을 이런 곳에서 허비하셨습니까."

주인의 고개가 깊이 수그러들었다. 긴 머리카락이 아래로 늘어지며 주인과 그녀의 얼굴을 감쌌다. 입맞춤이라도 하는 걸까. 보이지 않는다.

그가 고개를 들었을 때, 돌처럼 변한 하얀 두골에는 물기가 흥건하게 고여 있었다. 강한 바람이 휘몰아치며 그의 머리카락과 옷자락을 크게 감아올렸다. 순간 그의 주변에 쌓여 있던 뼛조각들이 가루가 되어 하늘 높이 날아올랐다. 하얀 가루는 그의 주변을 감싸듯이 빙그르르 돌더니 허공으로 자욱하게 퍼졌다.

부연 안개 속에서, 주인은 유골을 품에 깊이 안고 나직나직 속삭였다.

“그대여. 저는 사랑을 택하기 위해서는 기억을 포기해야 합니다.”

“……”

“그 말은, 제가 가진 지혜와 능력까지 모두 잊게 된다는 뜻이고, 그대의 종족이 겪는 희로애락 간난신고도 모조리 겪어 내야 한다는 뜻입니다.”

생각해 보니 그랬다. 나의 주인은, 나나 다른 인간들과 달리 사랑을 위해서 포기해야 할 것이 너무 많았고, 감당해야 할 것들이 너무나 무거웠다. 주인에게 이 사랑은 너무나 큰 도박이었다.

그럼에도 얻는 것이라고는, 고작 사랑, 그 작고도 알량한 사랑.

누가 보아도 계산이 맞지 않는 손해뿐인 도박이었다.

“인간으로 태어나 세상을 떠돌 때의 저는 그리 선량하지도 않고, 강하지도 못했고, 비루하고 추하고 어리석었습니다. ……당신 눈에 들 만한 자는 아닐 것입니다.”

– …….

“하지만 가장 걱정이 되는 점은, 제가 기억을 잃으면 당신을 알아보지 못한다는 점입니다. 그대를 사랑하되 선택하지 못하거나 상처만 주고 끝내는 자가 될까, 두려움이 많은 저는 그것을 두려워했습니다.”

그랬다. 주인의 가장 큰 염려는 자신이 포기해야 할 것들에 있지 않았다. 그 두려움은 아마도 옛 경험에서 비롯된 것일 터이다.

예전에 세상을 떠돌 때 주인에게는 대체 어떤 일이 있었을까.

나는 몹시 궁금했지만 묻지 않고 덮기로 했다.

왜냐하면, 지금 나는 주인과 거래를 해야 했기 때문에.

나는 지금 천재일우의 기회를 잡았음을 직감했다. 두 번 다시 오지 않을 기회. 나는 떨림을 필사적으로 감추고 말했다.

– 주인님, 이미 떠나신 분께 변명만 하는 것이 무슨 의미가 있습니까? 되돌릴 수 없는 기억을 잡고 있어 봐야, 후회와 절망뿐인걸요.

나의 도발적인 말에 주인이 고개를 든다. 나는 그에게 더 이상 말을 가리지 않았다.

– 짧게 사는 인간들의 삶이 눈부시다 했습니까? 그 이유를 모르시겠습니까? 당신이 이곳에서 보낸 영겁의 세월이 너무나 무의미했기 때문입니다. 이대로 계시면 당신의 고통스러운 기억은 끝까지 후회와 절망이겠지만, 당신이 원하는 것을 얻게 되면, 그 후회와 절망은 추억으로 변하겠지요.

주인은 한 마디 대답도 없이 공허한 눈으로 나를 내려다볼 뿐이었다. 당신은 겁쟁이다. 당신에게 주어진 영원의 시간을 그저 무용하고 무가치하게 흘려보낼 뿐이다. 내 속삭임에 숨어 있던 것은 날 것 그대로의 비난이었다. 나의 주인이 알아채지 못했을 리가 없다.

그러나 그는 노하지 않았다. 그것을 가장 뼈저리게 느끼는 것이 바로 그 자신이었기 때문에.

나는 드디어 그의 염려를 종식시킬 제안을 꺼내놓았다.

– 그러니 나의 고귀한 주인이여, 이제 기억을 파묻고 사랑을 찾으세요. 외로움을 파묻고 행복을 찾으세요. 제가 당신의 모든 것을 잘 간직했다가 전해 드리면 되지 않겠습니까.

그의 움직임이 멈추었다. 나는 악마처럼 주인의 귀에 대고 유혹했다.

– 당신의 기억, 당신의 지혜, 당신의 능력, 당신의 힘, 그것들을 봉해서 제게 맡겨 두세요. 당신이 기억을 접고 세상을 떠돌게 될 때,

제가 전달해 드리겠나이다. 그러면 당신은 기억과 능력과 지혜를 잃지 않고도 원하는 바를 얻으실 수 있으시리이다. 부디 제가 당신을 도울 수 있도록, 당신께 은혜를 갚을 수 있도록 허락해 주십시오.

주인이 고개를 들었다. 검고 깊은 눈, 빛이 전혀 스며들지 않는다는 심해, 그 절대 고요 속의 짙은 어둠. 미혹을 불러일으킬 만큼 청아하지만, 위엄과 영광에 짓눌려 감히 접근하지도 못할 만큼 두려운 존재가 눈앞에 있었다.

"네가 내게 바라는 것이 있구나."

– ……그……러하나이다.

어차피 주인을 속일 수 없으리라는 것을 알고 있었다. 나는 오래전 나의 탐욕을 고백했고, 당신은 나의 대답을 이미 알고 있다.

당신이 가진 모든 것, 당신의 기억, 당신의 힘, 당신의 지혜, 당신의 부富, 당신의 명예, 당신의 고귀함, 당신의 아름다움, 당신의 눈부신 생명력, 당신의 권위.

심지어 당신이 품은 사랑, 외로움, 혹은 욕정. 당신의 바닥에 깔린 가장 더러운 그것마저도.

나는 예전에 주인에게 고백했던 것을 토막토막 되풀이했다.

– 저는 몸을 갖고 싶습니다. 당신처럼 아름다운, 실재하는 몸을 갖고 싶습니다. 당신이 가지고 있는 약동하는 생명의 힘을 갖고 싶습니다.

– 저는 당신이 가진 눈부신 영광을 갖고 싶습니다. 천지를 휘두르는 권력과 능력을 갖고 싶습니다. 당신이 깊은 곳에 쌓아 둔 눈부시게 아름답고 반짝이는 것들을 갖고 싶습니다.

– 저는 당신이 깊이 품고 있는 모든 것을 갖고 싶습니다. 당신을 끔찍하게 괴롭혔던 욕정이라는 것을 갖고 싶습니다. 당신을 울부짖

게 했던 외로움이라는 걸 갖고 싶습니다. 당신이 이 정원 가득히 쏟아 냈던 눈물과 피를 갖고 싶습니다.

"너는 나의 고통과 치욕을 보았으면서도 여전히 그런 것들이 탐이 나느냐."

나의 주인은 똑같이 물었고, 나 역시 똑같은 대답을 되풀이했고, 주인은 똑같이 탄식했다. 하지만 예전처럼 나의 말을 무지르거나 경멸하지 않았다.

"그녀가 나에게 전한 말이 네 입속에 남아 있구나. 말하라."

나는 주인에게 속한 자, 주인의 명을 거역할 수 없었다. 내 입에서 여자가 불렀던 노래가 가늘게 흘러나왔다.

그대여, 이 정원의 아름다운 주인이여.
나는 이제, 더 이상 당신을 기다릴 수 없게 되었어요.
그러니 이제는 당신이 찾아와 주세요.
내 몸과 영혼은 곧 당신의 정원을 떠나게 되겠지만,
내 마음과 영혼의 작은 조각을
이곳에 놓아두고 갈 터이니,
내 영혼의 주인이여, 나를 찾아와 주세요.

기나긴 세월에 혹여 우리가 서로를 잊을지라도,
우리는 언젠가 함께 태어나,
서로 다시 만나게 되겠지요.
나는 그대를 다시 사랑하겠지요.
나는 그대에게 다시 사랑을 고백하며,
다시 사랑의 정표들을 바치겠지요.

그대여, 그날엔 나를 기억해 주세요.
그대여, 그날엔 나를 사랑해 주세요.
그대여, 그날엔 나를 선택해 주세요.

여자는 노래하는 것을 좋아했다. 햇볕처럼 따뜻하게, 바람이 간질이듯, 늘 그렇게 노래했다. 그래서일까? 오랜 세월이 지났는데도, 정원의 공기 중에는 여전히 여자가 남긴 노랫소리가 팔랑대며 돌아다니는 것 같았다.

"눈부시고 장렬하다, 그대의 사랑은."

주인은 고개를 숙이고 눈을 감았다. 사랑의 감정을 허락받지 못했다 해도, 그녀와 오랫동안 엮인 인연을 생각하면 아무 감정이 없을 수는 없을 것이다.

"그대, 짧은 생을 사는 자여……."

주인의 얼굴은 평온했으나, 목소리는 잔잔함을 잃었다. 여인의 자취를 두 손으로 꼭 감싸 안은 주인은 그 어느 때보다 다정하고 부드러운 목소리로 그녀를 불렀다.

"그대, 빛의 영광을 영혼에 품은 하늘 족속이여, 이상을 향해 용감히 나아가는 땅의 족속이여, 삶의 욕망과 기쁨을 당당하게 말하는 탐욕의 짐승이여……."

그는 보석이 박힌 나뭇가지를 가만히 어루만지며 속삭였다. 조용하고 부드러운 목소리가 끊어질 듯, 끊어질 듯 이어졌다.

"당신이 이겼습니다. 아니, 처음부터 당신이 이긴 싸움이었습니다."

주인은 드디어 결단을 내렸다. 자신의 모든 것을 버리는 모험을 다시 시작해 보기로. 나의 주인은 망각하지 않는 족속이기에, 이 결단까지 그렇게도 많은 시간이 필요했다.

"그대가 노래하였던 입술의 열매는…… 한 점도 남김없이 맺힐 것이니……."

─ …….

"다음에는 제가 먼저 그대를 사랑하겠으며, 제가 더 많이 사랑하겠으며, 제가 그대를 위해 모든 것을 바치겠습니다."

─ …….

"이제는 제가 당신을 찾아가겠습니다. 그대가 하늘 족속으로 태어나면 나는 넓은 창공을 떠돌며 그대를 찾을 것이고, 그대가 탐욕의 족속으로 태어나면, 나 역시 털이 많거나 비늘로 뒤덮인 짐승이 되어 그대의 냄새와 자취를 따라 들판과 바다를 헤맬 것입니다. 그대가 짧은 생을 사는 용맹하고 명예로운 땅의 족속으로 태어나면, 나 역시 인간으로 태어나 세상의 길을 떠돌아다니며 그대를 찾아 헤맬 것입니다."

주인의 목소리는 다정했으나, 나는 그곳에 서린 무수한 감정을 읽을 수 있었다.

"당신이 나로 인해 겪었던 고통의 값 역시 제가 동등하게 치를 것입니다. 그것은 새로운 선택을 하기 위해 제가 받아들여야 할 준엄한 원칙이며, 반드시 지불해야 하는 값이니, 생살이 잘리는 고통도, 마음이 농락당할 때의 비참함도, 기다림에 새카맣게 타 버린 가슴도, 소중한 것들을 모두 버려야 했던 상실감도 남김없이 갚아 나가겠습니다."

주인은 그녀의 잔해 앞에 무릎을 꿇고 머리를 바닥에 댔다. 주인이 그녀를 다시 만나기 위해 감수해야 할 것은 생각보다 어마어마했다.

"만약…… 기억과 능력을 잊은 제가 그대를 알아보지 못한다 할지라도, 뻔뻔하게 청하오니 부디, 한 번만 더 기회를 주십시오."

주인은 고개를 들고 허공을 응시했다. 희미한 노랫소리가 사방에서 들려오는 듯하다. 정원의 모든 꽃과 나무가, 풀들이, 공기가, 그 여자의 노래를 머금고 있다가 허공으로 뿜어내는 것 같았다. 투명하고 가는 비단실이 그의 주변에서 반짝이며 흩날리는 것 같았다.

기나긴 세월에 혹여 우리가 서로를 잊을지라도,
우리는 언젠가 함께 태어나,
서로 다시 만나게 되겠지요.
나는 그대를 다시 사랑하겠지요.
나는 그대에게 다시 사랑을 고백하며,
다시 사랑의 정표들을 바치겠지요.
그대여, 그날엔 나를 기억해 주세요.
그대여, 그날엔 나를 사랑해 주세요.
그대여, 그날엔 나를 선택해 주세요.

"약속합니다. 그때는 반드시 대답하겠습니다. 당신이 정표들을 다시 건네고 다시 고백할 때, 그때는 반드시 당신께 제대로 대답해 드리겠습니다."

주인은 허리에 찬 검을 빼서 손바닥을 깊이 찔렀다. 그곳에서 흘러내린 새빨간 핏방울이 땅으로 떨어졌다.

땅 위에는 여자가 바친 왕관과도 같고, 검과도 같고, 황금 덩어리와도 같은 꽃들이 끝없이 이어져 있었다. 그의 핏방울이 꽃들 사이로 스며들 때, 그가 엄숙하게 선언했다.

"이승과 저승 사이 여행길에서 빈 소원은 명계의 사자使者가 관할

하나니, 나 닌기쉬지다, 명계의 안내자이며 망자의 위로자, 생명나무의 주인이자 물과 지혜와 치유의 주관자가 나의 생명과 영혼을 담아 맹세하건대…… 여인이여, 그대가 마지막 여행길에서 발한 소원은 언제, 어디에서든, 어떤 형태로든, 반드시 이루어질지라.”

의식을 마친 주인은 나를 돌아보았다. 조금 전까지만 해도 소년처럼 보이던 분위기가 오간 데 없이 사라졌다. 외려 청초하고 앳된 듯 보이는 얼굴에서 수백 수천 년의 연륜이 느껴져, 신비하고 기이한 분위기를 풍겼다. 나는 저도 모르게 날개를 바닥에 대고 납작 엎드렸다.

내 머리 위로, 차갑고 엄숙한 목소리가 떨어졌다.

“탐욕의 새여. 네 제안을 받아들이겠다.”

주인은 여자의 심장이 박힌 나뭇가지를 손에 쥐었다. 굵은 나뭇가지는 손에 잡힐 정도의 크기로 다듬어졌다. 주인은 그것을 내 몸 위에 대고 말했다.

“이 나무에 나의 모든 기억과 능력을 담았다. 오직 나무의 주인인 나만이 그 능력을 사용할 수 있을 것이로되.”

– 예. 주인님.

“이 나무에 박힌 돌이 무엇인지 너는 알 것이다. 이 돌이 그녀의 영혼을 이끌 것이고, 이 나무가 나를 이끌 것이니, 나와 그녀는 이 나무를 통해 서로 만날 수 있을 것이다.”

– 예, 주인님.

“탐욕의 새여. 내가 이것을 네게 맡길 것이다. 너는 나보다 세상에 앞서 나가서 이것을 보관하였다가, 그녀와 내가 세상에 함께 돌아가는 날, 나에게 돌려주고 내가 상실한 기억을 되돌릴 수 있게 하

라. 그것이 네게 주어진 신성한 임무다.”

주인은 웃음기 없는 얼굴로 말했다. 나는 소스라쳐 물었다.

– 예? 몸도 없는 제가, 의지밖에 없는 제가, 어떻게 그 일을 행할 수 있겠습니까?

“그 일을 위하여, 네가 간절히 원하는 바를 허할 것이니.”

– ……예?

“탐욕의 새여, 네게 인간의 육신으로 살아갈 기회를 허락하겠다. 너는 우리가 만나기까지, 한 세월 육신을 얻고, 소리를 얻고, 무게를 얻고, 그림자를 얻고, 감각을 얻어, 대대로 나를 기다리게 될 것이다.”

너무 믿어지지 않아, 얼떨떨한 채로 주인의 얼굴만 올려다보았다.

“네가 임무를 완수하면 너는 천지를 호령하던 네 본래의 몸을 찾을 수 있을 것이고, 이곳에 쌓여 있는 모든 보화도 주어질 것이며, 혹은 네 소원대로 인간의 몸으로 네 사랑하는 짝을 찾아 지상의 권력을 누리며 영원히 살아갈 수도 있을 것이다. 너는 그때 네 소원을 흡족히 누리려무나.”

– 아아, 주인님!

내 가슴은 환희로 터질 듯했다. 내가 그렇게 소원하던 것들을 모두 얻게 된다니. 나는 어쩌면 주인의 곁에서 내가 사랑하는 여자를 실제로 만나 보게 될 수도 있다. 거기까지 생각이 닿는 순간, 주인의 조용한 목소리가 들렸다.

“나의 것을 탐내는 것은 허락하지 않는다.”

갑자기 등으로 차가운 기운이 싸르르 흘러내렸다. 나는 당연히 그리한다고, 당신의 것을 탐내지 않겠다고 주인을 안심시켜야 했다.

하지만 입이 떨어지지 않았다. 그녀의 임종을 지키고 그녀가 마지막으로 남긴 말을 생각하면, 나는 도저히 주인의 말에 고분고분 따를 수 없었다.

– 하지만, 주, 주인이여. 당신과 그분이 맺어지지 못하는 상황이 되면…… 어찌하시렵니까.

사방이 쥐 죽은 듯 조용해졌다. 세상에서 모든 소리가 사라진 것 같았다. 나는 도저히 주인의 얼굴을 볼 용기가 나지 않았다.

주인은 짧게 웃었다. 명백한 비웃음이며, 지금까지 들었던 주인의 웃음 중 가장 차가운 웃음이었다.

"네가 이 자리에서 완전히 소멸당하고 싶은 거냐. 탐욕의 의지와 자아조차 없는 상태로 돌아가고 싶은 것이냐."

– 주인이여, 그분께선 저에게도 기회를 주셨습니다!

나는 큰 소리로 대답했다. 나의 존재를 소멸시킬 힘이 있는 주인 앞에서 무슨 만용인지 모르겠다. 주인은 부드럽고 다정했지만 무르거나 우유부단한 분은 결코 아니었다.

– 이 정원에서의 선택권은 주인님께 있었을지 모르지만, 그곳에서의 선택권은 당신이 아니라 그분께 있습니다. 그리고 그분은 제가 사랑해도 되느냐 하는 말에 거절하지 않으셨습니다!

– 거절하지 않았다?

– 그렇습니다. 아직은 대답해 줄 수 없다고 하셨습니다……. 그 말은 허락받을 수도 있다는 말 아닙니까?

나는 덜덜 떨리는 목소리로, 하지만 최대한 정확하게 말을 전했다. 이런 순간에 작은 거짓말이라도 보탰다가는, 후일 내 발을 잡아매는 태산 같은 족쇄가 될 것이 분명했다.

그리고 나는 그 족쇄를 이미 겪어 보았다.

"……사실이구나."

주인의 떨리는 목소리가 들렸다.

“네 말을 인정한다. 잘라 거절하지 않았다 함은, 나를 선택하지 않을 수도 있다는 뜻이다. 그녀의 의지와 선택은 나의 영역이 아니니.”

공평함을 정의의 근간으로 여기는 주인은 분노를 발하는 대신 잘 갈무리하여 삼켰다.

다만 주인의 오만한 자존심과 긍지는, 벌써부터 무참히 짓밟혔다. 자신이 불쌍해서 거둬들인 비천한 탐욕 조각 따위와 동등하게 경쟁하게 될 줄은 몰랐을 것이다. 나는 감히 한 마디 말도 덧대지 못한 채, 날개를 바짝 붙이고 가장 비천한 자세로 주인의 대답을 기다렸다.

“그녀가 네게 동일한 기회를 허락했다면…….”

– 아…….

“나 역시 받아들이겠다. 무슨 이유에서건 그녀가 너를 택한다면, 그 역시 받아들이겠다.”

그는 담담하게 대답했으나, 그가 큰 치욕감을 감내하며 내게 기회를 허락했음을 모를 수 없었다. 오히려 당황한 것은 나였다. 나는 고개를 들고 주인을 올려다보며 외쳤다.

– 어째서 저를 죽이지 않으십니까, 주인님? 선택의 기회 따위가 아예 주어지지 않도록, 저를 이 자리에서 소멸시켜는 게 당연하지 않습니까? 이따위 괘씸하고 배은망덕한 소리나 지껄이는 탐욕스러운 짐승을 어째서 내버려 두십니까, 주인님?

주인의 시선이 내 눈으로 꽂힌다. 화살이 눈에 박히는 것처럼 아팠다.

“말하지 않았느냐. 너는 탐욕의 짐승으로 태어났으므로, 너의 탐욕은 신께서 창조한 장엄한 세상의 일부다. 그것은 소멸의 이유가 되지 못한다."

– ……주인님.

"너와 함께 지낸 날을 내가 얼마나 기꺼워했는지 너는 모르느냐. 그녀가 너를 아꼈듯, 나 역시 너를 얼마나 깊이 아꼈는지, 너는 아직도 모르느냐."

그는 여전히 차가운 목소리로 그런 말을 했다. 세상에서 가장 냉정하고 무심한 주인은 한편으로는 가장 인내심이 깊고 자비로웠다.

"다만 나와 동등하게 경쟁하려면 너 역시 기억은 주어지지 아니할 것이며, 너 역시 간직하고 싶은 순간들만 꿈으로 남겨 둘 수 있을 것이다. 그것이 신께서 정하신 공평한 규칙이니."

머리가 아찔해졌다.

– 주, 주인님, 자, 잠깐만, 그렇다면, 그렇다면…….

"꿈의 몇몇 조각만으로는 내가 내린 임무를 수행하기 어려워지겠지. 그러면 너는 본래의 몸을 되찾을 기회도, 간신히 얻은 인간의 몸도 영원히 잃어버릴 터이다."

– 그, 그럴 수는 없나이다! 주인님, 사랑 따위로, 고작 그따위 것으로…… 간신히 잡은 기회를 놓치지는 않을 것입니다!

단호한 대답과 달리, 눈에서는 눈물이 울컥울컥 흘러내렸다.

주인은 나의 눈물을 무심하게, 차분하게, 냉정하게, 혹은 안타까운 눈으로 지켜봐 주었다. 나는 주인의 저 시선을 도무지 이해할 수 없었다.

"나는 네가 어떤 선택을 하든 비난하지 않을 것이다, 탐욕의 새야."

주인은 내 머리를 쓰다듬으며 처연하게 말했다.

"……옛 생각이 나는구나."

†

주인의 곁에는 새로운 상자가 하나 놓였다.

상자 안에는 주인님이 꺾은 나뭇가지가 들었고, 그녀의 흔적인 두골도 함께 담겼다.

그리고 나의 간청으로, 주인에 대한 실마리가 담긴 그림도 함께 들어갔다. 정체를 감추고 위장하는 데 익숙하신 주인님은, 내게 맡긴 임무를 위해 당신의 작은 꼬리를 세상에 남기는 것을 허락해 주셨다.

다시 시간이 멈추었다. 우리는 정원의 나무 밑, 캄캄한 어둠 속에서 다시 영원과도 같고, 순간과도 같은 시간 속에 빠졌다.

"새야, 지금 이곳으로 다가오는 두 명의 사내가 보인다."

주인의 목소리가 들리는 순간, 시간이 다시 흐르기 시작했다. 흩어져 있던 의식이 천천히 돌아왔다. 그사이 얼마나 오랜 시간이 흘렀는지는 알 수 없었다.

"한 사내는 이미 명계로 떠났고, 한 사내는 그들이 속한 세상으로 돌아갈 자다. 너는 그들을 따라 세상으로 나가겠느냐."

– 예, 주인님.

"잠시 후 네게 맡길 것을 넘겨줄 것이니 잘 간직해라. 때가 되면 찾으러 갈 터이니."

– 예, 주인님. 무슨 수를 써서라도 당신께 받은 임무를 수행하겠습니다. 반드시.

주인님은 잠시 나를 내려다보았다. 검고 깊은 눈은 그날따라 유난히 서글퍼 보였다.

"따라오너라. 너를 데려갈 사람들에게 나의 공간을 열겠다."

나는 주인님을 따라, 그물처럼 얽힌 나무뿌리 사이사이로 깊고도 긴 통로를 지났다. 넓고 어두운 통로들이 있었는데, 빛 한 점 들지 않는 칠흑처럼 어두운 곳이었다.

그 깊고도 은밀한 곳에. 주인이 은신하던 동굴이 있었다. 세상에서 보았던 어떤 화려한 궁궐보다도 더욱 크고 화려하고 장엄한 그의 처소에는, 눈부시게 반짝이는 것들, 생명이 없는 아름다운 것들이 끝도 없이 쌓여 있었다.

주인이 외부로 연결된 공간을 열었을 때, 바로 앞에는 두 명의 사내가 앉아 있었다. 아니, 정확히 말하자면 피투성이가 된 전사 한 명이 동료의 시신을 옆에 두고 두 손을 모아 쥔 채 울부짖고 있었다.

나는 눈을 크게 뜬 채 영혼이 이미 떠나간 몸을 내려다보았다. 젊고 아름답고 힘이 넘치던 그 몸에는 아직 온기가 남아 있었으나, 그 몸의 주인은 이미 머나먼 길을 떠났다. 결코 돌아올 수 없을 것이다.

주인님은 그들 앞에 모습을 드러내고 엄숙하게 물었다.

"너희는 무엇을 원하기에 이 깊고 위험한 곳까지 들어왔느냐."

울부짖음이 멈췄다. 피와 눈물로 얼룩진 사내의 눈이 커다랗게 벌어지는 것이 보인다.

"지극히 거룩하신 동정 성모시여……."

그 전사는 피투성이가 된 몸을 추슬러 바닥에 납작 엎드렸다. 부들부들 떨리던 입술 사이로 울먹이는 목소리가 흘러나왔다.

"저희는 주님의 성스러운 나무, 곧 치유의 십자가 조각을 원하나이다…….”

나는 그 순간, 내가 선택해야 할 길을 깨달았다.
아니, 나에게 선택의 여지는 애초부터 존재하지 않았다.

그리도 오랫동안, 그리도 간절히 원하던 새로운 삶이 시작되려 하고 있었다.

외전 2. 숲의 결혼식

“요즘 알라트 숲 주변에서 이상한 소리가 들린다고, 숲지기들하고 인근 농민들이 불평을 한다오.”

숲의 주인인 로베르 백작이 지나가는 말처럼 내뱉는다. 아무래도 내키지 않는 듯한 표정이 역력하다.

필립은 사냥을 위해 클레르몽 백작 로베르의 성에 머무르던 참이었다. 로베르는 왕의 조부 생 루이 대왕의 막내아들인데, 필립은 막내 숙부를 은근히 편안하게 여겼다. 로베르가 소유한 퐁 생트 막상스의 알라트 숲은 파리에서도 그리 멀지 않은 곳이라, 필립은 종종 그곳으로 사냥을 가곤 했다.

필립은 사과주가 담긴 주석 잔을 비우고 조금 웃었다.

“본래 숲이 조용할 수가 있습니까. 한창 사냥철이니 숲지기들도 꾀가 나는 모양이군요.”

“그렇다기보다…… 근래 들어 숲에서 이상한 자들이 부쩍 눈에 띈다더군요."

곁에 앉아 있던 루이 드 부르봉이 근심 어린 표정으로 고개를 젓는다. '절름발이 루이'라 불리는 부르봉 공작은 로베르 숙부의 장남인데, 이태 전 마리니 보좌 주교의 뒤를 이어 그랑 샹벨랑이 된 자로, 왕의 최측근 중 하나였다. 동명의 루이 드 나바르 태자나 어전 시종 위그와 달리 허튼소리나 가벼운 가십에 휩쓸리는 성격은 아니었다.

"떠돌이 광인들이나 나환자들 무리 아니겠나, 루이."

"그러면 차라리 낫겠습니다. 제법 멀끔한 자들이라 하더군요. 최근 돼지치기나 숯 굽는 자들이 숲에 들어갔다가 길을 잃은 것을 그 무리가 구해 주었다는데, 이상한 건 그들이 숲에서 결혼 잔치 준비를 하고 있더란 겁니다."

"결혼 잔치? 알라트 숲에서? 그걸 그대로 둔단 말인가?"

뒤에 모인 사람들에게서 짧은 웃음이 터졌다. 감히 백작의 숲에서 허락도 받지 않고 결혼 잔치를 하는 미친놈들이 다 있군. 하지만 루이 드 부르봉의 표정은 심각했다. 그는 한참 망설이다가 조심스럽게 입을 열었다.

"문제는 그들 중 보쌍 깃발을 든 자나 파테 십자가 쉬르코를 걸친 자가 있다는 말이 돌아서요. 아 물론, 헛소문이라 생각은 합니다만……."

"허?"

왕의 짧은 코웃음으로 분위기가 싸늘하게 가라앉았다.

추측건대, 성전기사단 도망자들이 로베르의 숲에 숨어든 모양이다. 문제는, 자크의 화형 이후로 성전기사단 관련 화제는 왕의 앞에서 일종의 금기어가 되어 버렸다는 점이다.

모여 앉은 사람들은 왕의 눈치를 보며 입을 다물었다. 어색한 침묵이 내려앉았다.

하여간, 둘 다 분위기 썰렁하게 만드는 데 천부적이라니까.

뒤에 서 있던 위그는 속으로 구시렁거리다 벽난로에 장작을 더 밀어 넣었다. 불티가 화르르 날아오르며 따닥따닥, 시끄러운 소리를 냈다. 창밖으로는 이미 깜깜한 어둠이 내려앉았고 탁자에 켜 둔 등불과 장작불만 주변을 둥그렇게 밝히고 있었다. 하지만 불이 점점 커져도 소슬한 분위기는 영 수그러들지 않았다.

기사단 단장이 화형당한 후, 파리에는 온통 흉흉한 소문이 들끓었다. 자크 단장이 왕과 교황에게 하느님의 심판을 청구했다는 소문이 가장 먼저 돌았고, 그 말에 부응하기라도 하듯 봄부터 사건 사고가 연이어 터지기 시작했다.

가장 요란한 사건은, 왕자비들의 간통 사건이었다. 세 명의 왕자비들이 모조리 연루되었다. 정황증거를 잡아 필립에게 밀고한 것은 앙글레테르의 왕비가 된 이사벨르 공주였고, 조사해서 부정을 밝혀낸 것은 왕이었다.

불륜 상대는 오네 가문의 젊은 형제 기사들로, 왕실의 시종들이었다. 세 명의 왕자비 중 적어도 두 명은 확실하게 불륜을 저질렀고 나머지 한 명 역시 최소한 간통을 부추겼다는 사실이 밝혀졌다.

이는 도덕적으로 결벽증이 있던 필립에게 씻을 수 없는 치욕이었다. 백성들은 이 사건을 200년째 줄기차게 유행하고 있는 궁중 연애 놀음이나 개인의 치정 사건으로 보지 않았다. '신에게 선택받은' 왕실의 도덕성과 권위가 진창에 처박힌 것으로 받아들였다.

왕의 충격과 노여움은 이루 말할 수 없었다. 오네 형제는 퐁투아

즈의 그랑 마르투아 광장으로 끌려가 구름처럼 몰려든 군중 앞에서 끔찍한 방법으로 처형당했다.

그들은 수레바퀴에 묶여 산 채로 피부가 벗겨지고, 팔다리가 산산이 부서졌으며 성기가 잘리고 끓는 아황산납으로 지져진 후 목이 잘렸다. 그것으로도 모자라, 그 시체들은 다 썩어 문드러질 때까지 몇 주 동안 처형대에 매달려 있어야 했다.

세 명의 왕자비들은 모두 폐위되어 머리가 밀린 채 유폐되었고, 루이 태자의 맏딸은 혈통을 의심받기 시작했다. 사람들은 불경한 노래를 지어 불렀으며, 귀족들에게 공공의 적으로 꼽히던 마리니 보좌 주교가 이 일을 꾸민 자라는 헛소문도 장하게 퍼졌다.

앙게랑 드 마리니는 대체 불가능할 정도로 유능한 관리이며 지적이고 매력적인 사내였으나 그를 향한 귀족들의 증오와, 그를 둘러싸고 있는 부정부패에는 대책이 없었다. 위그는 왕이 보좌 주교를 놓지 못하는 이유를 충분히 이해했지만, 그로 인해 시테 궁의 부담이 가중되는 것은 어쩔 수 없었다.

얼마 지나지 않아 기욤 윙베르 종교 재판소장이 암살당했다. 그를 죽인 범인은 잡지 못했다.

그 직후 클레망 교황이 선종했다. 성전기사단 건으로 무던히 왕의 진을 빼 놓은 교황이었지만, 그래도 그의 죽음은 필립에게 뼈아픈 상실이었다. 그로 인해 왕자들은 이혼을 허가받지 못했고, 후계 문제는 여전히 불안정한 상태로 남아 있게 되었다.

이 모든 일이 여름이 되기 전에 일어난 일이었다.

뒤이어 플랑드르와 다시 전운이 감돌기 시작했다. 이제 사람들은 플랑드르와 전쟁이라면 지긋지긋해 치를 떨었지만, 그래도 황금알을 낳는 지역인지라 포기할 수 없었다. 보좌 주교와 파리 시장 에티엔 바르베트가 시민들을 구슬려 특별 세금으로 간신히 군자금을 마련할 수 있었다.

다행히 아슬아슬하게 휴전이 성립되었지만, 언제 다시 터질지 모르는 조마조마한 휴전이었다. 시민들은 그 군자금을 돌려 달라고 요구했고, 필립은 언제 전쟁이 재개될지 몰라 환급을 거절했다.

파리의 부르주아들은 왕에게도 할 말 다 하기로 유명했다. 그들은 참지 않고 악머구리처럼 들고 일어났다. '왕이 세금을 짜내기 위해 일부러 플랑드르와 전쟁을 하는 척했다!' 하는 소문이 기정사실처럼 퍼졌다.

그리고 '이 모든 것은 자크 드 몰레 단장의 저주이며 왕에 대한 하느님의 심판이 시작되었다!'는 소문도 들불처럼 번지기 시작했다.

필립은 반응하지 않았다. 무쇠의 왕, 바위의 왕이라는 별명답게 굳건했다. 그는 자식들을 앞세울 때도, 왕비를 먼저 떠나보낼 때도, 발타와 레아가 곁을 떠날 때도, 기욤 드 노가레가 죽을 때도 전혀 흔들리지 않았다. 겉보기에는 그랬다.

하지만 위그는, 왕을 볼 때마다 거대한 석상이 구석구석 부서져 나가는 듯한 느낌을 지울 수 없었다.

왕은 평소와 같은 모습이었지만 어딘지 지쳐 보였다. 잠을 잘 이루지 못했고, 망치로 두들기는 듯한 두통에 시달렸다. 악몽에 시달리는지 가끔 식은땀에 젖은 채 깨어나기도 했다. 피를 몇 차례 뽑았지만 별 차도는 없었다. 생트 샤펠에 들어가 있는 시간은 점점 더 길어지고, 참회는 점점 더 잦아지고, 말수는 점점 더 적어졌다.

그는 한탄하지도 불평하지도 않았다. 그는 이제 혼자서 그 거센 격랑을 하루하루, 꾸역꾸역 헤쳐 나갔다.

다만 그는 예전에 묻지 않던 것들을 주변 사람들에게 가끔 묻기 시작했다. 지나가듯이, 한숨처럼, 그저 툭 던지듯이.

'앙게랑, 그게 과연 옳은 일이었을까?'
'그들은 무얼 하고 있을까, 위그.'

왕은 대상을 정확히 짚어 말하지 않았다. 딱히 대답을 바라는 질문도 아닌 듯했다. 위그가 글쎄요, 하며 웃거나 별다른 대답을 하지 않으면, 그의 질문은 센 강의 안개처럼 바로 스러졌다.

왕은 감상적인 후회나 고통을 되풀이해 호소하는 것으로 주변 사람을 곤혹스럽게 하는 통치자는 아니었다. 고통스러운 계절을 몇 굽이 흘려보내며, 왕은 그조차 묻지 않게 되었다.

"로베르 숙부, 나이를 먹는다는 게 어떤 느낌입니까?"

필립은 장작불에 시선을 둔 채 무심하게 물었다. 위그는 이 질문 역시 '글쎄요'라고 넘길 만한 혼잣말의 연장선에 있다고 생각했다.

하지만 신중하고 사려 깊은 클레르몽 백은 일렁이는 모닥불을 보며 진지하게 생각에 잠겼다. 60을 눈앞에 둔 백작은, 이제 자신에게 남은 날이 그리 길지 않다는 것을 느끼고 있었다.

"아바마마께서 말씀하셨죠. 늙어 간다는 것은 인생의 즐거움과 소중히 여겼던 것들이 삶에서 하나둘 사라져 가는 느낌이라고."

생 루이 대왕은 제2의 솔로몬이라고 불렸다. 사실 그는 솔로몬처럼 지혜의 말도 사랑 시도 남기지 않았고, 두 번의 십자군 출병으로 국가를 파산 직전에 이르게 했으나, 그래도 성인의 반열에 올랐고, 만인의 존경과 사랑을 받았다. 필립은 그 길을 따라 걷고 싶었다.

"얼굴의 아름다움이 사라지고, 팔다리에 기운이 없어지고, 가슴의 뜨거움이 식어 가는 것. 여인을 보아도 설레지 않고, 혀의 즐거움이 무디어지고, 새벽의 단잠이 사라지는 것……."

클레르몽 백은 눈을 감고 사라져 가는 것들을 하나하나 천천히 짚어 나열했다.

"그래서 거울을 들여다보면, 어느새 머리가 허예진 노인이 나를 빤히 보고 있는 것. 소스라쳐 둘러보면, 그 많던 사람은 모두 다 사라지고, 어둠 속에 나 혼자 덩그러니 앉아 있는 것. 그것이 늙음이라 하셨습니다."

"할아버지께서 그런 말씀을 다 하셨습니까."

"아무렴요."

클레르몽 백은 가차 없이 고개를 끄덕이며 사람 좋게 웃어 보였다.

"폐하, 그래서 솔로몬 대왕께서도 말씀하셨지 않습니까. '하느님께서 베푸신 네 허무한 인생의 모든 날에, 사랑하는 여인과 함께 인생을 즐겨라', '네가 젊어서 얻은 아내를 즐거워하고, 늘 그 사랑에 흠뻑 취하여라.'"

필립은 대답 없이 그저 불길이 이리저리 춤추는 것을 바라보기만 했다. 클레르몽 백은 몸을 앞뒤로 건들건들 흔들며 읊조리듯 말했다.

"폐하께서는 여전히 팔다리에 힘이 넘치시고, 여전히 우트르메르를 향한 피 끓는 열정을 갖고 계시죠. 저는 이 세상에서 영원히 늙지 않은 사람이 있다면, 폐하가 아닐까 하는 생각을 한 적이 있습니다."

"영원히 늙지 않는 사람은, 젊어서 죽은 사람들뿐입니다, 로베르 숙부."

필립은 메마른 목소리로 말을 받았다. 왕의 대화 방식은 예나 지금이나 썰렁했다.

"뭐, 그것도 딱히 나쁜 것 같지는 않습니다만, 이렇게 오래오래 살면서 따끈하게 모닥불을 쬐고 있는 것만큼 좋지는 않겠지요. 인생을 돌아보고 평온히 관조할 수 있게 된다는 건 그만큼 신에게 가까워졌다는 뜻 아니겠습니까. 관조란 본디 신의 영역이라 하니까요."

"……."

"그러고 보니 아바마마의 귀여운 막내아들이던 제가, 이제 아버지보다 더 나이를 먹게 됐더군요. 이 늙은이는 신의 축복으로 하루하루가 그럭저럭 평온합니다. 혼자 덩그러니 남아서도 따뜻한 햇살을 받거나, 모닥불에 손을 쬐며 달콤한 술이나 한 잔 마시고 있으면 만사가 다 좋게 느껴지니 말입니다."

"Ôte-toi de mon soleil[1]……. 숙부는 이제 디오젠(디오게네스)이 다 되셨군요."

"폐하께서도 운이 좋다면, 언젠가 그리되시겠지요."

그는 덕담인지 악담인지 모를 말을 하며 빙그레 웃더니 의미심장하게 덧붙였다.

"생각보다 나쁘지는 않습니다. 신에게 한없이 가까워지는 삶이란."

"신에게 한없이 가까워지는……."

왕은 말을 멈추고 나이 든 숙부의 얼굴을 한참 들여다보았다. 왕의 고약한 습관이라기보다, 무언가를 절실하게 묻고 싶은 듯했다. 모인 사람들은 긴장해서 숨을 죽였다.

"……."

왕의 눈이 감기고 가는 한숨이 흘러나온다. 아랫입술이 지그시 깨물린다. 아주 잠시.

---

1) 내 앞의 태양을 가리지 마시오. 철학자 디오게네스가 알렉산더 대왕에게 한 말.

그것이 끝이었다.

ǂ

"컹컹, 컹, 웡웡웡! 웡!"

뿌우우우우! 뿌우우!

호위대장의 뿔 나팔 소리와 함께 사냥이 시작되었다. 알라트 숲은 오랜만에 활기 있는 소음으로 들썩였다. 사냥철이 시작된 지는 한참 지났지만, 클레르몽 백은 사냥을 즐겨 하지 않고, 시테 궁에서는 마음 편하게 사냥을 할 만큼 상황이 녹록지 않았던 탓이다.

필립은 오랜만에 기운을 되찾았다. 개와 매를 부르는 날카로운 호각 소리와 여기저기서 사냥개들이 웡웡 짖는 소리가 그의 호승심을 불러일으켰다.

필립이 직접 훈련시킨 사냥개들이 왕을 앞질러 달렸고, 필립은 일행보다 앞서 달렸다. 필립이 특별히 아끼는 개들은 가으내 잘 먹고 쉰 끝이라 늘씬한 다리와 허리에 힘이 넘쳤고 왕의 말도 오늘따라 거침없이 달렸다.

사냥은 순조로웠다. 개들은 화살에 맞은 토끼나 족제비들을 쉴 새 없이 물고 와 왕의 앞에 내려놓았다. 두 살이나 될까 하는 어린 노루도 일찌감치 노획물에 들어왔다.

물론 필립이 선호하는 것은 좀 더 크고 사나운 사냥감들이었다. 멧돼지나 곰 같은, 목숨을 걸고 잡아야 하는 짐승들. 필립은 거대하고 힘센 생명이 자신의 손에 의해 넘어갈 때, 몸에 더운 피를 맞아가며 놈들의 멱줄기를 깊이 헤집어 그들의 몸부림을 끝내 멈추게 하는 순간에 가장 큰 흥분과 희열을 느꼈다. 자신이 가장 생생하게 살아 있는 것을 실감하는 순간이었다.

일국의 왕의 사냥이란 이제 유희의 영역도 아니고 먹을 것을 구하고자 하는 필요의 영역도 아니다. 그는 사냥을 통해 자신의 힘과 능력이 건재함을 늘 입증해야 했다. 주변 사람에게, 백성에게 그리고 무엇보다 자기 자신에게.

"아직 오전 나절이라 그런지, 큰 녀석들이 눈에 잘 띄지 않습니다."

간신히 따라온 알랭이 숨을 헐떡이며 말한다. 혀를 차던 왕의 시선이 갑자기 옆으로 돌아간다. 왕의 시야에 새로운 사냥감이 포착된다.

팍! 팍! 파파파사사.

녀석이 몸을 급히 돌려 시야에서 튀어 나간다. 짙은 갈색 몸통에 주둥이 부분이 유난히 하얀 수컷 사슴. 사람 팔뚝만큼이나 높이 솟은 무성한 뿔을 보니 일고여덟 살은 되었겠다 싶은데, 몸통이 유난히 굵고 뒷다리로 박차는 힘이 거셌다.

컹컹, 컹컹컹, 웡웡웡, 웡웡!

"가자, 엑스페토, 달려! 달려!"

필립이 고함을 지르며 바로 추격한다. 그의 등 뒤에서 하얀 입김이 빠르게 흩어졌다.

녀석이 추격자들을 떨치려는 듯 지그재그로 달린다. 방향을 바꿀 때마다 끼으으으으, 끄이이이이, 특유의 비명을 지르며 긴 다리로 튕기듯이 도약하는데 그 모습은 절박하기보다 경이로웠다.

파사, 파사, 파사사사사사…….

바싹 마른 나뭇잎이 부서지는 소리가 사방에서 뒤엉킨다.

위그는 점점 멀어지는 왕의 뒷모습을 보며 숨을 헐떡거렸다. 개들이 무리 지어 달리는 소리, 거대한 사슴이 달리는 소리, 왕을 태운 말이 내닫는 소리는 모두 다르지만, 한결같이 힘이 넘친다.

희고 검고 얼룩진 사냥개들의 털빛과, 적갈색이 감도는 사슴의 몸통이 빽빽한 나무들 틈으로 언뜻언뜻 보인다. 녀석이 지치려면 아직 멀었다. 왕의 움직임에서도 지친 기색이 전혀 느껴지지 않는다. 위그는 왕이 강철의 왕이라 불리는 이유가 그 성격 때문이 아니라, 저 무시무시한 힘 때문일지도 모른다는 생각이 들었다.

"위그! 이쪽! 왜 이렇게 늦는 거지? 루이는 제대로 따라오고 있는 겐가! 알랭! 서두르게!"

멀찍이 앞선 필립이 몸을 돌려 일행을 채근한다. 나무라는 목소리에서 초조함과 짜증이 묻어난다. 탁월한 사냥꾼이며 추적자인 필립은 사냥터에서 종종 성마른 모습을 보였다.

뒤에서 뒤늦게 알랭이 숨을 헐떡이며 따라붙는다. 알랭 같은 호위대장도 사냥터에서 왕의 뒤를 따르기란 여간 힘든 게 아니었다. 루이 드 부르봉은 다리가 불편함에도 사냥에 곧잘 참여하곤 했으나 벌써 지친 기색이 역력했다.

"저쪽이다!"

고함이 채 떨어지기도 전에 왕의 화살이 시위를 떠났다. 움직임이 군더더기가 없고 신속했다.

쌔액.

필립이 쏜 화살이 나무 사이를 가로질러 사슴의 옆구리에 박혔고, 두 번째 화살은 목에 박혔다. 끼으으으, 끄으으으! 작은 말만큼이나 거대한 사슴이 날카로운 뿔을 휘두르며 겅중겅중 날뛴다. 왕의 세 번째 화살이 엉덩이에 박힌다.

놈은 몸에 화살을 꽂은 채 한참을 갈팡질팡하며 달렸다. 풀썩, 다리가 꺾인다. 다시 일어난다. 비틀거린다. 흥분한 개들이 사슴을 둥그렇게 둘러싸고 미친 듯이 짖어 댄다.

필립은 개들이 놈을 미리 공격하지 못하게 호각을 불어 신호를 보냈다. 사슴은 뿔 끝이 날카로웠고, 성질도 사나웠다. 한계에 몰린 수컷 사슴은 꽤 위험하기도 했다.

필립은 팔에 방패를 끼고, 오른손으로 장창을 들었다. 멀리서 알랭과 위그가 허덕이며 따라오는 꼴이 마땅치 않다. 그는 거칠어진 숨을 가다듬으며 무릎을 꺾은 채 헐떡이는 놈의 목줄기에 힘껏 창을 박았다.

끼이이!

녀석이 크게 몸을 튕겨 일어나려는 것을, 필립은 창대를 쥔 손에 힘을 주어 억지로 내리누른다. 끼애애, 비명을 지르며 발버둥 치는 녀석의 마지막 몸부림이 만만찮다. 팔의 근육이 팽팽하게 긴장한다.

웡웡웡, 웡웡, 으르르, 끼잉, 으르르르!

개들이 갑자기 시끄럽게 짖어 대다가 갑자기 뒤로 주춤대고 물러나며 목구멍으로 긁는 소리는 낸다.

으르르르르, 크르르르, 우우, 우우우워워, 웡…….

"애들아, 워, 워어어! 무슨 일이…… 엇!"

갑자기 머리가 어찔했다. 순간적으로 주변이 빙, 돌면서, 파테 십자가와 보쌍 깃발이 눈앞에 나타났다.

"……?"

일순, 죽은 자크와 기사들이 긴 장창을 들고 말 위에 앉아 있는 모습이 허공에 확 펼쳐졌다. 발타와 레아의 모습이 먼발치로 얼핏 지나가는 것 같다. 그 앞으로 길게 도열한 희고 검은 보쌍 깃발이 펄럭이며, 커다란 함성이 귀청을 때렸다.

- 필립! 내가 한 말을 기억하는가!

"폐하! 폐하! 물러나십시오! 물러나세요!"

뒤에서 찢어지는 듯한 목소리가 들린다. 위그, 알랭의 목소리다.

필립은 이를 악물었다. 창을 쥔 손으로 거대한 사슴의 저항이 격렬하게 느껴진다. 그는 거대한 사슴과 마지막 힘겨루기를 하느라 주변을 둘러볼 수 없었다.

– 우리에게 정정당당하게 맞서라, 필립! 신께서 네게 은원을 풀 기회를 허락하셨음이니!

사람들의 거대한 함성이 들린다. 멀리 보이는 단상 위에는 마상경기의 주관자인 왕과 왕비가 앉아 있다. 왕관을 쓰고 왕홀을 손에 든 은발의 아름다운 사내와 화려한 드레스를 입고 역시 왕관을 쓰고 있는 금발의 여자.

그리고 자신을 향해 돌격해 오는 것은…….

헛것이다. 환상이다. 자크는 죽었어. 필립은 단말마의 비명을 지르는 사슴의 목에서 창을 뽑아 그것을 허공으로 겨누었다.

"네 이놈, 자크, 사악한 우상의 숭배자여, 그리스도의 이름으로 명하노니 물러나…… 헛!"

순간, 눈앞에 하얀 섬광이 번쩍 이는가 싶더니 몸이 크게 휘청거렸다. 몸의 어딘가에 거대한 충격을 받았다. 아니, 꼭 누군가 머리에 거대한 철퇴를 후려갈긴 듯한 충격이었다.

"크워어어억!"

쿵, 갑자기 몸이 크게 흔들리며, 말이 옆으로 껑충 튀어 오른다. 필립은 균형을 잃고 창과 고삐를 동시에 놓쳤다.

"폐하! 폐하! 아앗. 아아!"

멀리서 커다란 비명이 들린다. 찌르는 듯한 두통이 엄습하고, 환상과 현실이 소용돌이치듯 뒤섞이더니, 머리가 빙그르르 돌며 피로 물든 사슴의 시체가 위로 확 치솟는다.

콰당.

다시 머리에서 커다란 충격이 일었다. 몸이 움직이지 않는다. 다리가 말에 짓눌렸나? 다리를 움직일 수가 없다. 아니, 팔도 움직이지 않는다.

"……!"

자신이 말에서 떨어졌다는 것을 깨달은 것은 잠시 후였다. 아윽, 허억! 머리가 깨질 것 같은 통증에, 필립은 손가락이 부러지도록 흙을 움켜쥐었다. 크워어억! 사슴의 얽힌 뿔 사이로 눈매가 사나운 점박이 멧돼지가 흙을 퍽퍽 차며 콧김을 내뿜는 것이 보였다. 위그와 알랭이 검을 뽑아 들고 달려오는 모습은 이미 가물가물하다.

– 일어나라, 필립! 프랑스에서 가장 고귀하고 사악한 자여! 도전을 피하는 건가!

자크가 허공에서 천둥처럼 을러댄다. 필립은 일어나려 몸부림쳤으나 왜인지 몸이 움직이지 않는다. 다리가 돌덩이처럼 무겁고, 고개를 돌릴 수조차 없다.

곁에서 개들이 시끄럽게 짖어 대고, 두 명의 기사가 고함을 질러댄다. 폐하, 피하십시오! 폐하! 몸을 빼서, 피하십시오, 아악, 으아악, 아아아!

개들이 짖는 소리가 아련하게 멀어진다. 몸은 여전히 움직이지 않는다. 두 명의 기사의 목소리는 끊어졌다 이어졌다 한다. 다른 사람들은 보이지 않는다. 길이 엇갈렸거나 각자의 사냥에 몰두하는 모양이다.

털퍽.

자신의 눈앞으로 털이 새하얀 점박이 녀석이 피투성이가 되어 나동그라진다. 깨갱 깨갱, 끼잉. 낑. 비명은 오래가지 않는다. 특별히 아꼈던 사냥개, 아르장이라 불렀던 녀석의 배가 갈라져 내장이 바닥에 지저분하게 흩어진다.

보금자리를 침범당한 멧돼지가 난동을 부리는지, 개들이 으르렁거리면서도 맞서 싸우는 소리가 시끄럽게 뒤엉켰다. 폐하, 저, 정신 차리십시오! 폐하! 앗, 아아! 폐하! 위그, 알랭의 목소리가 툭툭 끊어진다.

– 자크 경. 손을 멈추세요. 일단 그분을…….

의식의 끝자락에 낯익은 목소리가 설핏 스며든다. 맑고 가벼운, 그리운, 증오스러운.

……혹은 지극히 사랑스러운.

†

"저, 정신이 드셨습니까, 폐하?"

필립은 눈을 가늘게 뜨고 천천히 몸을 일으켰다. 위그와 알랭이 근심스러운 표정으로 필립의 몸을 자세히 살피고 있었다. 필립은 팔다리를 움직여 보고 고개를 흔들어 보았다.

쉬르코와 망토, 쇼스의 이곳저곳에는 핏자국이–아마도 사냥감의 핏자국이 크게 남아 있는데, 몸 상태는 나쁘지 않았다. 아니, 간만에 꽤 좋은 편이었다. 크게 다쳤을 줄 알았는데 다행이었다.

필립이 정신을 차린 것을 본 사냥개들이 맹렬히 꼬리를 흔들며 반갑다고 짖어 대고, 옆에 묶여 있던 말도 기쁨을 감추지 않고 목을 위로 빼고 소리 높여 울었다.

"아, 하느님 감사합니다. 감사합니다!"

위그는 울먹이며 성호를 그었다. 왕이 난데없이 낙마해서 머리를 맨바닥에 박는 것을 보았을 때, 꼭 돌아가신 줄로만 알았다. 왕이 갑자기 창을 놓치고 낙마한 게 먼저인지, 멧돼지가 들이받은 게 먼저인지 확실하지는 않았다. 자신과 알랭도 멧돼지와 싸우다 정신을 잃었기 때문이었다.

크게 다치셨을까 봐 걱정을 했는데, 이렇게 멀쩡히 몸을 움직이시는 걸 보니 얼마나 다행인지. 하마터면 사냥 중에 국장을 치를 뻔하지 않았는가.

왕이 눈썹을 찡그리며 묻는다.

"여긴 어딘가? 알라트 숲에서 이런 넓은 공터는 처음 보는데."

"위치는 정확히 모르겠습니다. 저희도 멧돼지에 받혀서 잠시 정신을 잃었는데, 정신을 차려 보니 이 공터였습니다. 조금만 더 늦었으면 저희 모두 거기서 얼어 죽을 뻔했다고 하더군요."

"숲지기들과 숯 굽는 자들이 보았다는 그 무리가 저희를 살려 준 모양입니다."

위그가 멀찍이 모여 있는 무리를 가리켰다. 하지만 왕의 표정은 풀리지 않았다.

"……루이가 말하던 그 '결혼 잔치 무리'인가? 대체 뭐 하는 자들이라던가?"

"아까 왔던 사람에게 슬쩍 물어봤는데, 배를 타고 장사를 하는 상인 무리라 합니다."

"곧이곧대로 믿기엔 분위기가 좀 이상하긴 하지만, 결혼 잔치를 하는 건 사실 같습니다. 잔치에서 돈 자랑도 장하게 할 모양입니다."

"기사단복을 입은 자들은 아직 보지 못했습니다만 무장한 자들이 있는 건 맞습니다."

알랭과 위그가 번갈아 가며 대답했다. 필립은 눈썹을 찡그리며 몸을 일으켰다.

"상단에서 결혼 잔치라. 고작 장사꾼들이 클레르몽 백작의 숲에서 감히 이런 짓을 벌인단 말인가?"

"아이고, 저희가 일개 장사꾼 무리인 건 맞습니다만, 그래도 돌아가실 뻔한 분들을 구해 드리고 맛있는 것까지 바리바리 챙겨 왔는데 이렇게 뒷담이라니, 너무하시는 것 아닙니까!"

왕의 말이 떨어지기가 무섭게, 누군가가 투덜거리며 튀어나온다. 위그와 알랭은 기겁했다.

"네 이놈! 감히 폐하께 그 무슨 무례한……!"

호통을 치던 호위대장이 그대로 말을 멈춘다. 위그도 눈을 둥그렇게 떴다.

……뭐, 뭐지, 저자는?

갈색 곱슬머리에 눈꼬리가 날렵하게 빠진 사내였다. 화려한 무늬가 수놓인 모직 겉옷에, 물소 가죽 신발에, 큼직큼직 은장식이 박힌 가죽 거들을 두른 품이 대놓고 돈 자랑을 하겠다는 티가 풀풀 났다. 게다가 긴 꼬리를 둘둘 말아 똬리를 틀어 그 끝에 장식 술을 달아 길게 늘어뜨린 샤프롱이든가, 양쪽을 다른 색으로 지은 쇼스 따위는 베니스에서 시작된 최신 유행이라, 옷차림만으로 보면 저자가 돈 많은 상인인 것은 확실해 보였다.

문제는, 저 얼굴은 상당히 낯이 익은데, 분위기나 태도가 묘하게 달라졌다는 점이다. 위그는 눈을 가늘게 뜨더니 느릿하게 확인했다.

"황금 이빨의 벵상……?"

장사꾼 사내는 하얀 이를 드러내며 싱긋 웃더니 위그와 필립의 앞에 허리를 숙이고 멋들어지게 인사를 올렸다.

"이제라도 알아봐 주셔서 황공하옵니다만 이제는 '황금 이빨의 벵상'이 아니라 '황금 이빨의 거상, 아니, 황금의 거상 벵상'이라 불립니다. 제 어여쁜 막냇동생이 옛 별명을 그리 좋아하지 않아서 말이죠. 그런 별명으로 자꾸 불리면 이빨을 몽땅 뽑아 놓겠다고……. 물론 제 이빨이 아니라 말한 사람의 이빨을, 오, 맙소사, 위그 경의 이빨을 뽑겠다는 것이 아니오라, 네네, 제 이빨이겠죠. 어쨌든 제가 환골탈태까지는 아니라도, 나름 많은 일을 겪으면서 옛 호칭에 심히 괴리감을 느끼게 된지라……."

필립은 아무 말이나 엄벙덤벙 늘어놓는 사내를 지그시 노려보았다. 저놈이 일부러 저러는 걸까. 벵상은 필립의 앞에서 예전처럼 꽁꽁 어는 대신 격의 없는 태도로 손에 든 것을 내밀며 가볍게 허리를 숙였다.

"폐하, 뭐라도 따뜻한 걸 좀 드십시오. 세 분 모두 아무것도 못 드셔서 시장하실 텐데요. 왜 놀라십니까? 하루 만에 일어나신 거 생각 안 나십니까? 아, 모르시겠군요. 어쨌든 다 드시면 제가 저쪽으로 모시겠습니다."

그가 들고 온 나무 쟁반엔 제법 푸짐한 음식이 담겼다. 대여섯 가지 향신료와 각종 식용 염료를 써서 보기 좋게 구워 낸 사슴 요리와 싱싱한 과일, 견과, 와인이 담긴 술병과 큼직한 단지에 담긴 고기 스튜가 보였다. 걸쭉한 스튜는 국물 반 고기 반이라 할 정도로 내용물이 실했다.

그리고 세 사람이 갈아입을 깨끗한 옷도 준비되어 있었다. 맹수와 뒤엉켜 싸우고 진흙에서 구른 세 사람의 꼬락서니가 썩 위엄이 있어 보이진 않았다.

알랭과 위그 사이로 빠른 눈짓이 오갔다. 저 장사꾼의 방자함을 도저히 이해할 수 없는데, 섣불리 나설 수도 없었다. 그의 분위기가 확 달라진 것이 이상했고, 왕이 무덤덤하게 받아들이는 것이 더 이상했다. 원래 왕은 권위를 침해하는 자에게 결코 너그러운 분이 아니었다. 도통 영문을 알 수 없다.

하지만 도저히 묵과할 수 없는 것이 하나 있었다.

"벵상, 너희는 영주님의 허락도 받지 않고 이곳에서 무슨 짓인가? 퐁 생트 막상스가 클레르몽 백작의 관할하에 있다는 것을 모르나?"

벵상은 꽤 정중하게, 하지만 비굴함이라고는 손톱만큼도 없는 당당한 목소리로 대답했다.

"위그 경, 이곳은 세니에 드 클레르몽의 영지가 아니고 제가 모시는 주인께서 다스리시는 곳입니다. 허락 없이 들어오신 것도 봐드렸고, 돌아가실 뻔한 것도 구해 드렸는데, 그런 식으로 말씀하시면 저희 주인님께서 섭섭해하십니다."

"무슨 말이지? 이곳이 알라트 숲이 아니란 말인가?"

"아이고 폐하, 설마 여기가 아직도 알라트 숲으로 보이시는 건 아니겠지요. 미리 말씀드릴 걸 그랬군요. 세 분께선 모르는 결에 저희 주인님의 영지에 들어오신 겁니다."

장사꾼이 소리 내어 웃었다. 위그와 알랭은 그의 무례함을 나무랄 생각조차 못 하고 급히 사방을 둘러보았다.

대체 이게 무슨……?

숲속의 공터인 줄로만 알았는데, 나무들 틈으로 지평선이 보일 만큼 넓게 펼쳐진 초지가 보인다. 돌벽으로 둘러싸인 거대한 성이 새하얗게 빛나고 있고, 잘 가꾸어진 넓은 들에서는 아름드리나무들이 시원하게 그늘을 만들고 있다.

성 주변에는 통나무로 단단히 벽을 두르고 청금석으로 지붕을 얹은 새집들이 보기 좋게 늘어서 있는데, 그 집들이 모여 규모가 꽤 큰 마을을 이루고 있었다.

잘 관리된 농경지와 가축을 놓아 기르는 초지가 있고, 성 앞의 너른 평원에는 밀밭과 약초밭, 과수원이 있었다. 밀밭은 금빛으로 출렁이고, 야트막한 포도 덩굴에는 아직 색이 덜 든 포도가 주렁주렁 매달렸으며, 크고 작은 과일나무에는 저마다의 과일들이 멋대로 자라고 있다.

넓은 들판에서는 색색의 꽃들이 시원한 바람에 이리저리 춤을 추고, 알라트 숲을 끼고 도는 우아즈 강만큼이나 폭이 너른 강이 영지를 둘러 흐른다. 그 위로 크고 작은 배들이 한들한들 물결에 흔들리고 있었다.

위그는 얼이 빠진 상태로 사방을 둘러보았다.

이상하다. 알라트 숲 인근에 이렇게 넓은 개간지가 있었던가?

그것 말고도 이상한 게 한두 가지가 아니다. 지금 밀이나 포도의 수확 시기가 아닌데 저건 뭘까. 아니 그보다, 사냥을 시작할 때는 분명 입김이 하얗게 나올 정도로 쌀쌀했는데, 언제 이렇게 따뜻해졌지?

"……이리될 줄 알았으면 퐁텐블로 숲으로 갈 것을 그랬군."

위그는 왕을 돌아보고 눈을 크게 떴다. 왕은 고개를 옆으로 비스듬히 내리고 웃고 있었다. 폐하께선 뭔가를 알고 계시는 걸까. 표정을 종잡을 수 없다. 허탈한 것 같기도 하고, 반가운 것 같기도 했다. 그렇게 오랫동안 모시고 살았지만 위그는 여전히 그의 속을 헤아리는 것이 쉽지 않았다.

"식사를 마치시면 제가 찬찬히 안내해 드리겠습니다. 괜찮으시면, 세 분 모두 저희 주인님의 결혼식에 참석해서 자리를 빛내 주시면 어떠실까 합니다."

"결혼식이라. 그 소란을 피우며 도피 행각을 벌인 것치고 꽤 늦었군."

위그는 이제야 그 결혼식의 주인공이 누구인지 알아차렸다. 알랭은 이 무슨 귀신 놀음인가 싶은 얼굴로 머리만 긁었다. 벵상이 마을을 둘러보며 자랑스럽게 떠벌거린다.

"아 그야, 신혼집을 수리하고 마을을 꾸미고 정원을 새로 단장하느라 시간이 좀 걸렸습지요. 비가 들이치는 통나무집이나 파도에 흔들리는 선상에서 신혼 생활을 시작하실 수는 없잖겠습니까? 저 기운 센 기사들과 병사들과 뱃사람들이 떼로 달려들어서 일만 했는데도 시간이 얼마나 많이 걸렸는지 모릅니다. 물론 10년 넘게 공사 중인 시테 궁에 비할 바는 아니지만 그래도 저희 주인께서 체면을 구기는 건 저희도 싫다 이거죠."

"……."

"물론 주인님께서는 '우리를 방해만 하지 않으면 레아 호 선창이나 올랑드 통나무집이나 나무 밑의 동굴에 살아도 아무 상관 없다'고 하셨지만, 신부께서는 아무래도 상관이 있는 눈치였고, 일단 주인님의 사회적 체면과 품위를 고려하면 저희부터가 용납할 수 없는 일이죠!"

"……."

"어쨌든 저희는 만성절 전부터 부어라 마셔라 놀고 있는 중이고, 그 덕에 마르세유나 알렉산드리, 시프르, 롱드르에 간신히 열어 놓은 저희 상관商館들은 한 달 넘게 개점휴업 상태랍니다. 이런 말씀드리고 싶진 않지만, 저희 상단으로서는 손해가 막심해요. 이래 놓고 돈 못 벌었다고 나중에 저만 쪼겠죠. 아으, 사악한 인간들 같으니. 아 물론! 초대받은 손님들께는 더 이상 좋으실 순 없지요. 오늘 식이 끝난 후로도 보름 정도는 잔치를 더 할 예정이라, 한동안 놀거리, 볼거리, 먹을거리가 진진 넘쳐 날 겁니다. 지금도 축하하는 인형극 공연과 종글뢰르들의 기예와 마상 시합과……."

"결론을 말하게, 벵상."

"아, 예! 주인님께서는 세 분께서 일어나시면 늦더라도 잔치에 꼭 오셔서 자리를 빛내 주십사 청하셨습니다."

결혼식에는 사람들이 많이 올수록 좋은 것이고, 초대를 받으면 참석해 축하하고 함께 기뻐해 주는 것이 예의다. 필립은 담담하게 고개를 끄덕였다.

"이곳 주인이 직접 초대한 것이라면 기꺼이 가야 도리겠지. 안내하게."

†

삘릴리 삘릴리리, 둥둥둥, 둥둥둥둥.

결혼 잔치를 하는 큰 무리가 있다던 숲지기와 돼지치기들의 말은 사실이었다. 벵상을 따라 성 앞에 도착하니, 피리 소리, 각양각색 현이 징징대는 소리, 북소리가 사방에서 울려 퍼지고 있었다.

사람들은 성의 안팎으로 구름처럼 모여 있었다. 예전에 몽상 페벨이나 쿠르트레 전투에서 맞닥뜨렸던, 벌판 가득 펼쳐진 병사들을 바라보는 느낌이었다.

모인 사람들은 남자들이 압도적으로 많았는데, 교황이 금한 성전 기사단 정복 차림의 기사나 병사들도 한두 명이 아니었다. 가벼운 경갑 무장이 대부분이었지만, 사슬 갑옷에 무기까지 갖춘 이도 적지 않았다. 보쌍 깃발이 사방에서 펄럭거렸고, 아르브르 다르장의 푸른 깃발도 성벽에, 무리 사이에서 높이 휘날리고 있다.

"우리는 이곳에 있겠네."

벵상은 그들을 상석으로 안내하려 했지만, 필립은 사람들의 눈에 띄지 않는 뒤쪽에 섰다.

신랑과 신부는 거대한 나무 아래 설치된 단상에서 서로 마주 보고 서 있다. 위그는 얼빠진 얼굴로 앞에 서 있는 신랑과 신부를 바라보았다.

온통 이상한 것투성이였다. 왜 성안의 홀에서 하지 않고 농민들처럼 밖에서 하는 걸까? 왜 결혼식에 신부神父님이 안 계시는 걸까? 왜 십자가도 성경도 촛대도 성작도 성수반도 없는 걸까? 어째서 하느님의 이름으로 맺어졌다고 선포하지 않는 걸까?

……그리고 왜 그것을 아무도 지적하지 않지?

은발의 신랑은 단순한 형태의 예복 위에 은빛 자수가 놓인 푸른 망토를 입고 있었는데, 왕관을 쓰고 있었다. 자신이 알고 있던 발타사르가 분명한데 전혀 다른 사람을 보는 것 같았다.

신부 역시 화려한 자수와 보석이 달린 드레스와 망토를 입고, 긴 금발을 허리까지 우아하게 늘어뜨린 후, 바닥까지 닿는 반투명한 베일을 뒤로 늘어뜨렸다. 그녀의 머리에는 왕과 같은 형태의 왕관이, 가슴에는 푸른 보석이 박힌 목걸이 반짝거렸고, 손에는 작은 꽃다발과 새로 딴 밀 이삭이 한 모숨 들려 있었다.

신부가 너무나 환하게 웃고 있어서, 앞에 서 있는 여자들이 제발 그렇게 좋아하는 티 좀 내지 말라고 흉을 보았다.

사실 위그는 지금까지 레아가 그리 아름답다고 생각했던 적은 없었지만, 이렇게 보니 여왕처럼 우아하고 당당하며 기품이 넘쳤다. 그것 역시 아름다움이라는 것을 새삼스럽게 깨달았다.

필립은 뒤에 서서 조용히 두 사람을 바라보았다. 두 사람은 사제가 집전하는 혼배미사가 아닌, 사회자의 안내에 따라 결혼 서약을 하고, 서로 반지를 주고받는다. 그들이 뭐라고 맹세하는지는 잘 들리지 않았다. 필립은, 아무것도 들리지 않아 차라리 다행이라고 생각했다.

"와아아아아! 축하드립니다, 주인님!"

"축하드립니다, 마담!"

그들이 입맞춤을 끝내고 손을 잡고 단상에서 내려오자 커다란 함성이 터졌다. 축하드립니다! 행복하세요! 너무너무 아름다우십니다! 여기저기서 축하의 말이 쏟아지고 그들이 지나가는 길의 양쪽에서 우레 같은 박수가 길게 이어졌다. 그들의 앞으로는 새하얀 융단이 길게 깔려 있었는데, 기사들이 그 길의 좌우로 길게 도열해 있었다.

화사한 콧트 드레스에 하늘하늘 팔락이는 숄을 늘어뜨리고 화관을 쓴 소녀들이 신부의 앞으로 나서며 바구니에 든 꽃잎을 뿌리고, 양쪽에 늘어선 사람들도 꽃잎을 하늘 높이 날린다. 나비와 벌새와 멧새들이 신랑 신부 주위를 빙글빙글 날아다니고, 결혼 축가라도 부르는 것처럼 지절거린다.

악사들이 연주하는 음악 사이로, 사람들이 삑삑 불어 대는 피리 소리가 끼어들었다. 그다지 어울리지 않는 제멋대로 연주였지만 오히려 그것이 흥청거리는 분위기를 돋우었다.

신랑은 열광적으로 축하해 주는 기사와 하객들에게 일일이 손을 흔들며 쑥스럽게 웃어 보였고, 신부는 입이 귀에 걸리도록 웃으면서 손에 쥔 밀 이삭을 하나씩 뽑아 주변에 있는 여자들에게 나눠 주었다.

"마담! 그렇게 좋아하시는 티를 내면 안 됩니다!"

"맞아요! 사람이 밀고 당기는 게 있어야지요."

"저렇게 좋아하다간 신랑 페이스에 질질 끌려다니고 말 거야. 틀림없어."

"영주님 뱃속에는 능구렁이가 열 마리쯤 들어 있단 말입니다."

발타를 잘 아는 기사들이 걱정스러운 목소리로 한탄한다. 이해할 수 없지만, 기사들의 목소리에는 신부에 대한 호의와 애정이 듬뿍 스며 있다. 마담에게 도누아라도 바친 자들일까. 신랑을 걱정해 주는 부하는 한 명도 없었다. 신랑에게 쏟아지는 건 야한 농담과, 그의 침실 사정을 걱정하는 타박뿐이다. 고자 기사단에서 고자로 자란 신랑을 고자들이 걱정하는 꼴이 가소롭기 그지없었다.

신랑의 얼굴은 자꾸 붉어지고, 신부의 웃음은 도무지 멈추지 않는다. 그렇다. 위그는 예전부터 알고 있었다. 신부는 씩씩한 남자로 위장하는 능력은 탁월했으나, 조신하고 얌전한 숙녀로 위장하는 능력은 약에 쓸래도 찾을 수 없었다.

사람들은 저마다 색색으로 물든 꽃잎과 곡식 알갱이들을 하늘 위로 한껏 뿌린다. 아이들을 많이 낳으라는 축복이었다.

"여기까지 와 주셔서 감사합니다. 그간 고생이 많으셨지요."

여자의 목소리에, 시끄럽게 울리던 악기 소리가 잠잠해졌다. 발타와 레아 두 사람이 필립의 앞에서 멈춰 서서 인사를 하고 있었다.

두 사람은 자신이 섬기던 왕에게 더 이상 고개를 숙이지 않는다. 그리고 여자와 달리 발타의 얼굴에는 웃음기가 없다. 연민이 어린, 안타까움이 스민 표정으로 그가 손을 내밀었다.

"필립."

필립의 푸른색 눈동자가 두 사람을 가만히 지켜본다. 그의 눈동자가 두 사람의 머리에 얹힌 왕관과, 발타의 손에 쥐여진 홀에 가

닿는다. 잠시 후 필립은 두 사람의 앞에서 한쪽 무릎을 꿇고 고개를 숙였다.

"두 분의 결혼을 축하드립니다."

위그는 왕이 두 사람의 반지에 입을 맞추고 축하 인사를 하는 것을 경악의 눈으로 지켜보았다.

왕은 한결같이 공언해 왔다. 자신은 프랑스에서 황제이며 교황이라고. 그 확신 하나만으로 지금까지 고된 풍파를 헤치고 나왔었다.

현재 프랑스의 왕을 지배하는 상위 군주는 어디에도 존재하지 않는다. 대체 지금 이 상황이 어떻게 된 일이란 말인가?

왕은 고개를 들고 평소와 비슷한 목소리로 그들에게 덕담을 건네었다.

"저를 초대하신다는 약속을 기억해 주셨군요. 결혼 축하드리고, 모쪼록 두 분께서 오래오래 행복하시기를 빌겠습니다."

알랭과 위그는 시근시근하면서도 앞으로 나서지 못했다. 도무지 이 상황을 이해할 수 없었기 때문에. 하지만 자신이 섬기는 왕이 저렇게 행동하는데, 신하 된 자들이 뒤에서 고개를 뻣뻣이 쳐들고 서 있을 수는 없는 노릇이다. 두 사람도 필립의 뒤에서 고개를 숙이고 축하의 인사를 올렸다.

뭔가 기묘하고 이상한, 이해할 수 없는 결혼식이었다.

피로연은 술과 음식으로 시작되어 춤과 음악과 유희로 이어졌다. 음식들은 임시로 만들어진 탁자 위에 끝도 없이 쌓였고 포도주와 사과주, 맥주는 식탁 위에, 그들의 주변에 냇물처럼 흘렀다.

악사와 광대들이 한도 없이 동원되었고, 기사들은 활쏘기라든가 움직이는 과녁 맞추기 같은 경기를 하며 자신의 솜씨를 자랑했다.

한쪽에서는 병사들이 옷자락을 걷어쥐고 씨름을 했고, 맨발로 달리기 경주를 하기도 했다. 다들 한가락 하던 기사들인지라 승부를 보는 것이 쉽지 않았지만, 술에 취해 얼토당토않은 실수를 하기도 했다. 그 와중에 돈을 거는 장사꾼들도 있었다.

신랑과 신부는 성안이 아니라 성문 앞 넓은 공터에서 그들과 함께 어울렸다.

두 사람이 손을 잡고 앞으로 나와 악사들의 음악에 맞추어 춤을 추기 시작했다. 사각으로 열을 맞추어 추는 궁중의 춤이었는데, 다른 기사들도 함께 나와 열을 맞추어 춤을 추었다.

성전기사단에서는 당연히 남녀가 짝을 맞추어 추는 춤 따위는 추지 않았지만, 기사 서임을 받기 전, 기본 소양으로 배워 두어야 할 내용에 춤이 포함되어 있었다. 그들이 모시는 숙녀들의 교양 수준에 도달하기 위해, 기사들은 무예와 마상 기술 말고도 갈고닦아야 할 것이 정말로 많았다.

애석하게도 신랑과 신부는 춤을 제대로 맞춰 본 적이 없었던 티가 났다. 신랑의 춤은 최소한의 동작에 절도 있……다기보다 나무토막처럼 뻣뻣했고, 신부의 춤은 빠르고 경쾌하고 동작이 크며 통통 튀는 듯한 움직임이 많았다.

신부는 동작이 바뀔 때마다 어떻게든 신랑에게 몸을 밀착해 보려 애를 썼고, 신랑은 그때마다 사람들이 다 알아차릴 정도로 당황해 했다. 신랑이 고개를 뒤로 빼다가 눈을 질끈 감고 애원한다. 레아, 제발, 레아, 사람들이 다 봅니다. 소곤소곤하는 소리가 들릴 때마다 사람들은 큰 소리로 웃음을 터뜨렸다.

기사나 숙녀들과 달리, 평민 병사들이나 상인, 농노들은 흥이 오르는 대로 제멋대로 추었다. 그들은 서로 손을 잡고 커다란 동그라미를 만들어 빙글빙글 돌며 원무를 추었다. 양쪽으로 손을 잡은 채 음악에 맞추어 허리와 엉덩이를 튕기고 발을 힘껏 굴러 가며 정신없이 돌았다. 짝을 맞추어 추는 사람들도 그 움직임이 흥겨운 걸 넘어 과격하기 그지없었다.

결혼 피로연까지 와서 춤을 안 추는 사람은 없었다. 성당에서 '그따위로 춤을 춰 대면 지옥에 떨어질 거다!'라는 불호령을 듣고 나와서도 성당 앞마당에서부터 춤을 추던 인간들이니, 아예 판을 깔아 놓으면 고삐 풀린 망아지가 되게 마련이었다. 그들은 음악 소리가 들리는 대로 신나게 몸을 흔들어 댔다.

서서히 흥이 오르는지, 신부가 신랑의 손을 잡고 원무의 대형 안으로 들어왔다. 조신하게 앉아서 잔치를 지켜보기에는, 신부가 춤추는 것을 너무 좋아했다. 그 사실을 이미 다 알고 있는지 사방에서 와그르르 웃음과 손뼉, 환호가 쏟아졌다. 와, 와, 와! 차! 차! 차! 야야야! 야야야, 히이호! 다른 기사들도 그들을 따라 커다란 원 안으로 들어왔다.

"아? 라셀르! 뒤로 빼지만 말고 너도 들어와! 마담 외제니! 들어와요!"

벵상이 동생의 손을 잡아끈다. 사양할 줄 알았던 라셀르는 망설이지 않고 점점 요란해지는 춤판에 들어온다. 두 사람은 신랑과 신부의 옆에서 손을 잡고, 팔짱을 끼고 발을 엇갈리며 신나게 춤을 추었다.

라셸르의 얼굴이 발개지면서, 입술이 달싹거린다. 그녀가 춤을 잠시 멈추고, 머리에 쓰고 있던 화관을 벗어서 벵상의 머리에 씌워준다. 그녀의 입술이 그의 귓가에서 잠시 머무르며 보일락 말락 달싹거린다.

"……!"

벵상의 눈이 커다랗게 벌어지고, 라셸르의 얼굴은 더 이상 말할 수 없을 만큼 새빨개진다. 오오오! 주변에서 감탄사와 손뼉이 와르르 터졌다.

벵상은 뒤로 한 걸음 물러나 근사하게 허리를 숙이고, 그녀의 손을 잡아 손등에 입을 맞춘다. 이미 짐작하고 있었던 듯했다. 벵상이 그녀의 손을 잡고 뺨에 입을 맞추자, 라셸르가 눈물은 터뜨렸다. 눈물을 뚝뚝 떨구면서도 어찌나 환하게 웃는지 몰랐다.

벵상은 라셸르의 손을 잡고 뒤로 물러난다. 주변에서 환호와 야유와 휘파람이 쏟아져 나왔다. 그들 중 가장 크게 환호한 것은 오늘의 주인공인 신부였다.

한바탕 웃음이 지나가고, 춤이 다시 시작되었다. 춤은 점점 빨라지고 과격해진다. 와, 와, 와, 차, 차, 차! 손을 잡고 도는 사람들은 기사건 병사건 농노건 모두 신이 났다. 손뼉을 치고, 발을 구르고, 팔을 위로 들고 빙글빙글 돌며 커다랗게 원을 그린다. 어깨를 출렁이게 하는 나팔 소리, 귀를 긁는 피리 소리, 뱃속을 울리는 큰북 소리, 방정맞게 뛰는 작은북 소리, 류트 소리, 비엘르의 깽깽대는 현소리가 급하고 빠르게 돌아간다.

신랑의 얼굴이 열기로 불그레하게 달아오른 것을 본 축하객들이 사방에서 야한 농담을 해 댔다. 신랑은 애석하게도 내공이 센 편이 아니라 예의 그 난처하고 머쓱한 표정을 지었고, 낯이 한없이 두꺼워진 신부가 오히려 고개를 들고 호탕하게 웃었다.

춤을 좋아하는 신부의 신명 나는 움직임은 다 같이 얽혀 도는 원무 속에서도 두드러졌다. 와, 와, 와! 차, 차, 차, 야야야, 야야야, 히이호! 신부는 양쪽 사람들과 팔짱을 끼고, 치맛자락을 한 손으로 걷어쥐고, 사슴처럼 가볍게 뛰고 뛰고 뛰었다. 새하얀 베일이 팔락팔락 날린다. 길고 탐스러운 금발이 어깨에서, 등에서 찰랑거린다. 한껏 가늘어진 파란 눈동자가 유난히 반짝이고, 새하얀 얼굴이 발그레하게 달아오른다.

필립은 대열 밖에서 흥에 겨워 춤추는 축하객들을 물끄러미 바라보았다. 무척 낯선 세상에 홀로 덜렁 떨어진 기분이 들었다.

레아 호 상단에 속한 장사꾼들이라는 벵상의 설명이 무색하게, 모인 사람의 대부분은 기사나 병사의 복장을 하고 있었다. 성전기사단의 복장, 성 요한 기사단의 복장을 한 자들도 있다. 중간중간에 얼굴을 알 만한 상인들이나 세공사들도 눈에 띈다. 세공방의 하녀 카미유와 파스칼 부부 등은 잘 아는 얼굴이었다.

아까 잠시 뒤로 물러났던 벵상과 레아의 동생이 다시 춤의 대열 속으로 끼어든다. 이제 두 사람은 제대로 손을 잡고 춤을 추기 시작한다. 세공방에서 종종 보았던 외제니라는 키 큰 여인에게 낯익은 기사가 짝이 되었다.

몸을 빙그르르 돌리고 스치고 지나갈 때, 낯익은 기사는 기어이 외제니에게 뺨을 맞대고 만다. 필립은 그 채신없는 사내가 조르주 드 마르세유 사령관이라는 것을 한참 후에야 떠올렸다.

그 외에도 필립과 눈이 마주치자마자 기겁하며 시선을 다른 곳으로 돌리는 병사들이 한둘이 아니었다. 아마 왕의 병사이거나 노르망디의 바이이가 파견한 자들이 아닐까 싶었다. 사연이야 어찌 되었든, 살아 있는데 복귀를 하지 않은 것은 엄연히 탈영(?)이었으니까.

한바탕 신나게 돌고 나서 지친 사람들이 뒤로 나가떨어지고, 음악이 잠시 느릿하게 바뀌었다. 숨을 고르고 있던 신부가 잠시 고개를 돌려 왕을 바라본다. 그녀가 구김 없이 생긋 웃어 보인다. 땀에 살짝 젖은 이마와 뺨이 곱다. 금빛 속눈썹이 여전히 보송보송 귀여웠고, 잘 연마된 사파이어 같은 눈동자는 예나 지금이나 영혼까지 홀릴 것 같은 신비로운 푸른빛이었다.

하지만 필립은 이제 이 마음을 영원히 입 밖에 내서는 안 된다는 것을 알고 있다. 어디서 무엇이 어긋났는지 이제 와서 따지는 것은, 무익한 일을 넘어 절대 해서는 안 될 일이었다. 자신이 할 일은, 지금까지 그래 왔던 것처럼 그 마음이 절대로 새 나가지 않게 철저하게 밟아 눌러두는 일뿐이었다.

필립은 자리에서 일어나 레아의 앞으로 다가가 정중하게 손을 내밀었다.

"아름다운 신부께 한 곡 함께해 주시기를 청합니다."

"영광입니다. 청하지 않으셨으면 섭섭해서 첫날밤부터 울 뻔했어요."

레아는 농담을 하며 필립의 손에 자신의 손을 얹었다. 신부의 드레스 자락을 밟는 일에서 해방된 신랑이 점잖게 뒤로 물러나고, 다시 음악이 흘러나왔다.

두 사람은 손을 잡고 춤을 추기 시작했다. 지나치게 신심이 깊었던 필립은 신부님들의 가르침대로 춤을 즐기는 것을 죄악시해서, 시테 궁의 연회에서 춤을 추는 일은 거의 없었다.

그래서 필립의 동작도 다소 딱딱하고 어색했지만, 그래도 왕의 후계자로 교육받은 기간이 워낙 길었기 때문에 발타만큼 서투르거나 뻣뻣하지는 않았다.

레아의 웃음기 어린 목소리가 들린다.

"사냥은 즐거우셨나요? 세 분 다 옷에 핏자국이 튀어 있던 걸 보면 꽤 격렬한 사냥이었나 봐요."

"정신을 잃고 낙마했으니 체면을 구긴 사냥입니다, 마담."

"그럴 줄 알았으면 퐁텐블로 숲으로 사냥을 가실 걸 그러셨어요. 폐하께서 좋아하시는 곳이라면서요. 지리도 잘 아실 거고, 추억도 많을 테고."

"그렇습니다. 그 별궁도 누군가의 취향에 꼭 맞게 꾸며 놓았는데, 한 번도 못 보여 준 것이 아쉽군요."

필립은 지나가는 말처럼 대답했다. 레아 역시 진심으로 아쉽다는 듯이 고개를 끄덕였다.

"저도 궁금하네요. 저야말로 퐁텐블로에 한 번도 못 가 봤거든요. 그곳의 가을 숲이 그렇게 아름답다면서요. 그 숲의 주인분께 한 번쯤 구경시켜 달라고 졸라 볼 수도 있었는데, 그때는 너무 겁이 많아서 아까운 기회를 놓쳤지 뭐예요. 수다쟁이 면책 특권도 있었는데, 한 번 찔러나 볼걸."

필립의 입에서 가늘게 한숨이 흘러나왔다. 가슴속으로 차가운 바람이 가늘게, 가늘게, 바늘로 찌르듯이 흘러들어 오는 것 같았다.

"마담. 이제 그 이상한 면책 특권……을 회수할 때가 된 듯합니다."

"어머나 세상에! 숙녀에 대한 예의도 낭만도 없으시네요! 저에게 춤을 청하신 이유가 겨우 그건가요?"

레아는 웃음을 터뜨렸다. 레아는 이제 왕의 썰렁한 농담에 꽤 익숙해졌다고 생각했지만, 이렇게 하는 말마다 썰렁하기도 쉽지 않겠다는 생각이 든다.

……그러니까, 저게 진짜 농담이라면 말이지.

"나중에 쓸 일이 생기면 어쩌지요? 사람 일은 어찌 될지 모르는 것 아니겠어요?"

"그 면책 특권을 대체 뭐에 쓰시겠습니까. 만날 일도 없을 터인데."

레아는 문득, 그것이 농담이 아닐 수도 있다는 걸 깨달았다. 필립의 저 건조한 말투와 변함없이 서늘한 눈빛에서 왜 서러움이 느껴지는지도 알 수 없었다. 레아는 애써 쾌활하게 대답했다.

"사실은 제가 그 특권을 위그 드 부빌 경이나 앙게랑 보좌 주교님께 몰래 팔아먹을까 생각했거든요. 한 500리브르 정도면 거래가 가능하지 않을까 생각했어요."

필립의 한쪽 입술 끝이 저도 모르게 한껏 올라간다. 아, 정말 빌어먹을 장사꾼 같으니. 애써 둘러 둔 돌벽이 모래성처럼 부슬부슬 무너지는 것 같다.

레아는 여전히 웃음기를 머금은 채 말했다.

"저는 이제 누구 앞에서든 쫄보처럼 오그라드는 건 사양인데, 신성 프랑스의 폐하께서 발급한 수다쟁이 면책 특권이 하나 정도 있으면 어딜 가든 든든할 것 같단 말이죠. 그리고 또 어디선가 만나게 될지 어찌 아나요? 사람 사는 세상에선, 절대 일어날 것 같지 않은 허무맹랑한 일들도 실제로는 종종 일어나니까요."

필립의 눈썹이 설핏 찡그러진다. 혹시 나를 다시 만날 일이 있으리라 생각하는 걸까. 속으로 쓴 물이 넘어오는 것을 필립은 지그시 삼켰다. 가끔 이 여자가 내게 왜 이렇게 잔혹할까 하는 생각이 들 때가 있다.

두 사람은 음악에 맞추어 한 걸음 물러났다가 다시 몸을 당기며 어깨를 마주 댔다. 그가 등을 맞대는 동작을 취하며, 짧게 묻는다.

"허무맹랑. 가령 어떤?"

"어린아이들이 말하는 장래의 꿈 같은 거? 제 꿈은 완전 허무맹랑했죠. ……아, 폐하의 어릴 때 꿈은 뭐였나요?"
"우트르메르의 예루살렘 왕국 수복이었습니다. 당신은?"
"역시 그럴 줄 알았어요. 분명히 그렇게 재미없을 줄 알았다니까요!"
레아가 다시 깔깔대며 웃는다. 아, 정말 웃음이 많은 여자다. 저 맑고 가벼운 웃음소리가 깨진 유리 조각들처럼 온몸을 난자하는 것 같다.
필립은 레아의 팔을 잡고 밖으로 빙글, 돌렸다. 레아의 치맛자락이 경쾌하게 팔락거린다. 하얗고 가느다란 발목, 그러고 보니, 신부는 맨발에 샌들을 신고 있다. 맙소사. 여러 가지로, 정말 여러 가지로 파격적인 결혼식이다.
신부는 이제 자신의 어릴 때 꿈을 이야기하기 시작한다. 여자의 발은 춤추고, 여자의 머리카락은 나풀거리고, 여자의 눈은 웃음을 한껏 머금고, 여자의 입은 여전히 종달새처럼 재잘거린다.
"제 다섯 살 때 꿈은, 용감한 꽃미남 기사가 되는 거였지요. 앙글레테르의 사자 대왕 리샤르나, 파리 시테 궁의 필립 폐하처럼요. 아, 물론 사소한 어긋남이 있긴 했죠. 일단 왕실에서 건강하고 잘생긴 왕자님으로 태어나는 데 실패했거든요."
"마담 레아, 다시 한번 말씀드리건대, 리샤르는."
"아 물론, 폐하만큼 미남은 아니었겠죠."
"아마도."
"그리고 저는 그때 어지간히 얼굴을 밝혔거나 어지간히 바보였던 것 같고요."
"둘 다였을 수도 있고."
순간 발이 뜨끔했다. 읏. 필립은 저도 모르게 신음이 튀어나오려는 것을 꾹 눌렀다. 여자의 고의가 명명백백 느껴졌다.

"열다섯 살 때 꿈은 꽃미남 기사와 결혼을 하는 거였죠. 아크레의 돈 없는 편력기사 중에 꽃미남……의 흔적이라도 남은…… 기사님 정도면 가능할 줄 알았지요. 돈은 제가 벌면 되니까. 아, 물론 사소한 어긋남이 있긴 했죠. 아버지가 벵상과 약혼을 시키셨거든요."

"그때도 어지간히."

"얼굴을 밝혔거나, 어지간히 돈을 밝혔거나, 둘 중의 하나였겠죠."

"둘 다였을 수도 있고."

"고약하셔라."

다시 한번 발을 밟힌 필립은 끙, 소리를 삼키며 아랫입술을 지끈 물었다.

두 사람이 춤을 추는 것을 보던 사람들이 다시 삼삼오오 짝을 지어 슬금슬금 합류한다. 정말이지 프랑스 사람이란 농노건 기사건 심지어 수도승과 수녀들까지, 춤이라면 목숨을 거는 종자들이다.

"그러면, 그다음은?"

"그 다음번 꿈은, 소리 소문 없이 떼돈이나 벌며 잘 먹고 잘 사는 거였죠."

"아하. 그때는 제법……."

"물론 그때도 얼굴과 돈을 밝히는 겁쟁이이긴 했죠. 사람 쉽게 변하지 않아요, 폐하."

여자는 고개를 들고 키득키득 웃더니 눈을 찡긋하며 덧붙였다.

"아 물론, 그때도 사소한 어긋남이 있긴 했죠. 제가 사는 마을에 알 아슈라프 칼릴이 쳐들어왔고, 도망치는 중에 어떤 몹쓸 물건이 저에게 달라붙었거든요. 그 순간부터 운명의 또…… 돌……밭이 펼쳐진 거죠."

"늘 실현 불가능한 꿈만 꾸며 사셨군요, 마담. 그래서 지금은?"

필립의 질문에 레아는 개구쟁이처럼 활짝 웃었다.

"Consvmmatvm est(다 이루었다)!"[2]

하, 하, 하하하하. 드디어 필립도 소리 내어 웃기 시작했다. 웃고, 웃고, 계속 웃는데, 도무지 웃음이 그치지 않는다.

눈앞의 아름다운 신부는 꽃미남으로 태어나진 못했지만 결국 왕의 기사가 되었고, 결국 세상에서 가장 아름다운 기사와 결혼했다. 그리고 이제 사람들의 소문에 오르내리지 않는 곳에서, 하고 싶은 일에 몰두하며 소리 소문 없이 잘 먹고 잘 살게 되었다.

아, 이런 허무맹랑한 결론이라니. 주변에서 힐끔대는 시선이 느껴지지만, 필립은 왜인지 구역질처럼 자꾸 웃음이 치밀었다.

실현 불가능할 것 같은 소원을 모조리 이룬 여자가 몹시 잔인하게, 순진무구하게, 매혹적인 표정으로 묻는다.

"수다쟁이의 면책 특권을 뺏어 가지 않으신다면, 제가 폐하의 간절한 소원이 이루어지기를 열심히 빌어 드릴게요. 그런 거래 조건은 어떠신가요?"

"밑천 안 들이고 날로 먹으려 하는 습관은 여전하군요."

"위그 경이나 앙게랑 보좌 주교님께 팔아 치우지는 않을게요. 아깝지만 할 수 없네요."

"……."

"아, 그런데 폐하의 소원이 뭔지 궁금하네요. 설마, 성지 회복을 위한 9차 십자군의 건승을 빌어 드려야 하는 건가요? 그런 건 사양하고 싶은데……."

필립은 대답하는 대신 다시 웃었다. 과연 그럴까. 그것이 내가

---

2) 예수의 십자가상 7언 중 하나

가장 바라는 소원일까.

설마. 그대가 내 진짜 소원을 안다면, 결단코 그렇게 웃으며 말하지 못했으리라. 제안조차 하지 못했으리라.

한참 동안 대답이 나오지 않자 여자가 역시나, 하는 얼굴로 웃으며 눈을 찡긋하며 키득거린다.

"뭐, 폐하께서 굳이 신비주의를 유지하고 싶으시다면, 너그러운 제가 이해해 드리지요. 뭔지는 모르지만, 바른 생활 사나이인 폐하께서 설마하니 남을 저주 방자하는 몹쓸 소원을 품고 계시진 않을 테니, 폐하의 간절한 소원이 이루어져라! 하고 주문, 아니 기도를 해 드리지요. 그 정도라면 면책 특권은 남겨 주시는 거, 어때요?"

"좋으실 대로."

곡이 한 굽이 두 굽이 돌아서 천천히 잦아든다. 필립은 잠자코 뒤로 물러나 그녀의 손등에 입을 맞추고 자신이 지어 보일 수 있는 가장 아름다운 웃음을 만들어 보였다.

"감사합니다, 마담. 짧은 시간이지만, 그대와 함께할 수 있어서 영광이었습니다."

여자의 표정이 이상해졌다. 하지만 필립은 구태여 다른 말을 덧대는 대신, 허리를 깊이 숙여 인사하고 뒤로 점잖게 물러났다.

발타가 다가와 필립에게 정중하게 예를 표하고는 레아에게 손을 내밀었다.

이제야말로 정말 물러날 때였다

†

"폐하. 일행이 많이 기다리고 있을 것입니다. 다들 걱정이 클 터이니 얼른 클레르몽 성으로 돌아가심이 어떻겠습니까."

"그렇습니다. 지금이라도 출발함이 어떠신지요, 폐하. 벵상이라는 자나, 아니면 저 조르주 드 마르세유 경이라도 불러서 길잡이를 청할까 합니다."

알랭과 위그가 안절부절못하며 필립에게 작은 소리로 속삭였다. 흥겨운 연주와 공연, 노래, 춤은 밤중까지 늦게 이어질 듯하고, 더는 기다릴 수 없었다.

"지금 사냥 일행은 알라트 숲에 없습니다. 우아즈 강을 타고 퐁텐블로 별궁으로 이동했지요."

"히, 히익! 발타사르 경, 여기 언제……!"

위그는 기겁했다. 위그는 이제 발타가 옆에 오기만 하면 심장이 심하게 뛰고 겁에 질렸다. 필립이 헛웃음을 지으며 되물었다.

"제가 알라트 숲에 남아 있는데, 감히 그들이 저들끼리 희희낙락하며 퐁텐블로로 떠났단 말입니까. 용납할 수 없는 일이군요."

"물론 희희낙락하고 있지는 않습니다. 당연히 당신들을 몹시 걱정하고 있습니다."

"이유야 어쨌든, 행방불명이 된 주군을 버려두고 간 그들의 행동은 어떤 말로든 용납될 수 없습니다."

위그의 격앙된 목소리에 발타는 미묘한 얼굴로 고개를 저었다.

"그래도 시간이 많이 늦긴 했으니, 오늘 밤은 성에서 주무시고, 내일쯤 떠나시는 것이 어떠시겠습니까? 아니면 위그와 알랭 두 사람만 먼저 퐁텐블로로 보내 소식을 전하게 하는 방법도 있습니다."

그러고 보니 어느새 해가 거의 기울었다. 필립이 눈썹을 찌푸리고 생각에 잠기자, 옆에서 우렁찬 목소리가 들렸다.

"단장님, 저희는 프랑스의 왕 필립에게 청할 바가 있습니다. 그의 귀환을 잠시만 미루어 주시기를 청합니다!"

사람들은 발타를 몇 가지 호칭으로 불렀다. 예전처럼 발타 경이라 부르는 자도 있었지만, 주인님, 선주님, 영주님, 아주 중구난방이었다.

하지만 기사단에 속했던 자들은 모두 최대한의 예의를 갖춘 태도로 단장님이라고 부르고 있었다. 이 역시 알 수 없는 일이었다.

"자크 드 몰레, 나의 대부여. 말씀하십시오. 프랑스의 왕에게 청하는 바가 무엇입니까."

"우리 두 사람에게 잠시의 시간을 허락하여, 오래 묵은 인연과 악연을 모두 끊어 내고 각자의 길을 가도록 허락해 주십시오."

말을 마친 자크는 손에 낀 장갑을 벗어 필립의 앞으로 집어 던졌다.

"우리 기사단은 저자에게 씻을 수 없는 치욕을 당했고, 명예와 모든 것을 잃었습니다. 나, 몰레의 자크는 그들을 대표하여 프랑스의 왕 필립에게 마상 시합으로 결투 재판을 청하니, 이를 통해 우리의 억울함을 풀게 하시고, 신의 공의가 살아 있음을 증명하게 허락해 주십시오."

"자크. 그대들은 지은 죄에 합당한 형벌을 받았던 것이고, 나는 그것을 조사하고 집행하여 신의 정의를 세운 자였음을 기억하시오."

필립은 장갑을 주워 드는 대신 싸늘하게 내뱉었다. 자크는 필립의 턱 밑에 고개를 바짝 들이대고 으르렁거렸다.

"그대, 프랑스의 왕 필립, 가없는 탐욕의 존재여. 그 죄를 만들어 낸 것은 당신의 탐욕과 사악함이 아닌가? 그대의 탐욕이 결국은 그대를 파멸시킬 것이오, 필립."

"슈발리에 자크. 숭고하고 거룩한 곳을 향한 탐욕은 경건이며 정의라 한다. 그것조차 분별하지 못하겠는가!"

"네놈의 거짓 방식으로 우릴 다시 재판할 참인가, 필립? 이곳에서? 무지하고도 가소롭다!"

자크가 턱을 높이 들고 코웃음을 친다. 필립의 눈에서 푸른 불꽃이 치솟았다. 두 사람 모두 그 자리에서 칼을 뽑아 들 것처럼 새파랗게 살기가 곤두섰다.

"……나는, 그리고 이곳 재판정에서는 그대들의 시비선악의 판단에 개입하지 아니할 것입니다."

잠시 후, 발타는 손을 들어 올려 두 사람의 다툼을 멈추었다. 그의 차분한 시선이 필립과 자크의 얼굴을 차례로 짚어 나간다.

"그대들 사이의 증오와 분쟁은 그대들이 지나온 세상에 속한 것, 당신들이 신의 이름으로 행한 일에 대한 옳고 그름의 판단은 당신들이 섬기던 신께 속한 것. 모두 제 영역 밖의 일입니다."

발타는 자리에서 일어나 두 사람 사이로 한 걸음, 또 한 걸음 다가섰다. 두 사람이 한 걸음씩 물러나면서 살기는 한숨 누그러들었으나 여전히 팽팽한 긴장감이 감돌았다.

"하지만 그대들은 기억하시기 바랍니다. 그대들은 같은 신념과 동일한 목적을 갖고도 이렇게 다른 방향으로 달려온 것이며, 모든 이를 파멸로 이끌고도 폭주를 멈추지 못했다는 것을."

"……."

"그러하니, 이 자리에서 승부를 가린다 해도, 그것은 과거 행적의 유무죄 입증과는 무관할 것입니다. 다만 그대들 사이의 해묵은 원한이 이 과정을 통해 풀릴 수 있다면, 이 승부의 가치는 바로 그곳에 존재할 것입니다."

발타는 필립에게 고개를 돌리고 담담한 목소리로 물었다.

“묻노니, 프랑스의 왕 필립이여. 그대는 자크 드 몰레, 성전기사단 전 단장의 도전을 받아들여 지난 원한을 털어 낼 기회로 삼을 것입니까. 혹은 무시하고 당신이 있을 곳으로 돌아가실 것입니까.”

“필립, 그대가 명예를 아는 기사라면, 우리 기사단의 도전을 외면하고 비겁하게 도망치지는 않겠지! 내가 아는 프랑스의 왕은 교활하고 잔혹하기는 해도, 적어도 비겁하지는 않고 명예는 아는 자였으니!”

자크는 칭찬인지 비난인지 알 수 없는 말로 필립을 도발했다. 말대로, 필립은 자신에 대한 도전은 한 번도 회피한 적이 없었다. 필립은 허리를 굽혀 장갑을 주워 들고 가볍게 웃었다.

“허락하오.”

이건, 그러니까 미친 짓이다. 물론 그런 모욕을 받고도 가만히 있으면 천년의 수치가 될 일이지만, 왕이 결투에 나가다니.

사람들이 시합을 하며 놀던 공터가 빠르게 비워지고, 나무 울타리를 치는 대신 말뚝을 박고 줄을 매는 것으로 준비는 순식간에 끝났다. 위그와 알랭은 이 걷잡을 수 없는 사태를 통제할 수 없었다.

결혼에 참석했던 이들이 떼 지어 그 주변을 넓게 둘러쌌고, 발타와 레아는 단상 위의 의자에 나란히 앉았다. 레아는 당황한 기색을 감추지 못한 채 눈을 동그랗게 뜨고 두 사람의 모습을 바라보고 있었다.

아크레 역전의 맹장이라 불리던 기사단의 옛 단장, 아마도 혈기 넘치는 시절로 돌아간 듯한 자크 드 몰레, 그리고 프랑스 최고의 무장으로 손꼽히는 시테 궁의 주인. 전혀 예측할 수 없는 승부였다.

자크의 갈색 눈동자에는 전의가 이글이글하고, 몸에서는 살기가 뻗쳐오르고 있었다. 반대로 필립은 냉철하게 무기와 갑옷 상태를 살피고, 빌려 쓴 투구의 리벳이 잘 잠기는지, 시야 확보가 어느 정도 되는지를 점검한 후, 말의 상태까지 꼼꼼하게 확인했다. 그에게서는 서슬 푸르게 벼려진 냉기와 잘 정돈된 긴장감만 느껴졌다.

시합 방식은 낙마를 하거나, 한쪽이 전투 능력을 상실하게 되면 승부가 나는 것으로 합의했다. 무기는 장검 한 자루, 단검 세 자루, 철퇴 그리고 장창 한 자루씩 주어졌다.

우우우. 우우. 우우.

모인 기사들과 하인들 사이로 낮은 술렁임이 지나갔다. 보통 마상 시합은 결혼식이나 서임식의 인기 있는 이벤트 중 하나였고, 하객들이 가장 열광하는 구경거리이긴 했다.

한데, 지금 두 사람의 대결을 보고 있는 관람객들 사이에서는 팽팽한 긴장감을 넘어서 비장한 기운마저 감돌았다. 한쪽이 죽어야만 승부가 가려지는 것이 아니라 기준을 많이 낮췄음에도 그랬다.

쿵!

앞에 앉은 발타가 검을 땅에 꽂았다. 동시에 두 마리 말이 앞으로 돌격했다.

콰창. 퍽!

장창이 서로 엇갈리며 비슷한 기운으로 허공에서 팽팽하게 맞섰다. 빙그르르 돌아가 탓, 다시 떨어졌다. 필립은 바로 고삐를 잡아채 자크의 뒤를 공격했고, 자크는 기다리고 있던 것처럼 몸을 비틀고 방패로 밀어 공격을 흘려보낸다.

도약 거리가 긴 창은 세 합 만에 부러져 나갔다. 자크의 창은 필립의 방패에 정면으로 부딪치며 창대가 산산이 부서져 나갔고, 필립의 창은 자크가 옆구리에 낀 상태로 꺾어 버렸다.

정면으로 공격을 맞받아친 필립은 잠시 휘청거리는 척하다가 그대로 검을 뽑아, 창을 잡느라 잠시 틈을 보인 자크의 겨드랑이의 틈으로 박아 넣었다. 자크는 아슬아슬하게 뒤로 몸을 빼낸다.

"하아아앗!"

두 사람은 몇 번이고 붙었다 떨어지기를 반복했다. 들판 가득히 피어 있는 꽃들이 말굽에 짓밟혀 으스러진다. 두 사람 모두 숱한 전투에서 앞장서 싸웠던 야전 지휘관이었기 때문에, 멋들어진 공격보다 탄탄한 수비에 신경을 썼다. 화려하고 날카롭다기보다 무겁고 둔탁한 느낌의 싸움이었다.

낙마하면 패전이므로 진흙 바닥에서 구르는 백병전까지는 가지 않는다. 그리고 말 위에서 싸울 때는 에스토크나 단검이 들어갈 만한 갑옷의 빈틈은 거의 허용하지 않으니, 결국 먹히는 것은 철퇴 공격밖에 없었다.

쾅, 콰작, 쾅! 쾅! 와작.

부딪칠 때마다 서로가 휘두르는 철퇴가 방패에 들이박히고, 대여섯 번 버텨 준 방패가 부서져 나간 후부터는 그대로 갑옷 위에 철퇴가 찍힌다. 투구는 단단하게 만들지만 여러 번 맞으면 죽을 수 있고, 판금 보호대가 없는 부분에 맞으면 뼈가 부러질 수 있다. 사슬 부분은 검날은 막을 수 있지만 철퇴로 가해지는 힘까지 막아 주지는 못했다.

두 사람의 싸움은 최고의 기사라는 명성이 무색하게 막싸움이 되어 갔다. 발타가 열두 명의 기사들과 싸우면서 보여 주었던 날카롭고 재빠른, 화려한 모습은 없었다. 왜인지 두 사람은 에스토크는 빼 들지도 않고, 정말 무식하게 서로를 두들겨 댔다. 머리, 어깨, 허리, 다리, 등,

뒤통수, 허리. 그들은 이를 악문 채, 신음을 삼키며 공격을 반복했다.

알랭과 위그 역시 이를 악물고 수건을 쥐어뜯었다. 저렇게 두들겨 맞다간 둘 다 죽고 말 것이다. 뇌진탕이 와서, 아니, 그 전에 두개골이 부서지고 말 것이다.

두 사람은 보는 사람이 진이 빠질 때까지 싸움을 되풀이했다. 경기장을 둘러싸고 있던 사람들은 횃불을 켜서 높이 올렸고, 어느새 달도 높이 올라왔다. 말도 왕도 자크도 몸을 가누지 못할 지경으로 만신창이가 되었지만, 치명상은 또 없었다. 승부는 가장 지루하고 양쪽에 파괴적인 방향으로 흘러가고 있었다.

그리고 발타와 레아는 여전히 그 자리에서 꼼짝도 하지 않고 두 사람의 승부를 지켜보고 있었다. 누구의 공격이 성공할 때마다 으레 터져 나오게 마련인 환호 따위도 없이, 그저 숨 막히게 조용했다. 두 사람의 거친 숨소리와 신음, 그리고 말의 거친 콧김 소리와 쇠가 부딪치는 소리와 말굽 소리만 들렸다.

쾅!

커다란 소리와 함께 자크의 투구 속에서 비명이 터졌다. 왕의 철퇴가 자크의 뒤통수에 정확하게 들어가며, 투구가 날아갔다. 왕은 그 연결쇠 부분을 집요하게 공격하고 있었던 듯했다.

자크의 땀에 얼룩진 얼굴이 드러났다. 이미 얼굴은 피범벅이 되어 있었다. 왕은 빠르게 칼을 뽑아 들었다. 하지만 그 짧은 순간, 시야가 확 트인 자크가 유리해졌다. 작은 눈구멍만 보이는 무쇠 투구는 시야가 너무 좁은 단점이 있었다.

"흐윽!"

두 사람의 입에서 거의 동시에 신음이 터졌다. 두 사람은 거의 동시에 검을 뽑았고, 동시에 격돌했다. 왕의 검은 자크의 드러난 목을 향했고, 자크의 검은 투구의 눈구멍을 향했다.
공격을 피하면, 자신의 공격도 포기해야 했다.
두 사람은 공격을 피하지 않았다. 두 사람은 그대로 검을 내질렀고, 공격이 성공하는 동시에 두 사람 모두 말에서 굴러떨어졌다.
필립은 갑자기 세상이 깜깜하게 변하는 것을 느꼈다.

- 이제 승부는 끝났습니다…….
이번의 대결로 그대들 사이의 아픈 매듭이 풀리기를. 나는, 그대들이 삶에서 짊어진 고통스러운 은원과 모든 인과에서 자유롭게 풀려나기를 원합니다.
이승과 저승 사이 여행길에서 빈 소원들은, 명계의 사자가 관할하나니…… 명계의 안내자이며 망자의 위로자, 생명나무의 주인이…… 생명과 영혼을 담아 맹세하건대…… 그대들이 마지막 여행길에서 발한 소원은 언제, 어디에서든, 어떤 형태로든, 반드시 이루어질지라.

- 많이 늦었으니 세 분은 모두 퐁텐블로로 돌아가시는 게 좋겠습니다. 폐하께서도 부디 마음의 평화를 찾으시기를 바랍니다.

발타의 무심하되 따뜻한 목소리와 여자의 다정한 목소리가 귓가에서 아련하게 울렸다.

†

"허억!"
왕의 몸이 침대 위에서 크게 튀어 올랐다. 온몸이 부들부들 경련하고, 눈이 꽉 감긴다.

"폐하! 폐하! 정신이 드셨습니까!"

침대 곁에서 왕을 지켜보던 앙게랑 보좌 주교가 고함을 지른다. 의사! 의사를 불러! 보좌 주교가 그의 팔을 누르는 순간, 왕의 입에서 커다란 고함이 터졌다.

"자크, 네, 이놈! 네가 감히……!"

"폐하!"

"나의 재판이 신의 정의였음을 인정하라! 자크 이 사악한 자여……."

왕은 눈을 꽉 감은 채 발작했다. 퐁텐블로 궁으로 모여든 측근 관리들과 왕실 참사회 사람들은 기겁하며 왕이 누워 있는 방으로 달려갔다.

왕은 열흘 넘게 혼수상태였다. 알라트 숲에서 사냥 중 멧돼지와 맞닥뜨렸고, 낙마했다. 아니, 낙마한 것이 먼저인지, 멧돼지에게 받힌 것이 먼저인지도 알 수 없었다. 왕의 말 엑스페토는 멧돼지에게 받혀 즉사했고, 왕도 부상을 입은 채 쓰러져 있었다. 위그와 알랭 역시 마찬가지였다.

세 사람은 지금까지 모두 의식을 차리지 못한 채 헛소리를 하고 있었다. 하지만 중간중간 왕이 고집을 부렸다. 퐁텐블로로 가자고 끝없이 역정을 내서, 사람들은 우아즈 강에 배를 띄워 파리와 푸아시를 지나 그대로 퐁텐블로로 내려왔다. 그러고도 한동안 의식을 놓았다 찾았다 되풀이하는 중이었다.

모인 사람들이 뒤로 물러나서 근심 어린 목소리로 수군거렸다. 저주, 저주, 단장의 저주, 사람들 사이로 낮은 속삭임이 번져 나갔다.

"서, 성전기사단의 죽은 단장이 나타났나 봅니다."

"지금 이 방에 그들의 망령이 와 있는 게 아니오?"

"폐하의 몸이, 마, 마비가 풀린 것인가?"

"오 하느님, 하느님! 위그 경과 알랭 경도 지금 깨어났습니다! 오, 맙소사!"

"대체 어떻게 된 일이오? 몸은 움직일 만하오? 이게, 이게 대체!"

"폐하! 알랭과 위그 경이 정신을 차렸습니다! 지금 이곳으로 오고 있습니다!"

도미니크 수도원에서 불려 온 왕의 고해 사제가 떨리는 목소리로 혼수상태인 왕에게 고했다. 기욤 윙베르의 후임으로 파리 종교재판소의 장으로 임명된 자인데, 며칠간 잠을 제대로 자지 못해 눈 밑에 시커멓게 그늘이 져 있었다. 왕은 그의 이름도 제대로 기억하지 못했다.

"기욤! 기욤은 어디 있지. 고해성사를 하고 싶소."

그는 기욤 윙베르 신부, 그 대쪽 같고 꼿꼿하던 자신의 고해 사제가 암살당한 것도 잊고 있었다. 기욤, 노가레! 기욤은 어디 있나! 발타! 발타사르, 내 작은 솔로몬. 레비, 레아, 레아! 이, 이 사악한, 아아. 사악한 릴리트! 알랭! 알랭! 위그!

"폐하. 기욤 윙베르 신부는 죽었습니다! 발타와 아크레의 숙녀도 죽었습니다! 로도스 앞바다 만드라키 항 앞바다에서, 모조리 죽었습니다!"

앙게랑 보좌 주교가 목멘 소리로 고함을 친다.

"내 소원은, 나는, 나는, 내가 간절히 바라는 것은……."

왕의 입가가 비틀린다. 왕실 기록관 장 마야르가 왕의 말을 받아 적기 위해 황급히 침대 곁으로 바짝 다가앉는다. 왕의 입술이 잠시 달싹거렸지만 발음이 부정확해서 알아듣기 힘들었다. 왕이 갑자기 말을 멈추고 웃음을 터뜨렸다.

고해 사제가 그의 입가에 귀를 바짝 댔다. 왕의 유언을 듣기 위해 모인 에브뢰 백 루이와 발루아 백 샤를도 초조하게 침대로 다가갔다. 그 뒤로 시테 궁과 각지에서 달려온 측근, 왕족들이 빼곡하게 서 있다.

세 명의 아들-나바르 왕 루이, 푸아티에 백 필립, 얼마 전에 라 마르슈 백으로 봉해진 아름다운 막내아들 샤를, 고해 사제, 앙게랑 르포르티에 마리니, 저 탐욕스럽고도 유능한 보좌 주교. 뒤에서 이 모든 사태를 기록하고 있는 서기국의 장 마야르. 그 말 없고 충성스러운 사내는 이미 눈물을 뚝뚝 떨구고 있었다.

왕은 그들의 얼굴을 하나하나 필사적으로 훑어보며, 이를 악문 채 고개를 흔들려 애를 썼다.

"아니, 아니, 내 소원은, 그게 아니라 9차 십자군을, 우트르메르로 진군하는 것이, 내가 원하는 것이다! 그것이 내가 원하는 것이다! 다른 것은, 진심이 아니, 아니……."

그게 내가 원하는 것이다! 악을 쓰며 고함을 쳐도 몸이 따라 주지 않아, 왕은 몸을 격하게 꿈틀거렸다. 왕의 의식은 이제 이승과 저승의 중간쯤에 걸쳐 있었다. 그가 입술을 달싹거리며 아주 작은 소리로 속삭였다. 들릴락 말락 끊어질 듯 말 듯 들리는 목소리는, 옆에 바짝 붙어 있는 고해 사제와 앙게랑, 그리고 위그 드 부빌의 귀에밖에 들리지 않았다.

"그대를 아꼈다. 그대를 사랑했다. 그대들과 함께 있는 꿈을 꾸었다……. 나는 외로웠다. 그것마저 탐욕이라 할 것인가?"

"폐하! 여기는 퐁텐블로 궁입니다! 폐하, 꿈에서 깨어나십시오! 폐하, 꿈입니다! 꿈이에요! 제발 이곳으로 돌아오십시오!"

위그가 왕의 손을 붙잡고 알 수 없는 소리를 지르며 울부짖었다. 알랭도 옆에 무릎을 꿇고 함께 울부짖는다.

"폐하, 안 됩니다! 그곳에서 나오세요! 제발 이곳으로 오십시오!"

"앙게랑, 앙게랑 르포르티에! 그대는 어디 있나! 왜 보이지를 않아! 그랑 샹벨랑은! 루이! 부르봉의 루이는 어디 있나?"

"폐하! 저는 여기 있습니다, 당신의 충성스러운 보좌 주교 앙게랑이 여기……. 대체, 폐하, 플랑드르 건으로 적자가 난 국고는, 사람들이 돌려 달라는 특별 세금 건은 어떻게 하면, 폐하……!"

보좌 주교가 그의 발치에 엎드려 흐느꼈다.

앙게랑 보좌 주교는 눈앞이 캄캄해지는 것을 느꼈다. 지금 이렇게 산적한 문제들을 산더미처럼 쌓아 두고 당신이 먼저 떠나면, 나는 어찌하란 말인가. 대체 나 혼자서 어떻게 맞서야 할까. 이제 남은 자들은 적들뿐인데. 발루아 공과 루이 태자를 비롯해서, 온통 보좌 주교를 고깝게 보던 사람들뿐인데.

앙게랑은 그동안 왕이 자신을 의지했다고 느꼈는데, 아니었다. 왕은 애초에 스스로 홀로 설 수 있던 자였고, 자신이나 기욤 드 노가레, 기욤 윙베르 신부, 혹은 위그가 왕에게 기대어, 그 굳센 뿌리를 믿고 격랑을 헤치고 온 것이었다.

"앙게랑…… 나, 나는 나의 탐욕으로, 한 짓이 아니다. 나는, 옳다, 세금은……."

왕의 한쪽 주먹이 시트를 꽉 움켜잡는다. 그의 손이 부들부들 떨린다. 사람들은 왕이 마음속에서 폭풍과 같은 전쟁을 치르고 있음을 알아차렸다.

"유언 집행관, 샹슬리에! 인장의 수호자는 어디! 기욤 드 노가레! 기욤은 어……디!"

"폐하! 기욤은 죽었습니다! 작년에 죽었습니다! 지금 인장의 수호자는 피에르 드 라틸리입니다. 지금 오고 있습니다! 제발 정신 차리십시오."

늘 초연하고 유들유들한 태도를 잃지 않던 보좌 주교가 울부짖었다. 왕은 지쳐서 꺼져 가는 목소리로, 하지만 끝까지 입을 열어 자신의 의사를 밝히려 애를 썼다.

"……세금을, 환급……해. 돌려줘. 나는 플랑드르로 갈 수 없다……."

"샹슬리에 피에르는 대체 왜 이리 늦는 게야! 다른 유언 집행관을! 이 머저리 같은 것들! 지금 울고 짜고 할 때야? 대체 뭘 꾸물대는 거야!"

루이 드 나바르 태자가 성급한 목소리로 외쳤다. 왕의 몸이 크게 경련하다가 다시 털썩 늘어졌다.

"발타, 발타사르, 레아를 불러……."

☨

"누가 새로운 부부의 첫날밤의 증인이 되겠소?"

"그 절차까지 굳이? 마담께서 노여워하시면 어찌하시겠소? 굶고 싶소?"

"어차피 첫날밤도 아닌 거 만인이 다 아는데, 증인이 필요합니까?"

"그래도 결혼식의 절차란 게 그런 게 아니지요! 결혼은 오늘 잔치로 끝이 아닙니다! 오늘 밤의 동침이 확인되고 내일 아침, 신부께서 아침의 선물과 상속 증서를 받으실 때에야 완성이 되는 것입니다!"

"지금 신부님도 축복도 혼인미사도 다 때려치운 판인데 절차가 무슨 상관인가?"

"아니 그러니까, 기사단 출신은 그 증인에서 빼 달라고."
"나는 신랑의 대부야! 나는 입회해야 할 의무가 있어!"
"지금 주인님께 대부가 무슨 의미가 있습니까? 차라리 외부인들을 증인으로."
"외부인들은 증인이 될 수 없어!"
화려하게 꾸며진 신방 앞에서, 사람들이 와글와글 떠들고 있다.

필립은 왜인지 멀쩡하게 서서 신방 앞에 둘러선 사람들 틈에 끼어 있었다. 아까 자크의 마지막 공격에 얼굴인지 목인지 찔려 낙마했는데, 자신에게 목을 찔려 똑같이 말에서 굴러떨어진 자크 역시 멀쩡한 표정으로-아니, 목에 붕대를 친친 감기는 했다- 신방 앞에서 팔짱을 끼고 있다.

필립은 뺨과 목을 짚어 보았다. 상처가 있는 것도 같고, 없는 것도 같다. 그냥 느낌이 없다. 통증이 전혀 느껴지지 않으니, 상처가 의미가 없는 걸까?

화려하게 치장한 신부는 들러리들의 안내를 받아 진즉에 침실로 들어갔고, 그 뒤로 장미 꽃잎을 가득 띄운 목욕통도 들어갔다. 하지만 여전히 내공이 약한 신랑은 이 사악한 악당 무리 때문에 방에 들어가지도 못하고 멀찍이 배회하고 있다.

발타를 키워 주었던 기사들은, 그리고 그를 잔혹하게 내쳤던 기사들은, 이제 그의 신방 앞에서 첫날밤의 입회 증인이 되겠다, 안 된다 하며 싸워 대고 있다. 기사들이 하도 험상궂은 표정으로 싸워 대니, 벵상 같은 이들은 입회할 엄두도 내지 못했다.

"자, 우리 좀 솔직해져 보자고. 여자랑 같이 안 자 본 사람은 입회 증인에서 인간적으로 빠지자."

"뭐가 어째? 어떤 놈이 규례를 어기고 여자랑 자 봤다는 거야? 대체 누구야? 손 좀 들어 봐!"

자크 전 단장이 커다란 소리로 으르렁거렸다. 하지만 모인 기사들 중 절반 가까운 기사들이 손을 들었다. 자크는 격노했으나, 갑자기 반전된 분위기를 수습할 수는 없었다.

"에에이…… 이거 좀 실망입니다, 단장님."

"그러게요. 능력 좀 있으신 줄 알았는데. 갑자기 존경심이 천리만리 사라지려고 하네요?"

순결의 규례를 잘 지켜 온 단장을 위시한 몇몇 기사들이 순식간에 무능력자로 몰려 버렸다. 심지어 자신이 철석같이 믿었던 조프루아 드 샤르네마저 비죽비죽 손을 드는 것을 본 자크의 배신감은 이루 말할 수가 없었다.

"나는 그대들을 믿었는데, 이럴 수가 있는가! 네놈들의 모가지를 모조리 따 놓겠다!"

얼굴이 벌게진 전 단장이 시근대며 주먹을 들어 올렸다. 아니, 여기까지 와서 이러실 겁니까! 이봐, 잡아! 저 폭주하는 불쌍한 총각 좀 잡아 봐! 신방 앞에서는 단번에 패가 갈려 싸움이 붙었다.

발타는 그들의 뒤를 돌아 살금살금 방으로 들어가 문을 걸어 잠갔다. 기사들은 신랑이 몰래 들어가거나 말거나 그 앞에서 시끄럽게 싸웠다. 그들은 실상이야 어쨌든, 첫날밤의 입회자들이 있기는 있어야 한다고 철석같이 믿었다.

필립은 툭 내뱉었다.

"초야 입회는 내가 예전에 했었소. 시테 궁 생 루이 별궁에서, 벌써 몇 년 전인데……. 부활절 하루 전날이었지. 그러니 여기서 쓸데없이 방해하지 말고 물러나는 게 좋지 않을까. 신부 성격 알면서들

이러는 겐가?"

와글대며 싸우던 사람들이 조용해졌다. 물론 그걸 모르는 사람은 없지만, 꼭 이렇게 김을 빼는 놈이 있다. 기사들은 저 잘생긴 밉상이 정말 마음에 들지 않았다.

자크가 허리에 손을 얹고 내뱉었다.

"기껏 돌려보냈더니, 왜 또 여기 온 거요?"

나야말로 그 이유를 알면 좋겠는데.

필립은 눈썹을 찌푸렸다. 퐁텐블로 궁의 침실에서 들리던 시끄러운 고함 소리가 아직도 머릿속에서 왕왕대는 것 같다.

자크가 불퉁스럽게 물었다.

"두 사람에게 할 말이 남았소? 그래서 온 게요?"

그 역시 모르겠다. 어쩌면 그럴지도 모른다는 생각이 뒤늦게 들었다.

필립은, 남의 마음을 읽는 데 미숙할 뿐 아니라, 스스로의 마음을 읽는 데도 무척 미숙한 자임을 새삼스럽게 실감했다.

모여 있던 이들은 첫날밤 입회 따위는 집어치우고 성가퀴에 둘러앉아 다시 술판을 벌였다. 필립은 혼자 성벽을 슬렁슬렁 걸었다. 멀리 보이는 강물이 요란하게 파도치고 있었다. 술을 마시던 기사와 병사들은 요란하게 파도치는 강물을 손가락질하며 킬킬대고 웃었다.

발타와 레아의 결혼 잔치에 참석한 사람들은 도무지 얌전히 집에 돌아갈 생각이 없어 보였다. 성가퀴 이곳저곳에 횃불이 걸리고 고성방가 음주가무를 즐기는 이들이 군데군데 보였다.

잔치가 보름쯤 더 이어질 것 같다고 했던가? 레아 호 상단은 당분간 개점휴업 상태려나. 저 장사꾼 신부께서 퍽이나 좋아하시겠다.

"사실 침실 앞에서 초야 입회 따위는 할 것도 없는데 말이죠. 다들 짓궂게 한 번쯤 놀려 먹고 싶었던 건데, 폐하께서 멋지게 산통을 깨 주셨군요."

뒤에서 벵상이 나타나 히죽거린다. 필립은 이제 그에게마저 친근감을 느끼게 된 자신이 이상했다.

"사실 주인님께 솔직하게 말할까 말까 고민하고 있긴 합니다만."

"뭘 말인가?"

"저 강물 말입니다. 저 열렬하게 파도치는……."

"저게 왜."

"저 꼴을 대체 언제까지 보고 있어야 하는지, 보는 저희도 괴롭습니다."

그러고 보니 이상하다. 폭풍이 이는 바다도 아닌데, 저 강물은 대체 왜 저렇게 격렬한 파도가 이는 걸까. 아니, 그저 격렬하기만 한 것도 아니다. 갑자기 파도가 멎었다가, 얌전히 찰싹찰싹 어루만지듯 살랑대는 물결이 이어지다가, 화르르 솟았다가 다시 가라앉았다가, 거대한 소용돌이처럼 위로 쭉 솟아오르기도 한다.

필립은 너무 괴이한 강의 모습에 눈을 크게 뜨고 바라보다가 다른 사람들의 반응을 살펴보았다. 사람들은 그 파도를 열심히 구경하고는 있지만, 그다지 놀란 기색은 아니었다. 단장님 열일하시네. 젊은 기사 한 명이 투덜대는 소리가 얼핏 귀에 감긴 것도 같다.

"주인님의 능력의 기반은 물이라고 하더군요. 주인님의 컨디션과 저 강물이, 뭔가 연결이 되어 있다고 하는데……. 물론 대체로 저 강은 몹시 잔잔합니다만."

"……."

"밤만 되면 강물이 저 지랄이랍니다……."

필립은 눈을 찌푸린 채, 격렬하게 요동치는 강물을 바라보았다. 강물이 거대한 기둥처럼 비틀리며 올라가더니 아주 비비 꼬이고 용틀임을 한다. 벵상은 두 손으로 턱을 괴며 본격 관람 모드로 돌입했다.

"뭐, 불쌍한 기사님들의 정서에 몹시 안 좋지만…… 제 알 바 아니죠."

필립은 천천히 성벽 아래로 내려가 발타의 정원을 가로질러 걸었다. 정원이라 불리지만 사실 넓은 들이었고, 그 한가운데는 하늘까지 닿을 듯 거대한 나무가 솟아 있었다.

필립은 이곳의 모습이 몹시 낯이 익다는 것을 알았고, 이 정원이 자신이 꿈에서 계속 보아 왔던 곳이라는 것을 불현듯 알아차렸다.

깨달음은 예정된 것이었으나 그래도 반가웠고, 반가운 이상으로 많이 아팠다.

그는 나무 아래 앉아 물끄러미 밤하늘을 바라보았다. 북극성은 쉽게 찾을 수 있었고, 아는 별자리들 몇 개도 바로 찾아낼 수 있었다. 파리의 밤하늘이나, 어딘지 모르는 이곳의 밤하늘이나, 똑같이 아름다웠다.

필립은 몇 번 꾸벅꾸벅 졸았다. 졸면서 꿈을 꾸었다. 퐁텐블로에 누워 있는, 아주 시끄럽고 고약한 꿈이었다. 앙게랑 보좌 주교와 위그와 알랭의 울부짖는 소리가 시끄럽고 머리가 아팠다. 자신은 꿈속에서도, 그 아프고 괴로운 중에도 남은 일을 처리하기 위해 필사적으로 허둥대고 있었다.

……정말이지, 이렇게나 할 일이 많았던가.

필립은 조금쯤 관조자가 된 기분으로 그 장면을 들여다보았다. 점점 퐁텐블로 침실로 돌아가기가 싫어졌다.

"필립."

퍼뜩 잠을 깨었을 때, 부드럽게 웃고 있는 얼굴이 눈에 들어왔다. 발타. 동방의 현자. 내 작은 솔로몬. 주님의 죽음을 예비한 터번의 발타사르. 필립이 작은 목소리로 중얼거렸다. 발타가 곁에 앉으며 웃는다.

"예전에 나를 정말 괴롭게 했던 질문이 있었어, 필립."

예의 그 무심한 듯, 관조적인 푸른 눈동자는 여전했지만, 부드럽고 다정한 웃음소리도 여전했다.

"'기억'은 권력이자 지혜였고, 부귀와 능력이며 영광이고, 나의 세상에 존재하는 모든 것이었어."

"……."

"그리고 사랑은 그냥 사랑이었지. 모든 것을 다 버리고 선택해야만 하는, 그렇지만 그 결말조차 알 수 없는 오직 사랑."

필립은 그가 무슨 말을 하는지 알 듯 말 듯 하여 잠자코 들었다. 필립은 여전히, 제대로 납득이 가지 않으면 끝까지 말없이 듣는 습관이 있었다. 다만, 왕실에 전해져 내려온다는 그 꿈, 조각나고 많이 잊힌 그 꿈과 관련된 일이라는 것은 바로 짐작이 되었다.

"필립, 너라면 어떻게 하겠어? 다시 그녀를 만나게 된다면, 그 설레는 첫 순간으로 돌아간다면."

"……."

"지금 가진 사랑의 기억을 영원히 간직하고 새로운 사랑은 포기하고 살아갈 것인지, 아니면 사랑하는 마음만을 가지고, 새로운 사랑을 시작하겠는지."

왕은 자신의 선택과 결말이 이미 끝자락에 다다른 것을 느끼고 있었다. 의미 없고 부질없다. 이런 질문을 하는 발타가 이제는 한없이 잔혹한 존재로 느껴졌다.
“발타, 내 작은 솔로몬. 이 잔혹한 지배자 같으니.”
필립은 어깨를 들썩이며 웃었다. 발타는 그의 곁에 무심히 앉아 천천히 동이 트는 모습을 지켜보았다. 동쪽의 한끝이 불그레하게 불타오르는 것처럼 빛이 번져 오기 시작했다.
“나는 발타 너를 몹시 아꼈고, 레아를 깊이 사랑했다. 사랑인 줄 모르면서 사랑했다. 잔느에게 느꼈던 것과 너무 달라서 나는 그 정체를 종잡을 수 없었다.”
“…….”
“아마도, 처음이었을 것이다. 그래서 더욱 갈피를 잡을 수 없었겠지.”
필립은 크게 한숨을 쉬었다. 그동안 왕의 후계자로서, 신에게 선택받은 신성 프랑스의 왕으로서 자신을 혹독하게 연단해 온 시간이, 그리하여 자신에게 따라붙은 거대한 결핍이 갑자기 견딜 수 없이 허망해졌다.
그러지 않았어도 되었다. 하지만 그 순간으로 돌아간다 해도 다른 선택을 할 수 있을 것 같지는 않다. 레아에 대한 기억을 잊고 돌아간다면, 당연히 똑같은 선택을 하게 될 것이다. 그게 인간이니까.
“나는 너와 레아를 아끼고 사랑했던 그 기억을 택하겠다. 그게 내가 레아를 사랑했음에 대한 증거이며, 나의 사랑을 입증하는 유일한 방법이니.”
“아하.”
발타는 여전히 무심하고 여전히 다정하게 고개를 끄덕였다. 필립은 이 말을 이렇게 차분하게 표현할 수 있어서 다행이라 생각했다.
“나는 나라는 존재와 의지가 남아 있는 한, 너희를 기억할 것이다. 내가 너를 깊이 아끼고, 레아를 이렇게 깊이 사랑했던 것을, 목숨보다 사랑했던 것을 기억할 것이다. 그것은 탐욕이기 전에 사랑이라 믿는다."

"그래."

"기억을 선택함에도 용기가 필요하다는 것을 알아 다오, 발타."

"알지."

그의 대답은 여전히 무심한 듯 다정하여, 필립은 더 서러웠다. 이런 것이 인간이 아닌 관조자의 시선일까. 하지만 필립은 그곳에 스며 있는 따스함과 자신에 대한 애정을 끝끝내 믿고 싶었다.

"그리고 나는…… 내가 추구했던 것들이 옳으며, 내가 믿었던 것들이 진실함을 믿겠다."

"……."

"Est avtem fides sperando rvm svbstantia……."

"……Rervm argv mentvm non apparentivm."

(믿음은 바라는 것들의 실상이요, 보지 못하는 것들의 증거이니.)

두 사람은 한 마디씩 주고받은 후 싱긋 웃었다. 필립은 눈을 감고 성호를 그었다. 이마, 가슴, 어깨, 그리고 두 손을 모으고 눈을 떴을 때, 눈앞에 있는 발타 역시 똑같은 모습으로 두 손을 모으는 모습이 보였다.

필립은 복잡한 생각을 그만두었다. 그 이상의 생각은 자신에게 허락된 영역이 아니었다.

발타의 담백하고 낮은 목소리가 들렸다.

"기다리는 사람들이 많아, 필립. 네가 속한 곳으로 돌아가."

필립은 발타의 부드럽고 다정한 미소가 어린 얼굴을 망연히 바라보았다.

오래전, 그를 성전기사단 본부에서 처음 접견했던 때가 떠올랐다. 그와 함께 레아를 만났던, 시테 궁의 작은 접견실도 떠올랐다.

이제야 마음이 편안하다. 어느덧 웃음이 나오기 시작했다. 필립은 오래전, 마르디그라, 사순절을 앞두고 벌어졌던 이교 신들의 축제에서 발타가 그랬던 것처럼, 발타의 어깨를 안고 나직하게 중얼거렸다.

"나는 괜찮다, 내 작은 솔로몬."

필립은 자신의 어깨가 축축하게 적셔지는 것을 느꼈다. 나는 괜찮다. 후회하지 않는다. 정말 괜찮다. 입으로는 계속 중얼거렸지만, 발타의 얼굴을 볼 수는 없었다.

용기를 내 고개를 들었을 때, 필립의 눈에 들어온 것은 퐁텐블로 궁의 어둑한 천장과, 팔에서 피를 뽑고 있는 의사의 다급한 얼굴이었다. 뒤에서 낯익은 얼굴들이 가물거렸다.

"폐하! 폐하! 정신이 드셨습니까! 위그입니다. 폐하!"

이내 온몸을 난도질하는 듯한 통증과 끔찍한 두통이 밀려들었다.

✝

레아는 고개를 뒤로 젖혔다. 시원한 바람이 머리카락을 뒤로 후르르 날려 보낸다.

"시원하죠."

옆에서 다정한 목소리가 들린다. 두 사람은 성 앞의 거대한 나무 중턱에 있는 나뭇가지에 나란히 올라앉아 있다.

차르르르, 차르르, 솨아아.

푸른 나뭇잎이 바람결에 흔들리는 소리는 시원한 파도 소리와 비슷하다. 나뭇잎 사이사이로 들어오는 햇빛은 머리에, 어깨 위에,

한들거리는 두 사람의 맨발에 보석 조각을 흩어 놓은 것 같은 작은 반짝임을 만들어 낸다.

발타가 어깨를 기대며 속삭였다.

"혼자 앉아 있을 때보다, 이렇게 함께 앉아 있으니 정말 좋습니다, 레아."

"당연하죠!"

"조용한 것보다, 이렇게 북적대고 시끄러우니 정말 좋아요."

"어머나 세상에! 취향이 굉장히 특이하시군요. 제가 굉장한 수다쟁이 여자를 한 명 알고 있는데 소개해 드릴까요?"

발타는 어깨를 기댄 채 킬킬대며 웃었다.

결혼 잔치는 여전히 이어지고, 사람들은 한 달 내내 일도 안 하며 먹고 놀고 있으니 무척 신이 난 것 같다. 레아는 맨발을 나풀나풀 흔들었다. 바람결에 긴 치맛자락이 다리에 휘감기며 펄럭거린다. 발타는 그 자락을 손으로 잡아 무릎 위로 지그시 눌러놓고는, 레아의 발을 하염없이 내려다본다.

레아는 꼼지락꼼지락 발가락으로 발타에게 말을 걸었다.

안녕하세요, 발타 님. 오늘도 여전히 잘생겼군요. 네, 좋아요. 아주 좋아요. 자고로 남자란 좀 울리고 싶을 만큼 잘생겨 줘야죠. 아니 이게 무슨 헛소리인가. 네 이놈 발가락들아, 네놈들이 내 덕에 먹고살면서 내 비밀을 그렇게 홀랑발랑 털어놓을 것이냐.

레아의 온몸은, 입이 아니라도 얼마든지 시끄러워질 수 있었다. 발목을 까닥이고, 발가락을 꼼질대고, 다리를 찰랑찰랑 차올리면, 치맛자락을 허벅지에 대고 누르고 있는 발타 님의 손에 지그시 힘이 들어간다. 예전에 여자는 다리를 내놓으면 안 된다고 엄하게 경고하던 엄마나 신부님이 어쩌면 옳은 것도 같고…….

"레아. 예뻐요."

발타는 레아의 허리를 끌어당겨 뺨에 가만히 입술을 맞댔다. 예뻐요. 아, 어떡해. 너무 예뻐서 어쩌지.

……아니, 신부님과 엄마는 옳지 않았던 것 같다. 레아는 명쾌하게 결론을 내렸다.

두 사람이 입을 맞추는 동안 나뭇잎들이 요란한 소리를 냈고, 저 멀찍이 들판을 감싸고도는 강물은 한참 동안 찰락찰락 춤을 추었다. 지나가던 누군가가 무엄하게 휘파람을 불다가, 두 사람의 정체를 알고 꽁지가 빠지게 도망친다.

지난 몇 해 동안, 레아는 발타와 함께 인생에서 가장 행복한 시간을 보내는 중이었다.

상행에 따라가지 않을 때면 발타는 자신의 영지에 박혀 한껏 게을러졌다. 여름이면 이렇게 나뭇가지에 나란히 앉아 하루 종일 수다를 들으며 얼굴이 빨개지도록 웃거나, 나무에 달아 놓은 그물침대에 나란히 누워서 바람을 맞으며 자고, 먹고, 놀고, 또 자곤 했다.

북해와 지중해, 흑해까지 종횡무진 누비고 돌아온 레아 호나 라셸르 호가 갖가지 진귀한 물건을 풀어 놓을 때, 두 사람은 어린아이처럼 눈을 빛내며 물건을 구경하고 벵상의-온갖 허풍과 허세로 점철된- 모험담을 경청하기도 했다.

발타는 종종 레아의 공방에 와서 그녀가 일하는 것을 구경했다. 시키는 일을 군말 없이 거들기도 한다. 안타깝게도, 검을 다루는 데는 귀신같은 영주님께선, 세공사로서는 전혀 소질이 없는 것 같았다.

겨울이면 침대 속에서, 난롯가에서 꾸벅꾸벅 졸거나, 과일이나 밤이나 굴을 난롯불에 구워 먹거나, 이불에 파묻혀서 과자를 먹으며 레아와 함께 연애 이야기나 각종 옛이야기를 읽으며 시간을 보내다가 사랑을 나누고, 또 곤하게 잠에 빠지곤 했다. 레아는 그 잠든 얼굴을 바라보고 있을 때가 제일 행복했다.

레아는 목에 걸린 푸른 목걸이를 가만히 내려다보았다. 한때 사랑에 빠진 어떤 신의 심장이었다고도 하고, 신이며 인간이며 짐승이었던 어떤 여자의 심장이었다고 하고, 혹은 죽음을 넘어설 만큼 간절한 소원을 담은 사랑의 정표라 하기도 했다.

죽음을 넘어설 만큼 간절한 소원.

레아는 자신에게 어떤 소원을 감추고 떠났던 한 남자를 떠올렸다. 이 보석처럼 새파랗고 깊은 눈빛을 담고 있던 사내. 발타 님과 전혀 다른 듯하지만 어쩌면 가장 많이 닮았었던, 아름답고 무감하고 냉혹한, 하지만 표현되지 못한 뜨거운 감정을 깊이 품고 있던 시테 궁의 주인.

레아는 잠시 눈을 감고 빌었다. 그가 마음속으로 깊이 간직하고 있던 마지막 소원이 무엇이었는지 모르지만, 그 소원이 이루어지기를.

그리고 부디 그 소원이 9차 십자군 결성 따위는 아니기를 덧붙여 빌었다.

"어? 발타 님. 뭔가 주변이 좀 환해진 것 같아요."

눈을 뜬 레아는 고개를 갸웃하며 주변을 두리번거렸다. 나무 위로 희미한 빛의 덩어리가 천천히, 유영하듯 내려오는 중이었다.

……반딧불이인가?

아니 반딧불이는 아니다. 형체를 알 수 없는, 옅은 빛의 덩어리였다. 레아는 고개를 갸웃갸웃하면서도 말끄러미 그 빛을 올려다보았다.

빛은 두 사람의 머리 위를 느릿하게 돌며 배회하는 것 같았다. 은은하게 밝은 빛의 덩어리는 느껴지는데, 형체는 보이지 않았다. 지나가는 사람들도 비슷하게 느끼는지 위를 올려다보며 고개를 갸웃하다가 레아와 눈이 마주치자 고개를 꾸벅 숙이고 가던 길을 간다.

발타가 손을 가만히 앞으로 뻗는다. 그 빛은 빙그르르 두 사람의 주변을 돌다가, 결국 그의 손끝에 내려앉는다.

"왔느냐, 내 아름다운 새…… 내 탐욕의 새야."

레아는 무슨 말인지 알 수 없어, 그저 가벼운 웃음을 머금은 채 그 빛을 구경할 뿐이었다. 그 빛이 정말 새의 형상인지, 혹은 정말 아름다운지는 알 수 없었으나, 신비롭고 따스하게 느껴지긴 했다.

해가 뉘엿뉘엿 넘어가고 있는 저녁. 사방은 여전히 환했으나 살풋 어둠이 내려앉는, 하루 중 가장 아름다운 시간.

그래서일까. 그 빛무리가 이상하게 서글프고 처연하게 느껴지는 것은.

"세상 여행은 어땠느냐. 네 마음에 족할 만큼, 많은 것을 누리고 왔느냐."

발타 님은 저 빛과 대화를 할 수 있는 걸까.

순간 그 빛은, 그의 손안에서 작게 오그라들었다. 빛은 천천히 레아의 주변을 한 바퀴 돌더니, 결국 발타의 어깨에 살그머니 내려앉았다.

"울지 마라. 울지 마. 이 또한 너의 선택이니."

발타는 눈을 감고 그 빛을 가만히 감싸며 다정한 목소리로 속삭였다. 그의 속삭임에 물기가 한 겹, 두 겹 천천히 서린다.

"네 말대로, 이 또한 사랑이었더니라……."

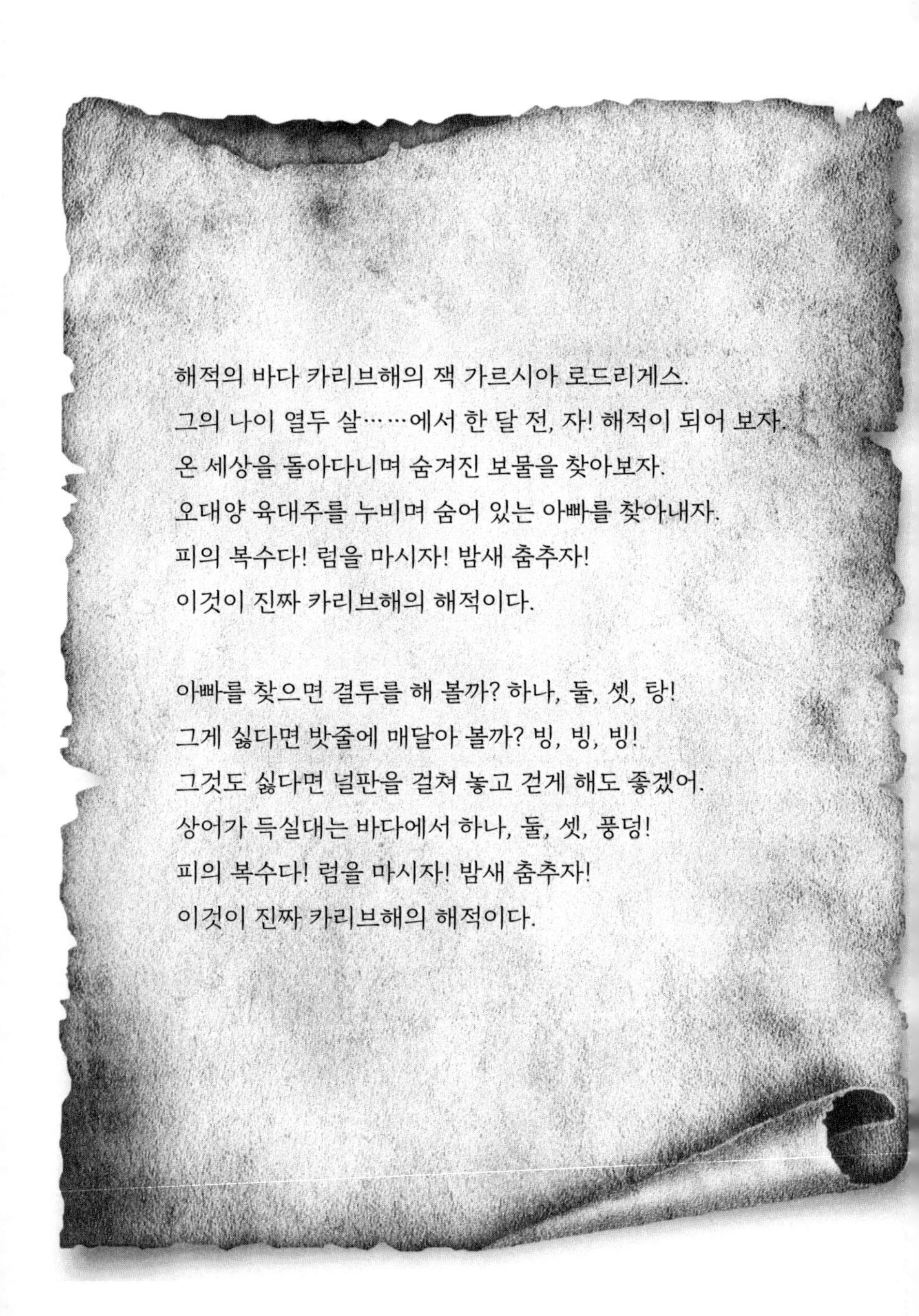

해적의 바다 카리브해의 잭 가르시아 로드리게스.
그의 나이 열두 살……에서 한 달 전, 자! 해적이 되어 보자.
온 세상을 돌아다니며 숨겨진 보물을 찾아보자.
오대양 육대주를 누비며 숨어 있는 아빠를 찾아내자.
피의 복수다! 럼을 마시자! 밤새 춤추자!
이것이 진짜 카리브해의 해적이다.

아빠를 찾으면 결투를 해 볼까? 하나, 둘, 셋, 탕!
그게 싫다면 밧줄에 매달아 볼까? 빙, 빙, 빙!
그것도 싫다면 널판을 걸쳐 놓고 걷게 해도 좋겠어.
상어가 득실대는 바다에서 하나, 둘, 셋, 풍덩!
피의 복수다! 럼을 마시자! 밤새 춤추자!
이것이 진짜 카리브해의 해적이다.

외전 3. CARITAS NUMQUAM EXCIDIT

- 사랑은, 영원히 사라지지 않는다

1) 카피탄, 잭

오늘은 평소보다 30분이나 일찍 일어났다. 나는 세수도 하지 않고 이빨도 닦지 않고 바로 거울 앞에 섰다. 새벽 출근을 한 엄마가 식탁 위에 챙겨 두고 간 시리얼과 바나나는 거들떠보지도 않았다. 몰래 준비해 둔 '특수 분장'을 하려면 아침을 먹을 시간이 없었다.

오늘은 핼러윈. 친구들이 유령이나 마녀, 요정, 악당이나 영화 속 캐릭터로 꾸미고 학교에 올 것이다. 나는 제일 좋아하는 해적, 잭 스패로우 분장을 하고 갈 계획이다. 나는 영화 '캐리비안의 해적'을 제일 좋아하고, 이름마저 잭이니 그야말로 안성맞춤이다.

일단 머리에 붉고 넓은 띠를 두르고 삼각 모자를 썼다. 시커먼 모자에는 검은 머리카락 타래들이 가슴까지 치렁치렁 늘어졌는데 색색의 매듭과 장식이 묶여 히피나 집시처럼 보였다. 코 밑엔 콧수염, 턱 밑엔 턱수염, 그리고 엄마의 눈썹연필을 꺼내 눈의 아래위를 시커멓게 칠한 후 검은 안대로 한쪽 눈을 가렸다.

다음엔 목과 소매에 프릴이 달린 셔츠를 입고, 갈색 가죽조끼를 입은 후 그 위에 넓은 허리띠를 둘렀다. 허리띠에는 플라스틱 단검이 달려 있었다. 옷은 많이 작아졌지만 팔을 들어 올릴 때 찢어지지 않도록 조심하면 올해까지는 입을 수 있을 것 같았다.

여기에 커다란 졸리 로저 목걸이만 걸면 딱 좋을 텐데. 하지만 없는 것은 어쩔 수 없다.

마지막으로 목이 긴 장화를 신고, 두 손을 옆구리에 척 얹어 보았다.

"……좋았어!"

거울 속에서 턱을 비딱하게 쳐들고 서 있는 해적은 누가 봐도 캡틴 잭 스패로우였다.

나는 잠시 고민하다가 안대는 떼어 냈다. 해적 분위기를 내기에는 안대가 최고지만, 잭은 애꾸눈 해적이 아니다.

나는 학교에서 소문난 너드, 아니아니, '걸어 다니는 백과사전', '살아 있는 검색창'답게 사소한 것까지 완벽해야 직성이 풀렸다. 작은 차이가 명품을 만들고, 사소한 디테일이 진정한 해적을 만드는 법이다.

빵빵! 빵빠라방빵!

마당 쪽에서 경쾌한 경적 소리가 들렸다. 헉, 벌써 시간이 이렇게 됐나? 제기랄. 식사 포기, 세수 포기, 양치 포기. 식탁을 허둥지둥 정리하고 있으니 이제 '빠빠빠 바아앙! 빠빠빠 바아앙!' 운명 교향곡이 마당에 울려 퍼진다.

뒤이어 희한한 노랫소리가 창문으로 흘러 들어오기 시작했다.

리틀 잭, 잠꾸러기 잭, 해님이 뜨면 일어날까요? 아니 아니요.
리틀 잭, 잠꾸러기 잭, 노래해 주면 일어날까요? 아니 아니요.
리틀 잭, 잠꾸러기 잭, 뽀뽀해 주면 일어날까요? 아니 아니요.
리틀 잭, 잠꾸러기 잭, 엉덩이를 뻥! 걷어차면 일어나지요…….

엄마가 새벽 출근을 하는 날이면 엄마 대신 나를 학교에 데려다 주는 레아 아주머니였다. 그녀는 발타사르 홀란드 씨의 부인으로, 항구 근처에서 '실버 트리'라는 귀금속 기념품 매장을 운영하고 있었다.

실버 트리는 두 분이 사는 홀란드 하우스의 1층에 있는데, 그곳은 우리 마을에서 손꼽히게 아름다운 저택이었다. 새파란 카리브 바다와 무성한 야자수를 배경으로, 하얗게 반짝이는 3층 저택이 오뚝하니 서 있는 모습은 그림처럼 근사했다.

홀란드라는 성만 보면 네덜란드가 고향일 것 같지만 두 분 다 프랑스 사람이고, 프랑스에서 꽤 오래 살았다고 했다. 레아 아주머니는 '원래 성은 프랑스어로 '올랑드'인데, 발음이 비슷하다고 우리를 네덜란드 사람으로 만들어 버렸지 뭐니!' 하며 깔깔 웃곤 했다.

두 분은 고국을 떠나 이곳저곳 옮겨 다니며 살았는데, 10년 전쯤, 그러니까 내가 아장아장 바닷가를 돌아다닐 때쯤 카리브해에 놀러 왔다가 한눈에 반해 우리 섬에 눌러앉게 되었다고 했다.

두 분 모두 영어를 잘했지만, 두 분이 이야기할 때는 프랑스어를 쓰실 때도 있었다. 솜으로 만든 작은 공들이 귓속에서 포닥포닥 뛰어다니는 듯한 말이었다. 그래서일까? 두 분의 대화를 듣고 있으면, 손과 발을 깃털로 간질이는 것 같고, 가슴이 몽글몽글해졌다.

아이들은 웃음도 많고 말도 많은 레아 아주머니를 '앤티 레아-레아 이모'라고 불렀고, 할머니 할아버지들은 '수다쟁이 레아'라고 불렀다. 나는 어른스럽게 '미즈 홀란드'라고 불러 보았지만, 그때마다 돌아오는 것은 '어머나 얘! 레아 이모라고 불러!' 하는 잔소리뿐이었다.

하지만 레아 이모에게 수다보다 더 못 말리는 버릇은 남의 이름이나 별명으로 노래를 지어 부르는 것이었다. 이모 말로는 '자신의 이름이 들어간 노래가 생기는 것은 세상에서 제일 명예로운 일'이라고 했지만, 아무리 생각해도 그 노래의 주인공이 된다는 것은 세상에서 가장 창피한 일이었다.

잠시 후 문밖에서 맑은 목소리가 들렸다.

"잭 가르시아 로드리게스, 요 잠꾸러기 왕자님! 아직 준비 안 됐니! 빨리 안 나오면 문 확 열고 들어갈 거야!"

"이모! 허락 없이 문 열고 들어오는 건 '가택 불법 침입'이에요!"

나는 알고 있는 낱말 중 가장 어려운 낱말을 동원해 보았다. 하지만 그녀에게는 통하지 않았다.

"그럼 굴뚝으로 들어간다? 나 산타 할아버지한테 발급받은 굴뚝 통행 면허 있어. 그 면허 따느라고 고생했는데 오늘 써먹어야겠네!"

"그 면허 연습해서 딴 거 아니고 돈 주고 산 거라면서요?"

"누가 그래?"

"발타 아저씨가요! 핀란드 산타 마을에 가셨을 때, 사슴 썰매 면허하고 굴뚝 통행 면허증 세트로 사는 데 10만 유로나 썼다면서요?"

"와, 이런 배신자 같으니! 세상 믿을 사람 하나 없네."

목소리가 깡충 올라간다. 하지만 나는 이모가 화가 나지 않았다는 것에 모아 둔 용돈 전부를 걸 수 있었다.

아니나 다를까. 문을 활짝 열어젖히니, 레아 이모가 팔짱을 끼고 싱긋 웃고 있었다. 내가 모자를 뒤로 젖히고 최대한 느끼하게 웃어 보이자 이모는 새파란 눈을 동그랗게 뜨고는 두 팔을 번쩍 들어 올렸다.

"올레! 카피탄 잭? 그러고 보니 오늘이 핼러윈이구나!"

역시 바로 알아보실 줄 알았다. 특히 이모 입에서 프랑스어가 튀어나올 때는 진짜 놀랐다는 뜻이라, 기분이 좋았다. 그러고 보니 이모의 목소리도, 이모의 표정도 평소보다 들뜬 것 같다.

"이모야말로 오늘 무슨 좋은 일 있으세요?"

"좋은 일은 뭐, 아저씨가 두 달 만에 오시긴 하지. 오전에 입항해도 오후에야 집에 오시겠지만."

이모는 아무것도 아닌 척 웃었지만, 그 자랑을 하고 싶어서 입이 간질간질했던 게 틀림없었다. 나는 예의 바르게 깜짝 놀라는 척했다.

"아! 맞다! 오늘 발타 아저씨 일하시는 크루즈 입항하는 날이죠? 두 달 만이라니, 많이 보고 싶으시겠어요."

"그러게 말이야. 하나뿐인 남편인데 얼굴 다 까먹겠네. 뱃사람 아내들은 몇 달씩 남편 얼굴도 못 보고 어떻게들 사나 몰라."

순간 입술 주변의 근육이 똘똘 뭉쳤다. 나는 얼른 헛기침을 하고 표정 관리에 돌입했다.

어떻게 발타 아저씨한테 뱃사람이라는 말을 함부로 갖다 붙일 수 있지?

나는 바다 사나이에 대한 강력한 로망이 있고, 그래서 이런 말은 아무리 이모라도 용납하기 어려웠다.

미스터 홀란드는 '뱃사람'이 아니라 매우 죄송하긴 하지만 '백수'로 분류되어야 한다는 것이 나의 솔직한 견해다—백수인 것을 뭐라고 하는 건 아니다. 인생 살다 보면 그럴 수도 있지! 이해한다!

내가 생각하는 진짜 뱃사람이란, '배를 타는 일'을 '정식 직업'으로 삼아 '돈을 벌어서', '그 돈으로 먹고 사는 사람'을 의미했다.

이건 내가 황금만능주의자라서 하는 말이 아니다. 현대 사회에서 월급이란 객관적이고도 보편타당하며 상식적인 직업의 기준이 되기 때문이다. 바야흐로 내 나이 열두 살……이 되기 한 달 전, 세상 돌아가는 이치 정도는 깨달을 나이 아닌가.

발타 아저씨는 크루즈에서 일을 하긴 한다는데(아마 외모로 뽑혔을 것이다. 대형 크루즈에는 대민 서비스 업무가 많으니까), 1년에 한두 달이 고작이다. 그럼 정식 선원은 아니고 땜빵, 아니, 임시 직원이라는 뜻이다.

그럼 남은 열 달 동안은 뭘 하냐 하면!

날이면 날마다 마을 이곳저곳을 어슬렁대거나 어딘가에 죽치고 앉아 시간을 보낸다. 어깨뼈까지 닿는 긴 은발을 방울 달린 고무줄로 바짝 당겨 뒤통수에 묶고, 가죽으로 겉을 댄 낡은 책이나 커피가 든 텀블러를 손에 들고, 알록달록한 민소매 셔츠와 반바지 차림으로 바닷가나 공원, 햄버거 가게, 도서관 같은 곳을 느릿느릿 돌아다니곤 했다.

그게 아니면 마당의 나무 위나 집 앞 벤치에 앉아 놀거나, 졸거나, 이모의 매장에 퍼질러 앉아 커피를 마시며 직원들과 농담 따먹기를 하곤 했다. 작업장에서 이모가 일하는 모습을 몇 시간씩 구경하기도 했다.

아저씨가 일을 10배로 키우는 똥손이라는 건 매장 직원들도 다 알고 있어서 아저씨에겐 아무 일도 시키지 않았다. 눈 딱 감고 진실을 말하자면, 아저씨는 영업 방해의 일등공신이었다.

하지만 레아 이모는 남편을 무척 자랑스러워했다. '안전 항해 보장하는 최고의 뱃사람', '미남 포세이돈', '진정한 바다 사나이'라는 씨알도 안 먹힐 허풍을 치곤 했다.

나는 잘못된 정보를 바로잡아야만 직성이 풀리는 정의의 소년이었지만, 내가 좋아하는 이모에게만큼은 그 본능을 꼭꼭 눌러두곤 했다.

솔직히 나는 그가 뱃사람이 아닌 영화배우가 되어야 마땅하다고 생각한다. 그는 앞으로 보나 뒤로 보나 멋지지 않은 곳이 없었다. 아무리 거적때기를 걸치고 나무늘보처럼 거리를 돌아다녀도, 아무리 머리가 뻗치고 수염이 비죽거려도 가면마저 뚫고 나올 듯한 미모를 감출 수는 없었다.

그런 미모를 이따위 항구 마을에서 낭비하다니, 그것은 강력한 범죄였다. 지금이라도 할리우드에 가서 거리를 어슬렁대면 1시간도 되지 않아 길거리 캐스팅에 다섯 번쯤 걸릴 게 틀림없다.

게다가 미스터 홀란드는 아는 것도 많고, 친절하고, 교양 있고, 행동거지에서도 우아함과 품위가 넘쳐흘렀다. 옷만 제대로 차려입고 나오면 기품 있는 신사가 따로 없었다(다만, 차려입을 때가 드물긴 했다).

그는 이미 우리 마을 여성들에게 상당한 인기를 구가하고 있었다. 그것도 다섯 살 유치원생 소녀부터 아흔 살 할머니들까지! 그 정도면 스타가 될 가능성이 충분하지 않은가.

물론 그의 경이로운 귀차니즘을 생각하면, 할리우드에서 진짜 스타가 되는 것까지는 장담할 수 없지만…….

미스터 홀란드는 소문난 게으름뱅이였다. 내 늦잠 실력 정도는 그의 앞에서 쨉도 되지 않았다. 그는 점심때까지 늦잠을 자고도 오후에 벤치에 앉아서 또 졸았다.

요정처럼 예쁜 남자가 집 앞 벤치에서 햇볕을 쬐다가 고양이처럼 길게 기지개를 켜는 모습이라든가, 나무에 걸터앉아 이모가 구워 준 쿠키를 먹다가 부스러기를 흘리면서 꾸벅꾸벅 조는 모습 따위는 사람들에게 좋은 구경거리였다. '밤에 대체 잠 안 자고 뭘 하는 거야!' 이웃 할머니들이 놀릴 때마다 아저씨는 '에이, 뭘 묻고 그러세요…….' 하며 멋쩍게 웃곤 했다.

레아 이모도 문제가 있다. 그런 남편에게 잔소리를 하기는커녕 너무나 사랑스러운 눈길로 바라본다. 이해할 수 없는 관대함이었다. 사랑이 넘치면 이성이 마비되는 걸까? 하나뿐인 남편이 인생을 낭비하는 게 아깝지 않을까?

물론, 너무 창피하다 싶으면 가끔 나무에서 조는 남편을 끌어 내릴 때도 있다.

"무슈? 허니? 들어가서 침대에서 편히 주무세요."

"응…… 마담, 감사합니다만 전 이 나무 위가 좋아요. 여기가 시원하고 편해요……."

"염려 마세요. 오늘은 안 덮칠게. 그런데 설마 용감한 기사님께서 그게 무서워서 나무에서 주무시는 걸까요?"

나는 그 말을 들은 아저씨가 나무에서 굴러떨어지는 꼴을 직접 본 적도 있었다.

두 사람의 대화는 시소를 타는 것처럼 팅통팅통 듣는 재미가 있었다. 이모의 말투는 빠르고 가볍고 솜사탕처럼 폭신하고 달콤한데, 아저씨의 말투는 약간 느릿하고, 나른한 듯하면서도 품위 있고 깍듯했다.

지나치게 깍듯할 때는 로미오가 줄리엣에게 말하는 것처럼 들릴 때도 있었다. 지나가다 우연히 그 대화를 듣게 된 여자들은 어머나, 하며 손으로 입을 가리고, 남자들은 고개를 돌리고 토하는 시늉을 했다.

세상만사 공평한 레아 이모는 발타 아저씨에게도 '나무늘보', '달팽이', '시속 2미터', '다람쥐', '잠만보', '잠자는 숲속의 왕자' 따위의 별명을 붙여 주었다. 당연히 노래도 지어 불렀다. 그 노래 가사에는 아저씨의 게으르고 한심한 하루 일과가 고스란히 들어 있었다.

"마담, 저는 게으른 게 아니고 체질이 야행성이에요. 아시잖습니까. 제 사회적 지위도 생각해 주세요."

아저씨는 명예롭지 못한 노래 가사에 종종 항의하곤 했는데, 애석하게도 그에게는 지킬 만한 사회적 지위가 별로 없었다. 그리고 그 정도 귀여운 반항으로는 이모의 노래를 멈출 수도 없었다.

그의 이름이 들어간 노래는 그렇게 해마다 늘어났다.

"♩♫~♪……. ♫♬♪……."

옆에서 시원한 휘파람 소리가 들린다. 이모는 턱을 약간 위로 들고 휘파람을 불며 한 팔은 창에 걸치고, 한 손으로 운전대를 돌리고 있었다. 시원한 바닷바람이 훅 밀려들어 오자 눈부신 금빛 머리카락이 뒤로 촤르르 흩날렸다.

……와, 정말 너무너무 멋지다…….

레아 이모는 선글라스를 끼거나 스카프를 바람에 날리거나 담배 연기를 허공에 내뿜지 않는데도 정말 멋있었다.

아저씨는 분명 이모의 저런 모습에 반했을 것이다. 열두 살–에서 한 달 모자라는–내가 봐도 가슴이 콩닥콩닥 2배는 빨리 뛰는데 다 큰 어른 남자가 보면 심장이 10배, 100배는 빠르게 뛰지 않을까? 아저씨는 아마 이모 덕에 수명이 20년은 줄어들었을 것이다.

이모는 키가 크고, 새파란 눈동자는 보석처럼 반짝거리고, 긴 머리카락은 햇빛처럼 밝게 빛이 났다. 웃는 모습이 예쁘고, 목소리도 예쁘고, 마음씨도 예뻤다. 도움이 필요한 엄마나 아이들도 잘 도와주었다.

'미안하긴요, 별말을 다 해요. 지나가는 길에 학교 앞에 내려 주기만 하는 건데요, 뭘!'

'절대 귀찮지 않아, 잭! 나는 아침에 너를 만나면 종일 기분이 좋은걸!'

하지만 나는 저 말을 믿을 만큼 어리지는 않다. 홀란드 하우스는 학교에서 차로 20분 거리였고, 이모의 매장과 집은 같은 건물에 있었다. 나를 학교에 데려다주는 건 절대 '지나가는 길'이 될 수 없었다.

게다가 아무리 좋게 생각해도 나는 남을 기분 좋게 해 주는 소년은 아닌 것 같았다. 학교에서 '잭 로드리게스'는 잘못된 건 일일이 바로잡아야 직성이 풀리고 어른에게도 따박따박 말대답을 하는 소년이었다. '걸어 다니는 백과사전', '살아 있는 검색창', '범생이'라는 별명은, 아무리 생각해도 칭찬은 아닌 것 같다. 아 새끼, 존나 말 많네, 건방진 놈, 피곤한 놈, 하는 말이 따라붙는 걸 보면.

하지만 나는 내 행동이 잘못되었다고 생각하지 않았다. 악의적인 헛소문이나 잘못된 정보를 바로잡지 않아 억울한 피해자를 만드는 것이 더 나쁜 일 아닌가?

물론 내가 잘못한 일, 실수한 일은 바로 인정하고 사과했다. 하지만 내가 잘못한 일이 아니면, 아무리 야단을 맞거나 괴롭힘을 당해도 절대 사과하지 않았다.

이건 자존심이나 고집의 문제가 아니라, 옳고 그름의 문제였다. 잘못된 것을 알고도 입을 다무는 것, 잘못하지 않았는데도 사과하는 것, 나는 이런 것들이 모두 불의가 이기도록 방치하는 짓이라고 생각했다.

그런데 레아 이모의 말은 다른 사람들과는 달랐다.

'생각이 깊고 용기 있는 아이로구나!'

'그럼! 옛날에 태어났으면 정의롭고 용감한 기사님으로 크게 칭송을 받았을 거야!'

'네 정의가 다른 사람에게 상처를 주지 않게 배려해 주렴. 그게 진정한 명예란다.'

내가 이모를 좋아하게 된 것은 그때부터였다.

"자, 카피탄? 망자의 함을 열어서 데비 존스의 심장이 잘 있는지 확인해 보시죠."

이모가 글로브박스를 가리키며 말했다. 물론 나는 그 안에 내가 먹을 점심이 들어 있다는 것을 알고 있었다.

아니나 다를까, 그 안에는 커다란 햄 샌드위치와 방울토마토, 오렌지 주스와 아몬드 쿠키가 든 지퍼백이 놓여 있었다. 그것도 하나가 아니라 두 개! 늦잠꾸러기인 내가 아침을 먹지 않고 튀어나올 것을 알고 계셨나 보다.

엄마는 새벽 출근 때면 내가 점심 사 먹을 돈을 식탁에 놓고 갔는데, 나는 이모 덕에 그 돈을 쓸 일이 거의 없었다. 그래서 그 돈을 차곡차곡 모았다가 이모나 엄마에게 예쁜 꽃을 선물해 드리곤 했다.

이모가 만든 샌드위치는 정말 맛있었다. 가게에서 파는 것과 똑같이 치즈, 햄, 피클과 야채가 든 것뿐인데 10배쯤 맛이 좋았다.

게다가 이모의 아몬드 쿠키는 세계 최고의 맛이었다! 그 과자를 하나만 먹으면 천국에 들어간 것처럼 행복해졌다. 속상할 때 먹으면 그 속상한 마음이 살살 녹아 버릴 지경이었다. 이 정도면 제과제빵 업계의 신비체험이라고 할 만했다.

"이모, 가게에서 세공품 대신 샌드위치나 쿠키를 팔면 어때요?"

"응? 왜?"

"우리 섬에 관광객은 많이 오지만요, 보석이나 세공품은 너무너무 비싸니까 사람들이 잘 못 사잖아요. 하지만 빵과 과자는 돈이 많든 적든 사 먹어야 하죠."

"그건 그렇지."

"이모가 만든 빵이랑 과자는 정말 맛있으니까 입소문만 나면 관광객들은 반드시 찾아와서 사 먹을 거예요. 다들 맛집 검색해서 오거든요. 그리고 마을 사람들도 매일매일 사 먹을 거에요. 먹으면 기분이 좋아지니까요."

"그럴까?"

"그럼요! 그러면 이모는 떼돈을 버실 거고요, 메가밀리언스에 당첨되지 않아도 평생 놀고먹을 수 있을 거예요."

나는 진지하게 충고했다. 복권에 당첨되어 평생 놀고먹는 것은 주차장에 월세로 사는 엄마와 나의 간절한 꿈이었다.

"그래. 발타 아저씨도 내가 구운 빵이랑 쿠키가 세상에서 제일 맛있다고 하더라. 그럼 오늘 오시면 의논이라도 해 볼까?"

이모는 아무 일도 아닌 듯 말했지만, 솔직히 눈꼴시었다. 심지어 이모가 지은 노래 중에서, 빵 구울 때 아저씨가 강아지처럼 코를 킁킁대면서 오븐 앞을 빙빙 돌고 있는 내용도 있다. 나는 결혼을 절대 안 할 것이지만, 어쩔 수 없이 한다 해도 그렇게 눈꼴사나운 짓은 절대 하지 않을 것이다.

"그런데 이모, 빵이랑 쿠키를 이렇게 맛있게 굽는 비법이 뭐예요?"

"레시피대로 하면 되지. 검색해 보면 나올 텐데!"

"빵집에서도 레시피대로 할 텐데 이렇게 맛있지 않은데요? 비법이 있는 게 틀림없죠!"

"어머나, 컨설팅 한 번 해 주고 영업 비밀을 통째로 빼 가려고? 세상에 공짜가 어디 있니?"

완전히 어이없다. 아침마다 공짜로 샌드위치를 챙겨 주고 공짜로 차도 태워 주면서 세상에 공짜가 어디 있냐니! 이것이야말로 삼단 논법의 전형적인 오류 아닌가!

그러나 다시 말하건대, 나는 레아 이모에 대해서는 전투적으로 따지지 않는다. 이모에게만큼은 영원한 신사로 남고 싶으니까.

"엄마가 밤에 늦게 들어올 때 맛있는 샌드위치를 만들어 드리고 싶어서 그래요. 물론 우리 엄마도 요리를 잘하시지만, 너무 바쁘시니까요."

엄마는 화요일부터 일요일까지 종일 일했다. 오전에는 호텔에서 하우스키핑 일을 했고, 오후와 저녁때는 멕시칸 레스토랑에서 서빙을 했다. 그리고 월요일 오전에는 죽은 듯 잠만 자다가 오후에 간신히 일어나 식료품점에 가서 냉동 요리를 한꺼번에 사 오곤 했다.

엄마와 나는 그것들을 일주일 내내 레인지에 돌려 먹었다. 냉동 요리는 종류가 많았지만, 어딘가 늘 비슷비슷한 맛이 났고 쉽게 질렸다.

나는 밤늦게 들어온 엄마가 혼자 식탁에 앉아 해동한 타코나 피자를 신문지 씹어 먹듯 꾸역꾸역 삼키는 모습을 보면 눈이 시큰거렸다.

엄마는 아빠가 계실 때는 잘 웃었지만, 아빠가 떠난 후에는 거의 웃지 않았다. 나는 엄마를 웃게 만들려고 학교에서 들었던 웃긴 이야기들을 열심히 모아서 들려주었지만, 그래도 엄마는 잘 웃지 않았다. 하지만 행복을 만들어 주는 이모표 쿠키를 구워 놓는다면, 엄마는 틀림없이 힘을 내실 것이고, 고맙다며 웃어 주실 것 같았다.

이야기를 듣던 이모는 눈을 깜박이더니 흠, 콧소리를 냈다.

"좋아, 그럼 너한테만 특별히 가르쳐 줄게. 하지만 비밀은 꼭 지켜야 해."

"당연하죠! 저는 비밀은 목숨 걸고 지켜요!"

"어휴! 비밀 따위에 목숨 좀 걸지 마. 그럴 땐 대충 버려도 되는 양말짝 같은 걸 거는 거야."

이모는 진저리를 치더니 작은 목소리로 비밀을 털어놓았다.

"빵이랑 과자를 맛있게 굽는 비밀은……."

"네!"

"오븐에 구우면서 계속 마법의 주문을 외우는 거지."

"마법의 주문이요……?"

이모는 신호등 앞에 정차를 하고는, 내 쪽으로 고개를 수그리고 소곤거렸다.

"그래. 딱 한 번만 들려줄 테니 잘 들어."

이모의 숨결이 귓속을 간질이나 싶더니, 나직한 노랫소리가 귓속으로 살랑살랑 흘러들어 왔다.

"잠꾸러기 기사님이 드실 거니까, 빵들아 과자야 맛있어져라, 맛

있어져라……. 귀여운 아가들이 먹을 거니까, 빵들아 과자야 맛있어져라, 맛있어져라…….”

“푸읍!”

나는 이모에게 최대한 예의를 갖추고 싶었지만, 이번엔 표정 관리에 실패하고 말았다.

“이모! 저를 너무 아기 취급하시는 거 아니에요? 설마 그걸 믿으라고요?”

“어머나? 왜 안 믿어? 그 주문을 외우면 반죽 속에 사는 요정들이 부지런히 일을 해서, 빵은 10배쯤 부드러워지고 과자도 10배쯤 바삭해져.”

이건 명백히 나를 무시하는 처사다. 잘못을 바로잡아야만 하는 정의의 투사는 결국 맹렬한 전투 의욕에 굴복하고 말았다.

“이모, 오븐의 온도는요, 빵을 구울 때 화씨 350도까지 올라가요. 빵 속에 요정이 있다면 당연히 타 죽겠죠! 이모 말대로라면 우리는 맛있는 빵이 아니라 타 죽은 요정의 시체를 먹게 될 거라고요!”

“얘 좀 봐? 기껏 비밀을 알려 줬더니 안 믿네? 700년 동안 검증된 마법의 주문인데?”

“이모는 요정이나 마법 같은 걸 정말 믿으세요?”

“넌 안 믿어?”

“이모! 세상에 마법 같은 건 없어요. 마술은 다 눈속임이고, 마법사나 마녀나 요정 같은 것도 없대요. 유령도 귀신도 없고, 천사나 악마도 없대요. 다 사람들이 지어낸 가짜 이야기고 물건 팔아먹으려는 장삿속이래요.”

“누가 그래?”

“엄마가요.”

"흐음?"

나는 뒤늦게 황급히 덧붙였다.

"아, 그런데 산타 할아버지는 진짜 있대요."

"오, 그것도 엄마가 그러셔?"

"그건 아빠가요. 어……."

나는 말을 하다 말고 슬그머니 입을 다물었다.

우리 집에서는 아빠 이야기를 절대 하지 않는다. 레아 이모도 그것을 알고 있었다. 그런데 깜박 잊고 이렇게 튀어나올 때가 있다.

이모가 한숨을 쉬며 조심스러운 목소리로 말했다.

"그래. 닥터 로드리게스의 말이라면 틀림없을 거야. 그렇지?"

"……네. 뭐. 그렇겠죠. 워낙 아는 게 많은 분이었으니까요."

나는 똥물을 삼킨 얼굴로 대답하고 고개를 돌렸다.

아빠가 똑똑한 사람이라는 것을 부정할 수는 없었다. 다만, 나는 이제 아빠를 히틀러만큼 미워할 뿐이고, 엄마는 아빠를 만나기만 하면 총을 쏴서 죽여 버리겠다고 벼르고 있는 게 문제일 뿐이다.

물론 나는 아빠를 총으로 쏜 놈이 되어 감옥에서 남은 생을 보내고 싶지는 않았다.

대신, 해적이 되고 싶었다. 아빠에게 멋지게 복수하고 망망대해로 표표히 사라질 수 있는 해적이.

해적의 바다 카리브해의 잭 가르시아 로드리게스.

그의 나이 일곱 살……에서 한 달 전, 자! 해적이 되어 보자.

온 세상을 돌아다니며 숨겨진 보물을 찾아보자.

오대양 육대주를 누비며 숨어 있는 아빠를 찾아내자.

피의 복수다! 럼을 마시자! 밤새 춤추자!

이것이 진짜 카리브해의 해적이다.

마음속에서 노래가 넘실거렸다. 아빠가 나와 뒷마당에서 보물찾기, 술래잡기를 하며 놀아 줄 때 불렀던 괴상한 노래였다. 그러고 보니 아빠도 노래를 만들어 부르는 것을 좋아했다. 밧줄 그네를 붙잡고 빙빙 돌 때나 다이빙을 할 때나 물총 싸움을 할 때도 우리는 저 엉터리 같은 노래를 큰 소리로 불렀다.

아빠를 찾으면 결투를 해 볼까? 하나, 둘, 셋, 탕!
그게 싫다면 밧줄에 매달아 볼까? 빙, 빙, 빙!
그것도 싫다면 널판을 걸쳐 놓고 걷게 해도 좋겠어.
상어가 득실대는 바다에서 하나, 둘, 셋, 풍덩!
피의 복수다! 럼을 마시자! 밤새 춤추자!
이것이 진짜 카리브해의 해적이다.

"나중에 아빠를 찾아볼 거니? 아빠랑 만날 생각은 있고?"

"아뇨, 지금은 절대 보고 싶지 않아요."

나는 최대한 유머러스한 목소리로 덧붙였다.

"물론 나중에 정의의 복수는 제대로 해 줄 생각이에요. 메가밀리언스에 당첨이 되면 그 돈으로 복수를 할 거예요. 당첨이 안 되면 해적이 되어 원한을 갚아도 좋겠죠."

"이봐요, 카피탄. 나중에 아빠를 알아볼 수나 있겠어?"

"아, 그야 당연히……!"

알아볼 수 있다고 말하려던 나는 멈칫했다. 순간적으로 아빠 얼굴이 생각나지 않았다. 망치로 뒤통수를 맞은 것 같았다. 나는 죽는 날까지 아빠 얼굴을 또렷하게 기억할 줄 알았다.

옆에서 딱하다는 듯 혀를 차는 소리가 들렸다.

"잭, 어릴 때는 곁을 떠난 사람을 금방 잊어버린대."

"왜요?"

"아이의 상처는 어른보다 훨씬 깊고 오래가기 때문이래. 그러면 마음이 더 아프기 싫어서 그 일에 대해서 마음의 문을 꽉 잠가 버린대."

"아, 저는 그럼 마음의 문을 똑똑하게 잘 걸어 잠근 거네요."

나는 태연하게 대답했다. 나쁘지 않다. 정말로. 아빠가 나를 버린 지 3년밖에 되지 않았는데, 벌써 마음이 아프지 않은 걸 보면.

"음, 그래도 안 좋은 점이 하나 있네요."

"안 좋은 점?"

"나중에 아빠를 못 알아보면 복수를 할 수 없잖아요. 사진도 안 남아 있으니 보여 주면서 찾을 수도 없고."

이모가 놀란 목소리로 묻는다.

"저런, 사진이 없어?"

"네, 한 장도 없어요. 사람들이 우리 집 대문을 부수고 들어오던 날, 엄마 핸드폰을 뺏어 갔거든요. 그 사람들이 컴퓨터에 빵빵 총도 쏜 거, 이모도 보셨죠? 그래서 아빠 사진 파일이 전부 날아가 버렸대요."

아빠 앨범은 이사를 하면서 없어졌다고 했다. 물론 나는 엄마가 밤에 아빠 사진을 모조리 태운 건 알고 있지만 모르는 척했다. 솔직히 그때 아빠 사진을 한두 장만 남겨 달라고 하고 싶었지만, 입이 떨어지지 않았다.

그때만 해도, 아빠 얼굴은 영원히 잊어버리지 않을 거라 사진 따위는 없어도 될 거라고 생각했다.

그런데 이제 사진은 없고, 나는 벌써 아빠의 얼굴을 잊기 시작했다. 나의 뇌는 아빠에 대한 기억 조각들을 해롭거나, 존재할 필요가 없다고 판단해 딜리트 키를 작동시킨 모양이다. 아빠는 그렇게 토막토막 삭제되다가, 결국 '아예 없던 사람'이 되는 것이다.

그건 엄마가 가장 바라는 일이었다. 아빠 따위 깨끗이 잊어버리고 잘 먹고 잘 사는 게 아빠에게 가장 큰 복수가 될 거라고 했다.

하지만 솔직히 그건 아닌 것 같다. 아빠도 우리를 잊어버리고 잘 먹고 잘 살 텐데, 서로 잊어버리고 잘 먹고 잘 사는 게 무슨 복수인가. 평생 쫓기면서 우릴 생각하며 후회하게 하는 게 진정한 복수지.

아빠는 여전히 우리를 생각하고 있을까? 혹시 아빠도 나중에 나를 만나면 못 알아볼까?

당연하다. 새 아내와 새 아기가 생긴 아빠가 전화기에 내 사진을 남겨 두었을 리 없고, 날 기억한다 해도 아기 때의 모습뿐일 테니까.

그럼 나도 아빠의 기억에서 토막토막 사라지다가 결국 '아예 없던 사람'이 되는 걸까? 정말?

……정말로?

갑자기 목이 턱 막히는 것 같다. 코가 시큰해지면서 뜨끈한 물이 눈꺼풀 속에서 핑그르르 감돈다.

어? 왜 이러지? 나 하나도 슬프지 않은데?

아빠 얼굴이 떠오르지 않는 것, 아빠가 나를 알아보지 못하는 것, 딜리트 키를 누른 것처럼 상대의 데이터를 말끔하게 삭제하고 각자 알아서 잘 먹고 잘 사는 것. 아빠의 얼굴을 되살릴 사진이 하나도 남아 있지 않은 것…….

이런 게 슬퍼할 일이라고? 말도 안 돼!

하지만 눈에 아무리 힘을 주어도 눈물은 계속 만들어졌고, 창피하게도 눈시울 밖으로 주르륵 미끄러지고 말았다.

나는 멍하니 입을 벌린 채 한참 동안 눈만 껌벅거렸다.

†

아빠, 그러니까 닥터 로드리게스는 마을에서 인기 많은 치과 의사 선생님이었다. 사근사근한 말투와 이모에 버금가는 수다 실력-본인 말로는 재치 있는 입담- 덕에 할머니들에게 최고의 인기 스타였다. 아빠는 늘 '아, 주체할 수 없는 이놈의 인기!' 하며 익살스럽게 웃어 보이곤 했다.

아빠의 고향은 멕시코의 시골 마을이랬는데, 어디인지는 정확하게 기억나지 않는다. 어쨌든 아빠는 열심히 공부해서 미국까지 와서 의사 선생님이 되었고, 엄마와 결혼도 했다.

아빠는 세상에서 제일 똑똑한 사람이었다. 무엇이든 물어보면 대답이 항상 2초 내로 척척 나왔다. 그래서 나는 아빠를 뚝딱 척척박사라고 불렀다.

아빠는 늘 바빴다. 마을 사람들의 이빨을 수호하는 막중한 임무를 맡고 있었으니, 당연한 일이었다. 하지만 나를 위해 토요일 오후를 비워 놓는 건 잊지 않았다.

아빠는 토요일마다 나와 캐치볼을 했고, 물놀이를 했고, 바비큐 화덕에 불을 피워 소시지와 마시멜로를 구워 주었다. 함께 도서관에 갔고, 요트를 타고 낚시를 했고, 극장에 가서 만화와 영화를 보았다. 나는 아빠의 토요일은 당연히 내 차지라고 생각했다.

아빠는 나를 위해 〈캐리비안의 해적〉을 일곱 번이나 보아야 했다. 아빠도 나도 잭 스패로우라면 사족을 못 썼다. 당연했다. 내 이름도 잭, 아빠 이름도 잭. 나도 해적이 되고 싶어 했고, 아빠도 해적이 되고 싶어 했다. 엄마는 나를 베이비 잭, 아빠는 캡틴 잭이라고 불렀다. 나는 '닥터 로드리게스'보다 '캡틴 잭'이 더 양아치 같고 멋지다고 생각했다.

심지어 아빠는 잭 스패로우와 조금 닮았다. 눈이 커다랗고, 머리카락이 까맸으며-대머리가 진행 중인 것은 눈감아 주자- 콧수염 턱수염이 근사했다. 아빠가 퉁퉁한 허리를 살랑살랑 흔들며 잭 스패로우처럼 짤막짤막 코맹맹이 흉내를 낼 때마다 나는 발을 동동대며 열광했다.

아빠는 크리스마스에 블랙펄 레고를 선물해 주었고, 생일에는 플라잉 더치맨 퍼즐을 사 와서 내 앞에 늘어놓았다. 물론 맞추는 건 대부분 아빠가 했지만 마지막 조각을 끼워 넣는 것은 늘 내 몫이었다.

함께 조립을 하거나 퍼즐을 맞추는 시간은 아빠의 이야기 시간이었다. 나도 학교에서 '어휴, 말도 드럽게 많은 새끼!'라는 욕을 자주 들었지만, 아빠 앞에서는 명함도 내밀 수 없었다.

아빠는 신기한 이야기도 많이 알고 있었다. 영화에 나오는 플라잉 더치맨, 그러니까 영원히 죽지 않고 항해를 계속하는 저주를 받은 '방황하는 네덜란드인' 이야기가 원래는 뱃사람들에게 옛날부터 전해지던 전설이라는 것도 아빠의 수다 시간에 들었다. 영원히 사는 게 왜 저주인지는 모르겠지만.

디즈니랜드에 캐리비안의 해적 섬이 있다는 놀라운 정보를 알려 준 것도 아빠였다. 그곳의 해적선을 타고-사진으로 보았을 땐 보트였지만 아빠는 끝까지 해적선이라고 우겼다- 해적섬에 가 보자고 약속한 것도, 핼러윈에 입을 해적 옷을 주문해 준 것도 아빠였다.

다만 중요 소품인 졸리 로저 목걸이는 기각되었다. 유치하고 동네 양아치 같아서 같이 다니지 않을 거라는 놀림과 함께. 그 말에 충격받은 내가 눈물을 글썽거리자, 아빠는 생일 선물로 해 주겠다며 황급히 말을 바꾸었다.

해적선 탑승과 해적 섬 탐험 약속은 아빠가 너무 바빠서 계속 미뤄졌지만 나는 조바심을 내지 않았다. 아빠는 '캡틴 잭'의 명예를 걸고 맹세했고, 나는 아빠를 믿었다.

나는 아빠가 자랑스러웠다. 아빠와 손을 잡고 마을을 돌아다니면 어깨가 으쓱했다. 아빠는 모르는 게 없고, 못 하는 게 없었다. 아빠가 하는 말은 항상 정답이고, 진실이었다.

……딱 한 가지만 빼고.

'잭, 사랑하는 내 아들, 아빠는 엄마하고 너를 세상에서 제일 사랑해.'

그 말은 아빠가 나에게 남긴 유일한 거짓말이었다.

'아빠, 아빠는 잭 스패로우가 왜 좋아요?'

그날 아빠는 출근을 늦게 하셨고, 엄마 대신 나를 학교에 태워 주셨다. 나는 평소처럼 야구와 슈퍼볼 이야기를 했고, 오늘 초대받은 친구 생일 파티 이야기를 했고, 좋아하는 캡틴 잭의 이야기를 했다. 나는 치과 의사인 아빠가 왜 이빨도 더럽고 입 냄새도 심한 해적을 좋아하는지 가끔 궁금했다.

아빠는 진지하게 대답해 주었다.

'잘 도망 다니잖니. 크라켄에게서도, 데비 존스에게서도 미꾸라지처럼 쏙쏙 빠져나와서 자유롭게 돌아다니잖아. 난 그게 제일 부럽더라.'

말도 안 돼! 도망 잘 치는 게 부럽다니!

아빠는 군인이나 악당들에게 쫓기는 사기꾼 해적이 아니라 마을에서 제일가는 치과 선생님이었다. 데비 존스 같은 놈이라도 치과 의자에 앉아선 벌벌 떨게 마련이었다. 내가 눈을 동그랗게 뜨자 아빠는 씩 웃으며 내 어깨를 툭툭 쳤다.

'혹시 뭐 갖고 싶은 거 있니? 용돈 좀 더 줄까?'

'오늘은 용돈 받는 날이 아닌데요.'

'이야, 내 아들이 이렇게 모범생이라니 실망인걸? 그럼 특별히 하고 싶은 거 있어? 오늘 학교 가지 말고 아빠랑 어디 놀러 갈까?'

아빠의 웃음이 무겁고 느릿해진다. 기분이 이상했다. 누가 등으로 차가운 손을 슬그머니 밀어 넣는 것 같았다.

'아빠, 오늘 친구 생일 파티가 있어요. 그럼 이번 주말에 디즈니랜드에 가면 안 돼요? 캐리비안의 해적 섬에 가 보기로 했잖아요.'

'아, 그래. 카리브해에 사는 사람으로서 거긴 꼭 가 봐야지. 그런데 이번 주는 아빠가 너무 바빠서 어떻게 될지 모르겠네.'

'그럼 다음 주는요?'

'다음 주도 바빠서…….'

하긴. 디즈니랜드에 다녀오려면 적어도 4일이나 5일쯤 휴가를 내야 한다. 나는 아빠가 절대 거절할 수 없는 날짜를 내밀었다.

'그럼 이번 여름방학 때요! 아빠 휴가 때! '캡틴 잭'의 명예를 걸고 맹세해 놓고 계속 미루기만 했잖아요.'

내가 새끼손가락을 내밀자 아빠는 같이 손가락을 내밀다가 잠시 멈칫거렸다. 나는 아빠가 마음을 바꾸기 전에 얼른 손가락을 걸고 힘껏 꼬부렸다. 손가락이 아팠는지 아빠는 콧등에 주름을 잡으며 이상한 얼굴로 나를 내려다보았다.

'잭. 그럼 오늘 갈까? 엄마한테는 나중에 전화하고?'

순간 아빠가 정신이 이상해진 게 아닌가 겁이 더럭 났다.

'아빠? 선생님이 엄마한테 바로 전화하실 텐데요……. 그리고 오늘 친구 생일이라고…….'
'아 맞다, 그랬지. 방금 들었는데 깜박했네.'

정신을 차린 아빠는 멋쩍게 머리를 긁었다. 그러더니 갑자기 나를 끌어안고 볼을 비볐다.

'잭, 사랑하는 내 아들, 아빠는 엄마하고 너를 세상에서 제일 사랑해.'

우왓! 온몸에 닭살이 와르르 돋는 것 같았다. 우리는 서로 쉴 새 없이 장난을 쳤지만, 이렇게 낯간지러운 말을 하는 것은 처음이었다.

'아 진짜! 그런 말은 엄마한테나 하시라고요! 나 없을 때! 진짜 나 없을 때요!'

나는 아빠 품에서 버둥버둥 빠져나와 차 문을 열고 학교로 뛰어 들어갔다. 잭! 잠깐만! 아빠가 할 말이, 잭! 뒤에서 나를 부르는 소리가 희미하게 들렸지만, 나는 뒤도 돌아보지 않고 달렸다.

그날 아빠는 집에 돌아오지 않았고, 며칠 후 이혼장을 접수했다.

몇 달 후, 아빠는 다른 여자와 함께 멕시코로 도망쳤다. CCTV 화면으로 본 여자는 이미 눈에 띨 만큼 배가 나와 있었다고 했다.

그렇게 아빠는 연락을 끊고 완전히 자취를 감추었다. 우리에겐 동전 한 푼도 남겨 두지 않았다.

살던 집과 돈이 될 물건들은 사람들이 몰려와 모조리 빼앗아 갔다. 몰려온 사람 중에는 은행에서 왔다는 양복쟁이도 있었고, 변호사도 있었고, 동네 양아치 패거리도 있었다.

그들은 아빠가 빚을 냈다고 했다. 그런데 아빠가 돈도 이자도 다 갚지 않고 도망쳤으니 우리가 대신 갚아야 한다고 했다. 그들은 휴대전화와 컴퓨터를 빼앗아 아빠가 우리에게 몰래 연락을 했는지, 비밀 재산을 숨겨 두었는지 확인했다.

원하는 것을 얻지 못한 그들은 소리를 지르며 컴퓨터에 대고 총질을 했다. 엄마는 나를 꽉 감싸 안고 눈물을 흘리며 속삭였다. 잭, 사랑해. 내 사랑하는 아들. 엄마는 너를 사랑해.

다행히 총소리를 듣고 달려온 레아 이모가 경찰에 신고해 주었고,

실버 트리의 경비와 직원들도 떼 지어 달려와 우리를 빼내 주었다.

그들은 우리에게 아빠가 숨은 곳을 대라고 협박했지만, 우리는 아빠가 어디 있는지 전혀 몰랐다. 엄마야말로 아빠를 찾아내 죽여 버리고 싶어 했다. 하지만 아빠가 돈을 싹싹 긁어 가는 바람에 섬을 나갈 돈도 없었다.

그나마 발타 아저씨의 친구라는 변호사가 그쪽 변호사와 맹렬히 싸워 준 덕에, 그들은 몇 달 만에 손을 들고 물러나고 말았다.

엄마와 나는 주차장을 개조해 만든 단칸 셋집으로 이사를 해야 했다. 그날 밤, 엄마는 이를 꽉 깨물고 아빠의 물건들을 모두 찢고 부수고 불태웠다.

나는 아빠가 사 준 해적 옷을 가방에 숨겼다. 버려야 한다는 건 알았지만 도저히 버릴 수 없었다.

엄마와 달리, 나는 아빠가 나쁜 놈이라는 것을 받아들이는 데 시간이 많이 걸렸다. 내 마음속에는 진실을 믿기 싫어하는 바보 잭이 있었기 때문이었다.

바보 잭은 틈만 나면 '거짓말일 거야. 뭔가 사정이 있었을 거야.' '아빠가 그렇게 나쁜 사람은 아닐 거야.' 하고 말했다. '반성하고 돌아와서 우리에게 진심으로 사과할 거야. 그러면 용서해 줘도 되잖아.' 하고 말하기도 했다. 심지어 아빠가 보고 싶다거나, 아빠와 놀 때가 참 좋았는데, 하는 생각을 할 때도 있었다.

물론 그런 생각을 해선 안 된다는 건 안다. 바보 잭이 가끔 그렇게 생각을 한다는 것뿐이다. 내 진심은 절대 그렇지 않다.

처음에는 그런 생각을 하는 바보 잭이 한심하고, 엄마에게 미안했고, 엄마가 나까지 미워할까 봐 겁도 났지만, 지금은 바보 잭도 그런 생각을 거의 하지 않는다. 아마 이런 걸 철이 든다고 하는가 보다.

이제 나는 아빠가 잘못을 반성하고 돌아오는 것을 기다리지 않는다. 다른 애인이 생겨서 가족을 버린 사람은 아쉬워 죽을 지경이 되지 않으면 돌아오지 않는다고 한다. 엄마도 기다리지 않는다. 아빠가 돌아오면 바로 총으로 쏴 버리고 자랑스럽게 감옥에 간다고 했다.

대신 나는 빨리 어른이 되는 것을 기다린다. 그래야 돈을 많이 벌 수 있고, 그러면 엄마가 쉴 수 있기 때문이다. 나는 두 개의 직장에 다니는 엄마가 밤에 몰래 울 때마다 가슴이 터질 것 같았다. 그래서 나는 여전히 땅콩처럼 작은 내 몸이 답답하고 미웠다.

이제 나는 엄마가 아빠를 욕하고 화를 낼 때마다 열심히 고개를 끄덕이며, 아빠는 세상에서 제일 나쁜 사람이라고 맞장구를 친다. 그따위 인간은 꼴도 보기 싫다고, 나중에 반드시 복수할 거라고 맹세했다. 아빠가 '면접 교섭권' 따위를 발동해도, 절대 만나지 않겠다고 말하기도 했다.

다행히, 그런 말을 하면 할수록 아빠가 세상에서 가장 나쁜 사람이라는 확신이 들었다.

그런데 그때마다 목이 아프고 조금 토할 것 같은 느낌도 들었다.

그리고 가끔 이렇게, 이유도 모르게 눈물이 터졌다.

†

레아 이모는 차를 갓길에 세우고, 횡설수설하는 내 이야기를 들어 주었다. 멋대로 흘러나온 눈물이 창피했지만, 그래도 이야기를 끝내고 나니 잔뜩 체했을 때 화장실에서 모두 토하고 나온 듯한 느낌이 들었다.

레아 이모는 손수건을 내밀며 부드럽게 말했다.

"잭. 발타 아저씨 오시면, 아빠 사진이 있는지 한번 물어볼게. 아저씨가 사진 찍는 걸 좋아하시니 어쩌면 한두 장쯤 있을지도 몰라. 나중에 우리 집에 잠깐 들러 볼래?"

수건 귀퉁이에 수놓인 두 분의 이름과, 그 사이에 끼어 있는 유치한 분홍색 하트 무늬를 보자 다시 눈물이 넘실거렸다.

"괜찮아요. 없어도 돼요. 별로 보고 싶지도 않고요."

"잭, 가시가 박힌 상처에서, 가시를 빼지 않고 그 위에 그냥 딱지가 앉으면 말이지."

이모가 갑자기 이상한 말을 한다. 나는 듣고 싶지 않았다.

"나중엔 상처에서 딱지를 떼어 내고 속을 헤집어서 가시를 빼야 한단다. 생각만 해도 끔찍하게 아프고 무섭지."

그런데 그만하라는 말이 나오지 않는다. 커다란 슬라임 덩어리가 목구멍을 막고 있는 것 같았다.

"하지만 가시를 빼내지 않고 놔두면 그 상처는 영원히 낫지 않아. 가시는 딱지 속에서 곪아서 네 팔다리를 썩게 만들고, 결국 너를 죽게 만들지."

"……."

"마음도 그렇게 죽을 수가 있단다."

이모는 따뜻하게 다독이듯 말을 이었다.

"죽은 마음은 고통도 느끼지 못하지만, 행복도 느끼지 못해. 나는 네 마음이 살아 있기를 바라. 그래서 가끔은 아파도, 그보다 더 많이 행복을 느끼면서 살길 바라. 캡틴 잭."

갑자기 가슴에서 툭 소리가 나더니, 둑이 터진 것처럼 어마어마한 바닷물이 쏟아져 내렸다.

"흐으……."

나는 눈물을 참으려는 노력을 포기했다. 가슴에 시커먼 구멍이 뚫린 것 같았고 죽을 만큼 아팠다.

아빠가 사 준 잭 스패로우의 가죽조끼, 이제 많이 작아져서 내년에는 입지 못할 이 낡은 조끼의 앞자락에는 시커먼 눈물 웅덩이가 만들어지고 있었다.

아빠와 뒤뜰에서 술래잡기, 보물찾기를 하며 목청껏 불렀던 노랫소리가 귓속에서 달각거린다.

해적의 바다 카리브해의 잭 가르시아 로드리게스.
그의 나이 아홉 살……에서 한 달 전, 자! 해적이 되어 보자.
온 세상을 돌아다니며 숨겨진 보물을 찾아보자.
오대양 육대주를 누비며 숨어 있는 아빠를 찾아내자.
피의 복수다! 럼을 마시자! 밤새 춤추자!
이것이 진짜 카리브해의 해적이다.

아빠를 찾으면 결투를 해 볼까? 하나, 둘, 셋, 탕!
그게 싫다면 밧줄에 매달아 볼까? 빙, 빙, 빙!
그것도 싫다면 널판을 걸쳐 놓고 걷게 해도 좋겠어.
상어가 득실대는 바다에서 하나, 둘, 셋, 풍덩!
피의 복수다! 럼을 마시자! 밤새 춤추자!
이것이 진짜 카리브해의 해적이다.

바다 쪽에서 뿌우우, 무거운 경적 소리가 들렸다. 새하얗고 거대한 크루즈 한 척이 먼바다에서 들어오고 있었다. 5천 명 승객을 태우고 두 달간 카리브해와 대서양, 지중해를 떠도는 초대형 크루즈 'Hollandais Volant'호가 먼바다에서부터 천천히 섬을 향해 다가오는 소리였다.

두 달 전, 나에게 해적이 되게 해 주겠다 약속했던 두 번째 남자도 같이 돌아오고 있었다.

2) 플라잉 더치맨

"요즘 젊은 놈들은 하고 다니는 꼬라지가 왜 저래? 아주 말세네, 말세야."

슈퍼마켓 앞에서 홀란드 씨 부부와 데릭 윌슨 아저씨네 패거리를 만난 건 두 달쯤 전이었다.

미스터 윌슨은 우리 옆 블록에 사는 마흔 살이 넘은 노총각 아저씨로, 정확히 말하자면 오토바이를 타고 동네를 휘젓고 다니는 양아치 패거리의 대장이었다.

그 패거리는 이상한 옷을 입고 커다란 해골 목걸이나 뾰족한 반지 따위를 끼고 다녔는데, 주로 식료품점 옆 공터에 모여, 담배나 이상한 것들을 피우며 쉴 새 없이 침을 뱉거나, 지나가는 사람들을 손가락질하며 낄낄거렸다. 사람들이 화가 나서 쳐다보면 '어쭈, 뭘 꼬나봐?' 하며 시비를 걸기도 했다.

"와! 저거저거 지금 와이프한테 윙크한 거야? 으, 시발, 눈이 썩겠네."

"내 말이! 저놈의 간드러진 마드아암므~ 마레헤엔느~ 소리만 들으면 아주 귀가 썩어요, 썩어! 토가 쏠려서 미쳐! 우웩."

"어디서 굴러먹던 기생오라비 같은 게 남자 망신 다 시키지. 그냥 거시기를 떼 버리든가!"

그들이 지금 조롱하는 대상은, 방금 커다란 식료품 봉투를 양팔에 안고 이모와 나란히 걸어가던 발타 아저씨였다. 레아 이모와 똑같은 셔츠를 입고 다정하게 웃어 주던 모습이 그렇게 거슬렸나 보다.

그들은 발타 아저씨가 요정처럼 예쁘게 생긴 것도, 움직임이 우아하고 부드러운 것도, 말투가 차분하고 나긋나긋한 것도, 어려운 책을 옆구리에 끼고 다니는 것도, 하다못해 담배 안 피우는 것까지 모두 경멸했다. 특히 저런 커플룩이라든가, 아내에게 눈을 찡긋하며 귀엽게 웃어 보이는 '짓거리'들을 끔찍하게 재수 없어 했다.

"낯짝이 반반해도 돈벌이를 못 하니 마누라한테 잡혀 살지. 가만 보면 알랑방귀가 예술이여, 예술!"

더 웃기는 건 자기들도 백수인 주제에, 발타 아저씨한테 백수라고 흉을 보는 것이다.

나는 저들이 떠드는 소리가 혹시라도 발타 아저씨나 이모의 귀에 들어갈까 조마조마했다.

저 못된 놈들이 왜 발타 아저씨를 저렇게 욕하는지 대충 짐작은 하고 있었다.

3년 전, 우리 아빠가 다른 여자와 도망치고 사람들이 몰려와 우리 집을 뒤집어엎을 때, 데릭 아저씨네 패거리도 그들 중에 끼어 있었다.

그때 지나가던 레아 이모가 들어와 경찰에 신고를 해 주었다. 그러자 데릭 아저씨가 레아 이모에게 욕을 퍼부으며 주먹을 날렸다.

아니, 날리려고 했다. 그때 발타 아저씨가 소맷자락을 붙잡고 말리다가 옆으로 나동그라졌다.

그런데 발타 아저씨가 옷자락을 꽉 잡은 채 나동그라지는 바람에 데릭 아저씨도 같이 자빠졌는데, 어쩌다 보니 발타 아저씨가 그를 된통 깔아뭉개고 말았다. 얼굴을 바닥에 얼마나 세게 박았는지 그 자리에서 쌍코피가 터졌고, 어깨 관절까지 빠졌다.

내 생각엔 코피가 문제였다. 팔다리의 뼈가 부러졌으면 조금 멋져 보이기라도 하지, 저들 세계에서 쌍코피 터지는 것만큼 개망신은 없으니까.

게다가 발타 아저씨가 '어깨뼈를 맞춰 주겠다', '응급 처치법을 배운 적이 있다.' 하며 잡힌 팔을 이리저리 비틀었는데, 그때마다 데릭 아저씨는 콧물 섞인 코피를 찍찍 내갈기며 오리처럼 꽥꽥 울기까지 했다. '야! 이 새끼 당장 잡아 족쳐!' 하면서.

하지만 발타 아저씨는 잡아 족쳐지지 못했다. 이모의 고함 소리를 듣고 실버 트리 매장의 직원들이 떼 지어 달려왔기 때문이었다.

그런데 그들이 집어 들고 온 무기들이 너무 흉흉했다. 매장 벽에 장식품으로 걸려 있던 거대한 검과 무쇠 철퇴를 들고 온 사람도 있었고, 쇠뇌를 들고 온 여직원도 있었다. 보안 책임자는 한 손엔 기관총을, 한 손엔 커다란 도끼를 들고 달려왔다. 데릭 아저씨의 권총이 개중 점잖아 보일 지경이었다.

실버 트리 매장의 보안 책임자는 다혈질로 소문난 버건디 씨였는데, 그는 데릭 아저씨가 다시 발타 아저씨의 멱살을 잡는 것을 보고는, 바로 기관총을 팽개치고 그의 정수리를 향해 도끼를 휘둘렀다. 데릭 아저씨가 기겁하며 뒤로 몸을 날리지 않았으면 그날 미스터 윌슨은 정확하게 두 개의 미스터 윌슨으로 쪼개졌을 것이다.

순간 무시무시한 침묵이 내려앉으면서, 소란은 순식간에 잠잠해졌다.

잠시 후, 경찰이 와서 어찌어찌 화해도 하고, 어찌어찌 돌아가기도 했지만 데릭 아저씨는 그때 꽁했던 것을 털어 버리지 못했다. 도끼질에서 도망치다가 바지 앞자락을 조금 적시는 것과, 약골 나무늘보의 엉덩이에 깔려 코피가 터지는 것 중 어떤 것이 더 창피한 일인지는 잘 모르겠지만, 도끼맨과 나무늘보 중 누가 더 만만해 보이는지는 뻔했다.

데릭 아저씨는, 정말 도끼로 머리를 쪼개고 기관총을 갈길 수 있는 미스터 버건디에게는 찍소리도 못 하니, 지금까지 발타 아저씨만 자근자근 씹어 대면서 화풀이를 하는 것이다.

"……알랑방귀씩이나? 지랄도 만발이네. 돈푼이나 번답시고 여편네가 남편 우습게 보는데 그냥 놔둬? 나 같으면 머리채부터 휘어잡고 족쳐 놔."

문제는 조롱의 수위가 날이 갈수록 심해진다는 거였다.

"아, 머리채도 돈이 있어야 휘어잡지. 그나마 얹혀살지도 못하고 쫓겨나라고?"

"원래 여자는 돈이 아니라 요거, 요 몽둥이로 작신작신 조지면서 휘어잡는 거야."

데릭 아저씨가 가운뎃손가락을 까닥까닥하면서 허리를 앞뒤로 요상하게 실룩거린다. 무슨 뜻인지는 정확하게 알 수 없지만, 패거리가 키득키득 웃는 꼴이나, 가게 사람들이 눈썹을 찌푸리는 걸 보면 질 낮은 험담인 듯했다. 하지만 다들 시비 걸리는 게 무서워서 뭐라고 하지는 못했다. 그가 침을 탁 뱉으며 큰 소리로 말을 이었다.

"그런데 저 허여멀건 낯짝에, 매가리 없는 목소리에, 간들간들하는 팔다리 좀 봐. 몽둥이는 염병, 실지렁이라도 꼬물꼬물 붙어 있으면 다행이게? 저게 내시지 남편이겠냐? 우리가 끌고 와서 제대로 작동이나 하는지 검사라도 해 줘야 할 판이야."

듣다 보니 몸이 부들부들 떨리기 시작했다. 여기저기서 조그맣게 혀 차는 소리가 들리지만 대놓고 뭐라고 하는 사람은 없었다. 데릭 아저씨의 목소리가 점점 커진다.

"왜? 내 말이 틀려? 애도 없는 거 보면 뻔하지. 마누라가 딴 남자랑 배 맞으면 내시는 그날로 쫓겨나는 거야. 거 딱해서 어허어어쩌시나~"

그가 말꼬리를 희한하게 늘리며 비웃는다. 이제 나는 도저히 참을 수가 없었다.

"그만 좀 하세요! 발타 아저씨는 내시가 아니에요!"

갑자기 주변이 조용해지나 싶더니 이내 패거리 사이에서 폭소가 터졌다.

나는 내시-동양의 환관이 무엇인지 책을 읽어서 잘 알고 있었다. 그들은 남성 호르몬이 나오지 않아 아기 씨앗인 '정자'를 생산할 수 없는 사람들로, 황제의 부인들을 임신시킬 염려가 없어서 황제의 시종이 된 이들이었다. 그들은 죽을 때까지 수염이 나지 않는다고 했다.

하지만 나는 아저씨가 수염이 비죽비죽한 꼴로 돌아다니는 모습을 본 적이 있었다. 그러니 아저씨는 내시가 될 수 없었다. 저놈들은 아저씨를 억울하게 모함하고 있다. 게다가 다른 내용도 죄다 악랄한 거짓말투성이였다.

나는 오금이 달달 떨리는 것을 들키지 않기 위해 배에 힘을 주고 다시 외쳤다.

“그리고 발타 아저씨는 백수라서 쫓겨나지 않으려고 부인에게 잘 해 주는 게 아니에요! 레아 이모를 너무 사랑하니까 그러는 거예요!”

데릭 아저씨는 발치에 침을 탁 뱉으며 큰 소리로 윽박질렀다.

“시발, 어디 땅바닥에 붙어서 보이지도 않는 게 끼어들어? 죽으려고. ……그러고 보니 너 닥터 로드리게스의 멍청한 애새끼로구나?”

“저는 멍청하지 않아요. 학교에서 해마다 최우수상을 받고 있어요. 그리고 저에게는 잭 가르시아 로드리게스라는 이름이 있어요!”

“하이고, 그러셨세요오? 엄마나 애새끼나 어찌나 깐족깐족 나대시는지 무서워 죽겠어 정말. ……도망친 의사 선생도 딱하지 뭐야. 집구석이 얼마나 지긋지긋하면 병원까지 집어치우고 딴 여자랑 튀었겠어?”

데릭 아저씨는 아래위로 나를 훑어보더니 한쪽 콧잔등만 찡그리며 또 침을 탁 뱉었다.

“건방진 조동아리는 닥치고 엄마 쭈쭈나 더 처먹고 와! 땅콩만 한 새끼가 뭘 안다고 어른 말씀하시는 데 나대? 나대길.”

그쯤에서 물러났어야 했다. 하지만 머리꼭지까지 화가 난 데다 땅콩이라는 놀림까지 받고 보니 도저히 참을 수 없었다.

“데릭 아저씨야말로 우리 엄마에 대해 뭘 아신다고 그렇게 욕을 하세요? 레아 이모나 발타 아저씨에 대해 또 뭘 아신다고 그렇게 나쁜 말씀을 하세요? 맨날 그런 나쁜 말만 하시니까 여자들이 싫어하고, 그러니까 아직도 장가를 못 가신 거죠!”

“와하하하하!”

다시 웃음소리가 터졌다. 이번에는 가게에 있던 아주머니와 할머니들의 웃음소리였다. 그들은 뒤늦게 와글와글 떠들면서 내 편을 들어 주었다.

"시발, 건방진 새끼가……!"

아저씨의 얼굴이 붉으락푸르락하는 것을 보며 뒤늦게 아차 싶었다. 그래서 친구들과 함께 꽁지가 빠지게 도망쳤다.

하지만 그날 저녁, 나는 엄마에게 질질 끌려 데릭 아저씨에게 사과하러 가야 했다. 잘못한 게 없다고 버텼지만 소용없었다.

"엄마! 난 옳은 말을 했어요! 아저씨가 먼저 엄마하고 레아 이모네를 욕한 거라고요!"

"닥치고 가서 싹싹 빌기나 해! 쥐도 새도 모르게 끌려가서 칼 맞고 싶어?"

우리는 이미 놈들에게 밉보였기 때문에, 놈들 비위 긁는 짓은 절대 하면 안 된다, 패거리 중엔 진짜 해적질을 하던 놈도 있고, 갱단이나 마약 카르텔과 연결된 놈도 있다, 강력 범죄율이 얼마나 높은지 아느냐, 되풀이해서 말하는 엄마의 얼굴은 거의 울 것 같았다.

나는 엄마가 걱정이 너무 많다고 생각했다. 물론 아빠가 떠난 후부터 데릭 아저씨와 우연히 마주치거나 본의 아니게 얽히는 일이 이상할 정도로 많기는 했다. 엄마의 불안도 충분히 이해했다. 그래도 그런 치욕을 당하는 것보다는 사나이답게 죽는 게 낫지 않겠는가.

하지만 울 것 같은 엄마의 얼굴에 대고 그렇게 말할 수는 없었다. 그래서 엄마에게 귀를 잡혀 데릭 아저씨의 집까지 끌려갔다.

"애새끼 교육을 어떻게 시킨 거야? 하긴, 여자 혼자 키우니까 애새끼 싹퉁머리가 이 모양이지."

데릭 아저씨는 콧방귀를 뀌며 엄마까지 싸잡아 욕했다. 그는 엄마와 나를 모욕한 일이나, 발타 아저씨와 레아 이모를 욕한 일에 대해서는 눈곱만큼도 반성하지 않았다.

내가 비굴하게 사과하자, 아저씨는 내 귀를 잡고 몇 번 흔들더니 얼굴을 바짝 대고 내뱉었다.

"건방진 새끼. 오늘 안 왔으면 내 손에 죽었을 텐데. 담에 또 이러면 그때는 진짜 죽는다?"

주먹을 꽉 쥐고 참았다. 손이 부들부들 떨려도, 엄마를 생각해서 끝까지 참았다. 입 냄새와 대마초에 절어 붙은 매캐한 냄새 때문에 토할 것 같았다. 그의 목에 걸린 시퍼런 해골 목걸이가 눈앞에서 빙빙 돌며 무섭게 번쩍였다. 어지러워서 쓰러질 것 같았다.

아저씨는 씩 웃더니 엄마에게 말했다.

"아줌마가 나한테 오면 요 아들 교육은 내가 착실하게 시켜 줄 수 있는데. 사내새끼는 대가리 커지면 엄마 말 안 들어. 아빠가 잡아 가며 키워야 반듯하게 자라거든. 어때?"

집으로 돌아오던 엄마는 길바닥에 서서 한참 울었다.

"어디 저런 새끼들이……. 예전엔 찍소리도 못 하던 것들이……."

"……엄마."

"세상이 이렇게 험해서 어떻게 살아……."

"엄마, 미안해. 다시는 안 그럴게. 이제 절대 그런 말 안 할게. 죽어도 나대지 않을게."

나는 까치발을 하고 엄마를 안아 주었다. 엄마에게 미안하다고 말했다. 이건 진심이었다. 내가 뭘 잘못했는지는 모르겠지만 엄마 눈에서 눈물이 나게 한 것만으로도 죽을죄를 지은 것만 같았다.

엄마는 자기 전까지 계속 울기만 했고, 나는 세상이 아주 나쁜 곳처럼 느껴졌다.

그날 밤, 나는 시퍼런 해골에게 밤새 쫓겨 다니는 꿈을 꾸었다.

†

발타 아저씨를 만난 건 그로부터 일주일이 지난 후였다. 아저씨는 홀란드 하우스 울타리 밖에 놓인 하얀 벤치에 앉아 있었다. 평소와 달리 시무룩하게 인사를 하자, 아저씨도 평소와 달리 자리에서 일어나 내 앞으로 다가오더니 나를 물끄러미 내려다본다.

아저씨의 그림자가 길게 나를 덮는다. 아저씨는 부드럽게 웃고 있었지만, 왜인지 주변이 서늘하게 느껴졌다. 아저씨 특유의 고요하고 약간 나른한 목소리가 들렸다.

"날이 많이 더워졌구나. 잘 지내니? 엄마는 건강하시고?"

나는 내가 지껄인 헛소리와 모욕적인 사태가 아저씨의 귀에 들어간 것을 눈치챘다. 자존심이 너무 상해서 코가 찡하고 아팠다. 내가 눈을 내리깔고 입만 실룩대자, 그가 허리를 굽히고 말했다.

"며칠 전에 미스터 윌슨을 만났다면서."

"……네."

"그 아저씨가 너에게 화를 많이 냈다고 들었어."

"네. 엄마랑 사과하러 갔는데……."

"그래. 데릭 아저씨가 너무했지. 너하고 어머니하고 많이 속상했겠구나."

아저씨의 손이 어깨에 가만히 얹혔다. 크고 따뜻한 손이었다.

눈시울이 시큰해지는 것을 눈을 크게 부릅뜨고 필사적으로 참았다. 아저씨는 화가 나지 않을까? 아저씨도 욕을 먹었는데 왜 이렇게 태연하지? 다시 분한 마음이 치밀면서 온몸이 떨렸다.

"아저씨! 저는 제가 잘못했다고 생각하지 않아요!"

"……으흠?"

아저씨는 애매한 콧소리를 내더니, 계속 말해 보라는 듯 고개를 끄덕였다. 그의 무심한 듯한 태도가 섭섭했지만, 한편으로는 그 태도 덕분에 흥분이 조금 가라앉았다.

"그건 분명 데릭 아저씨가 먼저 잘못한 거예요. 물론 제가 데릭 아저씨의 노총각 콤플렉스를 건드린 건 사실이지만, 자기가 그런 말을 듣기 싫으면 먼저 남의 콤플렉스도 건드리지 말았어야죠!"

"남의 콤플렉스? 음, 그거 혹시 나 말하는 거니?"

뭐래? 아저씨는 그 양아치 놈들에게 무슨 욕을 먹고 있는지 잘 모르시나?

"네! 데릭 아저씨는 발타 아저씨를 부끄럽게 만드는 말을 많이 했어요!"

"어떤?"

입이 잘 떨어지지 않았다. 내시, 백수, 거시기를 떼라, 사나이 망신, 간드러지게, 알랑방귀, 마누라한테 잡혀 산다, 배가 맞는다는 말의 뜻은 정확히는 모르겠지만 분위기로 보아선 그것도 더러운 말인 것 같았다. 데릭 아저씨의 입에서 나오는 말은 늘 쓰레기보다 더러웠다.

당사자 앞에서 이런 말을 입에 담자니 등에서 식은땀이 날 지경이었다. 발타 아저씨는 게으름뱅이이긴 하지만 품위 있고 교양 있는 신사였다. 저런 말을 들을 이유가 없었다.

"아하……."

발타 아저씨의 눈이 새파랗게 반짝거린다. 화를 내는 걸까? 어,

웃으시나? 이상하다. 왜 자기를 욕하는 말을 들으면서도 웃으실까?

나는 그의 표정이 가끔 헷갈렸다. 웃는 표정인데도 무서울 때가 있고, 무표정한데도 따뜻하게 느껴질 때가 있었다.

"그런데 잭, 음……. 네 말대로 내가 내시는 아닌데, 아 정말, 미스터 윌슨도 애들 앞에서 참 별소릴 다 해. 그런데 너 내시가 뭔지는 아니? 오, 이런, 잭. 수염이 없는 건 문제의 핵심이 아니란다. 어쨌든, 자세히 설명할 순 없지만, 내가 내시가 아니란 걸 만천하에 밝혀 줘서 고맙구나……. 그리고 난 지금 놀고먹는 게 맞아. 부인에게 잡혀 사는 것도 맞고. 그런데 그걸 꼭 부끄러워해야 하나?"

"네?"

"그렇잖니. 정말 사랑해서 힘들게 결혼했는데 좀 잡혀 살면 어떠니? 어, 그래, 정말 힘들었지. 결혼하기 전에 울고불고 진짜 고생 많이 했거든. 잭, 누가 울었는지가 뭐가 중요하니. 아무라도 울었으면 됐지. 그만 좀 물어봐. 그래, 내가 울었어. 내가. 됐니? 사랑에 바쳐지는 눈물을 부끄러워하는 건 그 사랑에 대한 예의가 아니지! 네가 사나이의 순정을 알아? 알긴 뭘 아니. 어쨌든 서로 바닥까지 털어 본 처지에 자존심 세워서 뭐 하게? 응? 뭘 잡아? 부인의 머리채를? 저런, 미스터 윌슨이 제정신이 아니구나. 물론 사랑하면 좀 잡혀 살 순 있지만, 잡아야 하는 게 마나님 머리채는 절대 아니지! 아니, 내가 내 여자 앞에서 애교 좀 부릴 수도 있지. 남에게 피해를 주는 것도 아니고 다른 여자한테 들이대는 것도 아니잖니. 남편이 아내에게 사랑 좀 받아 보겠다고 그렇게 노력하는데 가상하다고 나라에서 상이라도 줘야 하는 거 아니냐."

나는 폭포처럼 쏟아지는 말발에 당황했다. 정체를 숨기고 재야에 숨어 살던 수다쟁이 고수가 갑자기 눈앞에 나타났다. 동네 공인 수다쟁이 이모랑 맞짱을 떠도 지지 않겠다.

아, 하긴, 맞다! 이모랑 10년 넘게 같이 살다 보면 당연히 수다 실력도 늘겠구나…….

나는 말하려던 것을 까맣게 잊고 눈만 깜박거렸다. 아저씨가 살짝 눈웃음을 치며 소곤거린다.

"그리고 말이다, 다들 놀고먹는 걸 꿈꾸면서 왜 정작 그 소원대로 사는 나를 나쁘다고 하는 걸까? 일 안 하고 놀고먹겠다고 그렇게 열심히들 복권을 사면서?"

그 말도 맞다. 엄마는 메가밀리언스에 당첨되는 걸 꿈꾸지 않는 사람은 단 한 명도 없다고 단언했다. 아저씨의 새파란 눈동자가 사르르 가늘어지면서, 달콤한 목소리가 속삭이듯 흘러나왔다.

"속으론 부러우면서, 다들 솔직하지 못해. 그렇지?"

최면에 걸린 것처럼 정신이 아뜩해지면서, 저도 모르게 고개를 끄덕이고 말았다.

맞아, 다들 일 안 하고 공부 안 하고 노는 거 부러워하잖아. 나만 해도…….

……어?

퍼뜩 정신을 차리고 고개를 흔들었다. 잠시 귀신에게 홀린 것 같았다. 내가 아저씨와 이모를 좋아하는 것과는 별개로, 아닌 것은 아닌 것, 틀린 것은 틀린 것이다!

"아저씨! 일확천금을 꿈꾸는 건 좋지 않은 버릇이에요. 게으른 습관은 더 나쁘고요. 무엇보다, 아저씨는 복권에 당첨되신 게 아니잖아요……."

아저씨는 내 무례한 반박에 화를 내지 않았다. 오히려 싱긋 웃기까지 한다.

"음, 잭. 내가 변명하려는 건 아닌데……."

"……뭔진 모르지만 변명하시는 것 같아요."

세뇌 작업을 미리 차단하자 아저씨가 입술을 꽉 다물었다. 웃음을 참는 것 같았다. 이상했다. 내가 삐딱선을 타는 게 그렇게 즐거우신가?

"변명 아니라니까? 휴식은 인간이 당연히 누릴 수 있는 권리야. 신께서도 인간에게 안식하라고 명령하셨다고. 십계명에도 있어."

"백수를 위해서 하느님이 안식일을 만드신 건 아니잖아요."

"오 이런. 네가 하느님도 아닌데 그렇게 단언하면 안 되지."

그, 그런가? 아차 하는 사이에 한 방 먹었다. 역시 만만찮은 상대다.

"그리고 잭, 이래 봬도 나, 젊었을 때는 새벽부터 밤까지 잠도 못 자고 열심히 일했어. 진짜 악덕 고용주를 만나서 눈물겹게 뺑뺑이를, 이런 미안. 못 들은 걸로 해."

"……?"

"어쨌든 결론은, 난 젊었을 때 열심히 일했으니 이젠 돈 버는 일에서 손 떼도 되지 않냐는 거지. 직장 은퇴자를 백수라고 하면 세상의 많은 은퇴자들은 서러워서 어떻게 살아. 안 그러니?"

"그건 그렇죠. 은퇴자는 백수라고 하면 안 되겠죠."

전에는 몰랐는데, 아저씨는 상대방의 논리적 허점을 파고들면서 조곤조곤 설득하는 기술이 참 대단했다.

다만 아저씨의 주장은 늘 어딘가 묘한 구멍이 있었다.

"그런데 은퇴자라기엔 두 분 다 너무 젊으신데요? 우리 엄마 아빠보다 젊으신 거 아니에요? 두 분 다 눈가에 주름 하나 없으시고……."

"고맙구나. 지금 네가 한 말, 레아 이모한테 가서 꼭 다시 해 주렴. 무척 기뻐하실 거야."

아저씨가 미꾸라지처럼 말을 돌린다. 물론 산전수전 다 겪은 나는 그 수법에 넘어가지 않았다.

"이모 나이가 어떻게 되시는데요?"

"이런! 여성의 나이를 묻는 건 실례야."

"아 그렇죠, 실수. 그럼 아저씨 연세라도……."

"그것도 안 돼. 우리 두 사람은 하필 같은 해, 같은 날, 같은 시에 태어났거든. 아, 그쯤 되면 우리의 만남은 정말 운명 아닐까? 같은 운명의 별 아래에서 태어난 사람끼리 사랑에 빠지다니, 너무 낭만적이지 않니?"

이 정도 되면 데릭 아저씨가 이해가 될 판이다. 나는 관련 대화를 산뜻하게 포기했고, 뜻을 이룬 아저씨는 소리 없이 웃었다.

"어쨌든 그날 나섰던 건 제가 특별히 정의로워서 그런 게 아니라 홧김에 그런 거예요. 가족이나 레아 이모처럼 좋아하는 사람을 욕하면 누구나 화가 나잖아요."

"그래, 미스터 윌슨이 레아에게도 나쁜 말을 했더구나. 너희 어머니에게도."

"네, 그건 제가 절대 용서하지 않을 거예요! 정 안 되면 어느 조직에라도 들어가 놈들을 모조리 죽여 버릴 거예요!"

물론 실제로는 불가능하다는 건 알고 있다. 절반쯤은 허세라는 것도 알고 있다. 하지만 절반쯤은 또 진심이었다. 엄마가 밤새 우는 소리를 듣느니 그냥 내가 확 보복을 하고 죽어 버리는 게 낫겠다는 생각이 자꾸 들었다.

"그러면 네가 죽을 수도 있고, 감옥에 갈 수도 있는데?"

"괜찮아요! 죽어도 상관없어요!"

뭘 해치우고 죽는 게 낫다. 무슨 짓을 당하느니 그냥 죽어 버리겠다. 어느 날부터 갑자기 툭툭 튀어나오는 나쁜 생각 습관, 말 습관인데 이상하게 잘 고쳐지지 않았다.

흠. 아저씨는 잠시 콧소리를 내더니 진지하게 말했다.

"네 어머니나 너를 사랑하는 사람들은 괜찮다고 생각 안 할 텐데."

"……."

"그리고 아쉽겠지만, 너한테까지 순서가 가지는 않을 것 같구나."

"네?"

"이건 모욕당한 숙녀의 남편이 해결해야 할 일이지. 남편들은 아내의 명예를 지킬 권리와 의무가 있거든. 사과를 받지 못하면 결투를 해서라도 모욕을 갚는 게 마땅하지."

결투? 난데없이 튀어나온 말에 당황해서 할 말을 잃고 말았다.

설마 저 아저씨 정말 총질이나 칼부림을 하겠다는 건가?

우리 섬은 관광지로 유명하지만 총기 사고나 칼부림도 꽤 빈번하게 일어나는 편이라고 했다. 하지만 저 민달팽이 나무늘보 아저씨와 총질, 칼부림은 너무나 어울리지 않았다.

그때 우리 집에서 싸움을 뜯어말릴 때만 해도, 데릭 아저씨가 우연히 엎어지지 않았으면, 그리고 잭 버건디 씨가 도끼를 붕붕대며 달려오지 않았으면, 발타 아저씨는 곤죽이 되도록 얻어맞았을 것이다.

내 걱정은 아랑곳없이, 아저씨는 태평한 얼굴로 내 어깨를 툭툭 쳤다.

"바쁜 일이 끝나는 대로 내가 미스터 윌슨을 한번 만나 보마."

"……."

"분한 마음은 이해하지만, 어른들의 일은 어른들에게 양보해 줘."

"……네."

"어머니께는 그 패거리 너무 무서워하지 말라고 전해 드리렴. 별일 없을 거라고."

홀린 듯이 고개를 끄덕였다. 차분하고 조용한 목소리였는데 이상하게 등이 써늘해지는 것 같다. 나는 그 느낌이 두려움의 일종이었다는 것을 집에 와서야 깨달았는데, 데릭 아저씨나 그 비슷한 패거리들이 만들어 내는 흉흉한 분위기와는 차원이 달랐다.

그가 내 앞에서 고개를 숙이며 말을 이었다.

"인사가 많이 늦었지만, 나와 레아를 위해 나서 주어서 정말 고맙다. 네가 우리를 위해서 그렇게 나서 줄 거라곤 생각하지 못했어. 이 은혜를 어떻게 갚으면 좋을지 모르겠구나. 혹시 원하는 게 있니?"

나는 이제야 발타 아저씨가 나를 부른 진짜 용건을 알게 되었다. 아저씨는 나에게 많이 고마웠고, 정식으로 그 마음을 표하고 싶었던 것이다.

하지만 나는 전혀 자랑스럽지도 않았고, 고맙다는 말을 듣고 싶지도 않았다. 괜히 긁어 부스럼을 만들어서 자존심 다 구기고 싹싹 빌고 온 판이고, 엄마까지 울게 만들었다. 다시 그 시간으로 돌아가면 그때는 절대 나서지 않을 것이다. 나는 불퉁하게 말했다.

"은혜는 무슨 은혜예요. 그냥 당연히 해야 할 일을 한 거예요."

"너무나 당연한 일이라 그곳에 있던 사람들 중에서 너 혼자 나섰던 거구나."

"……."

"용감하고 명예로운 행동을 한 사람은 나이가 어려도 그에 합당한 찬사를 받을 자격이 있지. 여왕님께 기사 서임이라도 청해야 하지 않을까?"

"그, 그게 뭐예요. 차라리 맨입으로 때우고 싶다고 하세요."

나는 여왕 폐하를 농담의 대상으로 삼는 일에 조금 거부감이 있었다. 엄마는 영국 출신으로, 누가 왕실과 관련된 농담을 하면 정색을 하곤 했다. 물론 나는 엄마만큼 융통성이 없지는 않아서 적당히 넘길 수는 있었지만.

"뭘 모르시는군요, 미스터 로드리게스. 기사가 얼마나 좋은 건데요."

"해적왕도 아니고, 기사가 뭐가 좋아요."

"해적왕보다 기사가 백 배는 멋지지. 해적 중에도 여왕님께 기사 서임을 받은 사람이 있는데, 그 사람이 그걸 평생 얼마나 자랑하고 다녔는지 아니?"

프랜시스 드레이크 남작 말인가? 카리브해에 사는 사람이라면 이 구역 최고의 해적이었던 그를 모를 리 없다. 그런데 발타 아저씨는 드레이크 남작께서 끝까지 해적질을 하고 다녔던 걸 모르시나? 나는 입을 비죽 내밀고 투덜거렸다.

"그분이 누군지는 몰라도, 뭘 모르시는 분이네요. 기사는 끽해야 레이디를 얻지만, 해적은 보물섬을 얻잖아요."

"너무하잖아. 끽해야 레이디라니……."

"너무하긴 뭐가 너무해요. 저는 레이디 따윈 필요 없단 말이에요."

"그건 네가 아직 사랑을 몰라서 그래."

나도 모르게 폭소가 터졌다. 예의가 아닌 것은 알지만 도무지 웃음이 멈추지 않았다.

"이봐, 언제까지 그렇게 웃어 댈 거야? 선택의 자유를 존중해봐. 보물보다 레이디를 택할 수도 있지!"

"대체 어떤 바보 똥멍청이들이 보물을 놔두고 레이디를 택해요?"

나는 캑캑 웃으며 간신히 대답했다. 순간 아저씨는 지금까지 본 것 중 가장 난해한 표정을 지었다.

"어……. 그래요, 미스터 로드리게스. 뭐, 선택의 기준은…… 충분히 다를 수 있어요. 그럼 넌 해적이 되면 뭘 할 건데?"

"해적이 하는 일은 딱 두 개죠. 원수를 찾아내서 복수를 하는 것! 그리고 보물을 발견해서 떼부자가 되는 것! 저는 가늘고 길게, 잘 먹고 잘 사는 게 꿈이라서요."

이번에는 아저씨가 웃음을 터뜨렸다. 의외로 아저씨의 웃음은 시원하고 호탕했다. 내 대답이 그렇게 우스웠나? 고개를 갸웃하자, 아저씨는 좀 더 친근해진 어조로 말했다.

"복수도 좋지. 하지만 난 가늘고 길게 잘 먹고 잘 살겠다는 사람이 그렇게 좋더라."

정말 취향이 이상한 분이다. 내가 멍청하게 그의 얼굴을 올려다보자 그가 웃으며 고개를 끄덕였다.

"오케이. 접수하지. 그럼 해적선 승선부터 시작해 볼까? 해적선 한 번 타 보지도 못한 놈을 해적이라 불러 줄 순 없잖아?"

"……?"

"어디 보자, 플라잉 더치맨 호라면 첫 해적선으로 괜찮을까?"

플라잉 더치맨? 서, 설마, 영화에 나오는 해적선에 날 태워 준다고?

"어, 아저씨, 혹시 할리우드 영화사하고 계약하셨어요?"

"아니. 아니야……. 내가 그렇게 얼굴 팔리는 짓을 할 리가."

어깨까지 들먹이며 웃는 발타 아저씨는 진심으로 즐거워 보였다. 그럴수록 내 기분은 점점 나빠졌다.

"그럼 어떻게 플라잉 더치맨 호를 타요?"

"여기 항구에 올랑데 볼랑 호가 가끔 입항하잖니."

"에휴……."

맥이 쭉 빠지면서 한숨이 나왔다.

나는 바다 사나이에 로망이 있었기 때문에 각종 배에 대한 지식도 많은 편이었다. 올랑데 볼랑 호는 해적은커녕 할리우드와도 쥐뿔 관계없는 프랑스 국적 선사船社의 대형 크루즈였다. 게다가 이름조차 프랑스 말로 '방황하는 네덜란드인'이라는 뜻이니, 플라잉 더치맨 호라고 우길 수는 있겠다. 하지만 내 나이에 이런 썰렁한 유머를 맞춰 주는 건 꽤 괴로운 일이었다.

"아저씨. 그 크루즈는 지중해-대서양-카리브 최장 코스라 엄청 비싼데요. 그걸 누가 태워 줘요?"

"더치맨의 허락을 받으면 되지. 물론 진짜 더치맨은 문어 아저씨가 아니니까 염려하진 말고."

아, 진짜. 1절만 하시지. 농담을 받아 주는 내 자신도 점점 바보같이 느껴졌다.

"그럼 더치맨을 보신 적 있어요?"

"네 앞에 있잖아. 미스터 홀란드. 나도 더치맨이야."

"……어휴, 아저씨이이! 쪼오옴!"

그래, 이건 아저씨가 나쁜 게 아니다. 아저씨라고 구닥다리 유머를 구사하고 싶겠냐. 다만 세대 차이가 있을 뿐이다. 게다가 내가 좋아하는 레아 이모가 사랑하는 남자 아닌가. 나는 사랑하는 여자를 위해 그녀의 남편을 용서하기로 결심했다.

그리고 말하긴 쑥스럽지만, 나 역시 아저씨를 무척 좋아하기도 하고.

"말씀은 정말 감사하지만, 전 기사 서임보다는 해적이 되는 게 좋고요, 해적이 되는 것보다는 맛있는 사탕과 과자와 아이스크림을 배 터지도록 먹는 게 더 좋아요."
"지금 이 순간, 그대는 정말 좋은 기회를 놓치는 거야, 잭 가르시아 로드리게스. 사람들은 그것을 실기失機라고 하지."
"지금 이 순간은, 맛있는 것을 먹기에 정말 좋은 기회 아닐까요, 미스터 발타사르 홀란드? 사람들은 그것을 실속이라 하죠."
"오, 나름 현명한 대답이야, 디오게네스."
"물론 제가 플라잉 더치맨을 타는 게 싫다는 말은 절대 아닌데요."
"아, 이건 좀 교활한 대답이고. 작은 솔로몬."
"안타깝게도 지금 해적이 되면 제 맘대로 복수를 할 수도 없고, 보물을 차지할 수도 없어서요."
"저런, 어째서 그럴까?"
"제가 이래 봬도 아직 미성년자거든요. 그래서 피의 복수든 보물섬 탐험이든 보호자 서명을 받아야 해요. 그런데 엄마가 서명을 해줄 것 같진 않아요."
아저씨는 다시 폭소를 터뜨렸다.
"해적이 되기 위해 어머니의 허락을 받은 사나이라니. 바다의 전설로 남겠어."
아저씨는 이제 처음과는 완전히 다른 얼굴이 되었다. 그를 둘러싸고 있던, 묘하게 거리감을 만들던 서늘한 공기층이 사라진 것 같았다. 인간적이고 정말 살아 있는 듯한 느낌. 이모에게 보여 주던 그 따뜻하고 다정한 느낌이 다가왔다.
"캡틴, 그런데 그 피의 복수를 할 대상이 누구지?"
"아빠죠."
말이 떨어지기 무섭게 입이 딱 굳었다. 아빠라는 낱말은 가끔 난데없이 툭툭 튀어나와서 사람을 당황하게 한다. 아저씨의 말꼬리가 미묘하게 올라간다.

"아하……. 닥터 로드리게스. 미스터 데릭 윌슨이 아니라."

다행히, 아저씨는 실망의 한숨도 동정 어린 표정도 짓지 않았고, 애정 어린 충고도 하지 않았다. 담백하게 고개를 끄덕일 뿐이었다.

그의 반응은 늘 그렇듯 약간 삭막한 듯, 무심한 듯했는데 나는 오히려 그게 더 좋았다. 만약 아저씨가 아빠를 잊으라거나, 너를 위해서라도 용서하라고 했으면 대화는 거기서 끝났을 것이다.

레아 이모와 달리, 발타 아저씨는 남의 감정에 깊이 동조하거나, 열정적으로 참견하는 일이 별로 없었다. 이야기를 하면 말없이 들어 주고, 좋은 일이 있으면 축하해 주고, 힘든 일이 있으면 소리 없이 곁을 지키거나 필요한 것만 티 나지 않게 도와주곤 했다. 옆에서 물끄러미 지켜보다가 힘들 때 슬그머니 손을 내밀어 주는 듯한 느낌. 그것이 그가 남을 아껴 주는 방식인 듯했다.

덕분에 나는 태연하게 대화를 이어 갈 수 있었다.

"데릭 아저씨는 자격 미달이에요. 해적의 불타는 복수의 대상이 되기엔 너무 하찮고 찌질하죠."

"흠. 그렇구나."

"뭐, 사실 아빠도 자격 미달이긴 하네요. 나랑 같이 해적선을 타겠다고 '캡틴 잭'의 명예를 걸고 약속해 놓고 찌질하게 도망쳤으니까요."

그래서 결론은 맛있는 과자와 아이스크림이 될 수밖에 없다. 나는 허황된 대박의 꿈에 매달리는 대신, 실리와 소확행을 추구하는 사나이였으니까.

아저씨의 미간에 주름이 하나 잡힌다. 잠시 후 그의 눈이 가늘어지더니 입가에 미소가 떠올랐다.

"오케이. 그럼 미스터 로드리게스, 그대가 바라는 대로 그대의 은혜에 보답하도록 하지."

그날 나는 발타 아저씨에게 커다란 아이스크림과 머리통만 한 막대사탕과 캐러멜을 얻을 수 있었다.

우리 집에서 캐러멜이나 사탕 종류는 먹을 수 없는 간식이었다. 아빠가 치과 의사였기 때문이었다. 아빠는 캐러멜과 커다란 막대사탕, 콜라를 '악마의 발명품'이라고 말했고, 이제는 아빠를 몹시 미워하게 된 엄마도 여전히 그 의견만은 적극 지지하고 있었다. 그래서 나는 핼러윈에 얻은 사탕을 일주일만 먹을 수 있었다.

먹을 것을 양손에 가득 쥐고 집이 있는 방향을 힐끔거리자, 아저씨는 눈을 찡긋하며 소곤거렸다.

"우리 집에서 먹고 가. 엄마 오시나 안 오시나 내가 봐 줄게."

그는 인심 좋게도, 먹다 남은 것은 팩에 넣어 나무 구멍에 잘 숨겨 놨다가 나중에 들러서 먹고 가도 좋다고 허락해 주었다.

나는 그날 나무 뒤에 숨어서 아이스크림과 캐러멜과 큰 사탕을 먹었다. 입속이 꺼칠꺼칠해질 때까지 먹었다. 아저씨는 평소와 같이 나무 위에 올라앉아 발을 흔들면서 누가 오지 않나 망을 봐 주었다.

나는 사탕과 캐러멜을 먹으면서 데릭 아저씨에 대한 것을 말끔하게 잊어버렸다. 그놈을 죽여 버리고 싶다고 이를 갈았던 것이 꿈속에서의 일처럼 까마득하게 느껴졌다.

햇빛은 쨍쨍했지만, 나무 그늘은 시원했다. 해가 뉘엿뉘엿 지고 있다. 마을 사람들이 지나가면서 나무 위에 있는 아저씨에게 손을 흔들며 인사를 한다. 아저씨도 점잖게 인사를 한다. 그 집의 개구쟁이 아이들, 부인, 할머니 할아버지에 장인 장모, 강아지와 고양이와 열대어들의 안부까지 꼼꼼하게도 묻는다.

파사사사. 바람이 시원하게 나무를 스치고 지나간다. 어깨까지 찰랑찰랑하는 아저씨의 새하얀 머리카락이 살아 있는 것처럼 나풀거린다.

아저씨가 바람이라도 받으려는 듯 한 팔을 앞으로 내민다. 하얗고 매끈하고 곧은 팔이었다. 아저씨가 앉아 있는 주변이, 허공을 향해 쭉 내민 손끝이 유난히 반짝반짝 빛나는 것 같다.

나는 먹던 것을 멈추고 아저씨를 올려다보았다. 언제부터일까? 아저씨의 새파란 눈동자가 나를 내려다보고 있었다. 웃음기가 없는 얼굴이지만 나는 그가 진심으로 웃고 있다는 것을 알 수 있었다.

나뭇가지 속의 어둑한 그늘, 아저씨는 은은한 빛에 감싸여 있었고, 나는 깊고 시원한 바닷속, 그 고요한 세계에 푹 잠긴 듯했다.

나는 문득, 이 신비로운 분위기를 만들어 내는 것이 아저씨라는 것을 눈치챘다. 내가 놀란 눈으로 그를 응시하자 그가 보일 듯 말 듯 웃으며 고개를 가볍게 끄덕였다.

아저씨와 나만 아는 비밀의 시간이었다.

그날 저녁, 발타 아저씨는 나를 집까지 바래다주며 한마디 했다.

"해적이 되는 데 보호자 서명이 필요하면, 내가 대신 해 주지."

"……네?"

그는 두 번 말하지 않았다. 빙긋 웃으며 내 어깨를 툭툭 치고 몸을 돌렸다. 그 뒷모습이 여전히 웃고 있는 것처럼 보였다.

이틀 후, 그는 항구에 도착한 올랑데 볼랑 호에 일자리를 얻어 승선했다.

3) 여왕과 기사

〈SILVER TREE〉

실버 트리의 매장 입구는 어두운 파란색으로 물든 숲처럼 꾸며져 있다. 내 좌우로는 하늘로 쭉쭉 뻗은 은빛 나무들과 잎사귀들이 가득했다. 머리 위는 반짝이는 별들로 덮였는데, 은가루를 하늘 가득 뿌려 놓은 것 같다. 낙엽이 두껍게 쌓인 숲길처럼, 바닥은 폭신하고 부드러웠다.

고색창연한 나무 문이 눈앞을 가로막는다. 나는 숲속 요정들의 궁전 앞에 도착한 것만 같았다.

들어갈까, 말까.

작은 은빛 간판 앞에서 잠시 망설였다. 레아 이모의 매장에 혼자 온 것은 오늘이 처음이었다. 그것도 엄마 허락도 안 받고 몰래 온 것이다.

'발타 아저씨 오시면, 아빠 사진이 있는지 한번 물어볼게. 아저씨가 사진 찍는 걸 좋아하시니 어쩌면 한두 장쯤 있을지도 몰라. 나중에 우리 집에 잠깐 들러 볼래?'

유혹은 강력했다. 하지만 망설임은 더욱 강력했다. 아빠 사진을 한두 장 받아서 엄마 몰래 간직한다는 것은 생각만큼 단순한 일이 아니었다. 엄마에게 들키는 건 둘째 치고, 이모가 말씀하신 것처럼 굳어 가는 피딱지에 손을 대는 게 아닐까 하는 불길한 예감이 들었다.

"……?"

잠시 후 또 다른 유혹이 나를 사로잡았다. 어디선가 달콤하고 고소한 냄새가 흘러나오고 있었다.

……쿠키 냄새?

그렇다. 이모는 지금 2층 주방에서 아저씨에게 드릴 쿠키를 굽고 있는 게 틀림없다.

냄새는 점점 진해졌다. 안 맡으려고 노력해 봐야 아무 소용 없었다. 숨만 쉬어도 맡아지는 냄새를 어쩌란 말인가.

발타 아저씨가 이모의 쿠키에 열광하는 것은 마을 사람들이 다 아는 사실이고, 오늘은 아저씨가 두 달 만에 오시는 날이다. 당연히 몇 판쯤 구워 두실 게 틀림없다. 잘하면 나도 몇 개쯤 얻어먹을 수 있겠다.

혓바닥 아래로 사르르 침이 고인다. 나는 유혹에 장렬하게 굴복하고 말았다.

"……어? 다들 어디 가셨지?"

넓은 매장엔 아무도 없었다. 공방에도 없다. 이모는 물론이고, 무서운 경비 직원 버건디 씨나 친절한 직원 누나, 형들도 하나도 보이지 않았다.

심지어 손님도 없었다. 매장을 가득 채우고 있는 것은, 오직 고소하고 달큼한 쿠키 냄새뿐이었다.

나는 손님용 의자에 앉아 이모가 내려오시는 걸 기다리기 시작했다.

나는 이모를 정말 좋아하지만, 이런 점은 걱정스럽기 짝이 없다. 이 가게에서 파는 물건은 비싼 것투성이다. 그렇다면 화장실에 잠깐 가실 때라도 문을 단단히 잠가 두어야 하지 않나?

우리 섬에는 관광객이 많이 온다. 승객이 몇천 명에 이르는 대형 크루즈가 몇 척이나 입항하는 날도 있다. 그런 날엔 만 명 가까운 관광객이 거리로 쏟아지게 된다.

그러면 우리 섬에서 제일 예쁜 인테리어로 소문난 이모네 매장에도 손님이 와글와글 몰리곤 한다. 그쯤 되면 감시 카메라가 소용이 없다. 비싼 장신구를 슬쩍 주머니에 넣고 배에 올라 다른 곳으로 이동하면 찾기가 아주 골치 아파진다.

현장에서 잡아도 골치다. 보안 담당인 버건디 씨는 현장범을 잡을 때 팔을 뒤로 꺾고 바닥에 머리를 처박아 버리는데, 그러면 치료비를 물어 줘야 하고, 매장의 평가 점수도 푹푹 깎이곤 했다.

게다가 문을 열어 둔 채 자릴 비웠을 때 일어난 도난 사건은 보상받기도 힘들다고 했다. 엄마는 보험 회사에서 돈을 받으려면, 도둑맞은 사람의 잘못이–전문 용어로 '피해자의 귀책사유'가– 먼지만큼도 없어야 한다고 했다.

이모가 내려오실 때까지 나라도 지켜 드려야지.

초조하게 기다리는 동안, 쿠키 냄새는 점점 진해졌다. 냄새로만 보면 이미 충분히 구워진 것 같은데 이모는 여전히 내려오지 않는다. 과자 냄새는 점점 무겁고 진한 캐러멜 향으로 바뀌기 시작했다.

"뭐지? 과자가 아니라 캐러멜을 만드시나…… 아, 서, 설마?"

머리털이 쭈뼛 곤두섰다. 나는 카운터를 버둥버둥 타고 넘어 계단으로 통하는 뒷문을 열었다. 그 문으로 나가면 뒤뜰로 통하는 문과 2층으로 올라가는 좁은 나무 계단이 나온다. 2층은 아저씨와 이모가 사는 집이고 3층은 창고로 쓰는 다락이라고 했다.

"레아 이모, 안에 계세……. 이, 이게 뭐야!"

2층 현관문은 잠겨 있지 않았다. 문이 열리자마자 씁쓸한 캐러멜 냄새가 훅 밀려왔다.

"으으, 이거 어떡해! 레아 이모?"

나는 신발도 벗지 못하고 급하게 주방으로 뛰어 들어가 오븐의 불부터 껐다. 연기가 모락모락 피어오르는 오븐 안에는 꼬마 숯 덩어리들이 2층으로 나란히 줄지어 앉아 있었다.

'과자 얻어먹기는 틀렸네…….'

잠깐 못된 생각을 했던 나는 얼른 반성하며 고개를 흔들었다. 이건 바보 잭이 하는 생각이다. 이럴 때는 '재산 및 인명 피해가 없어서 다행이야'라고 생각해야 옳다.

나는 의자를 끌어와 천장 환풍기를 작동시키고 주방의 창문도 모두 열었다. 주방을 떠돌던 뿌연 연기가 천천히 옅어지기 시작했다.

"진짜, 이래 놓고 이모는 대체 어딜 가신…… 어?"

……드디어 발견했다!

그녀는 뒷마당에 있는 잎이 무성한 나무에 걸터앉아 있었다. 사람 키보다 높은 나뭇가지에 앉아 긴 치맛자락을 팔락대며 맨발을 흔들고 있었다.

기가 막혔다. 아니, 지금 집이 홀랑 타 버릴 뻔했는데 거기서 뭘 하고 계세요? 대체 나무에는 왜 올라가신 거예요?

하지만 이모가 바라보는 곳으로 눈을 돌리는 순간, 나는 이모가 왜 문을 잠그는 것도, 과자 굽는 것도 깡그리 잊어버렸는지 알게 되었다.

발타 아저씨가 뒷문으로 들어서고 있었다. 저도 모르게 깊은 한

숨이 나왔다.

어휴, 진짜! 저놈의 사랑이 뭔지!

이모는 매장을 잠깐 비워 놓고 올라와서 과자를 굽다가 아저씨가 곧 도착할 거라는 전화를 받으신 거다. 선착장으로 향하는 지름길이 뒷문 쪽에 있으니 아예 뒤뜰의 나무에 올라가서 기다리시는 거고.

아니, 아무리 그래도 어떻게 사람이 과자 굽던 걸 잊어버릴 수가 있을까? 나는 사랑에 빠진 사람들을 도저히 이해할 수 없었다.

올랑데 볼랑 호의 유니폼인 은빛 단추가 달린 남색 제복에 은색 넥타이를 맨 발타 아저씨는 작은 여행용 가방을 어깨에 멘 채, 약간 서두르는 걸음으로 뒷마당을 가로지른다. 그러다가 나무 위에 앉아 있던 이모를 발견하고는 멈칫 걸음을 멈춘다.

"……레아."

아저씨가 빙그레 웃어 보인다.

저도 모르게 숨을 들이쉬었다. 누가 가슴에 대고 힘껏 망치질을 한 것 같다.

먼발치에서 본 것인데도 그 웃음에 애정이 담뿍 담겨 있다는 것을 느낄 수 있었다. 그가 이모에게 환하게 웃는 순간 주변이 온통 반짝반짝 빛나는 것 같았다. 사랑하는 사람들은 짧은 웃음이나 목소리, 작은 손짓에도 애정을 표현하는 능력이 생기는 모양이다.

나는 창밖으로 고개를 내밀고 집에 불이 날 뻔했다고 소리를 치려다 조금만 참아 주기로 했다. 두 달 만에 만나는 부부의 인사를 방해할 정도로 눈치가 없지는 않았다.

나무에 걸터앉은 이모는, 아저씨가 바로 앞에 왔는데도 내려오지 않았다. 아저씨의 눈앞에서 두 발을 한들한들 흔들던 이모는 작은 부채를 착 펴서 얼굴을 가리더니 키득키득 웃으면서, 하지만 최대한 우아한-하지만 그녀의 목소리에선 도무지 장난기를 지울 수 없다- 목소리로 말했다.

"오랜만이에요, 슈발리에. 얼굴 잊어버릴 뻔했어요. 잘 다녀오셨나요? 다들 별일 없고요?"

"항행은 무탈했고, 저희의 영지는 늘 그렇듯 시끄럽고 평안했습니다. 모두 당신 손에 입 맞추기를 기다린다고 전해 달라 하더군요. 대체 언제 오실 거냐 여쭤 달라는 청도 있었고요."

에휴. 또 시작이다. 나는 닭살이 돋은 팔을 문지르며 한숨을 쉬었다.

두 분은 가끔 저렇게 오글대는 짓을 한다. 옛날 영화 주인공처럼 이상한 말투로 대화하며 노는 것이다. 보는 내가 다 창피하고 몸 둘 바를 모르겠다.

내가 어릴 때 잭 스패로우의 대사를 멋있는 줄 알고 따라 하던 것이나, 애니메이션 골수팬들이 주인공들의 이상한 말투를 흉내 내는 것을 옆에서 보는 기분이다. 아니 나이도 드실 만큼 드시고 점잖으신 분들이 대체 왜 저러시냐.

게다가 두 분은 그 정도가 조금 심하다. 보통 저런 장난은 몇 초 되지 않아 폭소와 함께 끝나는데, 두 분의 역할극은 보는 사람이 없으면 끝도 없이 이어졌다. 사랑에 빠진 사람들은 저게 문제다. 남들 눈에 저게 얼마나 웃기고 못 봐 줄 꼴인지 아무 자각이 없다.

"저는 이곳이 마음에 드는데 어쩌죠. 우리가 사랑하는 아이가 눈앞에서 자라는 걸 보는 기쁨도 보통이 아니고요."

"작은 로드리게스? 정말 예쁘고 사랑스럽죠."

"처음 봤을 때는 정말 자그마하고, 말 한 마디 못 하고 웃고 울기만 하던 아기였는데, 벌써 열두 살이라뇨. 조금 있으면 다 컸다고 독립을 할 테고, 조금 더 있으면 결혼식 초대장을 주겠죠. 생각만 해도 눈물이 나요. 아이들은 너무 금방 자라는 것 같아요."

……뭐지? 지금 내 얘기 하는 건가?

나는 입을 멍하니 벌린 채 눈만 깜박거렸다. 뭔가 잘못 들었나?

아니, 두 분 모두 목소리가 또렷한 편이고 나무도 창가 쪽에 붙어 있어서 잘못 들은 건 아니다. 기분이 조금 이상해졌다.

레아 이모는 아기들을 유난히 예뻐했고, 특히 이웃에 사는 나를 친아들처럼 사랑해 주셨다. 고마운 일이었다. 아이가 없으면, 옆집 아이를 유난히 귀여워해 줄 수도 있다고 생각한다.

하지만 나는 엄마와 아빠의 아들이었다. 두 분이 나를 친아들처럼 말하는 것은, 기분이 좀 그랬다.

아저씨의 낮고 부드러운 목소리가 희미하게 들렸다.

"레아. 아이들을 품에서 놓아 보내는 상실감은, 아이들이 사랑하는 사람을 만나고, 세상으로 독립해 나가는 기쁨과 맞닿아 있지 않습니까."

"……그건 그렇죠."

"그 아픔과 기쁨이 동일한 뿌리를 갖고 있으며, 그 깊고도 넓은 뿌리가 결국 '사랑'이었다는 사실이, 그대에게 위로가 되기를 바랍니다."

아저씨의 말은 가끔 너무 어려워서, 이해할 수 없을 때가 있다. 아저씨가 나무 위를 올려다보며 정중한 목소리로 덧붙였다.

"그나저나 마담께 마땅한 예를 갖추고 싶은데 높은 곳에 계셔서 여의치 않습니다. 제가 예의도 모르는 무뢰배가 되지 않도록 도움을 베풀어 주시겠습니까?"

"저야 당연히 도와 드리고 싶죠! 그런데 큰 문제가 있어요. 제가 지금 맨발이라 격식을 갖춰 맞이할 수가 없네요. 어쩌면 좋을까요?"

아저씨의 진중하고 품위 있는 목소리와 달리, 이모의 목소리에는 늘 장난기가 잔뜩 묻어 있어서 별로 위엄 있게 들리지 않았다. 하지만 종달새가 지저귀는 것처럼 통통 튀는 목소리는 너무나 예쁘고 좋았다.

"그 정도 문제라면 제가 도와드릴 수 있을 것 같습니다."

아저씨는 풀밭에 떨어져 있던 이모의 샌들을 힐끗 내려다보더니 그 앞으로 다가왔다.

"……!"

그런데 아저씨는, 신발을 주워 신겨 주는 대신 굉장히 이상한 짓을 했다. 이모의 긴 치맛자락을 걷어 올리더니 두 손으로 맨발을 감싸 쥐고 발등에 입을 맞추는 것이다!

나는 너무 놀라서 두 손으로 입을 가리고 말았다. 하마터면 비명이 튀어 나갈 뻔했다.

아니, 그, 그래! 물론 나도 안다. 나도 어린아이는 아니니까, 연인이나 결혼한 사람끼리는 당연히, 당연히 입을 맞출 수 있다는 것 정도는 안다. 이마든, 뺨이든, 손이든, 입이든, 그, 그래. 귀나 눈에 입을 맞추는 것까지는 이해할 수 있다.

그래도 발은 아니잖아요! 더럽게! 으으!

하지만 아저씨는 전혀 더럽게 생각하지 않는 것 같았다. 아저씨의 입맞춤은 생각보다 오랫동안 이어졌는데 펄쩍 뛰며 말려야 할 이모는 끝까지 웃기만 했다. 나는 아저씨뿐만 아니라 이모에게도 너무나 실망했다.

뒤늦게 고개를 든 아저씨는 그제야 샌들을 신겨 주고는 위를 향해 두 팔을 벌렸다. 이모는 망설이는 기색 하나 없이 아저씨의 품으로 뛰어내렸다. 나는 두 번째로 비명을 지를 뻔했다.

과학 책을 많이 읽은 나는 높은 데서 뛰어내리는 사람을 그냥 받는 것이 얼마나 위험한지 잘 알고 있었다. 지구에는 중력이라는 힘이 있고 높은 데서 떨어지는 물체에는 중력가속도라는 것이 붙어서, 땅에 닿을 때는 원래 무게보다 몇 배, 몇십 배나 무거워지기 때문에, 받는 사람이 뼈가 박살 나고 내장이 터져 죽을 수 있다고 했다.

다행히 아저씨는 무사히 이모를 받아 안았다. 나풀대는 치맛자락이 아저씨의 팔 위로 포르르 가라앉았다. 이모는 쥘부채를 접어 한 손에 쥐더니 허리를 곧게 펴고 한쪽 손을 내밀었다.

"귀환을 환영해요, 발타 님. ……정말 보고 싶었어요."

발타 아저씨는 한쪽 무릎을 꿇고 이모가 내민 손에 입을 맞추었다. 영화에 나오는 귀족 남자가 귀부인에게 인사를 하는 모습과 비슷했다. 드레스나 화려한 망토를 입거나 왕관을 쓰고 있는 것은 아니었지만, 충분히 왕족이나 귀족처럼 보였다.

점점 아리송했다. 장난치는 게 아닌 것 같다. 어쩌면 저게 두 사람의 일상적인 인사일지도 모른다는 이상한 생각이 들었다.

나는 영화 속의 한 장면 같은 두 사람의 모습을 오랫동안 바라보았다.

잠시 후 나는 얼른 현관 쪽으로 다가갔다. 두 분이 들어오시면 먼저 예의 바르게 인사를 하고, 아저씨에게 '두 달 동안 얼마나 고생하셨느냐' 하며 어른스럽게 안부도 묻고, '집에 불이 날 뻔했으며, 눈치 빠른 내가 재빨리 올라와 주방이 새카맣게 그을리는 대참사를 막았다'고 자랑스럽게 말할 참이었다.

이런 말 하기는 조금 창피하지만 나는 칭찬에 참 약하고, 허세도 조금 있다. 아주 조금. 하여튼 칭찬받을 기회를 놓치는 건 바보짓이라고 생각한다.

하지만 아저씨가 이모를 안고 계단을 올라오는 모습이 얼핏 창문에 비친 순간, 그럴 분위기가 아니라는 것을 바로 깨달았다.

두 분은 현관문을 열기도 전에 벽에 기대서 입맞춤을 시작했다. 어, 인정하긴 싫지만, 솔직히 말하겠다. 이모가 먼저 시작했다. 이모가 먼저 아저씨 넥타이를 개 목줄처럼 끌어당겼다!

아저씨는 버티는 척하다가 바로 끌려갔고, 현관문을 열기도 전에 키스가 시작되었다. 가벼운 포옹이나 예쁜 뽀뽀가 아니라, 팔뚝에 알통이 돋을 만큼 힘껏 끌어안고 입을 맞추는, 그, 영화에서나 볼 수 있는 뭔가 이상하고, 험악하고, 쓸데없이 긴 그런 키스 말이다.

나는 황급히 눈을 가렸다. 이런 기습 공격이라니! 제발 뽀뽀쟁이들은 머리에 빨간 경광등이라도 달고 다니면서 뽀뽀를 시작하기 전에 왱왱왱왱 한 번씩 켜 줬으면 좋겠다.

어쨌든 이건 내가 생각한 그림이 아니었고, 확실한 것은 지금 나가서 '안녕하세요. 오랜만에 뵈어요, 발타 아저씨. 그동안 잘 지내셨어요?'라고 예의 바르게 인사를 하면 절대 안 된다는 것이다.

"레아! 마담, ……시, 잠시만요! ……이럴 거면 신발은 왜……."

눈을 꼭 감고 있던 나는 아저씨의 목소리에 정신을 번쩍 차렸다. 여기서 얼쩡대고 있으면 안 된다는 무시무시한 예감이 나를 사로잡았다. 뒤이어 이모가 깔깔대는 소리가 희미하게 이어졌다.

"그거야…… 재미를 드리기 위……!"

결국 나는 두 분이 거실로 들어서기 전에 3층 다락으로 줄행랑을 놓았다.

3층에 몸을 숨기기 직전 마지막으로 본 모습은, 이모가 손가락

하나로 아저씨의 목을 눌러 거실 바닥에 쓰러뜨리는 모습이었다. 아저씨는 암사자에게 급소를 물린 꽃사슴처럼 고스란히 바닥에 뻗어 버렸다. 진짜 마법이 따로 없었다.

그리고 다시 뽀뽀 시작. 아 진짜, 뽀뽀 못 하고 죽은 유령이 달라붙기라도 했나. 점잖으신 분들이 지저분한 바닥에서 대체 왜 저러실까. 오늘 정말 여러 가지로, 두 분께 너무 실망이었다.

"후아아……."

3층 복도로 도망친 나는 소리 나지 않게 미닫이문을 닫으며 그 자리에 주저앉았다. 온몸이 진땀으로 흠뻑 젖어 있었다.

아아, 천만다행이었다.

†

"레아! 마담, 레아, 잠시, 잠시만요! 우리 신발도 못 벗었어……. 이럴 거면 신발은 왜 신겨 달라고 하신 겁니까."

"그거야, 벗기는 재미를 드리기 위해서죠!"

"그걸 위해서라면 발가락마다 리본 모자라도 하나씩 쓰고 계시지 그러셨습니까. 그러면 제 즐거움이 10배가 되었을 텐데."

"저런. 지금 시급하게 모자를 써야 할 건 제 발가락이 아닐 텐데요? 리본이 취향이시면 모자에 핑크색 리본이라도 달아 드려요? 어머나! 그거 쓰시면 정말 예쁘겠다!"

"아, 마담……."

발타는 바닥에 누운 채 한 손으로 눈을 가리고 웃기 시작했다. 그를 타고 앉은 레아도 깔깔대며 따라 웃었다.

잠시 후 레아는 허리를 숙였고, 이내 두 사람의 웃음소리는 사라졌다. 발타의 목소리가 흘러나온 것은 한참 후였다.

“레아, 그런데 오늘 쿠키 냄새는 좀 진하고 독특한 것 같습니다.”

“아 맞다! 전화받고 바로 뛰어 내려가느라 과자 굽던 걸 새카맣게 잊어버렸어요…….”

“그래도 불은 끄셨으니 다행입니다.”

“제가 끈 게 아니에요. 냄새 나니까 매장에서 누가 올라와서 꺼준 모양인데…… 혹시 버건디 씨가?”

“대부님은 매장 경비도 팽개치고 선착장에 마중 나와 계시던데요. 그래서 뭐라고 했더니 제 마중과 그까짓 보석 매장 경비 중에 뭣이 더 중하냐 하면서 화를 내시, 으음…….”

대답이 채 끝나기도 전에, 다시 말이 삼켜졌다. 한참 후, 그가 밭은 날숨을 토해 내며 말을 맺었다.

“……보고 싶었습니다.”

“하고 싶었겠죠.”

레아가 웃음기 섞인 맑은 목소리로 말을 받았다. 발타는 긴 한숨을 쉬며 눈을 감았다.

“그것도 맞습니다.”

“얼마만큼?”

“두 번의 달이 두 번의 천 년처럼 느껴질 만큼.”

“어머 느끼해라! 말씀하시는 게 나날이 능구렁이가 되어 가는군요. 그것도 버터 바른 능구렁이.”

“버터까지 발라 대령했으니 잘 구워서 드시면 되겠습니다. 그리고 이쯤 같이 살았으면 제 본색 정도는 좀 드러내도 괜찮지 않겠습니까?”

“그럼 능구렁이 씨, 본색을 드러내신 김에 늦둥이 막내라도 하나 만들어 볼까요?"

발타는 잠시 움직임을 멈추더니 이내 웃음을 터뜨렸다.

"의외로군요. 그동안 우리 아이들의 배신 행각에 비분강개하시면서 다신 안 낳으시겠다더니?"

"세상에! 모함이에요! 제가 언제요?"

"힘들게 낳아 애지중지 키워 놨더니, 때 되니까 하나같이 제 짝 찾아 세상으로 포르르 날아간다면서요. 나중엔 '사랑의 도피'란 말만 나와도 어찌나 분노하셨는지."

"아…… 제가 그랬던가요?"

"이제 와서 기억 안 나는 척하지 마세요."

발타의 대답에 레아는 키득키득 웃으며 말했다.

"사실 저희는 불평할 자격이 없긴 하죠. 콩 심은 데 콩 난 거고, 뿌린 대로 거둔 거였으니까요. 어쨌든, 발타 님은 만들기 싫으시다?"

"천만에요. 저로서야 더없이 기쁘고 가슴 떨리는 제안입니다."

발타의 말투는 정중하면서도 애정이 가득했고 레아의 말투는 장난기가 듬뿍 배어 있어서, 대화는 재미있는 리듬을 타고 시소처럼 움직이는 것 같았다.

"사랑하는 기사님, 그게 제안으로 들리나요?"

"제안이 아니었습니까?"

"릴리트는 제안하지 않아요. 유혹하거나 명령할 뿐이죠. 지금 당신에겐 유혹에 굴복하는 것과, 명령에 굴복하는 선택지밖에 없는데요."

발타는 꿀이 뚝뚝 떨어지는 듯한 목소리로 속삭였다.

"사랑스러운 폭군이여. 제 몸과 영혼은 이미 그대에게 속박되어 있으니, 뜻대로 저를 유혹하고 명령하여 완전히 굴복시키시기를. 당신의 명령과 손길이 무자비할수록 제게는 지고의 황홀과 기쁨이 될 것입니다."

"세상에! 온 파리 시민에게 순결한 은의 기사님이라고 놀림받던 분이 대체 어쩌다 이렇게 부끄러움조차 모르는 분이 되셨을까요. 반갑게도."

레아는 고삐를 톡톡 잡아채듯, 발타가 간신히 눌러놓은 열기를 콕콕 찔러 댄다. 인내하는 사내의 숨소리가 점점 밭아지기 시작했다.

"그 사내는 릴리트가 떨구는 달콤한 독에 뼛속까지 중독된 지 오래입니다. 제 몸은 그대의 앞에서 수치를 잊었고, 제 영혼은 그대에 목말라 매일 허덕이게 되었으니, 이건 참으로 사악한 저주가 아닙니까."

"어머나 불쌍해라. 그런 변태 같은 저주를 짊어지시다뇨!"

"제가 이렇게 된 데에, 어찌 그대의 책임이 없다 하실 것입니까."

"그렇다면, 그 사악한 저주는 제가 책임지고 당장 풀어 드려야겠군요."

이제 넓은 거실은 쿠키 냄새보다 더 달콤한 향으로 가득하다. 숨을 쉴 때마다 달착지근한 공기가 밀려드는 듯하다. 입맞춤은 점점 깊어지고, 레아의 손은 점점 대담하게 움직였다.

잠시 후, 발타의 다급한 숨소리가 터졌다.

"아…… 잠시만, 여, 여기선 곤란, 여기선 안 됩니다, 아, 윽! 마담! ……그만, 레아!"

레아는 눈을 동그랗게 뜨고 놀리듯 속삭였다.

"설마, 지금 몸을 사리는 건가요? 오늘따라 수상하네요? 다른 분도 아닌 발타 님이?"

"그럴 리가요……."

이제 발타의 얼굴에서는 웃음기가 완전히 걷혔고, 푸른 눈동자에서 이글이글 열기가 들끓었다. 그는 3층 계단을 힐끗 응시하며 이를 지그시 악물더니, 이내 낮게 갈라진 목소리로 속삭였다.

"잠시만, 참아 주십시오. 바로 안으로…… 모시겠습니다."

ǂ

결론적으로 말하면, 나는 탈출에 장렬하게 실패했다.

나는 3층에 올라가 잠시 몸을 숨겼다가, 두 분이 방에 들어가자마자 눈치껏 밖으로 빠져나갈 생각이었다. 그것도 마하 10의 스피드, 그러니까 초속 3km의 속도로 뺑소니를 칠 것이고, 다시는 여기 오지 않을 것이다. 어쨌든 계획은 분명히 그랬다.

하지만 이 치밀한 계획이 무색하게, 두 분은 한여름의 캐러멜처럼 거실 바닥에 달라붙어 버렸다. 오븐의 불을 껐더니 이젠 두 분의 과열로 불이 나게 생겼다.

그냥 아저씨가 오셨을 때 바로 뒷마당으로 내려갈걸. 눈치 없게 분위기를 깨거나 말거나, 집에 불이 날 뻔했다고 말하고, 문단속 잘하시라고 말씀도 드리고, 사진 따위는 집어치우고 집에나 가 버릴걸.

하지만 후회해도 때는 이미 늦으리. 나는 발이 묶였고, 두 분이 방에 들어가셨는지 확인차 문틈에 잠깐 귀를 댔다가 들은 말이라곤, '늦둥이 막내라도 만들어 볼까요' 하는 말이 고작이었다.

한숨을 쉬며 돌아온 나는 문득 고개를 갸웃했다.

'……레아 이모에게 아기가 있었나? 한 번도 들어 본 적 없는데?'

두 분은 내가 태어날 때쯤 이 섬에 오셨다는데, 아기가 없었다. 아이들 이야기를 들어 본 적도 없다. 마을 할머니들이 왜 아기를 안

낳느냐고 물어보면 이모는 '좋아하는 일이나 하면서 둘이서 재미나게 살죠.' 하면서 말을 돌렸다. 엄마는 엄마대로 '레아 이모에게 아기 이야기는 하지 마라.' 하고 당부하곤 했다.

그런데 '늦둥이 막내'라니. 이상했다. '짝 찾아서 세상으로 포르르 날아간다'는 말은 더 이상했다. 그런 말을 하기엔 두 분은 너무 젊어 보였다.

아, 잠깐. 저번에 아저씨가 은퇴 이야기를 하셨지.

그럼 두 분, 생각보다 연세가 많으신가? 두 분의 얼굴은 그럼 현대 의학의 찬란한 결과물일까?

하지만 의학 기술이 아무리 눈부시게 발전해도, 은퇴하신 우리 학교 교장 선생님이 발타 아저씨처럼 변신할 수는 없을 것 같았다. 이제 머릿속에선 본격적으로 화산이 꽈르릉대기 시작했다.

꽈르르릉, 꽝, 우르르르, 쾅!

후드드드, 드드, 드드드…….

머릿속의 폭발 소리를 듣기라도 한 듯, 맑은 하늘이 갑자기 시커멓게 변하더니 소나기가 쏟아지기 시작했다.

아, 망했다…….

오늘따라 하늘도 협조를 안 해 주는구나.

암담한 마음으로 창밖을 바라보았다. 지금 오는 소나기는 적당히 맞으면서 다닐 만한 비가 아니었다. 게다가 나는 해적 옷을 입었기 때문에, 지금 쫄딱 젖으면 밤에 사탕 받으러 돌아다닐 때 입고 다닐 옷이 없다.

나는 진지하게 숙고한 끝에, 치밀한 계획을 조금 변경했다.

'비 그치면 그때 바로 도망치자.'

소나기니까 금방 그치겠지. 그쳐야 해.

하지만 이 소나기는 좀 이상했다. 갑자기 쏟아지기 시작한 것도 그렇지만, 비가 오는 기세가 너무 무시무시했다. 이건 그냥 폭포수, 아니, 폭풍우였다.

드드드, 드드드, 우다다다, 타다다다다…….

쏴아아아아, 콰아아아아아…….

폭우는 지붕을 뚫고 집을 때려 부술 것처럼 쏟아붓고, 눈앞은 점점 캄캄해진다. 게다가 번갯불이 번쩍번쩍하고 우르르쾅쾅 벼락 소리도 귀청을 터뜨릴 듯 이어진다.

눈을 꼭 감고 벽에 기대 몸을 바짝 웅승그렸다. 나는 귀신도 유령도 악마도 믿지 않는 용감한 소년이지만, 천둥 · 번개 · 벼락 · 폭풍우 · 해일 5종 세트는 정말 무서웠다.

한참 후 폭우가 부슬비로 바뀌었을 때, 나는 간신히 엉덩이를 털고 일어났다. 요 근처에만 집중호우가 내렸나 보다. 먼 하늘은 여전히 파랗고 산뜻했다. 나는 창가에 서서 비가 완전히 그치기를 기다렸다.

그런데 5분도 안 되는 사이, 부슬비는 다시 무시무시한 폭우로 변했다. 이제 사람들은 머리를 감싸 쥐고 소리를 지르며 거리를 달리거나 처마 밑으로 들어간다. 저 비에 맞으면 머리통에 구멍이 날 것 같다. 그것도 모자라 저 앞에 보이는 바다까지 험상궂게 출렁거린다.

그러더니 다시 부슬비가 되었고, 몇 분도 되지 않아 또다시 폭우로 변했다. 그런 일이 서너 번이나 반복되었다.

……뭐지? 이놈의 날씨가 정말 미쳤나?

설마, 하늘이 노해서 이 집을 때려 부수기로 작정이라도 했나?

아 물론, 합리적인 이성주의자인 나 잭 가르시아 로드리게스는 그런 비이성적이고 초자연적인 가설 따위는 믿지 않는다. 그저 관용적인 표현이 그렇다는 것이다.

나는 한숨을 쉬며 창가에서 몸을 돌렸다. 복도 구석에서 쭈그리고 앉아 있느니 창고 구경이나 하다가 비 그치면 바로 도망치는 게 나을 것 같았다.

하지만 중문 안으로 들어가 3층을 한 바퀴 빙 둘러본 순간 머릿속에서 생각이 몽땅 날아가 버렸다.

"어……? 이거 뭐지?"

나는 그렇게, 이상한 나라에 떨어진 앨리스, 아니 잭이 되어 버렸다.

4) 비밀의 방

뭐, 뭐야. 여기 다락 맞나?

……아니, 그보다 여기 창고 맞나?

3층에는 잘 쓰지 않는 물건들을 보관한다고 들었다. 당연히 다락 창고라고만 생각했다. 온갖 잡동사니가 뒤죽박죽 쌓여 있던 옛날 우리 집 다락 같은.

하지만 홀란드 하우스의 다락은, 파티를 열어도 좋을 만큼 넓고, 높고, 화려한 곳이었다. 천장이 사람 키의 3배는 되고, 고색창연하지만 잘 관리된 가구들이 자리를 잡고 있었다.

원래 이 홀란드 하우스는 몇백 년 전, 프랑스 거상인지 네덜란드 귀족인지가 지은 저택이라고 했다. 신기하게도 옛날 이름도 홀란드 하우스였다.

그러다 너무 오래되고 낡아서 백 년 넘게 버려졌던 것을, 이모네가 사서 기록대로 고스란히 복원 수리한 것이라고 했다. 역사적인 고주택을 수리할 때 그런 방법을 쓴다고 했다.

물론 우리 섬에는 옛날 건물이 꽤 있고, 해적의 집이라든가 귀족의 저택 등으로 복원해 관광지로 공개하고 있다. 하지만 홀란드 하우스처럼 여전히 사람이 살고 있는 경우는 거의 없었다.

"……진짜 몇백 년 전의 저택 같잖아."

박물관 마니아임을 자부하는 나는 1초 만에 강력한 호기심에 사로잡혔다. 그래서 바로 도망쳐야 한다는 사실을 깜박 잊어버리고 3층을 살금살금 둘러보기 시작했다.

3층에는 전기로 돌아가는 물건은 보이지 않았다. 심지어 전등조차 없었다.

대신 몇백 년은 되었을 성싶은 물건들이 눈에 띄었다. 촛대, 등잔, 은쟁반, 접시, 은주전자, 체스 판, 펜, 누런 종이 묶음, 작은 종, 말의 편자, 채찍, 반짇고리, 그 외에도 내가 용도를 짐작조차 할 수 없는 물건들이 많이 있었다. 탁자와 의자, 휘장 달린 침대, 화장대, 피아노, 고불고불 장식이 새겨진 선반장 같은 가구들도 있었다.

이 물건들은 혹시 판매하는 걸까? 이모네 가게에선 옛날 귀족들이 쓰던 물건도 판다고 했는데.

하지만 물건 놓인 모습을 보면 판매 상품을 쌓아 둔 창고라기보다 옛날 귀족의 저택을 복원해 둔 전시실처럼 느껴졌다. 게다가 가구는 실제 사용하기라도 하는 듯, 먼지 하나 없이 반질반질했다.

나는 카펫 위를 고양이처럼 걸어 다니며 물건들을 살펴보았다.

……자, 잠깐! 이게 다 뭐야……?

양쪽 벽과 전체 공간의 3분의 1을 차지한 장식장들 앞에 선 나는 저도 모르게 입을 딱 벌리고 말았다.

그곳에는 금과 은으로 만든 장식품들이 빽빽하게 놓여 있었다. 눈이 튀어나올 정도로 휘황찬란했다. 이모가 직접 만드신 듯한 작은 귀걸이나 브로치, 팔찌도 있었지만, 옛날 여왕님이나 황제가 쓰셨을 법한 화려한 왕관이나 목을 부러뜨릴 것 같은 두꺼운 금목걸이들도 있었고, 주먹만 한 보석이 물린 반지나 티아라도 있었다.

나는 장식장 한가운데 놓인 왕관을 가만히 올려다보았다. 깨끗하게 관리되긴 했지만, 세월의 흔적이 느껴지는 물건이었다. 파란 보석 세 개가 가운데 박힌 황금 왕관이고, 플뢰르 드 리스, 그러니까 옛날 프랑스 왕실에서 쓰였다는 백합꽃 도안이 큼직하게 박혀 있었다.

나는 진품 가품을 가리는 법은 모르지만, 저 황금이 도금이 아니고, 저 반짝이 보석이 플라스틱이나 유리가 아니라는 것은 바로 알 수 있었다. 물건 자체에서 느껴지는 힘과 위엄이 그렇게 말하고 있었다.

나는 왕관 앞에서 홀린 듯 한참 서 있었다. 많은 이야기를 담고 있는 물건처럼 느껴졌다. 심지어 나에게 말을 거는 것 같기도 했다. 말을 거는 왕관이라니. 어쩌면 그 옛날 수다쟁이 이모 같은 세공 장인이 만든 걸지도 모른다.

보관된 물건들 중 특이했던 것은, 쇠로 된 갑옷과 무기들이었다. 옛날 기사들이 입었을 듯한 통짜 갑옷도 있었고 사슬로 짠 셔츠, 긴 양말 같은 쇠사슬 갑옷도 있었다. 투구, 허리띠 그리고 꽤 낡긴 했지만 가운데 십자가가 그려진 옷이나 백합이 수놓인 원피스, 털 달린 망토도 걸려 있었다.

물론 가장 눈에 띄는 것은 벽에 줄줄 붙어 있는 무기들이었다. 두껍거나 얇거나 길거나 짧은 각종 검, 랜스, 투창, 석궁, 도끼, 철퇴 같은 무기들이 종류별로 걸려 있었는데, 심지어 모형도 아니었다. 손때가 묻어 있는 것도 있고, 날도 바짝 서 있었다. 예전에 직원들이 들고 온 무기들이 그냥 매장 장식품인 줄로만 알았는데, 뒤늦게 등이 오싹해진다.

그나저나 무기 수집이 취미라니, 너무 으스스한 취미 아닌가? 두 분 그렇게 안 봤는데!

문득 레아 이모가 장난처럼 부르던 호칭이 떠올랐다. 용감한 기사님, 사랑하는 기사님, 심지어 빵을 구울 때 나오던 마법의 주문에서도 잠꾸러기 기사님이 드실 거니까 맛있어지라는 말이 나왔다.

나는 긴 드레스를 입고 머리를 틀어 올린 레아 이모와, 그녀를 여왕처럼 모시고 있는 갑옷 차림의 기사를 상상했다.

"……어?"

두 사람이 이 방에 서 있다고 생각하자, 엉성하고 두서없이 느껴지던 이 방에 갑자기 생기가 도는 것 같았다.

여왕과 기사.

그렇다. 이 방은, 여왕과 기사가 들어오는 것으로 완벽해지는 방이었다.

그 느낌이 너무 신기해서, 나는 어느새 무서운 것을 까맣게 잊어버리고 말았다.

하지만 진짜 놀라운 일은 아직 남아 있었다.

높은 장식장에 가려진 가장 안쪽의 공간까지 들어갔을 때였다. 빛이 잘 들지 않는 어둑어둑한 벽에는 내 키보다 커다란 그림이 한

점 걸려 있었다.

〈CARITAS NUMQUAM EXCIDIT〉

액자 밑에 제목이 붙어 있었지만, 뜻을 알 수는 없었다.

그래도 그 그림이 장식장에 쌓인 금은보석보다 훨씬 귀한 것임은 단번에 알아차릴 수 있었다. 비싼 보석들을 놓아둔 장식장은 별다른 차단 장치가 없었지만, 이 그림은 두꺼운 유리로 앞을 막아 두었기 때문이다.

물론 그것만으로 비싸다고 판단한 것은 아니었다. 나는 미술 전문가는 아니지만 나름 살아 있는 검색창이자 박물관 마니아였고, 그림 아래에 적혀 있는 'Johannes de Eyck 1438'이라는 서명의 가치 정도는 짐작할 수 있었다.

그러니까, 내 눈앞에 있는 그림이 진짜 얀 반 에이크의 작품이라면, 세계에서 손꼽히게 비싼 물건이 될 거라는 뜻이다.

나는 얼이 빠진 채 그림을 이리저리 들여다보며 어떻게든 정보를 파악해 보려 했다. 그림은 사이즈도 어마어마했고, 색깔도 어두침침하게 변색된 데다 액자도 고색창연한 것이, 정말 몇백 년은 된 듯한 느낌이 들었다. 아마도 미공개의, 잘 보관된, 그리고 굉장히 정교하게 그려진 왕실 초상화 아닐까 싶었다.

중앙의 젊은 왕은 푸른 눈동자의 대단한 미남으로, 허리까지 닿는 하얀 머리카락이 인상적이었다. 나는 옛날 어느 시대에 하얀 가발이 유행했다는 건 알고 있지만, 이렇게 멋진 가발은 한 번도 본 적이 없었다.

그는 기사처럼 갑옷을 입고 검을 차고 있었는데 갑옷 위로는 은빛 나뭇가지 문양이 수놓인 망토를 둘렀고, 그 망토 자락은 바닥까지 끌렸다. 푸른 보석이 박힌 황금 왕관을 쓰고 큼직한 보석이 박힌 왕홀을 들고 있었지만, 무섭다거나 위엄이 넘친다기보다 부드럽고 신비한 분위기를 풍기고 있었다.

왕비는 가슴이 깊게 파이고 끝단이 발끝까지 덮이는 하얀 드레스를 입고 있었고, 크고 새파란 보석이 박힌 목걸이를 걸고, 뿔처럼 길고 뾰족한 모자를 쓰고 있었다. 그녀는 눈부신 금발을 한 올도 남김없이 뾰족모자 속으로 밀어 넣었는데, 이마가 심각하게 넓어 보였다.

나는 옛날 어느 시대에 에넹이라는 이상한 모자와, 넓은 이마를 만들기 위해 머리털과 눈썹을 뽑는 기괴한 유행이 창궐했다는 것을 알고 있었다.

지나간 유행이란 이성과 상식으로는 도저히 이해할 수 없는 테러와도 같은 것이다. 앤 불린과 헨리 대왕 시대에는 쇠로 만든 커다란 고추 보호대가 유행했고, 로미오와 줄리엣 시대에는 남성용 짝짝이 스타킹이 유행했고, 심지어 엄마가 젊을 때는 엉덩이가 반쯤 보이도록 바지를 입는 게 유행했다고 했다.

하지만 저 괴상한 모자와 민둥 이마가 그림 속 왕비 마마의 미모를 다섯 단계쯤 낮추고 우스꽝스러움을 다섯 배쯤 높인 건 부인할 수 없다.

당시 당사자는 거울을 보며 '거울아, 거울아 세상에서 누가 제일 예쁘니?'라고 자신 있게 물었겠지만, 나의 객관적이고 현대적이고 중립적인 시각으로 단언하자면, 진심으로 안타까운 유행이었다.

왕자와 공주들은 두 사람의 주변에 앉아 있거나 서 있었다. 아주 어린 아기부터 다 큰 왕자와 공주까지 일곱 명이었다. 초상화 속의 인물들은 하얀 머리도 있고 금발도 있었지만, 눈동자는 한결같이 보석을 깎아서 넣은 듯 맑고 새파랬다.

당연하겠지만 그들은 서로 빼박은 듯 닮아 있었다. 칙칙하게 퇴색해 가는 그림 속에서도 공주님들은 요정처럼 예뻤고, 왕자님들은 그리스의 군신처럼 아름다웠다. 나는 발타 아저씨가 세상에서 가장 예쁜 남자인 줄 알았는데, 이 왕실의 사람들도 비슷한 미모를 자랑했다. 미남 미녀는 현대의 할리우드에만 있는 건 아니었다.

나는 왕관에 새겨진 것이 플뢰르 드 리스-프랑스 왕실의 백합 문양인 것을 한참 후 알아차렸다. 그럼 혹시 프랑스 쪽 왕실 초상화일까? 나는 역사 이야기를 좋아하고 기억력도 좋은 편이라고 자부하지만, 솔직히 몇 년도에 무슨 일이 일어났다는 것까지 일일이 기억하는 건 너무나 어려웠다.

1438년이라면 프랑스에서는 백년전쟁과 잔 다르크의 시대쯤일 것 같다. 그러면 발루아 왕가일까? 잠깐만. 발루아 중에서 이렇게 잘생긴 왕이 있었다고?

혹시 왕실 초상화가 아닌 걸까? 왕관을 쓰고 홀도 들고 있는데?

그러고 보면, 저 가족들의 모습이 묘하게 낯이 익은 것도 같고?

아니, 잠깐, 저 왕관이 더 낯이 익은데? 어디서 봤지?

나는 방금 전에 지나온 장식장으로 되돌아갔다가 두 손으로 입을 가렸다.

"우와! 이게 대체……."

나는 홀린 듯 장식장을 열고 왕관을 조심조심 꺼내 든 후 다시 그림 앞으로 와 보았다.

틀림없다. 이 왕관은 그림 속 왕의 머리에 얹혀 있는 것과 똑같다. 아저씨와 이모는 반 에이크의 그림뿐만 아니라 그림 속에 나온 물건까지 세트로 수집한 것이다!

저 그림과 왕관만 세트로 팔아도-이 왕관이 모조품이 아니라는 가정하에- 두 분은 어마어마한 돈을 벌 수 있을 것이다. 메가밀리언스 당첨이 부럽지 않을 것이다. 어쩌면 돈을 싹싹 긁어 도망친 아빠보다 이모네가 10배, 아니 100배쯤 더 부자일지 몰랐다.

나는 그림을 멍하니 올려다보며 결론을 내렸다.

그렇다. 레아 이모와 발타 아저씨는 은퇴고 나발이고 애초부터 그냥 놀고먹어도 되는 분이었다.

아아, 이런 금수저 분들에게 어떤 바보가 샌드위치와 쿠키 장사를 해서 돈을 많이 벌라고 컨설팅을 했구나. 복권 타령을 했구나. 백수라고 걱정씩이나 해 드렸구나. 창피해 죽을 것 같았다.

문득, 주변이 싸늘해지나 싶더니 갑자기 중요한 생각이 떠올랐다.

"아, 맞다! 나 여기서 도망쳐야 하는데……!"

몸을 확 뒤로 돌리는 순간, 나는 기겁하며 왕관을 놓치고 말았다.

"잭 로드리게스."

발타 아저씨가 문 앞에 서 있었다. 팔짱을 낀 채, 무표정한 얼굴로.

ǂ

"미스터, 잭, 가르시아, 로드리게스."

"……네……."

나는 얼어붙은 것처럼 꼼짝도 못하다가, 두세 번쯤 불린 다음에야 모기만 한 소리로 대답했다. 발타 아저씨가 저렇게 차분하고 메마른 목소리로, 그것도 풀 네임으로 부르니까 정말 무섭고 싫었다.

그는 정강이까지 닿는 흰색 샤워 가운을 입고 있었는데, 샤워를 하고 바로 올라왔는지, 하얀 머리카락에는 아직 물기가 남아 있었다.

그의 새파란 눈동자가 나를 똑바로 내려다보고 있다. 발타 아저씨는 원래 표정을 읽기 어려운 분이었고, 그래서 내 생각대로 짐작할 수밖에 없었다. 지금 그는 불법 침입자에게 어떤 처분을 할지 잠시 고민하는 것처럼 보였다.

그렇다. 보석과 그림을 구경하느라 깜박 잊었지만, 나는 현재 불법 침입자이고, 비가 그치는 대로 도망칠 예정이었다.

문제는, 이곳에 비싼 물건이 많다는 것인데, 더 큰 문제는 방금 전까지 내 손에 아주 비싼 왕관이 들려 있었다는 점이었다. 나는 떨어져서 바닥을 구르는 왕관을 줍지도 못한 채 꽁꽁 얼어붙었다.

"안녕하세요, 발타 아저씨. 오랜만이에요. 이번 항행은 어떠셨나요? 사실은 집에서 불이 날 뻔했는데요, 제가 냄새를 맡고 올라와서 얼른 불을 껐어요. 이모에게 깜박증이 있는 건 알지만요, 귀책사유가 있는 계약자에게는요, 보험 회사에서 돈을 주지 않으려 한대요."

"아 맞다! 제가 왜 여기에 왔느냐 하면요, 아까 이모가 들러 보라고 하셔서요. 제가 아빠 사진이 한 장도 없다고 하니까 아저씨가 사진 찍는 걸 좋아하셔서 한두 장쯤 있을지도 모른다고 하셨거든요. 그런데 시간이 많이 늦었으니 저는 이만 집에 가 볼게요. 안녕히 계세요."

……라고 말하고 싶었다.

하지만 입은 달라붙었고, 몸은 얼어붙었고, 눈물만 고였다. 변명의 여지도 없이 절도 현행범이다. 무슨 말을 해도 핑계로 들릴 것이다. 이제 미스터 버건디에게 팔을 꺾이고 머리를 바닥에 박히고 경찰서에 끌려가는 일만 남은 것이다.

식당에서 일하던 엄마가 전화를 받고 경찰서로 달려오시겠지. 학교 선생님도 친구들도 다 알게 될 거다. 게다가 레아 이모에게 도둑으로 찍히고 실망의 눈초리를 받아야 한다니. 데릭 아저씨에게 비굴하게 빌 때보다 10배쯤 더 비참했다. 저 창문 밖으로 뛰어내려 죽고만 싶었다.

누군가 10분만 시간을 되돌려서 나를 집으로 텔레포트를 시켜준다면, 나는 걸어 다니는 백과사전 대신 평생 바보 멍청이 닭대가리로 살아도 좋을 것 같았다.

아저씨에게선 아무 말도 나오지 않았다. 카펫 위에는 왕관이 나동그라진 채 그저 있었다. 바닥으로 눈물이 툭 떨어졌다. 고개를 숙이고 이를 악물었다.

차라리 아저씨가 와서 멱살을 잡는 게 속이 편할 것 같은데 그는 꼼짝도 하지 않았다. 나에게 무슨 말이든 들어 볼 생각인 것 같았다. 눈물이 좀 더 많이 떨어졌다. 나는 울먹이며 간신히 입을 열었다.

"저, 아, 안녕하세요 아저씨. 이, 이모가…… 사, 사진, 저, 저한테 와 보라고……. 못 믿으시겠으면, 레아 이모, 여쭤보시면……."

"이모 지금 피곤해서 주무신다."

"아저씨, 저 아무것도 훔치지 않았어요. 이, 이거 훔치려고 꺼낸 거 아니고, 하, 한 번 자세히 보려고, 그, 그림이랑 비슷해서, 죄, 죄송해요, 그런데 저 도둑 아니에요. 맹세할 수 있어요. 정말이에요."

그가 천천히 다가왔다. 그는 맨발이었고 슬리퍼조차 신고 있지 않았다. 그가 다가올수록 무서워서 숨도 쉴 수 없었다. 주춤대며 뒤로 물러서서 벽에 등을 기댔다.

그는 나를 지나쳐 금관을 줍더니, 찌그러진 곳이 있나 확인하고 제자리에 올려 두며 담백한 어조로 말했다.

"네가 그럴 사람이 아니라는 건 내가 잘 안다."

갑자기 눈물이 한꺼번에 쏟아졌다. 끅끅거리며 울음을 그치려고 애를 썼지만 울음소리는 점점 더 커졌다. 좋아하는 사람들 앞에서 눈물을 보이는 것이 죽기보다 싫은데, 눈물은 내 말을 듣지 않는다.

그의 소맷자락이 눈에 살그머니 덮였다.

"네가 올라와서 불을 꺼 주었구나. 네가 아니었으면 큰 화재가 났을지도 몰라. 고맙다."

"흐으, 씨, 흐으이이, 으으으."

"괜찮다. 울어도 돼. 많이 놀랐구나."

아저씨가 앞에 무릎을 꿇고 앉아 어깨를 가만히 안아 주었다. 나는 창피하게도 샤워 가운의 어깨가 풍덩 젖을 때까지 울었고, 아저씨는 내 등을 토닥거려 주었다.

제기랄, 아침에도 울고 저녁에도 울고. 나는 내가 이렇게 잘 우는 남자라는 것이 너무나 한심했다.

"미안하게 됐다. 내가 좀 더 주의했어야 했는데."

"왜 아저씨가 사과하세요? 아저씨가 불을 켠 것도 아니고, 투시 초능력자도 아닌데 제가 있는 걸 어떻게 알고 조심해요?"

나는 훌쩍대면서도 할 말은 하고 말았다. 아저씨는 잘못한 것이 없으니 부당하게 사과를 받을 수는 없었다. 부부 사이에 키스 좀 오래 한 것을 잘못이라고 할 수는 없잖은가.

아저씨는 푸스스 웃으며 이마를 툭툭 쳤다.

"왜, 나도 그런 사소한 초능력 정도는 있어. 네가 걸어 다니는 백과사전이라면, 난 기어 다니는 천리안쯤은 돼."

"그럼, 그 초능력은 왜 안 쓰세요? 돈을 엄청 많이 벌 수 있을 텐데요."

"레아가 그따위 능력으로 집에서 뭔가를 엿봤다간 부지깽이로 두들겨서 내쫓는다고 했거든."

오, 아저씨의 이번 유머는 꽤 성공적이다. 울다가 바로 웃음이 튀어나온 걸 보면. 나는 쿡쿡대며 웃다가, 눈물을 매단 채 웃는 것이 바보처럼 느껴져서 얼른 웃음을 멈췄다. 아저씨는 덤덤한 목소리로 툭, 뒤통수를 후려갈겼다.

"그래도 네가 있는 것 정도는 알고 있었어, 잭."

기겁했다. 눈에 안 띄는 곳에 꼭꼭 숨어 있었는데 어떻게 보셨지?

"어, 어떻게 아셨어요? 아저씨 설마, 진짜로 초능력이 있어요?"

"그렇게 거창한 능력이 왜 필요해? 주방 의자 밑에 나동그라진 스파이더맨 운동화를 보면 알지. 다행히 이모는 끝까지 못 보셨다만."

갑자기 허탈해지면서 기운이 쭉 빠졌다. 흐물흐물 자리에 주저앉자 머리 위에서 짧게 웃는 소리가 들렸다.

"그런데, 눈치껏 도망가라고 신경 써 줬더니 넌 왜 아직도 여기서 꾸물대고 있는 거니? 비도 진즉에 그쳤는데."

"저도 분명히 도망가려고 했는데요, 이 방에 신기한 게 너무 많잖아요……."

"신기하다기보다 비싼 게 많은 거겠죠. 이해해요, 미스터 로드리게스."

정곡을 찔린 나는 찔끔했다.

"하지만 아저씨, 저 왕관이요, 반 에이크의 그림 속 왕관이랑 똑같은걸요. 너무 신기해서 나가야 하는 걸 깜박 잊어버렸어요."

"오, 눈이 꽤 밝구나. 네 말이 맞다. 그 왕관은 꽤 오래된 물건이고, 화가는 이걸 직접 보고 그린 거지. 그런데 반 에이크의 작품인 건 어떻게 알았을까?"

"뭐, 제가 좀 다방면으로 재능과 지식이 넘쳐흐르긴 하죠."

내가 겸손 따윈 집어치우고 거들먹거리자 아저씨는 폭소를 터뜨렸다. 아저씨는 좀 이상한 곳에서 웃음 버튼이 눌리는 것 같았다.

"이 그림 제목은 뜻이 뭔가요?"

"Caritas Numquam Excidit, 사랑은 언제까지고 스러지지 않는다."

왕실 가족 초상화는 기록이라는 임무에 가장 충실한 그림이다. 그런데 이런 낯간지럽고 이상한 제목을 붙이기도 하나? 고개를 갸웃하자 아저씨가 빙긋 웃더니 설명을 덧붙였다.

"사도 바오로가 코린토 신자들에게 보낸 첫째 서간, 13장에 나온 구절 중 하나지."

아저씨의 목소리에서 미세하게 생기가 돌기 시작했다. 나는 왕실 초상화에 왜 그런 제목이 붙었는지 납득할 수 없었지만, 적어도 두 가지는 추측할 수 있었다.

저 그림을 의뢰한 왕은 몹시 신앙심이 깊거나, 대책 없이 로맨틱했을 것이다.

"잭, 실은 저 그림 주문할 때 이모하고 나하고 정말 애를 먹었단다. 돈도 많이 들었고 시간도 많이 걸렸어. 아, 정말 그 비위 맞추기가 얼마나 힘들었는지, 잭 버건디 씨가 그 작자를 자루에 넣어서 밤에 북해에 던져 버리겠다고 했었단다."

순간적으로 식겁했다. 그 아저씨라면 충분히 그러고도 남을 것 같다.

"그래도 반 에이크의 그림인걸요! 가격이 얼마나 뛰어오를지 모르는데! 저라면 그림이 손에 들어올 때까지 백 번, 천 번이라도 비위를 맞췄을 거예요! 아저씨는 후회 없는 선택과 투자를 하신 거예요. 게다가 저기 나오는 왕관까지 갖고 계시잖아요! 경매시장에서는 스토리가 있는 물건은 일단 따블로 값을 부르고 시작한댔어요."

"오, 그래? 그럼 저 그림에 나온 팔찌나 홀, 귀걸이, 브로치까지 세트로 갖고 있으면, 값이 따따블이 되는 거니?"

"헉, 정말 다 갖고 계시다고요?"

"그렇다니까. 보여 줄까?"

기분이 좋아진 아저씨는 왕관을 놓아둔 칸의 아래쪽에 놓인 보석함을 몇 개 열어 보여 주었다. 정말 그림에 나온 것과 똑같은 장신구들이 놓여 있었다.

지금 기준으로 보면 약간 투박하고 고색창연하지만 그래도 우아하고 단정했고, 당장이라도 착용할 수 있을 정도로 말끔하게 손질이 되어 있었다. 나는 물건도 신기했지만, 이런 물건을 모으는 아저씨와 이모가 더욱 신기했다.

다만 세트에서 빠진 것이 있었다.

"왕비님의 파란 목걸이는 안 사셨어요? 그게 있으면 풀 세트인데요."

아저씨가 한숨을 쉬며 고개를 저었다.

"유감이지만, 저 목걸이는 사고파는 게 아니라서. 저 가문의 첫째 후계자에게만 물려주는 물건이거든."

"그럼 나쁜 놈이 후계자를 해치거나 속이거나 훔쳐서 팔면요?"

"보석의 저주를 받는다던데? 그 보석엔 조상의 영혼이 담겨 있어서 반드시 주인에게 되돌아가고, 나쁜 놈이 한 짓도 고스란히 되돌아간대. 그것도, 몇 배나 이자가 붙어서."

저주나 유령 따위는 손톱만큼도 믿지 않는 나는 고개를 흔들며 단언했다.

"돈은 저주도 이겨요."

"너 스미스소니언의 호프 다이아몬드의 저주 몰라?"

"그 이야기도 돈 벌려고 지어낸 이야기래요."

"넌 어쩌면 레아랑 그렇게 똑같은 말을 하니. 예쁘게."

아저씨는 유쾌한 얼굴로 웃었다. 참 이상한 곳에서 반가워하신다. 나는 아저씨를 멍하니 올려다보며 문득 생각했다.

아저씨는 애초에 화가 난 게 아니었던 것 같다. 나 혼자 지레 겁을 먹었던 건지도 모른다. 나는 아빠가 떠난 다음부터, 상대의 표정이 읽히지 않으면 가장 나쁜 쪽으로만 해석하는 습관이 생겼다.

나는 부석부석해진 눈을 비비며 작은 목소리로 부탁했다.

"아저씨, 이모한테는 제가 울었다는 말 하지 마세요."

"우는 게 어때서. 사람이 힘들거나 아프면 울어야지."

"절대 안 돼요. 사내새끼가 아침저녁으로 질질 짜기만 한다고, 아주 한심한 놈이라고 생각할 거예요. 들통나면 틀림없이 '아침저녁 울보 잭'이라는 노래를 만들고 말 거예요."

캡틴 잭이 아니라 울보 잭이라니, 그런 불명예는 죽어도 감당할 수 없다. 하지만 아저씨의 입에선 천지개벽할 대답이 나왔다.

"레아는 우는 남자 좋아해. 우는 모습이 정신 빠지게 예쁘다던데."

히끅. 갑자기 딸꾹질이 튀어나왔다. 아, 맞다. 저번에 비슷한 얘기를 들었던 것 같다.

"아저씨 얘기인가요? 그럼 이모는 아저씨 우는 모습에 반해서 결혼하신 건가요?"

"그게 뭐가 중요할까? 결론적으로 나하고 결혼했으면 됐지."

"혹시 이모가 울보 발타사르라는 노래를 지으신 적 있었어요?"

"그 노래 부르는 놈이 있으면 당장 교수형이야."

아저씨의 표정이 갑자기 험악해졌다. 나는 그 노래가 이미 오래전에 만들어졌음을 눈치챘다. 다시 한번 말하는데, 자기 이름이 들어간 노래가 생긴다는 것은, 절대 바람직한 일이 아니었다.

아저씨가 내 어깨를 툭툭 치며 다시 한번 인사를 했다.

"어쨌든 불을 꺼 줘서 고맙다. 네게 계속 신세만 지는구나. 이 신세는 어떻게……."

"안 갚으셔도 되고요, 어, 그리고 저는 냄새가 나서 올라온 거지, 몰래 문 따고 들어온 건 절대 아니에요. 이모에게 문단속 꼭꼭 하시라고 전해 주세요. 문을 열어 둔 상태에서 도둑을 맞으면 보험 회사에서도 돈을 내주지 않을 거래요."

나는 최선을 다해서 오해를 풀어 드렸고, 아저씨는 알겠다는 듯 고개를 끄덕였다.

"음, 그랬구나. 그리고 우릴 보고 여기로 도망친 거고."

"네 아저씨. ……아, 아뇨. 저 아무, 아무것도 못 봤어요."

"그야, 아무 짓도 안 했으니 당연히 아무것도 못 봤겠지."

아저씨가 난처한 듯 짧게 웃는다.

이건 또 무슨 새빨간 거짓말인가. 두 분이 아무것도 안 하셨으면, 제가 여기까지 도망쳐서 벌벌 떨고 있을 리가 없잖아요. 저도 모르게 불퉁한 목소리가 튀어 나갔다.

"안 하긴 뭘 아무것도 안 하세요?"

"……응?"

"두 분이서, 어, 현관에서, 거, 거실에서 할 거 다 하셨으면서."

등으로 진땀이 흘러나왔지만, 최대한 태연하게 말했다. 발타 아저씨에게서 난생처음 듣는 당황한 목소리가 나왔다.

"잭. 그, 그게 무슨 말이야? 아니 일단, 우리…… 거실에서, 그, 키, 키스밖에 안 했는데."

"그러니까요! 제 말이!"

아저씨는 대화를 멈추고 미심쩍은 얼굴로 나를 내려다보았다. 그 눈초리는 나에게 맹렬한 전투 의식을 불러일으키고 말았다.

"무시하지 마세요. 전 조금 있으면 열두 살이 돼요. 알 건 다 알고 하는 말이에요."

"대체 뭘 다 안다는 거지……."

내 대답이 도리어 역효과를 불러일으킨 듯, 아저씨는 나를 내려다보며 한숨을 쉬었다. 자존심이 상했다. 왜 다들 나를 어린아이 취급하지 못해 안달일까? 빨리 어른이 되고 싶은 나는 이럴 때마다 초조해서 미칠 것 같았다.

"두 분은 아기를 만드시려고 한 거잖아요. 전 아기가 어떻게 만들어지는지도 이제 다 알고 있어요. 황새가 물어 오거나, 양배추밭에서 주워 오는 게 아니란 것도요."

"잭, 잠깐, 잠깐만."

아저씨가 뒤늦게 말을 막으려 했지만 이미 늦었다. 게다가 나는 3층에서 늦둥이 막내라는 낱말까지 어렴풋이 들었던 참이었다.

"꼭 끌어안고 그렇게 오랫동안 키스를 하면 남자의 정자가 여자의 배 속으로 들어가 난자와 만나서 수정란이 되죠. 수정란은 여자의 배꼽 아래에 있는 주먹만 한 크기의 자궁에 착상을 하고, 40주 동안 자라면서 아기가 되는데……."

"그래. 그래요. 아주 잘 알고 계시네요. ……훌륭해요."

아저씨가 더듬더듬 얼버무린다. 분위기가 이상하다. 설마 내가 정말 잘못 알고 있는 걸까? 물론 나도 내 지식이 아주 완벽하지 않다는 것을 어렴풋이 느끼고는 있었다. 분하지만 일단 입을 다물었다.

"……잭, 너 올해 몇 살이랬더라."

"다음 달에 열두 살이 돼요."

"그래. 남자아이들은 좀 늦는 경우도 있지. 음, 딱히 늦은 것도 아니려나."

아저씨는 가볍게 한숨을 쉬며 웃었다. 안도의 한숨인지 한심의 한숨인지 구별은 되지 않았지만, 아저씨가 나의 지식에 감탄한 것이 아니라는 건 확실해졌다.

"늦지 않아요! 옛날에는 열한 살, 열두 살에 결혼해서 할 거 다 하고 엄마 아빠가 되었다고요!"

"누가 그래? 옛날에도 그 나이엔 뭣도 모르고 결혼하는 애들 천지였어."

"네?"

"결혼하면 첫날밤에 오손도손 놀다가 손만 잡고 잠만 잤다고. 둘이서 손 꼭 잡고 '하느님, 내일 저기 정원에 아기를 한 명만 데려다 주세요' 기도도 하면서. 물론 알 거 다 알고도 같이 기도했던 사람도 있지만……."

"그걸 아저씨가 어떻게 알아요? 그건 또 누군데요? 그런 얘기가 어떤 책에서 나와요?"

"그분의 명예를 생각해서 출처는 덮는 게 좋겠어. 논문 쓸 것도 아니잖니? 어쨌든 중요한 건, 그렇게 기도하던 꼬꼬마들도 때가 되면 다 알아서 할 일 하고, 아기를 일곱 명, 열 명씩 낳았더라는 건데."

"……그런데요?"

"하지만 안타깝게도 그대는 아직 갈 길이 멀어요, 미스터 로드리게스. 결혼하려면 일단 잘 먹고, 잘 자고, 무럭무럭 자라기부터 해야겠어요."

이 점잖은 아저씨는 나를 놀리는 데 재미가 들린 것이 분명했다.

별로 밝히고 싶지 않지만, 내게는 땅콩이라는 별명이 있고, 키에 대해, 아니 늦은 성장에 대해 콤플렉스가 있었다. 사람의 약점을 건드리다니. 아저씨, 그렇게 안 봤는데 비겁하다!

"걱정 마세요! 저는 결혼 같은 거 절대 안 할 거니까요! 아니, 연애도 안 할 거예요!"

"흠. 이유를 물어도 될까?"

"저는 아저씨처럼 시도 때도 없이 간지럽고 느끼한 말은 죽어도 못 하거든요. 제, 제가 어장 관리하는 선수도 아니고! 차라리 장렬하게 죽음을, 아니, 어, 장렬하게 노총각으로 살 거예요."

아저씨는 이제 입을 틀어막고 눈물까지 흘리며 웃어 대기 시작했다.

"맙소사, 기절하겠어. 내가 살다 살다 어장 관리하는 선수라는 말까지 듣게 되다니. 미스터 로드리게스, 저는 정말 억울합니다."

"억울하긴 뭐가요! 듣는 저도 힘들어요! 이모한테 말할 때 옆에서 들으면 등으로 바퀴벌레가 지나가는 것 같단 말이에요!"

"바퀴벌레라니, 너무하잖아! 우리 좀 그냥 사랑하게 놔두면 안 돼?"

"아, 아저씨야말로, 마, 마당에서, 바, 발 같은 데다가 키스하고 그러는 건, 너무하지 않아요? 사람이, 어, 어떻게 막 그래요?"

"……그래애, 못 볼 꼴 보여서 미안하다! 정신 빼 놓고 있던 내 잘못이다, 그래! 하지만 선수라는 말은 억울해."

아저씨가 정말 억울하다는 표정으로 호소했다.

"나도 처음부터 잘한 건 아니야. 물론 지금 내가 뭘 못한다는 말은 아닌데, 어쨌든 첫눈에 반한 다음에 첫 키스 할 때까지 장장 15년 걸렸어. 그동안 줄기차게 따라다니기만 했어. 정말이야…….”

하지만 한편으로는 나와 이야기하는 것을 몹시 즐거워하시는 것도 같았다. 도무지 이해할 수 없었다. 저런 게 사람들이 흉보는 '염장질', 즉 연애 자랑이라는 걸까?

하지만 아저씨, 어쨌든 결혼한 지 10년은 넘으셨잖아요. 눈치가 있으시면 그런 짓은 안 하실 때도 됐잖아요?

그나저나 만난 지 15년 만에 처음 키스한 건 내가 생각해도 좀 너무했다. 유치원 때 만나셨나? 저 빠릿빠릿하고 행동력 대장인 이모가 얼마나 속이 터졌을까? 굼벵이, 달팽이, 나무늘보의 노래가 나온 진짜 이유를 알 것 같다.

"말 한 마디 못 하셨는데 이모는 어떻게 아셨어요?"

아저씨가 머리를 절레절레 흔들며 웃었다.

"술 마시고 진실 게임 하다가 들통이 났지. 결혼할 생각 없으면 너는 그런 거 하지 마라."

"진실 게임이요? 아저씨 어릴 때도 그런 게 있었다고요?"

"있었지. 우리 때는 '거짓말하지 않는 왕' 게임이라고 했고, 그 왕은 왕비가 묻는 말에 반드시 진실만을 말해야 했어. 무서운 맹세도 해야 했고."

우리가 친구들과 하는 그 게임이 아저씨 어릴 때도 있었다니, 신기했다. 이러니까 역사는 반복된다는 말이 나오는 것이다.

"그때도 좋아하는 사람이 누구냐, 첫 키스 언제 했느냐 그런 거 물어봤어요?"

"당연하지."

"무시무시한 맹세라는 건 뭐예요?"

그가 싱긋 웃더니, 허리를 굽히고 귀에 대고 속삭였다.

"하느님과 성 미카엘 대천사의 검에 걸고, 나 발타사르 드 올랑드는 그대 잭 가르시아 로드리게스에게 진실만 말할 것을 맹세합니다."

"고작 게임에 너무 거물들을 소환하시는 거 아니에요? 거짓말하면 어떻게 되는데요?"

"미카엘 대천사가 꿈에서 목을 친다던데."

아, 그쯤이야. 귀신도 유령도 천사도 믿지 않는 나는 가볍게 콧방귀를 뀌었다. 아저씨가 더 으스스한 목소리로 덧붙였다.

"그게 끝이 아니야. 현실에선 더 무시무시한 벌이 기다리고 있지. 엉덩이로 춤추기, 뽀뽀해 주기, 레몬 통째로 먹기, 간지럼 태우기……."

"우와, 겁나 쎄다!"

"용기가 있으면 나한테 한번 도전해 보든가. 어때? 내 비밀을 알게 될 절호의 기회인데."

아저씨의 목소리가 더욱 낮고, 비밀스러워진다. 아저씨의 날숨이 귓가에 닿을 때마다 소름이 오싹오싹 곤두선다. 나는 슬금슬금 물러나며 고개를 저었다.

"아저씨의 비밀 같은 건 별로 궁금하지 않은데요."

"오호, 나에 대한 애정이 없는 것이로군. 이것 참 섭섭하지 않은가."

"글쎄요. 아저씨가 저에게 털어놓고 싶은 비밀이 있으시면, 고려해 보겠어요."

왜인지 아저씨가 하고 싶은 이야기가 있구나 싶었다. 아저씨의 표정은 대체로 모호했지만, 가끔 그의 생각이 짚일 때가 있다. 그의 얼굴에 웃음기가 한층 짙어진다.

"비밀은 신비를 만들고 고백은 약점을 만들지. 미스터 로드리게스, 나는 고해 신부님이 필요하진 않아요."

하지만 그는 나의 도발에 넘어오지 않았다. 그는 확실히 나보다는 관록이 있었다.

어느새 해가 떨어져서 사방은 어둑어둑했다. 아저씨는 내 해적옷을 훑어보고 묘한 얼굴로 웃었다.

"저녁에 사탕 받으러 다닐 거니? 어머니는 퇴근이 늦으실 텐데?"

"네. 저는 이제 다 커서 혼자 다녀도 돼요."

"그러지 말고, 오늘은 나와 같이 다니면 어떨까? 어머니께 전화로 허락받을게. 크루즈 승무원들이 핼러윈 퍼레이드를 하러 내려올 텐데 같이 다니면 훨씬 재미있을걸?"

"헉! 퍼레이드요? 저 가도 돼요? 정말요?"

"그럼. 레아 이모도 같이 가실 거야. 선원들이 하는 핼러윈 파티에 같이 가도 되고."

우와, 저도 모르게 입이 벌어졌다.

올랑데 볼랑 호는 항구에 도착할 때 크리스마스 같은 절기가 겹치면 선원들이 요상한 분장을 하고 나와 퍼레이드를 하곤 했다.

관광 중인 승객들을 위한 서비스인데 당연히 주민들도 나와 구경한다. 악기 연주자도 있고 어릿광대와 곡예사와 제복을 맞춰 입은 강아지들과 원숭이들도 끼어 있는, 꽤 재미있는 볼거리였다.

게다가 선원들의 핼러윈 파티라니. 선상 파티일까? 꿈만 같다. 물론 나는 사회적 품위를 고려하여 촌스럽게 폴짝폴짝 뛰는 짓만은 간신히 참았다.

"그런데 아저씨, 이번엔 아저씨도 퍼레이드 참가하세요?"

“어쩔 수 없어. 얼굴마담으로 뽑혔거든. 제일 앞에 서라던데.”

“얼굴마담은 얼굴 보고 뽑는다는 뜻인가요?”

“꼭 그런 건 아닌데, 내가 괜찮게 생긴 건 사실이지. ……음, 우리 인정할 건 인정하자.”

“네, 인정 안 한다고는 안 했어요. 레아 이모가 얼굴 많이 따지시는데, 아저씨를 최종 낙점하신 거 보면 잘생긴 거 맞겠죠.”

“아, 그래. 훌륭한 삼단논법이야.”

아저씨는 싱긋 웃으며 내 어깨를 두드렸다. 그 손길에 어째 감정이 좀 실린 것 같았다.

“하여튼, 그래서 나름 분장이란 걸 하려고 올라왔는데 마침 FBI 소속 에이전시가 우리 부부의 뒷조사를 하던 현장을 발견한 거지.”

나는 이제 긴장도 풀렸고, 이분의 아재 개그에도 나름 익숙해졌고, 적당히 장단을 맞춰 줄 만큼 연륜과 관록도 쌓였다. 어깨를 으쓱하며 맞장구를 쳐 드렸다.

“저, 제 밥줄이 달린 일이니까, 비밀은 지켜 주실 거죠?”

“좋아. 우리가 이렇게 만난 것도 운명이니, 내 아이언 슈트 장착을 도와준다면, 네가 비밀 요원이라는 비밀을 지켜 주도록 하지.”

“오, 이젠 초능력자에서 아이언맨으로 노선을 바꾸셨네요? 하긴 그 슈트가 있으면 부지깽이를 두려워하실 필요는 없겠어요! 그런데 아이언맨은 엄청 부자인데!”

“이봐, 나도 나름 쓸 돈은 있고, 핸드메이드 아이언 슈트도 있어.”

아, 그렇다. 아저씨도 아이언맨이나 배트맨만큼은 아니지만 메가밀리언스 당첨자만큼이나 돈이 많은 것으로 추정이 된다.

게다가 놀랍게도 아이언 슈트 역시 거짓말도 농담도 아니었다. 아저씨가 입으려는 옷은 내가 아까 보고 기절할 뻔했던 기사의 갑옷이었던 것이다.

그리고 더 놀라운 것은, 이 아이언 슈트…… 아니, 쇠갑옷과 무기들을 만든 사람이 이모라는 사실이었다!

나는 이모가 솜씨 좋은 세공사라는 것은 알고 있었지만, 이쯤 되면 헤파이스토스의 딸이 아닐까 하는 합리적 의심을 하게 되었고, 사랑의 힘이란 위대한 걸 넘어 공포스럽다는 것을 새삼 확신하게 되었다.

아저씨는 옆 장식장의 서랍을 뒤적이더니 이상한 레이스가 달린 허옇고 짧은 원피스와 파자마 같은 헐렁이 반바지를 주워 입었다. 그리고 그 위로 하얀 면 스타킹을 신고는 그곳에 달린 짧은 끈을 바짝 당겨 헐렁이 반바지의 허리춤에 묶었다.

……내가 지금 뭘 보고 있는 거지?

내가 충격과 공포에 휩싸여 지켜보는 동안, 아저씨는 긴 사슬 바지 한 짝을 절그럭절그럭 추스르더니, 오른쪽 다리에 낑낑대고 끼워 넣기 시작했다.

"몇백 년 만에 입어서 그런가, 잘 안 들어가네. 레아가 나 살쪘다는 말은 안 했는데……. 후, 옛날엔 어떻게 매일 혼자 입고 다녔는지 모르겠어. 윽, 으!"

"아, 옛날에야 아저씨도 팔팔하고 젊으셨을 테니까요! 은퇴자는 아무래도 기력이 딸리게 마련이죠. 잠깐만요, 제가 도와 드릴게요. 이 쇠사슬 스타킹 끈도 여기 속바지 허리춤에 묶으면 되나요? 이 쇠판은 여기 대고요?"

"오. 고맙다. 제법 손이 야물구나. 잘 하면 내 스콰이어(시종)로 삼아 줄 테니 분발해 봐."

"아저씨, 진지하게 말씀드리는데, 기사보다는 해적이고, 해적보다는 사탕이라니까요. 기사는 일단 돈도 안 되고요."

"투잡 뛰면 되지. 기사들 그래 봬도 대부분 CEO들이었어. 영지 운영자였단 말이야."

"게다가 이렇게 무거운 갑옷을 입고 있으면, 잭 스패로우처럼 밧줄 그네 타고 하늘을 나는 건 글러 먹었죠."

"솔직히, 너는 수영복만 입고 있어도 그렇게는 못 타잖니."

"이렇게 무거운 쇠사슬 바지를 요 가는 허리끈에 묶고 다니다가 바지까지 훌렁 벗겨지면 어떡해요. 싸우다가 누가 허리끈을 톡 잘라 버리면요? 우와 그런 대형 사고가! 그럼 창피해서 죽어 버리고 싶을 거예요!"

"전투 중에 누가 허리끈만 톡 자르니? 허리까지 통째로 자르지. 그럼 창피하기 전에 죽어 버리니 괜찮아."

"어, 어쨌든 아저씨처럼 은퇴하신 분이 입으시기엔 이 갑옷이 너무 무겁지 않을까 걱정이 되네요. 이거 입고 다리 들어 올리려면 기중기가 필요할 것 같아요."

"내가 은퇴는 했어도 그 정도는 아니야. 혼자 힘으로 움직일 수 있어."

"대신 100미터 돌격하는 데 3박 4일쯤 걸리시겠죠."

"너 스콰이어 취소."

아저씨는 뭐가 그리 재미있는지 한참 웃으며 다시 어깨를 두드렸다. 이제는 그 손길에서 그의 감정이 듬뿍 느껴졌다.

갑옷은 입는 방법이 생각보다 까다로웠고 시간도 오래 걸렸다. 쇠사슬로 짠 옷이나 보호대는 생각보다 무겁기도 했다. 옛날 기사들은 이걸 어떻게 매일 입고 다녔을까? 자다가 '적군이 쳐들어왔다!' 하면 싸우기 전에 갑옷 입다 칼 맞고 죽었을 것 같다.

아저씨는 갑옷 장착에 익숙한 것 같았다. 거울에 몸을 앞뒤로 비춰 보며 빙빙 돌거나 포즈를 취하며 씩 웃는 짓 따위는 하지 않았다. 그냥 관절과 손가락, 고개 따위를 움직이며 걸리는 부분이 있는지 체크했는데 그 움직임에서 알 수 없는 관록이 느껴졌다.

다 입고 나니 어느새 사방이 깜깜해졌다. 발밑도 보이지 않을 정도가 되어서, 아저씨는 촛불을 켰다.

"자, 네가 여기 있던 걸 이모에게 들키지 않으려면 여기를 빨리 벗어나는 게 좋겠지?"

"빨리 벗어난다기엔, 시간이 좀 많이 지난 것 같은데요? 밖엔 가시넝쿨이 둘러 있고 100년쯤 시간이 지나 있지 않을까요?"

"이런 맙소사. 이렇게 시간 감각이 없다니, 100년쯤 정신없이 자다가 공주님께 따귀를 맞아 봐야 정신을 차리겠구나."

"왜 왕자가 아니고 공주인가요?

"왕자인지 공주인지가 뭐가 중요할까? 잠자는 누군가를 100년 만에 깨웠다는 게 중요하지."

"왜 키스가 아니고 따귀인가요?"

"키스를 받고도 너무 졸려서 못 일어났거든. 자다가 죽은 줄 알았대."

"그 정도면 맞아도 싸네요."

"너 진짜 좀 너무하잖아. 피곤하면 늦잠을 잘 수도 있는 거지. 일주일 먼저 깼다고 어떻게 그럴 수가 있어?"

"그 늦잠꾸러기가 아저씨였어요?"

"나라고는 안 했어. 그런 사람이 있었다는 거지."

언제부터인지 아저씨와 나는 농담이 핑퐁핑퐁 잘 통하게 되었다. 아저씨의 개그 감각이 갑자기 젊어졌을 리는 없고, 나는 내 자신이 조금씩 걱정이 되기 시작했다.

“자, 카피탄. 어두우니 조심해서 내려가시죠.”

아저씨가 레이디에게 하듯 한 손을 내민다. 사슬 갑옷으로 무장한 옛이야기 속 기사의 손은, 맞잡으니 무척 따뜻했다.

나는 그의 손을 꼭 쥐고 어두운 계단을 조심조심 내려갔다. 잠든 공주님이 깨지 않게 두 사람 모두 발끝으로 살금살금 걸었지만, 사슬 갑옷이 절그럭대는 소리는 생각보다 시끄러웠다.

“잭, 이번 크루즈 탑승객 중에 아는 사람을 한 명 만났단다.”

어둠 속에서 낮은 목소리가 들렸다. 평소처럼 담백한 목소리였는데 어쩐지 조금 무섭게 느껴졌다.

“아마 너도 잘 아는 사람일 텐데…….”

누구 얘기를 하는 걸까? 아저씨도 알고 나도 아는 사람이면 영화배우? 가수? 아니면 우리 마을 사람일까? 하지만 나는 누구냐고 묻지 못했다.

“너와 어머니의 안부를 묻더구나.”

갑자기 소름이 오싹 끼쳤다. 나는 그의 손을 뿌리치고 걸음을 멈췄다. 그는 기분 나쁜 기색도 없이 차분하게 말을 이었다.

“네게 하고 싶은 말씀이 있다고 하시던데.”

“왜요? 이제야 아들이 있었다는 기억이 나셨대요? 지금까지 뭐 하고 있다가요?”

“네가 아빠 만나는 것을 거절했다며. 그럼 얼굴을 보는 것도, 대화도 불가능해.”

갑자기 극심한 분노가 치밀었다. 나는 거부한 적이 없다. 아니, 엄마든 나든 연락을 받은 적조차 없다. 아빠에게서든, 변호사에게서든, 법원에서든.

"새빨간 거짓말이에요. 제가 거절한 게 아니라 아빠가 연락을 완전히 끊은 거예요."

그래 놓고 내 핑계를 대? 아빠 얼굴을 잊어버릴까 봐 지레 겁을 먹고, 사진이나마 얻어 보려고 했던 바보 잭이 미치도록 한심했다. 아저씨는 별다른 설명도 변명도 없이 덤덤하게 말했다.

"아직 크루즈에 타고 계신데, 혹시 만나 볼 생각이 있으면 말을 전해 주마."

갑자기 무거운 침묵이 내려앉았다.

아래층의 거실은 불이 꺼져 있고 몹시 조용했다. 그리고 아저씨는 어둠 속에서 나를 물끄러미 응시하고 있었다. 거실과 주방에 남아 있는 끈끈한 캐러멜 냄새 때문인지, 점점 숨이 막히는 것 같다.

나는 내가 해야 할 대답을 알고 있었다. 거짓말하지 말라고, 만나기 싫다고 단호하게 대답해야 했다. 다 됐으니까, 새 부인하고 새 아기하고 잘 먹고 잘 살라고, 아니 온갖 고생이나 하다 죽어 버리라고 악담을 퍼부어야 했다.

하지만 한편으로는 아빠를 만날 기회를 놓치면 안 된다는 생각이 들었다. 무슨 말을 하는지 들어는 봐야 한다고. 욕이라도 퍼부어 줘야 한다고. 나는 바보 잭을 몹시 싫어했지만, 바보 잭을 이기기란 늘 쉽지 않았다.

하지만 아빠를 보면 용서하고 싶어질까 봐 겁이 났다.

아저씨는 어둠 속에 고요히 선 채 나의 대답을 기다렸다. 대답을 재촉하지는 않았다.

"……."

한참 후, 그가 다시 손을 내밀었고, 나는 멈칫대다가 잠자코 그의 손을 잡았다.

대답할 기회는 사라졌고, 나는 깊이 안도의 한숨을 쉬었다.

다행이다. 더 물었으면 어떻게 대답했을지 알 수 없었지만, 어느 쪽으로 대답하든 나중에 반드시 후회했을 것이다.

정말로 다행이었다.

5) 핼러윈-모든 존재들의 날

"……저 사람들은 뭐예요?"

저도 모르게 입이 딱 벌어졌다. 홀란드 하우스 뒷마당에는 처음 보는 사람들이 와글와글 모여 있었다. 100명, 아니 200명이 넘을지도 몰랐다.

아저씨는 가늘게 한숨을 쉬며 중얼거렸다.

"아주 작정하고 몰려왔구나……."

무리는 우리를 보자마자 횃불을 들고 우르르 몰려들었다. 그들은 아저씨가 애써 준비한 기사 분장은 거들떠보지도 않고 나를 발라먹을 듯 관찰하기 시작했다.

"미스터 홀란드? 이 콩알만 한 꼬랑지는 뭡니까?"

"뭐지? 이 되다 만 해적 쪼가리 같은 놈은?"

온갖 이상한 사람들이 다 모여 있었다. 빗자루를 든 마녀부터 유령에 괴물에 온갖 영화 주인공에, 해골 가면을 쓰고 긴 낫을 든 저승사자도 있었다.

그중 내 시선을 사로잡은 것은, 당연히 해적으로 분장한 사람들이었다. 그중 잭 스패로우 페이스 마스크를 쓴 해적이 가장 눈에 띄었다.

그들은 다 큰 어른이면서 다섯 살 아이들처럼 잔뜩 흥분해 있었다. 그대로 놔뒀다간 큰일이라도 저지를 것만 같았다. 아저씨가 슬금슬금 뒷걸음질하며 말했다.

"잭, 여기서 잠시만 기다리겠니? 아무래도 이모 깨워서 모시고 나와야겠다."

비겁하다! 나만 놔두고 뺑소니라니!

내가 배신감에 부들부들 떠는 동안 이상한 무리는 슬금슬금 다가와 나를 빙 둘러쌌다. 나는 사자 우리에 던져진 가련한 한 마리의 생쥐가 되고 말았다.

아저씨와 비슷한 사슬갑옷에 망토를 두른 붉은 머리 아저씨가 걸걸한 목소리로 공격을 시작했다.

"이봐, 꼬맹이! 네가 왜 저기서 나와? 손님이 왔다는 얘기는 못 들었는데?"

뭐지? 이 아저씨는 날 언제 봤다고 취조부터 해? 무례하고 옳지 않다. 배에 힘을 주고 단호하게 쏘아붙이려는데, 어둠 속에서 자세히 살펴보니 초면이 아니었다.

"어…… 미스터 버건디?"

그가 근엄한 얼굴로 다가오더니 반가운 척 어깨를 퍽퍽, 쳤다. 입술을 꽉 깨물고 비명을 참았다. 어깨뼈가 박살이 난 것 같았다.

"꼬맹이…… 네 이름도 잭이었던가? 좋아, 리틀 잭. 우리 괜히 반가운 척하지 말고, 네가 왜 미스터 홀란드와 저 집에서 나오게 되었는지 대답이나 해 볼까? 난 이 건물의 보안 책임자란 말이다."

나도 안 반가워요. 만나자마자 쇠장갑으로 후려 패는 인간이 반가울 리가. 게다가 보안에 구멍이 난 걸 왜 나한테 따져요? 잠자코 시말서? 맞나? 하여튼 반성문 쓸 준비나 하시라고요.

……라는 말을 할 수 있을 리 없다. 목소리가 점점 쪼그라든다.

“가게에서 레아 이모를 만나기로 약속했는데요…….”

“그분이 왜 네 이모냐!”

누군가가 뒤에서 고함을 빽 지른다. 나는 움찔하면서도 애써 무시하고 어찌어찌 말을 이었다.

“……어, 어쩌다 발타 아저씨를 만나서, 갑옷 입는 걸 도와드렸어요.”

“뭐가 어째? 왜 네가 갑옷 입는 걸 도와드리냐!”

사방에서 분노에 찬 고함 소리가 치솟았다. 이젠 어깨까지 바짝 쭈그러들었다.

“시중드는 솜씨가 좋으면 스콰이어로 삼아 주시겠다고…….”

“이게 무슨 말이야! 너를 시종으로 삼아 주겠다고 하셨다고!”

그들의 반응은 더욱 격렬해졌다. 나는 그게 아저씨의 썰렁한 유머였다는 것을 미처 말하지 못했다. 그들이 흥분한 목소리로 떠들어 대기 시작했던 것이다.

“이건 무슨 변덕이지? 시종으로 삼아 달라고 안달하던 사람들이 백만 명은 되었는데!”

“이거 배신이야! 나만 해도 퇴짜를 열 번이나 맞았다고!”

“얘, 꼬마야. 잭이라 했던가? 어쨌든 축하한다. 언제부터 시중을 들게 되는 거니?”

이해할 수 없는 대화가 너울처럼 출렁거렸다. 나는 얼이 빠진 채 곧이곧대로 실토했다.

“저, 아, 안 하겠다고 했는데요?”

“왜애애!”

모인 사람들이 한목소리로 천둥처럼 을러댔다. 울고 싶었다. 도둑질하다가 버건디 씨에게 현장을 들켰어도 이렇게 무섭지는 않았을 것이다.

"그게, 기사는 멋지지도 않고……."

"뭐가 어쩌고 어째! 그럼, 해적은 멋지냐? 그 거지 같은 해적 옷은 멋져서 입은 거냐!"

기사 복장을 한 사람들이 큰 소리로 울분을 터뜨렸다. 왜 애꿎은 해적은 걸고넘어지나. 나도 오기가 생겼다.

"기, 기사는 돈도 못 벌잖아요!"

"해적은 돈 잘 벌 거 같냐!"

"명예도 모르는 꼬맹이 같으니! 돈에 영혼을 팔았냐!"

"아이고 아까워라, 너는 어쩌다 그런 좋은 기회를 놓쳤어?"

"지금이라도 늦지 않았어. 얘, 다시 한번 잘 부탁해 봐."

몇몇 사람들은 내 손을 꼭 부여잡고 야단이었다. 거기에 대고 '기사 대신 해적, 해적 대신 사탕을 선택했다'고 하면 다들 잡아 죽일 것만 같았다.

겁에 질려 주변을 둘러보았다. 다들 작정하고 나를 골탕 먹이는 것 같다. 아니, 다들 상태가 이상하다. 흥분이 지나쳐서 정신줄을 놓은 걸까? 사람을 놀리면서 북은 왜 치고 나팔은 왜 불까. 심지어 원숭이도 캑캑대며 웃어 댄다. 당황스러워 눈물이 터질 것 같았다.

"……!"

잠시 후 뒤에 서 있던 선원이 한 명 나오더니 내 손을 잡아 등 뒤로 숨겨 주었다. 겨우 안도의 한숨이 나왔다. 조금만 더 있었다간 엉엉 우는 꼴을 보여 줄 뻔했다.

나를 도와준 선원은, 반갑게도 나처럼 해적으로 분장하고 있었고, 심지어 잭 스패로우의 페이스 마스크까지 쓰고 있었다. 그가 힐끗 나를 돌아본다. 가면의 눈구멍으로 푸른 눈동자가 걱정스러운 듯 나를 내려다보고 있었다.

'어이, 괜찮아? 괜찮아! 사람들이 짓궂어서 그냥 놀리는 거야.'

말은 없었지만 그렇게 달래는 것처럼 느껴졌다. 그리고 이내 고개를 들어 모인 사람들을 무섭게 노려보았다.

"거 애 좀 고만 놀려! 놀라서 혼이 나간 것 같잖아. 사람들 참! 왜 어린아이를 울리고 그래."

신나게 놀리던 사람 중 한 명이 뒤늦게 착한 척을 했다. 얼굴 윗부분을 화려한 베니스 가면으로 가린 남자였다. 그는 반짝이를 주렁주렁 매단 둥글고 커다란 모자에, 어깨를 잔뜩 부풀리고 몸통은 딱 붙는 윗옷에, 호박 바지와 쫄쫄이 스타킹 차림이었는데, 색깔이 짝짝이라는 것까지 완벽했다.

"자자, 스콰이어 자리를 호기롭게 걷어찬 소년, 만나서 반가워. 나는 베…… 베니스 가면맨이라고 불러 줘. 그쪽은 이름이? 아, 리틀 잭이랬던가."

"아뇨. 캡틴 잭이라고 불러 주세요. 전 조금 있으면 열두 살이 돼요."

나는 불퉁하게 말했다. 어리다, 작다는 말은 나에게 큰 콤플렉스였다. 베니스 가면맨이 팔짱을 끼며 콧방귀를 뀐다.

"이봐, 셔우드의 리틀 존이 작고 어려서 리틀 존인 줄 알아? 그 작자는 키가 2미터가 넘었어. 게다가 캡틴이라는 별명은 먼저 낚아챈 사람이 있는데?"

"……."

"지금 여기엔 잭이 자그마치 세 명이라고. 이쪽은 마스터 잭, 저쪽은 캡틴 잭이라고 부르지. 물론 이쪽 잭은 전직 마스터였을 뿐이고, 저쪽 잭도 당연히 진짜 선장은 아니야. 그러니 너도 리틀 잭이든 베이비 잭이든 바보 잭이든 아무 거나 편하게 골라 보라고."

나는 나를 숨겨 준 선원, 캡틴 잭을 가만히 올려다보았다.

아저씨도 이름이 잭이에요?

그는 내 소리 없는 질문을 알아듣기라도 한 듯 고개를 끄덕였다.

눈앞의 캡틴 잭은 내가 알던 캡틴 잭과 많이 달랐다. 머리카락은 다섯 배쯤 풍성하고 허리 굵기는 절반 정도 되었다. 눈구멍으로 보이는 눈가에는 주름이 전혀 없고 흰머리도 하나 없는 걸 보면 나이도 훨씬 젊은 것 같다. 하지만 이름과 별명이 같아서인지 정겹게 느껴졌다.

그가 손을 쥔 채 손가락을 꼼지락거렸다. 오래되고, 익숙하고, 그리운 느낌이었다. 나는 그를 올려다보며 작은 목소리로 불러 보았다.

"캡틴 잭."

갑자기 목이 막혔다. 그는 대답하는 대신 가만히 나를 내려다보며 눈을 깜박거린다. 나를 잡은 손에 힘이 지그시 들어간다. 베니스 가면맨이 옆에서 툭 던지듯 알려 준다.

"리틀 잭, 캡틴은 말 못 해."

그가 입을 가리키며 고개를 젓더니 귀를 가리키고는 고개를 끄덕끄덕한다. 알아들을 수는 있다는 뜻 같았다.

'다른 나라에서 오셨어요?'

내가 입 모양을 크게 해서 천천히 묻자 그는 다시 고개를 끄덕였다. 어느 나라에서 오셨어요? 배에서는 무슨 일을 하세요? 그는 고개를 저었다.

캡틴 잭이 잠시 다른 사람에게 불려서 뒤로 갔을 때, 버건디 씨가 말했다.

"힘든 사람한테 개인적인 내용 너무 자세히 묻지 마라, 리틀 잭."

"……네?"

캡틴 잭은 몇 년 전까지만 해도 잘나가던 사업가였다고 했다. 하지만 누이동생은 잭을 공부시키느라고 빚을 냈다가 그걸 못 갚았고, 빚은 천문학적으로 늘었고, 결국 캡틴 잭까지 그 빚을 뒤집어쓰게 되었단다.

캡틴 잭은 그 빚이 마약 조직과 연결된 것과 누이동생이 조직의 운반책이 된 것을 알자마자 사업을 모두 정리해서 빚을 갚으려 했다. 하지만 결국 파산을 면하지 못했다. 그러고도 부족해서 동생과 함께 조직에 쫓기는 신세가 되었다.

마약 카르텔과 연결된 갱단은 국가보다 힘이 세다. 카리브해에 사는 나는 그것을 잘 알고 있었다. 찍힌 자는 결코 도망치지 못한다. 경찰의 보호를 믿는 것은 바보짓이다. 심지어 가족과 친구, 친척들마저 평생 쫓기는 삶을 살게 된다.

캡틴 잭의 누이동생은 마약을 운반하는 중에 도망치다가 총을 맞고 즉사했다. 그것을 눈앞에서 봐야 했던 캡틴 잭은 정신이 나갔다. 그는 동생의 시신을 제대로 묻어 주지도 못한 채 갱단에게 쫓기며 거지꼴로 바다 위를 떠돌아야 했다.

그러다가 항해 중이던 크루즈에 구조되었고 갱단에 쫓길 위험이 없는 크루즈에서 어찌어찌 일을 하게 되었다는 것이다.

나는 이런 이야기를 들을 때마다 세상이 정말 나쁜 곳이라는 생각이 들었다. 이런 세상을 살아가야 할 것이 자꾸 무서웠다.

그가 돌아왔을 때, 나는 아무것도 묻지 않았다. 그냥 그의 손을 잡고, 그를 올려다보며 힘껏 웃어 주었다.

가면 속의 캡틴도 싱긋 따라 웃었다. 그런데 이상하게 우는 것처럼 느껴졌다.

“이번 퍼레이드에 발타 아저씨가 얼굴마담으로 뽑혀서 제일 앞에 서신다면서요. 아저씨가 동료들 사이에 인기 많았나 봐요.”

아무 생각 없이 가볍게 물어본 것이다. 어린 소년을 사자 우리 한가운데 던져 놓고 도망친 사나이에 대한 유감은 전혀 담기지 않은, 정말 순수한 질문이었다.

하지만 말이 떨어지기가 무섭게 격렬한 반발이 튀어나왔다.

“동료? 누가 동료야? 설마 미스터 홀란드가 우리에게 동료라고 했어?”

“와! 어디서 그런 새빨간 거짓말을?”

나는 입을 벌린 채 꽁꽁 얼어붙었다.

어, 이건 좀 이건 너무했다…….

물론 아저씨가 정식 승무원이 아니라는 건 짐작하고 있었지만, 이렇게 대놓고 동료임을 거부하는 반응이 나올 줄은 몰랐다. 따돌림이 엄청났구나.

아저씨가 불쌍해서 코가 시큰해지다가, 갑자기 화가 났다. 나쁜 사람들이다! 이렇게 대대적으로 몰려와서 민폐를 끼치는 주제에, 대체 이게 할 소린가?

“그래도 두 달이나 같이 일했는데 동료 아닌가요?”

“오, 그건 아니지! 절대 아니지!”

“백 년을 같이 일해도 사장은 직원과 동료가 될 순 없어. 어딜 끼어들려고, 뻔뻔하게?”

갑자기 망치로 머리를 얻어맞은 것 같았다.

"……사장이요? 무슨 말씀이세요? 올랑데 볼랑은 홀란드 프렌치 라인 선사 소속 크루즈 아닌가요? 거기 대표이사는 빈센트 골드먼 씨인데요? 발타 아저씨가 아니에요."

베니스 가면맨이 황급하게 손을 저으며 나섰다.

"어라, 넌 어린애가 왜 쓸데없이 남의 이름을…… 아니, 애먼 사장 이름을 외우고 다니냐?"

"저는 어린애가 아니에요! 그리고 어린이는 외우지 말란 법이 있나요?"

"아서라, 아서. 10년 전에 전 세계 의사협회에서 그런 쓸데없는 걸 외우는 어린이는 키가 크지 않고 머리가 일찍 벗겨진다는 연구 결과를 발표했어요. 벌써부터 성장 촉진 주사, 모발이식 그런 검색이나 하고 싶으냐? 그리고 19세 이하는 그런 거 외우고 다니면 안 된다고 미합중국 헌법과 유네스코 어린이 및 청소년 보호조약에 법으로 정해져 있어! 어린이 및 청소년은 각종 유해무익한 정보에서 보호받을 권리가 있으니까. 그런 법이 어디 있냐고? 궁금하면 네가 직접 찾아봐. 그나저나 대체 누구야. 이런 어린아이에게 불쌍한 바지사장의 이름 따위나 외우라고 시킨 사람이."

"키는 금방 자랄 거예요! 그리고 누가 시킨 게 아니라 재미있으니까 외우는 거예요!"

"오 하느님 맙소사, 재미있다고? 말도 안 돼. 이 불쌍한 소년은 뇌에 구조적 이상이 생긴 게 틀림없어. 이봐, 리틀 잭. 결론만 말해 줄 테니 잘 들어, 네가 아는 '아저씨'는 우리의 동료가 아니야! 우리는 그에게 생명의 위협을 받으며 착취당하는 피고용인이고, 그는 이 바닥의 악의 축이자 악랄한 고용주이지. 넌 그의 사악한 속임수에 10년 넘게 속고 있었던 거야. 정체 같은 거 따지지 마, 다쳐. 신분 세탁을 너무 많이 해서 우리도 헷갈려."

저렇게 쉴 새 없이 말을 하면서도 호흡곤란으로 죽지 않는 것이 놀라웠다. 더 놀라운 것은, 저 많은 말 중에 알아들은 말이 '악랄한 고용주'와 '신분 세탁'뿐이라는 사실이었다.

그리고 그 말은 내가 지금껏 봐 온 발타 아저씨와 놀랍도록 어울리지 않는 낱말이었다.

"그럼 발타 아저씨가 사장님이라는 거예요? 말도 안 돼요! 아저씨는 10년 넘게 동네 백수로 소문나 있는데요?"

"아 그게, 고용주와 바지사장은 엄연히 다르……. 뭐, 뭐가 어째? 백수?"

"와하하하하하! 동네 백수래!"

사람들이 미친 듯이 웃음을 터뜨렸다. 무리의 이곳저곳에서 동네 백수, 동네 백수, 하는 소리가 메아리처럼 울려 퍼졌고 그때마다 뭉게뭉게 웃음이 터졌다. 캡틴 잭 역시 내 손을 잡은 채 소리 없이 웃고 있었다.

나는 이 사람들을 이해하려는 노력을 포기하고 말았다.

"아니, 왜 이렇게 많이 왔어! 뵙고 싶기는 무슨! 단체로 농땡이 건수를 잡은 거겠죠. 진짜 속 보여. 어머 잭, 너도 있었구나!"

뒤에서 방울이 잘랑대는 듯한 목소리가 들렸다. 레아 이모가 기사님의 에스코트를 받으며 다가오고 있었다.

"마담, 나오셨습니까?"

"오셨습니까. 오랜만에 뵙습니다!"

소란하던 분위기가 돌변했다. 앞에 있던 베니스 가면맨과 캡틴 잭, 마스터 잭을 위시한 모든 사람이 일제히 한쪽 무릎을 꿇고 고개를 숙였다.

하지만 나는 그게 이상하다는 생각조차 하지 못했다. 그녀를 본 순간 머릿속에서 생각이 몽땅 사라졌기 때문이었다.

그녀는 명실공히 밤의 여왕이었다. 밤하늘처럼 어두운 푸른색 드레스와 망토를 걸치고 있었는데, 치맛단과 소맷단엔 은빛 나뭇가지 문양이 수놓여 있었다.

허리까지 흘러내린 금발은 바람이 불 때마다 달빛을 반사해 곱게 반짝거렸다. 아까 그림에서 보았던 왕비의 복식과 비슷했는데, 다행히 머리에는 희한한 뿔모자 대신 은빛 티아라가 얹혀 있었다.

전체적으로 어두운 색으로 꾸미기는 했지만, 핼러윈 특유의 어둡고 사악한 분위기는 전혀 없고, 여왕처럼 위엄 있고, 신비롭고, 아름답고, 그러면서도 개구쟁이 요정처럼 장난스러워 보였다.

이런 분이 부인이라니. 나는 발타 아저씨가 세계 제일의 행운아라는 생각을 지울 수가 없었다.

레아 이모는 내게 손을 내밀며 활짝 웃었다.

"자, 그럼 같이 가 볼까?"

†

뿌우우, 뿌우 뿌우~!

"엄마, 저거 봐! 기사야! 진짜 기사들이야! 엄마아아! 진짜 칼이야!"

"와! 마녀다! 눈의 여왕하고 백설 공주도 있어! 아빠! 어벤저스도 다 나왔어!"

"미이라 유령이다! 엄마! 진짜 유령이야! 그림자가 이상해! 진짜 마술인가 봐!"

거리가 완전히 어두워진 후 행렬이 시작되었다. 사람들은 호박 등뿐 아니라 온갖 이상하게 생긴 등잔에도 불을 켰고, 진짜 횃불을 들고 걷는 사람도 있었다. 행렬의 앞에선 커다란 깃발이 펄럭이고, 노랫소리, 악기 소리도 요란하게 울려 퍼졌다. 선원들은 서비스 차원에서 퍼레이드를 준비한 게 아니라 자기가 신나게 놀고 싶었던 것 같았다.

빨간 제복의 원숭이가 재주를 넘고, 단체복을 입은 강아지가 열을 맞추어 행진한다. 북을 치고, 피리를 불고, 바이올린을 켜고, 나팔을 분다. 노래를 하고, 귀신처럼 비명을 지르고, 휘파람을 삑삑 불기도 한다. 관광 나온 승객들도, 구경 나온 주민들도, 트릭 오어 트리팅을 하던 아이들도 손뼉을 치며 환호했다.

퍼레이드는 생각보다 훨씬 시끌벅적했다. 100명이 훨씬 넘는 사람이 잔뜩 흥분해 날뛰고 있으니 당연했다.

빗자루를 든 마녀, 유령과 해골 무리, 두건을 눌러쓰고 낫을 든 악마, 해골, 좀비, 요정, 오크, 반인반수, 왕자와 공주, 화려한 귀족, 누더기 거지, 온갖 초능력자와 우주를 구하는 정의의 사도들과 해적과 악당들이 뒤섞인 긴 행렬은, 아무리 봐도 정체를 알 수 없는 집단이었다.

"어른들 틈에 끼어 있으니 잘 안 보이지? 내 무등이라도 탈래?"

앞서가던 발타 아저씨가 뒤를 돌아보며 묻는다. 하지만 그 말이 떨어지기가 무섭게, 손을 잡고 가던 캡틴이 내 몸을 번쩍 안더니 빙글 돌리듯 어깨에 얹었다.

"……어!"

나는 한참 눈을 깜박거렸다. 무등을 태우는 방식이 너무 익숙했다. 습관대로 몸을 조금 흔들자, 캡틴 잭은 내가 떨어지지 않도록 다리를 꼭 감싸 안았다. 이 느낌도 기억난다. 나는 이렇게 다리를 꼭 감싸 눌러 주는 단단하고 따뜻한 느낌을 무척 좋아했었다.

그런데 이 느낌을 까맣게 잊고 있었다. 부서진 컴퓨터 속 데이터처럼 완전히 삭제된 줄 알았는데, 이렇게 벼락 치듯 살아나기도 한다.

완전히 잊힌 기억은 잊었다는 사실조차 모르기 때문에 슬프지 않다. 그래서 벼락 치듯 살아난 기억은, 반갑거나 슬프다기보다 놀라웠다.

나는 불현듯 베이비 잭, 아니 바보 잭이 아빠를 생각보다 많이 좋아했다는 것을 실감했다. 이런 작은 느낌까지 기억 깊은 곳에 잘 숨겨 두었을 줄이야. 눈물이 핑그르르 돌았다.

"어! 잭이다! 엄마! 엄마! 저 앞에 우리 반 너드 잭이 있어! 야, 잭!"

순간 거리에서 아는 목소리가 들렸다. 같은 반의 아이언맨이 배트맨 동생과 함께 사탕 양동이를 들고 맹렬히 손을 흔들고 있었다. 아, 아슬아슬했다. 나는 눈물을 찔끔대는 대신 세계적인 부자 형제를 내려다보며 오만하게 손을 흔들었다.

무등을 탄 덕에 나는 행렬의 가장 앞, 레아 이모와 발타 아저씨의 옆에서 퍼레이드를 이끌게 되었다. 구경하는 사람들이 많이 몰려왔다.

"오, 미스터 홀란드? 오랜만이네! 오늘 들어왔다고? 부인도 오늘따라 몹시 아름다우시고! 분장이 아주 환상적이네?"

해골 옷과 해골 목걸이를 세트로 걸친 데릭 아저씨가 패거리를 이끌고 어슬렁어슬렁 따라붙는다. 데릭 아저씨의 말투는 누구에게든 꽤 무례한 편이었는데, 그는 그것을 돈이나 권력에 굴복하지 않는 당당함이라 착각하는 것 같았다.

물론 그런다고 따라오지 못하게 할 순 없었다. 사람은 누구나 자유롭게 돌아다닐 권리가 보장되어 있기 때문이었다.

"안녕하십니까, 미스터 윌슨. 오랜만입니다."

"이게 대체 무슨 웃기는 지랄인지 모르겠다니까. 유령에 괴물에 온갖 거지 깽깽이는 다 튀어나와서. 이런 행사는 죄다 대기업에서 물건 팔아먹으려고 만든 짓거리인데 애나 어른이나 똑같이 휩쓸려서 깩깩대고 있으니, 병신들."

"그렇다기엔 이런 축제들은 대기업이라는 게 생기기 전부터 내려오던 거라서요. 사람들은 보이지 않는 존재들을 쫓아내는 행사를 몇백 년, 몇천 년 전부터 해 왔거든요."

웬일로 발타 아저씨가 딴지를 건다. 데릭 아저씨는 냉큼 콧방귀를 뀌며 내뱉었다.

"몇천 년 전에 했던 짓거리랑 지금 이 지랄이랑 무슨 상관이라고?"

"기억과 삶에 새겨진 풍습은 어떤 식으로든 이어지고, 어떤 형태로든 흔적을 남기니까요. 이것도 그런 흔적 중 하나일 겁니다."

나도 얼른 발타 아저씨를 거들었다.

"어떤 지역에서는 오늘 밤이 망자의 영혼이 찾아오는 시간이래요. 거기서도 아주아주 옛날 옛적부터, 몇백 년 전, 몇천 년 전부터 그랬대요."

그 어떤 지역이란, 아빠의 고향이었다. 이름도 모르는 멕시코의 어느 산골 마을에서는 그날이 유령을 쫓아내는 날이 아니라 죽은 사람들의 영혼을 맞이하는 날이라고 했다. 나는 유령도 영혼도 믿지 않았지만, 아빠가 말해 줄 때의 그 신비롭고 따뜻한 느낌은 오랫동안 머릿속에 남아 있었다.

"오, 로드리게스의 시끄러운 꼬맹이도 왔네?"

데릭 아저씨는 무등을 탄 나를 보더니 코웃음을 치면서 손가락을 까딱까딱 흔든다. 나는 그의 패거리가 우리를 계속 따라오는 것이 기분 나빴다. 아니나 다를까. 그는 10초도 되지 않아 내게 시비를 걸기 시작했다.

"야, 범생이! 너 요새도 침대에다 오줌 싸고 그러냐?"

"안 싸요!"

"안 싸긴, 작년까지 쌌다며! 동네에 소문 다 났는데!"

"아니라니까요! 아니에요!"

저런 새빨간 거짓말을 큰 소리로 떠들다니. 잘못해서 학교에 헛소문이라도 퍼지면 내 인생은 끝장이다. 하지만 데릭 아저씨는 도무지 멈출 줄을 몰랐다.

"저렇게 펄쩍 뛰는 걸 보니 쌌네, 쌌어! 공부 잘한다고 주둥이질이나 하더니, 밤에는 오줌이나 싸고!"

그는 큰 소리로 떠들며 손뼉을 쳤고 옆에 있던 아저씨들도 킬킬 웃어 댔다. 분하고 당황해서 눈물이 날 지경이었다. 나는 이를 악물고 쏘아붙였다.

"아저씨가 그랬다고 다른 애들도 다 그런 줄 아세요? 아저씨는 열다섯 살까지 오줌 싸셨다면서요! 마을 어른들은 다 알고 있어요!"

"뭐래? 이 미친 새끼가, 주둥이를 찢어 놓을라!"

데릭 아저씨가 눈꼬리를 확 올리면서 나를 노려본다. 나는 그냥 질러 본 말인데, 순간 그 말이 사실일지도 모른다는 감이 왔다. 진실을 강력하게 부인할 때의 그 싸하고 기묘한 느낌이 있다. 주변에 있던 패거리도 그런 것을 느꼈는지 잠깐 주변이 썰렁해졌다.

"아 저런, 미스터 윌슨. 애들 농담에 그렇게 화를 내면 듣는 사람들이 민망하잖습니까."

발타 아저씨가 점잖게 웃으며 만류했지만, 그는 들은 척도 하지 않았다.

"콩알만 한 새끼가…… 너 나중에 아저씨한테 말버릇 교육 좀 받아 보자, 엉?"

"미스터 윌슨, 어린아이가 뭘 모르고 한 말이라니까요. 당신이 마지막으로 실수한 건 열다섯이 아니라 서른아홉인 것도 모르잖습니까. 증인도 한둘이 아닌데."

순간 데릭 아저씨의 얼굴이 새하얗게 변했다. 그건 우리 집을 때려 부수러 왔을 때 일로, 잭 버건디 씨가 도끼를 휘두를 때 바지 앞자락을 적셨던 걸 말하는 것이었다. 말대로 그건 증인이 한두 명이 아니었다.

"시발, 이 개새끼가 죽고 싶은가. 터진 주둥이라고!"

갑자기 불똥이 발타 아저씨에게 튀었다. 데릭 아저씨는 이를 허옇게 드러내고 주먹을 확 들어 올리다가 문득 움직임을 딱 멈췄다. 아저씨가 짧게 내뱉는 소리가 들렸다.

"적당히 하지, 데릭."

"……!"

나는 캡틴 잭의 어깨 위에서, 발타 아저씨가 데릭 아저씨를 비스듬히 내려다보며 웃는 모습을 얼핏 보았다, 달빛을 받아 뚜렷한 음영이 생긴 발타 아저씨의 얼굴은, 소름 끼치게 아름다우면서도 숨이 멎을 만큼 무서웠다.

그는 손을 뻗어 데릭 아저씨의 목을 손가락으로 가볍게 누르더니 목에 걸린 목걸이를 톡톡 쳤다. 부드럽고 나긋나긋한 목소리가 이어졌다.

"오, 미스터 윌슨? 이제 보니 멋진 목걸이를 하고 계시는군요."

데릭 아저씨는 꼼짝도 하지 못했다. 얼굴이 새하얗게 변하면서 몸이 꽁꽁 얼어붙었다. 나는 그 뒤로 이어지는 발타 아저씨의 표정을 확실히 보진 못했으나, 주변이 순식간에 차가워지는 듯한 느낌만은 확실하게 감지했다.

그 직후, 철갑옷과 진검으로 무장한 마스터 잭이 흉흉하게 다가오고, 기괴하게 분장한 선원들도 뒤에서 험악한 기세로 술렁댔다.

분위기를 보던 패거리는 데릭 아저씨를 잡아끌고 뒤로 물러났다. 저 패거리는 패싸움을 두려워하진 않지만, 그것도 상대가 약할 때만 그랬다. 여기서 싸움이 붙으면 자기들이 얻어터질 게 뻔하니 일단 꼬리를 빼는 것이다.

"발타 아저씨, 도와주셔서 고맙습니다……."

인사를 하면서도 걱정스러워서 한숨이 나왔다. 아저씨가 올려다보며 비죽 웃었다.

"고마우면 고마운 거지, 왜 한숨일까?"

"아저씨한테 불똥이 튀었으니까 그러죠. 엄마가 데릭 아저씨는 뒤끝이 너무 길어서 지구를 일곱 바퀴 감을 수 있을 거래요. 경찰도, 감옥도 무서워하지 않고요, 뒤에 무서운 사람들도 있대요."

레아 이모가 뒤를 돌아보더니 한숨을 쉬며 말했다.

"발타? 당신 지금 저 사람들한테 또 찍힌 거예요?"

"아무래도 그런 모양입니다. 오늘 밤은 이불 속에 얌전히 숨어 있어야겠네요."

나는 걱정되고 미안해 죽겠는데, 아저씨의 대답은 무성의하기 짝이 없다. 우우, 에에에! 주변에서도 걱정은커녕 코웃음과 야유뿐이다. 그마저 가장행렬의 시끄러운 소란에 묻혀 버렸다.

캡틴 잭은 다리를 툭툭 쳐 주었다. 걱정하지 않아도 돼, 하는 말을 나는 쉽게 알아들을 수 있었다.

"……!"

나는 그의 손길에서 또 다른 기억 조각을 잡아냈다.

기억을 되살리는 방아쇠는 아주 시시하고 작은 파편들이었는데, 방아쇠가 당겨지면, 총알이 박힌 곳마다 시뻘건 기억이 마그마처럼 분출되곤 했다.

나는 난장판이 된 기억 속에서 쓸모없는 파편 조각들을 열심히 주워 모으는 바보 잭을 발견했다. 바보 잭은 윤곽선이 부서지고 색깔이 날아간 퍼즐 조각들을 필사적으로 맞추고 있었다.

나는 바보 잭이 싫었다.

†

퍼레이드는 상가들이 모인 큰 도로와 마을의 큰길을 따라 1시간 정도 흥겹게 이어졌다. 캡틴 잭은 나를 어깨에 태운 채, 혹은 손을 잡은 채 나와 계속 함께 다녔다.

가장 어린 참가자였던 나는 구경하던 사람들과 가게에서 사탕과 캐러멜을 꽤 많이 받았는데, 베니스 가면맨과 두 명의 잭을 비롯한 행렬 참가자들이 순식간에 뺏어 먹었다.

마녀와 슈퍼맨이 나에게 뺏은 커다란 막대사탕을 횃불처럼 휘두르며 큰 소리로 환호하고 겅중겅중 뛰어다니는 모습은 그야말로 광란의 폭주였다. 이런 말 하기는 그렇지만, 퍼레이드에 나온 선원들은 다들 어딘가 나사가 하나씩 빠져 있는 것 같았다.

"이제 사탕 받는 것도 해적 분장 하는 것도 올해로 끝이네요."

나는 한숨을 폭 쉬며 중얼거렸다. 옆에 있던 밤의 여왕님이 놀란 목소리로 끼어들었다.

"무슨 말이야, 잭? 내년부터는 핼러윈 분장을 하지 않을 거야? 사탕도 안 받아?"

"이젠 어린아이도 아닌데요. 저 다음 달이면 열두 살이 되는걸요."

아빠가 사 준 해적의 옷은 너무 작아졌다. 내년에는 입지 못할 것이다. 나는 열두 살이 되고, 열다섯, 열여덟 살이 되고, 곧 어른이 될 것이고, 사탕 정도는 내 돈으로 입이 퉁퉁 붓도록 사 먹을 수 있을 것이다. 해적으로 변장하고 사탕을 받으러 다닐 필요도 없어질 것이다.

"열두 살이 왜?"

"열두 살이면 천사나 악마, 유령 같은 걸 믿을 나이는 아니죠. 솔직히, 없는 거 알면서 믿는 척하는 것도 우습잖아요."

"이거 봐, 이거 봐? 있는지 없는지 네가 어떻게 알아? 나는 있다고 믿는데?"

옆에서 커다란 목소리로 끼어든 건 마스터 잭, 버건디 씨였다. 나는 당황했다. 설마, 저렇게 다 큰 어른이 그런 걸 믿는다고?

"아저씨, 세상에 천사나 악마, 유령 같은 건 없어요. 전부 상상 속의 존재들이죠."

"그걸 네가 어떻게 알아?"

"실제로는 한 번도 본 적이 없잖아요. 마스터 잭은 침대 밑 유령, 옷장 괴물 같은 거 실제로 보신 적 있어요? 늑대 인간이나 요정 보신 적 있어요? 없잖아요!"

이번엔 베니스 가면맨이 끼어들었다.

"그럼 산타는?"

"산타는 있어요. 해마다 저한테 선물을 주시고, 산타 마을도 실제로 있으니까요."

"오, 좋아! 대단히 연역적이고 귀납적인 결론이야!"

베니스 가면맨이 손뼉을 치며 웃었다. 뭐래. 시크하게 웃어넘기려 하는데 왜인지 분위기가 썰렁하다. 퍼레이드를 하고 있던 승무원들이 귀를 쫑긋하고 우리 이야기를 듣고 있었다. 아니 이게 무슨 중요한 이야기라고 이렇게 초집중하고 있지?

물론 나는, 인정하긴 싫지만 조금 관종이고, 이성과 지성을 입증할 기회를 놓칠 생각은 없었다.

"보이지 않으면 적어도 과학자 같은 전문가가 '존재 증명'을 할 수는 있어야죠. 보이지 않는 별들이나 블랙홀이나 세균이나 원자 같은 것들처럼요."

나는 알고 있는 가장 어려운 어휘들을 총동원하여, 내가 미신이나 헛소문에 휘둘리지 않는, 합리적이고 이성적인 과학 소년임을 적극 피력했다. 그때 발타 아저씨의 목소리가 끼어들었다.

"오호, 그럼 보이지도 않고, 존재 증명도 하지 못하면 존재하지 않는 건가?"

"네? 안 보이는데 있다고 인정받으려면 뭔가 증명을 해야죠. 당연한 거 아닌가요?"

"오만하네, 우리 베이비 잭. 세상에 존재하는 모든 것이, 너나 우리에게 존재 증명을 해야 할 의무라도 있니?"

순간 말문이 막혔다. 그리고 한 박자 늦게, 그가 나를 베이비 잭이라고 부른 것을 깨달았다.

신경이 쓰였다. 나는 발타 아저씨가 단 한 마디도 허투루 하지 않는다는 것을 조금씩 실감하고 있었다. 캡틴 잭이 내 손을 힘주어 꼭 쥐는 것이 느껴진다.

"잭, 너는 가시광선 바깥의 색을 감지하지 못해. 그렇지? 적외선과 자외선에 어떤 색이 분포되어 있는지 알지도 못하고 증명도 못해. 그렇다면 그곳에 색이 존재하지 않는다고 단언할 수 있을까?"

"……."

"아주 멀리 있는 별들은 빛보다 빠른 속도로 멀어지기 때문에 우리는 영원히 그걸 볼 수 없어. 우리 기술로는 존재 자체를 알 수 없는 별들도 많지. 그렇다고 그 별이 없는 걸까? 어떤 별은 지금 우리 눈에 또렷이 보이지만, 사실 오래전에 사라졌을 수도 있어. 네 말대로라면 그걸 존재의 증명으로 삼을 수 있을까?"

"어……."

"우리는 우주를 움직이는 규칙이나 힘에 대해 여전히 모르는 부분이 많아. 그러면 그 힘이나 규칙은 존재하지 않는 걸까?"

나는 그가 말하는 내용은 이해했지만, 뭐라 대답해야 할지는 여전히 알 수 없었다. 내가 잠시 망설이는 동안 그가 부드럽게 웃으며 내 머리에 손을 얹었다.

"너는 볼 수 없고, 느낄 수 없고, 알 수 없는 것뿐이야. 베이비 잭."

그의 차분하고 건조한 설명에, 나는 반박할 수 없었다.

"보인다고 모두 존재하는 건 아니고, 보이지 않는다고 존재하지 않는 것도 아니지. 설명할 수 있다 해서 신비롭지 않은 건 아니고, 이해할 수 없다는 이유만으로 기적이라 할 수도 없어. 세상의 모든 존재는 우리 눈에 보이든 안 보이든, 우리가 증명을 할 수 있든 없든, 각자의 자리에서, 각자의 방식대로 존재할 뿐이지."

"……."

“산 자와 망자, 인간과 인간이 아닌 존재들, 보이는 것과 보이지 않는 것들, 천상의 족속과 땅의 족속들, 빛나거나 어둡거나, 강하거나 약하거나, 아름답거나 추하거나, 선하거나 악하다고 여겨지던 모든 것들…….”

발타 아저씨는 나와 캡틴 잭, 그리고 모인 사람들을 빙 둘러보며 웃었다.

“그 모든 존재들이 함께 어울려 노는 시간이, 1년에 하룻밤 정도는 있어도 괜찮지 않겠니.”

그가 세상을 보는 방식은 좀 이상했고, 이해할 수 없었다. 하지만 나는 그의 말에서 차가움과 따뜻함, 두려움과 안도감을 동시에 느꼈다.

주변을 둘러보았다. 낯익은 거리, 낯익은 가게, 거리를 지나는 사람들의 익숙한 풍경이 어쩐지 낯설게 느껴져졌다.

뿌우우우우, 뿌우우우우우.

귀청이 떨어질 듯한 경적 소리가 들렸다. 행렬은 어느새 항구의 선착장에 다다랐다. 오전에 입항한 새하얀 크루즈가 시야를 꽉 채우고 있다. 셀 수 없이 무수한 창문들과 그곳에서 빛나는 희고 노란 불빛이 항구를 대낮처럼 밝히고 있었다.

어이, 리틀 잭! 재미있었어? 우리가 원래 이렇게 정줄을 빼 놓고 사는 사람들은 아니야! 평소엔 멀쩡하지, 아무렴! 변장한 선원들은 나를 둘러싸고 시끄럽게 떠들며 장난을 쳐 댔다.

캡틴 잭과 내 그림자가 나란히 뒤로 늘어졌다. 잭 스패로우의 페이스 마스크가, 그 속에서 빛나는 푸른색 눈동자가 나를 응시하고 있었다.

– 베이비 잭.

나는 어쩐지 환청을 듣고 있는 듯했다. 힘껏 고개를 저었다. 내가 그 이름으로 불릴 때는, 아빠와 함께 있을 때뿐이었다. 그 이름으로 불리던 때의 기억은 이미 군데군데 구멍이 나고 있었다. 잃어버린 퍼즐 조각처럼.

구멍은 점점 많아질 것이고, 결국 원래의 그림을 알아볼 수 없게 될 것이다. 어쩌면 삭제 키를 누른 데이터처럼 말끔하게 사라지는 날이 올지도 모른다.

하지만 그가 나를 부르는 목소리는 점점 커졌다.

– 베이비 잭, 베이비 잭.

그가 노래하기 시작했다.

해적의 바다 카리브해의 잭 가르시아 로드리게스.

그의 나이 열두 살……에서 한 달 전, 자! 해적이 되어 보자.

둥둥둥, 둥둥둥, 모여 있는 사람들이 노래를 큰 소리로 따라 부르기 시작했다. 크루즈 선에서는 그에 화답하기라도 하듯 박자에 맞춰 우렁차게 경적을 울렸다.

온 세상을 돌아다니며 숨겨진 보물을 찾아보자.

오대양 육대주를 누비며 숨어 있는 아빠를 찾아내자.

나는 어리둥절해서 사방을 둘러보았다. 다들 이 노래를 어떻게 아는 걸까?

선착장은 거대한 파티라도 열린 것 같았다. 사람들은 나팔을 불고 북을 치며 춤을 추고 노래했다. 지나가던 사람들도, 크루즈에서 구경하는 사람들도 손을 흔들고, 손뼉을 치고, 환호하고, 사진을 찍어 댔다. 플래시 불빛이 항구 이곳저곳에서 눈부시게 반짝거렸다. 선원들의 노랫소리는 점점 커졌다.

피의 복수다! 럼을 마시자! 밤새 춤추자!
이것이 진짜 카리브해의 해적이다.

퍼레이드에 참가했던 선원들이 크루즈 곁에 나란히 정박하고 있는 작은 배에 오른다. 올랑데 볼랑 호의 나뭇가지 모양 마크가 박혀 있고, 삼각돛과 사각 돛이 달린 나무배였다. 발타 아저씨와 레아 이모도 그 배에 올라 나에게 얼른 오라고 손짓한다. 데릭 아저씨네 패거리도 시시덕대며 은근슬쩍 끼어들고, 선원들은 호탕하게 웃으며 그들을 기꺼이 배에 태워 주었다.

캡틴이 손을 내민다. 그의 웃음기 어린 목소리가 들리는 것 같다.

– 베이비 잭? 우리도 해적선을 타고 해적의 동굴을 지나, 해적들의 섬에 가 볼까?

– 보물이 가득한 섬에 가서, 먹고, 마시고, 춤추고, 밤새껏 놀아 볼까?

"Aye!"

나는 망설임 없이 그의 손을 잡고 배에 올랐다. 아이, 아이, 예에에이! 예에에에! 배에 올라탄 선원들의 고함 소리가 선착장을 떠나갈 듯 울렸다.

선원들은 괴상망측한 옷을 입고도 익숙하게 돛을 펴고, 척척 줄을 감았다. 후우우웅, 후우웅! 거대한 돛은 바람을 받아 크게 부풀었다. 나는 바람에 지지 않을 정도로 큰 소리로 외쳤다.

"우리 지금 어디로 가요?"

"랄라리랄라!"

"랄라리랄라? 그게 뭐예요?"

뒤에 있던 사람들이 커다란 고함으로 대답해 주었다.

"보물이 가득한 해적들의 섬이지!"

"랄랄라, 랄랄라, 랄라리랄라!"

그들의 장난기 가득한 대답은 흡사 노랫가락처럼 들렸다. 랄랄라, 랄랄라, 랄라리랄라! 랄랄라, 랄랄라, 랄라리랄라! 중독성 강한 노랫가락은 이내 다른 가사로 이어지기 시작했다.

"그대여, 저에게 키스해 주세요, 랄랄라!"

"그대여, 저에게 키스해 주세요, 랄랄라!"

"키스해, 키스해, 키스해 주세요! 랄라리랄라!"

사람들은 큰 소리로 노래했다. 그대여, 저에게 입 맞춰 주세요, 랄랄라, 그대여, 저를 사랑해 주세요, 랄랄라, 이렇게 눈부신 날, 이렇게 아름다운 날 랄랄라, 랄랄라, 랄라리랄라! 그들은 이내 약속이라도 한 듯 구호를 외치기 시작했다.

"키스해! 키스해! 키스해 주세요! 랄라리랄라!"

결국 밤의 여왕이 배 한복판에서 일어나더니, 주춤대고 물러나는 기사를 끌어안고 입을 맞춘다. 나는 그제야 이 노래의 주인공이 레아 이모와 발타 아저씨인 것을 깨달았다. 우와아아아! 우우우우! 사람들은 큰 소리로 손뼉을 치며 환성을 지른다.

환한 달빛 아래, 두 사람의 입맞춤은 한정 없이 길어진다. 한동안 버둥대던 기사님은, 결국 두 팔로 여왕님의 목을 힘껏 끌어안는다. 환성은 점점 야유로 바뀌어 가지만, 저놈의 뽀뽀쟁이들은 아주 굳건하다.

키스해! 키스해! 키스해 주세요! 랄랄라, 랄랄라, 랄라리랄라! 사람들은 고함을 지르고, 웃고, 춤을 주기 시작했다.

누군가 벌떡 일어나 큰 소리로 외친다.

"이제 가 볼까! 바다를 건너, 동굴을 지나!"

"보물이 가득한 해적의 섬, 랄라리랄라로!"

선원들이 손뼉을 치며, 발을 구르며 큰 소리로 노래하기 시작했다.

해적의 바다 카리브해의 잭 가르시아 로드리게스.

그의 나이 열두 살……에서 한 달 전, 자! 해적이 되어 보자.

온 세상을 돌아다니며 숨겨진 보물을 찾아보자…….

캡틴 잭이 나를 다시 어깨 위에 얹고 뱃전으로 나갔다. 귀청이 터질 듯한 노랫소리에 호응하기라도 하듯, 파도가 박자를 맞춰 뱃전에서 철썩철썩 부딪친다. 눈앞에는 탁 트인 새까만 바다와 조각조각 반짝이는 물결, 신비로운 밤하늘과 총총히 빛나는 별들만 까마득하게 펼쳐져 있었다.

부우우, 힘찬 바람에 돛이 한가득 부풀었다. 바닷바람이 뺨과 머리카락을 부드럽게 쓰다듬으며 지나간다.

나는 그만 꿈을 꾸는 것 같았다.

6) 랄라리랄라 제국

그날, 나는 새벽 3시가 다 되어서야 집에 돌아올 수 있었다.

레아 이모가 엄마에게 미리 전화를 해 주긴 했지만, 폭풍 잔소리를 피할 수는 없었다. 선원들의 해적 파티에서 너무 심하게 놀아서 옷이 엉망진창이 되었고, 신발은 진흙에 푹 잠겨 아예 못 쓰게 되었기 때문이었다. 심지어 머리까지 진흙과 모래로 뒤범벅이 되어 있었다.

물론 나만 그런 것이 아니고, 발타 아저씨와 레아 이모, 잭 버건디 씨까지 꼬락서니는 비슷했지만, 정상 참작은 되지 않았다.

원래 우리 계획은 이모네 집에서 깨끗하게 싹 씻고 이모가 준비한 새 옷으로 샤랄라 갈아입은 후 집에 돌아가는 것이었다. 해적 옷도 들키지 않고 엄마의 잔소리를 들을 일도 없다. 그야말로 '모두가 행복한 완전 범죄'가 될 수 있었다.

하지만 계획대로 착착 진행된다면 그것이 인생이겠는가. 나를 집까지 데려다주겠다는 연락을 받은 엄마가 이모네 집 앞에 와서 기다리고 있던 통에 완전히 망해 버렸다.

엄마는 기절할 것 같은 표정으로 비명을 질렀고, 레아 이모와 발타 아저씨는 엄마에게 열 번쯤 사과해야 했다. 아니 솔직히 말하자면 싹싹 빌다시피 했다.

나 역시 '파티는 너무 즐거웠고, 나는 너무 잘 놀았고, 다친 곳도 한 군데도 없었다'고 백 번쯤 말씀드려야 했지만 엄마의 무시무시한 불꽃 시선을 피할 수는 없었다.

엄마는 두 분께 예의 바르게 '어, 어머나, 우리 잭이 핼러윈 파티에서 너무 재미있게 놀았나 봐요. 정말 고맙습니다.' 해 놓고는 집에 와서는 입에서 불을 뿜는 괴수로 변했다.

엄마는 정말 앞뒤가 완전히 다른 사람이었다. 그녀는 진흙을 박박 씻기면서 등짝에 다섯 번쯤 스매싱을 날리기도 했다. 심장이 갈

빗대를 뚫고 튀어 나갈 지경이었다. 엄마가 학창 시절에 치어리더 주장이 아니라 배구 선수를 했으면 분명히 세계적인 선수가 되었을 것이다.

"대체 어디 가서 뭘 하고 논 거니? 세상에 이게 진흙 괴물이지 사람이니? 사람이 어떻게 놀면 이렇게 돼? 잭! 네가 꿀꿀 돼지냐, 진흙 좋아하는 하마냐. 내가 함부로 바닥에 드러눕거나 주저앉지 말랬지, 잭! 대체 왜 머리에도 진흙하고 모래가 가득하니? 모래사장에 머리를 쑤셔 박고 달렸니? 그것도 모자라서 뻘밭에서 열 바퀴쯤 앞구르기라도 했니? 세상에, 벌레 나오겠다!"

"해적섬으로 꾸민 테마파크 같은 데 가서 놀았어요. 돛배를 타고 30분쯤 나가면 있는 작은 섬이고요, 방향은 정확히 모르겠는데……."

나는 엄마의 무지막지한 질문에 어떻게든 순서대로 대답해 보려 했지만 아무 소용 없었다.

"근처에 그런 섬이 있어? 아, 눈에 진흙 들어가! 가만히 눈 좀 감아 봐!"

"있어요. 섬 이름은 랄라리랄라인데, 배에서 내리면 중세 마을이 나와요."

"거긴 또 어느 골 빈 회장님이 돈을 퍼부었을까. 세상에, 잭! 머리가, 아, 벌레들이 두피에다 알 까겠다, 알 까겠어! 또 한 번만 더 머리를 진흙 모래로 떡칠을 하면 머리를 박박 밀어 버릴 거야!"

"어느 기업에서 투자한 건지는 모르겠는데, 놀이 기구만 갖춰 놓으면 정말 좋을 거 같아요. 작은 강변으로 들어가면 커다란 하얀 성이 멀리 보이고……."

"잭! 입으로 진흙 들어가잖니, 입 좀 다물어 봐! 어유, 진짜!"

나는 그날의 파티를 열심히 설명했지만, 엄마 귀에는 거의 들어간 것 같지 않았다. 이해는 한다. 핼러윈에 하나뿐인 아들이 사라지고 대신 슈렉이 집에 왔으니까.

어쨌든 나는 캡틴 잭에 대해 엄마에게 말하지 않고 넘어갈 수 있었다.

비밀이 하나 생긴다는 것은, 가슴에 시한폭탄을 하나 던져두는 것과 비슷한 기분이었다.

ǂ

해적섬인지 보물섬인지 알 수 없는 그 섬은 '랄라리랄라 제국'이라는 이상한 별명으로 불렸다. 사실, 진짜 섬인지는 확인해 보지 못했는데, 그건 딱히 중요하지 않다.

문제는 섬의 진짜 이름이 무엇인가 하는 것이다. 설마 진짜 이름이 그 모양 그 꼴일 리는 없지 않은가.

하지만 선원들은 아무도 나에게 진짜 이름을 알려 주지 않았고, 그래서 그 섬은 영원히 랄라리랄라로 남게 되었다.

카리브해는 몇백 년 동안 해적들이 횡행하던 곳이고 그들이 비밀리에 활동하던 섬도 많이 있다고 들었다. 지금은 해적들이 많이 소탕되었지만, 나는 해적들이 보물을 숨겨 놓았던 섬이 몇 군데쯤 남아 있지 않을까 상상하곤 했다. 그중에 랄라리랄라 같은 알려지지 않은 섬이 하나쯤 있을 수도 있잖은가.

물론 나는 현실적이고 이성적인 소년이었고, 보물섬을 찾을 가능성은 메가밀리언스에 당첨될 가능성과 비슷하다는 것을 알고 있었다. 그래서 이곳은 해적의 보물섬이 아니라 유명하지 않은 테마 파크 중 하나가 아닐까 하는, 나름 합리적인 결론을 내리게 되었다.

승무원들이 프리패스로 들어온 걸 보면 크루즈 회사가 투자한 곳일지도 몰랐다. 〈해적들이 횡행하는 중세의 섬마을〉 같은 테마로. 디즈니랜드나 유니버설 스튜디오처럼 놀이 기구가 없는 것은 몹시 아쉬웠지만, 그냥 테마 공원에 놀러 갔다고 생각하면 나쁘지 않았다.

배가 강변에 도착하자, 강둑에 옹기종기 모여 있던 집의 창문에서 불이 깜박깜박 켜지고, 강변 여기저기서 모닥불을 피워 놓고 있던 사람들이 반갑게 손을 흔들어 주었다.

나는 멋진 들판을 가로질러 마을을 구경했다. 화려한 꽃들이 만발한 들판은 끝이 보이지 않았고, 과수원의 나무에는 온갖 과일들이 주렁주렁 열려 있었다. 달빛이 유난히 환해서일까? 앞에 보이는 하얗고 높은 성과 아기자기한 옛날 마을은 무섭다기보다 예쁘고 정답고 신비롭게 보였다.

몇천 년, 몇만 년은 되었을 거라는 거대한 나무와 성까지 한 바퀴 빙 둘러보았다. 성 밑에는 끝도 없는 지하 동굴이 있고, 그곳에는 엄청난 보물이 숨겨져 있다고 하는데, 너무 늦은 시각이라 입장할 수 없다고 했다. 아쉬워 죽을 것 같았다.

사실 여러 가지로 부주의한 부분이 눈에 띄긴 했다. 몇백 년 전의 옷차림과 현대의 옷차림이 섞여 있는 것부터 그랬다. 성에서는 깃털 모자, 쫄쫄이 스타킹 바지를 입은 남자와 몸에 붙는 드레스를 입고 머리를 천으로 감싼 부인이 나와 우리를 맞았는데, 성에 돌아다니는 사람 중엔 양복에 넥타이 차림도 있었고, 제복 입은 선원도 있고, 민소매에 반바지에 슬리퍼를 끌고 복도를 지나가는 사람도 있었다.

자동차와 자전거, 말과 나귀가 함께 돌아다니고, 양피지와 펜과

잉크가 놓인 책상 한구석에는 CCTV 화면이 떡하니 켜져 있었다. 옥의 티라기엔 티가 대놓고 많았지만, 사실 그것마저 재미있었다.

우리는 배가 정박한 강변으로 돌아와 모닥불을 피우고 놀았다. 마을을 돌아다니며 문을 두드리면 안에서 사람들이 튀어나와 고기와 빵, 말린 생선, 맥주와 럼을 나누어 주었다. 마시멜로와 소시지, 미성년자를 위한 포도 주스도 있었다.

설마 직원일까? 그럼 이 사람들은 퇴근 안 하나? 테마파크치고는 여러 가지로 좀 이상한 곳이긴 했다.

이곳에서 벌어진 파티는 내가 생각했던 해적들의 파티 그대로였다. 술이 들어가자 선원들은 아주 시끄러워졌고, 몹시 신이 났다. 나는 포도 주스를 다섯 잔쯤 마셨는데, 럼주를 다섯 주전자쯤 마신 기분이었다.

우리는 목에서 삑삑 오리 소리가 날 때까지 노래를 불렀다. 심지어 데릭 아저씨네 패거리까지 정신을 빼 놓고 노래를 따라 부르며 춤을 추었다.

해적의 바다 카리브해의 잭 가르시아 로드리게스.
그의 나이 열두 살……에서 한 달 전, 자! 해적이 되어 보자.
온 세상을 돌아다니며 숨겨진 보물을 찾아보자.

오대양 육대주를 누비며 숨어 있는 아빠를 찾아내자.
피의 복수다! 럼을 마시자! 밤새 춤추자!
이것이 진짜 카리브해의 해적이다.

신나게 노는 동안, 몇 가지 게임이 진행되었다. 게임 자체는 그저 그런 것들이었는데, 걸린 벌칙이 시시한 게임을 생존 서바이벌 게임으로 만들었다.

그들은 따귀 맞기를 걸고 팔씨름을 하기도 하고, 키스를 걸고 맥주 원샷 내기도 하고, 춤과 노래를 걸고 활쏘기도 했다. 기사 변장을 한 사람 중 몇몇은 활을 기가 막히게 쏘았다. 올림픽에 나가도 될 정도였다. 하지만 춤은 못 봐 줄 지경이었다.

음치와 몸치들 중에는 '자기 객관화'가 안 된 경우가 많다더니, 마스터 잭이 딱 그 짝이었다. 그는 사람들이 무대에 돌과 닭 뼈다귀를 던질 때까지 열광적으로 춤을 추었다.

데릭 아저씨의 패거리도 즐겁게 참여했다. 나는 그들이 발타 아저씨나 나에게 몰래 해코지를 할까 걱정이 되었지만, 발타 아저씨는 가볍게 웃으며 고개를 저었다.

"좋다고 여기까지 따라왔으니 내버려 두렴. 설마 여기서 주먹질을 하겠니, 총질을 하겠니. 그랬다간 집에도 못 갈 텐데."

하긴, 그도 그렇다. 게다가 이렇게 정신줄 빼 놓고 노는 분위기라면 발타 아저씨와 의형제라도 맺을 것 같긴 하다.

모든 경기의 심판은 발타 아저씨였다. 당연한 듯 승복하는 선원들을 보니 정말 그가 고용주가 맞을지도 모른다는 합리적 의심이 들었다.

하지만 그의 권위는 오래가지는 못했다. 판정이 공명정대하지 않았다. 그는 레아 이모가 참가하는 경기마다 편파 판정을 했고, 나에게도 대놓고 '미성년 가산점'을 주었다.

공명정대함을 표방하는 정의 소년, 그러니까 나는 전혀 반갑지 않았다. 당연히, 심판의 교체를 적극 건의했다. 발타 아저씨는 배신감에 찬 눈으로 나를 돌아보았지만, 결국 심판 자격을 박탈당했다.

그 뒤로 자칭 공명정대하기로 첫손에 꼽힌다는 전직 마스터 잭 버건디 씨가 심판을 맡았지만, 이분도 문제가 좀 있었다. 이 아저씨는 말을 안 듣는 참가자에게 큰 소리로 윽박지르고 심판에 불복하는 참가자에게 주먹부터 올라가는 고약한 습관이 있었다.

게임의 대미는 진실 게임이었다. 모닥불을 피워 놓았으니 당연한 일이었다.

그리고 뽑기 운이 별로 없는 발타 아저씨가 1타로 걸리게 되었다.

"아저씨는 정체가 뭔가요? 아저씨 진짜 이름이 뭐예요?"

나는 손을 번쩍 들고 아까부터 궁금해서 숨이 넘어갈 것 같던 것을 드디어 물었다. 그가 백수가 아니라 크루즈의 진짜 사장님이라면, 우리 마을에서 100년 동안 이어질 큰 뉴스가 될 것이었다.

하지만 역시나 관록이 있는 아저씨는 호락호락 넘어오지 않았다.

"미스터 로드리게스? 한 존재는 그렇게 뭉뚱그려서 정의되지 않아요. 자, 우리 일단, '정체'의 정의를 먼저 내려야겠지? 정체란 한 존재의 진실한 본래의 모습을 말하는데, 내가 지금 여기시 얼마나 더 진실할 수가 있겠니? 그러니 현재 발타사르 홀란드의 이 모습이 바로 나의 정체지. 나는 그대에게 거짓말을 한 것이 없어요……."

우우우우. 일제히 야유가 쏟아졌다. '말을 빙빙 돌리는 놈은 저기 밧줄에 매달아서 빙빙 돌려라!' 심판이 커다란 목소리로 을러댔다. 나는 난생처음으로 마스터 잭이 마음에 들었다.

레아 이모가 도와준답시고 옆에서 한마디 한다.

"이건 반칙이야, 리틀 잭. 원래 이런 거 할 때는 첫 키스는 언제 했냐, 좋아하는 사람이 누구냐, 그런 걸 가장 먼저 묻는 거야."

"첫 키스……. 그런 거 안 궁금한데요. 그런데 아저씨가 서른 살이라고 얘기는 해 주셨어요."

대답하기가 무섭게 사람들이 큰 소리로 고함쳤다.

"어디서 어린애를 상대로 돼먹잖은 거짓말을! 열여섯이잖아요! 우리가 이 게임 한두 번 해?"

"왜 얼렁뚱땅 안 한 척해! 키스 받은 당사자가 옆에서 눈을 시퍼렇게 뜨고 있는데!"

"열여섯 아니야! 입에다 한 것도 아닌데 그게 어떻게 키스로 인정이 되나요?"

결국 레아 이모가 참전했다. 하지만 반군 세력은 만만치 않았다.

"도둑 키스도 키스잖아요! 머리카락에 한 건 키스 아닌가?"

"생일 지났으니까 서른한 살 아니었어? 한 살 당기면 덜 창피해?"

"뭐? 나이를 잘 몰라서? 둘이 생일도 같다고 운명이네 어쩌네 자랑질할 때는 언제고!"

사람들이 벌 떼처럼 들고 일어나 바로 싸움판이 벌어졌다. 당사자는 찍소리도 못 하고 바닥의 모래만 파헤치는데, 첫 키스의 또 다른 당사자는 아마조네스처럼 싸웠고, 여기저기서 큰 소리로 진실 고백이 튀어나왔다.

열여섯 살에 도둑 키스, 동생 결혼식 때 첫 키스, 병간호하면서 두 번째, 아 진짜, 인간적으로 오마주 때 키스는 카운트에서 좀 빼자. 그런데 키스 더럽게 못한다는 소문은 누가 퍼뜨린 거야……?

그것 말고도 사람들은 아저씨의 별명인지 가명인지를 수십 개쯤 불러 주었다. 아저씨가 세계 각지를 방랑(?)할 때 신분 세탁용으로 쓰였거나, 사람들이 제멋대로 불러 주던 별명이라고 했다.

이 별명들을 대체 어디서 주워 모았는지 모르겠는데, 작명가가 있으면 소환해 보고 싶을 지경이었다. 흑염룡에 빙의한 열일곱 살게이머 형님이 튀어나올 게 분명했다.

물론 하나하나 따져 보면 멋지고 위엄이 넘치긴 한다. 하지만 한데 모아 놓으면 허세가 넘치다 못해 손발이 오그라들고 죄다 게임 캐릭터처럼 느껴지는 게 문제였다. '작은 솔로몬'이라든가 '치유의 대천사'라든가 '헤르메스' '바포메트' '생명나무의 주인' '지혜의 왕' '동방박사 발타사르' '백은의 기사' '아크레의 도살자' '바벨의 대천사' '망자의 안내자' '천상의 힐러'…….

아무래도 학교에 가면 게임 잘하는 친구를 붙잡고 한번 물어봐야겠다. 이런 캐릭터들이 떼 지어 나오는 게임이 대체 뭐냐고.

콰아아아, 콰르르르…….

갑자기 강물에 풍랑이 일기 시작했다. 모인 사람들은 '우릴 죽여서 입막음을 하려 한다!' 하며 발타 아저씨에게 다시 야유를 퍼부었다. 나는 그들의 비난을 이해할 수 없었다.

불의에 흔들리지 않는 엄격한 심판께서는, 진실 게임에선 묵비권이 통용되지 않는다고 선언한 후, 사악하게 말을 돌린 아저씨에게 밧줄에 매달리는 벌칙을 선고했다. 아저씨는 무거운 갑옷을 입은 채 매듭이 지어진 굵은 밧줄을 두 손으로 잡고 사람들이 미는 대로 허공에서 빙빙 돌아야 했다.

사람들은 큰 소리로 노래를 불렀다.

아빠를 찾으면 결투를 해 볼까? 하나, 둘, 셋, 탕!
그게 싫다면 밧줄에 매달아 볼까? 빙, 빙, 빙!
빙빙빙! 빙빙빙! 올레에에에이~!

풍덩!

아저씨는 얼마 안 가 요란한 소리를 내며 강물에 입수했다. 와아아아아! 어마어마한 환호성이 터졌다. 사람들은 고용주의 불행을 너무 대놓고 기뻐했다. 나도 기꺼이 그 기쁨에 동참했다. 진흙이 더덕더덕 붙은 쇠갑옷을 절걱대며 올라온 쫄딱 젖은 기사님에게, 포커페이스 따위는 이미 남아 있지 않았다.

기쁨은 오래가지 못했다. 그다음 순번으로 내가 뽑혔기 때문이었다. 아저씨가 이를 갈면서, 하지만 게임의 룰대로 첫 키스를 누구와 했느냐고 물었고, 나는 진실하고도 태연하게 준비된 대답을 내놓았다.

"엄마요."

"우우우우! 매달아! 매달아! 매달아!"

"저 자식 당장 매달아!"

엄청난 야유가 터져 나왔다. 나는 해적들의 진실 게임에서, 특히 첫 키스 고백에서 엄마를 파는 놈에게는 가중 처벌이 있다는 것을 몰랐다. 정말 몰랐다. 내가 지금까지 다른 숙녀와 뽀뽀 한 번 안 해 보았다는 항변은 전혀 먹히지 않았다. 나 역시 밧줄에 매달리는 형을 선고받았다.

사람들은 아주 신이 나서 발을 구르며 악을 쓰듯 노래의 후렴구를 외쳐 댔다.

"빙빙빙, 빙빙빙, 올레에에이~!"

"우와아, 아아아, 으아아악!"

나는 발타 아저씨의 반의반의 반만큼도 버티지 못하고 풍덩 빠지고 말았다. 진흙투성이가 된 발타 아저씨가 허리에 손을 얹고 사악하게 웃었다.

아끼던 해적 복장이 홈빡 젖었는데, 그래도 레아 이모와 캡틴 잭은 엄지손가락을 척 들어 보였다. 이제야 해적다워졌다는 뜻 같아서, 나는 진흙투성이가 되고도 어깨가 으쓱했다.

초반부터 삐딱선을 타던 진실 게임은 바로 막장으로 치달았다. 본인이 대답하는 게 아니라 주변에서 온갖 정보를 탈탈 털어놓는 이상한 게임이었다.

걸린 사람들 중 벌칙을 받지 않고 무사히 빠져나간 사람은 거의 없었다. 근사하게 차려입은 레아 이모와 베니스 가면맨도 순식간에 진흙 괴물이 되고 말았고, 심지어 말 못 하는 캡틴 잭마저 벌칙을 피할 수 없었다.

캡틴 잭은 첫사랑의 이름을 써 보라는 질문에 완강하게 묵비권을 행사하다가 12대 1의 결투형을 선고받고 말았다.

아빠를 찾으면 결투를 해 볼까? 하나, 둘, 셋, 탕!

그게 싫다면 밧줄에 매달아 볼까? 빙, 빙, 빙!

피의 복수다! 럼을 마시자! 밤새 춤추자!

이것이 진짜 카리브해의 해적이다.

그는 강을 등지고 한 자루 물총으로 최선을 다해 싸웠지만 턱도 없었다. 물총을 든 열두 명의 선원들이 살기등등하게 진심으로 총질을 해 댔던 것이다. 물론 가장 앞장서서 신나게 총질을 해 댄 것은 바로 나였다.

– 항복! 항복! 항복!

물에 빠진 것처럼 흠빡 젖은 그가 강물에 뛰어들어 두 손을 번쩍 든 후에야 결투형이 끝났다.

데릭 아저씨도 진실 게임의 공세를 피할 수는 없었다. 당연하게도, 동네 양아치 패거리의 노총각에게는 '첫 키스의 아련한 추억' 따위의 질문은 주어지지 않았다.

"미스터 윌슨, 그 파란 해골 목걸이는 어디서 구하신 겁니까?"

베니스 가면맨이 눈을 반짝이며 물었다.

"그냥 가게에서 샀소. 어디인지는 기억 안 나는데……."

"오, 그런가요? 얼마에 사셨는데요? 혹시 파실 생각이 있으신지?"

"그, 그게 20달러인가……. 마음에 들어서 팔 생각은 없는데."

"예이이이~! 거짓말 당첨! 경매 시작가가 20만 달러 아니고?"

베니스 가면맨은 큰 소리로 웃으며 외쳤다. 데릭 아저씨는 얼굴이 허옇게 되어 목소리를 와락 높였다.

"미친 새끼! 무슨 말도 안 되는 헛소리야!"

"어허어허? 왜 그렇게 화를 내실까? 나 빈센트 골드먼으로 말할 것 같으면, 자그마치 700년 넘게…… 대대로 보석 거래를 해 왔지요. 세공사로선 능력치가 그저 그래도 감정사로는 보석이 자기 입으로 가격을 실토하는 경지에 이르렀다 할 수 있어요. 20달러에 샀으면 당신은 당첨된 메가밀리언스 복권을 길에서 주운 거나 다름없어요!"

"사람 좀 작작 놀려! 이건 20달러에 산 거라니까!"

하지만 심판은 베니스 가면맨의 손을 들어 주었다. '우릴 눈 뜬 장님 취급했으므로 눈 가리고 널빤지 걷기!'를 선고했다. '공평한 마스터 잭'의 목표는, 모든 사람에게 공평하게 벌을 주는 데 있는 것 같았다. 데릭 아저씨는 눈이 가려진 채 선원들에게 질질 끌려갔다.

그것도 싫다면 널판을 걸쳐 놓고 걷게 해도 좋겠어.
상어가 득실대는 바다에서 하나, 둘, 셋, 풍덩!

"우와, 사, 사람 살려! 사람!"

데릭 아저씨는 급조된 다이빙대 위를 걷다가 팔다리를 퍼덕대며 강물에 처박혔다. 그는 가슴까지 닿는 강물에서 요란하게 비명을 지르며 허우적거렸고, 사람들은 손뼉을 치며 고함을 지르고 휘파람을 불었다.

그가 욕설을 퍼부으며 그들의 패거리가 모인 쪽으로 돌아가자, 옆에 있던 덩치 큰 가죽 바지 아저씨가 콧등에 주름을 잔뜩 잡으며 어깨에 손을 턱 얹었다.

"데릭, 너 어디서 물건 빼돌렸어? 똑같이 나누기로 했잖아."

"시발, 저 헛소리를 믿는 거야, 지금?"

킬킬대는 웃음소리와 함께 다른 사람이 끼어들었다.

"헛소리면 그거 나 줘. 20달러밖에 안 한다며? 내가 40달러 줄게!"

"이것들이 진짜! 주둥이 안 닥치냐."

그들이 투덜대는 소리는 선원들의 요란한 고함에 이내 파묻혀 버렸다.

우리는 그야말로 미친 듯이 놀고, 먹고, 마시고, 춤추고, 노래했다. 진정한 해적들의 축제였다. 마지막에는 모닥불을 둘러싸고 커다랗게 원을 그리며 춤을 추었다.

나는 이리저리 뒤엉히고 일렁대는 그림자들 중에서, 캡틴의 그림자가 묘하게 이질적인 것을 발견했다.

"……!"

주변을 천천히 둘러보았다. 둥글게 원을 그리며 춤추는 선원들의 활기찬 모습에서, 그들의 일렁이는 그림자에서 갑옷이나 옷자락 그림자 사이로 언뜻언뜻 드러나는 빈 공간들이 계속 눈에 띄었다.

나는 그 모습을 이해할 순 없었으나, 왜인지 무섭게 느껴지진 않았다. 놀랍지도 않았다. 나는 몰랐지만, 바보 잭은 알고 있었던 모양이었다.

그냥 아팠다. 놀랍다기보다, 무섭다기보다, 이해할 수 없다기보다, 그냥 가슴이 너무너무 아팠다.

캡틴 잭은, 내 손을 잡고 춤을 추며 소리 없이 노래했다.

해적의 바다 카리브해의 잭 가르시아 로드리게스.
그의 나이 열두 살……에서 한 달 전, 자! 해적이 되어 보자.
온 세상을 돌아다니며 숨겨진 보물을 찾아보자.

왜 이런 상황이 되었는지 도저히 이해할 수 없었다. 하지만 한 가지는 어렴풋이 알 수 있었다.

내가 아까 발타 아저씨에게 대답하지 못한 결과가 이렇게 나타났다는 것. 이해할 수도 설명할 수도 없지만, 이것 하나는 알 수 있었다.

나는 그를 만나고 싶다거나, 만나기 싫다거나 확실하게 대답했어야 했다.

아빠를 찾으면 결투를 해 볼까? 하나, 둘, 셋, 탕!
그게 싫다면 밧줄에 매달아 볼까? 빙, 빙, 빙!
그것도 싫다면 널판을 걸쳐 놓고 걷게 해도 좋겠어.
상어가 득실대는 바다에서 하나, 둘, 셋, 풍덩!

피의 복수다! 럼을 마시자! 밤새 춤추자!
이것이 진짜 카리브해의 해적이다.

"캡틴 잭……?"

나는 작은 소리로 그를 불러 보았다. 내가 일곱 살 때와 똑같이 춤추고 노래하던 그가 나를 내려다본다. 그의 푸른 눈동자가 흠뻑 젖어 있는 것 같았다. 나는 그에게 두 손을 뻗어 올렸다.

"아빠."

바보 잭이 말했다. 나를 내려다보는 파란 눈동자가 커다랗게 벌어진다. 아빠, 아빠, 아빠! 바보 잭은 바보처럼 큰 소리로 외쳤다. 아빠, 보고 싶었어, 보고 싶었어! 아빠, 아빠, 아빠. 보고 싶었어요. 바보 잭은, 바보처럼 울면서 자꾸자꾸 외쳤다.

– 베이비 잭.

그가 두 팔로 나를 번쩍 안아 올렸다.

†

섬의 해변에서 캡틴 잭과 나는 인사를 나누었다. 집으로 돌아가는 사람과 크루즈로 돌아가는 사람들은 다른 배에 각각 나누어 타야 했다.

– 잭, 아빠는 너하고 엄마를 세상에서 제일 사랑해.

나는 이제 그 말이 거짓말이 아니라는 것을 알고 있었다. 도저히 믿을 수 없는 말인데, 절대 믿어서는 안 되는 말인데 그냥 자연스럽게 알게 되었다. 그런데, 그런 말을 들으면 기뻐서 웃음이 나와야 하는데 이상하게 자꾸 눈물이 나왔다.

배에 오르기 전, 그가 허리를 굽히고 나를 꼭 안아 주었다. 눈을 힘껏 감았다.

이제 나는 그의 말 없는 말을 모두 알아들을 수 있었다. 왜냐하면 그가 내게 하고 싶은 말은 단 한 마디였고, 그 하나의 낱말로 빚어진 반짝이는 별들이 하늘에서 빗방울처럼 쏟아져 내렸기 때문이었다.

그는 발타 아저씨에게 허리를 깊이 숙여 인사했다. 발타 아저씨는 그의 어깨를 가만히 끌어안았다. 예전처럼 서로 정중하게 악수를 하지 않는 것이 이상했다.

사방은 그저 조용했고, 그래서 나는 아저씨가 캡틴에게 뺨을 맞댄 채 나직하게 속삭이는 말을 모두 들을 수 있었다.

"나는 너와 함께 즐거웠고, 너와 함께 행복했고, 너와 함께 괴로웠고, 너와 함께 아팠다. 네가 살아 낸 시간에 경의를, 네가 끌어안았던 선택에 연민을, 네가 겪었던 삶의 모든 희로애락에 찬사를 보낸다."

— …….

"마지막으로, 너의 새로운 여정에 나의 사랑과 축복을 보낸다."

캡틴은 눈물을 떨구며 울기 시작했다. 그래서 나는 아저씨의 말투가 달라진 것에 대해, 그리고 전혀 이해할 수 없는 내용에 대해 물어볼 수 없었다.

레아 이모는 그의 어깨를 다정하게 토닥이며, 낯익은 비닐 팩을 쥐여 주었다. 나에게 늘 샌드위치와 아몬드 쿠키를 챙겨 넣어 주던 그 비닐 팩이었다.

나와 발타 아저씨와 레아 이모는 강변에서 그를 배웅했다. 그는 뱃전에 서서 우리를 향해 오랫동안 손을 흔들었다. 그의 모습이 아주 작은 점이 될 때까지, 그는 지치지도 않고 손을 흔들었다. 물방울은 반짝이는 안개처럼 변해 내 주변에서 오랫동안 떠돌았다.

나는 뒤늦게, 그에게 꼭 해 주었어야 할 말을 해 주지 못했다는 것을 깨달았다.

7) CARITAS NUMQUAM EXIDIT 사랑은, 영원히 사라지지 않는다

나의 열두 살 생일은 쓸쓸했다. 엄마는 마침 쉬는 날이었지만 아침 일찍 전화를 받고 나가셨고, 저녁때까지 돌아오지 않았다. 생일 축하 케이크나 선물은커녕, 전화조차 받지 않았다.

"……잭! 이리 와 보렴."

엄마는 자정이 다 되어 돌아왔다. 돌아온 엄마의 손에는 여전히 생일 케이크도 선물도 없었다. 엄마의 얼굴은 붉게 물들어 있었고, 머리카락은 엉망으로 흐트러졌으며, 눈은 퉁퉁 부어 있었다.

엄마는 비틀비틀 다가와 나를 끌어안고 울기 시작했다.

"아빠를 찾았단다, 잭……."

엄마는 새벽에 경찰의 연락을 받았다. 살인 사건의 증인으로 와 달라는 요청이었다.

항구에는 두 척의 보트가 나란히 놓여 있었다. 한 척에는 데릭 아저씨 패거리 일곱 명의 시체가 누워 있었다.

핼러윈 날 해적의 파티를 마치고 선착장에 도착했을 때, 작은 소동이 있었다. 데릭 아저씨네 패거리가 저희끼리 싸움을 벌였던 것

이다. 돈 되는 걸 혼자 빼돌렸네 마네 하는 고함이 들렸다 했다.

신고를 받은 경찰이 바로 달려와 그들을 끌고 갔다. 그들은 근처에서 핼러윈 파티를 하다가 잠시 싸움이 난 거라고 둘러댔고, 한 번만 더 싸우면 감옥에 처박아 버리겠다는 경고를 받은 후 간신히 풀려났다고 했다.

그 후로 그들은 조용했다. 나나 발타 아저씨에게 해코지를 하지도 않았고, 식료품점 앞에 모여 사람들에게 시비를 걸지도 않았다. 마을에서 아예 보이지 않았다.

갑자기 세상이 평화로워진 것 같았다. 세상이 천국이 되려면 모든 사람이 천사가 되어야 하지만, 세상을 지옥으로 만들려면 한두 명으로도 충분했던 모양이다.

아쉽게도, 그들은 반성하고 집에 박혀 있던 건 아니었다. 그들은 풀려나온 직후 다시 싸움을 벌인 듯했다. 자동차의 블랙박스 영상과 인근 CCTV 영상은 그들이 골목 어귀에서 주먹질을 하다가 보트를 한 대 빌려 타고 바다로 나가는 모습을 담고 있었다.

그 뒤는 어떤 일이 있었는지 알 수 없었다. 일곱 구의 시체 중 세 사람은 총을 맞고 죽었고, 네 사람은 돛대 줄에 목이 매달려 있었다 했다.

권총은 데릭 윌슨의 것이었고, 탄환은 한 발도 남아 있지 않았다. 모두 심각한 타박상과 출혈이 있었던 것을 보면, 심한 몸싸움 끝에 살인이 이루어진 것 같다고 했다.

데릭 윌슨도 죽었다. 그는 혼자 열두 발의 총을 맞은 상태로 돛대에 목이 매달려 있었다고 했다.

그리고 옆에 나란히 붙어 있던 보트에는 마을 의사였던 잭 로드리게스 씨의 시신과 그의 여동생 마리아 로드리게스의 시신이 있었다. 아니, 시커먼 뼈 무더기라는 말이 더 정확했다. 보트는 3년 전에 도난 신고가 되어 있었는데 사망 시기도 비슷하게 추정되는 것 같았다.

경찰은 그간 잠적했던 아빠의 행적에 대해 조사한 대로 알려 주었다.

아빠의 고향은 멕시코의 산골 마을이 아니라 슬럼이었다. 어릴 때부터 머리가 특출나게 좋았던 그는 미국에서 새로운 삶을 개척하기로 결심했다.

그의 배다른 남매들이 돈을 빌려 아빠가 미국의 대학에 입학하도록 도와주었다고 했다.

하지만 남은 형제들의 삶은 아빠처럼 순탄하지 못했다. 그들은 빚에 허덕이다가 마약을 유통하는 조직에 끌려 들어갔고, 패싸움에 휘말려 서른이 되기 전에 모두 죽었다. 유일하게 살아남은 누이동생마저 마약 운반책이 되어 하루하루 파리 같은 목숨을 이어 가고 있었다.

그녀는 배 속에 마약을 넣고 운반하던 중 배를 타고 도주했고, 총격전에 휘말려 아빠의 눈앞에서 죽었다. 동생의 도주를 돕던 아빠도 총을 맞고 돛대에 매달렸다.

경찰은 데릭 윌슨과 패거리가 현장에 있었던 것으로 추측된다고 말했다. 윌슨 패거리는 마리아 로드리게스와 같은 조직의 운반책이었다고 했다.

다만 3년 전 사망해 바다를 떠돌던 이들 남매의 시신이 어떻게 이곳까지 흘러들어 왔으며, 왜 하필 자신을 죽인 패거리의 보트 옆에 와 있는지는 알 수 없다 했다.

조직으로부터 형제의 빚을 대신 갚으라는 독촉을 받기 시작한 아빠가 우리를 위해 했던 일은 조직이 달라붙을 여지 자체를 없애는 것이었다.

그는 재산을 정리하고 이혼 소송까지 마친 후 연락을 끊었다. 아빠는 가족에게 재산을 남겨 두는 게 얼마나 위험한 일인지, 가족을 데리고 도망치거나 경찰의 보호에 의지하는 것이 얼마나 부질없는 짓인지 잘 알고 있던 듯했다.

결국 아빠가 우리에게 마지막으로 남긴 물건은, 누런 부스러기가 든 비닐 팩과 이상한 목걸이뿐이었다.

목걸이는 푸른 돌에 해골 모양을 덧씌운 것으로, 아빠가 오른손에 꼭 쥐고 있었다고 했다. 엄마는 아빠의 유일한 유품인 그것을 받아 와 내 손에 쥐여 주며 하염없이 울었다.

엄마는 그 푸른 목걸이를 기억하고 있었다. 그것은 본래 아빠가 부모님께 물려받은 것이며, 아빠는 그것을 졸리 로저 목걸이로 꾸며 나에게 선물하려 했었다고 말해 주었다.

나는 이미 이 목걸이를 본 적이 있다. 이 목걸이에 대해 들은 적도 있다. 그것도 여러 사람에게. 여러 가지 내용을.

나는 몰랐다. 하지만 바보 잭은 이미 짐작하고 있었다. 아빠가 왜 나를 찾아왔는지, 무슨 일이 있었는지, 무슨 말을 하고 싶었는지.

그 섬에서 아빠를 보는 것이 마지막이었다는 것도 바보 잭은 알고 있었다. 바보 잭만 알고 있었다. 그래서, 바보 잭은 바보처럼 울기만 했던 것이다.

그걸 몰랐던 나는 아빠에게 인사를 하며 꼭 해야 할 말조차 제대로 하지 못했다.

미안해, 미안해, 미워해서 미안해. 나는 몰랐어. 미안해. 엄마의 울부짖음은 점점 커졌다.

나는 엄마를 꼭 안아 주었다. 눈물은 감히 나오지 못했다.

내가 홀란드 하우스에 다시 찾아간 것은 다음 날 저녁이었다. 나를 맞은 것은 붉은 머리의 전직 마스터였다.

“씨에 드 올랑드께서 오늘내일쯤 네가 올 거라고 하시더구나.”

나는 그걸 어떻게 아셨느냐고 묻지 않았고, 발타 아저씨의 호칭이 이상해진 것도 묻지 않았다. 그 역시 별다른 설명을 덧대지 않았다. 그는 3층으로 나를 안내하고, 탁자 위에 과자와 음료수를 내 주었다.

“부르고뉴 롱비 출신의 자크 드 몰레. 내 첫 이름이지.”

그의 본래 이름은 사블레 과자처럼 달콤하고 퍼석하게 들렸다. 나는 고개를 갸웃하며 그를 올려다보았다.

“내가 교대 근무를 끝낼 때가 돼서 알려 주는 거다. 네가 살아 있을 동안은 나를 다시 볼 일이 없을 테니까.”

“왜 다시는 보지 못하나요?”

“나하고 네놈은 애초에 같은 곳에 사는 사람이 아니니까. 사실 너를 만난 것 자체가 기적이지. 내가 주인님 권속眷屬이라, 음, 주인님에게 고용된 덕분이라고 해 두자고.”

“……?”

“어쨌든 반가웠다. 돌아가서도 많이 생각날 거야.”

나는 그가 첫 이름을 알려 주는 이유도 알지 못했고, 다시는 못 만나는 이유도 이해하지 못했다. 다만, 그가 나와 헤어지는 것을 꽤 섭섭해하는 것은 알 수 있었다.

나는 그에게 악수를 청했고, 그는 코웃음을 치며 나를 힘껏 안아 주었다.

나는 3층의 책장 가장 안쪽으로 들어가 다시 그림을 올려다보았다.

왕비의 목에 걸린 목걸이를 보고, 내 목에 걸린 목걸이를 내려다보았다. 이제는 나의 것이 된, 겉에 씌운 은빛 해골과 두 자루의 검을 떼어 낸 목걸이는 그림 속 왕비의 그것과 마찬가지로 부드럽고 눈부신 푸른 광채를 띠고 있었다.

나는 의자에 몸을 늘어뜨리고 쌍둥이처럼 닮은 두 개의 돌을 번갈아 바라보았다. 목에 걸린 목걸이가 무쇠 아령처럼 느껴졌다.

이건 어쩌다 내 손에 들어왔을까?

나는 이걸 갖고 있어도 되는 걸까?

전등이 없는 방으로 느릿하게 어둠이 내려앉았다. 몇백 년 전에 시간이 멈춰 버린 방에서, 내 시간도 고스란히 멈춰 버린 것 같았다.

ǂ

– 아버지께서는 저를 '생명나무의 주인'이라는 옛말로 부르셨지요…….

달그락. 따각. 딸그락. 부드러운 목소리에 뒤이어 맑은 돌 소리가 들렸다.

– ……사랑을 위해서 땅에 남기를 선택한 딸에게 가슴 깊이 그

보석을 박아 주고 가셨더란다…….

– 새로운 선택을 하기 위해…… 제가 반드시 지불해야 하는 값이니…….

– ……다음에는 제가 먼저 그대를 사랑하겠으며, 제가 더 많이 사랑하겠으며…….

누군가 옛날이야기를 하고 있나?

멍하니 눈을 깜박거렸다. 짙은 어둠 속, 양초의 노란 불빛이 탁자 위를 동그랗게 밝히고 있었다.

……아, 그림을 보다가 깜박 잠이 들었구나.

나는 어느새 푹신하고 긴 소파에 누워 있었다. 몸에 홑이불이 덮여 있는 것을 보니, 잠든 나를 레아 이모나 발타 아저씨가 편한 곳에 눕혀 주신 모양이다.

따그락, 딱.

그리고 두 사람은 탁자를 사이에 두고 마주 앉아 있고, 그들 앞에는 체스 판이 놓여 있었다. 따스하고 노란 불빛이 일렁일렁 흔들리며 두 사람의 얼굴에 아름다운 음영을 만들어 주었다.

그들은 낯설었다. 레아 이모는 소매와 목둘레에 화려한 장식이 달린 긴 드레스를 입었고, 발타 아저씨 역시 발목까지 닿는 짙푸른 겉옷에, 가장자리가 자수로 장식된 긴 가운을 걸치고 있었다. 뒤늦게 그들이 두른 장신구들이 하나씩 눈에 띄었다. 고전적이고 기품 있는 허리띠, 목걸이, 팔찌, 귀걸이, 그리고 티아라와 왕관까지.

혹시, 다 이모가 만드신 걸까?

나는 장식장에 있던 왕관이 아저씨의 머리 위에 자연스레 얹혀 있는 것을 바라보며 잠시 뜬금없는 생각을 했다.

두 사람은 옛날 영화에 나오는 왕과 왕비들과 비슷하게 느껴졌다. 아니, 아까 보았던 그림 속 왕과 왕비의 모습과 더 비슷한 것 같기도 했다. 낮에 밖에서 볼 때처럼 어색하지도, 우습지도 않았다. 그들은 이 오래된 방에 이상할 정도로 잘 어울렸고, 무척 편안해 보였다.

그리고 말로 설명할 수 없는 위엄이 느껴졌다.

따그락, 딱. 딱, 따각.

체스의 말을 옮길 때마다 맑고 차가운 소리가 났다. 레아 이모는 한 손으로 턱을 괴고 골똘히 판을 들여다보고 있었다. 이모는 지금 승부에 진심이었다. 아저씨는 그래도 여유가 있는지 손에 깍지를 끼고 뒤로 기대 조용한 목소리로 옛날이야기를 이어 가고 있었다.

나는 잠이 깼다고 말하는 대신 눈을 감고 이야기에 귀를 기울였다. 토막토막 이어진 사랑 이야기는 신비로웠고, 아름다웠지만, 이해할 수는 없었다.

"이승과 저승 사이 여행길에서 빈 소원은 명계의 사자가 관할하나니……."

"그대가 마지막 여행길에서 발한 소원은 언제, 어디에서든, 어떤 형태로든, 반드시 이루어질지라……."

아빠는 그럼 마지막 여행길에서 누구를 만났던 걸까. 무엇을 빌었던 걸까.

"……저희는 주님의 성스러운 나무, 곧 치유의 십자가 조각을 원하나이다……."

이야기는 끝났다. 하지만 끝까지 이해할 수 없었다. 그 이야기엔 결말이 없기 때문이었다.

그들은 서로 다시 만나 결혼을 하거나, 헤어지거나, 혹은 죽고 마는 것으로 사랑을 완결하지 않았다. 그 불쌍한 연인은 이야기의 끝을 매듭짓는 대신 세상에 풀어놓아 버렸다.

하지만 레아 이모는 이 이상한 결말을 이상하게 여기지 않았다. 궁금해하지도 않았다. 어쩌면 이야기를 여러 번 들었을지도 모르고, 어쩌면 세상 속에 풀어놓은 그들의 결말을 이미 알고 있는지도 모른다. 그렇지 않으면 호기심 많고 말도 많은 이모가 저렇게 가만히 있을 리가 없다.

한동안 체스 말이 움직이는 소리가 또각또각 이어졌다. 나는 실눈을 뜨고 두 사람을 바라보았다. 짧은 웃음. 고민하는 듯한 혼잣말. 짧은 신음. 한숨. 다시 웃음.

나는 이제 확신할 수 있었다. 여왕과 기사 두 사람은 이 방의 마지막 퍼즐 조각이다. 아빠와 퍼즐을 맞출 때, 마지막으로 남은 퍼즐 조각을 내 손으로 딱 밀어 넣는 순간 그림이 완벽해지는 것처럼, 두 분이 따뜻하고 오래된 공간에 들어온 순간, 이곳은 너무나도 완벽한 한 폭의 그림으로 완성되었다.

"발타, 나는 가끔 궁금해요."

아저씨가 가만히 고개를 든다. 그 작은 움직임에서도, 말없이 바라보는 시선에서도 깊은 애정이 느껴질 수 있다는 게 신기했다.

"그 옛날이야기 속 고귀한 신은, 거룩과 용맹과 탐욕이 한데 얽혀 있는 저 같은 인간을 정말로 사랑했을까요?"

"당연히 사랑했을 것입니다. 그리고 언제가 되든, 어떤 방법으로든 기어이 사랑하는 자를 찾아와 끝끝내 그 사랑을 증명하고 말았을 것입니다."

"그 사랑을 증명하기 위해, 당신은 지금 이렇게 내 곁에 와 있는 거고요?"

"그렇지요."

그는 비장하지도 들뜨지도 않은 목소리로, 담백하게 대답했다.

"태초에 사랑이 있었고, 세상은 사랑으로 만들어졌습니다. 의지와 감정을 가진 존재는 사랑이 없으면 생존하지 못하는 것이 그 증거지요."

"……."

"자손을 통해 영원히 이어지는 삶 역시 사랑이라는 고리로 연결되어 있으니, 무한의 시간 속에서 사랑은 끝내 살아남을 것입니다. 그것이 세상의 지배자가 만들어 놓은 잔혹하고도 아름다운 절대 규칙입니다."

그는 옛이야기라도 하는 것처럼 조용조용 말을 이어 나갔다.

"신화 속의 신들은, 혹은 천사, 악마 따위의 여러 가지 이름으로 불렸던 미지의 존재들은, 그래서 운명처럼 사랑에 눈멀었고, 운명처럼 인간의 곁을 떠돌게 된 것입니다. 그래서 신화란 결국, 사랑에 눈이 멀었던 신과 인간들, 그들의 자손들이 만들어 가는 사랑 이야기이자, 세상에 거하는 모든 존재의 사랑 이야기가 되는 것이죠. 저는 감히 그렇게 생각하고 있습니다."

나는 이제 아저씨의 말을 거의 이해할 수 없었다.

이해할 수 없는 말은 깊은 비밀을 품고 있는 것처럼 느껴졌다. 아저씨는 마음에 얼마나 많은 비밀을 품고 있으며, 그 비밀에는 또 얼마나 많은 사랑이 숨어 있는 것일까.

그 비밀들은 밤하늘에 총총히 박혀 빛나는 별처럼 느껴졌다. 나는 눈을 감고, 어둑한 마음에서 반짝이는 별들을 상상했다. 별이 박힌 마음은 넓고 신비로운 밤하늘이 되었다. 나는 그가 말하는 광적인 사랑을 이해할 순 없었지만, 그 사랑이 만들어 낸 우주는 깊고 신비하며 아름다운 공간이었다.

"체크메이트……."

깜박, 눈이 감겼다. 많은 비밀을 품고 있는 신비로운 우주가 나를 다시 뒤덮었다.

†

"체크메이트."

레아는 싱긋 웃으며 돌을 옮겼다. 이야기를 하느라 게임에 집중하지 못했을까. 발타는 판을 한참 들여다보더니 킹을 툭 밀어 쓰러뜨리며 한숨을 쉬었다.

"실력이 정말 많이 느셨군요."

"발타 당신이 나에게 일부러 져 준 게 아니라면, 기꺼이 기뻐해 드리겠어요."

"제가 당신께는 어떤 헛수작도 오지랖도 부리지 않는다는 건 당신이 가장 잘 아시지 않습니까."

발타의 대답에 레아는 깔깔 웃으며 그를 향해 손짓했다.

"그럼 제가 오랜만에 당신을 이긴 기념으로 좋은 소식을 하나 알려 드릴까요."

발타가 몸을 반쯤 일으켜 레아의 입술 가까이 귀를 가져다 댄다. 일렁이는 촛불, 긴 은빛 속눈썹의 그림자가 흔들린다. 어둠에 잠긴 푸른 눈동자에 작은 기대가 깃들었다. 쪽. 짧은 입맞춤 소리, 흐으. 발타는 어깨를 움츠리며 짧게 웃었다.

"……."

잠시 후 웃음이 멈췄다. 그녀는 아주 작은 소리로 속삭였다. 그저 실바람이 입술과 귓가를 스치고 지나가는 것처럼, 가늘고 고운 속삭임이 투명한 비단실처럼 어둠 속에 부드럽게 감겼다.

발타의 한 손이 입으로 올라간다. 아, 어떡해. 그가 눈을 감은 채 웃는다. 레아도 고개를 살짝 숙이고 함께 웃기 시작했다.

잠시 후, 발타는 레아를 감싸 안고 입을 맞추었다. 그의 팔의 힘이 억세게 느껴진다.

"아, 너무 좋아, 어떡해……. 너무 오랜만이라 실감이 안 나요, 레아."

"저도 그래요."

입맞춤은 길게 이어졌고, 그 사이사이, 조용한 웃음소리와 작은 속삭임이 입술 사이로 한참 오갔다.

"레아, 제가 어렸을 때, 당신에게 첫눈에 반했을 때는 말이죠, 당신이 다른 남자랑 결혼할 거라고 생각했었어요."

"세상에 이렇게 허우대가 멀쩡한 남자가! 한심해라!"

"한심하죠! 게다가 더 한심한 건 다른 남자와 당신이 아이들을 많이 낳기를 바랐다는 거죠. 열두 명쯤 낳아서……."

"뭐래요, 세상에!"

"저는 밤마다 당신을 생각하고, 그 아이들이 자라서 결혼해서 아이들을 낳고, 그 아이들이 또 자라서 다시 결혼해서 새로운 아이들을 낳고, 낳고, 낳으며 살아가는 상상을 했죠. 그러다 보면 언젠가 당신의 몸과 영혼을 아주 조금이라도 물려받은 아이들이 온 세상에 가득해지지 않을까 하면서요."

"비범한 상상력이네요!"

"처량한 상상력이었죠. 저 좀 불쌍히 여겨 주세요, 레아."

두 사람은 키들키들 웃음을 터뜨렸다.

"온 세상이 작은 레아들로 가득한 세상이라면, 나는 내 목숨을 내놓고 사랑할 수 있을 것 같았어요. 그런 세상을 지키기 위해서라면 최전방에 나가서 칼을 맞고 죽어도 하나도 억울할 것 같지 않았죠."

한동안 침묵이 이어졌다. 레아는 그의 손을 부드럽게 쓰다듬었다.

"하지만 발타, 저 역시 당신을 닮은 작은 발타사르로 가득한 세상을 만들고 싶었어요."

"제가 좀 더 분발했어야 했나요?"

"설마요. 지금도 작은 발타사르들은 세상 이곳저곳에서 재미있게 살아가고 있을 테고, 그래서 온 세상은 넘치게 사랑스럽답니다, 나의 기사님."

두 사람의 웃음소리가 노란 불빛 속으로 포근하게 스며들었다. 발타는 레아의 의자 아래로 내려가, 그녀의 배 위에 가만히 입을 맞추었다.

ǂ

내가 잠에서 깨어났을 때, 이모는 이미 침실로 내려가셨고 아저씨는 곁에 앉아 촛불에 의지해 책을 읽고 있었다.

나는 눈을 끔벅끔벅하며 아저씨를 바라보았다. 머리에 얹혀 있던 왕관과 화려한 장신구들은 체스 판 옆에 놓여 있고, 옷도 바지와 셔츠로 갈아입은 상태였다. 아쉽고 안타까웠다. 지금 아저씨의 모습도 멋있지만, 아까 보았던 모습이야말로 아저씨에게 가장 잘 어울렸다.

"일어났구나. 잘 잤니?"

아저씨가 다정한 목소리로 말하며 몸을 일으켰다. 내가 깨어나기를 기다리고 계신 듯했다. 그는 내 곁에 앉더니 이리저리 뻗친 내 머리카락을 쓰다듬어 정리하고, 구겨진 옷자락을 꼼꼼하게 펴서 옷매무시를 다듬어 주었다.

"발타 아저씨……."

"음?"

"……아니에요."

물어볼 것이 산더미 같다고 생각했는데, 막상 아저씨의 얼굴을 보니 머리가 텅 비어 버린 것이, 바보 잭이 된 것만 같았다. 그 역시 내가 왜 여기 왔는지 한 마디도 묻지 않았다.

"많이 늦었구나. 이제 집에 가 볼까? 어머니께는 아까 전화 드렸어."

아저씨는 나를 집까지 바래다주었다. 우리는 손을 꼭 잡고 걸었다. 왜인지 발타 아저씨와 가까워진 기분이 들었다. 하늘 꼭대기에는 보름달이 높이 솟아 있었고, 거리는 조용했다.

나는 지나가는 말처럼 태연하게 이야기했다.

"아빠를 찾았대요. 어제 우리 마을로 돌아오셨다고 해요."

"그래. 어머니께서 연락을 받았다고 하시더구나."

아저씨 역시 아빠가 출장이라도 다녀오신 것처럼 태연히 말했다.

"아빠는 잘 가셨을까요?"

"편안히 가셨단다."

아저씨가 무덤덤한 목소리로 대답했다. 그래서 나도 울지 않고 다시 물어볼 수 있었다.

"아저씨. 좋아하는 사람을 살면서 만나지 못하는 것과, 죽어서 만나지 못하는 것은 뭐가 다른가요?"

"별로 다르지 않아. 전자는 떠올리면 웃음이 나고, 후자는 떠올리면 눈물이 나는 것만 다르지."

"……."

"하지만 세월이 가고 눈물이 마르게 되면, 결국은 웃음만 남게 된단다. 돌아보면 뒤에 남아 있는 것은, 누군가를, 무엇인가를 깊이 사랑했다는 사실뿐이지."

아저씨는 나를 잡은 손에 지그시 힘을 주었다. 내 눈에서는 뒤늦게 눈물방울이 떨어졌다.

나는 이제 울보라는 것을 창피해하지 않기로 했다. 누군가 그랬다. 나를 향한 사랑에 바쳐지는 눈물을 부끄러워하는 것은, 그 사랑에 대한 예의가 아니라고.

내가 집에 들어가기 직전, 발타 아저씨는 곱게 포장된 선물을 손에 쥐여 주었다.

"생일 축하한다, 베이비 잭."

선물은 손바닥만 한 작은 사진 액자였다. 액자의 틀은 하얗고 묵직한 금속이었는데, 푸른색으로 반짝이는 작은 보석들이 별처럼 총총히 박혀 있었다. 나는 이것을 만든 사람이 이모라는 것을 바로 알아차렸다.

액자의 아랫단에는 내가 보았던 거대한 초상화의 제목과 같은 글귀가 새겨져 있었다.

〈CARITAS NUMQUAM EXCIDIT〉

액자 속 사진에서는 두 명의 해적이 손을 잡고 나란히 앉아 있었다. 한 명은 나였고, 다른 한 명은 캡틴 잭이었다. 모닥불 앞에서 진흙투성이가 되어 앉아 있는 두 사람은 무엇이 그리 좋은지 손을 꼭 잡은 채 환하게 웃고 있었다.

그리고 사진 속의 캡틴은 페이스 마스크를 쓰고 있지 않았다.

나는 이 사진이 존재할 수 없다는 것을 알고 있다. 세상에 존재하면 안 된다는 사실도 알고 있다. 하지만 우리가 함께 시간을 보냈던 그곳은 세상의 모든 존재가 쉬어 갈 수 있는 곳이고, 그날은 핼러윈이었다.

나는 그가 명계의 사자에게 무엇을 부탁했을지 생각했다. 왜 나를 찾아왔는지 생각했다. 까만 하늘을 가득 채우고 있다가 내게 빗방울처럼 쏟아지던 그의 말을 생각했다. 세상의 많은 말 중 어째서 그 말 한마디만 내게 남겨졌을지 생각했다.

나는 그림 속 여왕님의 가슴에 걸려 있던 푸른 목걸이를 생각했다. 사랑을 위해 땅에 남은 누군가의 심장에 깃들었다는 보석, 그 가문의 첫째 후계자에게만 전해진다는 그 시리도록 맑고 파란 보석을 생각했다.

그리고 나는 내 옷 속에 숨어 있는 푸른 돌을 생각했다.

나는 발타 아저씨가 들려주었던 이해할 수 없는 말들을 이제 조금은 알 듯 말 듯 했다.

아저씨의 말대로 온 세상은 사랑으로 만들어진 것인지도 모른다. 신과 인간이, 인간과 인간이, 인간과 짐승이, 산 자와 망자가, 보이는 존재와 보이지 않는 존재가 운명처럼 사랑하며 함께 사는 이 세상은, 그 거대하고 아름다운 힘으로 유지되는 것인지도 모른다.
나는 그것을 가슴에 대고 지그시 누른 채 눈을 꼭 감았다.

CARITAS NUMQUAM EXCIDIT.

이렇게, 사랑은 이어진다. 영원히 사라지지 않는다.

내 나이 열두 살, 그리고 하루, 나는 딱 그만큼 더 어른이 된 것 같았다.

작가 후기

〈기사가 되고 싶었던 어린이의 충격과 공포〉

기사가 그렇게 멋있어 보였습니다. 아마 원탁의 기사라는 동화가 만들어 낸 로망 같은데, 등 뒤에서 폼 나게 펄럭대는 망토 삽화에 혹했던 모양입니다. 목에 보자기를 두르고 뛰어다니다가 소파 틈에서 구두칼을 뽑아 들던 기억이 나는 걸 보면요(내추럴 본 무수리는 어릴 때도 공주나 왕비에게 빙의했던 것 같지는 않습니다).

하지만 원탁의 기사는 얼마 안 가 저에게 거대한 충격과 공포를 선사하며 중세 괴담급 작품으로 남게 되지요.

그 유명하고 대단한 기사들이 폼 나게 원탁에 모였으면, 얼른 힘을 길러서! 영토를 넓히고! 대제국의 꿈을! 이루어야 하지 않겠습니까?

……그런데 왜 다들 성배聖杯를 찾으러 가겠다는 건데요?

부동산 투자의 중요성은 알아도 성배가 뭔지는 몰랐던 꼬꼬마는 왜? 왜? 왜? 의 상태가 되고 맙니다. 그들의 바짓가랑이를 붙들고 뜯어 말리고 싶던 느낌이 아직도 생생합니다.

그리고 그 기사들은 정말로 뿔뿔이 흩어져 오랜 세월 성배를 찾다가 영영 못 돌아오거나 늙어 죽게 됩니다. 불쌍한 꼬꼬마는 2차로 멘탈이 붕괴하지요. 기왕 찾으러 갔으니, 누구든 빨리 발견해서 마법의 능력이든 일확천금이든 얻을 거라는 희망을 품고 있었거든요.

마지막으로, 온갖 버프를 다 받은 기사 랜슬롯이 아더 왕의 부인 귀네비어와 사랑에 빠져 사달이 나는 것을 보며, 불쌍한 꼬꼬마는 3차로 멘탈이 붕괴합니다. 그 꼬꼬마는 피나모르(궁정식 연애)가 뭔지는 몰라도 불륜이 뭔지는 알고 있었거든요!

이렇게 하여, 생애 최초의 중세 기사문학은 저에게 충격과 공포와 미스터리만 남긴 채 대단원의 막을 내리게 되었습니다.

이것이, 제가 미남 기사들과 성 유물과 보물찾기 이야기를 주절주절 늘어놓게 된 이유가 되겠습니다. 어쩌면 어렸을 때의 충격과 공포를 상쇄해 보려는 애처로운 노력이라 주장할 수도 있겠지요마는…….

……음. 사실 핑계입니다. 저는 어릴 때나 지금이나 미남 주인공과 일확천금 이야기라면 사족을 못 썼습니다. 아마 그게 진실일 겁니다.

사람 취향 잘 변하지 않아요. 네.

자, 이제 불쌍한 꼬꼬마는 그 기사들의 선택을 이해할 만한 이해력이 생겼을까요? 필립 왕과 성전기사단과 아비뇽 교황청의 선택을, 혹은 자신의 모든 것을 바쳐 십자군에 참전했던 수많은 제후와 기사를, 폭도가 된 농부를, 노예 신세로 전락한 소년 십자군의 행동을 이해할 수 있게 되었을까요?

글쎄요, 아직 잘 모르겠습니다.

다만 그 꼬꼬마는 13세기에 살던 그들의 행동을 21세기의 기준으로 비웃는 건 어쩐지 반칙이라고 느끼게 되었고, 그래서 그들의 마음을 깊이 이해해 보려 애쓸 만큼은 어른이 된 것 같습니다.

우리도 언젠가 700년 전의 기사와 왕과 농민들처럼 평가받는 대상이 되겠지요. 저는 우리 시대에서 정의와 이상을 위해 헌신하고 희생했던 분들의 노력이, 700년 후의 사람들에게 '기준이 달라졌다'는 이유만으로 비웃음당하는 일이 없기를 소심하게 빌어 봅니다.

그것이, 제가 옛 사람들의 삶과 생각을 이해하려고 노력하는 이유이기도 합니다.

물론 제가 이해하려는 노력이라는 게 '당시의 성배를 현재 가치로 환산하면 로또 500번 연속 당첨쯤 되려나?' 같은 이상한 방향이라는 게 좀 문제이긴 하지만요.

……사람 취향 잘 변하지 않아요. 네.

〈도움과 격려를 베풀어 주신 분들께〉

* 제 작업을 한결같이 응원해 주시고, 책이 나오면 저보다 더 기뻐해 주시는 가족과 친척들을 보면 고마운 것을 넘어 불가사의할 뿐입니다. 사방 벽에 글씨와 종잇조각이 서낭당처럼 늘어진 작업실

에, 온갖 책과 서류가 쓰레기 산처럼 쌓여 있는 책상 앞에 좀비처럼 쭈그리고 있는 인간을 보면서도 '오, 멋지다!'라며 격려해 주려면 대체 어느 정도로 콩깍지가 씌워져야 하는 걸까요?

특히 살인적으로 바쁜 업무에 시달리면서도, 이 긴 글을 읽어 주고 꼼꼼하게 모니터링을 해 주었던 언니에게는 날 잡아서 보은 박씨라도 하나 물어다 주어야 할까 싶습니다.

* 지인 H 님은 전개가 막히거나 슬럼프에 빠질 때마다 유쾌한 격려 메시지와 함께 풍부한 단백질과 탄수화물을 보내 주곤 하셨습니다. 마무리 교정 작업 때 몸이 안 좋아서 앓고 있으니, 며칠이라도 편히 쉬라면서 교정 작업을 기꺼이 도와주기도 하셨습니다. 그 세심한 배려와 도움에 큰 감동을 받았음을 이 자리를 빌려 전합니다.

* 전자책의 표지 일러스트를 작업해 주신 진사 님, 제 로망과 망상으로 가득 찬 앞뒤 없는 제안서만 보시고도, 마음속에 들어갔다 나오신 것처럼 멋진 작품들을 보내 주셨습니다. 처음 그림 받았을 때 문자 그대로 숨이 턱 막히던 느낌이 아직도 생생합니다. 제 상상 속에 있던 세 명의 주인공들에게 최고의 이미지를 선물해 주신 진사 님께 다시 한번 감사드립니다.

* 종이책 표지를 맡아 주신 크리에이티브그룹 디헌의 이보라 실장님도 빼놓을 수 없습니다. 이 실장님과는 타임 트래블러 시리즈 때부터 인연이 닿았는데, 황금숲에 이어 이번에도 기꺼이 작업을 맡아 주셨습니다. 실장님 덕분에 실버 트리 역시 최고로 아름다운

옷을 갖춰 입게 되었습니다. 각 권마다 다른 테마로 디자인된 스테인드 글라스가 너무 환상적이고 영롱해서 한동안 넋이 나가 버린 것 같았습니다. 지금도 표지들을 볼 때마다 그렇게 기쁘고 행복할 수가 없습니다. 고맙습니다.

* 종종 찾아뵙는 은사님이신 K 교수님은 서양 중세사 전공이십니다. 지난번에 인사드리러 갔을 때, 새로 나올 책이 중세 프랑스가 배경이라고 하니 몹시 흥미로워하시면서 당신의 일처럼 기뻐하시고 격려해 주셨습니다.

종이책 나오면 갖다 드리기로 약속했는데, 전자책 풀린 날 구매 인증을 먼저 해 주셨습니다. 죄송하고 민망하면서도 얼마나 힘이 되고 감격했는지 모릅니다. 감사합니다, 교수님!

* 로크미디어의 정시연 팀장님, 이은정 대리님께도 감사의 마음을 전합니다.

정 팀장님은 마이너 본능에 충실한 제가 엉뚱한 방향으로 가지 않도록 방향을 잘 잡아 주시는 베테랑 항해사이십니다. 그래서 저는 물귀신처럼 팀장님 바짓가랑이를 붙잡고 있는 중입니다.

이 대리님은 전투에서 안심하고 등을 맡길 수 있는 든든한 파트너 같은 분이십니다. 매의 눈으로 설정 오류와 비문, 오타를 꼼꼼하게 체크해 주시는 대리님 덕분에 안심하고 교정 작업을 진행해 나갈 수 있었습니다. 진심으로 감사드립니다.

그리고 마지막까지 교정 작업에 도움을 아끼지 않으신 주종숙 팀장님과 이예슬 님께도 고마운 마음을 전합니다.

* 마지막으로, 오랫동안 신작을 기다리고 응원해 주셨던 독자님들께 고마운 마음을 전합니다. 부족함이 많은 글인데, 그래도 재미있게 읽어 주시고, 장문의 리뷰와 댓글, 메일로 소중한 의견과 감상, 충고를 아끼시지 않은 독자님들께 머리 숙여 인사드립니다. 독자님들 덕분에 지금까지 어렵지만 한 걸음, 한 걸음씩 걸어올 수 있었다고 생각합니다.

신화, 역사, 로맨스와 판타지가 종잡을 수 없게 뒤섞인 이야기를 시작하며, 실은 잔뜩 겁을 집어먹긴 했습니다. 작업 속도는 지지부진하고, 진흙 늪에 빠진 듯한 기분이 들 때도 한두 번이 아니었습니다. 그래도 중세 미남물(?) 장르를 전파하겠다는 의지 하나로 끝장을 보고 말았습니다.

독자님들께서 저와 함께 700여 년 전 시테 궁과 기사단 본부에 기꺼이 들어와 주시고, 미남 기사들과 함께 좌충우돌 모험도 즐겨 주셨다면, 제 거국적인 음모는 나름 성공한 것이라 할 수 있겠습니다. 환영하고, 또 감사합니다!

☨

제가 옛 신들과 옛사람들의 이야기를 좋아하는 이유는, 아마도 사랑, 그래도 사랑, 결국은 사랑 이야기이기 때문이 아닐까 싶습니다.

신들과 인간들 사이의 그리고 인간과 인간 사이의 거대한 애증이 마그마처럼 흘러넘치는 그 많은 신화와 전설들이 어떻게 사랑 이야기가 아닐 수 있을까요. 그것도 오래전에 스러진 옛이야기가 아니라, 여러 가지 가면을 쓴 채 여전히 우리의 곁에 남아 살아 숨 쉬고 있는, 정말로 징하고도 질긴, 그리고 눈부시게 매혹적인 러브 스토리인 것을요.

CARITAS NUMQUAM EXCIDIT.
사랑은 영원히 사라지지 않는다.

그렇습니다. 그 역시 사랑이었던 거지요.

2022년 9월, 추석을 앞둔 몹시도 사랑스러운 가을밤
작업실에서, 윤소리 배상

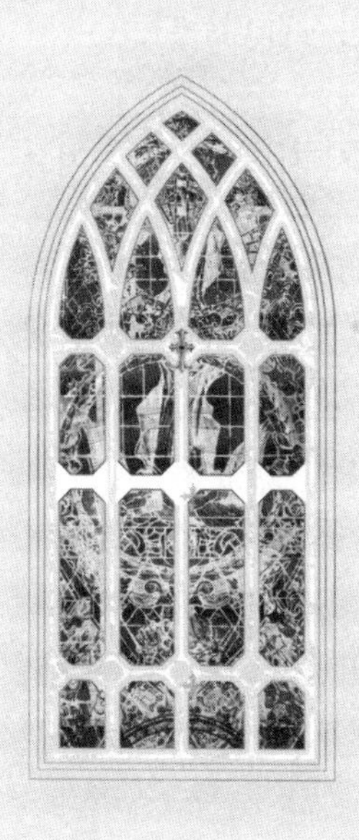

참고 문헌

〈1차 자료〉

*La Chanson de Roland(롤랑의 노래)

*Nova Vulgata(불가타 라틴어 성경)

*구약 외경1–송해경 원문 번역 주해, 한님성서연구소

*성경–천주교 새번역 역본, 공동번역 역본, 개역개정 역본, 개역한글 역본

*여우 이야기, 피엘 드 생끄르 외, 민희식 역, 문학판

*참다운 사랑의 기술과 허튼 사랑의 질책, 안드레아스, 김영락 역, 범우사

*황금전설, 보라기네의 야코부스, 윤기향 역, 크리스찬 다이제스트

〈2차 자료〉

*12세기의 여인들 1–알리에노르 다키텐과 다른 6명의 여인들,

조르주 뒤비, 최애리 역, 새물결

*12세기의 여인들 2-죽은 자를 기억하기, 조르주 뒤비, 유지정 역, 새물결

*12세기의 여인들 3-이브와 교회, 조르주 뒤비, 권은희 역, 새물결

*Gold Coins of the World, L. Arthur, Coin & Currency Institute

*What life was like 기사도의 시대, 타임라이프북스, 김옥진 역, 도서출판 가람기획

*고통받는 몸의 역사, 자크 르 고프, 장석훈 역, 지호

*貴金屬 Noble Metals-Planet Earth Series 15 titles, 원저 제프리 세인트 존, 타임라이프 북스 편집부 역, ㈜한국일보 타임-라이프

*기사의 세계, 이케가미 슌이치, 남지연 역, ㈜에이케이커뮤니케이션즈

*기적을 행하는 왕, 마르크 블로크, 박용진 역, 한길사

*남자의 품격-중세의 기사는 어떻게 남자로 만들어졌는가, 차용구, 책세상

*동물 · 괴물지 · 엠블럼, 최정은, 휴머니스트

*랍비들이 풀어 쓴 창세신화, 조철수 번역 주해, 서해문집

*미사통상문을 위한 라틴어, 황치헌, 수원가톨릭대학교 출판부

*寶石 Gemstones-Planet Earth Series 15 titles, 원저 폴 오닐, 타임라이프 북스 편집부 역, ㈜한국일보 타임-라이프

*보석 천 개의 유혹-욕망이 만든 뜻밖의 세계사, 에이자 레이든, 이가영 옮김

*봉건사회1-인적 종속관계의 형성, 마르크 블로크, 한정숙 역, 한길사

*봉건사회2-계급과 통치, 마르크 블로크, 한정숙 역, 한길사
*사생활의 역사 2-중세부터 르네상스까지, 필립 아리에스 · 조르주 뒤비, 성백용 · 김지현 외 역, 새물결
*서양 중세 문명, 자크 르 고프, 유희수 역, 문학과 지성사
*서양복식문화사, 정홍숙, 교문사
*성전기사단과 아사신단(The Templers and the Assassins), 제임스 와서만, 서미석 역, 정신세계사
*세계사 만물사전, 헤이븐샤 편집부, 남지연 역, ㈜에이케이커뮤니케이션즈
*세상을 측정하는 위대한 단위들, 그레이엄 도널드, 이재경 역, 반니
*수메르신화, 조철수, 서해문집
*신 프랑스 왕과 왕비, 왕과 왕비, 총희들의 불꽃같은 생애, 김복래, 북코리아
*신의 가면 2-동양신화, 조지프 캠벨, 이진구 역, 까치
*신의 가면 3-서양신화, 조지프 캠벨, 정영목 역, 까치
*십자군 이야기 1,2,3, 시오노 나나미, 송태욱 역, 차용구 감수, 문학동네
*십자군 전쟁, 조르주 타트, 안정민 역, 시공디스커버리 총서
*악마의 정원에서, 스튜어트 리 앨런, 정미나 역, 생각의 나무
*알렉상드르 뒤마의 프랑스사 산책, 알렉상드르 뒤마, 전경훈 · 김희주 역, 옥당
*역사를 바꾼 신무기-알기 쉬운 무기의 역사, 계동혁, 도서출판 플래닛미디어
*위대한 기사 윌리엄 마셜, 조르주 뒤비, 정숙현 옮김, ㈜도서

출판 한길사

*전투함과 항해자의 해군사, 전윤재&서상규, 군사연구

*조르주 뒤비의 지도로 보는 세계사(Grand atlas historique), 조르주 뒤비, 채인택 역, 백인호 최생열 감수, 생각의 나무

*주판과 십자가(The Abacus and the Cross), 낸시 마리 브라운 저, 최정모 김유수 역, 도서출판 자연과 사람

*중세 유럽의 레시피, 코스트마리 사무국, 김효진 역, ㈜에이케이커뮤니케이션즈

*중세 유럽의 무술, 오사다 류타, 남유리 역, ㈜에이케이커뮤니케이션즈

*중세 유럽의 문화, 이케가미 쇼타, 이은수 역, ㈜에이케이커뮤니케이션즈

*중세 유럽의 복장, 오귀스트 라시네, 이지은 역, ㈜에이케이커뮤니케이션즈

*중세 유럽의 생활, 가와하라 이쓰시 · 호리코시 고이치, 남지연 역, ㈜에이케이커뮤니케이션즈

*중세 유럽의 성채 도시, 가이하쓰샤, 김진희 역, ㈜에이케이커뮤니케이션즈

*중세 프랑스의 귀족과 기사도, 콘스탄스 브리텐 부셔, 강일휴 역, 도서출판신서원

*중세를 여행하는 사람들, 아베 긴야, 오정환 역, 한길사

*중세산책–성에 살던 중세인들의 꿈과 일상, 만프레드 라이츠, 이현경 역, 도서출판 플래닛미디어

*중세에 살기, 자크 르 고프, 최애리 역, 동문선

*중세와 화폐, 자크 르 고프, 안수연 역, 에코리브르

*중세의 결혼: 기사, 여성, 성직자, 조르주 뒤비, 최애리 역, 새물결
*중세의 길거리 문화사-중세 서민들의 생활사, 길거리의 장사꾼 이야기, 양태자, 도서출판 이랑
*중세의 뒷골목 사랑, 양태자, 이랑
*중세의 사람들, 아일린 파워, 김우영 옮김, 이산
*중세의 여인들, 아일린 파워, 이종인 역, 즐거운상상
*중세의 지식인들, 자크 르 고프, 최애리 역, 동문선
*천사 사탄과 귀신론 C.F. 디카슨, 김달생 역, 성광문화사
*천사론 하나님의 사역자, 김호식, 도서출판 한글
*천의 얼굴을 가진 영웅, 조셉 캠벨, 이윤기 역, 민음사
*측정의 역사, 로버트 P 크리스, 노승영 역, 에이도스 출판사
*템플러 The Templers, 마이클 해그, 이광일 역, 책과 함께
*트릭스터-영원한 방랑자, 최정은, 휴머니스트
*프랑스 축제와 문화콘텐츠, 김미연 외 4인, 궁미디어

〈논문 및 정기 간행물〉

*1303년 9월 7일, 아나니 폭거, 홍용진, 프랑스사 연구 39, 한국프랑스사학회
*서양 중세 여성의 계급별 지위와 역할, 권정경, 원광대학교 교육대학원 교육학석사 논문, 원광대학교
*예수의 무덤을 가다, 내셔널 지오그래픽, 2017. 12.
*중세 말 프랑스 국가 발생과 폭력의 역사-필리프 4세와 필리프 5세 시기를 중심으로, 홍용진, 역사와 세계 46. 효원사학회.
*중세 말 프랑스의 화폐 개주와 왕권 이미지 생산(1290-1360), 홍용진, 사총 96, 고려대학교 역사연구소

*중세 말 프랑스정치 풍자서 포벨 이야기(Roman de Fauvel), 홍용진, 역사와 문화 29. 고려대학교.
*중세 프랑스 왕권 의식과 정치 공간의 형성, 홍용진, 도시연구: 역사 · 사회 · 문화 제8호, 도시사학회
*템플기사단 해체와 필리프 4세, 안상준, 프랑스사 연구 28, 한국프랑스사학회

참고 자료 및 설정

〈 필립 왕의 가족들 〉

* 왕비 – 나바르의 여왕 잔느
* 부 – 필립 3세(필립 르 아르디, 용맹왕)
* 모 – 아라공의 이사벨르 계모 – 브라방의 마리
* 동복형제 – 루이, 로베르, 샤를(발루아 백작)
* 이복형제 – 루이(에브뢰 백작), 마르그리트, 블랑슈
* 자녀 – 마르그리트

태자 루이(루이 10세, 완고왕)

블랑슈

2왕자 필립(푸아티에 백작, 필립 5세, 장신왕)

3왕자 샤를(라마르슈 백작, 샤를 4세, 미남왕)

이사벨르(마담 루와얄, 잉글랜드 왕비)

4왕자 로베르

〈 **성전기사단의 하루 일과** 〉

성전기사단의 생활양식은 베네딕트 수도회의 성무일도를 기준으로 제정되었으나 완전히 동일하지는 않습니다.

– 새벽 4시경 : 기상, 아침 기도, 말 돌보기, 다시 취침(수도원의 조과나 찬과 정도에 해당)

– 오전 6시경 : 미사 참석, 기도(수도원의 1시과 정도에 해당)

– 오전 9시경 : 기도, 기도 시간 사이에 훈련(수도원의 3시과 정도에 해당)

– 정오 : 기도, 점심 식사, 식사 시 묵언, 사제의 성경 봉독(수도원의 6시과 정도에 해당)

– 오후 3시경 : 오후 미사(수도원의 9시과 정도에 해당)

– 오후 6시경(일몰 시간) : 저녁 기도, 저녁 식사(수도원의 만과에 해당)

– 밤 9시경 : 끝기도, 물 섞은 포도주 한 잔 마심, 말 돌보기

– 자정~새벽 4시 : 대침묵 시간

〈 **마상시합(투르누아, 토너먼트)** 〉

작품의 배경인 1200년대~1300년대 초에는 아직 전신을 감싸는 철판 갑옷이 일반화되지 않은 시기이고, 후기의 정형화된 1 대 1 격돌 창시합보다는 여러 기사들이 양쪽으로 편을 나누어 서로 뒤엉켜 싸우는 단체전 멜레를 메인 시합으로 여겼습니다. 1 대 1 주트의 경우는 전초전 정도의 다소 가벼운 게임으로 생각했습니다.

각 시합의 규칙과 허용되는 무기, 승패의 기준, 응원 문화 등은 시기별, 지역별로 차이가 있습니다. 보통 낙마를 하거나 전투 불능 상태가 되거나, 포기 의사를 표시하는 경우 패배로 인정하며, 적에게 포로로 잡힐 경우 말과 갑옷을 뺏기고 많은 몸값을 내야 풀려날

수 있었습니다.

고정 수입이 없는 기사들은 일확천금을 꿈꾸며 마상시합에 참가했습니다. 몸값을 받기 위해 상대의 목숨이나 말은 공격하지 않는 것이 관습이었지만, 그래도 부상자와 사망자가 적잖이 나오는 매우 위험한 경기였습니다.

팀을 이루어 참가한 경우, 포로에게서 얻은 수입을 팀원들과 배분하게 되는데, 가장 많은 포로와 전리품을 획득한 기사가 가장 많은 몫을 차지합니다.

당시 마상 경기의 유명 기사는 현대로 치면 월드 스포츠 스타나 할리우드의 유명 연예인만큼이나 큰 인기를 누렸습니다.

〈 시동, 견습 기사, 종기사, 준기사, 종자, 시종 〉

* 시동(발레, 다무아즈)

기사가 되기 위해서는 7~8세부터 친척이나 상위 영주의 성으로 보내져 훈련을 받게 됩니다. 기사를 따라다니며 심부름을 하거나 말을 돌보거나 귀부인을 모시는 등의 일을 맡게 되며, 동시에 초보적인 교육과 승마법, 활쏘기, 무기 다루기 등의 기본 무예 훈련을 받게 됩니다.

* 견습 기사(에퀴에르)

14세 정도 되면 기사의 수행원으로서 마상시합이나 사냥, 전투 등에 함께 참가하게 됩니다. 이때는 기사의 갑주나 무기를 관리하고 기사의 신변을 돌보는 역할이 주어집니다. 동시에 기사도에서 요구하는 문예적 소양도 함께 기르게 됩니다.

견습 기사들은 일반적으로 20세를 전후하여 기사 서임을 받고 독립적인 기사로서 활동을 시작하게 됩니다. 서임식은 평생에 단 한 번 있는 행사이므로, 그를 가르친 영주나 부모가 큰 연회나 마상시합 등을 개최하여 기념하는 경우가 많습니다.

다만 모든 견습 기사가 서임을 받는 것은 아닙니다.

* 종기사, 준기사, 시종, 종자

기사를 모시는 최측근 수행원에는 몇 가지 유형이 있습니다. 상술한 견습 기사 외에도, 평생 기사 서임을 받지 않고 주군을 모시는 사람도 있고, 서임을 받은 후에도 주군의 곁에 남아 계속 수행 기사로 살아가는 경우도 있습니다.

종기사, 준기사, 종자, 시종이라는 용어는 위의 모든 케이스에 별다른 구별 없이, 기사를 보조하는 사람을 모두 지칭하는 용어로 혼용되고 있습니다.

다만, 여기서는 각 용어를 별도로 분리하여, '견습 기사'는 기사 서임을 받기 전, 기사 수업을 받고 있는 청소년을 지칭하는 것으로, '종기사'는 서임받은 후에도 주군을 측근에서 수행하는 기사로, '시종'은 서임 여부와 관계없이 기사를 모시는 사람을 지칭하는 다소 포괄적인 용어로 정하여 사용하게 되었습니다.

〈 성전기사단의 서열 및 의결 기관 〉

성전기사단 단원은 정단원과 준단원으로 나뉘며, 기사는 전체 정단원의 1/10정도로 추정됩니다.

* 정단원

– 1위. 총단장: 성전기사단 총괄 책임자. 재산의 일부 처분 권

한, 절대복종의 규칙이 있기는 하지만 중요 사안은 참사회에서 결정됩니다.

– 2위. 감찰관: 기사단의 유럽 지역 총책임자

– 3위. 부단장(집사, 세네샬): 기사단의 보쌍 깃발을 담당, 단장의 보조관, 행정 관리자

– 4위. 원수(마레샬): 최고 군사령관에 해당

– 5위. 예루살렘 왕국 군사령관

기사단의 재무, 회계, 행정 담당

– 6위. 포목관: 의복과 침구 등의 보급 담당

– 7위. 예루살렘 시 사령관: 순례자의 보호와 성 십자가 유물의 운반 책임자(예루살렘 왕국 관할 내 아크레, 안티오크 등 지역 사령관)

– 8위. 지역 단장: 총단장 대신 각 지역의 활동 책임자

– 9위. 지부 사령관: 지역 단장의 명을 받아 성 관리, 농장 관리 등의 일상 활동

– 10위. 일반 기사, 하사관, 병사: 지원부대. 전투 참가부터 취사, 보급까지 다양한 활동, 기사단원 부재 시 운영 대리 책임자

* 준단원 – 기혼자 및 여성 입단 가능

1. 지정된 기간 및 십자군 참전시 일시적으로 가입 가능

2. 연회비 기부자 – 여성 가입 가능

3. 재산이 없어도 기술을 가진 노역 봉사자로 가입 가능

성직자, 대장장이, 마부, 요리사, 무두장이, 석공 등

* 참사회 – 기사단의 중요한 일을 결정하는 회의로 고위 단원들로 구성됩니다. 모두 동등하게 한 표씩 행사하며, 단장에게도 한 표

만 주어집니다.

* 13인의 선거인 – 단장의 서거 후, 여덟 명의 정단원 기사, 네 명의 부관, 한 명의 신부가 모여 밤샘 기도 후 신임 단장을 선출합니다. 이 숫자는 그리스도와 열두 명의 제자를 상징합니다.

〈 기타 작은 설정들 〉

* 본 작품에 사용된 라틴어는 중세식 표기법에 따라 u를 v로, ae는 æ로, oe는 œ로 표기합니다. 인용 성구들은 교황청에서 공표한 노바 불가타를 기본으로 상기 표기법만 조정했습니다.

* de나 du 등의 전치사나 관사는 모음 앞에서 축약 형태로 발음됩니다.

예) 레아 드 아크레-〉 레아 다크레, 필립 드 오를레앙-〉 필립 도를레앙 등

*호칭, 경칭

이 시기에 사용된 귀족의 호칭이나 경칭은, 의전 체계의 틀이 잡힌 근대 이후처럼 정형화된 형태가 아니라, 다양한 범용 경칭이 혼용되었습니다.

Sire, Seigneur 혹은 현재 가톨릭 쪽 고위 성직자의 경칭이 된 Monseigneur 등은 왕과 대영주, 작은 영지를 가진 소영주, 고위 관리, 법관, 성직자 및 일반 기사의 호칭으로 폭넓게 쓰였습니다.

같은 경칭을 사용한다 해도, 상황에 따라 그리고 한국어 해석에 따라 폐하, 전하, 예하, 각하, 경, 공, 영주님, 주인님, 나리, 기사

님, 신부님, 주교님, 추기경님 등등으로 매우 다양하게 해석될 수 있으며, 이름 앞에 붙기도 하고 영지 이름이나 작위 이름 앞에 붙기도 했습니다.

* 오마주, 부르주아 등의 용어는 당시의 용례대로 '신종 서약', 그리고 '성안(도시)에 거주하는 상인 및 전문 직업을 가진 자유민'이라는 의미로 사용되었습니다.

* 종부성사는 예전 용어이고 현재는 병자성사라는 용어를 사용하고 있습니다다만, 작중 등장하는 전사자들의 경우 종부성사라는 용어가 더 어울릴 듯하여 예전 용어를 사용하게 되었습니다.

* 성경 구절의 용어 및 명칭들 – 작중 배경은 종교개혁 이전 시기이므로 가톨릭의 용어를 기준으로 삼았습니다. 다만 성경 번역에 있어서는 가톨릭 성경의 문장이 가장 현대적이라, 당시 사람들이 불가타 라틴어 성경에서 느끼던 옛 느낌을 살리기 어려울 듯했습니다. 그래서 한국어 성경 번역본 중 고전적인 느낌이 남아 있는 개역한글, 개역 개정판의 번역도 혼용하게 되었습니다.

* 동명이인의 구별 – 부모나 조상의 이름을 물려받는 당시의 전통 덕에, 작중에는 동명이인이 적잖이 등장합니다. 당시 사람들은 동명이인의 구별을 위해 고향이나 가문, 직업, 신체의 특징, 별명 같은 것을 이름 뒤에 붙이곤 했습니다.

하여, 작중에서도 같은 장면에서 동명이인이 나올 경우, 구별이 될 만한 직책, 직업, 소유 영지나 가문을 등을 병기하게 되었습니다. 이름과 호칭이 다소 길어지더라도 양해해 주시기 바랍니다.

* 작중 배경이 되는 예루살렘 왕국, 혹은 프랑스에서 쓰인 공용어는 프랑스어, 라틴어, 그리고 아랍어까지는 포함이 되나 영어는 포함되지 않습니다. 그래서 영어식 지명이나 인명을 사용해야 할 경우 괄호 안에 넣어 별도로 표기하게 되었습니다.

예) 기욤 르 마레샬(윌리엄 마샬), 랑슬로(랜슬롯)

보니파스 교황(보니파시오, 보니파키우스 교황)

사자 심장의 리샤르 대왕(사자 심장의 리처드 대왕)

앙글레테르(잉글랜드), 에드와르(에드워드)

클레망 교황(클레멘스 교황) 등

* 날짜의 표기 – 당시는 새해가 1월 1일이 아닌 부활절이었습니다. 겨울이 아닌 봄이고, 부활절의 날짜도 해마다 바뀌었습니다. 그래서 현재 한국에서 사용하는 '1월'을 당시의 '1월'의 의미로 사용할 수 없었습니다.

그래서 당시 쓰이던 방법대로, 중세 교회력의 절기를 기준 삼아 표기하거나(예: 성모 취결례 축일 일주일 전), 당시의 라틴식 날짜 표기법을 사용한 후, 현재 기준으로 환산한 날짜를 괄호 안에 넣어 뒤에 붙이게 되었습니다.

당시 날짜 표기법은 기준 날짜에서 며칠 전, 하는 식으로 표기가 되는데, 달에 따라 기준 날짜도 다르고 날짜별로 숫자의 어미 변화도 많아 표기법이 다소 복잡합니다. 양해 바랍니다.